青年志愿者之歌

小说（上）

共青团中央
中国作家协会　主编

语文出版社
·北京·

图书在版编目（CIP）数据

青年志愿者之歌. 小说 ： 上下册 / 共青团中央，中国作家协会主编. -- 北京 ： 语文出版社，2020.12
ISBN 978-7-5187-1164-2

Ⅰ. ①青… Ⅱ. ①共… ②中… Ⅲ. ①小说集－中国－当代 Ⅳ. ①I217.1

中国版本图书馆CIP数据核字(2020)第239698号

责任编辑 李欣蕊
装帧设计 刘姗姗
出　　版 语文出版社
地　　址 北京市东城区朝阳门内南小街51号　100010
电子信箱 ywcbsywp@163.com
排　　版 河北新华第一印刷有限责任公司
印刷装订 北京市科星印刷有限责任公司
发　　行 语文出版社　新华书店经销
规　　格 787mm×1092mm
开　　本 1/16
印　　张 37.5
字　　数 518千字
版　　次 2020年12月第1版
印　　次 2020年12月第1次印刷
印　　数 1～1,000
定　　价 70.00元（上、下册）

010-65253954(咨询) 010-65251033(购书) 010-65250075(印装质量)

序

面向新时代的志愿文学事业是大有可为的

——“青年志愿者之歌”丛书序

2017年10月，共青团中央和中国作家协会联合发起了主题为“青春志愿行·共筑中国梦”的首届志愿文学征文活动。征文启事在《中国青年报》《文艺报》等纸质媒体和阅文集团等网络平台上甫一发布，应征作品即如春潮泛起，喷涌漫卷，持续不断。在短短的一年多时间里，以广大青年志愿者、青年文学爱好者为主体的投稿者，热情地寄出了3000余份稿件，体裁包括诗歌、散文、小说、报告文学、剧本、日记、书信等，其中不乏长篇小说、大型话剧、长诗等需投注较多心血、进行较复杂艺术劳动的作品。2018年11月23日，志愿文学专题研讨会暨志愿文学征文活动终评会召开，评委们在审读这些优选出来、已印成稿本的作品时，都很兴奋和感慨。兴奋的是志愿文学征文活动有了首批焕发着青春朝气和生活色泽的收获：这是从近些年来全国青年志愿者方兴未艾的志愿活动生活之海上采撷到的跳跃的浪花，它在阳光下反射着生活的、诗意的、感性的光辉，它在月色中呈露着银子一般莹洁温润的波光，让人感到清新、刚健的力的冲击。令人感慨的是，与一般的社会上的观潮者对“文学已在经济大潮冲击下进入退潮期”的普遍估量不同，青年志愿者和青年文学爱好者，怀惴着从事文学创作、追逐文学梦的极大的积极性。这种积极性，一经发现、动员、组织，获得适当的平台、窗口，应和了时代的契机，就会被触动、激发出来，以群体的合力，酝酿成一种文学氛围和文学精神，持续下去，就会慢慢地看到文学的晨曦和未来的曙色。大家都欣喜而自信地感觉到：志愿文学，尤其是青年志愿文学，是向着未来的文学，它是大有希望的！时任共青团中央书记处书记奇巴图在这次终评会上的讲话中提出的“不忘初心，牢记使命，在新时代奋力书写更加璀璨的志愿青春”的号召，既是对志愿文学征文活动的一次总结，也是对广大青年志愿文学关注者、写作者的一次新的召唤。前此的终评，即为新篇的序章。这中间就透露着志愿文学的诞生、发展、繁荣是一个可持续的文学过程的信息。

为了提升已经征集到的优秀志愿文学作品的质量，并将之传播到社会上去，主事者又组织了对这些作品的打磨、润饰、提升工作，并结集出版。对有些较成熟的剧本，还组织了二度创作，在舞台上呈现出来，在观众中产生了较好的反响。这也是2017年12月在成都举行的“志愿文学”论坛上已经达成的共识：志愿文学是对社会负有特殊职责、富于时代使命感的文学。它是广大青年志愿者通过自身审美力的锻炼和使用达到自我提升的一个途径。而真正的文学的创作、美的创作、灵魂的创作，是需要克服困难、不断探索、反复打磨，勇于把作品推向社会，经受读者的检验，得到大众文学生活试炼的！这也是这些作品终于结集出版的缘由。作为曾几次参与志愿文学作品征集、审阅和试评等工作的文学评论工作者，看到这些作品结集成书，我心中的欣悦是难以尽述的。

2013年，习近平总书记给华中农业大学“本禹志愿服务队”回信，肯定他们在服务他人、奉献社会中取得的成绩和进步，勉励他们弘扬志愿精神，为实现中华民族伟大复兴的中国梦做出更大贡献。从那以后，已经在社会上得到一定程度发展的志愿服务活动，提升到一个更加社会化、更重践行性的阶段，更注重精神境界的构建、文化内涵的培育。在志愿服务事业的发展过程中，习近平又多次对志愿活动予以关注，多次给各个领域、各条战线的基层践行者以鼓励，帮助他们总结经验，汇聚共识，渐渐形成有民族特色、国际视野、历史传承和现实观照的新时代中国特色志愿服务文化，也使志愿文学固有的“奉献、友爱、互助、进步”的志愿精神发扬光大。志愿文学也在广泛、多样、富有创造性的践行活动中提升了其精神文化品质。志愿文学的灵魂，更加清扬、丰润、厚实。最近，习近平在教育文化卫生体育领域专家代表座谈会上的讲话中谈到，即将开局的“十四五”时期，“我们要把文化建设放在全局工作的突出位置，切实抓紧抓好”。他指出，“文明是现代化国家的显著标志。要把提高社会文明程度作为建设社会主义文化强国的重大任务，坚持重在建设、以立为本，坚持久久为功、持之以恒，努力推动形成适应新时代要求的思想观念、精神面貌、文明风尚、行为规范”。在对这个文化建设的任务做精细化分析时，习近平又一次谈到志愿文化建设问题，“要深入推进公民道德建设、志愿服务建设、诚信社会建设、网络文明建设，不断提高人民道德水准和文明素养”。这就把志愿服务文化建设的精神性内涵和实践性品格清晰地勾勒出来了。就志愿服务文化的精神层面而言，它属于社会文明、公民道德建设范畴，是构建新时代中国特色社会主义伦理学的重要环节；就其可操作的物质构建层面而言，它的突出特征是以立为本，久久为功，要聚焦老问题和新挑战，拿出建设性的实招硬招，使服务文化建设制度化、风尚化。有的同志提出，志愿服务归根结底是一个实践行为。从“志愿服务建设”的提出和其被放到更加突出的位置来看，这样的看法也是不无道理的。看来，我们培育出来的志愿文学之花，也只有附丽在深植于厚土之中的文化制度的茂盛的乔木枝条上，才会有更加健旺的生机和更加瑰丽的光彩。让我们以坚实的建设者的步履，去扶植培育志愿文学的花树吧，让它迎来更加繁荣滋茂的春天！

最后，我想请大家一起欣赏这次志愿文学征文最早收到的比较好的应征作品之一——麦笛的小诗《昭觉土豆》。这是一首写得像珍珠一样晶莹圆润的小诗，它无意中成了广大在大地母亲怀抱里工作和成长的志愿者的绝妙的自画像：

这里的夜那么黑，那么厚
所以昭觉出产月亮
也出产土豆
大凉山是大土豆
小凉山是小土豆
更小的是
小学校里的阿依木呷

月亮哺育星辰，大路套小路
乌斯河连美姑河
每根藤蔓下都结满了土豆
每个土豆都朴实得让人心疼

嫁接进山来九个月了
志愿者周黎说，自己也变成了土豆
因为在川大读了研究生
所以才叫马铃薯

这是一首感情纯朴、语言凝练的抒情诗。纯净清越的诗的意象里，蕴含了一个叫周黎的志愿者的故事——几乎无事的故事。他到凉山彝族儿女生活的地方去参加支教（也许还兼扶贫）工作。九个月过去了，嫁接进山来的土豆蔓延到大小凉山每一条山川沟谷，每根土豆藤蔓下都结满了土豆，山在感觉中变成了大大小小的土豆。勾勾连连的河流、层层叠套的大路小路，都布满了土豆的踪迹；月亮和星辰看得像了土豆，小学校里那个叫阿依木呷的彝族小朋友也被疼爱成了最小的小土豆，而那个心里满贮着土豆，感觉“每个土豆都朴实得让人心疼”的志愿者周黎，被“嫁接”进了凉山后，因为心的变化，因为情的迁移，更因为爱的投注和牵挂，感觉“自己也变成了土豆”，变成了凉山山区里的土豆——昭觉土豆。于是在一个“那么黑，那么厚”的夜里，诗人浮想联翩，仰望夜空，感到自己变成的土豆飞升了，融入了月亮和星辰，终于在联想与想象中，大月亮浑然成了大土豆，小星星化成了小土豆……告别了这段志愿服务生活，在川大读了研究生的周黎，在诗的联想中猛然醒来，才发觉已经一度融入自己身心的亲昵朴实的土豆之名，它的理性的、确然的学名乃是马铃薯啊。这不无自我调侃意味的一觉，让人想到，昭觉土豆也好，别的什么地方什么作物也好，不过是一种诗的意象，它追求的普遍性，它达到的概括程度，不过是所有的大地之子走向社会、人生起步必经的一种试炼、必答的一份试卷罢了。志愿服务，是有大格局、有民胞物与情怀的志士仁人必上的人生一课！最朴实浑厚、散发着泥土气息的土豆形象，与最清纯莹洁、放射着盈盈清光的月亮倩影叠合在一起，构成了厚重与轻扬并存一体的诗的圆满意象；这是精湛诗艺沉吟推敲的结果，也是濡染于身、浸润于心的一种怀土恋山情愫偶一触发、豁然顿悟的记录。一幅志愿者的自画像就这样出现了，一面清扬挺立的志愿文化精神之旌就这样揭举起来了。于是，我们的志愿文学征文，就收获了它的一颗带着新世纪新时代的独特微光的小星。在稠密的诗的星空里，这颗小星也许微小得不被人觉察，但它还是会被轻轻地记录在广袤无垠的夜空上。

请原谅我用了如许散漫词费的文字，来解释写得如此清淡、如此端凝、如此俭省的一首小诗。我知道这样的解说可能是多余的，但它表达了我对志愿文学、志愿文学创作者的理解和祝愿，也反映出有着广阔未来的志愿文学建设正在切实进行。用它来为这篇写得比较理性、务实的序添加一个美的诗引，这也许会更宜于青年朋友们接受吧。

曾镇南

2020年10月25日—26日

于丹东中联国际酒店

目　录

上

十八师与杨六郎

郑吉平

一

清明时节，黔西北某处深山，一座山坡，一大片人工林，一株株半人高的柳杉长出了嫩枝，林里有一处坟茔，坟边盛开着火红的杜鹃。往坡下看去，一条新修的马路通往不远处的一个山寨，路边有不太整齐的电线杆，寨边一座崭新的学校特别醒目。马路上，一辆客车往村子方向驶去，一辆摩托从村子方向驶来，烘托出欣欣向荣的新农村景象。

香姐一手挽着一只竹篮，一手挽着禾子粒，来到坟边。两人伤感地看着墓碑，碑上大字“杨公六郎之墓”。香姐跪下，从篮里取出碗筷酒瓶等摆在坟前，禾子粒也跪下帮着焚香烧纸。香姐告曰：“爸，您的十八师和我给您上坟来了。您知道吗，十八师现在是您姑爷，他留在大山，跟我一块儿教书了。爸，您泉下有知，也该看见了，学校修起来了，路通了，小树成林了……”

香姐哭了。禾子粒奠酒，沙哑着声说：“爸，您喝口酒……”

禾子粒讲普通话，香姐讲黔西北方言。

禾子粒抬起头来，默默看向下边村子。

时间回到两年前。

二

禾子粒背着一个行李包顺着山谷往上走。山谷里杂树丛生，岩间隐隐约约传来一阵带着一股野气的女人山歌：

岩脚过路是哪人？
不是男人是女人。
女人是我的小姑子啊，
男人是我的当家人！

禾子粒望着山歌飘来的地方随和地笑笑，走他的路。

禾子粒来到手扒岩，这儿山势险峻。他抹一把汗，抬头往上看，一条小路笔陡向上，蛇一样嵌在悬岩上。岩半腰，一村妇背着一个背篼，手脚并用地往上攀爬，背篼里一头猪崽不耐烦地哼唧着，挣了一下，吓得她赶紧停下来，紧紧地抓着岩石上的灌木。村妇反脸对猪崽说：“小挨刀的，不要扭啊！扭落岩我们两个都没得命！”猪不挣了，村妇继续往上爬，禾子粒大声对她说：

“小心啊——”

村妇掉头，感激一笑，加快速度爬过岩头，往下对禾子粒大声说：“你也慢点儿——”

禾子粒拽了拽行李包，学着村妇往上爬。他发现，很多脚镫是用錾子凿出来的。爬了一半，禾子粒歇下来喘气，他掉头往下看，有一种身在半空的感觉。

禾子粒爬过岩头，问垭口上歇气的村妇：“大婶，大山村还有多远啊？”村妇说：“那里。”禾子粒顺着她的手指往上看，就看到了白云深处的山寨。

午时。禾子粒走在寨子里，一群小孩惊奇地跟在他身后，有的小孩为他把狗撵远。山寨的房屋大多发旧，有的是土屋，有的是木屋，房前屋后种着一些挂果的桃李，树上吊着南瓜，有的南瓜蔓爬到了长满苔藓的畜圈上。围着篱笆的园子，苞谷挂着红缨，篱笆上缠着开红花的豆藤。

孩子们吵吵嚷嚷抢先奔到一栋木瓦房前。瓦房是黔西北农村十分常见的两耳夹一堂结构，两边耳房比中间堂屋各长出一扇侧门，两门相对，与堂屋的前壁围成一个凹缺，这是黔西北农家的“敞口客厅”，俗称“燕窝”，因为燕子喜欢把窝做在这儿的屋檐下面。这栋瓦房的燕窝檐下的确有个燕窝。堂屋的大门两边挂着好几块木牌子，分别是“大山村党支部”“大山村村民委员会”“大山村民兵连”“大山村妇代会”“大山村团支部”“大山村计划生育协会”“大山村农民技术学校”“大山村小学”。

左边耳房的门开了，杨六郎捏着一个酒瓶走出来。他穿着一身满是补丁的旧军装，四十多岁，中等个头，粗眉大嘴，酒糟鼻，此时面带三分酒意。

杨六郎问：“哪些娃儿在吵？”

一男孩上前向他立正敬礼：“报告！”

男孩指了指刚刚走近的禾子粒：“他找你！”

杨六郎帮男娃纠正敬礼的姿势，朝禾子粒看过来。禾子粒休闲打扮，个子高挑，二十一二岁，戴眼镜，一脸文静。

禾子粒：“请问，您是大山村杨支书吗？”

杨六郎咬着瓶嘴嘬了口酒：“你找我？”身后门里出来他妻子许仙，端着碗好奇地看着禾子粒。

禾子粒从衣兜里拿出一张信笺，递上：“这是学校的介绍信，你们乡里签过意见了的。”

杨六郎反手将酒瓶交给妻子，接过介绍信，端看起来。几个娃也凑近来瞅，被他轰开了。

杨六郎看过介绍信，热情地和禾子粒握手：“来我们贫困山区搞社会实践的大学生呀！欢迎欢迎！”

许仙进屋放了碗和瓶，转回来从禾子粒手里接过包去。杨六郎扶着禾子粒肩膀：“走，进屋吃饭！”反脸对娃们喝道：

“解散！解散啦！捉叫蛐蛐的捉叫蛐蛐，放牛的放牛！”

进屋，禾子粒眼前一暗。靠着两壁的分别是一个歪着腿的碗柜和一张乱七八糟堆着锅瓢碗盏的旧木桌，临窗一个大泥巴炉子，“扑扑”地煮着一大锅猪食。许仙进了没有门板的中门，把行李包放在里间一张铺陈简单的大木床上。

杨六郎一边把禾子粒让到旧木桌边，一边喊许仙给禾子粒倒酒。禾子粒忙道：“我不会喝。杨支书，我真的不会喝酒。”

支书家的午餐是一钵酸菜汤就苦荞饭。许仙搓着手道：“兹两天青黄不接，没啥吃的……”禾子粒说：“很好吃，荞饭在城里还不好买哩，绿色食品嘛。”

“是，是，”杨六郎喝了口烧酒，讪笑道：“听说是叫绿色食品。可你要顿顿吃啊，就绿到脸上来了嘛，看，我们这脸，像不像青菜叶子？”

三

吃过饭，杨六郎和禾子粒坐在燕窝下乘凉。

杨六郎：“小禾念大学有几年了？”

禾子粒：“四年。刚刚毕业。”

杨六郎：“哦。我家有个姑娘，香姐，也是刚刚毕业，也是跟你一样，在别处搞社会活动。”

禾子粒：“是社会实践。”

杨六郎挠头：“对，社会实践。毕业就没回家，写信来说，实践完了才回。”

禾子粒：“她哪个大学？”

杨六郎不好意思地一笑："农村娃，憨眉憨眼的，取个中专就烧高香了。我们县师范学校。"

禾子粒："我是师范大学，和她一样，也要教书的。"

杨六郎："哦？你也学教书……"随即叹了口气："肯定在城里教喽，大学生哪会下乡。"

杨六郎扭头望望堂屋门边"大山村小学"那块牌子，皱紧眉头："哪里指望有大学生来啊！"

杨六郎抽了一口自家种的叶子烟："不过，香姐是一定要回来的。"

禾子粒瞅了眼那块牌子问："这是你自己办的小学吗？"

杨六郎："不是啊，没看见吗，'大山村小学'嘛。"

禾子粒很不解："村小学咋办到你家里来——"

他瞄了瞄所有挂在堂屋外壁的牌子，环顾一下沧桑的老屋，狐疑地说："难道这房子是村里的公房？"

杨六郎一笑："公房？鬼！这是我爷爷手里留下来的房子。村里没有房子，就把这些鬼牌牌通通挂到我家了嘛。"他咂了口烟，烟袅了起来，熏得一只眼睛都眯成了缝缝。"哪叫我一家人都'当官'呀，我是支书，婆娘是妇女主任，等姑娘回来，我就把'校长'让给她当……"

一头刚被许仙从圈里放出来的半大猪猛冲到燕窝边，杨六郎赶紧挥起烟杆"喔嘘喔嘘"地赶。"许仙你没见小禾坐在这里吗！把猪食盆抬开！快点儿！"

"挨刀砍脑壳的！"杨六郎把猪踢了一脚。

许仙慌忙跑过来，把敷着一层老垢的猪食盆抬过山墙那边去，猪嚷嚷着追了过去。

杨六郎看了禾子粒一眼，伸过烟杆："小禾，咂一口？"禾子粒说不会。杨六郎吧哒吧哒抽了两口。

"小禾啊，"杨六郎假咳两声，颇为郑重地看着禾子粒，"我以大山村支部书记的名义问你个事，不知可不可以。"

禾子粒："请讲。"

杨六郎又假咳一声，抠掉烟头，抹了一把烟嘴，把烟杆靠在大门上，坐直了腰身，两手握拳放在膝上，一张脸彻底地严肃起来："我们大山村小学先后来过十七个教师，但没有一个能教完一个学期，第十七个是刚刚结束的这一学期还没放假就走的。所以，大山小学的娃儿从来没有正规地念完过一本书。刚刚结束这一学期，差下的课程就更多了。禾……"杨六郎从衣兜掏出禾子粒的介绍信，看了一眼："禾子粒同志，你既然来我们大山搞社会活动——哦，不，搞社会实践，又是学教书的，那么，我想，我想……"

杨六郎忸怩了。

禾子粒："杨支书，有什么话您就说吧。"

杨六郎连着假咳数声，一咬牙，道："我以支书的身份出面，请小禾同志在假期给大山村娃儿们补补课——"

杨六郎一昂头："我的话——完了！"

他梗着脖子，看着禾子粒。

禾子粒想了想，道："这有什么，当然可以。"

杨六郎大喜："禾老师，你答应了？"

禾子粒点点头。

杨六郎喜不自禁，唰地站起身来，面朝禾子粒，嚓地一个立正，右手有力地一举："敬礼！"这一声太过洪亮，一只燕子从头上的燕窝惊飞出去。

许仙不知杨六郎声音咋这么大，从耳房探出头来。

杨六郎："许仙同志，马上通知村民代表开会！"

杨六郎扭开另一边耳房木门的铁锁，把禾子粒往里让："禾老师，这就是你的宿舍了。农家屋，又破又脏，还望你多包涵。"杨六郎抬手护住禾子粒头顶："注意注意，别碰到脑壳。禾老师你好高，门都矮了。"

这边耳房也是一进两间，但中门有门板。杨六郎说："里间是香姐住的，做了女教师宿舍。外间是男教师宿舍。现在就你一个人，住里间吧。”里间有一张小木床，靠窗一张桌子。窗子没安玻璃，蒙着一个旧得发黄的化肥袋。禾子粒把行李袋放在床上，发现床后墙上一张女兵贴画下面粘着一张相片，凑近一看，是三个女孩的合影。杨六郎指着左边女孩说：“这就是我家香姐，兹两个是她师范的同学。”相片侧边挂着一个压发圈，红色，看来也是香姐的。

杨六郎把门边靠墙的一麻袋洋芋拎出去了。禾子粒仔细瞅了香姐一眼，脸圆圆的，眼大大的，抿嘴笑着乖模乖样。禾子粒发现两屋的隔墙这一面贴着些画和字，画看来是香姐画的，两幅是这山间惯见的红杜鹃，一幅是穿着鲜艳彝族长裙的姑娘，脸也是圆圆的，眼也是大大的，笑容如山花般灿烂。三幅画和一个条幅组成一个“六”字形，彝族女孩是“点”，红杜鹃各为“一撇一捺”，条幅是那一“横”。条幅上是十分稚嫩的毛笔楷书“发奋学习，摆脱贫困”，落款“杨香习书，一九九九年二月十一日夜”。再看床对面的那面墙，板壁上用粉笔写着“寂寞才是最大的敌人”，一个个字仿佛要竭力挣脱什么似的，那劲道入木三分，尤其“人”字一捺，唰，禾子粒觉得那是一把刀，戳进木板去了。最后，粉笔头打横来刷了三个大大的惊叹号。在惊叹号下面，有一张缺角的语文作业本纸，上面是手写的“大山小学课程表”，泛着潮湿过的死黑。

四

禾子粒听见杨六郎在外面弄出声响，便走出来看。杨六郎正往耳房门上擦一个水煮洋芋，他傻笑着对禾子粒说：“日他龟妈，高山洋芋糯得很！”洋芋被他擦掉一半，剩下一半，他塞进嘴里便吃，然后把左手拿着的一张纸贴到门上。禾子粒一看，那纸上用毛笔歪歪趔趔写着“教师宿社”四个大字。杨六郎道：“写得不好，见笑见笑。”禾子粒宽厚一笑，说：“宿舍的‘舍’字应该是一个‘人’字、下面像一个‘舌头’的

‘舌’字。”“哎呀，”杨六郎不好意思了，可他马上一偏头说，“管球呢，反正是那个意思就行！”

禾子粒打了个哈欠，困意爬上了脸。正午的太阳毒花花的。

杨六郎：“小禾，等下我们在教室开会，我布置会场，你靠个午觉，人到齐我再叫你哈。”

“行！”禾子粒扩了扩胸：“这一趟山路走的……”进屋去了。

“禾老师，禾老师！”禾子粒被杨六郎叫醒，他睡眼惺忪地张望一阵，急忙抬腿下床：“杨支书，开会是吧？”杨六郎抱歉地说：“本来要等你多睡会儿的，但大家急着见一见新来的老师。”杨六郎领着禾子粒往外走，边走边回头道：“再说，大家都有活路，赶紧把会开了，各人做各人的活路。”走到外间，禾子粒就听见隔壁堂屋闹哄哄的。

来到燕窝，杨六郎把禾子粒往堂屋里让。禾子粒刚刚出现在大门边，堂屋里骤然响起热烈的“欢迎欢迎”，整齐划一的喊声来自两排夹道欢迎的孩子，孩子们手里挥舞着一束束鲜红的小杜鹃。大杜鹃花期已过，但小杜鹃开得正好，禾子粒一路上都看得到。杨六郎把禾子粒拉住，示意他等一会儿。杨六郎举起双手往下一压，说：“停！”孩子们便鸦雀无声了，目光齐刷刷地看着他。杨六郎说：“用普通话！”他伸开两臂示意孩子们注意，接着往下一抄：“开始！”孩子们便挥舞山花，整齐划一地朝禾子粒喊：“欢迎欢迎！热烈欢迎！欢迎欢迎！热烈欢迎！……”杨六郎转脸对禾子粒说：“小娃们普通话不标准，听起来有点儿像‘欢迎欢迎，日你先人’。”两排小娃身后站着好些村民，一听杨六郎这话，开心地笑了。杨六郎一哈腰一摆手：“请——”

禾子粒没想到杨六郎会搞出这么个场面，很不自在地往里走，脚下被门槛绊了一下，杨六郎赶紧扶住。禾子粒一面走，一面向两边鞠躬，杨六郎则笑眯眯地向两边挥手致意。走到后壁根一块又长又宽的旧木枋搭成的主席台前，禾子粒被杨六郎轻轻拉了一把，会意地站住了。杨六郎向后挥手示意，孩子们便闭了嘴，其他村民也是一声不出。

杨六郎让禾子粒看堂屋后壁，说：“这是我们的神龛！”但见架在壁上的一块有两巴掌宽、一庹来长的神龛板上，一对红烛毕毕剥剥地燃着，神龛板上方，是红纸墨字的“天地君亲师位”，其两边有联，右为“但愿诗书万卷”，左是“不求金玉满堂”，红纸被岁月褪尽了颜色。再高一点儿，白纸新写的横幅“大山村欢迎新老师坐谈会”。和那个“教师宿社”一样，字也是出自杨六郎之手，“座谈会”的“座”写成了“坐”。

杨六郎从神龛板上拈起三炷香，在烛焰上点燃，摇熄明火，躬身朝神龛拜了三拜，把香插在两烛间一个泥巴蜡台上，转身对禾子粒“咔嚓”立正敬礼。禾子粒赶紧把他的手放下来：“你干嘛又敬礼呀，杨支书……”杨六郎放下手，对一脸迷茫的禾子粒道：“看，教书先生是供在神龛上的，好，我的请师礼行完了，禾老师，请上坐！”

杨六郎把惴惴不安的禾子粒拉到主席台正中位置，摁在一张板凳上坐下，自己也在他右手边坐了。禾子粒十分不安地望了望眼前一屋子人，见大家都专注地望着他，两只手便不知放在枋板上好还是拿下去好。

杨六郎大声道：“小娃儿们任务完成了，各人回家放牛的放牛，打猪草的打猪草，明天一早开学——立正！”他用不太标准的普通话喊这一声“立正”时，自己已经唰地站了起来，身子直得像是一截木桩，禾子粒正在惊讶，两排孩子唰地一下就来了个立正。杨六郎伸出手指朝两排孩子左边一点，右边一点：“向左——向右——转！”还是四不像的普通话。两排孩子唰地转向大门，又是一个立正。杨六郎嗓门洪亮地指挥：“齐步——走！一——二——一！一——二——一！”孩子们噼里啪啦走出堂屋，走过燕窝，走进了房前宽敞的院坝。“立——定！”身后传来杨六郎的口令，孩子们直直地站在阳光下。杨六郎道：“稍息。解散！”娃们挤着吵着嚷着跑出院坝。

杨六郎清清嗓子问：“幺老祖公来了没有？哦，来了啊，你老菩萨上来嘛。”一个头发胡子一把白的老者拄着拐棍走出人群，杨六郎指指禾子粒左侧：“幺老祖公你坐那儿。”老者把拐棍靠在墙上，笑着和禾子粒拉了下手，在他旁边坐了。杨六郎又道："村主任，村副主任，妇女主任，团支部书记！你们都坐到主席台上来，都坐上来！"几个妇女就上来就座，其中有一个是许仙，她们笑嘻嘻地朝禾子粒直瞄。杨六郎左边瞪一眼，右边瞪一眼，喝道："正经点儿！"

五

杨六郎给禾子粒介绍："这是村主任，到乡里开会，人家都说我们是两口子，看，和我多有夫妻相呐（村主任呸了声）；喏，这是妇代会主任，你认得的，我婆娘！呵——"杨六郎学《沙家浜》唱道："这个女人不简单呐！"接着道："又当主任，又做我秘书，白天陪我干活，晚上陪我睡觉！"

大家想笑不敢笑，许仙嗔道："陪陪陪，呸呸呸！尽扯野话。"

杨六郎一拍脑门："噢，扯远了！这老者是我们村年纪最大的，大家都叫他幺老祖公，家屋族内的事，大家都要请他到场的，就算我这村里公事，也不时要征求一下他的意见；这姑娘是我们团支部书记，叫林四梅。听说大点儿的学校里都选什么'校花'，你还别说，自从我家香姐出村求学，这村里的姑娘媳妇啊，就没哪个的模样有林四梅好看了，算我们'村花'吧！"林四梅低头含羞。许仙说："又说到哪去了！村里人晓得你和四梅是老表，不见怪，可禾老师不晓得你两个是老表，还以为你当众调戏妇女呢！"杨六郎道："老表老表，下河洗澡，开个把玩笑到哪里啊。嗨，你兹婆娘尽插话，尽扫老子的面子！好了好了，其他就不一一介绍了，横竖有一个假期让你们跟禾老师认识。"

杨六郎抬手一挥，对屋里其他人说："都坐了吧！"人们便坐了。

杨六郎扭头朝禾子粒道："我们开始开会？"禾子粒不知所措地点了点头。杨六郎咳嗽一声，朗声道："好，我们开始开会！首先，我向大家介绍一下，兹个就是我们大山小学从省里来的新老师——"

禾子粒忙起身向大家鞠躬：“我叫禾子粒！我不是‘省里’来的，我是从贵阳来的……”

杨六郎说：“贵阳那不等于省里！大家欢迎！”

满屋一片掌声。

杨六郎等掌声的时长够了，示意大家停下。

他大声问道：“大家说，我们应该叫他什么？”

满屋异口同声：

“十——八——师！”

禾子粒好生诧异。

杨六郎转脸对他道：“我当过兵。大山小学来过十七个教师，我习惯称他们一师、二师、三师、四师……十七师！可惜，十七个师全军覆没，一个师也没留下！”

杨六郎朝禾子粒欠欠身：“下面，我向禾老师简要汇报一下我们大山村的情况。”

杨六郎使劲清了一下嗓子，说：“我们大山村一百零五家人——”他问下面：“这两天有悄悄搬下山的没有？”

一片“没得没得”，但屋角一个女人大声道：“要多一家喽！昨天我听张小花讲，他男人从广州写信回来，意思叫她和两个老的分开过。”杨六郎破口大骂：“小毛狗，阿狗日的！找得两个臭钱就想把老爹老妈甩了啊！回去你跟张小花讲，老子不同意！阿儿掉歪掉歪，回来过年老子不杵颗公章罚他五十块钱！”

又问：“邱龙菊——赵德会你管计生，邱龙菊生了没有？”

一个剪短发的女人答道：“昨晚上鸡叫头遍我接生的。”

“好，添了一口，”杨六郎转脸看一眼禾子粒，继续道：“那么，我们大山村一百零五家人，四百二十三口。现在大概四百三十多亩地吧，包产到户的地并没得这样多，大家开了不少荒栽洋芋、荞子。要是不开荒，不知饿死好多人——这些先不讲，着重要给十八师介绍的是，全村有八十多个学龄儿童，我和外村拉关系送了二十多个到外村去读——你看，我这间堂屋只坐得下四十多个，还有头十个没办法，挤不进来呀。大山小学现有学生四十一个，一年级十个，二年级九个，三年级八个，四年级八个，五年级五个，六年级原本两个，但他们刚刚参加完统考，其中有一个是很有希望升进乡中学的，就不参加你的假期补课了，所以六年级只有一个学生。”

杨六郎面色凝重：“大山兹个鬼地方，土瘦得驮不住人，屙泡屎连蛆都不生一个！‘苞谷栽它一大坡，收来只有一背箩。要想吃顿大米饭，除非当个坐月婆。’哪个到大山来过一回，保证一辈子都不想再来第二回。手扒岩，十八师你今天是走过的，还怕没摔死几个人！我们喂个把牲口，都是下山买崽崽背上岩来，一背上来，老死都出不去了，下不了岩！我当支书头十年，找我办迁移把家搬下山的就有头十家，你说，这种地方哪会留得住教师？就连乡干部，也只在拉选票的时候才来，奶奶个熊！不来倒好，一来还要捉鸡杀给兹舅子老外公些吃——哦，对了，许仙，开完会你把老母鸡整来给十八师接个风。”

禾子粒急忙说：“别整，别整，留着生蛋！”

杨六郎道：“嗨，老母鸡嘛，没有生育能力了！十八师你教我们娃娃，不给你吃给哪个吃呀！”

六

杨六郎严肃地道：“下面，我宣读大山村党支部二〇〇六第十一号文件。”

禾子粒看了一眼，并没有文件。

杨六郎：“大山村党支部二〇〇六第十一号文件，大山村党支部、大山村村民委员会关于聘请禾子粒同志为大山小学二〇〇六年暑期临时教师的通知，各村民小组、小学、团支部、妇代会、民兵连——咳，我就不一一都点到了啊，趁着禾子粒同志到大山村进行社会实践的机会，征得他本人同意，经党支部决定，聘请禾子粒同志为大山小学二〇〇六年暑期临时教师。好，文件宣读完毕，我补充两点意见：一，大家要把文件精神及时传达到各家各户，组织娃儿明天一早开学；二，全体村民都要尊重十八师，为十八师工作营造良好的环境。苏三妹，你家香桃熟了没有？”

一妇女答：“还要头十天。”

杨六郎：“熟了摘几个给十八师吃，啊？”

苏三妹：“要得！但我有个要求！”

杨六郎：“搞什么名堂？叫你贡献两个桃子就提要求了！讲！”

苏三妹：“十八师吃桃子可以，但他得到我家去吃……”

苏三妹身边一妇女假装正经道：“是啊，十八师你应该亲自到她家去吃，她给你吃面前两个大桃子，熟透了哩，捏得出水来！”

杨六郎发现禾子粒手足无措，赶紧对他道：“别听她瞎扯，平时扯惯了！也苦啊，男人都打工去了！对了，你发现没有，今天到场这些人，不是老人，就是妇女，哦，娃儿们解散了，还有娃儿。活拉拉一支‘三八六一九九部队’！什么叫‘三八六一九九部队’？‘三八’不是妇女节吗，三八娘子军嘛；‘六一’不是儿童节吗，六一儿童团嘛；九月初九不是重阳老年节吗，九九双枪将呀！嘿嘿，老大爷老大娘上山干活，肩膀上扛一把锄头，裤腰上别一根烟杆，那不是双枪将呀！”

杨六郎：“有事举手发言——无事散会！”

开会的人陆续走出杨家堂屋，苏三妹和林四梅肩挨肩地走在一块儿，走到院坝，苏三妹回头往燕窝里的禾子粒瞄了一眼，笑嘻嘻道：“幺妹，你喜不喜欢小眼镜？如果喜欢，把你那门亲事退了算了！”林四梅回头望了眼，禾子粒和杨六郎站燕窝里商量什么，她脸一红道：“乱说哪样呀。”苏三妹伸手掐了林四梅屁股蛋子一把，笑道：“你不喜欢？那太好了，我喜欢！”她这一说，林四梅倒放开了，笑着啐她：“有男人了还不够，不要脸！”

迎面走来一个背邮包的中年男子，苏三妹一见，叫道：“老杜来啦！”呼啦，中年男子被妇女们团团围住。“有我男人的信没有？”“我男人汇钱来没有哇？又要交农业税了！”

杨六郎和禾子粒商量：“语文、数学，还有唱歌、画画，就交给你啦，我负责体育。”这时，中年邮差来到燕窝。杨六郎问他：“老杜，有我姑娘的信没得？”邮差答：“没得。乡政府有一个文件给你们村。”

禾子粒有点儿惊奇：“乡给村的文件还搞邮递吗？”

老杜苦笑道：“路远又难走，村里不愿上去，乡里不愿下来，这事就让我顺手捡到了。哟！这是香姐的男朋友吧？”

杨六郎：“老杜你瞎说什么，这是我们小学的新老师，十八师！”

杨六郎一面签收，一面看了眼文件，“哦嗬”吼了一嗓门：

“过来！大家过来！”

杨六郎激动地道：“上面来文件了！不缴农业税啦！”

“啊？！”院坝里陡然间变得死一般沉寂。

“骗人吧！”幺老祖公说，“皇粮国税哪朝哪代少下过？”

杨六郎一挥文件：“真的！伙计们，这是真的！”

杨家院坝沸腾了。

“共产党万岁！”

“十八师万岁！”

“啊？”

“十八师一来，税就免了啊……”

人们兴奋得你搡我一把，我掐你一爪。

禾子粒看看擦眼泪的老人，又看看合不拢嘴的妇女，仿佛自己有点儿多余，便悄悄躲回了房间。

禾子粒从裤兜摸出手机，还是一点儿信号也没有，就把它关了，从行李包中掏出纸笔，坐在床上趴到桌子上写信。他写了一张信笺装进信封，又写。

外边人已散完，剩下老杜和杨六郎坐燕窝里抽烟，聊天。

天空湛蓝，白云不动，有鸽子飞过，鸽哨嗡嗡。

禾子粒一连写了四张信笺，最后大大地写了一个“吻”字，然后把四张信笺折好装进另一个信封。

老杜正跟杨六郎道别，禾子粒出来，将两封信双手递给老杜，请他带回邮电所。老杜瞄了一眼信封：“哟，寄到省城的。”杨六郎：“给家人的？”禾子粒：“说好了只待一个星期的，我得把在这当暑期教师的决定告诉他们。”

老杜把信装进邮包，说声“走了啊”，拖着疲乏的双腿往寨外走，路过谁家菜园，顺手从栅栏里抽了根棍子拄在手里。

群山莽莽。

“哞——”不知从哪儿传来一声牛叫。

七

清晨。

杨家院坝里整整齐齐站满孩子，他们面前立着一根瘦高的桦树杆，树杆顶部的丫子里垂下来一条棕绳的两端，一端下面系一绺红布，红布捧在一个女同学手里，另一端握在一男同学手里。

禾子粒和杨六郎从耳房出来，杨六郎手里拎着一只老式录音机。学生们立即站得更直了，场边的村民也噤了声，都严肃地盯着杨六郎和禾子粒。

杨六郎和禾子粒走到旗杆下，杨六郎对禾子粒说：“十八师，你宣布吧。”禾子粒说：“还是你宣布。”杨六郎便整了整衣服，洪亮地道：

“大山小学升旗仪式开始——”

擎旗的学生全身绷紧，专注地看着杨六郎。

杨六郎从旧军装衣兜里掏出盘磁带卡进录音机，摁了开关键，一脸庄重。录音机传出一阵嚓嚓的电流声，半天没有动静。杨六郎说："噫，是不是电池没电了？"举起来凑到耳边。就在这时，录音机骤然响起一阵猛烈的声响，把他吓一大跳，接着传出一个男人唱山歌的声音。场边村民哗然大笑。原来，是杨六郎自唱自录的山歌带哩。杨六郎慌忙把录音机的开关键一摁，把磁带掏出来，看了一眼，气得想掼，但终是舍不得，揣进兜去，叫："许仙！把另外一盘拿来，快！"许仙本是站在燕窝里看热闹，一听赶紧进屋去，一小会儿出来，边跑边把一盘磁带递去。杨六郎接了，卡进录音机，再摁开关键，一阵电流声后，竹笛吹奏的国歌声响了起来。

红布缓缓而有力地升起，在杨家院坝上空高高飘扬。

杨六郎高声宣布：

"开学啦！"

早上的阳光透进木格子窗眼洒在堂屋里孩子们后身。

"北京是祖国的首都，2008年奥运会在北京举行。"禾子粒在黑板上写字。黑板是一块不知从哪儿弄来的轮胎皮，系在两截竹竿上，像游行队伍举着的横幅，靠在神龛壁上。写完，禾子粒在"北京""祖国""首都""奥运会""举行"下面各画一条横线，侧过身来道："二、三年级继续预习，一年级跟我识字。"他用一根竹枝指着这些词领读。

"北京！"

"北京！"

"祖国！"

"祖国！"

……

院坝里，杨六郎上四、五、六年级的体育课。十四个孩子被他排成两排，八个男娃一排，六个女娃一排，在杨六郎的口令下练习转身。

杨六郎发令："向左——转！"

孩子们手忙脚乱地一转，然后左瞄右看，看自己是不是转对了。男队列排第一的男娃转错，险些与女队列排第一的女娃鼻子杵着鼻子，其他娃见了，忍不住哈哈大笑。女娃以为自己搞错了方向，窘得一伸舌头，赶紧转向另一边，却也错了，孩子们笑得更厉害。

杨六郎吼道："严肃！严肃！"

"妈妈的，连个方向都搞不准，真叫你们上战场，那还了得！"杨六郎一指转错的男娃，厉声道：

"出列！"

杨六郎单独让这孩子左转右转，孩子虽然错了几回，最后也还是熟练了。杨六郎叫他归队，继续训练。杨六郎让孩子们向后转，又有不少孩子碰了鼻尖，气得他大喊大叫：

"这边！"

"那边！"

杨六郎太生气了，故意一口气喊了好几个"向后转"的口令，猛然停下，一看，娃们都乱成一锅粥了，一个个面面相觑，队列也老大的不整。这一回，杨六郎自己被逗得哈哈大笑，孩子们却汗颜的汗颜、沮丧的沮丧，最后都望着杨六郎傻笑。

杨六郎重新整理队列。

"立——正！向后——转！"

"跑步——走！一二一！一二一！"杨六郎带孩子们朝寨子外面跑去。

孩子们跟着杨六郎喊："一——二——三——四！"

杨六郎领孩子们呼哧呼哧跑到手扒岩头，遇到刚爬上来的邮差老杜。

"立——定！靠边！等老杜过路。"

"嗬，又搞军训啊！"老杜说。

杨六郎道："什么军训，这是在上体育课！"

老杜："正要去你那儿。"

杨六郎惊喜地问："我姑娘有信了？"

老杜："十八师的。"

杨六郎有点儿失望。

老杜："遇到你，我这一趟就免了。"从邮包里掏出封信给杨六郎，道："你交给他吧，我回去了。"杨六郎看了一眼老杜干干的嘴唇，问："不去喝水了？"老杜瞄一眼远处的山寨："费那么多脚劲去你家喝水，走回来不又干了，不去了。"老杜下岩，杨六郎说："小心点儿！别把你摔成八块！"老杜自负地应道："上来下去又不是一回两回！"

杨六郎瞄了眼信封，上面娟秀的字写着"禾子粒收"。

"向后——转！跑步——走！"

"一二一！一二一！一二三——四！"

脚步声渐渐弱去，孩子们清脆的喊声隐隐传来：

"一二三——四！"

八

夜深人静，禾子粒就着昏暗的煤油灯光伏案批改作业。

这是一篇学生作文：

新知识

今夭，妈妈各草各破了指头，淌了很多血，我就让她休息，我做饭给她和妹妹吃。我洗四个洋玉来切，一不小心把二指头切倒了，rǎn红了洋玉。这时妹妹过来，看见洋玉上的血，问我："哥，这是哪样？"我说："这是将油。"妹妹去告妈妈："哥放将油在洋玉都！"妈说："做洋玉吃你都要放将油！"妈想拿收火gùn打我，但她看出那是我的血了，就把收火gùn shuǎi了，但她还是吼了我，说："幺，又不是过年，你切肉给我吃呀！"我学到了一个新知识，就是做洋玉吃不能放将油。

禾子粒心痛得直摇头，用红钢笔把作文批改了。他疲倦地揉了揉太阳穴，慢慢地把最后一本本子合上。

禾子粒脱衣上床，衣裤搭在桌前一张板凳上。他一眼瞥见墙上的香姐，似乎想起什么，撑起身从桌上抓过行李包，掏出两个已经打开过的信封来，把两个信封里厚厚的信纸都抽出来，将煤油灯移过桌子这一端，靠在墙上看信。开始，禾子粒的脸上是幸福的，但看着看着，神情变得忧郁起来。看完信，禾子粒陷入沉思。对面墙上的“孤独才是最大的敌人”有点儿张牙舞爪的味道。

禾子粒沉思好一会儿，把信装好放回行李包，吹灯睡下。

宁静的山村月色朦胧，寂静中传来一声狗吠，接着是另一声狗吠，再接着，什么声响也听不见了，影影绰绰的山寨罩在冷冷的月色里。

禾子粒睡得不稳，起来拧亮手电抓了几回跳蚤。好不容易迷糊过去，不知多久，听见杨六郎两口子在燕窝里弄出声响，睁眼一看，天麻麻亮了。禾子粒起床来到燕窝，杨六郎两口子背着背篼，提着锄头撮箕正要走。杨六郎惊讶地说：“起这么早哇，十八师！”许仙说：“哎呀，把十八师吵醒了，十八师你咋不多靠一小觉，上课还早哩。”禾子粒说：“睡不着了。你们这是要干啥去？”杨六郎道：“趁凉快挖洋芋去！”禾子粒说：“那我跟你们一块儿挖去。”许仙：“山里头活路不是你个书生干的！”杨六郎：“快回去再靠个回笼觉吧！”禾子粒：“我是来体验生活的，让我跟你们去吧！”杨六郎：“好，让你体验体验！”

走出寨子，才发现月亮还没落坡，西山梁子像一头卧牛舔着一块月饼，而东面山岭在天空一片淡淡的鱼肚白里，像一条作势欲飞的巨龙。走在灌木丛生的小路上，不时听见一两声阳雀的叫声。附近传来人声，杨六郎对禾子粒说：“别怕，那是和我们一样出早工的。”

爬上寨子后面的半坡，到地头了，杨六郎指着一偏坡蔫蔫的洋芋杆，对禾子粒说：“看，遍山都是洋芋。这边的土苞谷产量不高，栽洋芋倒好。还有，栽荞子也好。”禾子粒四下里看，问：“哪儿是荞子呢？”许仙笑道：“洋芋挖完才撒荞子哩。”

禾子粒拿着锄头跃跃欲试："怎么个挖法？"杨六郎看他拿锄头的样子，忍不住笑道："你这是要挖洋芋吗，你这是鬼子要进村了！"许仙："笑哪样，没干过你照样这个样子！"

杨六郎说："十八师，干活不是绣花写文章。挖洋芋，就更简单了，喏，就是把洋芋挖出来！"

杨六郎一锄下去，一刨，一窝土豆像一窝鸡蛋那般滚了出来。

禾子粒学杨六郎一锄下去，一刨，一窝洋芋差不多有一半被锄板劈成两半。禾子粒惋惜道："坏了坏了！"许仙安慰他："不要紧，反正一年到头要剁很多喂猪的。"杨六郎则解嘲道："不挖着洋芋还叫挖洋芋吗！"禾子粒问他："那你咋没挖破呢？"杨六郎指着洋芋苗道："隔它远点儿落锄就是。"禾子粒再挖一窝，果真就没挖破洋芋了。

月亮落坡，东山顶上有了朝霞。一个男娃"哦哦"着把一头牛赶到坡边放牧，嘴里唱着："啊咿哟啊咿哟，放牛喽放牛喽。"不知哪儿有娃接口唱道："啊咿哟啊咿哟，放牛喽放牛喽！"但声音高了八度。禾子粒听着这天籁般的乡间歌谣，一脸享受。

九

太阳在东山露头时，禾子粒身后的新鲜泥土上已经铺了很多洋芋，那些洋芋像鱼浮出水面一样，这儿一堆那儿一群。杨六郎瞅了瞅太阳，说："收了吧，七点过几分了哩。"禾子粒一看手表，七点过五分，就有些惊奇地问杨六郎："杨支书，你看表了吗？"

杨六郎一捋两袖："我哪里戴得起表。"

"那你对时间的估计怎么能精确到分呢？"

杨六郎得意道："我们是古（估）时候的人啊，嘻嘻！"

三人把洋芋收到撮箕里，一撮箕一撮箕抬去倒进背篼。洋芋捡完，两个背篼基本装满。禾子粒要背，两口子不许，各背一背，且各人还搭带一把锄头，剩下一把锄头、一把撮箕给禾子粒，又教他把撮箕挑在锄腕上，锄棍扛在肩膀上，这样省事点儿。

牛背上的孩子对禾子粒说："老师早！"

"哟嗬！"杨六郎夸奖孩子："你儿懂礼貌了啊。好，读书就是不一样！快收牛吧，该读书了。"

身后传来孩子的"收牛调"：

"啊咿哟啊咿哟——收牛喽！"

太阳爬上东山，透过花窗照进堂屋。

禾子粒："同学们，我给你们念一篇作文，是三年级的佟小贵同学写的，题目叫作'新知识'。"

"今天，妈妈割草割破了指头，淌了很多血，我就让她休息，我做饭给她和妹妹吃。我洗四个洋芋来切，一不小心把食指切着了，鲜血染红了洋芋。这时妹妹过来，看见洋芋上的血，问我：'哥，这是什么？'我骗她说：'这是酱油。'妹妹去告妈妈：'哥放酱油在洋芋里！'妈说：'做洋芋吃，你也要放酱油！'妈想拿撴火棍打我，但她看出那是我的血了，就把撴火棍甩了，但她还是吼了我，说：'小子，又不是过年，你切肉给我吃呀！'我学到了一个新知识，就是做洋芋吃不能放酱油。"

禾子粒："这篇作文语句还算通顺。这里要提醒的是，'放什么在什么都'和'幺'都是黔西北方言，其他地方的人看不懂，所以我做了改动。同学们应尽量使用普通话写作。做菜不光是要放酱油的，还要放许多调味的东西——如果这些佐料都有的话。"

学生甲："老师，做菜要放哪些佐料呢？"

禾子粒怔了一下，说："好，同学们，我们就了解一下做菜都要放些什么佐料吧！做菜要放什么佐料，你们有知道的吗？知道的请举手。"

学生乙举手。禾子粒："好，你说。"

学生乙说："盐巴。"

禾子粒："还有什么？"

学生乙摇头。

学生丙："酱油。"

佟小贵："放酱油我写过了！"

学生丙沮丧地坐下。

学生们把自己知道的佐料名都说了出来：

"醋。"

"大蒜。"

"大葱。"

"分葱。"

"茴香。"

"生姜。"

一女学生说："漆蜡。"禾子粒问她："漆蜡是什么？"一男娃抢着回答："用漆树的漆籽籽榨出来的油。"

禾子粒大惊失色："杨支书不是说了，漆树连摸都摸不得，否则要生漆疮，漆籽榨的油怎么可以吃呢！"

女学生："我们家没有猪油，只好吃漆蜡。"

一学生与另一学生交头接耳："十八师连漆蜡都不晓得……"禾子粒听见，正色道：

"同学们，老师并不是什么都知道的人，老师只是掌握的书本知识暂时比你们多一些罢了，在农村，老师的知识或许比你们更加贫乏。宇宙间至今还有着许许多多的奥秘，需要你们去探索去解释，所以，你们一定要努力学习，为将来了解更多的知识打下基础。"

十

正午，杨六郎顶着日头在坡上割草。他背着草回到村口时，正遇见老杜从寨里出来。

“老杜，有我姑娘的信吧？”

“没得。”

“歇口气再走。”

“歇过啦！太阳毒得很，怕下雷阵雨哩！走喽！”

草背回圈边，杨六郎把草锨从草里抽出来，扔了两把草给圈里的黄牛，将绳在草锨上一绾，挎步枪一样挎在左肩上，昂首阔步朝院坝中间走去。他扫了眼正在玩耍的娃们，声若洪钟地吼道：

“四五六！上体育课啦！上体育课啦！四五六！”

四、五、六年级的学生飞快地集结到院坝中央，飞快地排成两行，目光齐刷刷地朝杨六郎看来，仿佛他们是一支等待着首长检阅的队伍；杨六郎的表情，庄重又严肃，确也像一个正在检阅部队的将军。但他双腿有点儿罗圈，不能不让人拿他与坝边一只正在蹒跚觅食的旱鸭子做个比较。

堂屋里传来禾子粒教唱歌的声音。

禾子粒：“长亭外……”

学生：“长亭外……”

禾子粒：“古道边……”

学生：“古道边……”

禾子粒：“芳草碧连天……”

学生：“芳草碧连天……”

今天杨六郎上的是刺杀和擒拿。他对孩子们说：“龟妈！那些见不得穷人喝口稀饭的强盗，见我们有个把牲口，默心默意都想来偷！叫他偷！老子们要他小命——”

杨六郎平端草锨，跨了个弓箭步，大喊一声：“杀！”唰地将草锨刺了出去。他用力过猛，没系紧的锨绳一下散掉，弹回来在他脸上抽了一下，痛得他“嗳哟”一声，娃们忍不住大笑。

杨六郎瞪了眼，娃们赶紧严肃。杨六郎把绳解了，一甩扔进燕窝。有孩子说他们没有棍子，要去找根棍子来，杨六郎不同意，摇着头说：“你们手上没得准头，一个把一个捅个大洞洞咋办。”所以孩子们就握着拳头跟他练刺杀，但小孩子手上能有多大劲儿，一个个的倒有点儿像在推磨。

堂屋传来歌声：

“晚风拂柳笛声残……”

“晚风拂柳笛声残……”

“夕阳山外山……”

“夕阳山外山……”

杨六郎折脸看向堂屋。“十八师今天动感情了啊！”

练了阵刺杀，杨六郎把草锨扔回圈边，教孩子们擒拿。他有个动作做大了点儿，闪了腰，还闪了脖子，动弹不得，扭着腰、背着脸将那个动作保持了半天，像一尊雕像。孩子们纳闷地望着他，不知他搞什么名堂，他骂了：“我妈！一个二个都呆了吧，没见老子闪了腰杆啊！快过来帮老子扭一下呀！”娃们恍然大悟，蜂拥上前，七手八脚地，扶的扶，捶的捶，杨六郎终于缓了过来，端正了脖子，站正了身子。

堂屋里学生们还在唱：“……一壶浊酒尽余欢，今宵别梦寒。”

杨六郎看看天色，揉着腰，哼哼唧唧道：“看来天要下雨，娘要嫁人。好了，今天就上到这里，我教的动作，各人用心体会啊。解散。”

一串雷声从天际滚过。“菩萨爷推磨了！”孩子们奔向院坝边拿书包回家。

雷声震天价响，堂屋的娃们巴不得禾子粒马上下课，可禾子粒神情黯然地看着他们，久久都不宣布下课。娃们看着他，由焦躁变得不安起来。

后来，禾子粒将每一个孩子都看了一眼，无力地挥了挥手：

“下课……”

孩子们没像往回那样争先恐后地蹿出堂屋。他们慢吞吞地往外走，边走边不安地朝禾子粒看。“十八师今天怎么啦？”

苏三妹在桃树上摘桃子。一根老竹竿一头搭在桃树桠上，一头搭在房檐下，上面晒着些洗过的衣服和被单。她把树上的桃子一个一个地瞅，又伸手去捏，选熟的摘来放在花围裙里，围裙撩一角缠在腰上，像袋鼠的口袋。天上的雷声越来越密，一块黑云堆积在头顶。苏三妹爬下树来，这才发现女儿站在树脚。

苏三妹问：“十八师下课了？”

女儿点头，问道：“妈妈，十八师是不是痛病了？”

“嗯？”苏三妹微微吃惊。

“他脸色有点儿不好看。”

“给你焐得有洋芋，快去吃吧，吼雷下雨了，不要出门，啊？”苏三妹刚把竹竿上的衣服被单收进屋，就下雨了。她戴了顶草帽，拎着半围裙桃子，匆匆向雨中走去。

走到半路一拐，苏三妹朝一间隐在竹林里的草屋走去。一条白狗从屋里蹿出，一看是苏三妹，便摇着尾巴领她进屋。不一会儿，苏三妹和林四梅走出屋来，两人打着一把花伞，朝杨六郎家那边走去。

苏三妹：“哪时买了伞哩？”

林四梅脸一红：“他家拿来定亲的……”

“要结了？”

“八一。”

“结了婚他还出去打工吗？”

“去啊，守在家里还不穷死……”

十一

禾子粒拿着封老杜中午送来的信，在屋里烦躁地走来走去。屋外的大雨轰轰作响，一些蚊虫到屋里避雨，不时飞蹿到他眼前，他举手一拍，小东西没拍着，倒把巴掌拍得生疼。

禾子粒将信扔到桌上，背着手埋着头在屋里更快地踱了起来，他一会儿瞄瞄桌上的信，一会儿瞄瞄那不知是哪位教师留在墙上的字，苦恼得直揪头发。再次走到桌子边，禾子粒一眼瞅见桌上的粉笔盒。他从盒里拾起一个粉笔头，一转身朝床对面的墙冲去。

禾子粒面壁喃喃道：“我不是嫌穷……我不是嫌穷！”

禾子粒在“寂寞才是最大的敌人”旁边写道：

致十九师：

大山的孩子需要教育，大山的学校需要教师！这里的孩子需要您，希望您不要像我一样当逃兵！！！

十八师

2006年7月26日

禾子粒转过身，将粉笔狠狠一砸。粉笔从床沿弹到床后的相片上，嗒的一声轻响，掉在床上。禾子粒颇感意外，走过去，跪到床上检查照片，不偏不倚，粉笔在香姐的脸上留了一个白点。禾子粒急忙掏出一块眼镜帕，一手摁住照片，将香姐脸上的白点擦掉，再看，香姐又露出了灿烂的笑容。这时，苏三妹和林四梅走了进来。

“十八师，在给哪个磕头呀？”苏三妹戏谑地问道。

禾子粒慌忙退回地上。林四梅凑近一瞅：“哟，这不是香姐的照片吗！”禾子粒的脸整个红透了。“我看看，我看看！”苏三妹掀开林四梅，凑近一看，“哇——”她指着禾子粒说，“是在悄悄看香姐呀！”禾子粒更窘了，拾起床上的粉笔给她两人看，语无伦次解释说：“我，我，我把粉笔灰弄到香姐的脸上，我那是给她擦掉……”苏三妹：“嗯？你帮香姐搽粉？你还摸了她脸？”

林四梅瞟了眼禾子粒，扯了扯苏三妹衣角：“你再说，十八师要生气了。”

苏三妹这才把包着香桃的围裙放在桌上。禾子粒忙把桌上的信收了。苏三妹道：“十八师你尝尝这些桃子，保证比你们城里买的好吃！我听我家打工的死鬼说，城里卖的水果都是用药水催大的……”

林四梅看着怏怏不乐的禾子粒，惴惴不安地问：“十八师，你是不是病了？”

禾子粒把头摇得像拨浪鼓：“不，不是的……”他环顾屋里，板凳被许仙抬去了，便去那边耳房找板凳。

林四梅打量屋里，发现了禾子粒刚才写在墙上的字，失声道：

“十八师要走了？”

苏三妹吃惊道：“四梅，你说哪样！”

林四梅指着墙壁说：“十八师留话在墙上，意思是要走了。”

瓢泼大雨千丝万缕地从檐上落下，像挂了一笼珠帘。禾子粒掀门进屋，叫了声“杨支书”，没人答应，再叫声“大婶”，也没人应，探头看里屋，没人。“到哪儿去了呢？”禾子粒嘀咕一声，抬了张板凳回这边来，招呼苏三妹和林四梅坐下。

苏三妹指着墙，问禾子粒：“你要走？”

禾子粒不敢看她，搓着手叹了口气，低声说：

“是的。我打算明天一早就走……”

大雨如注，幺老祖公的床上放一口砂锅，地上置一只木盆，从屋顶漏下来的雨水不住地往锅里盆里滴。幺老祖公扶着拐杖，倚着门框焦虑地朝外面说：“六郎，你两个等雨停了再补吧！”

房檐上架着一架木棍楼梯，许仙在梯上举着一把茅草，房盖上的杨六郎弯腰来接，大声对幺老祖公说：“马上就好！”

两口子忙碌了好一阵，才把房盖补好。杨六郎问幺老祖公：“还漏不漏？”幺老祖公：“不漏了！”

这时，雨变得淅淅沥沥起来，太阳露出脸庞，把积云撕得仿佛一朵朵洁白的野棉花。一条彩虹当空架，夕辉里的山村有如仙境一般。

杨六郎下房抽梯，苏三妹和林四梅正好赶到。

“啥？”杨六郎看一眼苏三妹，又看一眼林四梅，吃惊地说：“真要走吗？”

杨六郎沉思良久，发话道：“许仙，你和她两个分头告诉大伙儿一声，明天一早都去送送十八师吧……”

三个妇女分头就走。“哎！”杨六郎对着妻子背影叮嘱道：“等会儿回家，可装作什么也不晓得啊！”

杨六郎上山，拱进湿漉漉的灌木林，拨开一丛蕨草。“哈！”他叫了一声，捉起一只被铁夹夹住了脚的灰兔，自语道：“可有晚饭菜了！”

晚饭，许仙不住地给禾子粒搛兔子肉。禾子粒几番想说点儿什么，杨六郎都搪了回去。

“吃吧！吃吧！”杨六郎喝一口苞谷酒。

……

“吃不言，睡不语。来，来来，搛肉！兔子肉嫩哩。”杨六郎又喝一口酒。

……

“有啥事，明天再说。”杨六郎把土碗里的酒喝完，伸着懒腰打着哈欠说：“十八师，去睡吧。许仙，封火。”

禾子粒和衣躺在床上，翻来覆去睡不着。

油灯的焰子小下去了，禾子粒端过墨水瓶做的油灯一看，灯油干了。他一咬牙，把换下来的衣裤塞进行李包，然后木然地躺下。

灯焰一跳，熄了。

十二

窗外微亮，禾子粒起床，把行李包挎在肩上，摸索着来到外间，轻轻抽掉门闩，再轻轻拉开屋门。他看见杨六郎和许仙站在燕窝里，尴尬地刚想开口，他的眼角瞄到了什么，侧脸一看，就惊呆了。

杨家院坝里站满了大人小孩。

杨六郎跨前一步，抓起禾子粒的手紧紧地握住，平静地说："乡亲们晓得你要走，都赶来送你一程。"

禾子粒的目光在人群里搜寻。走漏了消息的苏三妹和林四梅像一对面对枪口即将就义的姐妹，凛然地看着他。

"十八师！"苏三妹大声说，"你一来，我们就习惯地开始数日子，看数到哪一天你会离开，今天才是第二十二天哩！"

杨六郎喝道："喊哪样你！十八师教了二十天还不够心！"

苏三妹顶嘴道："我就是要喊，喊出来心里才好过！那十七个，哪个不是因为过不了穷日子才下山去的！我看，十八师也是过不了穷日子！"

一听这话，有人便小声议论开了：

"还不是怪我们祖先选错了地方……"

"就是……"

杨六郎扯破喉咙大喝一声：

"都——闭——嘴！"

坝子里陡然间鸦雀无声。

苏三妹一嘟嘴，委屈地说："我晓得，十八师是怕留在大山当姑爷！十八师，昨天，我不过拿你跟香姐开句玩笑！再说，香姐怕还没得男朋友吗……"

"嗯？"杨六郎一听好生意外。他一连"呃"了好几声，恼怒地指着苏三妹吼道："说哪样屁话哩，你！你你你你……公章！老子要杵公章！罚你五十块钱！"

苏三妹怕了，紧张地躲到林四梅身后。

杨六郎拉着禾子粒，捶胸顿足地说："惭愧呀！丢脸呀！你看你看，兹些人说出兹种话来，真的是文化少学了两个呀！"

"禾子粒同志！"杨六郎松开禾子粒，说："我给你坦白了吧。听说你今天一早要走，我让大伙儿这一大早都来，明着是送你，实际是想感动你，看你感动后能不能再留几天。那时，我家香姐也就回来了，这样，孩子们也就不落课了。但是，我没想到苏三妹……我还真是不好再留你了。”

“好啦！”杨六郎抹了把脸，真诚地看着禾子粒，“你教了娃们二十天，我们知足了，我们感谢了！”

杨六郎朝禾子粒双腿一并，敬礼。

然后一挥手：

“送十八师！”

“等等！”禾子粒说。

杨六郎一怔。

禾子粒掏出一张揉皱了的信纸，道：“佟小贵！”

一毛头儿娃高声答应：“有！”

禾子粒：“你过来。”

禾子粒把信纸递给佟小贵：“念。”

天已透亮。

“禾子粒……”佟小贵念了这三个字，怯怯地看着禾子粒，“我最后一次……”

佟小贵说：“老师，这字我认不得。”

禾子粒仰着头道：“‘警’字。”

“警告你，收到此信再不回来，我就不再是你的未，未……”

禾子粒：“‘婚’字。”

“婚……”

禾子粒：“‘妻’！”

“妻，你也不再是我的未婚夫，吴云云，2006年7月20日。念完了，老师。”

佟小贵将信交还禾子粒。

坝子上死一般寂静。忽然，山洪暴发一般，一坝子人高喊道：

“十八师，走吧！”

“走吧，十八师！”

禾子粒被卷入人的漩涡，有人夺过行李包，有人往他衣兜里塞果子，禾子粒身不由己，像浪端的一片叶儿，被人们簇拥着往寨外走去。

直到手扒岩，人们这才站住。

杨六郎把禾子粒的身子扳过来面朝自己，标标准准地又敬了一个军礼。

“十八师，再见！记住还有大山这样一个地方！”

禾子粒一一看了遍所有的人。

“十八师慢走！”

“十八师走好！”

禾子粒不敢再看大家，朝这些人深深地鞠了一躬，赶紧转身下岩。

岩头沐浴在晨光里，人们默默地、目不转睛地望着他。

下到岩脚，禾子粒回头。大伙儿还在默默地望着他。

禾子粒费力地挥了挥手，转过身去。

一步，两步……

那些泥土一样的山里人还在山岗上，默默地望着他。

三步，四步……

禾子粒的脚步越来越沉。

突然，一阵歌声在岩头响起，一如来自半空。

禾子粒两肩一耸，背对手扒岩站住了。

“长亭外，古道边，芳草碧连天。晚风拂柳笛声残，夕阳山外山……”

禾子粒泪水夺眶而出。

“天之涯，地之角，知交半零落。一壶浊酒尽余欢，今宵别梦寒！”

禾子粒双膝一软，咚地跪倒在地。

“噢——”

禾子粒发出狼一般的怆号。

他把那封信掏了出来，几把扯得粉碎，一扬手，纸片像一群蝴蝶在山谷里翻飞。

“噢噢噢噢……”山谷里回响着禾子粒的声音。

禾子粒转了回来。

山谷上空，一群鸽子在飞。

湛蓝的天空响着清脆的鸽哨。

十三

一男娃抱着一只南瓜来上学，把南瓜送给禾子粒：

“老师，我爸爸妈妈送给您的。”

许仙帮他接去放桌上，南瓜忽然一分为二，滚出头十个鸡蛋来。

杨六郎见了，若有所思。

中午，杨六郎到处贴纸，有的贴在岩石上，有的贴在树上，但凡路口都贴了。

所有的纸上，都是杨六郎的亲笔：

捐蛋启示（事）

各位乡亲：

为解散（改善）十八师生活条件，请大家勇（踊）跃一点，匀个把鸡蛋给十八师吃。

大山村党支部

大山村村民委员会

（章）

2006年8月4日

一个大娘提着一只草篓到杨家，草篓里有五六只蛋。许仙过意不去地对大娘说：“听说您老人家一天给小孙孙凑一个鸡蛋钱，凑到他长大时给他说媳妇，怪不容易的，您老人家就把鸡蛋留着吧！”大娘说：“小孙孙找媳妇那是以后的事，找媳妇以前还是要读几年书嘛，十八师教得辛苦，吃几个鸡蛋，应该的。”许仙感激地接过草篓，把鸡蛋捡进床底一只提篮。提篮里的鸡蛋已有半篮儿。

傍晚，杨六郎划了些篾片在燕窝里补撮箕，禾子粒也坐在燕窝里看书。杨六郎：“明天撒荞子，把撮箕补一下。”许仙掌灯，从床下取两个鸡蛋出来，正要把蛋在碗沿上磕破，被禾子粒瞅见，禾子粒叫道：“大婶，别弄别弄，我不吃。”杨六郎扭头一看，道：“十八师，这是乡亲们专门送给你改善生活的嘛，怎么不吃！”禾子粒说：“吃得够多的了，这一顿不想吃。”许仙将信将疑。禾子粒说：“婶，我真的不想吃。”

正午。晴空万里无云，山间到处有人。

禾子粒和杨六郎两口子在寨子下面挖过了洋芋的土头种荞子。他们先把地整平，撒上草木灰，然后杨六郎用一张蓝布围裙兜着荞种，抓一把，撒一把，把荞种撒在地里。杨六郎用力把荞种往天上撒，边撒边喊：“朝天一撒，结成把把！”荞种落地，像下小雨。禾子粒和许仙跟在他后面，禾子粒学着许仙，用锄头片轻轻喙土，把荞种嵌进泥里。

“六哥！”老杜在土坎上喊杨六郎。

“哎！”

“你姑娘来信了！”

“啊？！”

许仙兴奋地说：“快看看，我们姑娘说些哪样？”

杨六郎就在地里看信。看着看着，眉毛胡子耸作一堆。许仙一看他神色，焦虑地问：“姑娘说哪样了？”

杨六郎将信一揉，塞进衣兜。

许仙忐忑地问：“姑娘究竟说了些哪样？”

“别问啦！”杨六郎瞥瞥禾子粒，说：

“我要开一个村民代表大会！许仙，通知一下！今晚上开一个村民代表大会！”

夜蛙声声，杨六郎家堂屋花窗里漏进来的风若有若无，把神龛板上的油灯拂得忽明忽暗。许仙拿一只针把灯捻挑大，灯焰抵抗风的能力增强了，站得稳稳的。上一次村民代表大会参会的人都参会了，主席台的人也按上一次的座次来坐。

杨六郎低调地问："都到齐了吧？好，现在开始开会。"

杨六郎："今天晚上这个会，两个议题。一，我在会上做自我批评；二，我在会上进行公开声明。"

大伙儿窃窃私语。许仙不知男人要说什么，忧虑地看着杨六郎。

"大家不要说话。"杨六郎酝酿一下，沉痛地道，"六郎有三个对不起啊——一我对不起祖宗，二我对不起乡亲，三我对不起十八师！"

大伙儿你看看我，我看看你。

杨六郎说："今天，香姐写了封信回来，向我坦白说，她并没参加学校安排的社会实践，她嫌教书的职业不好，早在一毕业就去沿海打工了……"

"啊？！"许仙一声惊呼。杨六郎示意她别插话，继续说：

"我没把姑娘教育好，我对不起祖宗先人啊。香姐吃大山的饭长大，大山的乡亲们没少照顾她，五岁那年发高烧，是赵德会医好的（赵德会谦和地笑笑），九岁那年摔一跟斗，肩膀杵脱，是幺老祖公接好的（幺老祖公心有余悸地摇了摇头），十八岁考取师范学校，是大家凑钱给她入学的（大家显得很自豪）——好了！死妮子翅膀硬了！不回大山教书了！飞了！"

杨六郎又是抓头发，又是擂木板。

大伙儿面面相觑。

"连从大山走出去的姑娘都不肯回到大山来，我们还有资格让人留下来？我把十八师留下来，这简直是犯罪！十八师，我我我我……太……对不起你啦！"

禾子粒急切地想要表达什么，杨六郎举手阻止。

杨六郎一旋身，"咕咚"跪在神龛前，磕了三个响头。

“杨家祖宗先人，我——请罪！”

杨六郎起身，向主席台鞠躬，向会场鞠躬：“各位乡亲父老，六郎道歉了！”

众人呆若木鸡。

杨六郎转向禾子粒，“咔嚓”立正敬礼：

“十八师，我对不起你！”

禾子粒手足无措。

杨六郎归位。

杨六郎：“下面，我宣布两个决定，第一，请十八师明天就离开大山；第二，我，我公开声明——和香姐断绝父女关系！”

杨六郎话音未落，满屋哗然。许仙失声痛哭。

十四

“杨支书，我想讲几句话。”禾子粒说。

杨六郎看着禾子粒。禾子粒神情肃穆。

杨六郎：“请讲。”

禾子粒起立，向主席台点头致意，向会场点头致意。

禾子粒说：“我来大山村的时间不长，但也还是有些天数了，我非常感谢杨支书一家和大家对我的照顾，从大家对我如此关怀的角度出发，我非常愿意把自己当成一个大山人。从一个大山人的角度出发，我针对我们支书刚才的决定，发表两点意见，一，请杨支书不要撵我走，我还想再教教我的弟弟妹妹们；二，我不同意杨支书与香姐断绝父女关系……”

马上有村民代表附和禾子粒，表示不同意杨六郎和姑娘断绝关系。

禾子粒说：“我不同意杨支书和女儿断绝关系的理由至少有三个。第一，父女关系是生就的，不是想断就断得了的，哪怕你用法律的手段断绝了这个关系，但事实上你们还是父女关系，对不对？第二，哪怕作为父亲，你也不可以强行要求你的女儿按照你的意志行事，更不能以女儿不执行你的意志来作为和她断绝父女关系的理由。你希望香姐回大山教书，这种心情可以理解，但是，这只是你的愿望，光有你的愿望是不成的，还得看香姐的想法，如果她的想法跟你的愿望不同，那你必须尊重她的选择。第三，我想请问，农村的教育究竟为了什么？难道说就是为了让农村孩子好不容易闯出去后，再回到农村来吗？如果这样，我坚决不赞同！如果是这样，我宁愿不再在大山教书了！”

禾子粒坐下。

满屋哗然。

“对头，不许你和香姐断绝关系！”

“姑娘又不是你一个人生的！”

“香姐是大姑娘了，她自己的事情应该由她自己拿把握！”

“不许重男轻女！”

“叭！”杨六郎拍了一巴掌木板。脆响。

满屋无一人再敢吱声。

“还有说的没有？”杨六郎说。

“好，好！好啊！平时张姓打架李氏分家，鸡啄辣子狗吃苞谷，都是我断的案，今天我和姑娘也要闹不团结了，我这家事，也交给你们管一回！说！各人说各人的看法！说！”

杨六郎又拍一掌，枋板一声脆响。

没人说话。

“哑了算球！”杨六郎陡然起身，旋风般回耳房拿来纸和铅笔，还有剪刀和粉笔，气咻咻道：

“既然不愿意说，那就写呗。四梅，你来帮我！”

杨六郎让林四梅把纸剪成小片，说：

“无记名投票！赞同我和香姐断绝关系的画圈，反对的画叉，既不赞同也不反对的什么也不画！十八帅也有一票。”

林四梅发纸，杨六郎握紧铅笔，率先在纸上画了一个圈，把铅笔递给幺老祖公：“你来画，记住了，同意画圈，不同意画叉，不同意也不反对就别画了。”杨六郎见幺老祖公画了个叉，撇了撇嘴，把笔传下去。

纸收回来，杨六郎让林四梅唱票，他亲自在黑板上计票。

林四梅唱票：“叉，叉，叉，叉。”

杨六郎：“哦？反对票不少！”

林四梅：“圈。”

杨六郎：“也还有人和本支书思想保持高度一致。”

林四梅：“叉，叉，呃……呃……呃……”

杨六郎：“怎么了，你一顿胀了八大碗，哽出一串嗝来？是圈还是叉呀？”

林四梅：“不是圈……”

“是叉？”

“也不是叉……”

杨六郎不满地瞪她一眼：“那是弃权票嘛。”

林四梅瞟了眼禾子粒：“可纸上有字。”

杨六郎感到惊讶：“什么字？念给大家听一下！”

林四梅念：“申——请，我申请给香姐去一封信，看能不能劝她回家教书。申请人，禾子粒。”

杨六郎看了看禾子粒。

“十八师打报告……好吧，当场批复：同意。”

林四梅把票数统计出来，在黑板上计算了一下，宣布投票结果：“参加投票的24人，投票24票，有效票24票。其中，赞同票7票，反对票15票，弃权票2票。支书同志，情况就是这样的，报告完毕，请你最后定夺。”

杨六郎沮丧道：“还有哪样好定夺的，结果不是明摆着吗……好吧，少数服从多数。行了，行了，本次会议的问题解决了，大家有事报告，无事回家压床板去。”

禾子粒举手：“我有事！”

杨六郎慌忙把他的手拽下来：“不要举手，你是客人。十八师，你有啥事？”

禾子粒：“趁这个机会，我很想谈谈我个人的感想，但不知耽搁大家睡觉的功夫没有？”

杨六郎：“早死三年要睡多少！十八师你有啥子想法，尽管说。”

大家的目光聚集到禾子粒脸上。

“谢谢。”禾子粒缓缓道：“通过这些天在大山的生活，我个人感觉，大山应解决几方面的问题，提出来与大家斟酌。第一，我认为大山最致命的是交通闭塞。没有出山公路，大山不能与外界互通有无，严重制约了大山的经济发展。大山的马铃薯、荞子等特产的产量相当大，可是运不出去，这是很可惜的。如果有一条出山公路，这些特产的种植面积还可增加两三倍。大家都知道，马铃薯喂猪产生的经济效益更大。如果把马铃薯和荞子加工成纯天然饲料，经济效益更是不可估量，这个我可以去查资料或请有关专家来论证。”

禾子粒接着说：

“第二，我深深感受到大山人民对教育太重视了，大山后代对知识的渴求太强烈了。渴求知识，重视教育，说窄一点儿，是一个地方非常有希望的体现，说宽一点儿，是一个民族非常有希望的体现！不可否认，城市的教育条件比农村好得太多，但很多城里人的理想，远远不如农村孩子！当兵，当教师，当医生，农村娃这些志向非常实在！而很多城里孩子，他们崇拜的是歌星、影星，拿着荧光棒追着歌星的屁股跑。我不知道城市的未来一代将来能够为国家做些什么。好，我把话说到正路上，大山小学之所以留不住教师，归根结底源于闭塞引起的贫穷落后。教师来到这里，与世隔绝不说，连基本的待遇都没有，谁待得下去呢？”

禾子粒久久地沉默。堂屋鸦雀无声。

禾子粒：“还有件事要提请会议通过。这些天，大家为我捐了很多鸡蛋，我非常感谢。但是，我要告诉大家的是，那些鸡蛋，我吃不下，我也不能吃。我想把它们卖掉，给学生们买些纸笔。”

会场有点儿骚动。

杨六郎：“不行！十八师你需要营养！”

禾子粒：“就让我为大山做一件事吧！”

杨六郎：“……大家说呢？”

幺老祖公：“既然十八师可怜娃们，硬劝他吃，他吃了心里可能也不好受。不如尊重他吧。”

杨六郎：“好吧，会议原则同意十八师同志关于不吃鸡蛋的请求，中共大山村支部委员会、大山村村民委员会谢谢你，十八师！”

禾子粒合掌给大伙致意。

杨六郎：“十八师这一说，我倒有了个想法。从今天起，每家人一天凑一个鸡蛋去卖，这笔钱交给村里统管，作为大山村的教育基金！你看这样要得不，十八师？”

禾子粒：“我不反对。但这是杯水车薪。我想，我们还是要从根本上解决问题。一是要把出山公路修通，二呢，在山上办一个银行！”

“啊？”杨六郎：“在山上办银行？！”

禾子粒：“种树。大山大山，还不靠山吃山吗？”

“哎呀！”杨六郎一拍脑门，“我怎么就没想到！看看，大家看看，读书人就是有办法！对，把钱存在山坡上！”

十五

拥挤的乡场上，禾子粒挎着空提篮从收鸡蛋的摊子那边过来，走进一家小百货店。禾子粒向售货员买了好些本子和笔，他问：“有童话书吗？”售货员摇头。禾子粒：“您知道哪儿有卖呢？”售货员答：“县城有吧。”

禾子粒走进乡邮电所，从挎包里掏出一大摞信来。柜台后面的女邮员惊讶地说：“寄这么多信？”禾子粒“嗯”了声，把信交给女邮员。女邮员好奇地检视一封封信。禾子粒向公话间走去。

禾子粒在给同学打电话。

“……对，我已分别给有关部门写了信，看能不能给村里争取到一些支持。你让几个老同学都收一下旧书，哎，小说也行，给孩子们作课外书籍……对，尽快寄来，谢谢啊！……”

庄稼收完后，天气渐渐转凉。一个打工青年提前返回大山，他一头染得金黄的头发好似一个正在落叶的山林。

村民们集中在杨六郎家院坝，每个人手上都有工具，有的是锄头，有的是撮箕，有的是钢钎，有的是大锤。杨六郎在燕窝里将大家扫了一眼，说：“九九双枪将通通回家！三八红旗连的跟我出发！”幺老祖公道：“回家干啥！我们早就想修路了。”杨六郎：“你们一个个都拄棍捉棒的，还有鬼气力修路！”幺老祖公生气道：“小老六你瞧不起人不是！人老骨头硬，越老越展劲！不信，老子和你比一比！”杨六郎忍俊不禁：“比哪样呀，比气力大？”幺老祖公气哼哼别过头去。一老大娘道：“我们气力比不了你，但多一双手总是多一分力，做不了什么，我们抬点儿小石头总可以吧！就算不做啥，给你们烧洋芋做早饭还不行？”

杨六郎苦笑：“行，行！出发！”

杨六郎用力朝手扒岩砸了一锤：“先把你狗日的抠开！”回头对众人道：

“干喽！就是啃，也要啃一条路出来！”

老杜背着一只大麻袋来到山寨，掏出一摞摞书，有新的，有旧的。

禾子粒把书分给孩子们。孩子们欢呼雀跃。

杨六郎背着炸药攀爬手扒岩。他站在岩头，两手卷成喇叭筒：

“放——炮——喽！”

轰的一声巨响，岩头腾起一股轻烟，碎石炸得满天飞。

“九九双枪将”和“三八红旗连”在工地忙碌着。放学，禾子粒带着“六一儿童团”前来参战。

娃们在杨六郎的调度下，抬着撮箕碎石，连成一长串，一边走，一边整齐划一地喊：

“一二一！一二一！……”

禾子粒唱：

“大山的火车！大山的火车开哪里？”

孩子们和：

“开北京，开上海，开天津，开深圳。”

众乡亲齐和：

“大山开门！开门，开门，开开门！我们要出山！我们要出山！”

十六

一个蓝衣姑娘身背行李包走在山谷。姑娘二十多岁，脸圆圆的，眼大大的，长得乖模乖样，走起路来蹦蹦跳跳，看不够地打量着身边久别的自然……

毛路已修到手扒岩最悬的地方。

杨六郎吼一嗓子：“歇口气喽——”

杨六郎在一块大石头上坐了，从裤兜掏出一个塑料布缝的烟包，拿出一匹叶子烟来卷了一根，从裤腰上抽出烟杆来把烟装了，掏出打火机把烟点上。杨六郎使劲抽了一口，舒坦地吐出一大股烟雾。又抽一口，抹了抹烟嘴，将烟杆递给幺老祖公：“你老先咂。”

幺老祖公非常惬意，烟抽得很香。

杨六郎：“趁这一口气，各人家来领春季植树造林任务！”

众人聚到杨六郎一周。

“林四梅！你家任务是母鸡山……”杨六郎一眼瞥见林四梅男人，不满地说，“我说你个表妹夫哩！头发染得像个黄母鸡！在福建我管不着，但不是回来了嘛，回来你要听我当哥的话——剪球了！再不剪，老哥我下个文件，杵颗公章，罚你五十块钱！”

林四梅呸一声，嗔道：“管事管得宽，管到人家脚杆弯！”

“好你个林四梅！”杨六郎打量一下基本成型的毛路，呼地吹了口烟，说，“今天心情好，不跟你计较！”说着拾块石片，在身边顽石上有节奏地敲了起来，快活地打起了“莲花落”：

好个老表林四梅，
不光模样长得绝。
带头不嫁山脚汉，
这种做法表扬得！
——嗨！表扬得！

众人哗然大笑。

杨六郎起身：“好了好了，天快黑了，干活！”

一轮冷冷的残阳快要落山了。

杨六郎筑好一窝炸药，像只公鸡站在岩头，两手卷起喇叭，声音好似男高音歌唱家：

“放——炮——喽！”

“有人过路不得？放——炮喽！”

禾子粒：“杨支书，小心点儿！”

杨六郎：“老炮兵啦！十八师，快带‘儿童团’到岩背后吧！”

许仙：“叫你小心你就小心！啊？”

杨六郎咧开大嘴一笑。等人们都藏到岩背后去了，便用烟头去点导火绳，导火绳哧哧冒烟，这才大步离开，转到岩背后去。

杨六郎笑嘻嘻看着许仙：“怕我死呀？死了好嘛，你可以再找一个，哈？”

许仙骂道：“老不正经！”

禾子粒对许仙说：“手扒岩快打通了，看把杨支书高兴的。”

杨六郎开心地笑了，说：“十八师，以后交通方便了，要经常来看我们啊！”

许仙：“十八师你不晓得，他其实巴不得你留在大山不要走了！做梦都在喊你名字呢！”

林四梅：“表嫂，表哥没喊我名字吧？”

许仙：“死蹄子，才嫁人就变骚啦！”作势欲揍，林四梅咯咯笑着藏到苏三妹身后去了。许仙一追，不期绊了一跤，一头扑到幺老祖公怀里。幺老祖公吓了一跳，说：“哎！你们年轻人！开玩笑找好对象！”许仙脸红了，所有的人开怀大笑。

杨六郎：“嘿？炮咋不响？”

又挨了一会儿，杨六郎吃惊地说：“哑啦？”侧着耳朵再听，还是不见声响。杨六郎很不服气地说：“老子也放哑炮，稀奇古怪喽！”骂骂咧咧去查炮。

蓝衣姑娘快走到手扒岩的时候，从手扒岩那边传来轰隆一声闷响。她不知那是什么声响，迟疑了一下，快步朝手扒岩走去。

苏三妹赞道：“六哥不愧是老炮兵，人到炮响……”话没说完，许仙已朝岩那边奔去了。苏三妹意识到了什么，大叫一声：“糟啦！”急追许仙而去。禾子粒一愣，其他人早已拔脚跟在她们身后。

禾子粒几步抢上前去，许仙已是号啕大哭地在岩边跑来跑去，看着岩脚想跳下去的样子，要不是苏三妹和林四梅拽住，她真的怕就跳了。禾子粒一看，倒吸一口凉气：杨六郎血肉模糊躺在岩脚！

禾子粒第一个抢到下岩路口，连溜带跳下到岩底，一把将杨六郎搂在怀里，失声痛哭。

许仙以头抢地。

一干妇女大放悲声。

“爸——”一个人撕心裂肺一声叫，猛地扑到杨六郎身上。

禾子粒一看，是个似曾相识的蓝衣姑娘。

蓝衣姑娘：“爸，我是香姐！你快看看，我回来了呀——”

禾子粒缓缓把杨六郎的尸体捆到背上。

山风呜咽。

禾子粒背着杨六郎一步一叩往手扒岩上爬去。

背影壮烈。

血如残阳。

残阳如血。

杨六郎沾满鲜血的脸仿佛一朵火红的杜鹃。

十七

两年后。

杨六郎墓边，杜鹃开得血红。

禾子粒把一束杜鹃放在杨六郎碑前，声音嘶哑地叫了声：“爸……”

他扶起香姐。

两人缓缓向崭新的山村走去……

守卫大森林

吕　斌

人生虽然漫长，但关键只有那么一两步。

一

王长工站在林业局门口几经犹豫，走了进去，有点儿英勇献身的意味。

在一间办公室，他见到了负责人，这是个胖男人，四十多岁，眼珠子很大，脸上的肉往下嘟噜着，胖子审视王长工几眼，似乎有一种不信任，问："你清楚你要志愿做的工作是干什么吗？"

王长工坦然地说："防火瞭望员。"

胖子怀疑地看着王长工说："我知道你知道是防火瞭望员，我是问你……怎么说呢……"

王长工听着他那绕口令般的话，明白了他想问什么，更加担忧，谦恭地说："我不知道，您能给我介绍一下吗？"

胖男人平放在桌子上的两只手白然地搓着，思量着，好像很为难，转身从后面的书柜里拿出一叠纸，递给王长工，说："你看看这份材料。"材料写道：

瞭望员工作的地点在阴山县的第一高峰上，这座高山叫高格斯台罕山，也叫大罕山，它坐落在阴山县的北部林区，海拔1531米，罕山防火站距离县政府所在地天山镇150多公里，而瞭望台距防火站20公里。这里是树木的海洋，动物的天堂，唯独不适合人类居住。可瞭望员必须住在这里。罕山林区是阴山县的水源涵养区，是黑哈尔河、苏吉河、达拉尔河这三条河流的发源地，对调解气候、保持生态平衡、促进农牧业生产和发展起着重要作用。罕山顶上设有防火瞭望台，有三间平房，房顶上有个小阁楼……

王长工的眼光随着字一行一行往下流动，这是在深山老林里，怎么住？怎么吃？有毒蛇野兽怎么对付？刮风下雨怎么办……他把材料还给胖男人，胖男人说："在山上当防火瞭望员，艰苦程度难以想象，先招来的几个大学毕业生志愿者干的时间不长都先后不干了，你可能问，为什么非招大学毕业生呢？这是——用你们大学毕业生的话说——时代的需要，招来的人要知道怎么把防火科学化，怎么对原始森林进行科学研究，动物植物怎么保护，也就是说不单单要懂防火，还要进行科学研究，将来建个研究所，把防火和保护生态统一起来……当然，说到天边，第一位的还是防火，防不住火，就什么也谈不上。"

王长工脑子开始发热，刚才还在担忧这份工作太苦，经胖男人这几句解释又心动了，在山上进行防火和动植物科学研究太诱人了，这和钱学森建立导弹基地没啥两样，应该大胆应试。

胖男人说："原来的老瞭望员在两年前就退休了，没人接替他，他一直坚守在山上，你要是想好了做志愿者，就不用笔试和面试了，马上可以上岗，试用一段时间看看，你什么时候不愿意干了随时可以离开。"

王长工满怀信心地说："我可以试试。"

胖男人很高兴，说："希望你能留下来。咱们认识一下吧，我叫白开水，是局里分管防火的副局长，过来握一下手吧，今后我们就是一个系统的同事了。"

王长工有点儿豁然开朗，大学毕业后第一次有了同事。他握着白开水肥胖的手，一股热流涌遍全身，他感受到了这个胖局长盼望他留下来的心情，这是一项艰难的工作，也是一项急需人的工作。他打量着这个胖局长，看上去脸子冷淡，其实心很善良。白开水说：“你还没吃饭吧？咱们林业局有宾馆，也有食堂，走，我带你去食堂吃饭。”

二

晚上，王长工躺在林业局窄小、潮湿、安静的宾馆房间里，有一种寂寞的感觉。在这县城他没有熟人，也没有事情可做，一切都是等待。他来到这里完全是一个意外……

那天，王长工跑了一天，疲惫不堪地躺在破床上，头枕着行李，展开报纸看广告版，随着眼光的移动，一行大字映入眼帘：招聘防火瞭望志愿者。

他脑子闪过一个念头，防火，瞭望，那一定是在野外，有野生动物和植物，自己学的是生命科学专业，适合搞科学研究，自己想找的就是这种工作。他往下浏览：由于上两次招聘的防火瞭望员志愿者弃岗，紧急招聘防火瞭望员志愿者一名，条件是全日制专科以上文凭，报名后有笔试、面试，如果报名达不到一比三比例，取消笔试和面试，直接上岗，签订一年合同，合同期满后如能胜任工作，双方协商一致可转为事业编制。

咦，这么优厚的待遇，先前干的怎么弃岗了呢？听说没几个人报名，我应该去试试。他兴奋地坐起来，想给白雪打个电话，告诉她自己找到工作了——慢，还是到报名的地方弄清情况再说。看看启事落款，是阴山县林业局，这是个离市区300多公里的县，后天就到报名截止日期了，得马上出发。

王长工把牙具等日用品装进包里，看看铺盖和暖壶什么的，这些东西都是白雪送来的，不能带了，这一去不知道能不能再回来，得给白雪发个短信，让她把这些东西取走，这个出租屋暂时退掉吧。他走出屋，扯上咧歪着的门，没锁，这个屋他从来不锁，屋子里没有值钱的东西。

他进了个家常菜饭馆，手机响了起来，他按键看了看收到的短信：“你上哪儿去？”回复道：“上边疆去，到祖国最需要的地方去。我不去就没处去，你不是说等我有了工作再跟你父母说咱们俩的事吗！我有工作了，是志愿者，照样实现我的人生价值，你看着办吧！”

饭馆里依旧冷清，这个又脏又破新开张的饭馆没几个人吃饭，老板是乡下人打扮，肥大的衣裳，不太干净的脸，细小的眼睛，讨好的神态，招呼王长工：“这两天咋不着调来吃饭？工作找啥样了？”

“差不多了。”王长工懒得搭理他。

这时，老板凑过来讨好地说：“你就在我这儿端个菜倒个水的将就着干得了，大学生又怎么样，还不是找不到工作。”

王长工不耐烦地挥挥手，说：“少啰唆，我急着去上班，上饭！”

老板一愣，对王长工另眼相看了，说：“好，这就上。”转身朝后屋喊：“面条一碗，咸菜一碟！”

屋子里仅有的两个吃饭的人朝这边望，王长工脸热，心想：嚷嚷啥，蔫不拉唧上饭得了。他很想要一瓶啤酒，一盘饺子，炒两个菜，外加两头大蒜，让老板开开眼，可是他兜里没多少钱，得计算着花，没有后盾就没那个勇气。

面条上来了，一碟蒜泥拌海带丝也上来了，他埋头吃，面条难以下咽，但他必须强咽下去。吃完饭，他出门时，老板照例朝他喊：“下次再来呀！”

王长工心里话：这个破地方，再也不来了，下半辈子都不来了，小瞧人。

他甩开步子朝车站走，手机响起了短信的声音，他打开看：“我在你的出租屋，你在哪里？”

我在哪里？我在实现理想的路上。

三

早饭后，王长工走进白局长办公室，白局长正伏在桌子上看报纸，抬头说：“送你的车已经准备好了，停在院子里那辆就是，你这就上山吧，司机小吴先送你到罕山防火站，你到陈规站长那儿报到，他送你上山。”

王长工想到了抗战电影中的镜头，女游击队长入党时，说了一句情真意切的话：“从此我就是党的人了！”我呢，从此就是山上的人了！

白局长把王长工领到车旁，司机小吴三十多岁，猴子一般瘦，跳下车，热情地跟王长工握手，让王长工上车。小吴是个老司机，车开得麻利。跑在路上，他打趣地说：“这半年我往防火站送三次人了，一个也没留下，都跑了。”

王长工问：“为啥都跑了呢？”

小吴望着前面，握着方向盘，在坑包中熟练地驾驶着车，说：“那个大风小嚎、孤零零的山上，谁能待得住，也就是陈规那个……”他打住了话头，后半句一定是难听的话。王长工装作没在意，却对陈规充满了好奇，问：“陈站长原来是干什么的？”

小吴转动着方向盘，说：“他嘛，干一辈子防火瞭望员。”

路上的坑洼大起来，小吴紧忙活，王长工从小吴的神态上看出，他不相信自己能干长，怕是和先来的年轻人一样，几天之后就离开这里。王长工对自己也没把握，不再说话。路两旁是丘陵，有荒野，也有庄稼地，荒草地开着五彩缤纷的花，蝴蝶在上面飞舞，百灵鸟在空中振着翅膀歌唱；庄稼地红一条、黄一条、白一条，红的是高粱，黄的是谷子，白的是荞麦，在远处大山的映衬下，有一种神秘的色彩。

车在坑洼不平的路上左右摇晃，王长工昏昏欲睡。前面是望不到头的荒野、大山，他从来没有在荒凉的田野和大山中走这么远的路，还要走多远呢？城市越来越远了。白雪在干什么呢？她知道我正往一个深山老林里面走吗？知道了会怎么想呢？

车颠簸到中午，王长工在一个山洼里看到了一幢房子，在四周巍峨的大山下，房子显得那么渺小、孤单。房子四周用木栅栏围着，旁边有一垛牛粪，房子另一边有一个什么圈，里边似乎有猪、驴什么的，太远看不清；房子后面有一条小溪。小吴望着那幢房子说："防火站到了。"

这就是防火站？防火站应该是一个大院子，有挺多人，机器轰鸣，马达欢唱……眼前却是一户人家，孤独地坐落在这山洼里，寂静又寂寞，这怎么能称作"站"呢？

车到房子大门口停下，一个枯瘦的五十多岁的男人从屋子里走出来，站在屋前，脸黑灰色，披着一件蓝色褂子，看着车，目光阴郁，这目光让王长工想到了白局长，这儿的人是不是都是这种冷淡的眼光？小吴朝男人喊："陈站长，又给你送来个大学生。"

陈站长一瘸一拐地朝车走来。他走到车前，慈爱地看着王长工，王长工感受到那是一个老人看孩子的眼光，他生出对这个男人的同情，但他不一定因此就在这里长期留下，这里离县城太远了，又在一个荒无人烟的山洼里，如果永远在这里住下去，真的不敢想象……

陈站长眨动着眼睛，细细地看看王长工，眼光中有一丝怜悯，这种怜悯王长工不是看出来的，是感觉到的，那是一种同情的怜悯，是一个经历了艰难困苦的老人对一个接替者的担心和关照，是一个善良的老人的心迹表白。他木讷地对王长工说："上屋吧。"

王长工本以为他会说些什么，比如接待的客气话，说出来的却只有这么一句。小吴见王长工愣神，提醒说："走，上屋！"带头熟门熟路朝屋走。走进院子，他回过头大声说："陈站长，这回你得炖傻半鸡山蘑菇了吧，别整那猪肉羊肉的，没啥吃头。"

陈规站长说："中，别的没有，那玩意儿可多的是。"这种对话让王长工感受到了山里气息，他跟在后面，看见西屋窗户前停着一辆四轮拖拉机，暗示着这个深山小院和现代社会有着千丝万缕的联系。

屋子里出来一个妇女，端着一盆子食物，笑着跟小吴说："你愿意吃啥上西屋去挑，管你够。”她看了王长工一眼，热情地打个招呼，没说什么，她端的盆子很沉，趔趄着朝东边的圈走去，那是一个饲养场。

王长工朝饲养场看过去，圈着的有猪、鹿和别的动物，他惊奇地问陈站长：“那个鼻子有白印的是什么动物？”

陈站长扫一眼那边，冷淡地说：“狍子。”咦，家里还养活狍子？妇女走到圈的栅栏外，把盆子里的食物倒进栅栏里的石头槽子里，几种动物围着槽子抢着吃。王长工接着问陈站长：“怎么养这些动物？”

陈站长站下，看着那边说：“都是在山上捡来的，有的受伤了，有的太小跑丢了，养好了养大了，就放回山上去了。”

王长工想到了白局长说在山上建立动物植物科学研究所的事。小吴问陈站长：“你养的狐狸崽儿和狼崽子呢？”

陈站长说：“狐狸养不住，太精，大一点儿就跑了；狼崽子不敢养太大，能扑食就得放回山上。”

进了屋，南边是炕，北边墙下是柜子，小吴坐在屋子里边的炕边上，王长工看见墙上挂着几个自制的相框，走近认真看相框里的人，都是陈站长家里人，里面有个姑娘，面相很土很黑，眼睛挺亮，那长相似是陈站长的女儿吧。

饭做好了，陈站长老伴儿端上来的是小米饭，一小盆山蕨菜，一砂锅傻半鸡炖蘑菇，还有像韭菜又不是韭菜的植物，小吴说“我就愿意吃这山韭菜蘸酱”，王长工这才知道是山韭菜。小吴很高兴，大口地吃着。王长工这些日子没好好吃饭，这种乡村饭菜正对胃口，他吃得很香，要是长期在这里工作，天天能吃上这种饭也满足了。陈站长老伴儿在端菜的空儿好奇地问王长工：“你是大学毕业？为啥不在城里找个工作呢？”王长工低头吃饭，他从眼角的余光中看见陈站长白了老伴儿一眼，老伴儿并不为此停止发问：“你干这个工作家里人同意吗？你想好了吗？”王长工依然低着头。陈站长脸色阴沉地说老伴儿：“你多管啥闲事，端饭去！”老伴儿出去了。王长工感觉自己来到这里是不受欢迎的，他的心思这里的人都能看得透。

小吴吃得差不多了，也体察到了这种尴尬气氛，立即转移话题跟陈站长说："你们西屋怎么只有傻半鸡，别的东西咋没有？"

陈站长说："现在林业公安盯得紧，没人敢再进山打猎了，被打伤的、被夹住的动物几乎没有，这些傻半鸡是半夜被狼吓飞起来撞死在树上的。"

陈站长老伴儿端着饭进来，说："我早晨起来到院子外的牛粪垛端粪，看见房西那几棵树下一片死傻半鸡，想到半夜狼叫得厉害，一定是狼吓得傻半鸡乱飞撞到树上了。"

陈站长对小吴说："剩下那几只你走时拿上吧。"

小吴笑着说："拿回去我也捞不着，哪回进院都跑上一帮人，把车给你翻个底掉。"

陈站长喝了酒，脸红了，说："你老往这山里跑，大家当然知道你车里有好玩意儿。"接着陈站长就摆出一副再也不愿意说话的神态。

小吴吃完饭，说一会儿话，看王长工不说话，陈站长也是懒怠的样子，便说天也不早了，要在天黑前赶到家，开车走了。

陈站长和王长工坐在炕上，他问王长工家里都有什么人，念了几年书，为什么要干这个工作。王长工没正面回答为什么干这个工作，只是说这个工作锻炼人，想试试。听到试试，陈站长不再说话。老伴儿进来给王长工倒水，说这山里不比城市，见不到人，也没地方去，可能想家，到了山上……陈站长白了她一眼，她就打住话头，出去了。山里天黑得早，太阳一落进山西边，夜幕就拉上了。陈站长安排王长工在西屋睡。王长工跟抱着被子的陈站长走进西屋，只见地上有几个缸，盛着粮食野菜什么的，屋顶上挂着各种兽皮，炕上铺着干野草，炕头铺了铺盖，褥子是两张兽皮接成的，被子很旧，洗得干干净净。陈站长把被子放到炕上，说："早点儿睡吧，上了山就再也睡不好了。"

王长工躺下后，觉得这屋子有些潮湿，有很大的野草味，还听见屋顶和地上有虫子爬动的声音，他害怕睡着了虫子爬进耳朵或者钻进嘴里，没有觉，脑子乱纷纷的，翻了几次身，想起了白雪、家里人，还有找工作的种种经历，以及要干的工作……刚要有困意，听见外屋进来了人，陈站长老伴儿压低声音说话，接着是一个姑娘的声音，听对话像是陈站长的女儿回来了，她这么晚才回来，干什么去了呢？王长工有了好奇心，想看看这个姑娘什么样，但他不能起来，得装作睡着了。他闻着屋子的土味和野草味，继续想父母和妹妹，想学校的往事，想招聘的经历，想到了白雪，得给白雪发个短信。他拿出手机，没有信号。这是山里，发不成短信，打不成电话，一心一意睡觉吧。

四

王长工被轻微的嘈杂声惊醒，睁开眼睛，窗子已经发白。他赶忙爬起来。

王长工站在院子里，阳光从东边直射过来，陈站长的女儿正背着个背筐朝院外走，她好像故意躲着王长工，不愿意跟他见面，更不愿意说话。

吃完饭，陈站长启动了院子里的拖拉机，拖拉机的响声在这山里传出很远，在山与山之间回荡，陈站长让王长工上车，准备送他上山。王长工蹲在车厢里，车颠簸得厉害，他扶着前栏杆半蹲着。走出不远，他看见一个姑娘在路旁的林子边上割草，她低着头割，在拖拉机路过时，她只是抬头看一眼，好像习惯了拖拉机拉着人上山，汗水打湿的头发粘在她的前额上，浅红色的褂子被露水打湿了，蓝色的裤子挽到小腿上。

没有路，车在没膝深的野草和灌木丛中爬行，车轮下的草和树唰唰唰地响，树枝不时地刮到王长工的脸，他只好时刻躲避着树枝。看着周围的景致，两边高大成片的原始森林，从山底一直铺到山顶，密集得似乎进不去人，偶尔出现一片桦树林，在山沟里或在半山坡上。他问陈站长：“那桦树林怎么孤独一片？”

陈站长一心一意驾车，不看别处，说："有桦树林的地方就是原始森林退化了。桦树林再退化成灌木，灌木再退化成草原，草原再退化成沙漠。"

哦，草原并不是赞美的词，而是大自然的回光返照，是大自然最后的辉煌。

树林密集起来，挡住了视线，远处的山峦看不见了，林中不时窜出一只兔子，慢腾腾地游荡，对于吼叫着的车视而不见；树林子里的野鸡成群结队寻食吃，悠闲自在。这儿真是动物的天堂。

太阳升高了，阳光透过繁枝茂叶的缝隙射下来。车走了20多里路，驶出一片原始森林，爬上山坡。树稀了，车在陡峭的山坡上爬行，坡度太大，车是半仰的，要翻的感觉。王长工看着旁边的峡谷，担心掉下去，叫道："陈站长，不能再往上走了，车翻了咋办？"

陈站长慢慢地开着车，说："瞭望台在山顶上，必须上去。翻不了车。"陈站长敢往上开，说明他经常这样上山，心里有把握。尽管如此，王长工的心还是提着，陈站长像走平地一样神色安然，看来他习惯开着车上山了。

越往上走，树越稀，接近山顶，灌木少了，草茂盛起来。王长工看见了山顶上那座孤独的房子，房顶上有个高高的阁楼，那应该是瞭望台。

车缓缓地爬到房子前，四周是荒凉的灌木杂草，稍远点儿是原始森林，没有一点儿人的踪迹。陈站长停了车，王长工跳下去朝远处观望，这才发现，这个山在下面看着不是周围群山中最高的，站在山顶上却可以对周围几十里上百里地的山峦一览无余。都说这山望着那山高，站在这座山上是一览众山小，四周的群山从山下排列开去，波涛汹涌般地向远处延伸，山峦间飘动着白云，云掩盖了山峦和森林，站在这山顶上就像站在云端上一样，犹如仙境。除了成群的苍蝇，这里没有别的昆虫，山上太安静了。

陈站长把车上的几塑料桶水和粮食蔬菜搬到屋门口，开了门锁，王长工正要搬门口的东西进屋，陈站长拦住了他，说：“你离门口远点儿。”

王长工奇怪，疑惑地往后退了几步，心想这屋子里不会有猛兽吧，他的心提了起来。陈站长猛地拉开门，迅速退后，屋子里呼地涌出一股黑烟，扑向王长工，似乎有无数的小东西打在他的脸和身上。王长工大惊，急忙往后退，黑烟疯狂地朝外涌，芸豆般大小的苍蝇争先恐后地往外冲，落满了他的身上。黑烟滚滚，持续着。陈站长并不急于进屋，坐在离门口远一点儿的草地上，咀嚼草叶，这儿不许抽烟。门口还有苍蝇往外飞，王长工吃惊地看着如烟雾般的苍蝇，呆呆地站着，这么多的苍蝇他从来没见过。陈站长看他一眼，问：“你干这个工作有什么打算吗？”

王长工回过神来，看不出陈站长问这话有什么用意，不敢撒谎，说：“我想边防火，边搞动植物研究。”

陈站长看了他一眼，可能他也见过来这里的年轻人没待几天就走了，次数多了，就不信任了，他似乎窥视到王长工内心的想法也是这样的。不热爱就不会在这里常站，他想试试王长工是不是热爱这项工作，便不客气地说：“搞研究是为了什么？其实我希望有知识的年轻人接替我，研究动物在灾害发生时的特殊反应，研究植物对各种天气变化的适应，我没文化干不了这个，可惜没有哪个年轻人愿意在这上面下功夫。你有想法，得知道这里的大概情况。你知道世界森林分布情况吗？你知道世界森林火灾形势吗？”

这个看上去很老粗的男人问出的话让王长工很意外，他就像考试遇到了没准备的题，十分紧张。这个木讷的老粗，在山上待了一辈子的残疾男人，应该和文化没有太多关系，怎么会问出这么高深的知识？王长工老实回答说：“我是师范生，没学过这些。”

陈站长舒了一口气，好像自己终于有比这个大学生高明的地方了，有了炫耀的机会，他像背诵课文一样脱口而出：“目前世界森林面积约40亿公顷，覆盖着地球陆地面积的30%。咱们国家现有森林面积2亿公顷，主要分布在东北和西南地区，其中，森林覆盖率以东北内蒙古林区最高。明白吗？咱们这儿的森林覆盖率最高。”他用自豪的口气对王长工说，好像这是他的功劳。

陈站长接着说：“森林最大的天敌是什么？是火灾。过去50年，全世界20%的原始森林已经消失。全球平均每年发生森林火灾22万起，过火森林面积640多万公顷。”陈站长脸色凝重，好像在对王长工进行防火教育。他停了一下，问：“你知道咱们国家最惨重的一次森林火灾吗？”

王长工心思不在这里，他听说过大兴安岭大火，但不太了解，就摇摇头说：“不知道。”

陈站长说：“那是1987年5月6日，大兴安岭发生了罕见的特大森林火灾，火灾来势那叫猛，东西两线同时起火。在西部，5月6日起火，到7日晚刮起了八级以上大风，5个小时火头干了100公里，铁路、公路、河流，甚至500米宽的防火隔离带都挡不住。一个晚上就烧毁了西林吉，也叫漠河，还有图强、阿木尔三个林业局所在地，以及七个林场、五个贮木场。当天夜里，这儿的东部塔河县盘古林场的火势也猛得没治了。到8号，西部漠河、东部塔河境内分别发展成面积为30万和20万公顷的大火海。那天以后，火越烧越厉害，25天后才整灭，损失太大了：烧死193人，烧过100万公顷土地，烧掉了85万立方米木材，是1949年以来毁林面积最大、伤亡人员最多、损失最为惨重的一次森林大火。”陈站长说得痛心疾首，叹着气说：“起火原因不是天灾，也不是坏人破坏，是林业工人违反规章制度吸烟，违反防火期禁止使用割灌机的规定，违章作业。”王长工发现，陈站长说这些时，不但脸色凝重，眼中还有泪水，这个守了一辈子山的老人，可能还对当年那场大火耿耿于怀。王长工明白了陈站长跟他说这些的用意，明白了驻守在这山上的重要性。他第一次有了一种感受，那就是他不是被扔在这山上没人管，而是有一份重要的责任，他和遥远的城市乡村有着千丝万缕的联系，有很多人在注视着他呢。

两个人沉默了一会儿，陈站长接着说：“我像你这么大时——你多大？24岁？我就是你这个年龄到这山上的，快30年了，你可能要问我发现过火情吗，当然发现过，大的火情就有240多起，特别重大的火情有13起，烧在这山上。我们不单是盯着咱们县境内的林子，能看到的所有林子都要照顾到。大火无情呀！”

王长工感觉到，在这山上担负的责任，远比自己想象的沉重得多。他望着林海，想象着起火时会危害到遥远的人，他想到了白雪、白局长、家里人，他感觉到自己不再是一个人守在这山上，而是有很多人在做他的后盾。

陈站长看看屋门口，只有零星的苍蝇往外飞，说：“进屋吧。”说着站起来朝屋走去。王长工跟了进去。屋内不堪入目，地是用砖铺的，连砖形都看不清楚了，地面上长着茂密的一寸来高灰绿色的毛，踩在上面噗噗直冒烟，王长工被呛得又是咳嗽又流泪，便退了出去，稍微缓一下。见陈站长收拾炕上的东西，他进屋拿起墙脚的笤帚开始清扫，更是喘不上气来，捂着鼻子扫，眉头皱得老高。陈站长对这一切习以为常，边忙着边说都是因房屋漏雨地湿闹的。炕也湿透了，陈站长说：“三四天才能烧干，晚上就得住湿炕，白天要晒被褥，要是赶上下雨连阴天，那就没有办法了，将就着吧。”

墙脚有个木柜，陈站长打开那个柜子，拿出一个塑料包，从里面掏出一个小收音机，从兜里掏出两节电池安上，收音机响了。他又从塑料包里拿出一个机器，说：“这是电台，是和外面联系的通信工具。发电用手摇，来，我教你怎么使。”陈站长边示范边讲解，王长工很快学会了。

陈站长把王长工领到外面，到房子一侧，踩着一架木梯子上了房顶，房顶有一个阁楼式的房子，四面是厚厚的玻璃，里面立着一架一人高的望远镜。陈站长说：“这望远镜是五百倍的，到了防火期，每隔二十至三十分钟瞭望一次。”

王长工用望远镜朝四周看看，太清楚了，几十里地的树木看得清清楚楚，就连林子里的野鸡和鸟都能看清，有了它，什么火情都能及时发现。

下了阁楼进屋，陈站长开始做饭，王长工继续收拾屋子。

吃饭的时候，屋子里的霉味熏得王长工头晕目眩，阵阵恶心，几次要吐。陈站长鼓励说："要硬往下吃，时间长了就习惯了。"为了分散王长工的注意力，陈站长跟他说一些山上生存自救的办法："要是下雪天下雨天送不上来烧柴、粮食和菜，你就到山下林子里捡干树枝子和野菜，山沟里有一种山韭菜，那东西比家韭菜味儿鲜，采来蘸酱、炒着吃都行；水嘛，山沟里有山泉水，找一根木棍用塑料桶去挑，大雪天下不去，就化雪水吃。下山扛树枝子、挑水、采山韭菜都要小心，一个是路不好走，刮风天更危险，我这腿就是扛干树枝子，被风刮倒摔折的。夏天采山韭菜时小心别让蛇咬着，它藏在草里面看不见；冬天下山扛树枝子还要防备饿急了的狼，那东西平时不咬人，没吃的可就不管不顾了。"

陈站长边吃边磨叨，似乎要把他在山上的所有经验都告诉王长工，而这些经验永远也说不完。王长工听着，心里更加紧张，他觉得这山上到处都隐藏着危险，随时随地给他带来威胁。

饭吃完了，太阳接近西山头，陈站长展开被子，叫王长工睡觉，他坐在炕上打盹。王长工睡不着，问陈站长："你为啥愿意干这个工作？"

陈站长看他一眼，叹息说："开始也不愿意，可是当年师父在一场大火中烧死在这山北面后，我就再也离不开这里了。我老了，来的年轻人我不放心，我不能离开这里。"陈站长烧了壶水，一碗接一碗地喝，王长工在陈站长的折腾下睡不着，他忍不住问："你老喝水不起夜吗？"陈站长说："防火季节，每隔二十分钟观察一次，怕睡着了，就多喝水，用尿把自己憋起来，年头长了就养成了喝水的习惯。"

这一夜，陈站长几乎没睡，每隔一会儿就上房顶一次。日出东方，陈站长要下山了，王长工站在房子前，看着拖拉机朝山下驶去，心抽紧了。这山上就剩下他一个人了，他多么想留下陈站长呀，那是他唯一的依靠。

他几次想大声喊陈站长，但是他知道陈站长是不会留下来的，他控制着自己，任凭泪水流个稀里哗啦。

五

站在这罕山顶上，四周是原始森林，远处是起伏的群山，更远处是天边，附近的树林里传来各种鸟的叫声，远处的树林子里隐约还有野兽在嚎叫。

天黑了，四周的鸟叫声息了，树林子里的野兽叫声大了起来，并朝着王长工住的房子移来。王长工拿着手电，往四周晃动，有绿色的光，那是狼的眼睛，他记住了陈站长的话，狼不饥饿是不吃人的。他爬上房顶，用望远镜四周遥望，这是一部红外望远镜，林子渐渐模糊，但能看见里面发生的事情，特别是有热量的东西，看得很清楚。望一会儿，他坐在凳子上，听着森林在微风吹拂下隐隐约约的涛声，孤独寂寞缠绕着他。陈站长在这山上待了30年，他是怎么熬过来的呢？

王长工忽然想到白雪和他的约定，有了工作她就可以带着他去见她的父母了，给她写一封信，告诉她自己有工作了，是在林业局上班，一年后可转成正式在编人员。当然，是否能转成正式员工，还要看干得怎么样。

附近传来一声狼嗥，吓王长工一跳，他回到现实，四周漆黑一片，他下了房，进屋从包里掏出纸笔，把纸铺在炕上，在罩子灯下，伏在炕边写信："白雪你好！我已经应聘到阴山县林业局工作，岗位是防火瞭望员，地点在罕山顶上，这里有独立的……"他犹豫不决，还是别编了，有什么说什么吧，接着写："……别墅，米、菜有人送上山，柴山上到处都是，水有山泉，随便吃用。这里的工作环境就是人间天堂，站在山顶上，能望见几十里上百里的原始森林，云彩在脚下飘浮，像棉花一样柔软；连绵不断的大山铺向几百里外；树有无数种，各种各样的草我大多从来没有见过。咱们在课本上学过的《桃花源记》，好像就是写的这里。生活在这个美好的地方，我感到愉快、幸福……”

半夜，外面刮起了大风，风像千百万头野牛在怒吼，山巅似乎在震颤。王长工蜷缩在潮湿的被窝里，吓得心惊肉跳。他记着陈站长的话，在不是防火期的季节里，大风天可以不上房观察，因为出门容易被大风刮走。风刮了一会儿，又下起了雨，雨越下越大，雨点砸在屋顶上噼啪乱响，雨水泼向大地和森林生出阵阵轰鸣，像天塌陷了。他把睡觉前准备下的烧火用的火铲紧紧地攥在手里，盯着门，以防门被撞开，闯进野兽或者怪物，他想象着发生危险该怎么搏斗。

这一夜，王长工在惊恐万状中度过，天亮时他睡了一小会儿。朝阳渐渐升起，他在房前拉的铁丝上晒被子，山坡上湿漉漉的，这样的地面陈站长是不可能开着拖拉机上山来的。山上一会儿是雨，一会儿是风，一会儿晴天，一会儿乌云满天，他渐渐明白这山上的天气变化莫测。除了防火，他还要忙各种各样的劳作，比如晒被子、驱赶苍蝇、防备狼靠近等。

一晃几天过去，桶里的水没了。王长工挑着两个塑料桶到山下挑水。山坡陡峭，泥草地溜滑，走几步就摔个跟头。下到山根儿已经成了泥人。他在山涧小溪里刚把水灌好，却起了风，越刮越大，所有的树都被风朝东南方向吹弯下去，他站立不稳，只好趴在草地上。风来得快，去得也快，不一会儿风小了，一片乌云飞来，又下起了雨。他想到了晒在外面的被子，糟糕，浇湿了晚上怎么盖呀，得快点儿回去拿到屋里。他挑着塑料桶往山上走。下过雨的山坡更滑，在陡峭的山坡上走，就像冬季在冰上行走一样，他弯下腰抓着灌木或草，身子拽着大腿往上爬，几步一个前趴子，不小心就摔出老远，每走一步都十分艰难。几里地外的山顶，感觉有十万八千里，可望而不可即。想找个好走的地方，看看四处，哪儿都一样，在这山上，没人能帮助你，爬也好滚也罢，必须自己走上去。两桶水太沉了，可怎么沉也得鼓捣上去，没有水就得渴死，不能扔了桶，累死也要把它整上去。他狠命地抓着灌木和草，蹬着泥地，一步一步往上挪。

在近中午的时候，他终于如经过九九八十一难般地到达了山顶。他瘫软在地上，大口地喘气，汗水把衣裳湿了好几遍，雨水和泥巴把他弄成了泥猴儿。他终于得到了喘息，很舒服，喘匀了气，阴冷的山风让他打战。他坚持着站起来，拎着两桶水，趔趔趄趄走进屋。

菜也吃没了，还不见陈站长上来，王长工得自己求生存，他下山到峡谷里采山韭菜。少有的好天气，风不大，草轻柔地摇晃着，阳光灿烂，远山近谷的树木那么鲜亮。他在深草中绊绊拉拉朝山下走。忽然，他看见一块大石头旁探出一个动物的头，正卧在草丛中窥视他的行踪。他吓了一跳，脑海中闪出狼、虎之类的动物形象，刚要拔腿往山上跑，或者找一根树枝跟动物拼，却发现那个动物并没有攻击他的意思，头又缩了回去，露出的耳朵轻微地晃动，晃动几下隐没了。他才醒悟，狼、虎之类的动物是不会大白天趴在这儿不动的，一定是别的动物或者受伤的狼。他找到一根胳膊粗的干树枝，去掉枝杈，剩下一根木棍子，紧紧地握在手里，朝动物移动。动物在他的下方，他时刻处在上方的有利位置，轻着脚朝它走，渐渐看清楚了，是一只梅花鹿，他舒了一口气，走近看，是一只刚生下不久的小鹿，可能是和母鹿走失散了，饥饿难耐，就趴在了这里。时间长了不被狼吃掉，也得饿死。抱回山上喂养吧。他想抱起小鹿，转念一想，还是采完山韭菜回来抱它吧。

他下到谷底，看见谷底有一个人弯腰干什么，这荒无人烟的山洼里是什么人呢？那个人专心致志地在采摘什么，左手已经抓着一把植物了。他好奇地朝那个人走去。近了才看清是个女人，白底粉碎花褂子，蓝色裤子，裤了有点儿肥，穿 双高筒胶鞋，圆脸很黑，像抹了泥；两只眼睛大而亮，梳着马尾辫儿，脑袋显得很圆。王长工走近了她也没有觉察，她太专心了。王长工看着女人长相，好熟，在哪儿见过，对了，在陈站长家墙上相片里，那天早晨他离开陈站长家也在路边看见过她，她可能是陈站长的女儿。她采摘的是一种青黑色的植物，这种植物在这条峡谷里到处都是。

姑娘听到了草声，抬头看见王长工，泥土一样的脸有了潮红，那是腼腆。王长工思量，她要是脸不黑，是个很好看的姑娘，这黑脸是山里的太阳晒的，陈站长的脸就是这样黑，也许我以后脸也这样黑。王长工问：“你在干什么？”

姑娘扬起手里的植物，说：“采蕨菜。”

王长工在城里饭馆吃过这种植物，但他拿不准是不是在这山里采的，便问：“采蕨菜干什么？”想知道她是留着自己吃还是拿到山外去卖。

姑娘犹豫着，说：“给你采。”

王长工意外地问：“给我采？”

姑娘有点儿腼腆，说：“天老下雨，车上不了山，我爸爸知道你没菜了，家里也没有了，就让我开着拖拉机上山采蕨菜给你送上去。”

王长工这才发现，不远处的树林子里停着拖拉机，在草丛中时隐时现。王长工高兴地说：“那正好，我来采山韭菜，咱们多采点儿一起上山吧。”

姑娘说：“你下来了我就不上去了，拖拉机也开不上去，你采完山韭菜，到我车上把我采的蕨菜拿上。”言语中带着一种关切的口气。

王长工几天来第一次在这山里见到人，很想让她到山上的屋子里坐坐，她说不上去，他很失望，但一个姑娘他也不能强求，心里很难过，在这山上想找一个人说说话都是奢望。

两个人忙起来，王长工问姑娘叫什么。姑娘不好意思地说：“我的名土呀，叫陈鲜花。”

这名字是够土的。好奇心驱使着王长工问她干什么工作的。

陈鲜花很为难，不想说又不能不说的神态：“我去年专科毕业，学的专业是畜牧，就在家里养几头猪、几十只羊，还有从山上捡回来的鹿、狍子什么的。”

王长工忽然想起来，说：“山坡上有一只鹿羔子，趴在那儿走不动了。”

陈鲜花往山上瞭望，说：“准是昨天刮大风把它和母鹿吹散了，在山里是常事，得拿回去养活，不然晚上就让狼吃了。”

野菜采完了，陈鲜花领着王长工到拖拉机旁，把车上的蕨菜交给他，王长工抱着蕨菜领着陈鲜花朝鹿羔子的方向走。陈鲜花告诉他："蕨菜进屋就得用盐水泡上，要是不泡，明天早晨就柴了，这东西老得快，就是一夜的事。"

到山坡上，陈鲜花抱上鹿羔子要走。王长工犹豫了一下，问："你们家……还有你，好像对我有点儿客气？"陈鲜花脸微微红了，不好意思，踌躇着说："这个吧，我看你也是个实诚人，不想隐瞒你，我爸爸年龄大了，在这山上也干不了多久了，他对这山有感情，离不开，想找个真心实意的年轻人到这山上接他的班，可是来的年轻人都有别的想法，站不下。你呢，过了几天新鲜就会走的，我们家人，当然也包括我，就把你当作客人……"陈鲜花眼光迷茫地看着王长工，说："其实我爸可以不瞭望，这山这林又不是他一个人的事，也不是我们一家人的事，可真要让他离开，他又不放心。"

王长工说："我有一封信，你帮我邮出去行吗？"

陈鲜花爽快地说："行，你给我吧，邮递员来防火站时我给他。"

王长工从内衣兜里掏出封好了的信，交给陈鲜花。他担心陈鲜花猜出是给什么人的信，陈鲜花并没看信，直接装进了兜里。

六

白雪要上山看王长工的消息，是陈站长通过局电台发给王长工的。王长工提前一天做准备。

连着几个阴雨天，苍蝇疯狂地往屋里钻，每天往外驱赶苍蝇要花费很多时间，打死的苍蝇到处都是。他把窗台的苍蝇打扫下来，用小簸箕端出去，又腥又臭，他皱着眉头，忍着恶心。玻璃窗上苍蝇屎盖了几层，窗户不透亮了，用抹布使劲擦也擦不掉。他拿来刀耐心地往下刮。窗户擦完了，收拾橱柜，里面的饭碗盛着剩饭和剩菜，饭上、菜上都是苍蝇，倒掉瞎了，不倒掉也不能给白雪吃，把苍蝇挑出去，在白雪来之前把它吃完。

屋子收拾完了，还得准备烧柴，白雪到了山上要是没烧的，不能让她看见自己背树枝，她会失望的。

他往山下走去。风突然大了，这罕山顶上风雨无常，他已经习惯了。他在峡谷里拾起几根大的干树枝，弓着腰顶着风往山上扛。一阵烈风吹来，推拥着他顺着山坡往下跑，那几个大树枝吹得四散开。风刮着他跑了几十米，他几经努力才站住脚。他转回来捡起树枝，扛着朝山上走，每跨一步都像翻越崇山峻岭。他给自己鼓劲，要不屈不挠，哪怕只有一口气，也要把这些树枝拖上山。

经过千辛万苦，累了几身汗，挣扎了无数次，在筋疲力尽时，王长工终于把树枝拖上了山。像历次一样，看着扔在地上的树枝，他有一种胜利感，这种感觉是愉快的。

在白雪约定上山的上午，艳阳高照，是个少有的好天气，王长工站在房子前，朝山下车上山的地方张望。傍晌午，陈站长开着拖拉机一出现在山坡上，站在屋前的王长工就看见了车上那个花花绿绿的女人，那是他最喜欢的姑娘，是他在梦里思念过多少遍的姑娘，是他盼望见到的姑娘。他的脑海里出现了许多和白雪在一起的场景，她终于来了。车走近了，王长工朝白雪欢快地笑，那笑是不由自主的。白雪也看着王长工笑，但笑得很勉强，脸上的倦容让那笑显得很无奈。她的粉花褂子上沾满了露水，是一路上树枝搭上的。车停下，她下不了车，腿麻，很累，又受了惊吓，站在车上动弹不得，只能无助地看着王长工。站在车旁的陈站长手足无措，不知道怎么把她弄下来。王长工跑过去，搀扶着白雪，几乎是把她抱下车的。白雪趁势撒娇般地任由王长工摆弄。她并没像王长工想象的那样对这山上的景致欢天喜地看个没够，而是皱着眉头，在王长工的搀扶下，说着怨气的话直接进了屋，甚至都没看一眼周围的大山和森林。

进了屋，白雪捂着鼻子，眉头皱得更厉害了，说："这屋子怎么这么大的霉味呀？又腥又臭。"王长工赔着小心，说："山上就这样，习惯就好了。”他扶白雪上炕，说：“这炕我早晨就烧了，热乎，往里坐。”

白雪坐在炕上，摸摸炕，说：“这炕咋这么潮？”

王长工说：“这炕咋烧都这样。”他很不好意思，无法把炕的潮湿彻底去掉，他想说，专为你烧的呢，平时比这还潮，被子褥子也是潮的。他觉得对不起白雪，白雪是贵家的娇女，是这里尊贵的客人，不应该让她受一点点委屈，却又没有办法不让她受这种委屈。

陈站长在外面嚷：“小王，粮食和菜放在屋门口了，你拿进屋去。柴火不多了，我到下面谷地里扛些上来。”

王长工明白陈站长不进屋的意思，也懂得他借扛柴火躲开的用心，山里人思想都比较守旧。王长工从外面把粮食、菜搬进来。白雪关切地问：“这上面就你一个人？”

“哦。”王长工看着白雪。瞭望一个人就够了，人多也没用。

白雪鼓起勇气问：“你打算在这山上工作一辈子？”她的眼光直望着王长工，很犀利。王长工沉默了。不在这儿工作一辈子，干什么去呢？你不是说你父母提出我必须有工作才能和你处吗，我有工作了，当然这工作我也感到拿不出手，现在看你的态度了。

白雪从王长工沉默的表情看出了他的决心，有了些同情，她知道，这种同情是有限度的，不能持久。王长工准备做饭，白雪说不饿，不想吃。王长工知道她不是不饿，而是这里的环境和屋子的味道让她吃不下去。王长工做饭，白雪坐在炕上看着他做，心想，他在这山上学会做饭了，还不错。

王长工正忙着，白雪突然有了异样的感觉，腼腆地问：“厕所在哪儿？”

王长工抬头看着白雪，愣了愣，明白白雪要干什么，说：“这个……这个，这儿没有厕所，你出了屋随便。”

白雪有些犹豫。王长工说：“这山上就我自己，你……哪儿都行。”

白雪试探着问：“走远一点儿有狼吗？”

王长工说："远处当然有，白天狼是不靠近这房子的……你不用走远，在房子附近就行。"

白雪磨蹭着下了地，出门左右撒目，都是原始森林，远望波涛一般的山峦覆盖着森林，好像离开了人间。她拐过东房角，朝房后的森林走去，边走边观看周围的景致，这里真如仙境一般，太美了。

三个人的饭，王长工还是第一次做，他把水放到锅里，把米淘进盆里，菜切好了。仍不见白雪回来，心想她也许好奇看景致呢。他刚要点火煮饭，忽然觉得不对劲，她下车时对这里似乎没有兴趣，怎么会东看西看呢，一个方便也用不了这么长时间，还是出去看看吧。王长工出门，没有见到白雪，风慢慢地吹着，南面是陈站长去扛树枝的方向，近处没有高大的原始森林，山坡上是灌木丛和杂草，房子背面是缓坡，坡上是茂密的原始森林。王长工猜测白雪是进原始森林里了，她准是怕被人看见，觉得进密集的树林里保险。王长工站在原始森林边上东瞅西望，忽然听见林子里传来惊慌失措的喊声，喊声在这山上的森林里回旋震荡。王长工大惊失色，深一脚浅一脚地往森林里跑。林子虽然就在房后，但他从来没有进过里面。在树枝的撕扯下，他挤过几棵万年古松，看见了白雪，正提着裤子岔着腿站着，见了王长工，惊恐万状地喊："快来救我，我被咬住了。"

王长工心咚咚咚地跳，被什么咬住了？狼还是蛇？你倒也是，跑到这里面干啥，在房前房后方便就行，也没人看。王长工跑到白雪跟前，见白雪脸色煞白，哭丧着脸说："我刚蹲下，屁股底下窜出一活物，朝林子里跑了，吓得我赶紧站起来，细一看是一只兔子。但脚好像被什么东西咬住了。"

王长工看白雪脚下除了荒草没有动物，细一看，有一条乱蓬蓬的藤条缠住了她的小腿和脚，她一慌以为是被什么动物咬住了。他脱下上衣扔给白雪，一面过去把藤条扯断，白雪用王长工上衣擦了擦裤子，提起来，跟着王长工走出了森林，脸红嘟噜的；王长工脸更红，低着头先进了屋。

王长工看见盆里的米和菜愣住了，出去时忘记蒙上，米、菜和锅里的水里全是苍蝇，这些在王长工眼里是正常的，但在白雪眼里就恶心死了。王长工想扔掉，但实在舍不得，何况拖拉机的声音响到了门口，陈站长看见也会制止的。他只好往外挑苍蝇。白雪进屋看见，皱眉咧嘴，说："快扔了，太恶心了。"

王长工不理她，继续往外挑苍蝇。陈站长卸完树枝子，进屋看见王长工在挑苍蝇，他也饿了，想让王长工快点儿做饭，便拿起筷子也帮着往外挑。

白雪躺在炕上，面朝着里面的墙，不看那两个人，胃里翻江倒海，快要吐了。

饭菜做熟了，端上桌了，王长工叫白雪吃饭，白雪坐起来，端着碗刚放进嘴里一口饭，就哇地吐了出来，扔了饭碗跑到门外，蹲着哇哇哇地狂吐。屋里两个人先是一愣，王长工赶忙跑出去，拍白雪的背。陈站长没动，顿了一下，大口吃起来。

白雪没吃饭，饿得没有力气坐起来，在炕上躺着。陈站长吃完饭，要下山。白雪上山时，本打算在山上住一宿，看来也不能住了，吃不下去饭会饿坏的。陈站长要把白雪拉下山。他先出了屋，站在车旁等白雪。王长工想跟白雪说会儿话，但白雪已经不能说话了，王长工扶白雪出屋，朝车走。她有些摇晃，王长工上前扶住她，她却推开他，说："我能挺住，你照顾好自己吧。"王长工有点儿感动，想着她都这个样子了，还关心自己。白雪低着头走，头发凌乱，喃喃地说："我本来想在这儿住一宿，现在看没有必要了，你在信中把这儿写得太好了，让我向往好些日子，看了后我很失望。你真的要在这儿待一辈子吗？"

我不在这儿待一辈子上哪儿去呢，王长工心想。白雪怨气冲天地说："这破地方待一天给一座金山我也不干，这不是人待的地方。"

王长工吃惊地看着白雪，说不出话来，心里很难受。不愿意待可以，但他容不得别人说出来，从白雪嘴里说出来他更受不了。这不是人待的地方，可是必须有人待呀，我不待谁待？

白雪站下，转过身来，关切地看着王长工，千言万语涌上心头，说：“你要保重身体，除了你自己，没人再管你……”白雪嘴动着，表达着对王长工的担忧。

白雪这句话鼓起了王长工的勇气，他问：“我们以后还能在一起吗？”

白雪眼睛湿润，决然地说：“我没有哥哥，你做我的哥哥吧！”

王长工痛彻心扉，你可以用千条万条理由拒绝我，不能用这种世界上最烂的理由把我打发了。他真想揪着头发号啕发泄心中的郁闷，但他没有，他控制着自己，冷静地把白雪送上了拖拉机。拖拉机朝山下驶去，车上那个如花似玉的姑娘渐渐消失在他的视线中，他的眼睛模糊了，继而什么也看不见了。他清楚，他心中那个日夜思念的姑娘永远地走了，再也与他无缘。他的世界、他的未来就在这原始森林深处的罕山顶上。

他蹲下，抱着头，却没有泪水，他猛然站起来，对着林海，昂起头，像狼一样拼命吼叫，声音在林海里传得很远很远，久久地在波涛汹涌的深山里回荡。

七

陈站长再次上山来不是开着拖拉机，而是局里的小车司机小吴拉着他来的。王长工听见汽车声，从屋子里出来，站在房前迎接陈站长和小吴。陈站长这次比以往高兴，他客气地握着王长工的手，脸色红润，疼爱地看着王长工。小吴上前笑着说：“陈站长上山的路上夸你了，说以为你几天就会走呢，没想到还真在这里待住了。”陈站长用力握了握王长工的手，说：“防火期要到了，那时候一刻也离不开了，你下山休假两天，我替你在山上值班。”

这是多么好的消息，他盼望下山已经盼疯了，很想见人，哪怕是个小孩子也好呀。见不到人的日子，他像被这个世界抛弃了。小吴看着他笑，王长工体会到了陈站长的用意，陈站长已经把他当作自家人了，他跟陈站长说："我下山也没什么事，不下山了。"陈站长说："你必须下山，这两天尽管放心，我在这儿盯着。"小吴也说，陈站长替你，还有啥不放心的。

王长工只好下山，收拾一下东西，跟着小吴上了车。他和小吴熟了，加上下山心情好，就主动跟小吴说话，两个人路上说说笑笑，小吴乐哈哈地问："咋样？"

王长工想说说这些天的感受，想到小吴对山上那些事比较熟悉，又觉得没必要跟他细说，只笼统地说一句："还行。"

小吴知根知底地说："老太太不吃肥的——够受（瘦）吧。"

王长工老实地点点头，承认了。小吴夸奖说："你真行，有陈站长当年那股劲头，我拉你来的时候，以为你待不了几天呢，你还真站住了，陈站长都说你行。"王长工心里非常满足，这是他毕业以来第一次受到夸奖，这之前都是别人说他不行。

下了山坡，过了危险地段，进入平缓的草地，小吴问："你这次休假是去看你女朋友还是回家看看父母？"

王长工奇怪地问："你怎么知道我有女朋友？"

小吴一心一意驾驶着车，说："这事还瞒住人了？你不是让人替你邮过信吗，你女朋友也来过嘛。"

王长工明白是谁跟他说的，他不想再说那件事，想想那件事就伤心，过去了的就过去吧——尽管永远都无法过去，他转移话题问："陈站长是什么级别？"

"级别？"小吴笑笑说："没级别，其实局里没有正式给他下过文，早些年这里有几个人，后来都不愿意在这里待，陆续走了，防火站就剩他一家人，局里人就称他家是防火站，自然称他站长。"

王长工很意外，他为自己一本正经地叫了那么多次陈站长感到脸热。小吴似乎体会到了王长工的尴尬，安慰地说："他虽然不是站长，但他干的是站长的活儿，局里人都把他当这里的站长，因为他年龄大了才没有下文，他是实际的站长。他习惯了，局里人也都习惯了。新到局里的年轻人知道他是站长，有的不知道他名字。”

王长工舒一口气，既然这样，以后还是继续叫他陈站长吧。

小吴叹息着说：“陈站长这一辈子不容易，在山上待了大半辈子，老婆生孩子不在身边，亲戚结婚也没参加过，孩子没工作他没安置。你知道吗，这样一个老实人，在咱们市里还是名人呢。”

王长工好奇地问：“怎么个名人？”

车过一个水沟，剧烈颠簸。小吴一心一意驾车，过了水沟，说：“慢慢你就知道了。”

车快到防火站了，已经看见房顶，王长工听了小吴对陈站长的介绍，突然想到了陈站长的女儿，那个在山谷里采野菜的姑娘给他留下了很深的印象。姑娘身体结实，脸色红润，说话诚实。她们一家人都说我会离开这里，又都希望我留下来，她们一家就应该在这山里为千千万万的人守着吗？我为什么不能？人生就是一场瞭望，站得低的人看到的只是眼前，站得高的人看到的是人生的大舞台，我也应该像陈站长一样，站在这高高的罕山顶上，瞭望这个世界，瞭望人生。为了让一代又一代的人过上绿色的生活，我应该像陈站长一样，守在这罕山顶上，终生瞭望。

小吴说：“趁着假期回家看看吧，要不去市里看看同学什么的。”回家跟父母说什么？就说和白雪吹了吗？就说一个人在原始的大山上独处吗？去市里干什么？没了白雪，再没有吸引他的人，更没有可去的地方，城市不再属于他，能接受容纳他的是这大山，是这个纯朴的陈家。回家或者去市里都不如在陈家住两天好。可能是陈家姑娘在起作用，他对这山里有了留恋，这种留恋来自陈家还是来自这古老的大山森林，他一时说不清，也许兼而有之，他说：“我就在这防火站下车。”

小吴不解地问：“这儿有什么待的，到了防火期你半年之内没有下来的机会了。”

王长工有些悲壮地说："知道，回家、进城我也没什么事，就在这儿待两天得了。"车到防火站的房子前，他坚持下车，小吴只好由他。小吴见天色已晚，没有进屋，开着车回城了。

陈站长老伴儿在门口看着猪吃食，见王长工进院，满面疑惑地看着他，说："你不是放假下山去了吗？"王长工说："就两天假，我就在你家过了。"陈站长老伴儿一愣，回过神来，很高兴，说："你还在西屋住，咱们一起吃。"她对这个年轻人能留下来休假，激动万分，赶忙把王长工让进东屋。王长工坐在东屋炕上，陈站长老伴儿给他沏茶，他问："陈婶，听你口音不是本地人吧？"

陈婶说："我是沈阳人，当年林业中专毕业后分配到这个林业局防火股，时常上山，跟老陈认识了。"

王长工想问问她和陈站长是怎么恋爱结婚的，又打住了话头，那一定是个浪漫又传奇的故事，还是让它留在自己的美好想象中吧。王长工细看墙上相框里的照片，特别细看那个黑脸大眼睛的姑娘。陈婶发现他在看谁，说："花儿在饲养场，她天天长在那儿。"说到花儿，她的脸色不那么喜兴了，语气沉重地说："她这大学白念了，毕业没找到工作，整天和那些家物野物混在一起。"

陈婶把茶杯放在王长工面前，关切又羡慕地说："看你多好，有工作，找个那么好的对象——对了，那天她从山上下来不高兴，你这次放假应该回去看看她。"

王长工情绪悲凉起来，陈婶再说什么他没听进去，他惦记着另一个姑娘，坐不住了，说想出去走走。陈婶说："那你出去随便转转吧。"王长工出了大门，拐向房子东边的饲养场。饲养场用树枝棍子绑成的栅栏围着，里面有猪、羊、狍子、鹿什么的，各自有各自的棚圈。王长工奇怪，这些家畜和野生动物竟然能在一个圈里和平共处，这都是陈鲜花的功劳，她用什么办法让这些动物生活在一起的呢？陈鲜花蹲在狍子棚前，正喂一只小狍子，小狍子躺在地上，她喂狍子的汤是黑的，看上去有点儿黏稠，像是熬的中药。

王长工站在陈鲜花身旁，陈鲜花看了他一眼，问："没回去？"

王长工说："回去也没什么事，在这儿待两天就该上山了。你这是干什么？"

陈鲜花端着碗往狍子嘴里慢慢灌黑汤，说："狍子病了，我用山上采来的中药熬了喂它。"

王长工奇怪，问："你懂中药？"

陈鲜花说："我学的专业是畜牧兽医，又从小在这山里长大，知道哪种草治什么病。"

王长工蹲下看狍子，狍子睁大眼睛看着陈鲜花，陈鲜花喂了它一口，它喝完吧嗒着嘴，很听话的样子。王长工问："你为什么不进城找工作呢？"

陈鲜花皱眉说："我毕业后也想过进城找工作，可是看见老有野生动物被爸爸捡回来，受伤闹病爸爸又不会治，每死一只动物，爸爸妈妈就伤心地哭，我看着难受，我会治家畜的病，当然也会治野生动物的病，治过几次，我就离不开这里了，父母也不愿意让我走。"

王长工理解了陈鲜花，理解了这一家对于这大山、原始森林以及野生动物的感情。

喂完狍子药，陈鲜花要给猪打预防针，王长工自告奋勇帮她抓猪，还没等陈鲜花表态，王长工已经满圈追猪，累得气喘吁吁，弄得其他动物也惊慌失措，他一头猪也没抓住。陈鲜花坐在地上哈哈大笑，王长工抹掉脸上的猪粪，问陈鲜花："你笑啥？"

陈鲜花说："看你笨的，你这么抓猪，一天一头猪也打不成。"

她在一个闲置的棚子里拿出一个网，把猪赶进圈里，让王长工帮她撑开网，她进圈往外赶猪，一次一头，猪进网里她就按住猪，麻利地一针扎完，打开网放走猪，再赶下一头。

王长工赞叹，真是干这个的老手，熟练。

要到晌午时，陈婶站在圈外面叫他们进屋吃饭。王长工坐在炕上的桌子旁，陈鲜花在外屋帮母亲忙什么，母亲叫她先上桌，她不吱声，也不上屋，母亲坐在桌子旁了，她才坐在桌子旁，半拉屁股卡在炕边上，半侧着身子对着王长工，王长工低着头吃饭。陈母问他一句他回答一句，汗流满面。陈鲜花也觉察到了，草草吃了饭就离开了桌子，去外屋收拾，对母亲说，我到圈里照看一眼那些“哑巴”，出了屋。王长工吃完饭，觉得很疲惫，跟陈婶也没什么更多说的，说是困了，到西屋睡觉。陈婶收拾完碗筷，也躺在东屋炕上睡了。王长工躺了一小会儿，身上痒痒，来这儿后只在山涧小溪洗过两次澡，有些天没洗澡了，他看见房后有一条小溪，趁晌午炎热去洗个澡。他悄悄下地，到外屋探头看看东屋，陈婶躺在炕上睡得正香，陈鲜花也许还在饲养场。王长工出了大门，转到房西，钻进房后的一片桦树林，桦树林有几亩地大，出了桦树林是灌木丛和杂草，再前面就是那条小溪。他往前走几步，听见小溪里有声音，看过去，小溪北边那块一铺炕大的平板石头上放着衣物，艳阳下非常显眼，小溪里一个人在洗澡，是陈鲜花，陈鲜花半坐在溪水里，头发蓬乱，正细细地搓着胳膊肘，搓几下往身上撩水，洗得认认真真。周围的林子很安静，树上的鸟高一声低一声地鸣叫。

王长工内心狂跳，怕被陈鲜花发现，想拐回去，看到陈鲜花无所顾忌的神态，才意识到她在这溪水里洗惯了，不会想到有人偷看。在这荒无人烟的山里，王长工也不用担心被别人发现他在偷看一个姑娘洗澡。好奇心诱惑着王长工，他蹲下，透过灌木的缝隙观看陈鲜花。陈鲜花可能已经洗了一会儿，站起来往身上撩水，擦了擦身子，走出小溪，站到一块平展展的石头上晒太阳。

王长工的脸热辣辣的，心想：这样偷看不好，真的不好，尽管在这山里没人知道我的偷看行为，也不好，快点儿离开这里吧。他猫着腰往后退，钻过桦树林，回到院子里，深一脚浅一脚地进了屋。陈婶还在东屋炕上打着轻微的鼾。王长工爬上西屋炕，躺下装睡，脑海里老是回放着陈鲜花洗澡的画面。

王长工睡到太阳西斜才起来。他走出屋，陈婶正在院子里晾晒割回来的草，这是为牲畜过冬做准备的。陈婶看看他，笑着说：“你可真能睡，这些天累了吧？”

王长工不好意思地笑笑，拿过陈婶的铁叉子帮着翻弄草。陈鲜花从外面进来，抱着刚割的草，扔在院子里。王长工不敢看陈鲜花，脸很热。陈鲜花茫然不知，她见王长工乱翻草，拿过王长工手里的叉子，告诉他说：“晾草要一层一层地翻，要均匀，这样挨着排翻。”

王长工认真地学。陈鲜花把叉子还给他，又到房子前割草去了。

王长工在这个院子再也待不住了，特别是陈鲜花在他跟前时，特别不自在。他第二天要回山上，陈家娘俩劝说，他执意要走，说是陈站长年龄大了，不放心他一个人在山上，陈家娘俩很感动，不再强留他。

第二天早饭后，陈鲜花开着拖拉机送王长工上山。一路上，陈鲜花不停地向王长工介绍山里的各种树和草，蹲在车厢里的王长工看着陈鲜花的背影，心中的热潮一阵一阵上涌。

八

王长工在山上遇到的第一次危险不是火情，而是意外。

下了几天雨，山下无法送上来菜，没菜吃，王长工就到八九里远的山沟里采山韭菜。

到了山沟，王长工开始采。山韭菜长得很矮，最高的也就是三五寸，夹杂在半人高的陈年蒿草中。王长工东一棵西一棵地采，没有风，阳光直射下来，很热，周围除了鸟叫虫鸣，没有别的声音，周围的树和茂密的草，让他沉浸在安谧之中。他采了一大把，看见不远处有一墩子山韭菜，高兴地走过去，没细看，伸手就采，蓬蓬勃勃的杂草中有什么东西碰了他手一下，他没理会，又要伸手去采，突然一条一米多长的毒蛇头昂着，向他袭来，他来不及反应，蛇在他手上咬了一口，咬完后钻进草丛不见了。他吓得浑身是汗，起初感到手背痒痛，伤口流了一点儿血，接着是刺痛，向胳膊上延伸，伤口周围开始变青、变黑，这是毒素在起作用。在这深山老林里，没有人能帮助他，也没有药，他只能等死，好在他知道一点儿自救知识，另一只手使劲攥住受伤的手腕，以延缓毒素向胳膊上流动。他朝防火站的方向跑，他明白，到不了防火站就会没命。

他绊绊拉拉地跑，前面传来拖拉机声，他本能地声嘶力竭地高喊："救命啊！救命啊！"神经紧张的王长工影影绰绰地看见拖拉机驶近，跳下来一个人，朝他跑来，欢快地喊着："王长工，我老远就看见你了，没菜吃了吧，采山韭菜吗？"

是陈鲜花，王长工见了救星似的吼叫："快，快过来，我被蛇咬了……"他连疼带惊吓，浑身发抖，伤口开始肿胀。

陈鲜花跑过来，抓着他的手看看，然后用嘴在伤口上用力吸，吸一口血吐掉，再吸，一口又一口，直到吸不出血，在身上乱摸，没有摸到什么，忽然脱下一只袜子，撕开，紧紧地缠在王长工手臂上，说："不要乱动，活动会加快血液循环。"一边跑到草地中去寻找草药。

王长工感到浑身乏力，站不住，瘫倒在草地上。陈鲜花很快薅来一把草，跑回来扶起王长工，抱在怀里，嚼碎草，吐在伤口上，往伤口里揉搓。王长工疼得叫起来，陈鲜花不理他，接着嚼第二口、第三口……王长工伤口的疼痛感渐渐消失了。陈鲜花背起王长工，趔趔趄趄朝拖拉机走，她从来没有背过这么沉的东西，她背着他感到温暖如春，这是她第一次这么全力以赴背一个男人，就像背自己最亲的人。王长工感觉到她身体的柔软，汗和汗混合在一起，滑润又黏稠。他脑海浮现出小时候上山割草，晚上回家伏在母亲背上的情景，他有了依靠，感到安全，紧张的心渐渐平静下来。陈鲜花把王长工放到拖拉机上，大口地喘气，汗流浃背，她顾不得歇息，让王长工倚在拖拉机的前栏杆上，然后跳上拖拉机朝山上开。

下过雨的山坡非常滑，陈鲜花任凭汗顺着脸往下流，开着拖拉机曲曲弯弯地往山上走。离山顶几百米的地方，拖拉机在一个泥坑里误住了，她停了拖拉机，下来看看王长工，王长工已经安静了，闭着眼睛歪在车栏杆上。她把王长工扶下车，王长工绵软的腿有了点儿力量，陈鲜花扶着他，两个人相拥着朝山上走。忽然，陈鲜花身子摇晃起来，王长工醒过来，挺起身子看她，她嘴唇青紫，脸有些肿，王长工慌了，焦急地问："你怎么了？"

陈鲜花有气无力，头靠在王长工的肩膀上，说："草药有毒，不能吃……"她蹲在地上，用稀泥抹嘴和脸，一墩草丛下积有雨水，她捧起雨水洗嘴和脸，一遍又一遍地洗，脸都被污泥糊住了。洗了半天，她坐在车旁，倚着车轱辘喘气，疲倦到了极点。

王长工十分心疼，蹲下去关切地扶起陈鲜花，轻声问："能走吗？"

陈鲜花瞄了他一眼，四目相对，二人的内心情感在交流。在这深山老林里，在这特殊的环境下，在这只有两个人的世界里，她和他都知道相互依存是多么重要。陈鲜花微微点头。王长工把她揽住，两个人相互搀扶着，艰难地朝山上走。

阳光辐射着山峦，森林安静，天上的白云一动不动，远处传来动物的吼声。两个人默默地朝山上走。王长工伤口上的紫色褪去，脑子也清亮了，这是以毒攻毒的效果吗！他见陈鲜花疲惫不堪，说："我……背着你吧！"

陈鲜花犹豫不决。王长工要背她，她知道这时候他的体力还没彻底恢复，不能再给他增加负担，她绕过一丛灌木，继续朝前慢腾腾地走。

到了屋子里，陈鲜花把一把草扔在地上，身子散了架似的躺在炕上，对站在炕前的王长工说："你找东西把那草捣碎，再往伤口上抹，连着抹三天。"

王长工问这是什么草，陈鲜花说叫狼毒草。王长工从橱子里找出捣蒜缸，捣碎一些草，往伤口上抹。抹完后，上炕坐在陈鲜花身边，看着她，陈鲜花和他对望，眼光中有一股热流，这热流是复杂的，有同情，有好感，有相互照应的冲动。王长工意识到，他和这个姑娘似乎生出了感情，经历了这场灾难，两个人内心深处起了巨大变化。陈鲜花突然轻声说："你还是马上离开这里吧！"

王长工吃惊地问："我为什么要离开这里？"

陈鲜花望着炕席，说："这里太苦了，没人愿意在这里。"

王长工问："那你为什么不离开？"

陈鲜花无奈地说："我也想离开这里，可是我是山里人的后代，我……没理由走出大山。"

王长工热泪盈眶，坚定地说："你不走，我就不走。"

陈鲜花长出一口气，说："你和我爸爸一样犟，听我妈妈说，当年她劝我爸爸离开这里，他也是这么说。"

王长工问："爸爸为什么没来，你怎么来了？"

陈鲜花注意到王长工用了"爸爸"称呼，而不是以往的"你爸爸"，心里一阵发热，听着很亲切，她说："他年龄大了，经不起上山下山的折腾，让我给你送粮食和菜。我知道你喜欢吃山韭菜，就绕道想到沟里采一些，没想到你遇到这种事，算你命大。"她开心地笑了笑。

王长工觉得她笑容可掬，心中又有一股暖流淌过，说："你是上天派来救我的。"

陈鲜花得意扬扬，娇嗔地说："不是，是凑巧。"

王长工听出她说话总是诚实，生长在农村的王长工就喜欢心实的人。两人说一会儿话，该做午饭了，陈鲜花不让王长工动，她起来做，理由是"给他露一手"。

王长工躺在炕上看着陈鲜花忙，脑子里还在回想被蛇咬的过程。陈鲜花嘴还肿着，略有些噘，看着有点儿滑稽。王长工知道那很疼，有些不忍，鼓起勇气问："鲜花，你有男朋友了吗？"

陈鲜花往锅里下米，低着头，有些不好意思，说："我长得这么丑，住在这深山老林里，谁能看上我呀！"

王长工听出了她的意思，默默地看着陈鲜花，看着哪儿都好看。陈鲜花忽然问："你女朋友那次走了怎么再没来信？你怎么不给她写信？"

王长工叹一口气，无可奈何地说："咱们攀不上人家的高枝儿呀！"

陈鲜花听出了这话的暗示，顿了一下，装作没听出来的样子，接着忙。

所谓"露一手"，比王长工做饭强不多少，也是小米饭熬茄子。陈鲜花解释说："巧妇难为无米之炊，就这点儿玩意儿能做出什么花样！"王长工不在乎做出什么饭，在乎陈鲜花真心实意地对待他。

两个人坐在桌子旁吃饭，陈鲜花问王长工家里那边的情况，王长工问陈鲜花学的专业，又是怎么知道这种草能治蛇毒的。陈鲜花说有些药是听爸爸说的，自己对药理也有些了解，这山里有很多中草药，可以开个老大的中药铺。两个人边说边吃，说得热乎，吃得开心。吃完饭，两个还觉得没聊够，就坐在房前的石头上闲聊。晴空万里，空气清新，周围环境静谧，这只有两个人的世界真是惬意。两人尽情地谈起大学生活，讲校园里的趣事、各自学的专业、找工作的艰辛，在这山里憧憬着未来。

王长工问起了老话题："你不想走出这个大山吗？"

陈鲜花俏皮地反问："你想走出去吗？"

王长工回答不上来，陈鲜花的反问就是他自己问自己的话。是呀，走出去干什么呢，自己不是在山外折腾过吗，走投无路才应聘这个工作的。陈鲜花又问："你打算在这儿待一辈子吗？"

王长工诚实地说："我不想，可是没人来接替我，就走不成。"

陈鲜花说："你这说法和我爸爸一样，他年轻时就这么说，说到退休也没走，现在可以走，他又离不开这里了。"

王长工诧异，傻傻地看着陈鲜花。他也是这样想的，说是走，可能永远都走不了，时间久了也许不愿意走了。陈鲜花开心地笑了。王长工问了一句不该问的话："你笑啥？"

陈鲜花说："我笑你和原先来的几个大学生不一样，你实在。"

王长工也笑了，这种评价是很高的奖赏，他突然发现陈鲜花的脸不那样黑了，掺杂了健康色；眼睛也不再是简单的亮，有了一种母性的温情。

两个人聊到太阳快落山，陈鲜花才恋恋不舍地说：“我得走了，再待一会儿黑天就没法走了。”

王长工很想说那你就在这儿住下，这种想法一出，他就心跳加速，很怕陈鲜花看出自己的心思。陈鲜花朝山坡上的拖拉机走去，走几步回头看看王长工，王长工朝她招招手，直到陈鲜花走到拖拉机旁，启动了拖拉机。王长工目送着拖拉机消失在山坡上，站着没动，他有点儿留恋这个土里土气的姑娘。

九

上山前，王长工唯一随身带着的东西是手机；到山上，他一刻也离不开的是收音机，闲着就听，听天气预报，听中央、省、市、县新闻。送走陈鲜花，他心情惆怅，进屋坐在炕上，打开收音机，播音员清晰的声音回荡在屋子里：“本台消息，昨天阴山县靠近罕山林区的狼甸子乡石头湾村发生一起凶杀案，作案人把妻子捅成重伤后逃跑，警方正在全力追捕犯罪嫌疑人……”王长工不明白，为啥要杀人呢？这样的人是不是精神不正常？他时常在电台听到这种消息，感到厌倦，便换了个台。

在防火期，每隔二三十分钟就得用望远镜观察一次。晚上太困，有时候四五个小时才醒，他怕误事，到晚上就多喝水，憋上尿，想多睡一会儿都不行。

夜幕降临，王长工烧了一锅水，晾凉，不管苍蝇怎么往锅里飞，他还是用水舀子舀着喝。

上房顶，在望远镜里，他清楚地看到山岭变得五颜六色，秋风扫过，叶子雨点一样飘落，偶尔出现在林中的动物，都忙着捕食、贮藏，准备过冬。各种鸟类惶惶不安地飞来飞去。

凌晨，东方发白，王长工将望远镜转向南部，从近处的原始森林往远处扫描，快接近原始森林边缘时，一个黑点出现在视野里，黑点正向森林深处移动。他凭经验觉得，那不像野生动物，应该是个人。这种季节最怕人进入原始林区，如果带着火源是很危险的。这是个什么人呢？偷猎者？迷路者？探险者？……要重点观察。

根据距离判断，这个人要接近瞭望台，还需要大半天的时间。王长工回屋做饭。饭熟了，他上房观察，那个人不见了，仔细搜索，没有踪影，可能进入了密林深处。越往瞭望台的方向，森林越密集，森林挡住了他的身影。这个人肯定朝瞭望台方向来了。

王长工下了房顶，进屋吃饭，他知道可能再也没有时间进屋了，那个人是个隐患，要在天黑前弄清他的行踪和进林子的原因。

王长工再次站在望远镜前观察南部森林，细心梳理可疑人的踪迹，灌木、草丛中都没有，这就更加证明这个人朝瞭望台来了，应该接近原始森林这边了。王长工在不间断的观察中，终于在傍晌午时发现了那个人，他正在原始森林中急匆匆地跋涉，衣衫褴褛，神态惊慌，在密林中一窜一窜的，一会儿出现一会儿消失，根据清晰度估计，离瞭望台四五十里地，他可能知道这儿有瞭望台，不然怎么朝这个方向狂奔！也可能不知道，只是乱跑，要不要用电台通报给局里的防火办？不行，林子里常年有各种原因进入的人，比如迷路的人、搞科研项目的人、采野菜的人。没发现火情，就没有理由发出警报，更何况还没弄清这个人的情况。

太阳要落山时，王长工站在房顶上，不用望远镜也能看见那个人，他出现在山坡下，累得走不动了，躺倒在草丛中。在山坡上过夜是很危险的，饥饿的狼群夜里到处乱窜，活物死物都不放过。王长工朝山坡下走去。

王长工接近那个人时，那个人听到了动静，惊恐万状地坐起来，看着王长工，对于一个疲惫不堪的外来人，王长工不用担心什么，他是这山里的主人。王长工故意不理会他，朝他走去，走到十多米远，看清了那张脸，刀条子形，沾满污垢，血道子纵横交错，是被树枝野草剐的，身材瘦小，个子也就及王长工的耳部，手中握着一根松木棍子，是防野兽用的吧，眼光里满是恐惧，他没想到在这深山老林里会出现人，警惕地问："你是干什么的？怎么在这里？"

王长工平静地说："我是罕山瞭望台的瞭望员，你呢？"

那个人松开了握着的松木棍子，有气无力地说："我家牛跑了，找牛迷了路。我都走了一天一夜，快饿死了，有吃的吗？"

王长工说："有吃的，跟我上山到屋子里吃吧。"

那个人来了精神，又浑身无力地说："我再也走不动了。"说罢软绵绵地躺下。王长工走过去，扶起他，男子瘫在王长工怀里，王长工背起男子朝山上走。背惯了烧柴的王长工，觉得这男子并不重，比背树枝子上山轻松多了。

王长工把男子放倒在炕上，从橱子里端出剩饭菜，把苍蝇挑出去，拿给男子，男子坐起来，狼吞虎咽地吃下去，端着空碗问："还有饭吗？"

王长工冷淡地说："没有了。你饿得时间太长了，不能一下子吃得太饱。"说着拿起炕上的空碗，用盆里洗菜水洗了碗，放进橱柜里。

男子从兜里掏出烟，满炕寻找什么。王长工吃惊地问："你要干什么？"

男子说："火呢？我要抽烟。"

王长工厉声说："这山上不许抽烟！"

男子吃了饭，有了精神，说："别假正经，又不到外面抽。"

王长工走过去夺下了男子叼在嘴里的烟，又在男子兜里掏出半盒烟，一同扔进灶膛里。男子不服气地说："不就是吃你一顿饭吗，有啥牛的。"

就是吃我一顿饭这么简单吗？王长工心情郁闷，有了赶他走的念头，坐在地凳上不吱声。男子也不说话。坐了一会儿，男子扯过枕头，躺下睡觉，可能累了，很快响起鼾声。王长工上房观察，在漆黑的夜里，风声、树叶的摩擦声、远处野兽的吼声，让人有一种极度的孤独感。这种时候，望远镜里能看清山和森林，这是一部红外线望远镜，通过它可以发现哪里有热点。王长工回到屋子里，男子睡得正香。王长工把皮大衣卷起来当枕头，躺下后很快打起了鼾。

突然，王长工察觉到一丝异样，一下子坐起来，一把抓住男子的手，夺下菜刀，厉声说："告诉你小子，我在这山上练出了绝技，能睁着眼睛睡觉，每隔二十分钟醒一次，你算计我，哼，还得修炼五百年。"

男子凶恶地说："我看出来了，不整死你，你赶我走，也是个死，撒开我！"

王长工紧紧抓住男子手腕，说："我也看出来了，你不是找牛迷路的，你就是那个警察正在追捕的逃犯。"

男子狗急跳墙地说："是又怎么着？"

王长工斩钉截铁地说："送你去蹲局子！"

男子不屑，恶狠狠地说："你小样，是你送我蹲局子还是我送你上西天，还不一定呢。"他挣扎着要跟王长工拼个你死我活。

王长工抓住男子手腕不放，说："我不欺负你，这山上找不到公平人说话，这样，到外面整一跤。"

男子不屑地说："整一跤就整一跤，怕你咋的！"

两个人七个不服八个不忿地出了屋门，站在漆黑的院子里，在这深山老林里，在这高高的罕山顶上，两个男人摆开架势。王长工问："是一叉一搂的，还是拉黄瓜架？"

男子说："听不懂你那土话，自由式，整倒了算。"说着，饿虎扑食般蹿上来。

王长工往旁边一闪，抓住男子衣襟，借男子向前的力一扯，脚下一个扫堂腿，男子摔了个四仰八叉，躺在地上哼哼。王长工喘息未定，问："咋样，还整一跤吧？"

男子说："你厉害，你牛，服了。"

王长工踢了男子一脚，说：“服了起来，听我发落，先进屋。”男子跟进了屋。

两个人面对面坐在炕上，谈判开始，王长工问：“你个二百五捅媳妇算啥？”

男子颇不服气地说：“我大学毕业没找到工作，回到家里，父母在乡下给我找了个媳妇，我们两口子包地种，今年干旱没收成，我叫她跟着我进城打工，她不去，还老骂我是完蛋玩意儿，我太憋屈了，一气之下捅她一刀子。”

王长工挖苦他说：“你是个潮种，缺心眼儿，你这样的人我这儿不能留，再说，留你就是窝藏犯罪嫌疑人，你自个儿说，咋办吧？”

男子叹息半晌，说：“我也不知道咋办，你给指一条路吧。”

王长工说：“你捅的娄子让我给你指路，你可真中！”

男子商量地说：“要不咱俩再整一跤，谁赢了谁说咋办。”

王长工急不可耐地说：“拉倒吧，我可没工夫跟你整这没用的，杀人偿命，欠债还钱，自首吧！”

男子低着头沉默。王长工下地摆弄电台。男子看见，惊异地问：“你……你……你干啥呀？”王长工甩开他的手，说：“报警！”男子结结巴巴地哀求着。王长工说你不去局子就没地方待，我这可不养活你。说着，他强行打开电台，在男子的撕扯下呼叫了林业局，报告了防火站有个来路不明的人，推断他是警察正在追捕的犯罪嫌疑人。

男子瘫软地坐在地上，骂王长工不是人，是坏种，“我要是让警察抓走，出来后我就上山捅了你。”王长工不屑，说：“小样吧，你那瘦巴干撑的还捅别人呢，别把自己累死啥都有了！”男子准备逃跑，王长工吓唬他说：“这山上到处是狼，你从南面跑来是我一路暗中保护你，要不你早被狼吃了！”听了这话，男子吓得不敢乱动，只好等警察来抓他。

次日凌晨，男子被带上警车时，王长工跟到车旁，语重心长地对那男子说：“好好改造，出来后跟我来守罕山吧！”

男子说："只要我能活着就来找你。是看林子还是收拾你到时候再说，先说下，还是以整一跤定输赢。"

王长工大度地说："行，一言为定。君子一言，警察难追。"听了这话，旁边的警察都笑了，他们觉得在这山里待久了，人会变得有些古怪。

警车缓缓驶下山坡，车尾两盏红灯晃动着消失了。王长工想，我这份工作看似孤单，实则关系着无数城市和乡村的安全。再说，我是唯一站在高高的罕山顶上的防火瞭望员，无数人的希望都寄托在我的身上，我要一丝不苟地守护这群山，看护好这森林。

十

寒冷的冬季到来了。大雪封山，山下送不上来柴米油盐菜水，王长工只得在下雪时把洗脸盆放在屋子外面接雪。由于大气污染程度不同，每场雪颜色也不同，有浅粉色的、土黄色的、青灰色的，雪里面还带有土、草、昆虫等很多杂物。把雪化水以后有一股难闻的怪味，水上有一层薄薄的像灰尘一样的漂浮物。雪水很不好吃，对胃肠影响特别大。前些日子下了一场浅粉色的雪，王长工用盘子在草荒里刮了四桶雪，费了半天才化了一桶水。他吃了那次雪水后就得了急性胃肠炎，手边没有药，陈站长把药送上来时，已经耽搁了11天，病情转为慢性胃肠炎。吃管胃肠炎的药，就成了他天天要做的事。这是他上山后身体发生的最大变化。这个时候他非常想念陈鲜花，她在干什么？他的脑海里老是出现陈鲜花的身影和面容，他很想见到她，这个山里唯一的姑娘，已经成为支撑他在这里的一部分。

又过了几天，他的胃肠炎加重，开始出现断断续续的晕眩，他意识到，山下再不送上粮菜和水，他就永远长眠在这座山上了。他要做的只有三件事，在炕头躺着、出去大便、上房观察。每上一次房都十分艰难，身体虚弱，头晕眼花，只有在望远镜里看到远近的森林安然无恙，他才有些力气，这是他的精神支柱。他想到了电影里"人在阵地在"的豪言壮语，心中也升起一股豪气，要坚持，一定要坚持住，山下的人肯定时刻想着自己，会想尽办法送上来吃的喝的。

黄昏时，在稀疏的雪花中，他在房顶上看见前面山坡上晃动着一个白色的活物，白狗皮帽子，白茬皮袄，背着东西顺着山坡缓缓移上来。凭第六感，王长工认出了那是谁，他绊绊拉拉跑下房，深一脚浅一脚地朝那个人跑。雪很深，他几乎连滚带爬地扑到那人身边，一把抱住了那个人，那个人顺势撞进他的怀里，眼眉上挂着白霜，脸冻得通红，剧烈地喘息着。王长工抱住她，激动万分："鲜花，是你呀！"

陈鲜花背上的东西掉在雪地上，她欣慰地笑望着王长工，泪眼蒙眬地说："你还活着，你还活着！"

王长工高兴地大声说："我还活着，我还活着。"泪流满面。

两个人紧紧地抱在一起，感受着对方的呼吸，感受着对方的心跳，感受着对方的体热，都不愿意撒开，想永远这样抱着，这种感觉真好。

平静下来，两个人才意识到这不是长待的地方，相互擦了泪水。王长工背着粮食和菜，陈鲜花背着一塑料桶水，一前一后朝山上走去。王长工在前面蹚路，陈鲜花踩着蹚出的路走。不到一里地的路，走了一个多小时。进屋两个人都瘫坐在地上，喘息未定，天彻底黑了。

两个人浑身湿透，陈鲜花的长筒靴上结了冰疙瘩，她用一根铁管敲掉了靴子上的冰，坚持站起来做饭，她知道不吃饭等于等死。王长工的头剧烈疼痛，他在陈鲜花的帮助下爬上炕，躺在炕上，浑身难受，发起了烧。陈鲜花烧开水，把带来的药给他服下。

吃完饭，王长工精神好多了，因为发烧，浑身打战，躺在炕上，陈鲜花给他盖上被子，说："你睡吧，夜里我替你观察。"

王长工让陈鲜花坐在身边，问："你是怎么上来的？"

陈鲜花说："是开拖拉机来的，拖拉机走到离这儿十里地时误住了，我只好背一部分粮菜和水走着上来。"

"爸为啥没来？"

陈鲜花注意到，王长工这个“爸”说得格外亲切，心中顿时产生一股热浪，脸上也有了红晕，说：“他开着拖拉机上来几次，都是半路没法走返回去了，最后来那次拖拉机掉到雪沟里，他折腾大半宿才把拖拉机开上来，回到家就病了。他叫我不管咋难走，今天也一定要把粮食、菜和水送上来。你是我们家唯一的希望，也是这一带大山森林的希望。”

王长工又一次热泪盈眶，陈鲜花轻轻地给他擦去泪水。王长工有一种温暖的难受，这种感觉他从来没有过，他很想让城市乡村的人知道，为了保护他们的安全，自己在这山上受什么样的罪。这不是陈站长一家人的事，也不是自己一个人的事。他脑海里出现了平静的乡村、繁华的城市，那里的生活是安逸的、快乐的、幸福的。这一切都和自己的受苦受难有着千丝万缕的联系。

陈鲜花知道王长工心里难受，但她更知道什么是最重要的。她安顿好王长工，要上房观察。王长工不放心，怕她不熟悉森林的情况。他挣扎着坐起来，不顾陈鲜花的阻止，穿上大衣，围上脖套，戴上狗皮帽子，跟着陈鲜花上了房顶。

陈鲜花观察了一会儿，王长工又站在望远镜前，弯腰看了一会儿，缓缓地转动着望远镜。陈鲜花深情地望着他，想象着他平时是不是也这个样子。

王长工观察完，回身看见陈鲜花正目不转睛地看着自己，一愣，忙遮掩道：“这上面太冷，你进屋暖和暖和吧。”

陈鲜花用固执的口气说：“不下去，我要在这里陪着你。”

两个人对视一下，相互望着，心中似有千言万语。他们俩一个坚持留下来，一个没有走出大山，共同的选择，共同的心迹，让他们有了共同的信念。两个人不约而同地抱住对方，久久不松开，用自己的身体温暖对方。陈鲜花凑近王长工的耳边，悄声问：“我们……在这山上安家吧？”

王长工感到意外，把陈鲜花推开一点儿，看着她，问：“我们……安家？”

陈鲜花点点头，坦诚地说：“你的那个她那次走了，我就知道不会再来了。”

王长工意识到时光不会倒流，白雪不会再回到他的身边，他不能再这样稀里糊涂地生活了，他要有个抉择，或是放弃这个工作，去城市找工作，或是留在大山里度过余生。城市已经不再属于他，外面的世界很精彩，但他很无奈；这里需要人把守，这莽莽苍苍的大山林海，铺天盖地，无边无际，有一点儿火星，就会像大兴安岭那场大火一样，烧个没完，对于这林海周围的人将是一场灾难。谁也不愿意在这里，但必须得有人在这里，陈站长老了，该轮到自己了，有陈鲜花陪伴，应该留下来。在这个世界上，人的生存地点不一定局限在城市、乡村，也可以是这广袤的森林。这样想着，他的心情豁然开朗。他再次把陈鲜花拥进怀里，梦呓般地说：“她不喜欢这山这林和这个瞭望的工作，我们喜欢，我们……安家，我们安家。”

两个人拥在一起，是那样的温暖，他们从来没有这样幸福过，他们忽然发现，在这个世界上，两个人在大自然的陪伴下，才是最幸福的。他们一会儿相拥着取暖，一会儿用望远镜观察。黎明时分，王长工的镜头对着东北方向不动了，他看见邻县境内的林区蓝烟缭绕，镜头里出现了黄色的点，黄点是从森林中透出来的，这是火情！他让陈鲜花再观察一遍，核实一下。陈鲜花证实了王长工的判断。王长工立即下房，到屋子里背来电台，打开，对着话筒呼叫：“罕山呼叫，罕山呼叫，请回答，请回答！”他脑海中出现了电影《英雄儿女》中王成呼叫炮火支援的镜头，心中生出一种庄严感。

陈鲜花知道起火的地点不在本瞭望台的管辖范围，是在邻县境内，但她没有阻止王长工，火情是不分境内境外的，森林是人类的共同资源。

话筒里沙啦啦响了几下，传来回话声：“我是天山，我是天山，请讲，请讲！”

王长工望着东北方向，一字一顿地说：“五——号——地区——发现情况，火势二级，风力五级，风向西北……”

话筒中的声音高起来：“天山明白，继续观察，随时报告发展情况。”

王长工把电台交给陈鲜花，他守着望远镜观察，隔二十分钟报告一次，陈鲜花根据他的观察向上级报告：“火势继续增大，请紧急出动，请紧急出动！”

对方回答：“已经出动，已经出动，请继续监测，跟进报告——你是谁？”

陈鲜花用自豪的口气大声说：“我是罕山瞭望台助理瞭望员，2号瞭望员！”

王长工转过身来，诧异地看着陈鲜花，她继续对着话筒报告火势发展情况。王长工把陈鲜花紧紧地抱在怀里，用脸贴她的脸，两个人的泪水交融在一起。

王长工从望远镜中看见蓝烟中有了水汽，脑海中出现了车流和人流向起火地点进发的画面，从烟雾的变化和望远镜中热点渐小推测，扑火正在进行中，过了二十分钟，镜头中出现了直升机，在火情上空盘旋，不停地洒水，水像一条白色的带子，飘落在林海；接着又出现一架飞机，两架飞机轮番盘旋洒水。

天亮了，蓝烟在镜头中彻底消失，取而代之的是浓重的雾气。王长工拿过话筒，高兴地大声报告：“我是罕山，我是罕山，五号地区情况缓解，五号地区情况缓解！”

话筒里回话：“天山明白，天山明白，继续观察，随时报告！”

太阳升高了，望远镜里的雾气也没有了，原始森林恢复了原状。王长工向上级报告情况解除，对陈鲜花说：“太冷了，到屋里暖和暖和吧！”

两个人进屋上炕，脱了皮大衣，和衣躺在一个被窝里，你捶我一下，我捣你一拳，嘻嘻哈哈闹起来。王长工忽然蔫了，微闭了眼睛。陈鲜花问："你怎么了？"抚摸他的额头，惊叫："这么烧呀！"说完下地给王长工倒水，让他吃药。王长工吃了药，很快睡着了。陈鲜花疼爱地看着他，头轻轻扎进他怀里，一会儿也睡着了。

十一

又是一个百花争艳的季节。过了防火期，王长工接到通知，要到市里参加志愿者表彰大会。陈鲜花跟着去，她不是去参加表彰大会，虽然她在那次火情预警中立了功，但她不是志愿者，也就不在表彰之列，她是去城里跟王长工旅行结婚。他们也想过举行婚礼，但是爸爸不同意："在这山里请谁参加婚礼？请兔子、狐狸吗？"

陈鲜花不同意爸爸的说法，说："这些年你随了多少礼？同事孩子结婚，给你个信儿你就往城里跑去随礼，我结婚就不吱声了？"

陈站长埋着头抽烟，脸色阴沉。王长工看出他为难，就劝陈鲜花："旅行结婚更好，好玩又新潮。"

陈鲜花虽然嘴上那么说，心里理解爸爸，就同意了王长工的提议。

进了城，王长工参加会，陈鲜花逛商店，买结婚用品。中午王长工从会议安排的住宿地方来到陈鲜花住的宾馆，说："下午电视台要给我录制个节目，你陪我去。"

陈鲜花说："给你录制节目，我去掺和啥？"

王长工着急地说："你去得了呗，管那么多干啥。"

陈鲜花看出丈夫有难言之隐，答应了。

走进电视台录制室，陈鲜花一眼认出了录制节目的主持人是白雪，白雪胖了，脸色不如以前好看。陈鲜花抓住她的手，亲热地说话，陈鲜花问："你不是在中学教学吗？"

白雪说："是的，这儿招聘我就到这儿来了。你知道，我喜欢新闻工作，就像你喜欢动物一样。"

白雪给王长工一页纸，说：“我列了个提纲，你看一遍，我按照提纲问，我问什么你答什么。”

王长工看看提纲，还给白雪，说：“用不着这个，你问什么我都能答，只要是不出罕山的范围就行。”

白雪挑衅地问：“我要是问起罕山以外的事呢？”

王长工没作声，不高兴的样子。白雪不想惹王长工不高兴，说：“好吧，开始！”她对着摄像机，庄重严肃地开场：“亲爱的观众朋友，这期本地名人栏目，我们请来了……”

散会后，王长工带着陈鲜花回了乡下的父母家，母亲看着陈鲜花，悄声问王长工：“这个不是你邮回来的照片上的那个吧？”

王长工说：“是那个，变黑了，变壮实了。”

母亲疑惑地打量着陈鲜花。陈鲜花扫地，擦锅台，清理院里的农具，很朴实，很能干，母亲很满意，说媳妇又不当花看，能过日子就行。

父亲把王长工叫到一旁，问：“你结婚了，还得买房子吧，需要多少钱？家里可没钱呀。”

王长工说：“不用，公家有安排。”

爸爸看着他，不明白公家怎么会安排房子。

王长工最担心的是家里人不同意他干这个工作，父母没提，他放心了。王长工明白，家里人对他的工作没异议，有吃有住，家里不再拿钱了，这样就好，他可以安心工作了。

王长工结婚后把家安在了防火站，说白了就是住在陈家的西屋。王长工和陈鲜花私下商量，在防火站成立一个动物植物研究所，并向林业局打了报告。

王长工又回到了山上。

得到陈站长去世的消息是防火期来临之前。那天艳阳高照，王长工站在屋前晒被子，一辆小汽车爬了上来，在他面前停下，小吴下了车，跟他打招呼。他预感到有什么重要的事，小吴是不轻易来山上的。跟着下来的是胖局长白开水，还有工作人员小赵。白局长握了握王长工的手，神情严肃。他去城里开会碰到过白局长，白局长很随和，还跟他开过玩笑，今天却绷着脸。

小吴和小赵往屋搬粮食、菜和水。白局长说："你岳父陈规站长四天前因公去世了，当时雨太大，没法上山通知你接你下山。"白局长眼里含着泪水，说："这种应该通知而没有及时通知的事情，陈站长经历过太多了，你以后……还会经着。"

泪水模糊了王长工双眼。

白局长说："陈站长是这大山里最伟大的人……"他说不下去了，沉默一会儿，接着说："现在不是防火期，你跟着车下山休息两天，让小赵替你两天。"

车停在防火站门前，王长工抢先进了院。陈鲜花正站在门口看小鹿吃草，见王长工进院，捂着脸呜咽着进了西屋。白局长进屋坐在东屋炕上，王长工和小吴坐在地凳上。白局长跟沏茶的陈婶说："嫂子，局里准备给老陈上报一份请功材料，我来取他历年的获奖证书。"

陈婶说："证书都在柜子里。"她打开柜子锁，说："你要哪个自己找吧。"

白局长犹豫一下，对王长工说："你把所有的证书都拿出来，我们挑一些主要的。"

王长工打开柜子，吃了一惊，柜子里全是各种奖励证书，大的、小的、纸的、塑料皮的，压在下面的陈旧，放在上面的新鲜，有与防火有关的，也有与生态有关的，发证书的单位从县到中央哪一级都有。他把所有证书抱到炕上，一叠一叠地摆了半铺炕。

白局长走后，王长工从妻子嘴里得知，岳父是给他送粮食、菜和水遇难的，那几天雨下得很大，他实在不能再等了，就开着拖拉机上了路，过一个洪水沟时，拖拉机滑了进去。水很深，他的腿脚不好使，拖拉机又压在了他的腿上，他没能挣扎上来。

王长工望着莽莽苍苍、连绵起伏的大罕山，山峦之上仿佛屹立起一座丰碑，这座丰碑是无形的，在他心中永世不倒。

康乃馨，百合与玫瑰花

代宇涵

一

与平日里湿热的天气不同，江南雨后的空气中透着一股淡淡的木香，木香伴随着潮湿的粒子，婉转而悠长地浮在空气中，久久不散却。

一排排整齐的平房外，随意摆放着几个简单的桌椅和盆栽，横梁上挂着些刚洗过的衣服，乍一看，颇有几分农家小院的氛围。门前几个儿童聚在一起，在雨后的晴空下尽情玩耍，脸上洋溢着欢快的笑容。

“这里就是我们的教室了。”

在刘校长的带领下，云梦潇同一行老师继续向前走，眼前这一幕是她第一次来到大寨村时看到的景象：孩子们在看到他们之后停下了玩耍，纷纷睁大眼睛惊奇地望着他们，黝黑的脸颊泛着红光，在那一个个纯净的笑容里面，你能看到他们澄澈的目光，如水般不含任何杂质。

红瓦、白墙、一片草地、几棵绿树、三两个儿童，眼前这些景象与金色的阳光一起，构成了一幅色调柔和、让人倍感温馨的画面，仿佛只要时光保持这样美好就足够了。

画面定格在脑海，让云梦潇瞬间有种想画下来的冲动。

一路的颠簸让众人疲惫不堪，在看过教室和住处之后，刘校长热情地招待老师们去自己家里，说要请他们吃自家种的菜，一回家就招呼家人做菜，还特意冲泡了当地最有名的普洱茶。村里的每个人对待他们都如同贵宾，十分尊敬和欢迎。

“刘校长就别客气啦，我们也不是第一次来了。”燕姐坐下后笑着对刘校长说道。

是啊，早就不是第一次来了，云梦潇暗想，燕姐一直以来都是她很崇拜的偶像之一，作为一名优秀演员，虽然名气没有多大，但确实是一位演技派，还写得一手好文章。更重要的是，她还创办了一个公益组织，长期资助贫困地区的儿童。工作之余，燕姐一有时间就会来支教两三个月，坚持了快五年，堪称明星做公益的典范。加入燕姐的支教团，从大学时起就成了云梦潇的梦想。

如今，能来到这里，她的小梦想已经算实现了一半……

燕姐本人与她想象中的有些不同，燕姐属于耐看型的美女，眉眼温和，清纯可人，有着南方女子特有的白皙皮肤，体型娇小，比想象中更加亲切随和，总是一副大姐姐的模样，只看本人真想不到她能忍受山区这种艰苦的环境。

“是你们给我们村带来了这么大的变化，当然得好好招待你们了。”刘校长端上来几杯热茶，感激地说道。

二

从聊天中得知，五年前的大寨村比现在要落后得多，没有电，没有车路，要爬山才能到村里。再加上这里雨水频繁，极易发生泥石流，在这里生活有一种在生死边缘挣扎的感觉。

云梦潇看着这周边的环境，大自然的气息环绕着：鸟鸣、溪流的喧腾、风轻轻吹动绿叶的声音，与记忆里的那幅画重叠，此刻她感觉自己像是生活在画里，全身心融入其中，只有愉悦与放松，身心都变得轻盈起来。

“这儿的人很爱喝酒，酒劲挺大的，一会儿你们就知道了。”燕姐好心提醒道。

“真的吗？我倒是很想尝试尝试。”来自加拿大的Lauv用有些蹩脚的中文连声惊叹。喝够了自己国家的葡萄酒，现在能尝到中国具有地方特色的酒，他不禁窃喜。

除了这位来自加拿大的金发帅哥，还有一位师范学校毕业的学姐苏晴，她是一名从业近三年的专职音乐教师，据说她的钢琴、古筝都弹得很好，整个人也散发着一种古典气质。

来自天南海北的四五个人奇妙地因为同一个信念聚在一起，大家就这样从下午聊到了天黑，直到刘校长给每个人倒上了一杯山间特有的小甑酒。

“小云，你可以吗？”看云梦潇不像会喝酒的人，燕姐特意在举杯时问她道。

云梦潇没有回答，对着她轻轻笑了笑，然后举杯全部喝了下去，周围人见状都发出不可思议的惊叹声。

此情此景让云梦潇不知为何甘愿喝下这后劲十足却香醇无比的山间美酒。她平时很少沾酒，可这样有感而发的时刻，人生能有几回？

“来，让我们为这次支教之行干杯！”Lauv带头端杯。

“为燕姐干杯！”

山间回荡着欢呼声。此刻时光像醉人的醇酒，回味无穷，暖在人心。

三

来到这里的第一节课，彻底打破了云梦潇之前那些自以为是的设想：小孩子都是很好教的。

兴许是山里长大的缘故，这里的孩子似乎天生不懂得什么叫作规矩。对于云梦潇所教的美术课，学生们都表现出了极大的好奇，可是上课时好动的会直接爬到桌子下面，或者因为一句话就和旁边的小孩打架，而害羞一点儿的孩子，不论老师问什么，都一副茫然无措的模样。

云梦潇从没给人上过课，虽然来之前培训过几个月，可等到真的上课，才发现实践起来是真困难，和理想是有差距的。

“谁上课再捣乱，一会儿下课就没有老师送的礼物咯。”云梦潇故意表现出很生气的样子，可这句她自认为很有威慑力的话，不到五分钟就彻底失效了。

捣乱的孩子只有前排的两三个，好在不多，但也足以扰乱课堂秩序。

“赵晓冬，你能不能别捣乱了！”

一个稚嫩却尖锐的女童声从后排响起，只见一个扎着双马尾的小女孩从座位上下来，走到前排最不听话的那个男孩面前，狠狠地小声说了他几句，那个男孩果然不敢再捣乱了，安安静静地坐在那听课。

她感激地望了一眼那个小女孩，继续自己的教学。黑板上贴着一幅《蒙娜丽莎》，这是她专门打印的一张图片，为了让孩子们更直观地观察，她借此名画向孩子们展示奇妙的油画世界，那里曾是她的天堂。

学会欣赏艺术，是她想要给孩子们上的第一课。每一种艺术都有值得细细推敲的地方，正如这幅《蒙娜丽莎》，采用了稳定庄严的三角形构图，让人感觉蒙娜丽莎端庄冷峻，高贵而不可亵渎，再配合几幅同时期的作品，孩子们慢慢也融入其中，同她一起感受神秘的古典油画。

她一直记得自己的研究生导师说过的一句话：“在艺术上，一个人的鉴赏水平一定要高于自己的创作水平。”所以她从没忘记要多欣赏和临摹大师的作品，即使古典油画作为传统艺术逐渐被冷落，也要保持对传统的尊重，谨记老师所说的传承与创新的理念。

课后云梦潇才知道，那个小女孩就是赵晓冬的姐姐赵晓丽，大赵晓冬三岁，是那种一看就很懂事的孩子。

“我弟弟特别调皮，一般人都管不住他。”她一副大人的口吻，让云梦潇忍俊不禁。

“可是我看他还挺听你话的。”

“那当然了……平时都是我管他，我照顾他，所以我的话他还是会听的。”赵晓丽苦笑道。

她有些惊异于孩子口中的隐忍和无奈，眼前这个孩子也不过十岁左右的年纪，却已经承担起了照顾弟弟、料理家务的重任，她的家里只有年迈的爷爷，父亲在城里打工，很久才回来一次。云梦潇不忍再问下去，她不知道大寨村里还有多少这样的孩子，在不适宜的年纪过早地承受着生活的艰辛。

四

老师的住宿条件十分简陋，云梦潇有幸与燕姐住同一个房间。几张桌椅，两三个水桶，一张坐下就吱吱呀呀响个不停的上下木板床，只这些东西，便构成了这个房间的所有。

好在她不是娇生惯养的女子，倒也能为了孩子们忍受这一时。哪怕条件再简陋，能生活于这山林之间，对于追求艺术情趣的她来说，却也乐在其中。

“那几个捣蛋鬼啊，一看你是新来的老师，就肆无忌惮了。”燕姐打了一桶水进来，回应着她今天上课后的感想。

“我是真的管不住他们，本身也不是多么严厉的人，这几个小孩啊……”她无奈地笑着。

“不过啊……慢慢就好了，这些孩子还是很懂事的，我有时候倒是宁愿他们能活泼一点儿……”

这话让云梦潇沉默起来，她不是不明白燕姐话里的意思，这些从小没有父母照顾的孩子，有多少人已经失去了孩童的天性，他们眼里的坚强和落寞，是每个看到他们的人心中永远的痛。

借着夜色的静谧，云梦潇忍不住问起燕姐关于选人的事。

“是啊，你说那么多美术老师的简历，为什么我就偏偏选中了你？”燕姐调皮一笑，露出整齐的牙齿。

支教团招新人时，当时投简历的人非常多，这一点云梦潇是知道的，尽管怀着十足的热情，她还是没有把握能胜过那些名校的美术生。所以在得知能够去支教的消息以后，她惊得手机差点儿掉在地上。

“倒不是因为你寄了两幅作品，文字也写得比较多，而是在那么多人中，我确实能从你的作品和文字里，感受到真诚和用心。”

她寄了两幅研究生时期的作品《秋塘》和《江湾》，都是她去浙江写生时画的，还有一篇名画感悟，是对萨金特的作品《康乃馨，百合与玫瑰花》的评论，一字一句无不诉说着自己对这幅画的喜爱和赞美。

“燕姐，我是真的特别感谢你。”

关于艺术，她有太多想要表达的，也有太多想让孩子们去感受的……

五

大寨村的信号非常差，常常需要等很久或是去高处才能有一点点信号。云梦潇照燕姐说的，到不远处的一个小山坡上找信号，好不容易才发出去一条短信。

这样挺好的，城市里时时刻刻都离不开手机，到了这里反而能多一点儿自己的思考，远离尘嚣。

“Yun，你的课上完了吗？”

刚走没几步，Lauv瘦高的身影突然出现在眼前，瞬间挡住大片阳光。

“对啊，你也是吗？”

“那一起走吧，燕姐说等我上完课和你一起到刘校长那里去，咱们要去学生家里考察。”

“好。”

不得不说这位加拿大友人的中文说得还是很好的，性格也十分阳光开朗。至少孩子们喜欢他，也喜欢听他讲国外的事情。

他们并肩走在山路上，一起朝着山林深处走去。

她随身背着一个挺阔的帆布包，质量很好，布面上印着一幅画。

Lauv问起这幅画，她告诉他，这幅画的名字很长，叫《康乃馨，百合与玫瑰花》，是美国画家萨金特的经典作品，画中的两个孩子在花丛中点着灯笼，整幅画色彩极为丰富多变，与花的芬芳融为一体，这是她最喜欢的名画。

Lauv说："这名字还真是长，不过花的色彩着实很绚丽，难怪要叫这个名字，一提到它，就能想到那种变幻多姿的色彩之美。"

Lauv是所有老师中最年轻的一个，也是最朝气蓬勃的一个，不时逗得大家笑个不停。他的皮肤是深小麦色的，是长期坚持户外运动的人才拥有的健康肤色。据说燕姐是因为他的简历写得特别正派而注意到这个小伙子的，他对于支教服务有着超乎常人的热情。

穿梭在松树林间，走在凹凸不平的山路上，Lauv十分绅士地照顾着云梦潇。

"你为什么这么想来这里支教？"云梦潇问。她本以为他的回答会像大多数人一样平常而普通，只是单纯为了心中的执念，而他的回答却真正让她明白了燕姐所说的"正派"是什么意思。

"为了教育事业，为了让更多的孩子接受应有的教育。"他不假思索地说道，"我就想让这些贫困地区的孩子也能受到良好的教育，人嘛，走了老师这条路，总想奉献些什么。"

他说得如此认真，让本要被这"正派"理由逗笑的云梦潇硬是忍住了笑意。

山路崎岖不平，时而上坡，时而下坡，他们放慢脚步，欣赏周围的花草树木，感受黄昏下自树叶透过的日落的颜色，那是一种昏沉的橙色，在油画色彩中表现力最强，随着光影的流动不断变化着。

在这里支教已经将近两周，云梦潇从此刻开始才渐渐了解这个男孩，从他身上，她能看到大多数人所缺乏的激情，所谓对事业的热爱大概就是这样吧。

只是自己前方的路又在哪里呢？听着Lauv清晰地描述目标和梦想，在欣赏这个男生对未来的热情之余，云梦潇不禁开始为自己担忧。

云梦潇，你又有哪些打算呢……

六

家访时有三个新老师参与，燕姐说是为了让他们多了解了解，这正符合云梦潇的想法，她早就想看看这些孩子的家庭状况了。

刘校长多次提醒他们别太晚去，此刻天色已晚，再有经验的司机也有可能会迷路，况且这山路崎岖，指不定会出什么危险。

但燕姐却很乐观，称今天刚好周末，还是要试试看。于是一群人坐上面包车，在摇摇晃晃中出发了。

人多聚在一起总是格外的热闹，不知谁提议要唱歌，从经典的《爱》到许巍的《故乡》，大家一首接着一首唱，像是要随着这路途一直唱下去。

下起了小雨，一道道纤细的水流顺着车窗缓缓流淌下来。南方虽然多雨，但雨下得细腻温柔，天气依旧温和，感觉不到一丝冷意。司机始终在黑暗中摸索，这小雨无形中又增加了些许困难，好在车内气氛很欢快，大家也没有过多的担忧。

尽管在路上花了很长时间，司机还是不负众望地到达了目的地。在湿润的泥泞中，四个人敲响了一家又一家的房门，而每家每户的情况，也成为人家经历中记忆最深刻的场景。

破旧的平房内，孩子们看到支教老师，露出欣喜的笑容，可他们大多穿着破旧的衣服，衣服上是厚厚的污垢，全身上下很难找到一处干净的地方。家中基本只有老人，孩子们除了过早懂事，没有任何选择。

当来到赵晓丽家时，她正在门外坐着洗衣服，瘦弱的身子费劲地搓着一盆衣服。看到老师们，她有些不好意思地站了起来，眼里藏着不愿被人看到的隐忍。

“晓丽，晓冬呢？”云梦潇对这个孩子最为熟悉，便随口问道。

“晓冬在睡觉呢，家里就我和爷爷。”

云梦潇已见惯了这样的农家小院，可以想见孩子平日的生活环境。水井、灶台、桌子就是全部的家具，杂物横七竖八地堆放着，眼前所见的颜色大多是灰暗的。云梦潇不忍再看，走出来看着晓丽问道：“你的爸爸妈妈呢？他们去了哪里？”

“去城里打工了，而且……我没有妈妈。”晓丽静静地看着她，像说着一个微不足道的事。

云梦潇的心一揪，问：“那你想她吗？”可晓丽接下来的回答让她后悔问出这个问题。

“想，可是我早就不记得她长什么样了……”

七

临走的前一天，燕姐召集所有老师一起爬山，十几个人背着大包小包，其乐融融地出发了，打算最后感受一下大寨村的美好。

手机依旧没有信号，在Lauv的帮助下，云梦潇好不容易和父母通上电话。果不其然，除了一些担心的话语之外，她和父母的对话就只剩下埋怨和沉默。

她是沉默的一方，因为不想再引起不必要的争吵，父母一向喜欢为孩子做主，无论是选择美术还是选择当老师，云梦潇一直是顶着所有人的反对声坚持到现在的。

“既然到了这里，就别去想那些不开心的了。”Lauv见她打电话露出愁容，安慰道。

她轻轻点了点头，却不愿诉说内心的苦恼，可与之前不同的是，这一次她的内心无比坚定。

大家找了一片空旷的草地，草地藏在密林深处的一个小山坡上，抬起头能看到湛蓝的天，不染一丝尘埃，溪水潺潺，不远处的菊花开得正盛。

云梦潇轻轻躺下，闭上眼，想起在这三个月来她让孩子们画花，他们就画了各种各样的花，有的花甚至是他们自己创造出来的，再用不同的颜色填充。有一个小女孩海兰画了一个披着长发的女孩，女孩的周围开满了色彩缤纷的花朵，整幅画就像梦一样美。

她说："老师，你看，这是我画的你。"

三个月以来，她给孩子们介绍了很多名画家，也展示了他们的作品，从国外的达·芬奇、凡·高、萨金特，再到国内的刘海粟、徐悲鸿、潘天寿……她还教他们画不同主题的画，根据主题，画出自己内心的想法。她把他们带入了一个充满想象力的新世界，为他们打开了艺术的大门。

三个月的时间转瞬即逝，又到了云梦潇最不擅长的告别时刻。这几日她一直有一种隐隐的不忍作别之感萦绕在心头，每一天的教案，每一天与孩子们的相处，第一次带他们看电影，第一次与孩子们一起爬山……太多珍贵的回忆，都让她不忍与孩子们说再见。

"老师，没有你的话，我们连美术是什么都不知道呢……"

孩子们的声音不断回响在她的脑海中，她感激有这样的机会能让他们接触艺术，毕竟之前，他们的世界是那样狭隘。准确来说，是燕姐开拓了他们的视野，带他们领略了学习过程中姿态各异的风景。她期待接下来支教的老师可以继续带领他们完成艺术之旅。

"最后一天了，大家有什么想说的就说一说吧。"攀谈过后，燕姐突然提议道。

轮到云梦潇的时候，她好像什么都听不见了，周围一片寂静。在她的内心深处仿佛有一座花园，里面种着康乃馨、百合、玫瑰花……花儿芬芳四溢，缤纷多彩。静默中传来孩子们的嬉笑声，他们在这座花园里拿着灯笼，有说有笑，身上的衣服整洁而干净。花儿一朵朵地盛开着，渐渐长出了画纸，不停地蔓延，直到布满每一个贫瘠而空旷的地方。

一家人

孔立文

一

说句心里话，对于结对认亲这件事，我还是蛮上心的。

在我们新疆，民族团结是各族人民的生命线。机关干部进村入户“一对一”结对认亲，民族团结实实在在。作为刚入职的公务员，这样的活动我怎么能不积极呢。

开“民族团结一家亲”动员会时，我跟群工办孙干事坐一起。孙干事负责结亲对象分配，我小声跟他说：“到时把定点村的名册发我一份。”

孙干事笑了，说：“怎么，还要选一下吗，有这个必要吗？”

“那当然！认了亲可就是一家人了，这可不是小事。”

会议一结束，孙干事就把名册传到了我电脑上，后面还留有附言：要选就快点儿，我这边还急着分人呢。

机关就是这样，很多事情都搞硬性安排，容不得你选择。我这也算走了个后门。

市委的帮扶点是琼科瑞克村。这个村贫困人口不少，表格上就列了一百多号。想从这里面选出个名堂，怕是也只有我这个机关新人了。谁让咱刚毕业没经验呢。

这不过是普通的名册，无非是户口姓名、家庭人口、年收入等列表。我对上面空洞的数字不感兴趣，人名也差不多，我扫了几眼，觉得确实没什么可选的。

也是，选谁都一样。还是让老天和孙干事来安排吧。我快速打了几个字，正准备按回车键，忽然，也就在一瞬间，我发现了电脑屏幕左下角那个名字。

名字很熟悉。对了，那不是外婆的名字吗？

卢艳丽·沙迪克。除去后缀“沙迪克”，“卢艳丽”三个字与外婆的名字一模一样，一字不差。

我定了定神，那三个字依旧安静地躲在那儿，跟其他名字混在一起，一点儿也不特别。

世间竟有这般奇异的事。我笑了，抓起电话，给孙干事拨了过去。

“选好啦，谁个？”没等我开口，孙干事的声音已经像子弹一样窜过来。

“卢艳丽……”我本来是要问他很多话的，可他那逼人的语速，让我本能地只吐出了这三个字。

“好啦，我知道了。”我话还没说完，他已然挂了电话。这个火烧火燎的家伙，大概是忙疯了。

我回看了一番名册，别人的名字都正常，唯有那“卢艳丽”，怎么看都觉得不对劲。从小到大在新疆待这么多年，维吾尔族的同学和朋友不少，名字虽然都是音译，但还真没见过“卢”字打头的。莫非是养女，汉族？新疆这个地方，抚养别的民族小孩的人家不少，可那上面的族别，明明显示的就是维吾尔族。

卢艳丽·沙迪克后面的标识是这样的：性别女，年龄四十八岁，政治面貌群众，年收入一万，家庭成员为一儿一女，备注上说女儿在读大学，儿子上小学，本人有高血压，常年吃药。

冥冥中总觉得这里面有什么故事。一下班，我就拨通了母亲的电话。哪知道母亲倒不当回事，说这有什么，看把你少见多怪的，一个名字能有什么故事呢，再说了，哪有那么多故事，好好工作，别动不动就故事故事的。

我仍不罢休，说：“那你真不认识这个卢艳丽·沙迪克？”

母亲提高了嗓门，说：“我听都没听说过，人没听过，村子也没听过。不就一个名字吗，重名重姓的多了去了，别搞得那么认真，有那时间，多关心关心自己的个人问题。”

得，没法交流。每回跟母亲通电话，除了催婚，也是没别的了。

母亲是老兵团，年轻时也是吃了苦的。作为她的小儿子，能考上公务员，坐上办公室，对她来说已是莫大的荣耀。所以在她眼里，工作和婚姻才是重点，至于其他的，那都不算事。

好吧，算是我想多了。不过，马上就多了一个维吾尔族亲戚，而且跟外婆同名，我还是蛮期待的。

二

认亲大会是在琼科瑞克小学的操场上举行的。

人太多，光市委机关就去了三辆大轿子、三辆轻卡。大轿子上人是满的，轻卡上的慰问品也是勉强才装下。

乡镇干部和村委会全员出动，会场秩序井然。操场上处处洋溢着温暖的笑脸。

掌声一阵接一阵，全是自发的。我向来不怎么看重轰轰烈烈的形式。台上一会儿讲话，一会儿发言，搞了差不多一个小时。

然后才是认亲。

我终于见到了我的结亲对象——卢艳丽·沙迪克。她五十岁左右，个子挺高，慈眉善目，不知道是不是因为肥胖，走起路来有点儿一颠一颠的。她还带了儿子，小巴郎十二三岁，大眼睛，长睫毛，挺鼻子，很机灵的模样。

“叫哥哥。”卢艳丽·沙迪克对小巴郎说。

“哥哥！”小巴郎声音脆脆地说。

我俯下身子回应，发自内心地喜欢上了这个小家伙。原本我还想展示一下自己的“双语”能力，可听见卢艳丽·沙迪克的汉语说得那么纯正，也就不敢再露怯了。

他叫努尔艾力，十二岁，在读小学六年级。我的“见面礼”是一个迪士尼书包，里面装了本子和文具，都是我精心挑选的。

努尔艾力的惊喜是掩不住的，小脸涨红，双眸闪亮，快乐扑面而来，分明感染到了我。

“喜欢吗？”我轻声问。

“喜欢！”他掏出两盒速写笔，又摸出一摞软皮本，忽闪着大眼睛问，“这些，都是给我的吗？”

“当然，都是给你的。”我顽皮地向他眨了一下眼睛，仿佛自己也回到了童年。

见面礼之后是认门。

卢艳丽·沙迪克抱着一件呢子大衣，我提了一袋米、一袋面，努尔艾力背着书包，提了两壶清油，歪歪斜斜走在前面领路。呢子大衣和粮油都是单位慰问品，由我们捐资集体采购的。

“妈，以后我就有哥哥了吗？”努尔艾力突然回头，一脸热汗。

“对呀！”卢艳丽·沙迪克冲我笑笑，得意地回答。

“那太好了，我有哥哥喽。”小家伙兴冲冲地叫嚷，向前紧跑了两步，猛地把两桶油撂下，快步奔到我跟前，干劲满满地说，“哥，来，我帮你！”

看来有个弟弟还是蛮不错的。小家伙的那份诚挚比什么都珍贵。

卢艳丽·沙迪克的家距小学不远。房子是抗震安居房，天蓝色的屋顶显得格外敞亮。

和村上大部分人家一样，卢艳丽·沙迪克家也是去年从乌孙山上搬下来的。

前年八月一场不大不小的地震，差点儿毁了卢艳丽·沙迪克的家。土垒的院墙倒了，卢艳丽·沙迪克的丈夫被砸伤，没几个月就去世了。土坯房也成了危房。现在的房子是乡里统一建的。移民搬迁，保障住房，享受低保，卢艳丽·沙迪克家渐渐走出低谷。

客厅的桌子上，已摆满果盘点心。洗得干净的红苹果、切成扇形方块的馕、葡萄干、红枣、核桃仁，全是自家产的绿色食品。

第一次来卢艳丽·沙迪克家，却一点儿也不觉得陌生。喝着飘香的奶茶，感觉就跟自己家一样。

知道我要来，卢艳丽·沙迪克已经准备了拉条子。肉切好了，菜洗好了，面饧好了，随时可以拉面下锅。

卢艳丽·沙迪克忙着做饭，我给努尔艾力辅导作业。小家伙稚嫩的眼睛一眨一眨的，不论我说什么，他都是一副求知若渴的虔诚模样。

我喜欢这种家的感觉。

卢艳丽·沙迪克过油肉拌面做得很地道。拉面色泽鲜亮，肉味清香浓郁。努尔艾力一顿狼吞虎咽，吃得满嘴油红。

卢艳丽·沙迪克不停地给我夹菜加面，我竟一口气吃了好几盘子。她一口一个儿子地叫着我，我在心里也把她当成了妈妈。

卢艳丽·沙迪克说如果阿孜古丽在，一家人就团聚了。阿孜古丽是她的女儿，去年刚考上新疆大学。

吃过饭我们用手机照合影，互留电话，还加了微信。

认亲时间有限，我要走了，卢艳丽妈妈和努尔艾力弟弟都有点儿舍不得。努尔艾力拉着我的手，一副很不情愿的样子，眼泪都掉下来了。

临走前我给卢艳丽妈妈留了两千元钱，说是给未谋面的阿孜古丽妹妹和努尔艾力弟弟上学用。卢艳丽·沙迪克一开始怎么都不要，我说你不拿着就没把我当一家人，她这才勉强收下了。

可能因为激动，我竟忘了问卢艳丽这个名字的事。

在返城路上，我打开手机，发现卢艳丽·沙迪克竟在朋友圈发了一条微信。配图全是我和他们的合影，文字就一句话：我多了一个儿子。

因为想多了解她一些，我好奇地点开了她的微信相册。上面图文不多，全是生活中的一些点点滴滴。忽然，一张似曾相识的图片映入眼帘，我不由得为之一怔。

这是一张黑白老照片。

照片上全是军人。最显眼的是一个女兵，只有她是站着的，手里还举了一本书。其他的应该全是男兵，一共六个，不知道是蹲着还是坐着，每个人手上握着一支笔，伏在一节高耸的田埂上，田埂上放着本子，看样子是在学习。挨着女兵最近的那个男兵，侧着头张着嘴，像是正在向女兵发问。这个男兵头发卷曲，鼻梁高挺，感觉应该是少数民族。可能因为时间久远，照片上面还有一道泛黄的印渍。

评论区里，卢艳丽·沙迪克还注了一行字：这是爸爸留给我们唯一的照片。

如果没猜错的话，照片上那个少数民族战士，应该就是卢艳丽·沙迪克的父亲了。

直觉告诉我，这张照片我见过。我猛然想起来了，外婆家的玻璃相框里，也有这张照片。没错，很小的时候，在外婆家，我见过。

我把图片拉大，一下子就认出了里面的外婆。那个女兵不正是外婆吗？她站在男兵的后排中央，轻扬着头，英姿飒爽，当仁不让。

可是，卢艳丽·沙迪克手机上也有这张照片，又是怎么回事呢？

三

外婆举着我的手机，端详了一遍又一遍。老花镜在她手上，摘了取，取了再戴，双手有些微微地颤，时不时揉一下自己的眼睛。

我把纸巾给她，她扯了几张，自顾自蒙了脸，好久才拿开。纸巾浸湿了一大片。

然后，她颤抖着双手，摸摸索索打开自己的枣木箱子，翻出了那张珍贵照片。

和手机里的一模一样，外婆的这张保管得更好些，四个角连毛边都没有。

外婆老了，反倒多愁善感起来。过去的事情记得尤其清楚，一件事可以絮絮叨叨好多回。尤其当兵入疆的那段，更是津津乐道，乐此不疲。

外婆当过兵，这是她一生的荣耀。

照片上那个维吾尔族战士，叫沙迪克。

外婆说，沙迪克是她的战友——生死战友。可对这个名字，过去那么多年，她却很少提及。

看来有些人有些事，缘分还没尽。

外婆抓着我的手，跟个孩子似的说，你快帮我问问，沙迪克他怎么样，他还好吧，你告诉他，我很想他，我要去看看他。

我把外婆的那张照片翻拍了一下，写了一小段文字，发给了卢艳丽·沙迪克。我用微信问她：沙迪克是您父亲吗，他当过兵吗，他是不是有一个战友，名字叫卢艳丽？

卢艳丽·沙迪克没回我，估计是没看微信。

外婆这边则滔滔不绝，说起了她和沙迪克的那些往事——

四

我对沙迪克一开始印象并不深。

那时候我刚到部队没多久，整天除了想家，就是干活。干活多了就忘了想家了。

我当兵时还不到十八岁，还差好几个月呢。说当兵就当兵了，到新疆了。

当时那个不习惯，吃的住的都不习惯。就是想湖南老家，想大米饭，想冰糖橘，想熏腊肉。那时候哪里吃得上肉，想都别想。

对沙迪克有了解也算缘分，因为那天是我生日。当然，除了我自己，没人知道，我也不想让别人知道。

那天早饭吃的是馕。开饭时就听见有人喊，今晚吃狼！

吃狼？终于开荤了。有人已经跳了起来。

开餐的哨声一响，每个班只发了一筐金黄色大饼子，外加一盆子白菜汤。大家端着热汤，就是不动筷子。连长说："吃饭呀，还愣着干什么？"

"狼肉呢？我们等着吃狼肉呢。"几个敢说话的战友高声叫嚷。

连长撇了撇嘴，指着那些大饼子说："想什么呢，狼肉？这是馕，不是狼！"

那馕看起来硬硬的，但口感香脆有嚼劲，比馒头窝头好吃，别有一番风味。

这些馕是沙迪克加班打的。

就他一个人，打馕坑，搓面团，折腾了差不多一个晚上。

馕吃了管饱。大家打着饱嗝，挺着肚皮，又出工去了。

就这样，每个人都忘了狼的事。没承想，我却真的遭遇了狼，而且是狼群。

正是早春时节，连队挖水渠，工程量大，重劳力全都要上一线。

那时候连里就我和秦玉洁两个女兵。连长把我们调到炊事班，说是加强后勤，我们心里明白，那不过是变相照顾。施工点在山脚下，全是戈壁石，我和秦玉洁干半天也出不了活。炊事班就炊事班吧，炊事员腾出来也可以增添人手。

那时候我刚到炊事班，一心想着给官兵改善伙食。

沙迪克是翻译，刚当兵没几天。他刚来连里时感觉也就是个大男孩，十七八岁的样子，个子高，鼻梁高，眉毛重，睫毛长，眼睛炯炯有神。可能是新来的缘故，平常他不怎么爱说话，性格上比较拘谨。

连里就他一个少数民族，伙食上有些不习惯，早就嚷着要自己动手，不想不做则已，一做就停不下来。

沙迪克的馕把午饭问题也解决了。官兵们一身一脸泥土，啃起馕来却感觉香甜得很。炊事班只是烧了两大战备锅开水，剩下的时间都投到施工里了。

由于要准备晚餐，炊事班收工早。连长让沙迪克也一起回，他一晚上没休息，连续奋战吃不消。沙迪克不愿早回，连长说你可以再打些馕，这次少打些，这东西管饱，充饥的时候用。

那天阳光正好，路上的草都泛青了，春天来了。我还发现几棵荠菜，零星点点，鲜嫩诱人。

一回来沙迪克就倒腾起他的馕坑，他嫌一个不够，还要再弄一个。他搞他的，我们做我们的饭。

晚饭没变化，主食是玉米面掺白面的开花馒头，菜是老三样，无非是土豆、萝卜、冬白菜，没有一点儿绿色。

馒头揉好下锅，菜也切好。那日秦玉洁负责炒菜，我有一段空闲时间，忽然就想起家乡的荠菜，凉拌、烧汤、包饺子，荠菜饼子也不错。眼前甚至浮现起战友们欢呼雀跃的场景。

那时候人都这样，哪个思想不积极。于是我心潮澎湃地向班长报告，说想到营房后面挖荠菜。

班长正埋头切咸菜疙瘩，眼皮没抬就答应了，只交代了一句，“别走远。”

我找了把小铁铲和一条米袋子就出发了。

荠菜没有想象得多。营房后面是一片滩涂地，绿色东一块西一块。没见到荠菜，只有蒲公英，稀稀落落也不多。

我就往后山走。不知不觉，越走越远。当时什么都没想，满脑子全是荠菜，中了邪一般。

蓦然直起腰，发现自己已然置身于一个陌生的荒野。

太阳落山了，四野苍茫，满目朦胧。周边一片混沌。

营区已经找不见了。

我心里莫名生出一丝恐惧，赶忙往坡下走，可还没走几步，就看见一只狼立在前面。那狼仰着头，漠然地盯着我。

我头皮发麻，紧握铁铲的手沁出了汗。

狼张开大嘴，吐了吐长舌头，抖着浑身的毛，发出一声毛骨悚然的低鸣。

我举起铲子，壮着胆子又迈了两步。没有任何奇迹，那狼早看透了我的胆怯，立在那纹丝不动。

它在向我挑战。我知道，这时候不能后退，更不能逃跑。

我使出全身的气力嘶吼。

没有用。狼依旧龇着牙，满目狰狞地瞪着我。

只能对峙。

可是，我恍然发现，又有两只狼，闯进了我的视野。

不是梦幻，我甚至感受到了那两只狼眼里射出的贪婪的绿光。

难道就这样牺牲了吗？我才刚满十八岁啊，今天可是我的生日啊。我的大脑一片空白。

就在此时，我感到手上的布袋子被扯了一下。那可是半袋子野菜，我顿时变得异常清醒。

背后有狼？猛一回头，却见沙迪克已挡在前面。

“别怕，有我。”他端着枪，喘着粗气，一字一句地说，“背对我，慢慢撤，撤到身后大树。”

“噢……喔……”狼展开扑杀架势，嗥声穿透耳膜。

沙迪克背后像长了眼睛，紧随我快速移动。

这是一棵老榆树，树干粗壮挺拔，树冠硕大繁茂。

“快上树！”沙迪克声音急切，不容回旋。

我反转身，被眼前的一幕惊呆了。已经数不清有几只狼，应该不下五六只，正瞪着藐视的眼睛，慢悠悠向这边包抄而来。

这时候我也不觉着害怕了。此刻的沙迪克是个真正的勇士，他身体前倾，一副无所畏惧的气概。

“那你呢？”

“快上，别管我，我一会儿上。”沙迪克的语气跟下命令似的。

记不得当时是怎么爬上去的，反正没费什么力气，而且手上还攥着铁铲子。

我刚攀上一个树丫，枪就响了。连发，有两三枪。我还没反应过来，沙迪克已经窜了上来，简直像长了翅膀。

又是两枪。待我缓过神来，树下已倒下三四只狼。血涂了一地。沙迪克枪法极准，全是一枪爆头。

远处，是狼的嗥叫。一阵接一阵，此起彼伏。

沙迪克帮我转到上边的树桠，自己守在距我最近的那枝，面孔冷峻，神情专注。

天色暗下来。

狼在树下呜呜地嗥着，有的用爪子扒挠树皮，有的猛地扑向树干，有的尝试着各种跳跃，一个比一个不甘心。

“狼又多了。”

“没事，它们上不来！”沙迪克收了枪，显出无所谓的神态。

“还有多少子弹？”

“放心吧，还应付得了!”他这口气，感觉弹匣还满着似的。

虽是这么说，沙迪克还是又举起了枪。我也时刻保持警觉，随时准备战斗。

狼群丝毫没有散去的迹象，仍有狼循着声音往这边赶。

夜色浓郁，一只只银灰色的狼，眼中发出幽幽的蓝光，气氛阴森而诡秘。

忽然，树下传来阵阵嘈杂，声音怪异，让人毛骨悚然。

“它们在干什么？”

“啃树，它们聪明得很！”

“那怎么办？”

“没事，没那么快，你抓好了，连长他们应该快到了。”

狼真是狡猾的动物，上不了树，竟分头啃起了树干。

一声声咀嚼夹带着凶残。

“砰！”沙迪克果断放枪，一丝血腥味划过。狼血直接窜到树上来。

片刻静寂。然后就有狼开始仰天嗥叫。嗥声呜声响成一片。

“头狼死了！”

沙迪克杀死的是头狼。头狼是群狼之首，干掉头狼，群狼战斗力锐减。

但没过多久，树下再次泛起咔嚓咔嚓的撕咬声和咀嚼声。

沙迪克一手持枪，一手折断一大截树枝。他把树枝像箭一样猛地掷下去，下面立马传来嗷嗷的惨叫声。

也只是一刻的停顿，狼又展开了行动。

几个回合下来，狼叼走树枝，毫无退缩之意。

再这样下去，感觉用不了多久，树就要被啃倒了。

沙迪克卸下枪刺，把枪递给我，豪迈地说，“拿着，还有一发子弹。”

“为什么？”

“我下去，跟它们拼了。”

“不行！”我从来没这么坚定过，一下子抢到他跟前，狠劲抓住他。我们卡在枝丫上，身体挨得很近。沉默中，他握住了我的手。

“相信我！”他声音绵绵地说。

“不行，那样太危险了，要死一起死。”

“说什么呢，放心吧，我们死不了。”

就在这个时候，我看见了远处缓缓移动的火把。

难道是幻觉？定了神再看，那些火把如闪烁的星辰，正向我们这儿飘移过来。

“你看！”我激动地大叫起来。

沙迪克也看到了。他放声大吼，捏疼了我的手。

就这样，我们得救了。

连长他们来得及时，沙迪克和我跳下去的一刹那，树就倒了。树桩子尖尖的，像支钝削的粗铅笔。

狼怕火。几十支火把组成的火龙直接把狼给镇住了。没费一枪一弹，这群肆虐的狼四散遁逃，眨眼之间就像风一样，跑得无影无踪了。

连队收工晚，大队人马都回营了，却还不见我和沙迪克的影子。连长知道坏事了。在这之前，炊事班已经找了一圈，天黑了又不敢走远。后山的狼嗥声老远就能听得到。炊事班五个人就一杆枪，还被沙迪克拿走了。秦玉洁想上后山，被炊事班长拦住了，说准备火把吧，等连队的人一回来就上去。

沙迪克一共打死了五只狼。战友们风趣地说，这下真有狼肉吃了。

五

然后呢？大家子人竖着耳朵，围着外婆追问。

外婆一声叹息，接着又咧开嘴笑了，随后继续她的讲述——

我知道你们还关心那五只狼。是啊，全吃掉了，吃了好几天才吃完。我是一口也没吃，闻着味就想吐。狼肉那个腥气啊，好多天都散不掉。

营区周边，一到晚上狼就嗥开了，声音那叫一个刺耳。

为了防止狼群报复，不论白天晚上，营区都增加了岗哨。真枪实弹盯守了大半年。

沙迪克成了连里的英雄，性格上也变了不少，话也多了，也爱笑了。他笑的时候牙齿白白的，按照今天的话说，还挺帅气呢。

还有一个变化，那就是他爱学习了。

沙迪克名义上是翻译，但只会说，不会写。不仅汉字写不了，维文也写不了几个。这时候他开始学汉语了，学得还挺起劲。

那时候连里有文化的不多，我算一个，秦玉洁算一个，再就是指导员。

我和他也算得上是生死之交了，这样他找我的时候也就最多。他动不动就来找我问问题，各种问题：拼音、笔画、字怎么写、话怎么说，那个认真劲，今天想起来，也还是蛮让人佩服呢。

很自然地，我们成了无话不说的挚友。

我对他的了解也增加了不少。沙迪克的全名叫沙迪克·肉孜。他出身很苦，从小就是个没娘的孩子。父亲给当地的巴依老爷当长工，母亲在他出生没几天就去世了。他之所以会说汉话，是因为他家邻居有一户汉族人家。他是吃那家汉族大婶的奶长大的，在他心里，那个汉族大婶就是他的妈妈。他和汉族大婶家的儿子从小就在一起玩，跟亲兄弟一样。

别看沙迪克长得人高马大，打狼的时候那么勇敢，实际上却常常像个孩子。

野花烂漫的季节，趁你不在意，他会从背后掏出一串花环送给你。那是由一朵朵鲜花编成的，色彩斑斓，清香扑鼻。

杏子熟了，他总是第一个知道。黄澄澄的野杏子新鲜极了。他知道我爱吃，有时候大晚上的都偷偷跑出去给我摘。

他有一把都塔尔，那是他最珍爱的宝贝。他弹得很好，琴声清脆悠扬，婉转动人。见我喜欢听，他主动要教我，特别有耐心，手把手地教，可那物件太精致，我怎么也学不会。

因为就他一个少数民族，没事时他老往炊事班跑，一有时间他就自己做饭吃。他做拉条子、汤面片，如果有牛羊肉，还会做烤包子，做抓饭。他最拿手的当然就是烤羊肉串了，撅来红柳枝，现烤现吃，那滋味真是鲜美得不得了。不过这样的时刻不多，毕竟那时候肉太少。

我是最沾光的那个，只要他做了好吃的，第一个想到的就是我。为此秦玉洁没少犯嫉妒。

那时候男兵女兵关系纯洁得很，但秦玉洁没少开我的玩笑。她说沙迪克那么殷勤，是不是对你有什么想法啊？

我就跟她说，人家还是个孩子呢，别在那胡说。是啊，那时候我和沙迪克都还不到二十岁，心纯净着呢。

真的，沙迪克从来没向我表达过什么，从来没有，在我心里，他就是我的兄弟，亲兄弟。

后来团里兴起学文化热，连队成立了读书班。我和秦玉洁兼起了文化教员。当时报名参加的人不多，谁也没想到，沙迪克却是第一个报名的。后来好多人都坚持不下去退出了，但沙迪克却风雨无阻，什么时候学习都最认真。他的汉字写得好，一点儿也不比其他人差。

你们看到的那张照片，就是师里刘干事下连时抓拍的。

刘干事是新闻干事。那天是星期天，难得的休息日，我给几个学文化的积极分子辅导功课。刘干事下来采访，正好看到了，于是就拍了下来。

我那时候胆子大，说刘干事你能不能给我们每个人洗一张。他说没问题。还真不错，没几天他就把照片送过来了。那时候照一张照片可不容易。我们都高兴得不得了，沙迪克更是兴奋了好几天，没事就拿出照片在那儿盯着看。

就是因为这张照片，让我和沙迪克没多久就分开了，也和连队的兵们分开了。

照片被刘干事发到了报纸上。

这样，知道我名字的人就多了，上上下下关心问候的也就多了。

一阵风的表扬过后，另一件让人闹心的事跟着就开始了。那就是给我介绍对象。

之前组织上就给我介绍过，都被我以年龄小拒绝了。

这次不一样了。介绍的人里面，不仅有师里的、团里的，甚至还有军区的。加上我的年龄已经超过十八岁，这个理由再也搪塞不过去了。

连长和指导员的压力也不小。有时候为了我的事一天可以接好几个电话。这还不算，有时候介绍人还亲自带人过来，直接到工地里来找我相亲。

介绍的人里面，不少都立过战功，最高的已经是正团级了。我简直是不堪其扰。

说心里话，那时候我是真不想谈恋爱，更没想过要结婚。来当兵的时候，我是想着当完三年兵就回去的，这要是结了婚，那可就再也回不了家了。可是没办法，有些事情还是要听从组织的，个人选择的权利可以有，但有时候也要做出牺牲。

最早离开连队的是秦玉洁。

她选了一个师里的科长，直接把自己给嫁了。那个科长最早是给我介绍的，被我拒绝了。指导员就去征求秦玉洁的意见。这种情况出现过很多次，只要被我拒绝了，她也不同意。但这次不知为什么，她忽然就同意了，那个科长比她大十五岁。走的时候她对我说，艳丽啊，别再挑了，找个有前途的嫁了吧。

那时候我不知道怎么了，就是不想嫁。为这事我晚上睡不好，白天精神也差。这时候最关心我的就是沙迪克。他总是默默地陪在我身边，不多说一句话。

后来我还是嫁了，嫁给了你外公。你外公那时候是副营长，是湖南衡阳的，算是很近的老乡。给我介绍的人里面，他算是最年轻的了，但也比我大了整整十岁。

一开始我不愿意，你外公不急不慌，营长和教导员倒跟着着急，反反复复劝导了我好几次。那时候介绍的人多，我也是烦了，于是就答应了。

这个事沙迪克还蒙在鼓里，我没有告诉他。

有些事情是始料不及的。我还没准备好，就稀里糊涂地说结婚就结婚了。

我含含糊糊应下，与你外公处对象还不到一个星期，我们两个也还没怎么交流呢，营里已经把婚礼都筹备好了。

婚礼是在营部举办的。白天我在上工，还什么都不知道。那天下午收工早，回来后通信员就说让我去营部，我还以为是开什么会呢。

营部离连队不远，隔了没几百米。到了营部，我被带到了一个地窝子里。营里的不少干部都坐在里面。桌子上放着一排子糖，每人跟前放了一杯水。

一见我进去，教导员就说，新娘子来了。接着就是一阵噼里啪啦的掌声。

我当时就蒙了，不知道是走是留。教导员让我坐到你外公身边，那么多人我也不好拒绝，就坐过去了。然后教导员就说，你们的结婚报告组织上已经批准了，从今天开始，你们就是夫妻了。随后营长也说了一大堆祝福的话。

我感觉跟做梦一样，本想说点儿什么，却被一阵阵的掌声给打断了。

婚礼结束，其他人都走了，只剩下我和你外公。我知道，我再也回不到自己的小地窝子了，我已经结婚了。

那个晚上的夜显得特别长。

地窝子外面，分明有凄婉的琴声传来。曲调忧伤，悠远流长。

琴声飘了一个晚上。

我听得出来，那是沙迪克在弹他的都塔尔。

第二天见到沙迪克，他的目光冷冷的，笑容不见了。见到我就直接走开，我知道他是在有意躲我。

他一个人沉默了好几天，和谁都不说话，也不理我，只知道干活，默默地干活。

没多久你外公调到师里当干事，我也跟着他离开了连队。因为走得匆忙，走的时候除了连长和指导员，其他人都没来得及讲，包括沙迪克。

离开后我再没回去过，也就再没有见到过沙迪克。

六

外婆正喃喃地唠叨着，卢艳丽·沙迪克的电话就打过来了。

听得出来，她激动得不得了。她的语速比那天说话快了许多。她说："儿子啊，我刚看到微信，你也有我爸爸那张照片吗？你说得没错，我爸爸叫沙迪克，他当过兵，他有个战友就是叫卢艳丽。儿子啊，你见过她吗，那个汉族丫头卢艳丽真的还在吗？"

我根本插不进话，卢艳丽·沙迪克就一直在电话里说——

"这是我爸爸临终前才告诉我的。他说他喜欢一个汉族丫头，非常非常喜欢，他们俩是战友。但是，因为他当时害羞，从来没向她表白过。他说他不敢表白。后来她跟别人结婚了，他痛苦极了。后来那人调走了，几年后他也退伍了。

"后来我爸爸也结婚了，可是他还是忘不掉那个汉族丫头。我的名字就是我爸爸起的，也算是对她的怀念吧。小时候别人都叫我古赞丽，只有爸爸叫我卢艳丽。上学以后，我的汉语名字全是卢艳丽。

"我爸爸去世的前一天，给我讲了这个故事，那时候我才知道我名字的来历。临终前他一直念着这个名字，我不知他是在叫我，还是叫她……"

电话那头，卢艳丽·沙迪克在低声抽泣。过了一阵，她继续说——

"儿子啊，你知道那个汉族丫头卢艳丽在哪儿吗？我想见见她，现在就想见见她。爸爸喜欢的人，我也喜欢。我和她，感觉就像一家人。我们应该，很早以前，就是一家人。"

看着不远处翘首以盼的外婆，我暂时没敢说出实情，只是含糊回应："好的，我知道了，我过会儿打给您。"

我该怎么跟外婆说呢？她的战友沙迪克已经离世了，如果直接告诉她，对她是不是一个打击？我正犹豫不定，外婆已经颤颤巍巍走过来了。

"怎么样，你问了吧，沙迪克他还好吧？"

我慌乱地回应，"还好还好，可是……可是……"

“可是什么？”外婆急切追问。

“他……他现在不方便。”

“不方便，有什么不方便，他生病了吗？不可能，他身体那么好，怎么可能生病呢。你说，你快说呀，他到底有什么不方便？”

我支支吾吾，竟不知如何作答。

外婆一脸失落地望着我，“你们不用骗我了，我什么都知道。他不想见我对不对，他是怨我了对不对？他怨我结婚时没告诉他，怨我离开连队没给他打招呼，怨我这么多年没给他写过信，也没找过他，对不对？”

“不是这样的，其实……，他……他已经……”

外婆摆了摆手，示意我不要再说了。

她一个人沉默了很久。我站在旁边，看见一串接一串的泪水，从她的脸庞上无声地滑下来。

天鹅与少女

丁雨薇

五六米宽的水路像一张网，将广阔的芦苇荡分成了无数个区域，大大小小，各不相同，却又让人感觉周围的景致一样，因为处在其中，看到的都是芦苇。对于外人来说，这里就是迷宫，但对于一直在这里生活的人来说，这里就是他们所熟悉的家。

这里是黄河湿地，芦苇荡配上潋滟微波的湖水，让人忍不住想要去畅游欣赏一番，也不枉费这天地淳美之色。在没有人的时候，几只雪白的肉团子从芦苇荡里窜了出来，在湖面上摆着尾巴，脖子高高扬起，忽而又将脑袋插入水面下，整片湿地因为它们而灵动起来。那是天鹅。

白天鹅羽色胜雪，绿芦苇色泽如玉，再配上远处的黄土和泛着波光的湖水，几种至纯至净的颜色嵌在一起，美得不高调，却莫名地让人舒心。忽而，一大一小两道白色的影子一前一后从芦苇丛的缝隙中穿过，不一会儿，便看到旁边的水路里游出一只巨大的白天鹅，天鹅的两翼高高翘起，脖子微微前伸，仿佛眨眼间就要飞起来似的。

大天鹅走近了，才发现那是一条船，一条天鹅船。船上坐着两个少年，是附近乡村里的学生，男的是高中毕业生天成，女的是正上初中的芦花，两人青涩的脸上布满笑容，他们一边说话，一边用脚蹬着天鹅船。

天鹅船后，跟着一只小天鹅，这是只真天鹅。它的翅膀不停地拍打着水面，溅起片片水花，仿若一个嬉戏玩闹的调皮孩童。

让人惊奇的是，天鹅一直跟着天鹅船，芦花和天成将天鹅船行到哪儿，天鹅就一直跟到哪儿，还一直围着天鹅船不停地叫，让人费解。

曾经有村里的熟人问芦花是不是养天鹅了，芦花摇头否认。众人却继续追问她天鹅为什么跟着天鹅船。对此，芦花也不知该怎么解释，她家里的确养了鸭子，但是跟着天鹅船后面跑的这只却是天鹅。

芦花一边蹬着天鹅船一边问天成：“天成哥，天鹅为啥不飞走哩？”

问类似问题的人多了，芦花给不了答案，她便把众人的问题丢给天成哥，她觉得天成哥比她懂得多，她以后就用天成哥给的答案去回复其他人。

天成思考了一会儿，猜测道：“它是喜欢上天鹅船了吧？”

芦花有些懵懂地点点头。

若是不考虑体型，天鹅船的确很像真的天鹅。流线型的优美身姿在水面上穿行，从远处看，当真是真假难辨。

天鹅船是同村王老五买来接待游客的，后来经营不下去，就转让给了养鸭子的赵五十。芦花天天放鸭子，天鹅船自然就成了她的座驾。她喜欢天鹅船，每次下水都会驾着它，天鹅船也成了芦花的伴儿。

一

天鹅船静静地停在水面上，白天鹅绕在它的旁边。芦花拿着画纸在芦苇丛边上画画，天成坐在她旁边折着纸飞机。

他们是来放养鸭子的，趁着鸭子吃食的时间，芦花和天成也闲了下来。

天成折好纸飞机，站起来猛地将它投到空中，嘴里还兴奋地喊着：“飞喽！我要飞喽！”

天成考上了大学，是附近乡村里的第一个大学生。他高兴激动，同时也有点儿忐忑。长这么大，终于要到外面的世界去看一看了。

父母都是抱着望子成龙、望女成凤的心态，尤其是在这样的乡村里。天成的家里人也因为这个大学生儿子而自豪，虽然面上没有什么特别的表现，心里头却是真的高兴。山村疙瘩里能培养出一个大学生，乡里乡亲都是羡慕的，尤其是有还在上学的孩子的父母，每每都拿天成说事，以此来激励自己的孩子。

天成也成了整个村里，甚至是邻近村子里所有学生中荣誉的最高聚集者，无数人的称赞让他的心情一直很愉悦。

纸飞机在空中转了几圈，落到了芦花的脚边，芦花捡了起来，拿在手中把玩。

天成转头看向芦花，说："芦花，你也飞呀。"

芦花有些沮丧，天成哥考上大学了，她还是一个中学生，她想飞还飞不起来呢！于是回道："你能飞，我飞不起来。"

天成不假思索地接话："等你考上大学，咱们一起飞。"

对此，芦花很怀疑，她不是很有信心，而且一直觉得只有天成哥这么厉害的人才能考上大学，但是她也期望能像天成哥一样上大学，于是她问："我能考上吗？"

天成又是肯定的语气说道："能，你一定能。"

芦花俏皮地撇撇嘴："你说的话，我不信。"说完，便转身朝芦苇丛跑去了。

广阔的芦苇丛在风的吹拂下响起沙沙声，随即又有鸭子穿梭其中的摩擦声，仿佛调皮的孩童在搞什么不愿被人发现的小秘密，却又不注意遮掩住声音，透着一股稚儿专有的调皮气息。

天成赶着鸭子在后面走，芦花拿着画纸在前面跑。到了水边，芦花把画纸放到地上，又将脱掉的外衣放在画纸上，以防画纸被风吹跑，接着穿着简单的背心和短裤下到水里。

虽然是夏天，但还没有到最热的时候，水有些凉，芦花用手掬着水往身上浇，适应着微凉的水温。

这里的水虽然称不上清澈见底，但相比于大多数野外的水还是很干净的，至少不浑浊，没有水藻什么的，游泳还是很让人觉得惬意的。

芦花一边游泳，一边逗那只追着天鹅船跑的天鹅玩，好不高兴！

那天鹅仿佛就是天边的云，因为调皮，来到这里。那天边的云，又好像是天鹅跑上去变成的，虚虚实实，让人恍若置身梦中。

天成赶鸭子回来，看到芦花和天鹅玩得正开心，天真的模样让人心情变得更好了，他忍不住问她："你想当天鹅公主吗？"

芦花扬了扬脑袋，下巴一翘，回道："我想当天鹅。"继而，她又转眸望向岸上的天成，笑嘻嘻地问："你哩？"

"我还想当天鹅公子哩！"天成开玩笑地说。

芦花看着天成一副理所当然的样子，随手掬起水就往天成身上泼去，笑骂："你也不害羞。"

两人一直待在水边玩着，广阔的芦苇荡里人很少，金色的阳光打在两人身上，平添了一股纯净至美。

净土养育淳美之人，

淳美之人衍生自然之风，

自然之风令人心旷神怡。

芦花是天成父母收养的女儿，她是在家门口被发现的，之后便成了天成的妹妹。两人从小一起长大，感情很好，相较于村里其他的女孩儿，芦花是最清秀的，虽然长在乡村，却有着与其他人相区别的气质，钟灵毓秀，纯洁天真，宛若精灵。

天成和芦花玩了许久，终于想起了另一边的鸭子。他和芦花打了声招呼，急急忙忙跑过去看，心里隐隐有种不好的预感。果真，天成到了之前的地方，却发现不见鸭子的踪影，只看到空荡荡的水面。

芦花紧接着跟了过来，扫了一眼四周，问天成："鸭子呢？"

天成有些急了，一脸苦恼，说："刚才还在的呀。"

芦花听到天成这么说，当下就知道怎么回事了，她放鸭子的次数比天成多，自然也比他更有经验，鸭子肯定是跑到芦苇荡里了。芦花的脸色变了，有些着急，心里祈祷着不要出什么事。

芦苇荡的面积比水面大得多，鸭子钻进去，找起来一点儿也不容易。

天成看着芦花着急的模样，出声安慰她："你放心，鸭子跑不了。"

其实他的心里也有一丝着急与不安，只是不似芦花那般强烈。安慰的话是对芦花说的，也是对他自己说的。

只是，那句安慰的话对芦花来说并没有起多大作用，知道鸭子都不见了，芦花的第一反应便是它们被野鸭子引走了。

去年二娃家的三百只鸭子被野鸭子引跑了，一只也没回来。天成显然是不知道这件事情的，当芦花告诉他时，他也慌了，那可是上百只鸭子，不是个小数目，他似乎给家里添了一个大麻烦。

芦花有些怨，拿着画纸，垮着脸看着天成埋怨道："都怪你，回去咋给爹说呀？"

两个人进了家门，不一会儿，四个人又出了家门。本该是吃午饭的时间，天成一家四口却完全没心思，全部去芦苇荡找鸭子去了，只希望能找到鸭群。

芦苇荡里很安静，也许是这里广阔的缘故，也许是茂密的芦苇丛将所有的声音都吞没了。鸭群消失得无影无踪，一点儿痕迹都没有留下。

太阳渐渐西斜，光芒洒向芦苇荡，不着痕迹地平移着，遇到一丁点儿缝隙，便毫不犹豫地钻进去，与被挡在外面的大多数光线相比，似乎有着一股优越感。

黄昏到了。

村里人陆陆续续地回家，开启一天中最轻松的时刻。可对于天成一家来说，这个黄昏似乎来得有些快，他们还没找到鸭群呢！这黄昏又似乎来得有些慢，焦急的心情对他们来说也是一种煎熬，虽然行动着，却没有成果。

随着夜幕的到来，他们的希望也落空了。时间拖得越久，找回鸭群的可能性就越低。

天上的星星一颗接着一颗地冒了出来，俏皮地眨着眼睛，没有月亮在一旁，更显活泼。

初夏的夜晚还是有些凉的，从芦苇荡回来，几人身上的衣服多多少少都被染湿了，芦花的手臂上起了一层鸡皮疙瘩，不知道是冷的，还是被父亲那即将要爆发的阴沉模样给吓的。

前脚踏进门槛儿，后面赵五十就爆发了，对着天成劈头盖脸就是一阵臭骂，白天的时候因为急着找鸭子，也没时间说太多，现在鸭子没找到，赵五十剩下的只有一腔怒火。

他面对着天成，一脸恨铁不成钢的样子，站着训斥："你要上大学的人哩，咋连个鸭子都看不住？"

天成一言不发，因为他的疏忽造成的结果，他也觉得无话可说。芦花站在一旁也是小心翼翼的。

桂香看着儿子的样子，不忍心，觉得赵五十骂也骂过了，便替儿子说话："鸭子跑了，你说这话顶啥用？天成也不想叫鸭子跑掉。"

赵五十转身，一副痛心的表情，这鸭子是他花了几千元买的，年底卖给鸭贩子，就是上万元。对于他们来说，这绝对不是一笔小数目，半天的功夫却全没了，说不难过肯定是假的。

芦花小心地上前解释："爹，你别骂我哥了，是我不好，光想着画画，没照看好鸭子。"

她和天成一起去的芦苇荡，虽说父亲是让天成去放鸭子的，但鸭子跑了，她心里终究是愧疚的。

很早之前，芦花就知道自己是这个家捡来的，家里人并没有瞒着她，只是很少提起，但是少不了会听见村子里的人说些什么。

家里人对她都很好，尤其是母亲桂香，冲着这份恩情，芦花也一直对这个家尽心尽力。

天成学习很好，是这个家的骄傲，赵五十也很少发这么大的脾气，不常见的一次发脾气，还是冲着天成，芦花只觉得心惊胆战。

见芦花这么说，桂香再次发声："我的娃呀，跑了就跑了，算咱给社会做贡献了，反正鸭子跑进黄河滩里，没有飞走。"

"我明天还去找，我要把鸭子找回来，帮我哥上大学。"芦花继续道。

她还是有些不甘心。

"不见了就算了，没有了鸭子，妈也能供得起你哥上大学。"

这个家对她有多好，芦花心里很明白。小时候看童话故事，故事里的后妈对像她这样的孩子可是非打即骂，哪有像亲生孩子一样对待的。在芦花心里，他们就是自己的亲生父母，养育的恩情以及后来产生的亲情是抹不掉的。在芦花的记忆里，这个家里其他三个人从来没有对她恶语相向过，甚至鸭子丢了，都没有责怪过她哪怕一句，处处都是为她好。想着这些，芦花不禁鼻尖泛酸，哭着扑到桂香怀里。

月亮在天上露了一会儿脸又消失了，只剩下几颗星星还在淡淡的云层中若隐若现。偶尔的几声虫鸣，使这个夜晚显得越发安静。

可对于芦花一家来说，这注定是个失眠夜。

次日清晨，天空还是深蓝色，东方天际泛起鱼肚白，几缕霞光迸射出来，充满劲头，预示着一天的好天气。

大多数人都还在睡梦中，少数勤快的已经开始忙碌。

芦苇丛里，时不时传来咕咕的声音，在岸边听来，那声音若隐若现，时远时近，仿佛被茂密的芦苇给吞噬了一般。

芦苇丛被拨开，一个少女微弯着腰站在一条状似天鹅的小船上，边划桨边咕咕地喊，一双灵动的眼睛还不停地东瞅瞅西看看，时不时向远处眺望一番，眼中透出淡淡的焦急之色。

好事不出门，坏事传千里。就这么大点儿的地方，谁家稍微有个风吹草动，消息传得更是快。不过一夜的时间，天成家丢鸭子的事情就已经人尽皆知了。

芦花与天成还在忙着找鸭子。在芦苇丛里找鸭子是一件极不容易的事情，芦苇荡又密又高，不仅视野不开阔，连喊声也起不了多大作用。芦苇荡不但能掩藏身形，更能吞没声音。即使离得很近，也很难发现鸭子的踪迹。

临近中午，芦花对着芦苇荡叫得口干舌燥，嗓子涩得生疼，已经喊不出声来。她还没有过这样的经历，这一次嗓子哑比感冒还难受。不过，此时芦花好像并没有在意。因为，鸭子还没找到。

天鹅船停靠在岸边，芦花无精打采地下了船，蹲坐在地上，显得很无助。喊不出声音来，心里着急又慌乱。已经这么长时间过去了，找到鸭子的可能性微乎其微，不自觉地，眼泪就从芦花的眼眶里落了下来，不一会儿，她就哽咽起来。

芦苇荡很大，芦花独自坐在芦苇荡深处的空地上，哭泣声很快被芦苇丛淹没，从外面听不到一丝哭声。

喊累了，哭累了，芦花停了下来。也不知道过了多久，她忽然隐约听到呱呱的声音，猛地一激灵，这个声音现在对于她来说，宛如天籁。

芦花急匆匆地站了起来，朝着声音传来的方向寻找。

没一会儿，一只野鸭子飞到她面前，又呱呱叫了两声。

看着在自己面前呱呱叫的鸭子，芦花心里刚腾起的希望又碎了，激动的心情也一下子消失得无影无踪。

芦花蹲下身子，直直地看着面前的野鸭，好像是她之前救过的。野鸭也不怕芦花，在她面前绕来绕去。

似是再也没有办法，芦花对着野鸭轻声嘀咕："你要是知道我家的鸭子在哪儿就好了。"

野鸭背对着芦花，朝着芦苇荡叫了几声，又继续绕着芦花转。

忽然，芦花看见成群结队的鸭子从芦苇丛里钻了出来，呱呱地叫着，她以为自己眼花了，再定睛一看，不由咯咯笑了出来，因为嗓子干涩，笑声都是沙哑的，却掩饰不住喜悦，笑着笑着，眼泪又出来了。

是她在找的那群鸭子。

是她家丢的那群鸭子。

野鸭飞了起来，扑腾几下翅膀，飞走了，不一会儿便没了踪影。

是那只野鸭子帮她找到了这群鸭子，它帮了大忙。

它这算是来报恩的吗？

已经正午时分，太阳当空照，光线有些刺眼，温度也让人觉得不适。长长的芦苇叶子剐在裸露的皮肤上，留下细微的红痕，更让人烦躁。

然而这一切对于芦花来说，仿佛都不存在，她已经完全沉浸在找到鸭子的喜悦中，赶着鸭子回家的路上一直笑嘻嘻的。

天成也在找鸭子，鸭子被芦花找到了，他注定是空手而归。

从荷花淀回来的小路上，天成心不在焉，东瞅瞅，西看看。忽然，他不经意地抬头，远远望见芦花赶着鸭子回来，忙向她跑去，激动得都要跳起来了，一边跑，一边喊着芦花。

听到声音的芦花也朝天成的方向看了过来，手里拿着长长的竹竿，一边赶鸭子一边喊："哥，鸭子找见啦！"

天成跑到芦花跟前，兴奋地一把将芦花抱离地面，芦花手里的长竹竿还在不停地晃着。

放下芦花，天成声音中满是激动："芦花，你太了不起了！"

芦花笑着回答："是野鸭帮了我。"

"啥野鸭？"天成有些疑惑，野鸭还能帮着找鸭子？

"就是我养大的那只野鸭，它还给咱家下过蛋呢！"

天成想起了那只野鸭，但还是没明白芦花那句"是野鸭帮了我"，便问："野鸭也能通人性？"

芦花一扭头，似有些得意，说："反正是野鸭把鸭群带出芦苇丛的。"

天成也不再细问，总之，鸭子找到了就好。今天，最令人高兴的事莫过于此。两人兴奋地嬉闹起来，高兴得都摔在了地上。

主人不走，一群鸭子也不走，只是在周围一边呱呱叫着一边踱步，屁股扭来扭去，一颗颗脑袋还仰得高高的，看得芦花和天成一阵好笑。这群鸭子不知道自己让主人多着急，它们倒是玩得开心。

两道身影赶着鸭子回家，影子被踩在脚底下，拉不起一丝长度，日头正烈。

午时，忙碌了一上午的人们纷纷赶回家吃午饭，看着芦花与天成两人赶着鸭子回来，笑着招呼："芦花，天成，鸭子寻到了？"

芦花也笑着回应："是啊，叔，在芦苇丛寻到的。"

那人继续道："那不容易啊！二娃家的鸭子就没寻回来。还是芦花能行，赶紧回去报一声，你妈都要急疯了。"

芦花重重地嗯了一声。

二

芦花与天成依旧时常去放鸭子，不过自从上次鸭子不见了之后，两人放鸭子也不敢去芦苇丛了，只在荷花淀。

高中毕业后的暑假最是清闲，除了放养鸭子，天成与芦花也时常会拉黄牛出来吃草，天成在一边看着，芦花在一旁画画。两人偶尔大声嬉闹，绽放在他们脸上的笑颜，让人觉得仿佛这世间没有多少烦恼，无忧无虑也挺简单的。

夜幕降临之际，灯火逐渐亮起，村子也变得嘈杂起来。一日之末，对于忙碌了一天的人来说，最是舒适，夜晚意味着轻松。

与北方其他地方的燥热不同，这里是明显的湿热，因为那片湿地。一到夏天，挥汗如雨是常事，哪怕静静地坐着，什么也不做，都会让人发闷。家禽家畜也一样，不是热得流汗，就是张嘴伸舌头，这样的三伏天最难熬。有时候人们会跑到芦苇荡的水边，蹭一蹭这里的风，玩一玩这里的水，这样消暑最好。

白天虽然热，晚上却很凉快。这种时候出门乘凉，吹夏日南北风，很是舒爽。村子东头的南北路上聚集了不少享受自然空调的人，大家往往都是不约而同的。聚在一起聊聊白日里发生的趣事，或者别人不知道的新闻，也是乐趣。

几个妇女或坐着或站着，零散地围拢着话家常。

一妇女不知看到了什么，说：“我看芦花将来应该能跟天成走到一块儿，桂香把女子当成自己儿子的童养媳养咧！”

一妇女接话：“就是，天成跟芦花两个一直形影不离，我看可能性很大。”

另一妇女说：“两个娃在一块儿也没有啥，反正又不是亲兄妹。我前几天还听桂香说，她希望两个娃能在一块儿。”

……

说别人的闲话，声音不能大，但要保证周围几个聊天的人能听见，也不小。

赵五十在稍远一点儿的地方蹲着，他听力极佳，那几个妇人聊天的内容不断地传到耳朵里，说得他心里很不自在，干脆直接起身回家去了。

夜色渐浓，明月当空，黑色幕布上散落着几颗不太亮的星星。在村东头乘凉的人陆陆续续回去了，外面又恢复了夜里该有的寂静。偶尔几声蛙鸣狗吠响起，也如云烟消散一般，不会被人注意。

赵五十坐在凳子上，脸上是散不尽的忧愁，自从外面回来后，就将房间的门关了个严实。

桂香心里有些不爽，自己觉得也没什么大不了的，劝着赵五十：“我觉得两个娃在一块儿挺好的，只要两个娃愿意，哪来那么多事！”

赵五十依旧不赞同：“不管咋说，两个娃是兄妹关系，村里人会笑话的。”

“你别拿村里人说事，是你自己舍不得儿子吧？芦花是捡来的，又不是亲生的，有啥不合适？”

赵五十有些不耐烦，说：“这都是你的主意吗！”

“我这是为芦花好，她从小身体不好，让天成照顾，我也放心……”

“我娃考上大学，啥样的姑娘找不到？用你操心？”赵五十不满，打断了桂香的话，说出了自己的心思。

“我就是喜欢芦花，爱操心，咋咧？”

“哼，就你能不够。”

两人的谈话最终以桂香的胜利而告终。

赵五十只觉得桂香很能折腾，不过话说回来，两个孩子如果真的愿意，他就算持反对意见，估计也是白搭。孩子大了，有些事情也该他们自己做主，为自己做出的选择负责任，以后的事会怎么样还难说呢！父母总不可能陪在他们身边一辈子。

一大早，芦花和天成两个人又出去了。大热天的，这两个人最喜欢去水边玩了，不是去芦苇丛就是去荷花淀。

外面亮堂堂的，仿佛聚集了很多能量。一身绿衣的邮递员骑着自行车在各个街道穿梭；街头的李大爷系着白头巾，趁早上凉快，拉着一架子车的芦苇回去喂羊；还有一群小孩子，起得比大人都早，在家门前追逐嬉闹。新的一天处处充满活力，让人的心情也格外好。

太阳出来得很早，又大又圆，红得似火，不一会儿就升得老高，像是从地平线上蹦起来的。此时的太阳已经火力全开，在阳光下晒一会儿，鼻尖和额头就会现出细密的汗珠。

几百亩的荷塘接上了远处的芦苇丛，高低不一的莲蓬前后交错着，宽大的荷叶争先恐后地吸收太阳散发的能量，如果坐在地上看，真的会有一种“接天莲叶无穷碧”的错觉。

芦花坐在地上作画，一株莲花已经跃然纸上，天成在水边采着荷叶。

没一会儿，一柄雨伞那么大的荷叶已经到了天成手中。天成把荷叶往上拢了拢，小心翼翼地用双手箍着，轻手轻脚朝芦花靠近。而芦花还沉浸在自己的绘画中。

芦花一手撑在地上，一手拿着铅笔作画，专注得都要跑到画里去了。

忽然，有水滴从头顶洒了下来，芦花吓了一跳。接着，就听见天成大笑，旁边的地上还躺着一株大荷叶，叶子上的水迹恣意流淌，荷叶上沿还在上上下下不停地晃。

芦花放下笔，抹干脸上的水，就起身追了上去。

天成在前面跑着，边笑边说："那是我收集的荷花、荷叶上的露水，能消暑，还能润肤美颜呢！你追我干什么？"

"你把我的画都弄湿了。停下，别跑！"

眼看着芦花就要追上来了，天成干脆停了下来，结果芦花没刹住，整个人撞在天成身上。天成晃了晃，稳住身形，还不等芦花开口就说："那我帮你擦擦。"

天成用双手把芦花脸上没有干的水迹擦干，轻轻柔柔的，却让芦花的脸红了起来。突然间，要找天成麻烦的事也忘脑后了。

芦花觉得脸颊热乎乎的，赶紧半低下头，说："算了。"然后迅速转身，回到原来的地方继续作画，可是提起笔却下不到纸上，心跳突突的，过了好久，也没有什么进展。最后，干脆不画了，和天成一起看着水里的鸭子。

风很柔和，消暑的效果却极佳，芦花红彤彤的脸颊在风的作用下已经变得白皙，而刚刚发生的事，两个人默契地没有再提。

回去的时候，远远就看见街道上支起了彩油布，最前面贴着四个火红的大字——喜结良缘。过两天，李三叔要给他儿子娶媳妇，现在张罗开了，喜气洋洋的氛围感染着周围的人，已经成了整个村的喜事。

小孩子们也不管是什么事，绕着彩油布跑圈圈，只知道这样热闹的时候，他们有得玩。一般不论是红事还是白事，总会摆上戏台子，最少也会唱一晚上，家里有钱的，甚至会连着唱七天，围的老人和小孩儿最多了。

李三叔的儿子正在给那几个小孩子发喜糖，孩子拿到喜糖，眨眼间就跑没影了，好像是怕别人和他们抢似的。

芦花看着他们，说："真想看看那新娘子。"

天成逗芦花："等后天接来了不就能看到了吗？你这么着急，是不是自己想当新娘子了？"

芦花羞得一张脸都红了，假装生气地喝道："天成哥！"幸亏旁边没有其他人，不然被别人听见了，她多难为情呀！

天成也不理他，直接就跑回家了，只是那笑声，芦花站在街口都能听见。

桂香正在择菜，听见笑声，问："成娃，你笑啥呢？"

天成憋着笑说："没什么。"

不过，当桂香看见刚刚进家门的芦花的脸色时，就什么都明白了，不过心里一阵高兴。

晚上，桂香把芦花和天成叫到自己屋里，开门见山地说："你们两个从小一起长大，如今也已经这么大了，感情也很好，我想让你们两个订婚，你们觉得咋样？"

芦花和天成似乎都没有想到母亲会和他们说这事，反应过来之后，芦花就把头放得低低的，鼻子都快贴到胸膛上了，嘴里怨了一句："妈！"

桂香知道芦花害羞了，不过也没有说出来，而是看着天成。

难得的，天成也有些害羞了，表情很不自然，手都不知道往哪里放，可他还是强装镇定，说："听妈的。"

桂香似乎很满意天成的回答，脸上的笑容都快溢出来了。

不过芦花更加害羞了，抬起头来看向天成，发现天成也在看她，芦花迅速低下头，转身就跑出去了，桂香脸上的笑意更深了。

这天，是天成与芦花的定亲仪式。

四方桌上摆了四道菜，紧接着桂香端来两碗面，摆好筷子，脸上的笑容就没有停过。她亲热地说："娃呀，快吃吧！"然后，转身离去，继续忙。

重要的日子里，一家人都在，为两个年轻人的喜事高兴，也送上祝福。

天成和芦花都没动，望着那两碗面，又抬起头来看看对方，带着兴奋，带着期盼，带着羞涩，带着别样的情愫。

两人也算得上是青梅竹马，从小到大的生活中，一直要好。突然有一天，两人表面上的兄妹关系被捅破了，带出了一丝别扭与羞怯，也让他们在众人面前变得小心翼翼。

两人拿起筷子，天成吃一口，芦花也吃一口。“吃面”是乡俗，寓意两人关系能长长久久发展下去。

吃了面，两人之间便多了一层联系，关系也更进一步。

仪式很简单，没有请其他人，至于村里人对这件事情的看法，他们自己乐意，村里人便也不在意，送上该有的祝福。两个人都是他们看着长大的，在一起也不错，偶尔还会调侃他们两句，往往弄得天成和芦花脸蛋红扑扑的。

定亲之后要照相，这是习俗。

天成和芦花穿着新衣，并排走着，从家到村里照相部这一路，两个人都没有说话，不像平时那般毫无顾忌地说说笑笑、亲密无间。芦花低着头，又拽一拽衣角，脸上的两抹红晕宛若清晨天边的红霞。

芦花将心里的激动、羞涩与期盼压抑下去，不至于露在表面，生怕别人笑话。

到了照相部门口，他们都没进去，小心翼翼地相互推让，都不好意思。毕竟两人年纪都不大，还带着稚气，迈一脚向前，便意味着跨入了成人的阶段，别扭羞涩在所难免。

看着两人都不进来，照相师傅不由开口：“天成，想照相就进来，别扭扭捏捏的。”

好在照相馆没有其他客人，不然，两个人就差找地缝钻进去了。

天成只好走进来，和芦花坐在一条板凳上，表情有些不自然。

照相师傅开口指导两人：“定亲是喜事嘛，照张相片留个纪念。来，靠近一点儿，天成，你会笑不会笑？”

天成不自然地弯了弯嘴角。

聚光灯一闪，那一幅画面被定格，两人的关系也发生了变化，如那初夏池塘里刚露出的小荷尖，慢慢生长展开。

定亲日子刚过的那几日，天成和芦花还是有些别扭羞涩，不似从前。时间久了，也渐渐恢复了，仿佛一切又归于平静。

两人本就是一家人，这样来看，其实也没什么变化。生活不变，人不变，远处的芦苇荡也不变。

三

定亲的照片洗出来了，芦花专门要了一个圆形的相片，买了一个小钟表，把照片嵌在了盖子里，盖子一开，照片上的人影就映了出来。小钟表带着长长的链子，可以挂在脖子上，芦花却把它放在口袋里，对于她来说，这不仅仅是一块表，还是她和天成哥的幸福约定，放在外面总会有给人展示的错觉。

多云的天空隐隐透出不匀称的网状蓝色，大片的白色显得那几抹蓝色很抢眼。没有风，芦苇丛里有些燥热，好在远处的流水将这夏日的燥热消了不少，鸭群戏水，看着也让人感觉凉快。

距离开学还有很长一段时间，天成索性去找了个活干，挣一些零花钱。

芦花手里拿着毛拉竹，一个人在芦苇丛里放牛。

芦苇长得密，也长得快，村里养牛的人家都是割了芦苇回去喂食的，有时也会把牛牵到芦苇丛里让它自己吃。被牛啃过的芦苇，不过几天工夫，就又会长到和原来差不多的势头。不知道是水养得好，还是土壤养得好。

黄牛在一旁很是悠闲地吃着芦苇叶，嘴巴一张一合，慢悠悠地，看不出一丝急切，完全是一种享受的姿态。脖子上拴着的绳子随意地搭在旁边的芦苇上，它也不随意跑动。

芦花抬头看了一眼不远处的黄牛，又重新低下头来，拿着手里的枯枝在沙地上继续作画，现在她的眼里好像只剩下那头黄牛，一个是正在咀嚼芦苇的黄牛，一个是沙地上逐渐成形的黄牛。

芦苇从里一阵响动，天成背着画板从里面窜了出来，走到芦花跟前，她未曾察觉。

天成轻声叫道："芦花。"

芦花猛地一抬头，吓了一跳，惊讶道："哥，你啥时候回来的？"

"刚到，回到家我就来找你了。"

芦花脸色不自然，有些害羞，眼神不断地闪躲，问道："你找我干啥？"还没等天成回答，芦花就看见天成头上扎着绷带，焦急地问："你头上咋啦？"

"搬西瓜，不小心撞伤的，没啥。"天成不甚在意。

芦花却很心疼，当即问他："咋撞的？"

天成有些难为情，说："咱是乡下庄稼娃，没上过楼，一脚踩空就摔下来了。"话语里隐隐有一丝自我嘲讽的意味。

"多危险，要是再靠下一点儿，就伤到眼睛了。"芦花还有些后怕。

看着芦花一脸担心的模样，天成忽然一笑，转移了话题，他背着手问："芦花，你猜我给你买了个啥？"

"我猜不着。"

天成提示道："你最喜欢干啥？这可是你最想要的东西。"

说到这一步，芦花一下子就反应过来了，激动地扔掉了手里的毛拉竹，答："是画板。"

天成从背后取出画板，递给芦花，说："以后你再也不用在沙地上作画了。"

芦花拿着木制画板不停地翻看，爱不释手，头也不抬地说："哥，谢谢你！”

拿着纸在外面作画很不方便，芦花一直想要一个画板，天成送给她这个礼物，也算是了了她的一个心愿。

此时，太阳已经偏西，只不过被云层遮挡住了。芦花和天成还没有回去的打算，夏日里，天完全黑下来要到八点以后，临近傍晚也是一天中最凉快的时段，在水边乘凉是不错的选择。

一个穿着T恤牛仔裤的人从小路上远远地走来，手中拿着摄像机，边走边摄像。这个人叫周全意，大学毕业后跑到附近中学当支教老师。他学的是美术，却爱好摄影，整日拿着摄像机鼓捣，有空就去有点儿名气的景点拍摄资料，积累素材。

周全意看见天成和芦花在一起，牛群在芦苇丛中吃草，还有鸭群在湿地戏水，颇有诗情画意，就举起摄像机对着他们拍摄。

芦花不经意间转头，就看见了手举摄像机的人，那人的面部被摄像机遮住了，看不到脸，可芦花还是一眼就认出了他。她转头看向天成，说：“哥，你的通知书就是周老师送来的。”

两人小跑到周全意跟前，天成感激地说：“周老师，谢谢！”

周全意笑着说：“不客气，顺便嘛！恭喜你啊！”

天成不好意思地笑了笑。

芦花又问：“周老师，您是教美术吗？”

周全意点头：“是啊。”

天成急着说：“我妹妹喜欢作画，您能不能指导一下？”

虽然只是天成在问，但两人眼里都满含期待。

周全意爽快地答应：“行嘛！画画的事包在我身上。”

得到肯定的回答，芦花开心地笑了。激动是肯定的，她从小就喜欢画画，别人都说她在画画上很有天赋，如果能得到老师指导，那对于她来说是有很大益处的。

自从上次来过芦苇丛，周全意就打算在这里进行拍摄，芦苇丛、流水、鸭群、天鹅，还有淳朴的民风，简直就是专门为他准备的拍摄题材。

转了几个地方，周全意来到水上游乐场，又见到了天成，他正一个人划着天鹅船，一只白天鹅在后面跟着。

周全意走近水边，看到天鹅和天鹅船，觉得有意思，便问天成："这只天鹅咋不飞？"

按照常理，天鹅一般是不会接近人的，虽然它们不怕人，但人稍稍靠近一点儿它们便会飞走，会和人保持安全的距离，而眼前这只追着天鹅船跑的天鹅倒是奇怪，没听说天成家养天鹅呀。

天成一脸神秘，回道："这是个秘密，天鹅喜欢上天鹅船啦！"

周全意觉得不可思议，又问："这天鹅是公的还是母的？"

天成猜测："八成是母的。"

周全意笑着说："这么说是天鹅公主爱上天鹅公子啦？这简直是童话里的故事，我要把这个美丽童话拍下来。"说到后面，又变成了一本正经的语气。

说完，周全意就开始拍摄。天鹅、天鹅船，包括船上的天成以及周围的景色，通通都进了他的摄像机。

天成还没有被人拍摄过，甚至连相片都很少拍，上次定亲，到村里照相馆拍照，他都觉得不好意思，也有可能是因为定亲而害羞，但是这次被拍摄，可没有这个缘故，他完全就是一个容易害羞的少年。

天成不自在地转过头，不太好意思直面周全意的摄像头，拘谨得很，心想：周老师拍归拍，别让自己发现该多好，在不知道的情况下，自己也能自然一些，随意一些。

这个时候，他也不好意思跟周老师说自己先下船，让他只拍天鹅和天鹅船。天成只能继续地这么不自然，正脸始终没有露出来过。

周全意移开眼前的摄像机，笑着对天成说："天成，别紧张，也别不好意思，又不是什么正式场合让你去干什么，你就当周围没有人，我也不给你拍摄，平时怎么样现在就怎么样。"说完，又举起摄像机。

尽管周全意这样说，天成还是不自在，话都已经说了，能当作周老师这个大活人不在这儿吗？能当作周老师没给他拍摄吗？虽然这么想着，但天成还是努力装出一副周围没人的样子，假装自己很自然，倒也确实不那么紧张不那么害羞了。

拍完天成，周老师又拍芦花，芦花也许看过刚才拍摄经过，拍自己的时候就不太紧张，也自然多了。

拍摄结束，周全意跟着天成一道去了天成家，天成请他给芦花指导画画，他正好今天去看看。

到了家里，芦花和天成招待周全意坐下喝茶水，接着，芦花忙去把她之前画的所有的画都拿了出来，请周全意评点。

还没有开学，芦花平时见不到老师，所以这一次攒了很多画让周老师指导。

周全意喝了口水，接过芦花手里的画翻看。

每一幅画都很有特点，虽然只是色彩单一的素描，但是事物与事物之间区分很鲜明，层次也很清晰，搭眼一看，就能够清楚地看出这是一幅什么画，景物很逼真，周全意不禁大加赞赏："画得不错，充满乡土气息，真的不错。"

芦花问："真的？那您能当我的老师吗？"

"好嘛！以后我就到你们学校支教，我先收下你这个学生！"

芦花开心地说："周老师，说话算话，不许反悔呀！"

"我想在这里当志愿者，一边帮你辅导，一边实地采风，咋样？"

"太好啦！"芦花高兴地快要跳起来了。

接下来的几天，芦花一直带着周全意游览村子周围景色不错的地方，也会充当他摄像头下的景物。芦花倒是没有天成那么害羞，在这件事上，她表现得比天成自然多了。

就这样，周全意一直跟踪拍摄芦花保护天鹅的场景，抓拍那只跟着天鹅船跑的天鹅公主，以及它对天鹅船依依不舍的感人镜头。

周全意也会经常给芦花进行一些绘画上的指导。

天鹅船在水边，天鹅围着天鹅船转悠，鸭群自在地在水面上嬉戏，芦花在一旁写生，周全意就在一旁从不同的方位进行拍摄。

时间过得很快，周全意和芦花的合作已经一个星期了，芦花从周全意那里学到了很多绘画技巧，画艺也得到了很大的提升，当然，周全意也从芦花这里采集到了很多视频素材。

天成家的院子里，四方形餐桌上摆了几盘诱人的菜食，全都是当地的特色，周全意、芦花和天成围坐在一起聊着天，桂香忙着一边烧菜一边上菜。

院子南边墙根处堆放着几根干枯的木头，有碗口粗，旁边是垒得整整齐齐的劈好的柴火，上面搭着简易的棚子用来防雨。西边还有一大片地方，分盖了好几个棚圈，最南边的是牛圈，地方稍小一点儿，黄牛正站在槽口前吃芦苇。中间的是鸭圈，鸭子比较多，因此鸭圈占地面积也是最大的。最北边的是一个很小的棚圈，这是芦花用来养天鹅的地方，没有天鹅的时候就用来堆放喂牛用的芦苇。院子东边是一片菜地，种着各色的时令蔬菜，周围用篱笆围着，开了个篱笆小门，也许是怕鸭子进去糟蹋蔬菜吧。中间的一大片地方是水泥地，天成一家也经常在这个地方吃饭。

桂香炒好了所有的菜，都端上了桌，说："来，吃饭，尝尝这儿的特产，黑乌鲤鱼。"

黑乌鲤鱼是从芦苇荡边钓上来的，平时在那里放养鸭了，鸭子也会在水里捉这种小鱼为食。

湿地里这种鱼很多，还有其他几种鱼，平时谁家要是想吃鱼，直接去湿地里钓上几条，拿回家想怎么吃就怎么吃。

在这里，钓鱼一点儿都不费时间，但是相对于撒网来说，还是慢一点儿，不愿意浪费时间的，撒网更快一些。村民们一般都是选择撒网，只有一些小孩子会拿着鱼竿玩一玩。

虽说湿地里鱼很多，但是大家都很自觉，从来没有人去捕鱼贩卖，好像是很早之前从祖辈传下来的规矩，现在也是一个不成文的规定。

黑乌鲤鱼肉质鲜嫩，味道鲜美，鱼群数量庞大，最受这里人的欢迎，不仅人们喜欢吃，天鹅与鸭群也很喜欢食用。

天成介绍道："这鱼没刺，又肥又嫩，天下一绝，你在其他地方是吃不到的。"

周全意感叹："好丰盛呀，这么多好吃的。"

芦花喜滋滋地说："我妈听说您愿意给我当老师，还不收学费，感谢您呢！"

桂香催促："快吃吧！也没有什么好菜，都是一些这里的特色，你喜欢吃什么就夹什么，千万别客气。"

吃完饭，芦花带着周全意参观木偶，这可以称得上是他们家的特色，整个村子甚至是周边的村子，只他们一家有这个东西。

屋子里，各种木偶造型挂了一排，看得人眼花缭乱。

周全意问："这么多木偶啊？"

芦花点了点头，说："我描好的图案，我爹妈做的。"

"怪不得你画天鹅的线条那么熟练，原来是练出来的呀！"

"我从小就跟我妈画图案，所以才喜欢画画哩！"

周全意赞道："好，只要坚持下去，你一定有出息！"

芦花领着周全意转着看木偶，时不时介绍两句，周全意也会拿着摄像机拍一拍。

经过一段时间的拍摄，周全意采集到了足够的视频素材，便回城去电视台找自己的同学。周全意不知道给当编辑的同学灌了啥迷魂汤，这个专题片竟在电视台通过了。

天色已经暗了下来，几颗星星在天空，亮亮的，月亮还没有升起来。

天成在家看电视，一个频道一个频道地翻看。忽然，他翻看到芦花和天鹅在一起的画面，急忙冲着屋外喊："芦花，快来看电视。"

芦花从外面跑了进来，问："哥，咋啦？"

天成既惊讶又激动地说："我的天啊！你上电视啦！"

芦花不相信，随意地往电视上瞟了一眼，并没有看到自己，只是觉得画面有些熟悉，就说："你别骗人，我咋能上电视？"

天成手指着电视，说："你等等看嘛！你在电视上挺好看哩！"

芦花果真在上面看到了自己，有些不好意思，声音都变小了许多，说："天鹅才好看哩！"

夜深了一些，月亮也慢慢升了起来，今夜的月亮像是比往常都要亮，遍地洒满了银霜。

第二天天刚亮一点儿，就有人开始忙碌了。慢慢地，有了说话聊天的声音，直到天大亮，整个村子虽然称不上热闹喧嚣，但是也有了一些人站成几堆"晨聊"。这是村子里几乎每天都会进行的活动，今天的声音似乎格外大一些，时间也长一些。

当然，今天早上聊得最多的就是芦花上电视这件事。本来知道的人也不多，不过一人说百人听，传播速度也是挺快的。

芦花家刚好在街道最边上，每次去芦苇丛边上的湿地放养鸭子时，来回赶鸭子不会经过街道，很方便，不至于打扰到其他人家。

芦花赶鸭子正走着，王老五从边上经过，笑着打招呼："芦花，放鸭子去啊！"

芦花回答："是啊！五叔。"

"我昨晚看见你上电视了，真了不起，给咱村争光了。"

芦花不好意思地笑了笑，说："我也不知道是怎么回事，可能是周老师弄的吧！"

几只鸭子跑远了，芦花用手中长长的竹竿赶了赶，还不等王老五说话，接着又说："五叔，先不和你说了，我赶鸭子去了。"

王老五说："能成。"

一直到芦苇丛边上，芦花都有些懵懵的，一路上遇到好几个人，都和她说她上了电视的事情，还一阵夸赞，她到现在都还觉得有点儿不太真实，有些兴奋，整个人感觉轻飘飘的，又有些不好意思。

看着那熟悉的芦苇和水面，还有她的天鹅船，芦花觉得这个地方变得更加漂亮了。昨天晚上，他们一家人把那个节目看完了，在他们看来，这么平凡和普通的生活，从另外一个角度来看，却是那么美。

一辆面包车开到堤岸边，周全意先下了车，拉开车门，一位记者扶着一位头发花白的教授走了下来。

芦花远远地就看见了他们，高兴地迎上去，打招呼："周老师！"

周全意对着芦花笑了笑，指着芦花对教授说："我来介绍一下，她叫芦花，就是片子的主人公。"

老教授不断地点头，说："认识，认识。"那个片子他看了好几遍，主人公的样子，他已经熟悉得不能再熟悉了。

周全意又对着芦花说："芦花，我的记者朋友对天鹅的事情很感兴趣，想做一个实验，测试天鹅是不是真爱上天鹅船了。"

芦花也没有想到，在节目播出的第二天，周老师就带人过来了，还要做测试，让她好好配合。

芦花疑惑地问："咋试？"

"咱们选几只天鹅公子，看天鹅公主会不会离开船。"

芦花点头，说："这倒是个好办法！"

打定主意，几个人就开始行动了。

不过，他们看着不远处水面上的一群天鹅，不知如何下手。

周全意问："天成，你看咋把天鹅引到水边？"

天成直接开口答道："给吃的嘛！"

"天鹅爱吃啥啊？"

天成从口袋里取出一把玉米，说："就是这。"

天成给天鹅撒吃食，天鹅便慢慢地顺着玉米粒跟了上来，其他人退得远远的，天成的动作也是小心翼翼，生怕一个大动作就将天鹅给吓跑了。

最终，天鹅被成功地引到了水边。

成群的天鹅不断地往一个方向游去，也吸引了不少人朝这边涌来，争相观看这个生活中的童话。难得一见的一幕，被很多人给拍了下来，包括举着摄像机的周全意，一刻也不错过。

芦花站在天鹅船上轻轻地摇着桨，船后跟着一个身形漂亮、羽毛洁白的天鹅。

天鹅群看到船后的同伴，纷纷游到跟前，老教授和周全意等人都在静静地看着天鹅公主的反应，周围也不停地有人拍照。

天鹅公主却不理睬旁边的一众天鹅，始终跟在天鹅船后面，那群天鹅仿佛是自讨没趣，又纷纷离开了。

看着眼前的一幕，老教授不断地感慨："奇事，奇闻呀！"

记者问："教授，天鹅的爱情真令人感动，它怎么会做出这样的选择？"

"还是尊重天鹅的选择吧！天鹅是一种有灵性的鸟类，一旦相爱，就终生厮守。让他们永远相随相伴，这个美丽的童话真令人感动呀！"

电视台记者采访："任教授，您对今天的测试满意吗？"

老教授对着镜头回答："很满意，证明天鹅是一种有灵性的鸟类，同时也证明奥地利著名动物学家康拉德·劳伦兹发现的印痕理论是很有价值的，需要我们继续研究和探索，也许在不远的将来，我们能够解开这个谜。"

周围围着很多人，有人在低声交流，有人还在拍照，都是因为那一幕：天鹅追着天鹅船。

四

晚上十点多，白炽灯下，芦花一针一线地绣着鞋垫，鞋垫上一左一右两只天鹅相对而望，含情脉脉。

桂香在屋外喊："花儿，该睡啦！"

芦花应了一声，收了最后一针，完工了。她把自己一针一线纳好的鞋垫包了起来，抱在胸前，不自觉地就笑了。

马上就要开学了，芦花给天成手工制作了一双鞋垫，从拓印脚型到设计花样，再到缝制完成，承载了她满满的心意。

屋子里，天成正在准备行李，芦花走了进来，轻轻叫道：“哥。”

天成一边把手中的衣服往行李箱中放，一边问：“芦花，你有啥事？”

芦花取出鞋垫，递到天成面前，说：“这是我给你缝的鞋垫，你看大小合适不？”

天成伸手接过，脱口而出：“合适，肯定合适。”

芦花问：“你没试咋知道？”

天成笑着答：“你按我的鞋剪的，还能不合适？”

芦花又拿出了一个手帕递给他，说：“你看这手帕，也是我给你绣的。上面绣了天鹅，看到手帕，你就会想起我……”说着说着，芦花就低下了头，害羞了。

这么多年，芦花很少会在天成面前露出这样害羞的情态，可自从两人订婚以后，却是越来越频繁了。

天成称赞道：“你绣得真好看！”

芦花正了正神色，说：“哥，夜里你陪我洗澡去，好吗？”

天成有些不理解，问：“洗澡？为啥在晚上？”

芦花小声地说：“白天会有人看见……”

天成开始有些纳闷，洗澡为什么要他陪着一起去，还是晚上，等听到芦花的最后一句，恍然大悟，芦花说的地方应该是处女泉。

夜晚，天成和芦花两人来到水上游乐场，这里没有人，天鹅船静静地漂在水面上，天鹅公主依旧是那般欢快地游来游去。

天成不由自主地站定了脚步，说：“这只天鹅真怪，它咋就不飞走呢？”这句话像是在问芦花，也像是在自言自语。

“它爱上天鹅船，就爱一辈子。”芦花的语气里充满敬佩。

天成叹息道：“可惜，它不是天鹅，只是一条船。”

“这正是天鹅叫人心疼的地方。船不会说话，没有感觉，天鹅却不埋怨，不后悔，有些人也不一定能做到哩！”

天成默默无言。

皓月当空，没有几颗星星，芦苇随着风轻轻地摆动，处女泉水不断地向上喷涌，有力而又不失柔和。泉眼很大，不断地往出冒着新水。

芦花穿着天成给她买的泳衣走进水中，轻轻地把泉水撩到身上，响起一阵阵水花声。

天成背对着处女泉，望着天上的月亮，明月西移，被一片阴云遮住了。

芦花问天成：“哥，你知道处女泉的传说吗？”

天成没有回答知道，直接讲了起来：“听说古代帝王选美，女子入宫前要在泉水中净身，所以就叫处女泉。”

芦花接着道：“咱村女子出嫁，也要在泉水中洗澡。洗了澡，就算定了终生，日子才能长久……”

天成默了默，想到了芦花，又问：“有这么灵验吗？”

“你信就灵。”

天成不语。

又静了一会儿，芦花才问：“你走了，还回来吗？”鼻子微微有些发酸。天成上大学的地方很远，两人很长一段时间都见不到了。

似是在证明着什么，天成大声回道：“芦花，你别担心，我是你哥，走到天边也会回来看你的，你是我的好妹子……”

两人都不再说话，月亮被云遮住，周围很暗，大概只能看到两个人的轮廓，这样安静的相处，在他们之间很少有，这一刻，芦花觉得他们之间的关系已经变了，这种感觉越来越强烈，这个人以后会是她的丈夫，浓浓的不舍涌上心头，没有想到离别来得这么快。

去学校的东西都整理得差不多了，只等着出发的那一天。

天成一家人都在院子里，一起拉着提线木偶。父母在一旁示范，天成和芦花一起跟父母学习。

桂香点评道："还是芦花演得好。"

赵五十也说："成娃，你看我的手，要用心练！"

天成有些不屑地说："我不想靠这吃饭。"

赵五十生气地说："这是手艺活，学好了，你一辈子不愁吃……"

"我要上大学了，还练啥木偶啊！"天成倔强地反驳。

最后，天成还是屈服了。晚上是要出去表演的，村里人都知道，这会儿肯定不能撒手不干。

不知不觉地，时间就过去了，天成也练得一遍比一遍好，一遍比一遍上手。

夜幕降临之际，天成家门口搭起了戏台，全家上阵表演提线木偶。

灯光把周围照得通明，赵五十走上台，对着底下的观众大声地说道："我娃天成考上了大学，为了向乡亲们表示感谢，我们今天全家上阵，表演提线木偶，请父老乡亲们观看。"

赵五十的话刚刚说完，台下就响起了一阵热烈的掌声，在大家的掌声中，幕布缓缓拉开，天成和芦花上台表演提线木偶剧《梁山伯与祝英台》，赵五十和桂香边伴奏边演唱。

木偶小人儿在台上一上一下地动着，灵动极了。台上一家人表演得很认真，台下的观众也看得很入迷，时不时和旁边的人再交流上两句，一时间，周围的气氛很热烈，愉悦的情绪感染了观众席上的每一个人。

眨眼间就到了该出发的日子，王老五开车送天成去县城，村里很多人都聚到村口来送行。

赵五十和天成坐进车，天成转过头向人群中的芦花挥手。

村口所有人的视线都集中在车里的三人身上，芦花知道，天成的视线只在她身上。她的表情看起来很平静，泪水却已经在眼眶中聚集，一眨眼，眼泪再也控制不住，夺眶而出。她却倔强地咬住嘴唇，努力不哭出声来。

天成走了，去上大学了，芦花知道，天成去深造了，他以后会变得更优秀，会站在更高的地方，然而尽管知道这些，芦花还是忍不住地想他。

天鹅船在水面上漫无目的地漂着，船上少了天成，只有芦花一边懒散地蹬着船，一边给天鹅投一些东西吃。

鸭子已经卖了，天鹅船周围只剩下了天鹅，但是芦花已经没了往日的心情。以前天天可以见到天成，还不觉得有什么，现在天成走了，思念一下子如潮水般涌来，天天造访她。别看人在船上坐着，还在喂着天鹅，却一副心不在焉的样子，思绪已经不知道飘到什么地方去了。

天成才刚走，芦花就总是想起以前俩人一起的日子。

当初转让天鹅船的时候，赵五十还在和王老五在水边上讨价还价，天成和芦花就已经划着船跑开了。

刚开始的时候，天鹅就跟着小船游来游去。看着眼前的天鹅，芦花就想起，当时天成问了句话："这天鹅咋老跟着小船哩？"

她猜测说："它是把脚踏船当成天鹅了吧？"

"怪啦！真是稀奇事。"

芦花高兴地说："这是只吉祥鸟，兴许会给你带来好运气呢！"

天成问："我有啥好运？"

"你忘啦，你考大学了，天鹅会保佑你的。"芦花提醒。

"能不能考上，我也没把握。"

芦花鼓气："哥，你一定能考上。"

现在，天成走了，芦花身上的担子更重了，她叮咛自己，一定要照顾好天鹅，天鹅是她的梦。

这时候想想，当时怎么就那么笃定天成哥能考上呢？现在他已经去上大学了，她打心眼儿里替他高兴，就是有时感到空荡荡的。

芦花渐渐习惯了天成不在的日子，除了思念，她还有很多事情要做。

抬头看看天，还是蓝的，芦苇丛还是那芦苇丛，水还是那水，船还是那船，天鹅还是那只天鹅，都没变，天成哥也还会回来的。

清早，芦花还没有起床，就听见外面有人喊："李二强，你的信。"

李二强家住在隔壁，和芦花一家是邻居，刚刚喊话的是乡邮员。

芦花反应了一会儿，忽然一骨碌坐起身，穿上衣服跑了出去。结果那一抹绿色的身影已经骑着自行车跑远了。

芦花有些失落，又有些期待：天成哥会写信吧！

从此，芦花的生活中又多了一件事情，等待乡邮员的到来，她也因此早上起得更早了，总会在乡邮员到来之前起。

上午，芦花正蹲在水边喂天鹅，赵五十赶着牛车从远处走近。

芦花看见了，迎了上去，问："爹，你没拉上客？"

赵五十说："今天不是礼拜天嘛！客人少。"

说完这话，赵五十看着芦花，欲言又止。

芦花察觉到了，便问："爹，有事吗？"

"有是有，就是不好说。"

"爹，你说嘛！"

赵五十艰难地开口："芦花，你哥上大学了，家里人手拉不开，我想叫你……别上学了。"赵五十说完，有些不敢看芦花，这的确对芦花不太公平。虽然不是亲生的，到底是养了这么多年的闺女，但是情况摆在眼前，供一个大学生，家里已经付不起多余的开销。

芦花感到诧异，语气却十分平静，说："爹，你不用说了，我愿意。"

赵五十没想到芦花答应得这么爽快，说："还是芦花懂事，我也是为了你哥。"赵五十很清楚，芦花心里多多少少是有些不愿意的，但是他也不好多说什么，赶着牛车离开了。

芦花眼里噙着泪水，强忍着不让它流下来。她心里什么都明白，父母把她和天成养这么大不容易，还供他们读书，她也已经读到了中学，现在家里经济紧张，她不应该索求更多。但是她还是很不甘心，之前天成哥跟她说，她也能考上大学的，将来就可以和他一样去读大学，她也相信，只要自己努力，肯定能考上的。但是为了天成哥，她放弃了，哪怕心里再不愿，再不甘。

一整个晚上，芦花的兴致都不高，桂香注意到了，只当芦花还是因为天成去学校了心里思念，就安慰道："花儿，天成很快就会回来的，时间很快的，一晃就过去了。"她摸了摸芦花的头，转身就走了。

等桂香走远了，芦花才无力地"嗯"了一声，那一声应答更像是给自己说的。

本来芦花是在想不能去上学的事，还没有想到天成，经桂香这么一提，芦花便又想起了天成。然而她却并不认同桂香的话，在以前，时间确实一晃就过去了，可是现在，一点儿用都没有，更加觉得时间变慢了许多。

次日一大早，桂香就在窗外喊芦花："花儿，该上学啦！"

芦花躺在床上，装作没听见。其实她早就醒了，昨晚一直想事情，也没怎么睡好。不能上学的伤心，此时也没有昨晚那么厉害了。

桂香见芦花没有应声，从屋外走了进来，生气地低问："叫你上学，你咋听不见？"

芦花趴在床上，睁着眼睛，桂香发现芦花已经醒了却没有答她的话，有些气恼。

刚刚还觉得有些想开了，这会儿那股委屈又涌了上来，眼泪随即夺眶而出，芦花哽咽地回答："妈，我不想上学了。"

桂香不由分说地把书包放到芦花面前，更加生气了，语气也变得严厉了许多，斥道："胡说啥哩，不上学，你想干啥？"

"我放牛，放鸭，干家务。"

桂香有些不忍，缓和了语气说："你还小，这不是你想的事情，快上学去！”

赵五十听见了，走过来，说：“娃不想上了，就别勉强嘛！”

桂香好似明白了过来，问：“啥不想上，你是不是说啥咧？”

赵五十低声说：“女娃家，上学也没啥用，还不如跟我学提线木偶，这也是门手艺。”

桂香看了芦花一眼，转头对赵五十说：“我知道，你就是担心提线木偶在你手里断了线……”说完就转身走了。

赵五十跟芦花已经说好了，她再多说也没用。

芦花没有去学校，在家里干活，日子一天天过去，芦花每天放养鸭子，放牛，喂天鹅，家里家外地忙活。

因为不去学校了，芦花对天成的思念变得更加浓烈，常常看着那一身绿衣的乡邮员过家门而不入，芦花心里一次次地从期待变成失落，天成哥还是没有给她写信。

终于，在这一天，她忍不住了，上去拦住了乡邮员的自行车。

乡邮员停下车，还不等开口询问，就听芦花说：“有没有我的信？”

“没有。”乡邮员摇了摇头。他也注意到了，这一段时间送信，芦花好像一直都很关注，应该是在等别人的信吧！

看到芦花满脸失落，乡邮员不禁说道：“我会帮你留意的，有你的信，立马给你送过来。”

“谢谢。”芦花客气地回答。

天成哥在学校应该很忙吧！等他闲了，总会给自己写信的。想着想着，芦花也没有那么失落了。

她依旧每天早上等着那封不知道会不会到来的信，从没有失去过希望。

有了芦花的帮忙，赵五十和桂香也有更多的时间和精力去做一些其他的事情，他们弄了个农家乐，做点儿小生意，也不似以前那么辛苦了。

午饭时间，王老五从外面大咧咧地走进屋里，还没进门就扯开嗓门喊：“五十，我吃饭来喽，给不给吃呀？”

赵五十正擦着饭桌，抬头看了一眼，说：“点菜，喝酒吗？只要是客人，咱都开门欢迎。”

“喝嘛！有酒还能不喝？你娃走了桃花运，院长女子看上你娃了，还不给我喝酒？”王老五的嗓门依旧很大，边说边笑，笑声回荡在整个厅子里。

“那是没影影的事，你别胡说。”

王老五嘻嘻哈哈地：“这可是我亲眼看见的，我看这事有门，反正这喜酒我是喝定啦！”

王老五是个生意人，时常到各个地方跑，也去过天成的学校几次。他提到的院长叫范金榜，曾在村里当过知青。他有一次给院长家送西瓜，看见天成跟院长女儿在一起。

“看你嗓门大的，桂香在灶房，小心她听见。”

王老五的大嗓门全村人都知道，这会儿赵五十不得不提醒他小声一些。

王老五不解，问：“这是喜事，怕啥哩？”

赵五十叹气：“娃他妈想叫芦花嫁给天成，说一家人还在一个锅里吃饭，省事又省心。”

王老五有他的心思，嘴上说：“嫂子脑子不开窍吗？”

正好桂香端着饭出来，问：“谁说我脑子不开窍？”之前的话她是没听见的。

王老五打着哈哈，回道：“我咋敢说嫂子，你听错了，嘿嘿，吃饭。”

当时，王老五看到天成和院长的女子在一起，心里是高兴的。他一直想让芦花做他儿媳妇，之前听说天成和芦花定了亲，他以为这事没影了。心里想想，其实也没什么，说是定亲，也就是一家人在一起吃了一顿饭而已，他们一家人之前还天天在一起吃饭呢！定亲又不是结婚，到时候天成把院长女子领家里，定亲也就只是普通的一顿饭，做不得数，他儿子还是可以争取的。所以他才跑到赵五十家店里去，故意告诉他们，也探探口风。

秋天的天气不似夏季那般炎热，很凉爽，很舒适。

芦苇荡的风比较大，但还是吹不弯那片芦苇，站在比人还高的芦苇边上，大风也变得柔和了不少。

芦花正在水边放鸭子，之前养的那一群鸭子已经卖了，钱给天成带去学校了。这一群是新买的，还小。

王老五从边上路过，看到芦花，走到跟前打招呼：“芦花，放鸭子哩？”

芦花点点头，问：“五叔，你做啥去呀？”

“去鱼塘喂鱼嘛！”王老五家里有自己开辟的鱼塘，规模还不小，每年往外边卖鱼，能挣不少钱。

王老五说完，却不迈步子，想了想，又说道：“芦花，叔想给你说个事。”

芦花问：“啥事？”

“叔也是好心好意，你可不许生气，行不？”

“五叔，有啥话就说嘛！”

王老五把天成的事悄声告诉了芦花，又故意道：“天成这一走，怕是回不来喽！”

芦花喃喃地说：“我哥会回来的……”话虽这么说，但语气里露着能让人察觉到的不坚定。

王老五趁机说：“我儿子是有点儿憨，可他老实，也能干活。五叔有钱，不会叫你受苦的。”

话里的意思是再明白不过的，芦花自然听懂了，生气地说：“谁稀罕你的钱！”

王老五边退边说：“叔也是为了你好，这事不急，你再想想。”

王老五已经走了，芦花还在原地，愣愣的，还没有反应过来。

之前，她一直相信天成很快就会回来，可是现在，她动摇了，她怕天成真的不回来了，那她怎么办？

旁边的鸭子一直在呱呱地叫，天鹅围着天鹅船，也很兴奋，然而芦花却只觉得烦躁。

她不知道自己最后是怎么回去的，整个人魂不守舍的，脑子里一直想着王老五之前说的事情，有想哭的冲动，但就是哭不出来。她都等了这么久了，天成哥真的不回来了吗？

五

日子一天天过去，王老五的话却还在芦花的脑海里挥之不去，不知道她这些天是怎么过来的。她觉得，自己的心境太容易被天成哥影响了，只要听到有关他的事情，她便不由自主地去关注，她的心情好像已经不是自己可以做主的了。

早上，芦花起得很早，站在门口，呆呆地等着，等那乡邮员给她带来希望。

远远地，一抹绿色的身影骑着自行车过来，仔细辨别一下，好像是朝着她的方向过来了，看到这一幕，芦花的心底腾起一股希望，是种和以前完全不同的感觉，她终于等来了。

车还没到跟前，乡邮员就喊道：“芦花，你的信。”

芦花高兴极了，内心的喜悦完全藏不住，全都呈现在脸上，嘴角咧得大大的。

芦花三两步跑到乡邮员跟前，眼里满是期待，就等着他把信送到自己手上。

乡邮员拿出一个信封在芦花面前晃了一下，芦花伸手去抓，没有抓住。

乡邮员故意笑着说：“让我看看，这是谁寄的信？”

“当然是我哥。”芦花说完就上手去抢。

“哦！是你哥呀！”乡邮员的尾音拉得长长的，拿在手中的信封举得很高，待芦花看清楚，才发现那信上哪里有一丁点儿字迹，只是一个新的空信封而已。

还不待芦花询问，乡邮员已经骑着车远去了，只留下一句：“没有你的信。”接着便是无尽的笑声。

笑声传到芦花耳朵里，她却臊得慌，脸红得不行，没有想到乡邮员竟然会骗她。

丢了面子，芦花后面不再在门口等乡邮员的信，只要信到了，不用她等，也会送到自己手里，没有信，她在门口等再久也是白搭。

日子和以前一样，平静如水，却消磨不掉心里的万千思绪。

下午店里没什么客人，赵五十便在后院忙，有两位干部模样的人一前一后走了进来。

没看到人，客人便喊道：“五十，还不快出来！”

赵五十从后院到了堂屋，迎上前说：“是张乡长啊！快坐，快坐。”

张乡长指着身后的人，说：“别光招呼我呀！咱杨副县长专门拜访你来啦！”

“哎呀，这可受不得，咱是老百姓，有啥说一声就成了嘛！”

杨副县长笑道：“你是咱县有名的提线木偶艺人，为了发展咱县的旅游事业，县上决定召开一次全国性的研讨会，邀请你在会上表演提线木偶。你选个拿手节目，让参会的专家们开开眼，你看行不行？”

还不等赵五十回答，张乡长就急忙说：“这是你的绝活，你可要好好表现，为咱县争光呀！”

赵五十也很积极，这是他的老本行，时间也有，没有不答应的道理。

接了活，平时也没啥客，赵五十暂时关了饭店，叫芦花在家里准备演出，熟悉提线木偶。

到了研讨会的日子，也是他们表演的日子。一大早，赵五十一家人就已经收拾妥当了。有专人开车来接他们到目的地，木偶道具什么的都是赵五十家里的东西，需要的也都一并搬上车拉走了。

农庄礼堂里，很多人正忙着布置会场，展台前整齐地摆着一排桌椅，桌上铺着红布，桌子斜上方面朝观众的位置有一行红色的大字——“中国情诗之源”研讨会。时间还早，观众席上还没有几个人，但看着周围的布局，到处都透着庄严与正式。

芦花一家人被带到了舞台后面，方便最后演出出场，道具也被搬了过去。

真正到了地方，即将开始演出，芦花还是有一点儿紧张的。虽然以前演出的次数不在少数，但是她还是很少在这种很正式的场合演出。赵五十一直在边上叮嘱她，仔细些，认真些，不要紧张之类的，毕竟像这种场合，芦花没去过多少，赵五十是去过很多次的。

研讨会正式开始，杨副县长主持会议，说了一段开场白之后，他宣布：“现在请著名教育专家范金榜同志宣读论文。”

芦花在后台能听到前面舞台上讲话的人洪亮的声音，周围很静，只能听见那一个人的声音，即使看不到，芦花也能想象到那振奋人心的场面。她不禁在想，以后，天成哥会不会也能像台上的那个人一样，站在那里宣读自己的学术成果。

范金榜在台上宣读着他的论文《情诗之源初探》，底下坐着满满的观众，听得很认真。

芦花也在听，在后面听虽不如前面坐着的观众听着真切，但也能听得清。从宣读一开始，每一句话都触动着她，把她带入其中，她也成了研讨会中的一分子，心里的紧张都少了一些。

不知不觉，宣读就结束了，直到场上响起热烈的掌声，芦花才回过味来。

该他们上场了。

赵五十领着一班人登上台表演提线木偶，故事是《薛平贵与王宝钏》，芦花站在队伍里跟着上了台。

范金榜坐的位置在前排，从台上下来，回到座位上，喝了口水，开始看台上的表演。

视线挨个从台上的人身上扫过，范金榜忽然看见一个熟悉的姑娘出现在台上，她演的角色是王宝钏，唱得感人至深，让人感觉她就是王宝钏。

范金榜的视线从木偶转到姑娘身上，那熟悉的面庞，勾起了他对往事的回忆。

她应该是知道的吧!

台上的木偶不停地跳动，故事情节不断发展，被逐渐推向高潮。范金榜看着台上的表演，没有半点儿反应，思绪已经飘远了。

一阵掌声响起，表演结束。范金榜回过神来，急忙站起身跟着大家一起鼓掌，祝贺演出成功。

这一次演出挣了不少钱，赵五十心情很不错，回程时和大家有说有笑的。回去依旧是来时接他们的人送，省了他们不少事。

芦花一直表现淡淡的，很少主动说话。

研讨会上午早早就结束了，范金榜没有跟着大家一起回去，说是有些事。

下午，范金榜开车来到芦苇荡，在远处宽敞的地方下了车，一路散步，绕着芦苇从走。

看着这个熟悉的地方，范金榜感触颇深，这里还是没有多少变化，芦苇、流水、荷花淀，还有成群的天鹅，依旧是那么美。远远地，一条天鹅形状的船从芦苇丛后面出来，范金榜好奇地走了过去。

芦花脚蹬着船来到岸边，看见范金榜，热情地问：“叔叔，想坐天鹅船吗？”

范金榜看到芦花，微微一怔，才道：“好，我坐船。”

芦花让范金榜坐好，又驶着船蹬离了岸边，往深处走去。

范金榜有意问道：“芦花，你怎么不上学？”

“我哥上了大学，我要放鸭子、放牛。”现在说起这个问题，芦花已经没有之前那么敏感和难受了。想了想，芦花问范金榜：“叔叔，你咋知道我的名字？”

“这个嘛，暂时保密。”范金榜想笑，却笑不出来，再次确认道：“你真的辍学了吗？”

芦花点了点头。

范金榜不再说什么。过了一会儿，又聊起了周围的风光，芦花一直在给范金榜介绍，范金榜也听得认真，时不时地点点头，说几句，问几句，气氛很融洽。

一个小时后，范金榜跟着芦花一起回了家，说是要拜访一下。

刚进门，桂香就从屋里出来了，芦花抢先说：“妈，这个叔叔要来咱家。”

桂香整理着桌子上的东西，头也不抬地问：“你要住店？”

带到了人，芦花就又去忙了。

“你不认识我了？”范金榜笑着问。

桂香抬头，愣了一下，才认出来是谁，有些难为情，说：“是你啊，听说你来开会了，真是你呀。来来，坐吧。”桂香招呼范金榜坐下。

“听说芦花不上学了，我来看看。”范金榜坐下问。

桂香叹了口气，说：“这都是她爹的主意，他舍不得他的宝贝木偶。再说，家里也需要帮手。”

范金榜从钱包里取出一叠钱递过去，说：“孩子还小，再有困难，也不能让孩子辍学，这是两千元，你收下。”

桂香拒绝：“哎呀，我咋能收你的钱呀？”

范金榜态度真诚地说：“你一定要收下，就当是给孩子的学费。”

桂香推拒：“这钱我不能收。”

范金榜故作生气地说：“你这是把我当外人，以后我就不管你家的事啦！”

桂香只好收下了，感激道："你对我家太好了，我该咋感谢你呀？"

"我当初在这里的时候，你也帮过我，我就不能帮帮你啦？"范金榜笑着说。

桂香心里不由地想：以前帮的忙算是什么呀，举手之劳而已。便再次感激："你真是我家的恩人呀！"

范金榜含蓄地回道："要说恩人，你才是我的恩人。"

桂香以为说的是以前帮过他的事情，只觉得范金榜太客气了。

目的达到了，范金榜也就离开了。桂香拿着手里的一沓钱，心里还是很激动的，芦花可以继续去上学了，她一直觉得对不住那孩子。不过，这钱以后还是要还的。

晚上，桂香把事情和赵五十说了，赵五十什么话也没说，桂香就知道他同意了。

桂香来到芦花房里，她还没睡。桂香说："花儿，明天你不用去放鸭子了，去上学吧！咱有钱了。"

芦花一愣，说："妈，真的？"

"真的。咱花儿运气好，有人资助你。"

芦花笑了，笑着笑着眼泪就出来了，其实她从来没有想过自己还能重新回去上学。

桂香看着这样的芦花，有些心疼，但也替她高兴，拍了拍她，告诉她早点休息，便出去了。

芦花躺在床上，拉过被子，心情是激动的。想睡却睡不着，又突然想到了什么，起身开始收拾东西。再次躺到床上，整个人的心情好到了一个新高度，最后都不知道是什么时候睡着的，不过第二天还是起了个大早。

教室里，周全意走上讲台，学生们起立，喊："老师好！"

周全意摆了摆手示意学生们坐下，开口说："同学们好，今天又有一位辍学的同学归校了，请芦花同学进来，大家欢迎。"

芦花刚走进教室，掌声就响起来了，芦花笑了笑。周全意指着一个空位让芦花坐下，然后开始上课。

再次回到学校，芦花更加珍惜这来之不易的机会，只要努力，她也有机会出去念大学。她又想起之前天成的鼓励，不自觉地笑了起来。

自从天成去了学校，芦花的心情因为各种原因，有过好几次起伏，现在又开始走上平路，这是一个好现象。

芦花想起了那只追着天鹅船的天鹅，遇到它时，她还没有天鹅船。

一天，她和天成在割芦苇，一只小天鹅在芦苇丛中张望，她看到了，叫了起来："哥，快看，这儿有只野鸭子。"

天成凑到跟前，用手掌托起小天鹅仔细端详，而后说："毛色不对，我看像只天鹅。"

她听说是只天鹅，就将它从天成手中要了过去，抱在怀里，不停地捋着小天鹅的绒毛，爱不释手。小天鹅真的很可爱。

那时候她很高兴，冲着天成说："哥，我有天鹅啦！我有天鹅啦！"

她一直精心地喂养天鹅，天鹅也很喜欢她。天鹅慢慢长大了，她打算把天鹅放生，天鹅却不走，还是跟着她。

后来有了天鹅船，天鹅就不再跟着她了，改跟着天鹅船了。

天鹅船缓缓地行驶在水面上，湖中的水波泛起层层涟漪，就像芦花的心情一样。

她明白，只要天鹅船还在，天鹅就不会离去，她也相信总有一天，远方的天成哥会回到故乡……

自从王老五和她说过那些话之后，她动摇过的心再一次变得坚定，她应该相信天成。

六

鱼塘四周立着几个稻草人，身上披着破烂的红汗衫，鱼狗早已经识破了这种把戏，有胆子大的竟然落到稻草人的头上，四处张望，一见四周没什么动静，便飞到鱼塘捕食鱼苗。它们一个个眼睛贼贼的，还透着些机灵，往水里啄一口，再抬起头来左右看看。

水娃又从芦苇丛里跑出来，边敲锣边喊："嗷，嗷，少吃我家的鱼，滚开……"

王老五扛着渔网正忙活，芦花赶着鸭子从旁边路过，看到王老五，好奇地问："五叔，你忙啥哩？"

"我放的鱼苗都快叫鱼狗吃光了，我架个天网，收拾这鱼狗。"王老五一边忙一边回。

芦花不由得有些担心，她问："五叔，你架起天网，那天鹅飞过来咋办？"

王老五梗着脖子道："管他的，我保护我的鱼，不管天鹅的事。"

芦花劝道："天鹅是受保护的鸟类，你伤了天鹅是要受法哩。你光想自个儿的鱼，也要保护环境呀，鸟是人类的朋友。"

王老五仍是满不在乎地说："鸟是鱼的天敌，老子才不要这样的朋友哩。"

芦花在学校受过教育，明白这其中的道理。王老五却是从自身利益来考虑的，很难说得通，芦花只好走了。

芦苇淀的景色一直不错，芦花之前就常在这里画画。这天，周全意带着芦花和其他学生到这里写生，湖水泛着波光，景色更显宜人。

一群天鹅从远处飞了过来，周全意提醒大家："天鹅飞来啦，大家快来画啊！"

学生们做好了准备，开始作画。周全意却发现天鹅都无精打采的，有的甚至跑到他们跟前来，仰天长鸣，似是饿了。

芦花看到天鹅的情景，隐约明白了是怎么回事，便说："天鹅多可怜啊，他们饿了吃啥呀？"

王老五家的鱼塘占地面积很大，这两年刚刚起步，去年没有架网，投放的鱼苗被吃了不少。外面湖里的鱼没有鱼塘里的密集，还比鱼塘里的机灵，很难捉。因此，鱼塘里的鱼苗是鱼狗还有其他一些鸟类的首选。即使这样，王老五的养鱼生意还是获利不少。今年架起了网，获利只会更多。

周全意幽默地说："不能让天鹅白当模特，大家想办法给天鹅找些吃的。"

芦花的家离得近，当即放下画板，说："我去拿粮食。"说完便转身跑了。

很快，芦花拿着半袋子玉米跑来，以前在家养那只天鹅的时候，芦花就是喂的玉米。

芦花撒了一把玉米在岸边，离得近的几只天鹅马上张嘴吃了起来，但是水面上还有很多天鹅，无法吃到，更何况玉米扔进水里很快就沉下去了，天鹅吃不到嘴里，也很浪费。

有同学就问："湖里的天鹅咋喂呀？"

众人都有些急。

芦花突然说："我有办法。"

"什么办法？"有人问。

芦花反问："你们吃过爆米花吗？"

"当然吃过。"

芦花想着，说："爆米花应该不会沉到水里吧？"

这时候，周全意说："体积大，浮力就大，应该能浮起来。同学们，今天不画了，都回家爆玉米花，拿来一起喂天鹅，好吗？"

大家异口同声："好！"

芦花又把那半袋子玉米带回去了，其他学生也纷纷回家。周全意还站在那儿，他家不在这附近，他家里也没有玉米，只好先在原地待着，等学生们回来。

芦花把袋子里的玉米倒在了塑料桶里，又往里面添了一些。

桂香看到了，问："女子，你又干啥？"

"我要爆玉米花。"

“爆玉米花也不能用这么多呀！”

芦花边忙边答：“是给天鹅吃的。”

爆玉米花费了些时间，怕大家等急了，芦花忙带着爆好的玉米花往湖边赶。到了湖边，只几个人来了，芦花带的玉米花是最多的。

周全意和学生们抬着天鹅船放到湖边，芦花把大家的玉米花都集中在一起放到船上，和周全意两人上了船。

周全意划船，芦花往水里撒玉米花。一粒粒轻飘飘地落在水面上，引来一群天鹅争抢。

船行到水中央，周全意也不再划了，帮着芦花一起撒玉米花。他捧起一把，往船外一抛，结果风一吹，玉米花全落在了自己的身上，引来学生们的一阵哄笑。

玉米花很多，还有剩余的，芦花干脆把剩下的都撒在了芦苇丛边上，供天鹅觅食。

周末，芦花跟着周全意又来到芦苇丛写生，上次喂完天鹅后已经很晚了，就没再继续。

几只天鹅悠闲地在水面上漂着，时不时用嘴巴在翅膀下啄一啄，挠痒痒。白色的身影配着翠绿的芦苇，颜色很漂亮。

同样的景色，落在两张白纸上，内容一致，风格不同。

忽然，几只天鹅像是受到了惊吓，扑腾着翅膀退开了，后面一只天鹅还在挣扎，像是被什么套住了。

其他几只天鹅也没走远，就浮在不远处，高高地仰着头，晃着脑袋看着四周。

芦花和周全意放下画板，打算上前一看究竟。天鹅船就在不远处，很方便，两人直接上了船驶过去。

那只天鹅看见有船只靠近，仿佛更加惊慌了，带着网套直接扑进水里，一双漂亮的翅膀不停扑腾，柔顺的羽毛显得有些凌乱。

船靠近了，周全意拉住网套和芦花一起将天鹅给解救了下来。

天鹅还是有些不知所措，翅膀又扇了两下，没飞起来。一只腿上流着血，血珠染在洁白的羽毛上，看起来很刺眼。天鹅眼中透着痛苦的神情，看得芦花直心疼。

其他几只天鹅腾空而起，在天鹅船上空盘旋，似乎是在为同伴的伤诉说它们的伤心难过。

船划回岸边，芦花把天鹅抱回家，拿出纱布，细心地为天鹅处理伤口。芦花把原来的那只天鹅窝简单地收拾了一下，就让天鹅在那里养伤。

自从有了天鹅船，以前的那只天鹅就追天鹅船去了，再也没有回来过，现在窝给这只天鹅用正好。

芦花给天鹅准备了些吃食，天鹅没吃。它还带着一些惊慌失措，以前从来没有受到过这样的伤害，这次受惊不小。

过了一会儿，也许是感觉到芦花对它没有恶意，也许是饿得狠了，天鹅慢慢开始进食。

芦花在暗处观察，看到这一幕，心里暗暗高兴。她又端了一碗水送过去，天鹅犹豫了一瞬，而后便伸长脖子开始喝水，还带着一股满足感，这更让芦花开心了。

天鹅养了几天，伤势已经恢复得差不多了。本来也不是很严重，再加上芦花照顾得很尽心，自然就加快了恢复的速度。

如今，这只天鹅也跟芦花有了感情，每次看到芦花来喂食，都会迎上去绕着芦花转悠。芦花看到它，心情也会变得很好。

说起来，这只天鹅要比上一只天鹅乖多了，看着墙角堆放得整整齐齐的芦苇便能知道。之前的那只天鹅刚来的时候，把这里的草料搅得满圈都是，让芦花清扫了好几回。也许是它那时候还小，比较调皮，也有可能是因为这只天鹅受伤了，没有精力去折腾。

芦苇是用来喂牛的，家里的牛饲料会比外面黄牛直接吃的芦苇精细一些。割回来的芦苇捆成一束，赵五十和桂香会用铡刀将芦苇切成两三厘米长的小段，堆放在窝棚下，也就是天鹅现在住的地方，天鹅的窝也是从堆放草料的地方腾出来的。每次喂牛的时候，便会用大簸箕揽上两簸箕。因为这里堆放着切好的芦苇，每次来都能闻到一股浓浓的草香味，反而闻不到这里本该出现的家禽家畜粪便的味道。

芦花打算再养上几天，这只天鹅就该放了，它还是比较适合拥有蓝天绿水的自由。

王老五又上门来了，来混饭。

自从赵五十开了饭店，王老五就没少来，这一次，还是抱着别样的心思。

赵五十问："老五，又嘴馋啦？"赵五十虽然这么问，但早已肯定了自己的猜测。

王老五小声道："我想尝点儿新鲜的，来盘天鹅肉。"

赵五十打趣着拒绝："癞蛤蟆想吃天鹅肉——想得美，可惜没这道菜。"

王老五有些不满："五十，你别忘了，没有我把游乐场包给你，你能发财？"

不得不说，王老五做生意很有头脑，整个村子很多的生意，几乎都和他有点儿关系。刚刚开的鱼塘，就是从芦苇淀的鱼得来的启发。那里的鱼很肥美，种类数量也多，但是不好打捞赚钱。他怕落人闲话，便包了一块地，自己弄鱼塘，自己买鱼苗，虽然在村里挣不到钱，但卖给外面的人，收益还不错。尽管鱼苗被天鹅和其他鸟类吃了不少，但仍然收益颇丰。今年王老五果断就把网架上了，他晓得钞票的分量，自然不想让一群鸟挡了他的财路。

听王老五这么说，赵五十心里有些不喜，面上却不动声色，说："不成，这是女子救的天鹅，再说，我咋能干犯法的事？"

王老五劝道："你撒个谎，就说跑了，娃还能咋？"

赵五十板着面孔："天鹅在天上，有能耐自个抓去。"

"五十，你真不给面子？"王老五等了一瞬，不见赵五十回答，哼了一声，说："我不信吃不上天鹅肉！"

碰了一鼻子灰，王老五也不多待，一拍桌子，转身就走了。

赵五十看着王老五离去的身影，眼里充满不屑，还真想吃天鹅肉？其实，包括赵五十在内，村里很多人都不喜欢王老五。

鱼塘上的网架牢固了，王老五从车上搬下鱼苗，一桶一桶地往鱼塘里倒。这一次安全措施做好了，这网前几天还补过一次，因为不知道什么时候，上面被扯开了一个洞，王老五因为这事，当时骂骂咧咧了好半天。

周全意和芦花过来了，在鱼塘旁停了下来，周全意对着王老五说："为了保护鸟类，你应该拆除这天网。"

王老五根本听不进去，说："说得好听，拆掉网，鸟就要吃我的鱼。你保护鸟，谁来保护我的鱼？"

芦花有些沉不住气，大声说："五叔，你再不拆网，我就到派出所告你。警察说了，架天网违法。"

王老五停下了手上的动作，说："娃呀，你别吓唬我，我不怕！"

芦花转头："周老师，给警察打电话，他不听劝，有人会管他的。"

周全意配合着芦花，拿出手机佯装打电话，想吓唬一下。

王老五并不上当，说："有能耐你就把警察叫来！"

周全意见唬不住，嘴上道："好，你等着！"找了个台阶，匆匆走了。

芦花看了看走远的周全意，又看了看王老五，还不等说话，就听王老五说："芦花，你别跟我作对咧，你家的游乐场还是我转让的，天鹅船也是我卖的，你不怕我收回来？"

芦花急了，说："我喜欢天鹅，我要保护天鹅！"

"芦花，只要你嫁给我儿子，这游乐场、这天鹅船，还有天鹅，都是你的，你好好想想……"

这些话，芦花是最不想听的，也顾不上羞不羞了，当即就道："五叔，这是不可能的，我有天成哥哩！"

王老五继续劝："娃呀，你想天成，可人家天成不想你呀！"

"你胡说，我不想听！"芦花转身就顺着刚刚周全意离开的方向跑了。

再一次听见这些话，芦花心里还是激起了不小的波澜，不过没有上次强烈，就好像从高处掉落的弹球，反弹起来的高度永远也不及第一次，直到最后不再反弹。

芦花还是选择相信天成哥。

一日清早，乡邮员骑着自行车送信，在天成家门口喊道："芦花，你的信。"

芦花从门里出来，带着些防备，说："你又想骗我？"

乡邮员拿出一封信递到芦花面前，说："这回当真，你看嘛！"

芦花接过信，看着那熟悉的字迹，脸一下就红了。这还是天成去学校以后给她写的第一封信呢！上一次被乡邮员骗说有她的信，自己激动地上去讨要，结果被耍了一通，别提多丢人了，搞得自己多心急似的，还是在外人面前。

乡邮员看着芦花的反应，不由得又想逗逗她，便问："芦花，谁的信啊？"

芦花满脸喜悦，面上是抑制不住的笑意，说："是我哥！"

乡邮员模仿着她的口气："是我哥……"说完也不等芦花反应，便哈哈笑了起来，蹬着自行车走了。

芦花因为收到了信，正高兴着，也没有过多计较，喜滋滋地回了屋。

进屋后，芦花从里面把门关好，往床边一坐，举着信封，看着上面的收件人，傻傻地笑了，笑出了声，又急忙伸手捂住嘴，稍稍平复了一下，才急忙拆开信来看。

里面是一张纸，写得不多，但芦花还是很高兴，一字一字地读了起来，连标点符号都没有放过。不过，看着看着，芦花的笑容就僵在了脸上，信上完全不是她愿意看到的内容：

芦花，我越来越觉得妈让咱们订婚是个错误，细想起来，我当初对你的关心和爱护，完全是当哥的应尽的责任，咱们在一起是不合适的，也是不会幸福的，你就把我当成你的亲哥哥吧……

芦花大脑突然一片空白，她不知道该做何反应。这时候又想起了王老五和她说的话，原来都是真的。

原以为这封信会给她带来更多的欢乐，能够慰藉她的思念，没想到却是这样一个结果。

芦花乘着天鹅船漫无目的地漂着，远远地，一只天鹅在水面挣扎，芦花划着天鹅船来到跟前。天鹅被渔网套住了，芦花想把网解开，救出天鹅，不知怎的，就是解不开。芦花急了，心里一阵烦躁，静不下心来，越是这样，越是解不开网。

芦花划着船又往岸边走，寻找其他的办法。还没等船靠岸，芦花就一脚跨下船，跑了起来，水溅了她一身。

她跑得有些急，突然脚下一滑，摔倒了，脸也被泥水糊住。她用手擦了一把，努力睁开眼睛，爬起来又开始跑，全然不顾身上的脏污，一心只想着要救天鹅。

院子里，桂香正在做着针线活，芦花气喘吁吁地跑了进来。

看着芦花的样子，桂香吓了一跳，放下手里的东西，问："花儿，你咋成泥人啦？"

芦花喘着气，急切地说："天鹅被网套住了，我解不开。"

"一只天鹅就把你急成这了？"

芦花急得快哭出声了，声音里带着哭腔："妈，天鹅快死了。"

桂香气呼呼地说："谁下的网，真缺德！"

芦花看到母亲针线篓里的剪刀，一把抓起来，又转身往外跑。她真的怕那只天鹅死了。

桂香一向知道芦花喜欢天鹅，不由得有些担心，她望着芦花的背影喊道："花儿，你等等……"

桂香追上芦花，两人驾船划到跟前，却看到了惊人的一幕：天鹅挣扎着看了她们一眼，忽然一头扎向水中，再也没了动静。

芦花愣了愣，反应过来，赶紧划船赶过去，将渔网拉起来，双手抱起天鹅。

桂香用剪刀剪破渔网，问芦花："还活着吗？"

芦花晃了晃天鹅，然而什么反应都没有。她眼泪落了下来，说："天鹅死了，妈，咱们来晚了……"

芦花越哭越伤心，天鹅对于她来说，有着特别的意义，现在却死了。如今，芦花将天成的那封信给她带来的伤痛一并哭了出来。那日，读完那封信，她没有哭。而现在，天鹅死了，脑中紧绷的那根弦已经到了崩溃的边缘，她再也抑制不住心中的悲意，泪水止不住地流，哭得都没有了声音。她找到了一个发泄口，就再也收不住了。

桂香叹了口气，说："真该把这网烧了！"

她把渔网拖上船，看着芦花的样子，很心疼。桂香不知道天成给芦花寄了信，只以为她是因为天鹅死了，才哭得这么伤心。

不知道过了多久，芦花才歇了哭声，却不说话，抱着天鹅就那么呆呆地坐在岸边，像一尊雕塑。

桂香把渔网从船上拖上岸，气愤地用剪刀剪成了碎片。

有人围拢过来，看着眼前的一幕议论纷纷。

王老五看见鱼塘边围满了人，忙从人群后挤了进来，看着满地的渔网碎屑，苦着脸问："哎呀，我咋把你得罪了，你为啥剪我的网啊？"

桂香满脸气愤："你的网把天鹅网死了，你还有脸说？"

王老五反驳："天鹅又不是你家的，你管得着吗？"

"我今天就是要管管你，叫你再下不成网！"桂香气势很足，看着芦花伤心的样子，她是一定要给芦花出气的。

王老五有些心虚，但嘴还是很硬："我不跟你个妇道人家说，老子寻五十去！”便穿过看热闹的人群，朝远处走去。

桂香蹲下身子，胳膊揽上芦花的肩膀，劝道：“好了，花儿，咱以后不让王老五架网了，天鹅不会再有事哩！”

芦花双目无神，还是一句话也不说。

傍晚，芦花挑了一处离水近的草坪，挖了个坑，把天鹅埋了。

桂香拉起芦花，说：“花儿，别难过了，跟妈回吧！”

从下午到现在，芦花一句话也没说过，脸颊上还挂着两行泪痕，她知道，芦花是真的很难过。

芦花由着桂香拉着她走，自己却不停地回头。

回去之后，芦花直接进了房间将自己锁在里面，也没吃晚饭，桂香只好将饭又端了回去。

院子里，桂香和赵五十给天鹅拌食，桂香小声问：“你说，天鹅为啥自杀？”她到现在也想不通。

赵五十如实回道：“这种事，我也没见过。”

“要不是亲眼看见，我也不相信。”

“也许天鹅伤得重，它觉着活不成了，就走了绝路。”

“天鹅真是有灵性的鸟啊！”

“这是神鸟，以后咱们也要善待天鹅，不然的话要遭报应哩！”

桂香点了点头，顿了一下，又问：“对了，下午王老五有没有来寻你？”

“没有。”

“他以后要是再提渔网的事，就别理他！”

七

天成寄回来的那封信被芦花藏在了床头柜底下的细缝里，看不见就想不起，也就不会那么难过。

然而，真的会想不起来吗？信藏在那里，仿佛刻意给她提醒，每次进屋，她都会先看一眼那个地方。

这几天，她也没有去游乐场，整日提不起精神，没几句话。赵五十就让她放学直接回家休息，不用过来了。

游客排着队等着乘天鹅船，还有许多人在周围游览。一片欢声笑语，显示着一番好光景。

赵五十忙着卖票，王老五从后面拍了他一巴掌，说："五十，你狗日的发啦！"

赵五十回头看了一眼，笑道："真没想到，我都接待不过来啦！"

王老五把赵五十拉到一边，说："你真是时来运转，游乐场收钱，住店收钱，吃饭也收钱，你发大财啦！"

"多亏天鹅帮忙，要不哪来这么多客人呢？"

王老五抢功："你别忘了，这天鹅船可是我转包给你的，你得感谢我吧？"

赵五十明白王老五的意思，当即就问："你说咋感谢？"

王老五满脸狡黠地说："不用我说，你知道的。"

赵五十心里明白，面上装糊涂："我不知道。"

他也知道王老五把天成的事在芦花面前提过几次，虽然他当初不赞同芦花和天成在一块儿，但是好歹也是自己养了十多年的闺女，被一个大人当着面直白地说那些事，任谁心里能高兴。更何况，他也看出来芦花是喜欢天成的，也就不多管了，看娃们自己的心意。

王老五厚着脸说："你把芦花嫁给我儿子，咱就是亲家了，这游乐场就是咱一家的，你就可以长期干下去了。"

"娃还上学呢！"赵五十嘴上这么说，心里却在想，他怎么可能为了个游乐场把自己闺女给卖了。

王老五继续道："上啥学哩，不上学也能赚钱嘛！"

"娃还小哩。"

“不小哩，咱农村定亲早嘛！”

赵五十转身走开了，一直在拒绝，王老五还是追问。赵五十都佩服王老五的厚脸皮，于是直接回道：“这是娃的事，我可管不了！”

这也确实是他的真实想法，以后，芦花的亲事由她自己决定。

王老五在这件事情上还是很上心的，也很执着，好像是一直盯着芦花不放。

周末，周全意来到芦花家里看天鹅，芦花正在天鹅棚里给天鹅洗澡，周全意帮着端水。

隔壁鸭棚里，赵五十和桂香给鸭子拌食，赵五十忍不住小声说：“你给女子说说，别整天跟那个城里人，小心旁人说闲话。”

周围的鸭子不停地呱呱叫着，掩盖了赵五十的声音。

桂香问：“有啥闲话？”

“咱女子也不小了，跟着城里人跑，没啥好处。”

“人家是老师，是志愿者哩！”

“唉，我是怕咱女子吃亏。”

“谁说的鬼话？人家帮咱花儿上学，学画，你可别狗咬吕洞宾，不识好人心。”

桂香的话堵得赵五十无言以对。

亲眼见证了湿地天鹅的生存境况，同时也被芦花对天鹅的情意所感染，周全意在这里成立了天鹅救护队，号召更多的人保护天鹅。

芦花是第一个报名的，几位中学生也加入了救护队的行列。

队伍成立，逐渐步入正轨，周全意便带领着队员宣传保护环境，张贴标语：鸟是人类的朋友，保护大自然，爱护母亲河。

救护队办得有模有样，队员们的积极性都很高，自从有了这些事，芦花的心情也调节了不少。

她又抱回来几只天鹅，原来的窝已经住不下了，赵五十便把草料挪了个地方，原来的草料棚彻底变成了天鹅棚。

桂香用刀切菜叶，又用麸皮搅拌，给天鹅做食。

赵五十凑到跟前，说："哎，跟你说个事。"

"有事就说嘛！"桂香依旧忙着手里的事情。

赵五十商量道："这事我也拿不定主意，老五说了，他给天鹅找了个下家，人家答应给钱哩！"

桂香抬头，直接否定："天鹅是咱女子养的，你别打这主意。"

"这不是跟你商量嘛！"

桂香看了赵五十一眼，没说什么，端着食料进了天鹅棚。

赵五十出了家门，过了一会儿，和王老五两人来到天鹅棚前。

天鹅正在吃食，芦花不在这里。

赵五十抱了一只天鹅出来，因为受了惊吓，天鹅叫了起来。芦花正在楼上打扫房间，听见声响，急忙伏在窗口往下看。

芦花看见王老五从赵五十手中接过天鹅，当即大喊："放下我的天鹅！"

她跑下楼，从王老五手里夺过天鹅，抱在怀里。

赵五十说："芦花，咱们养不起天鹅，我让你五叔找了个好主家。"

芦花不相信："他是鱼贩子，能对天鹅好吗？"

王老五道歉："芦花，以前是叔不对，如今叔改了。叔找了个有钱人，愿意收养天鹅。"

芦花看着他们的神情，说："你们是想贩卖天鹅吧？"

"芦花，你哥上大学要花钱，我也是没有办法呀！"赵五十无奈道。

芦花依旧不松口："我愿意多干活，挣钱帮我哥！"

终是拗不过芦花，赵五十叹了口气："你这娃！"

喂了食，天鹅纷纷凑上来吃，争抢中，拌着碎菜叶的麸皮从食盆里撒了出来。

桂香说："这天鹅看着不大，吃得比人还多。"

"唉，光收养受伤的天鹅，一月就得好几百元，日子长了，咱也吃不消呀！”赵五十愁苦道。

“娃把天鹅抱回来了，咱也不能不管吧？”

“唉，咱办的是农家乐，又不是天鹅救护站。”赵五十很不满。

然而再不满，也只能是现在这个样子了。

在芦花的精心照顾下，天鹅的腿伤终于彻底好了，她给天鹅做了检查，一切正常。

周全意问：“那咱们放飞天鹅吧？”

芦花点头：“嗯，周老师，天鹅也该自由了。”

他们带着天鹅来到芦苇荡，打开笼子，天鹅没有一丝怯意，挥了几下翅膀，就到了水中央。

天气不错，就像芦花的心情一样，也像天鹅的心情，整个放飞在天地之间。

飞了几个来回之后，天鹅又飞了回来。它刚刚伤愈，兴奋地飞了一会儿再飞回来，俨然像是个归家的淘气孩童。

芦花抱住天鹅，顺着它的羽毛，说：“天鹅，你走吧，去找你的朋友。啥时候想我了，再回来吧！”

芦花很舍不得天鹅，养了这么久，感情还是很深的。

芦花放开天鹅，天鹅好像也听懂了芦花的话，腾空而起，在上空盘旋了几圈，又叫了几声，便向着远处的天鹅群飞去了。

看着天鹅的反应，大家更觉得天鹅有灵性。

告别了天鹅，芦花的生活恢复了平静。一闲下来，又会胡思乱想。

天成哥就要回来了吧！

天鹅船沿着水面驶向岸边，芦花坐在船上，神情忧郁。天鹅跟在天鹅船后面游来游去，好像着了魔一般，从不离去。

看着手里打秋千的木偶，芦花不由地出了神，思绪又穿越回了几年前。

一棵高壮的桃树下，天成哥正在忙着什么。

她远远地喊："哥，你在干啥？"

"你猜？"

她走近了，眼睛一亮，说："这是秋千吧？"

"对，给你扎个秋千。"

"是给我扎的？"

"不然给谁？"

"哥，那你推我。"

"好！"

她坐到木板上，往后退了几步，双脚离地，两手抓着两旁的绳子，秋千便荡了起来。

力度不够，天成哥在后面一下一下地把她送上半空，又松手。

她在秋千上不停地笑，天成哥在身后也笑了。

忽然，她不小心手一松，没抓住，顺着前倾的力道往前摔去。农村的孩子本来就是到处跑的，磕磕碰碰也是常事，但是当时天成哥却很担心。

天成哥从秋千后面跑过来，焦急地问："芦花，你没事吧！"

她摇摇头，一笑，说："没事儿，就是有点儿头晕，歇一会儿就好了。"

那时候，他们多好呀！

现在天成哥回来了，她本该高兴的，却怎么也高兴不起来。她不明白，天成哥为什么带了一个女的回来。

她喜欢天成哥，就像天鹅喜欢天鹅船一样，但是她不喜欢天成哥带着另外一个人回来。

天成是带着芳芳回来的。

一年多时间不见，天成白了许多，身上穿着白衬衣，褪去了原来的腼腆和稚气，显得更加英俊帅气，看着竟像一个城里人了。

芳芳本就是一身城里人的打扮，与村里人比起来，更显靓丽。

天成走进门，喊："妈。"

桂香从灶房出来，看见人，高兴道："成娃，你可回来了，你把妈想死啦！"

看着天成身旁的人，桂香问："她是谁呀？"

"她是芳芳，是我的同班同学。"

桂香客气地夸赞："城里娃，就是漂亮、洋气，好，来了就多住些日子。"

芳芳礼貌地说："伯母，麻烦你了。"

"不麻烦，你们城里人能来这穷地方，就是看得起我们，高兴还来不及哩！"桂香很热情。

天成朝院子里看了看，没见人，问："我爹呢？"

"你爹放牛去了。"

"那芦花呢？"

"放鸭子去了。"

芳芳说："这地方真好，天成，我们去黄河吧！"刚刚来的路上，她就见识了这里的风景，真的让她觉得眼前一亮。每天面对着高楼汽车，都觉得木然了，来到这乡村里，让人有一种亲近自然的感觉，尤其是刚刚还看见了一群白色的鸟，真是漂亮极了，她还是第一次看到这么多的大鸟呢！忍不住就想去到处看看。

天成笑着说："看把你急的，走，我带你去漂流。"

天成放下行李，甚至没有在家里歇一歇脚，就带着芳芳出去了。

桂香看着跑远的两人的背影，若有所思。

她把儿子的行李拿到房间放好，又新铺好了床，才拿着芳芳的东西到了芦花的房间，打算让芳芳跟芦花睡一块儿，两个人也能说说话。

芦花的床上放着换下来的衣服，还没来得及收拾，桂香便拿起来抖了抖，准备叠起来。

一声脆响，一个硬币从衣兜里掉了出来，滚到了床头柜底下。

桂香找了个挠痒痒的竹耙，趴在地上，伸到缝里面掏硬币。结果硬币没掏出来，却掏出来一封信。

桂香拍了拍上面的灰尘，看着上面的字，是天成写给芦花的。天成往家里寄信了？她怎么不知道？芦花怎么不和他们说呢？她还一直以为天成去了学校就不跟家里联系了呢！

桂香掏出里面的信看了起来，看着看着，她的脸色不断变换，再一看上面的日期，桂香忽然就想起来了，那几天芦花心情一直很低落，她以为是天鹅死了的缘故，现在仔细想想，在天鹅死之前，芦花就已经很不高兴了。

怪不得不给他们看信呢！还特地藏了起来，她应该是伤心透了吧！

想到那个芳芳，桂香似乎也明白了是怎么一回事。

桂香把硬币掏了出来，又把信放回原处，既然不想让他们知道，那就当作不知道吧！不过，她得找个时间问问天成。

王老五在鱼塘边抽烟，看见天成和芳芳走了过来，说："天成真有本事，把院长女子都引回来啦。"

像是被发现秘密似的，天成说："五叔，她是我同学。"

王老五笑道："我晓得，你们是天生的一对。"

其实王老五是故意的，凑成了这一对，才好去凑下一对，更何况下一对中还有自己的娃子。

天成被说得不好意思，急忙岔开话题："五叔，你的鱼塘又扩大啦！"

王老五说："天成，五叔命不好，只能跟鱼虾打交道。你福大，有富贵命，能吃上天鹅肉哩！"

芳芳听了这话，脸都红了，忙道："五叔，你忙。"

天成也想快些离开，忙跟着说："我们去黄河漂流。"转身就拉着芳芳走开了。

八

一片广阔的芦苇荡，波光粼粼的湖面，天鹅和其他水鸟混杂在一起，还有远处的宽阔大道，粗犷与细腻的美交织在一起，洗涤人的心境，净化人的心灵。

天成和芳芳骑马走在大道上，一路沿着芦苇荡溜达。马上比较高，看得也就远，与平地上的视野不一样。两人骑着马往前走，仿佛要将这里全部的景色都收入眼底。

一只天鹅飞了起来，带起了一群天鹅。有几只还停在水面上，往远处游，伸着长长的脖子，脑袋钻到翅膀下，一下一下地啄着。

芳芳指着那飞起来的白鸟问："那是什么鸟？"

"是天鹅。"天成骑着马在芳芳的斜后方回答。

"这里简直就像天鹅湖。"芳芳赞道。

"可惜，没有白马王子。"

芳芳转头看了天成一眼，又转回头，小声且羞涩地说："你就是我的白马王子。"

天成无声地笑了，眼睛一直注视着芳芳。

大鹅又落到远处的水面，嬉戏追逐，优美的身姿做什么动作都是美的。

芳芳下了马，天成也跟着下了马。看了看周围，没有人，芳芳踮起脚尖，身体转了起来，跟着天鹅一起翩翩起舞。

天成在一旁静静地欣赏。

芳芳从小就学习舞蹈，底子很好，跳起舞来身姿轻盈，仿佛会像天鹅一样飞起来似的。

一曲舞蹈跳完了，天成问："你跳的啥舞？"

"天鹅舞。"

"真好看！"

芳芳接受了天成的称赞，拉着天成，牵着马继续往前走。

河边上，芳芳吟诗：“关关雎鸠，在河之洲。”

天成接着：“窈窕淑女，君子好逑。”

芳芳不由问：“天成，这诗真是写的你们这里吗？”

“《诗经》上说的，你还不信吗？”

“《诗经》又没说清地名，不能牵强附会。”

“可河川出了个大美女太姒，总没错吧？据说当年周文王邂逅出浴后美如天仙的太姒，才修成一段美好姻缘。”

芳芳故意问：“那你没遇见这样的姑娘吗？”

天成说：“你就是我遇见的窈窕淑女！”

芳芳认真地看了一眼天成，甜甜地笑了。

两人沿着河一直走，直到天色不早了，才骑着马返回。

芦花赶着鸭子往回走，长长的竹竿限制着鸭子行走的轨道。呱呱的叫声不停地响起，似是在聊天，诉说着一天的趣事。

芦花在前面正赶着鸭子，忽然听到后面有人喊她，是那么熟悉的声音，却也透着一股子陌生。她盼望听到这个声音很久了。

芦花转过身，眼睛一亮，问：“哥，你啥时候回来的？”

看着眼前不一样的天成，芦花有些陌生，却也欣喜，很久没见他了，好像从有记忆开始，他们就从来没有分开过这么长时间。这么久没见，天成哥好像更好看了。

天成回答：“下午，我跟同学一起回来的。”

芳芳转头问天成：“天成，她是你妹？”

“对啊！她是我妹妹芦花。”其实天成在说这些的时候心里有些不自在，在学校的时候，他给芦花写了那封信，他不知道芦花是怎么想的，但是自从认识了芳芳，处在大学那个新环境中，他的想法变了，这是他心里最真实的感受。也许，芦花确实喜欢他，但是他也必须跟她说清楚。那些话他说不出口，所以当初选择给芦花写信。如今，他虽然面上装作很自然的样子，但是面对芦花，哪怕是提起芦花的时候，他都会想起他们之前的订婚，心里的不自在以及尴尬之感会越发浓烈。

芳芳又问：“芦花这个名字有啥寓意吗？”

天成脱口而出：“我妹是……”却突然意识到了什么，改口说：“是个懂事的姑娘。”

芦花并没有隐瞒，神情坦然，说出了天成没有说的话：“我是捡来的，芦花遍地都是，普通却很纯洁，随便落在啥地方，都能扎根生长。”

天成似乎也没有想到，芦花竟然就那么直接说了出来，倒是让他有些不好意思。

芳芳骑着马慢慢地往前走，笑着说：“你妹挺有意思的。”

天成跟着，忙道：“她还会作画呢！”

两人骑着马就这么边聊边向远处走去，天成留下了一句“芦花，早点儿回去”，便追着芳芳走了。

芦花忍不住回头看了一眼，感觉自己和天成哥之间的关系是真的变了。他们之间的话一下子少了很多，而天成哥的关注点也不再在她身上。不过，她不得不承认，那是一个很漂亮的姑娘。

夕阳正好，映得湖面都泛着红光。

天成带着芳芳来到游乐场坐天鹅船，顺便讲起了天鹅的故事。

天成讲得仔细，芳芳也听得认真。坐在船上，听着天鹅的故事，芳芳想起了她和天成相恋的情景，甜蜜地笑了。

那还是她第一次去男生宿舍，说实话，当时挺紧张的，不过她是探到了天成宿舍没有其他人，才上去的。

她一路跑上楼梯，路上时不时有人偏头盯着她看，不过她知道，就算她慢悠悠地走，大家也会是这种反应，毕竟这是男生宿舍，她一个女生出现在这里，确实挺奇怪的。

天成看到她时，惊讶极了，问：“你咋上来了？”

看着天成的反应，她先笑了笑，说：“我腿下有脚，还没办法啦？你写啥呢？”

天成看着桌子上的笔记本，不好意思地说：“我想写一个剧本。”

她当时听了，真是高兴极了，那几天学校有演出，她正愁没有一个好的题材，结果天成就解了她的急。她挺惊讶的，天成竟然还会写剧本。

天成说：“我想写一个童话剧，爱护环境、保护天鹅的题材。”

她当时就激动了：“好呀，这是天鹅舞，我来编舞，好吗？”虽然是这么询问，但是她知道，天成一定会同意的。

没想到，接着便听见天成说了一句：“这本来就是为你写的。”说得她都有些不好意思了。

“我表演的舞蹈在全市拿过一等奖，让我演天鹅吧？”

“行嘛。”天成回答得特别干脆。

那一次的演出特别成功，芳芳扮演的天鹅，天成扮演的天鹅船，也许是因为芳芳的舞姿美，也许是因为《天鹅船》的故事美，表演结束，他们获得了全场最热烈的掌声。

那时候，天成并没有跟芳芳说这个故事是真的，今天，芳芳才知道，原来这样的事情真的存在，她觉得美极了，她和天成也许就是这样吧！

在湖上逛了一会儿，太阳彻底看不见踪影了，芳芳跟着天成往回走。

天成把芳芳在堂屋安顿好，便去灶房帮忙烧火了。

桂香往门口瞅了瞅，小声说：“天成，你跟芳芳到底啥关系？”

“就是同学嘛！”

桂香完全不相信，说：“成娃，你能上大学，可是芦花放牛放鸭供济你的，人不能没有良心。”

说起这些，天成就有些气，说：“都怪你，从小说要让芦花嫁给我，才惹出这么多事。”

“芦花有啥配不上你，别以为上了大学，尾巴就翘到天上去了。”

天成有些激动，说：“妈，我就是想留在城里，因为只有这样才能实现我的人生价值。我追求自己的幸福，也有错吗？”

“你咋成陈世美了？一进城就变心了！你让芦花咋办？”

天成只有苦笑，自己有一天竟然也会被人说成陈世美，还是自己的母亲。但是这样的生活真的不是自己想要的，至于芦花，他会像以前一样对她好，但是不会和对芳芳一样，她终究是自己的妹妹。何况，芳芳也不知道他和芦花以前的事情，他没有告诉芳芳，不希望她多想，他本来也想叮嘱芦花，不要在芳芳面前提起这件事，终究还是没开口。而且芳芳迟早也会知道这些事的。

吃完饭，桂香坐在床上，脸一直阴阴的，对赵五十说：“成娃变心了。”

赵五十问：“变啥心了？”

“成娃对花儿变心了。”

“唉，当初你把两个娃拴在一起，我就觉得火候不到，强扭的瓜不甜嘛！”

桂香有些微的心虚，面上却还是理直气壮：“芦花自小多病，有天成照顾总比别人强，我也是好心嘛！”

“我看这事也好着哩，要是两个娃能成，也算了结了你一件心事，亲家总归是亲家嘛。”

“不会说话就别说话，谁也没把你当哑巴。”

赵五十抽着烟，说：“一提过去你就翻脸，我晓得，你想跟人家，可人家回城了，不要你了……”

“你咋越说越踏不上犁沟了，真是老糊涂了。”

桂香不想听，也不想再多说，躺下睡去了。

月明星稀，天成和芳芳踏着月色来到处女泉。这个地方，天成上次是陪着芦花来的。想起芦花跟他说的那些话，他便带着芳芳来了这里。

芳芳穿上泳装，跳进处女泉。

天成站在岸边看着，却不时地想起上次芦花在处女泉洗澡的身影，在同样的地方，这一次换成了芳芳。

芳芳站在水里仰着头看着天成，水到了她的脖子处，水压让她有些不适应。她问：“天成，想啥呢？快下来吧！”

天成有些犹豫地回答：“你……你自己游吧！”

“不行，你讲处女泉的传说不能白讲了。我是为你洗的，你不心诚就不灵验了，难道你想让我当一辈子处女吗？”

天成有些心事重重，他和芳芳之间的家庭背景差距还是挺大的，虽然他念了大学，也可以改变以后的命运，但是目前还没有到那一步，以后的事情谁能知道呢。再者，他以前还陪着芦花来过这里，总让他心里觉得对不起芳芳。

天成回道：“你还愁嫁不出去？我怕我不配……”

芳芳凝神看着天成，认真地说：“我只嫁给你！”

听着这话，天成心里其实是很高兴的，他面上的笑意完全表达不出内心的激动。心里的那道坎儿也被他往下压了压。

天成站着没动，芳芳这么直接表达爱意，更是提醒了他：他们之间存在差距，他们以后的路会不会很难走？

芦花突然从暗处走到了岸边，一脸平静，说：“哥，你下去吧！”

芦花从暗处走到这里，其实鼓了很大的勇气，做到这一步，也表明了她要成全天成和芳芳。她考虑了很久，晚上看到天成哥和芳芳出去了，便跟出来，走上这条熟悉的路，芦花才终于明白，芳芳在天成哥心里是什么位置。当时她与天成哥来到这里的时候，是她叫着天成哥的，现在，是天成哥带着芳芳去的。她，终于做了最后的决定。

天成看着突然出现在身后的芦花，有些惊讶，问：“你怎么在这里？”其实他心里是不想让芦花知道他带芳芳来这里的。

芦花说：“我晚上常来这里，哥，你别管我。”顿了一会儿，又说：“我还小，不懂事，以前的事，全当小娃过家家，不算数的。”

天成心里一惊，听到芦花说她晚上常来这里，他有种感觉，芦花来这里是因为他，因为他和她在许多天前的晚上也来过这里。

听着他们的话，芳芳问："你们在说什么？"

天成忙说："你听不懂。"他还不想让芳芳知道他与芦花之前定过亲。

芦花转身走了，天成看着芦花的背影，心里有些不是滋味，芦花应该会伤心吧？说起来也是他不好。

看到芦花走了，芳芳喊："天成，你快脱衣服，下来啊！"

在芳芳的催促下，天成慢慢地脱了衣服，下水朝她去。

看着眼前的人，他有些恍惚，眼前时而浮现芦花的身影，时而浮现芳芳的身影，他都分不清哪个是幻影，哪个是真实的场景。

他看着眼前的人伸开双臂向他走了过来，一下子拥住他，让他浑身一颤，定了定神，才终于认出是芳芳，一颗心也稍稍安稳下来。

一轮明月挂在天上，月光洒的到处都是，增添了一丝静谧。

芳芳和芦花住一间屋子，这让芦花心里很不舒服。说她小气也好，她对这个不速之客是真的没有好感，便独自在画板上涂漫画，芳芳进来也没有理她。

芳芳觉得芦花是天成的家人，她自然希望能与每个人都相处得很好，不过她也感觉到芦花对她很冷淡。

芳芳上前去搭话："芦花，你画得真好！是谁教的？"

芦花其实不想答话的，但又觉得不礼貌，便说："没人教，胡乱画的。"

芳芳有些惊讶，说："哎呀，那你是自学成才呀！"

芦花没有再回话，她实在是不想再多说一句。

屋子里又安静了，只能听见芦花的画笔在纸上涂抹的声音。芳芳想寻找话题，在芦花身上看来看去，忽然眼睛一亮，芦花手腕上戴的玉手镯看起来很眼熟，便多看了几眼，越看越觉得与自己手腕上的手镯很像，她很想问，可是看芦花画得那么认真，最终没能张开嘴。

芳芳躺到床上，一直盯着手腕上的镯子看。这个镯子她从小就戴着，从不离身，原来还有人和她戴一样的镯子。她又看了看芦花手腕上的镯子，心里忽然有些负面情绪，她一直觉得独一无二的东西，现在别人也有，真的高兴不起来。

天成和芳芳在家里待了几天，便又走了。芦花没有去送他们，她其实不想看见天成和芳芳在一起，索性就不去看了。只是没有想到才回来这么短的时间，天成哥就又要走了。

她留不住，也不能留，那就一切顺其自然吧！只能这么安慰自己了。

九

芳芳刚一进家门，白玉芬就迎了上来，说："这才几天，你就晒黑了。"

芳芳放下包，显得很兴奋，说："我在处女泉游泳，那温泉水太神奇了，好像有一种浮力在托着你，可好玩啦！"

跟着芳芳坐到沙发上，白玉芬问："真的吗？那你回头也带妈去看看。"

"好啊，你真该去看看处女泉，那儿风景太美了，不是江南，胜似江南。妈，在那样的环境里，你的心情也会好起来的。"都已经回来了，芳芳还在感叹，边说边把手镯取了下来。

白玉芬看了，不免有些奇怪，这镯子芳芳还从来没有摘下来过呢，今天这是怎么了，她问："你咋不戴手镯啦？"

"我要追求个性，别人也有，我宁可不要。"

说者无心，听者有意。芳芳只是随口的一句话，却让白玉芬上了心。

别人也有？谁有？会不会是……想到这里，白玉芬心里有些激动，她接着问："谁还戴这样的手镯？"

"天成的妹妹。"

"真的吗？咋会这么巧？"

芳芳说："我问过天成，他说他妹从小就戴着，你说烦人不？"

白玉芬自言自语地说：“从小？她咋会有跟你一样的手镯？”其实她心里已经有了猜想，终于有了一些线索。

“我咋知道，你问我，我问谁去。”

芳芳不以为然，白玉芬却很在意，她问：“你能带妈去看看吗？”

“看啥？”

白玉芬含糊地回答：“看处女泉嘛。”

芳芳想也没想地就回答：“行啊。”

那个地方确实很美，去再多次也不会让人觉得烦，能再去一次她也很开心，再说那里还是天成的家乡。

芦花坐在自己屋里的床上，脸上平静得可怕。自从天成又去了学校，她一句话也不说，想了很多，也许是她和天成哥之间没有缘分，他们只能做兄妹。她本以为，看到天成哥带着芳芳回来，她会很伤心，事实上，也确实有些伤心，只是没有想象中那么伤心罢了。自从收到那封信开始，她也许就已经做好了心理准备。最伤心的日子已经过去了，无论他带不带芳芳回来，那封信上的内容是不会改变的，所以也影响不了什么，只是看到芳芳，她心里还是很难受。

芦花挣扎了很久，终于下了很大的决心一般，出了屋子。既然她和天成哥没有缘分，那就重新开始自己的生活吧！痛苦是可以忘掉的。

芦花来到鱼塘边，王老五和儿子水娃正忙着喂鱼。她就直直地站在那里，也不说话。

看着芦花红红的眼眶，王老五问：“芦花，你眼睛咋红了？谁把你气哭的？”

下定决心走到这儿，芦花也不再多想，却又像是在赌气，她说：“五叔，我知道你对我好。我想通了，水娃人老实，我愿意跟他……”

一听到这个消息是芦花亲口说的，王老五高兴极了，说：“我就说嘛，芦花是好心人，叔没看走眼。”

王老五说着话，还不停地笑。水娃看到了，走了过来，问：“爹，你笑啥？”

王老五仰头看向水娃，说：“瓜娃，你有媳妇啦！”

水娃听了也很高兴，咧开嘴傻笑，嘴里不停地念叨着：“我有媳妇喽，我有媳妇喽。”仿佛是太高兴了，水娃还拿着锣敲了起来。

看着这样的水娃，芦花心里有些苦涩，自己以后真的要跟他过一辈子吗？自己要是也能像水娃一样，什么都不用去考虑，简简单单的，该多好！

只是这不可能吧！连天都转了起来，头也好沉，这么累，真想睡一睡。想着想着，芦花就这么直直地倒了下去。

王老五吓得手忙脚乱，连忙到跟前晃芦花，嘴上说：“你咋了？芦花，你别吓叔，你要是真不情愿，就当是没这回事，你别作难……”

芦花虚弱地睁开眼睛，想说什么，又晕了过去。

芦花躺在床上，人已经醒了，只是很虚弱。桂香给她喂了些水，让她继续躺着休息。

没一会儿，赵五十带着村医过来了，给芦花做了检查。

桂香担心地问：“是不是老病又犯了？”

村医安慰：“她是中暑了，让娃好好休息两天，没啥大事。”

桂香松了一口气，送走村医，回来的时候，芦花已经睡着了，她也就没有再待在房间里。

芦花做了一个梦，她梦见天鹅船和天鹅，也梦见了天成哥，他们一起在游乐场划船。

天成和芦花一会儿在船上，一会儿在岸上，一会儿画画，一会儿追逐，笑颜宛若绽放的花朵，让人陶醉。绿叶白羽，广阔的芦苇丛，美丽的天鹅，都成了他们的背景。

无忧无虑的生活说的就是这个样子吧！那最纯粹的笑意仿佛澄澈的、

晶莹剔透的清水一般，让整颗心都亮堂起来。

忽然，眼前的那个人变了，那不是芦花，不是自己，变成了天成哥带回来的同学，芳芳。

芦花心里不安起来，难过极了，那个人不是自己吗，怎么变成了芳芳？

她看着天成哥和芳芳两人一起学习，一起嬉闹，一起乘天鹅船，一起去处女泉游泳，眼泪不自觉地就流了下来。

泪光模糊了视线，眼前的景象也变得不再清晰，只能感觉到那两个人不断地往前走，离她越来越近。

芦花抬手抹了抹眼泪，眼前的两人让她错愕。两个人脸上都带着甜蜜的笑，从她面前走过。不过，眼前的人又变回了她自己——那个从小在这里长大，在哪里都能扎根生长、很好养活的芦花。

她不知道该怎么反应，心中充盈着强烈的喜悦，却又爆发不出来，她只是一动不动地站在那里。

等许久之后，她才反应过来，骤然转身去看，是天成哥和自己携手远去的背影，看上去很惬意。

过了一会儿，天成哥忽然不见了，芦花急了，还有些恐慌。她对着四周不停地喊天成哥的名字，可她发现，自己拼命地呼喊，却发不出一点儿声音。那个跟天成哥一起的芳芳也在寻找他，还跑来向她打听。

忽然，一转头，芦花看见了穿着白衬衣的天成哥站在天鹅船上，淡淡地对着她笑。芦花高兴地跑过去，然而到跟前，天成哥又不见了，他站在密密的芦苇丛里，芦苇翠绿的颜色衬得天成哥那身白衬衣越发的白了，跟天鹅船一样洁白。

芦花又跑了过去，却和之前一样，天成哥再次消失，又回到了天鹅船上，不远不近地对着她淡淡地笑，只是她再也触摸不到。

芦花意识渐渐模糊，什么也感觉不到，只觉得心里空落落的。

睁开眼睛，外面的天已经快黑了，之前的一切都只是一场梦而已。芦花的眼角还带着泪痕。梦里，自己还是哭得很伤心。

芳芳带着天成回家吃饭，虽然芳芳父母一直都知道天成的存在，但这还是天成第一次来芳芳家里。芳芳的父亲不在，只白玉芬在家，所以芳芳也就更加轻松了一些。

饭桌上，天成给芳芳使眼色，芳芳斟酌了一番，终于开口说："妈，我们都快毕业了，你给我爸说说，把天成安排到传播学院嘛！"

白玉芬有些为难地说："天成的户口在外地，这可不好办。"

芳芳撒娇："我爸是院长，你让我爸想想办法嘛。"

白玉芬明白芳芳心里在担心什么，故意说："你咋不跟你爸说去？"

芳芳嘴里嘟囔："我爸老是板着脸训人，我耳朵都听出茧子啦！"

"我说也不一定起作用，你爸不让走后门。"白玉芬说完，眼睛隐晦地朝着天成那儿瞟了一眼。

"妈，你就试试嘛！"

白玉芬妥协道："等从处女泉回来再说。"

白玉芬一句话终止了这个话题，然而天成和芳芳心里却有不同的想法。芳芳觉得母亲的这句话跟答应了没什么区别，而天成却还是觉得心里没底，毕竟白玉芬说的是"再说"。

安排好时间，白玉芬和芳芳便启程去处女泉。

县城里，两人上了面包车，开车的人是王老五。

王老五问："天成咋没回来？"

芳芳说："我妈想来看看，我没跟天成说。"

王老五猜测着说："知道了，你们是来提亲的吧？嘿嘿，好事啊！"说完便转头专心地开车，也全然不管自己刚刚的话带给人多少尴尬。芳芳把脸埋得低了些，白玉芬看了她一眼，一脸平静，也不说话。

面包车一路行驶，王老五偶尔和两人说几句，介绍一些当地特产，给他家的生意打打广告。

将近一个小时，终于到地方了。王老五把车停到天成家门口，嘴里喊着："五十，你亲家来啦！"

王老五的一句话，说得白玉芬颇有些不自在，屋里的桂香和芦花也满是疑惑。两人迎出门，见是芳芳，愣住了。

还是芳芳先开口介绍道："妈，这是伯母，她就是芦花……"

白玉芬一见芦花，就惊住了，嘴巴张了张却说不出话来。眼前这个人和她年轻的时候多像啊！不需要再确认就知道结果了！本来以为这件事情不会很容易，没想到竟是这样简单。虽然她做好了心理准备，但这一刻真的来临的时候，她还是抑制不住地激动。这么多年了，终于见到了，多年来的思念在这一刻变得更加浓烈。她很想上前更近地看一看芦花，也很想抱一抱她，但是她知道现在不能，那样会吓到芦花吧！还有她的养父母，会不会觉得她是来跟他们抢女儿的，再怎么说，他们也养育了芦花这么多年。

芦花看着眼前的两人，不亲近也不疏离地问候了一句，然后越过她们出去了，她还在放鸭子呢，刚刚回来只是取个东西。

芦苇丛边上，芦花坐在那里，手里拿着芦苇秆有一下没一下地敲打着地面，一副心不在焉的样子，也不知道在想些什么。

王老五回去停好车，出来路过芦苇丛，远远就看见芦花坐在那里，便走了过去。他还是惦记着这个准儿媳妇的，他已经知道上次芦花是中暑了。既然那时候芦花都说了愿意跟自家儿子，也总算是一件喜事，应该把今天的事跟芦花说一下，让她坚定一下自己的想法。

这样想着，王老五就凑过来问："芦花，你家来客人啦，你知道不？"

芦花故意说道："我放鸭子，没看见。"

"叔可看见了，院长的女子跟她妈来提亲了，对吧？"

芦花没好气地说："我管她是谁的女子，你跟我说这话干啥？"

王老五说了句实话："叔也是好心，提醒你别再犯傻，天成靠不住！”

听见王老五这样说，芦花本能地说：“我哥是好人，好人。”

王老五见说不动，讨了个没趣，也不再多待，转身走了。芦花一个人坐在芦苇丛边上，心情比刚刚还要阴上几分，脑海里不停地回荡着王老五刚刚的那句“院长的女子跟她妈来提亲了”，脑子里乱糟糟的，一直静不下来。

不知不觉，时间已经晚了，芦花赶鸭子回家。

芳芳和她母亲在这里住了下来，饭做好了，芦花过来叫人：“饭好了，你们吃饭吧！”

芳芳看见芦花，说：“妈，你看天成的妹妹多好看啊！”

白玉芬仔细地端详，嘴里呢喃：“像，真像。”

芳芳没听清，问：“妈，你说啥呢？”

白玉芬没理芳芳，而是走到芦花的面前问：“你是……天成的妹妹？”

芦花不解，应道：“是啊！”

芳芳也走到跟前，说：“芦花，你能让我妈看看你的手镯吗？”

芦花伸出手说：“这有啥好看的，你也戴着哩！”上一次芳芳来到家里，芦花就注意到了芳芳手腕上的镯子。

芳芳也伸出胳膊，两个人的手腕上都戴着镯子，翠绿的玉镯几乎一模一样。

白玉芬一阵头晕，晃了一下身子。就是这个镯子！看到这个镯子，她更加确信了。

芳芳急忙扶住白玉芬，问：“妈，你咋啦？”

白玉芬无力地说：“我累了，躺一会儿就好了。”

芦花有些疑惑，但还是轻轻地走了出去。

吃完饭，芦花来到游乐场划着天鹅船，天鹅跟在天鹅船后面游来游去。在船上她神情凝重地注视着远处的芦苇荡，仿佛下一秒就能从里面走出一个人来。

那里是她和天成哥一起长大的地方，有着太多的回忆。

看着那里，就像是看到了他们之前的生活。

有一次，天成哥和她从芦苇丛间的小路走来。天成哥手里拿着一个塑料袋，她很好奇里面装的是什么，但是没有问。天成哥从里面掏出一件绿色的泳衣递给她。那时候，她高兴极了，这是天成哥送给她的！

她高兴地接过，问："这是啥？"

天成哥说："泳衣嘛，城里人都穿这的。"

她把手中的泳衣展开看了看，感觉脸热得慌，她还从来没见过这样的衣服。她不知道那是天成给她挑的最保守的泳衣，在她看来，那衣服太暴露了。她害羞地说："就穿这呀！羞死人了。"

天成哥那时候说得理所当然："城里人能穿，咱为啥不能穿？"

"咱是乡里人。"

"考上大学，咱就是城里人了，穿吧！"

天成哥说完，脱了衣裤，光着膀子，先跳下水里去。

她躲进芦苇丛，拿着手中的泳衣，就是不好意思换上，一直在犹豫。直到天成哥催了她一声，她才动作麻利地换了泳衣，却迟迟不肯出来，她还从来没有穿成这样出现在人前，在天成哥面前，她更加害羞。

天成哥一边游一边喊："芦花，快下来啊！"

听着天成哥的呼唤，她鼓足了勇气，终于出了芦苇丛。她看了看周围，发现没人，三步并作两步跨到湖边，慌忙跳进水里，她紧张极了，仿佛周围很多人在看着她一样。没承想因为紧张，她的身体失去了重心，乱扑腾着喊："哥，哥……"

天成哥游过去拉住她，她攥住天成哥的手，终于不再喊了，只是那双手却攥得紧紧的。

天成哥是她心里最大的依赖，只要天成哥在，她就莫名的安心。

芦花一直保护着天鹅，看着天鹅追着天鹅船游来游去，她心里也甜蜜，保守着内心的秘密：天鹅恋着天鹅船，她也喜欢着她的天成哥。

芦花在屋子里，坐在灯下画着天鹅，画着画着，笔却停了下来，目光呆呆的。泪水染湿了眼眶，她却仿佛全然不知。一滴泪珠砸在画纸上，洇湿了天鹅，纸上的天鹅仿佛活了一般，就像是那只跟着天鹅船的天鹅。

芦花放下笔，扑到床上哭了起来。泪水一股脑儿地从眼里涌出，她很想痛快地大哭一场，可是怕被别人听见，用手捂住了嘴。

隔壁，白玉芬和芳芳并排躺在床上，白玉芬睁着一双眼睛，怎么也睡不着，一些事情在脑子里一遍一遍过着。

这些年来，她经常会在睡觉前想一想自己的小女儿，每次都忍不住掉眼泪。芳芳已经长大了，也有了男朋友，那自己的小女儿又在什么地方呢？过得怎么样?

有时候她忍不住，慢慢地抽泣出声，范金榜就会安慰她说："女儿送人了，就是人家的孩子，你想那么多干啥？"

但是她不可能不想，毕竟是她身上掉下来的肉。

不过当初做出这个决定，也是他们一块儿商量的。她不是很愿意，但最终还是同意了。

每次范金榜拿这件事堵她的时候，她就觉得气，会说："如果是个儿子，你会送人吗？"

范金榜不会直面回答她的问题，但有些事情，她心里一直明白，他回的最多的一句话就是："唉，我也是为了事业，不送人，你连医生职称都保不住。"

每次说到这儿，她就会泪流满面地骂一句："你就知道当官，心里根本就没有女儿……"

这些事情，她从来都没有跟别人说过，甚至是芳芳，每次倾诉的对象也只有范金榜。她一直觉得很压抑，想去找孩子，哪怕是远远地看上一眼。然而她不知道孩子被送到了哪里，范金榜也不告诉她，她没有办法。

也许是老天爷听到了她的祈祷，终于让她得到了一些消息，现在顺利地找到了，这些年来一直压在心里的情绪再也控制不住，化作泪水，一起涌了出来。

芳芳看着一旁的母亲突然间流泪，吓了一跳，忙问："妈，你咋哭了？"

白玉芬擦了眼泪，说："我是高兴呀！"

芳芳想到什么，追问："妈，她像我吗？"

白玉芬摇了摇头，虽然芳芳没有明说她指的是谁，但她心里明白。

芳芳想着，嘴里嘟囔："怪了，她的手镯怎么跟我的一模一样。"

白玉芬有没有听见这句话不知道，她没有继续说话，屋子里又恢复了平静。

另一个房间里，桂香也睡不着，她转过身问赵五十："哎，当家的，你说怪不怪，我咋觉得这女子跟咱花儿有点儿像？"

"胡说啥哩，八竿子打不着的事情，你还说得跟真的一样。"

"你是没细看，我越看越觉得像。"

赵五十没好气地说："像不像跟你有啥关系，芦花又不是你娃。"

桂香瞪了他一眼，说："芦花是我捡来的，我才操这份心嘛。"

夜色很静，周围的一切好像被黑暗吞噬干净了，只剩下一抹月色还挂在天上，在云层中若隐若现。

在这一块儿地方，不同的人想着不同的事情，各有想法，各有心思。夜很静，几个人在这样寂静的夜里却更加难以入眠。

白玉芬没有在这里待多久，城里还有事，没有那么多时间让她停留，不然她真的很想在这里多住一段时间，哪怕不相认，只是看着她也好。

十

清晨，白玉芬起了个大早，还把芳芳也叫了起来，说是要去福山祈福。芳芳陪着母亲徒步上山，一边走，一边看道路两边刻在山石上的各种“福”字。

来福山的大多是老年人，还有一些年轻信徒。这里的香火很盛，游客也很多，从外面看，几乎看不见山，一串阶梯像长蛇阵隐没在山沟中。山虽然不高，但对于一些老年人来说，也是不小的挑战。当然，这也算是对祈福人的一个考验。

两个人都没爬过山，平时这样的锻炼也很少做，没一会儿，母女俩就都气喘吁吁了。

白玉芬还在继续坚持，芳芳就忍不住抱怨了：“上山累死人啦！”

白玉芬说：“不累咋能登上福山，祈福就要虔诚嘛！”

芳芳有些诧异，说：“妈，你咋越来越迷信啦？”

“啥迷信，这里是印光法师的宗庙，乱说祈福就不灵验了。”

芳芳努了努嘴，有些搞不懂自己的母亲。

大殿里，很多人在看九莲灯，芳芳和白玉芬也在其中。等香案前上香的人起身，白玉芬也上了香，接着跪在菩萨像前，为女儿祈福，也为自己祈福。

这些年，是她对不起女儿。女儿从小就不在自己身边，自己不能陪着女儿体验生活中的点点滴滴，为她遮风挡雨，当女儿需要母亲的时候，她也没有陪在身边，她很失职。

现如今找到人了，她只希望女儿以后能够好好的，她们能尽早相认，以后不用受更多的苦。

芳芳在旁边看着，却看不透母亲的心思。从今天早上说要来福山祈福开始，她就觉得母亲有些奇怪。更确切地说，是从要去天成家的时候就开始怪怪的，尤其是见到芦花。

回去的时候，芳芳也没有多问什么，她知道，就算问了，如果母亲不想说，也是白问。

回到学校，芳芳和天成在田径场上散步，她想起母亲这一段时间的反常，尤其是对芦花的反应，便问天成：“天成，你说你妹是要来的吗？”

天成随口回道：“当初芦花是捡来的。”

“在哪儿捡到的？”

“听我妈说是在门口捡到的。我家在路边，谁知道是什么人把芦花扔在门口的。”

芳芳有些想不明白，说：“扔在你家门口，也真怪。”

天成突然反应过来，问：“你咋想起问这话？”

芳芳很随意地回：“瞎问呗！”其实她自己知道，她一点儿也没有瞎问。

听芳芳这么说，天成也就没有多想。

范金榜下班回家，刚放下皮包，白玉芬就迎了上来，神秘兮兮地说：“我看见咱们的女儿啦！”

范金榜一愣，说：“芳芳天天在眼皮子底下，你还看不够？”

“不是芳芳，是咱们的小女儿。”

范金榜的表情一下子严肃了起来，问：“你说什么？”

“我跟芳芳去见过了，她戴着和芳芳一模一样的手镯。”

范金榜故意说：“你也太敏感了，人家戴个手镯有啥大惊小怪的。”

白玉芬还是很坚持，说：“手镯是我家祖传的，我能认出来。”

“一样的手镯多了，你凭啥说是你的女儿？”

“凭感觉，我一看见她就知道是咱们的女儿，你是不是把她送到你下乡插队的地方去啦？”

听白玉芬把地方都说得这么清楚，范金榜也知道瞒不下去了，只能叹了口气，说：“我知道，迟早都有这一天。”

他一屁股坐在沙发上，也该和她好好说说这件事了。

从芦花出生到现在，十几个春夏秋冬，他知道芦花在什么地方，偶尔还能去看看她，可是白玉芬不知道，当初就是怕她知道了以后经常往那里跑，才一直没有告诉她，哪怕她哭得再伤心，他也没有说。现在她知道了，再瞒着也没用了，还不如好好跟她说说呢。

两人挑了个日子，再去一次天成家。

范金榜开车来到天成家门口，他打开门，白玉芬从车里走了出来。芦花看见了，从屋里走出来。那是之前来过她家的叔叔，听母亲说，也是因为这个叔叔，她才能继续上学的，从一开始，她就很喜欢这个叔叔，这一次再见到他，她还是很开心的。

芦花迎了上来，说："叔叔，你来啦！"

范金榜指着妻子问："你认识她吗？"

芦花回："认识，她是阿姨。"她记得她，她是芳芳的母亲。

白玉芬激动地说："我不是阿姨——"

"咱们都是客人。"白玉芬的话还没有说完，就被范金榜打断了。

白玉芬也不好再继续说下去，几个人一起进了屋。

来到后院，芦花喊道："妈，家里来客人啦！"

桂香见是范金榜夫妇，忙礼貌地说："快请屋里坐。"

白玉芬笑着说："好妹子，谢谢你！"

桂香有些莫名其妙，问："谢我啥呀？你们是客人，能住我家是缘分，我应该感谢你们才对哩！"

白玉芬知道桂香没听明白，解释说："你替我养大了女儿，我还不应该感谢你吗？"

听了这话，桂香心里一抽，脸色大变，问："你是？"尽管心里明白她那句话是什么意思，但她还是问出了口。这是来认女儿的吗？可是她心里不愿，她舍不得，她喜欢芦花，她养了这么多年的女儿，难道要离开她了吗？她很怕听到那个答案。

白玉芬说："我是芦花的妈妈。"

看着桂香没有反应，范金榜接着说："十八年前，是我抱着芦花放在你家门口，这么些年，辛苦你了呀！"

桂香恍然大悟，说："怪不得这些年你一直对我家很关心，帮芦花看病上学，原来你是芦花的亲生父亲！”

白玉芬恳求地说：“好妹子，我想认下女儿，不知道你能不能答应。”

她今天来这里就是为了这件事。

看着白玉芬眼里期盼的光芒，桂香不忍心拒绝她，但也没有直面回答她的问题，她说：“你上次来，我就感觉不对劲，心里想着要发生什么事，这不，真应验啦！”

范金榜说：“对不起，这个要求太过分了，太不近人情！”

“身上掉下的肉谁不心疼呀！你们先坐，喝水，我给你们做饭去。”尽管桂香心里不舍，可人家毕竟是芦花的亲生父母，她没有权利阻挡他们和芦花相认，而且，这件事还要看芦花的意思。

“不用啦！”白玉芬心里着急，加上不愿意再麻烦人家，直接开口说。

桂香坚持：“这么大老远地来了，咋能不吃饭哩。天下没有解决不了的事情。”

客人要招待，这件事情也不是那么快就能解决的。

桂香说完，急忙走进厨房。她的心里很复杂，关于芦花的这件事情，来得太突然，带给她的冲击很大，她一直觉得这一天会很远，甚至不会到来，没想到还是来了。芦花会怎么想呢？

桂香动作很快，一会儿饭就做好了。天色晚了，屋子里显得越发亮堂。

两家人坐在一起吃饭，赵五十很豪爽地说：“范院长，都是一家人，啥话都好说，来，咱哥俩喝酒！”

赵五十先给范金榜斟满了一杯酒，又给自己满上。两杯子白酒表面还在轻微地摇晃，几滴酒洒在了桌子上，莹莹的液体反射着头顶电灯的光线，显得更加晶亮。

范金榜端起酒杯说：“好，我先敬你一杯！”

这是他应该的，为了这将近二十年的恩情。

赵五十也端起了酒杯，说："我先敬你，这些年你给我家帮了多少忙啊！"

虽然说是为了芦花，但是范金榜每次提供的帮助都只多不少，给芦花的医药费和学费也会剩余很多，全都贴到家用里了。

范金榜说："咱都别说敬了，咱兄弟俩碰一杯！"

"来，碰！"

两个人将酒一饮而尽，桂香又给他们斟上，仿佛酒才是餐桌上的主角。芦花不在，也方便他们谈事情。

赵五十又说："天成这两年没少麻烦你们，娃的工作还让你们操心，真过意不去啊！"

天成跟赵五十提过这事，他也一直觉得很麻烦范金榜。

范金榜眼神闪了闪，不回赵五十这一句，而是说："你们替我养大了女儿，我们感激不尽！来，喝酒。"

说着，两人又碰了一杯。

睡前总是人们整理想法、思绪翻飞的时候，这一夜，注定又有很多人无法入眠。

赵五十和桂香躺在床上，屋里没有开灯，两个人摸着黑聊了起来。

桂香说："娃大了，说走，这心里还真舍不得！"

"有啥舍不得的，娃去了城里，也是去享福去哩！"

"谁说的，十几年的感情说离就能离得了？"

"人家也是好心人，也算对得住咱啦！"

这一点，桂香也同意，这些年来，范金榜给他们家里没少帮忙。

另一个房间里，白玉芬也无法入睡，躺下又坐了起来，说："唉，他们会让咱们带走女儿吗？"

范金榜躺在床上，带着点儿酒气说："能让你认女儿就不错了，你还想带走？"

"我就是想和女儿住一阵，也好培养一下感情。"

范金榜担忧地说："带回去，万一让别人知道了，弄不好会出问题的。"

"这么些年了，会出啥问题呀？"

"我就是有点儿担心。"

"别人问的话，咱就说是亲戚，谁会调查不成？"

范金榜被白玉芬给说动了。他也想女儿，也希望和女儿住在一起，他的情绪不会像白玉芬一样直接表现出来，但不代表他没有。住一段时间没什么问题吧！

夜深了，桂香还没有睡着，索性就去看看芦花。

芦花已经入睡，桂香推开门，悄悄地走了进来。芦花睡得很实，细微的呼吸声成了这夜里唯一能听见的声音。看着芦花的睡颜，静谧而柔和，桂香知道，这也仅限于平静的时候，如果芦花知道了她亲妈来找她，要带她走，她还会睡得这么踏实吗？

虽然芦花一直都表现得温温顺顺的，但桂香知道，芦花这孩子心里装了很多事情，只是一直没有说出来而已，芦花这些年也受了不少的苦。

她坐在床边，就那么看着芦花熟睡的样子，泪水情不自禁地流了下来。

阳光穿透远处的地平线，洒满整个大地，那一轮红日还没有出来，却已经用光芒昭示着新的一天的开始。

鸡鸣声不断响起，打破了清晨的宁静。芦花已经在打扫院子了，每天早起已经成了她的习惯。

桂香从屋里走出来，叫道："花儿，你过来。"

芦花把笤帚放在一边，跟着桂香进屋，问："妈，啥事？"

桂香直截了当地问："你想见你亲妈不？"她昨天晚上一整夜都没怎么睡，一直在想这个问题，后来也想通了，孩子是自己家的，也是别人家的，就算跟着他们走了，也不是不回来了，想见了也随时能见，没必要一直揪着心，孩子大了，早晚都是要离开父母身边的。

芦花不解地问："你就是我亲妈呀！"

桂香听着芦花这句话，说不高兴是假的，芦花对她有这份心，这么多年也值了。她揽上芦花的肩膀说："好女子，你亲妈来找你啦！"

"在我心里，你就是我亲妈！"

其实听着桂香最开始的话，芦花就明白了是什么意思，只是装作没听明白，在她心里，没有什么地方也没有什么人比这里更亲切了。虽然她知道自己是捡来的，但是她从来没有想过自己的亲生母亲会来找自己，太突然了，她还没有做好准备。

桂香问："你真的不想见你亲妈？"

芦花认真地点了点头。

虽然芦花这么说，但是桂香还是要带着她去见一见人，早晚都是要见的。

带着芦花进了屋，桂香说："花儿，叫妈！"

芦花望着范金榜和白玉芬，嘴角动了动，却没张开。她没有想到，自己的亲生父母竟然就是他们，而自己也早就已经见过了。心里到底是什么感觉，她也说不上来。

芦花咬住嘴唇，忽然转身跑开了。她不知道该做什么反应，脑子里乱乱的。

桂香有些为难，转头对范金榜夫妇说："这娃，真不懂事，我再去劝劝。"

范金榜拦住她，说："太突然了，她一下子接受不了。"

白玉芬真挚地说："我陪女子住一段时间，也尽点儿当妈的责任！"

白玉芬很急切，桂香能理解她的心情，那是一个母亲对孩子的期盼。

芦花一口气跑到了游乐场，脑子里一直回荡着母亲和她说的话，另一位母亲要带她回去，可是她不想，甚至有些惧怕。她不想再想那些事情，便去喂天鹅了。但是这样好像也没有用，那件事情就像是在脑海里生根发芽了一般，挥之不去。

桂香小心地走到芦花跟前，轻声说：“芦花，听话，你就跟他们走吧！”

“我舍不得你，也放不下天鹅！”

“你放心，妈会照看你的天鹅！”

芦花不安地问：“妈，你是不是不要我了？”

“傻孩子，妈怎么会不要你哩？”

“那你答应我，我只去住几天，就回来，行吗？”

桂香笑着说：“你是我的女儿，啥时候想妈了就回来，这是你的家呀！”

两个人彼此都舍不得对方，看着自己养了将近二十年的闺女就要走了，桂香心里一阵五味杂陈。

对于这个自己从小长大的地方，芦花也是万分不舍，尽管知道也许只是短暂的离开，但是要去一个陌生的地方，她一时也难以适应。也许她以后无论走到哪里，心里最牵挂的地方永远都是这里吧，毕竟这里有她最牵挂的人。

马上要离开这里了，她要再喂一次天鹅。她知道，有些事情的发生不是她可以阻止的，就像天成哥喜欢芳芳。

不过这改变不了她心里的感觉，就像是天鹅还追着天鹅船。

她真要走了。

芦苇丛，再见了；天鹅船，再见了；天鹅，再见了。

十一

芦花总觉得车开得特别快，还想好好看一看这个地方的时候，它已经脱离了视线，越来越远，一切都只留存在记忆里，只能回忆。

他们在一个很繁华的地方下了车，眼前的景色对于芦花来说是完全陌生的：高楼林立，车流不息，远处的街也很热闹。

进了小区，要安静得多，零零星星有几个老年人在散步聊天，享受着夕阳下独有的趣味。

此时，芳芳和天成正在家里跳舞，节奏感很强的舞曲声从屋里隐约地传了出来。

范金榜打开门，白玉芬和芦花走了进来。

完全陌生的环境，让芦花有些局促。干净的地板，明亮的窗户，还有各种精致的用具。在那客厅的沙发上躺着应该会很舒服吧！这一刻，城里人和乡下人的差距在她面前体现得淋漓尽致。她记得天成哥曾经说过，等他上了大学以后，他也要做城里人。

听见开门声，芳芳去关录音机。天成迎了出来，看见芦花，一愣，说："芦花，是你？"

芦花没有回话，白玉芬直接道："芳芳，你看谁来啦？"

芳芳出来，看着芦花，说："这不是天成的妹子吗？"

白玉芬说："芳芳，芦花是你的亲妹妹！"

芳芳有些不敢相信，说："妈，这不是真的。爸，你说呀！"

从小她就是一个人，她一直以为自己是独生女的，这突如其来的一幕，确实让她有些无法接受，甚至比给芦花带来的冲击还要强烈，毕竟芦花一直知道自己是捡来的孩子，可是从来没有人告诉过芳芳，她还有一个妹妹。

范金榜也说："芳芳，她是你的亲妹妹！"

白玉芬看着眼前的两个女儿说："芳芳，你应该和妹妹拥抱一下。"

芳芳很听话地过去和芦花拥抱。

看着眼前的一幕，天成觉得自己有些回不过神来，他说："叔叔，阿姨，我先回学校去了。"

打开门，走出去，那扇门在他的身后重重地关上了。

天成怎么也想不到，芦花竟然会是芳芳的妹妹，这则消息，足够他消化很久。

以前有芦花在的地方，天成总会在。然而现在，芦花和家里人团聚了，他却总觉得怪怪的，融不进去。有些事情不是他能够左右的，也不是他能够决定的。就像身后的这扇门，是他自己关上的，在没有钥匙的情况下，他从外面打不开，只有里面的人才能打开。

客厅里，新团聚的一家人正在吃团圆饭，但是芳芳和芦花之间总有一种陌生感。

白玉芬给两个女儿夹完菜说：“芳芳，芦花比你小，以后你要多照顾芦花呀！”

芳芳看着芦花说：“以后我就可以当姐啦！”

芦花也很懂事地叫了一声：“姐。”

要让她们在短时间适应这件事不太可能，芦花自从来到这里，话就变得很少。因为芦花的缘故，芳芳也不像以前那般在家里叽叽喳喳。

芦花坐在梳妆台前，看见桌上镜框里镶着芳芳和天成的合影照，又想起刚来这里的时候，天成哥和芳芳在家里跳舞，那么亲密，虽然想通了，但是自己心里还是会难受。

芦花情不自禁地从口袋里取出一个小圆镜，镜子的背面有她和天成哥的订婚照。现在看这张照片，总会感觉那时候的他们很青涩，傻里傻气的。也不知道天成哥还留着这张照片没有，不过，有芳芳在，应该不会留了吧！

这个小镜子她经常带在身边，很喜欢摸它，这里面承载着她和天成哥最美好的回忆。

由于长年累月的摩挲，小镜子已经很旧了，上面有无数个小划痕，芦花却仍喜欢看它，像宝贝一样。

门开了，芳芳走进来，芦花慌忙收起手中的镜子。

这是她心里的小秘密，她不想让别人知道。

收起来之后，她才想起，自己就是在照镜子而已，照镜子只是件平常的事情，谁会在意隐藏在后面的照片啊！她完全用不着这么慌张地把它收起来。

来到这个新家，芦花彻底闲了下来，什么也不用做，父母给她买了很多新衣服，知道她喜欢画画，还送给她一套绘画工具，很齐全。可是她却高兴不起来，无所事事的感觉很不好。

芦花坐在房间里，拿着画笔，却没有画画，想起天成，想起芳芳，想起他们之间的事，以前埋在心底的事一件件涌上心头，挡都挡不住。

晚上，芦花坐在床边发呆，芳芳坐在另一边。上次她们睡在一起还是不久前，在那个草绿水甜，人美天蓝的地方。

芳芳问："芦花，你想啥呢？"

芦花照着她的小镜子说："没想啥。"

"天不早了，睡吧！"对于这个妹妹，芳芳也在慢慢接受，有时候她会觉得很对不起芦花，自己从小过着锦衣玉食的生活，芦花却没有亲生父母陪在身边，在乡下过着苦日子，仔细想想，她真的很幸运。

芦花说："姐，你先睡吧！"

芳芳转头准备应芦花一声，却忽然看见芦花的镜子后面有照片，她没事似的走过去，一把夺过芦花手中的东西，说："他是谁呀？"

今天白天的时候，她就看见芦花匆匆忙忙地藏着什么，不过她没有问，这会儿正好可以看看。

芳芳拿过照片一看，一下子愣住了，竟然是芦花和天成的合影照。

芳芳吃惊地问："是天成？"

芦花只好道："那是过去照的。"

看着照片上两人那喜庆的衣服，芳芳问："你们订过婚？"这件事给她的震撼很大，天成从来没有和她说过。

芦花摇了摇头，眼里含着泪水，却依旧仰着头，不让它落下来。

看着芦花这样的反应，芳芳瞬间就明白了。虽然芦花摇头，但是答案是肯定的，她默默地把镜子还给了芦花。

芦花接过镜子塞回衣兜里，上床和衣躺下，又转过身。此时，芦花自己都不知道要怎么面对芳芳。芳芳是她的姐姐，自己的秘密被她知道了，她会怎么做？在芳芳面前，她总觉得自己就是一个失败者，而且输得很彻底。

芳芳也上了床，侧身躺在另一边，她有些不敢看芦花，她怎么也想不到，芦花和天成竟然订过婚，她一直以为芦花只是天成的妹妹，不过没有血缘关系，两个人在一起很正常。她竟然在不知不觉中成了第三者，这让她有种感觉，就是自己拆散了芦花和天成两个人的。

第二天吃过早饭，范金榜夫妇和芳芳都出去了，只留下芦花一个人在家，她心里还是有一些害怕的。这个地方不像是原来的家，她对这里很陌生，也只能一直待在家里。

上午有人来找范金榜，她和那个人说爸爸不在，那个人又问了她一些问题，搞得她一直很忐忑。对于这里的人，她总觉得没有他们村里的那些人看着舒服，他们总给她一种压迫感，还是原来的地方更适合自己。

那个人走了之后，芦花就一直在房间里转来转去，不知道如何是好。

范金榜夫妇刚回来，芦花就迎了上去，说："爸，刚才有人找你。"

听到这话，白玉芬就担忧地问："芦花，你没说什么吧！"

芦花有些尴尬地回："我，我说我是爸爸的女儿。"

最不希望看到的事情出现了，该来的总会来的。

白玉芬语气都急了几分，说："你怎么能这么说？"

白玉芬这个反应把芦花吓了一跳，从知道这个母亲开始，她好像从来没有用这种语气和自己说过话，而且这不是事实吗？不能说吗？她在他们眼里是不是见不得人？

芦花小心地问："妈，我说错了吗？"

范金榜怕吓着芦花，忙说："孩子，你说得没错，这不关你的事。"

白玉芬也反应过来，觉得自己有些激动，叹气道："唉，都怪我少叮咛一句。"

范金榜怕芦花伤心，拉着妻子走出了房间。

看着两人出去的背影，还有那欲言又止的样子，芦花看出了自己好像给他们添了麻烦，自己果然不适合待在这里。在这个家里，她显得很多余，以前如此，现在更是如此。她是不是应该回去了？在这个真正的家里，她为何会觉得这么委屈呢。

客厅里，范金榜对白玉芬强调道："当着孩子的面，你少说一句。"

"我也是一时着急嘛！你说，这个人会是谁？"

"肯定是院里的人。"

"哎呀，但愿别出啥事。"

范金榜沉思了一会儿，说："这事如果反映到上级单位，问题就大啦！"

忽然，芦花走了进来，说："爸，妈，我想回去。"

范金榜说："孩子，这里就是你家，还回哪去？"

"我要照顾天鹅，还要上学。再说，城里我也住不惯。"

白玉芬有些懊悔地问："芦花，你是怨妈说你了吗？"

芦花摇摇头，说："我真的是想天鹅，也想上学。"

范金榜知道强求不得，既然现在已经相认了，以后还可以经常去看她，也就同意了："要不，让你哥先送你回去？"

"行，我跟天成哥回家。"芦花淡淡地回答，同时，松了一口气，他们同意了就好，在这里真的很压抑。

自从上次来这个家见了一次天成哥后，他们就没有再见过。对于天成哥，她也不知道该以什么样的心情相处，他们不会再像以前那样无忧无虑、亲密无间了，这些年过去了，不知不觉，他们之间也产生了隔阂，两个人无话不谈的日子已经成为过去。

长途汽车在路上疾行，天成和芦花坐在车上，两个人各有心事，谁也没有说话。

到了家门口，芦花却没有进去，说："哥，你先回去吧！"

天成立刻关心地问："你干啥去？"

这一路上，他都不知道怎么开口和芦花说话，尤其是想着那件事情，他的神经一直紧绷着。终于到家了，芦花主动开口说话，他仿佛一下子找到了一个发泄口，轻松了不少。

"我去喂天鹅。"芦花不等天成回应便转身离开了。

天成只好转身回家。对于芦花，天成其实是有些不满的，他从芳芳父母那里知道了一些事情，在他看来，也许他的前途会因为芦花而发生改变。他一直想就这件事和芦花好好说说，芦花不知道这件事情的严重性，因为芦花的父母什么都没有说。

厨房里，桂香在炒菜。两个孩子都回来了，她心里高兴。

以前芦花一直在，她还觉得没有什么，但自从芦花走了，她总会想起芦花，想她在城里过得好不好。有时候，她甚至会笑自己多想，芦花去了城里，肯定是过好日子去了，更何况那是她的亲生父母，自己有什么好担心的呢。

天成给炉膛里添煤，鼓风在一边呼呼地吹着，火烧得很旺。

桂香说："你火小一点儿。"

天成没好气地说："这火小不了。"但他还是把锅底下的火调小了点儿。

桂香知道天成说的是什么，无奈地说："他们要带芦花进城，我也不好挡呀！"

"芦花啥都不懂，乱说话，弄不好我留校的事情就要泡汤啦！"

桂香一惊："有这么严重？"

"后面会发生什么事，还说不清哩！"

"天塌不下来，还能有多大个事！"桂香安慰道。

有些事情不是他们能左右的，这些都是命中注定的。命里有时终须有，命里无时莫强求。老一辈人流传下来的话还是有一定道理的。

因为芦花一个简单的回答，多少人的命运会发生改变，有些事情就是这么邪乎，你越怕它来，它偏要来，让人猝不及防。

晚上，范金榜回到家，阴沉着一张脸。

白玉芬问："你咋啦？出啥事了？"

其实她心里隐隐猜出来发生了什么事，不过还抱着一丝侥幸心理，希望不是此事。自从那次之后，她一直担心这件事的发生，心里整天七上八下的。

"有人举报我违反计划生育政策，上级宣布让我停职检查。"

肯定的回答让白玉芬心里一沉，终于不用再整日提心吊胆了，最坏的结果也不过如此。可是她仍忍不住气愤地说道："谁这么缺德？竟然背地里下黑手。"

范金榜说："唉，我犯了错误，能怪别人吗？"

"你也太老实了，不会不承认？"

范金榜反问："你想，纸能包得住火吗？"

等待他们的，估计也就是那个结果了吧！

云不断地从天空飘过，每一个地方，看着都是那么风平浪静，却演绎着并不平静的生活。平静的外表下，到底掩盖了多少风起云涌？

游乐场上，天成坐着天鹅船，双脚随意地蹬着，双眼看向远方，他的思绪也随着眼光一起飘了出去。

事情已经成了这个样子，他还能怎么办。其实也怪不得芦花，要怪只能怪自己不够优秀。

而且，他跟芦花之间，是他对不起芦花，他提出之前的订婚不作数，也没有问过芦花的意见。他知道芦花喜欢自己，芦花为他付出了很多，可是他却伤了她。

那天，他在宿舍写信，给芦花写信，是他去大学以后给芦花写的唯一的一封信。

桌上放着芦花送给他的手帕，自从和芳芳在一起后，他就把那条手帕收了起来，那天写信的时候，才拿出来。

芳芳过来找他，在宿舍楼下喊着让他下去，他本来想推脱，可是芳芳偏偏不走，他只好下去见她。

他刚出去，舍友就开始七嘴八舌地议论起来了。有人说他有福气，找上了院长的千金小姐，有人拿起桌上他没有带走的手帕说："这手帕还绣着花，班长在老家还有个小芳吧？"

隐私的话题总是能勾起人们的兴趣，而且说起来就停不下来，有人接着说："这是小芳给班长的信物……跟了院长的女儿，这一辈子就不用操心啦！"

他出门才想起手帕没有带，男生带手帕本来就不太正常，他在宿舍拿出手帕的时候就觉得舍友的目光怪怪的，那一双双充满好奇的眼睛，让他有点儿受不了。他正准备回去拿手帕，却在门口听到了这些话。

他当时很生气，进去的时候，宿舍就像是按了消音键，所有的人一句话都不说了，他从他们手中夺过手帕，又下了楼。

其实现在想来，他们当时说的又有什么错呢？事实好像就是那样，包括他自己也是那样想的，只是不愿意被别人说出来。

就这样吧！走一步看一步，自己和芳芳还能走得下去吗？

十二

这一天，天成家里来了一个陌生人。

赵五十正在后院给天鹅喂食，听见动静，出来问："你有啥事？住店吗？"

那人说："我想看看你家的天鹅。"

赵五十引着来人到了后院，继续着刚才的活计，边忙边说："我家救活了不少天鹅，加起来有十几只哩。天鹅受伤了，咱不能不管，话说回来，日子长了，咱也贴赔不起呀。"

这件事还是芦花开的头，但芦花有这份心，做父母的也不能阻止，再加上拗不过她，事情也就坚持了下来，就当是做善事了。

那陌生人问："老哥，你咋不把天鹅交给林业局呢？"

赵五十反问："唉，乡上都不管，林业局还管这事？"

那人提建议："老哥，你看这样行不行，林业局把你家作为救治天鹅的临时救护站，根据救治天鹅的数量，给你发放适当补贴，这样既给天鹅找了个家，又解决了政府人员不足的困难。"

"这办法好，真是一举两得呀！"

"好，过几天我给你家挂牌子！"

听到这话，赵五十警觉地问："你是谁？"

"我是刚调来林业局的，谢谢你对我们工作的支持！"他紧紧握住赵五十的手，表达自己最真挚的诚意。

这对于赵五十来说，再好不过了，的确是一举两得的好事。

说干就干，简单的挂牌仪式就在村子里举行，县乡的有关领导也一起出席了仪式，给赵五十长了不少脸。

赵五十和王老五将"天鹅救护之家"的牌子挂在门头上，那几个鲜红的字仿佛散发着无限的光辉。

张乡长主持仪式，洪亮的声音响彻整条街道："现在请新上任的马局长讲话，大家欢迎！"

令赵五十没有想到的是，马局长竟然就是那天去他家询问天鹅的事情的那个人。他没有想到一个局长竟然亲自到基层视察工作，这对于老百姓来说，是一件好事情。

张乡长的话音刚落下，热烈的掌声随之响起，此起彼伏。

马局长站在众人面前，挥了挥双手，开始讲话："各位父老乡亲，我今天出席'天鹅救护之家'挂牌仪式，感到非常高兴！首先，我要向五十他们一家表示感谢，如果大家都能像他们这样关心天鹅，保护环境，我们的家乡就会越来越美，乡亲们的日子就会越来越红火……"

马局长的话讲得激情澎湃，点燃了众人的热情，保护天鹅的事情，每一个人都应该添一分力。

马局长的话结束，张乡长宣读了捐款名单，其中，环保局，一万元；乡政府，五千元；河川中学，三千元；王老五，五百元……

对于王老五捐款五百元这件事情，村里人都觉得很诧异。当时为了他的鱼，他架起天网，可是害了好多天鹅，那时候他和芦花在鱼塘边闹得整个村子的人都知道，没想到这时候竟然能这么大方。

张乡长宣读完名单，又是一阵掌声响起，短短的一个挂牌仪式，掌声从头到尾几乎没有停过。

张乡长说："老五，你也说两句。"王老五是村里人，让他代表讲话，更接地气一些。

想起刚刚众人诧异的眼神，他也明白是什么意思，再加上他从来没有在这么正式的场合当着这么多人的面讲过话，王老五有些不好意思，他说："我是个老粗，没啥说的。以前，我不该撒网，害死了天鹅。从今以后，我也要保护天鹅，今天我就带头签下这份协议书。"

王老五不会写字，他用指头在协议上按了个红手印。在王老五的带头下，人们也开始陆陆续续地签上了自己的名字。

挂牌仪式之后，整个村里的氛围也开始发生变化，天鹅也不只入住芦花一家了。

有了全村的参与，芦花一家的负担小了很多。

芦花每天都会划着天鹅船穿梭在水面上，天鹅跟在天鹅船后面游来游去。岁月在不经意间流逝，芦苇也由绿变黄，波光粼粼的湖面开始泛出丝丝凉意。

这个地方，到处都是她和天成哥的回忆，那水里的人影，仿佛现在都还在。

有一大，她去上学的时候，被流水拦住了去路，她看到那积水都漫过膝盖了，走到跟前，不敢过去。

还在犹豫的时候，天成哥不知道从什么地方冒了出来，说："来，哥背你。"

她当时有些难为情，说："别人看见会说闲话的。"

天成哥却说："不想上学了？"

说完话不等她回答，也不管她愿不愿意，他就半蹲着身子等在她面前。

她最终还是走过去趴在了天成哥的背上，因为暂时也没有别的办法。但她心里其实是很高兴的。

天成哥背着她一步一步走过积水，他的步伐很稳，她很安心。

刚趴到他背上的时候，她的脸一下子就红了，也幸亏天成哥看不见。她轻轻地把头靠在天成哥的背上，感觉很踏实。

可是如今，这个让她觉得踏实的人，却不再属于她。她，仍然期盼着他。

芦花遥望着天边，期望着天成哥早日回来。她驶着天鹅船等在水面上，一日复一日，风儿吹散了她的秀发，吹白了芦絮，她的天成哥终于回来了……

湖边，天成和芦花并肩而立。天鹅一群一群地飞走了，只剩下天鹅公主还守望着小船。

看着空荡荡的水面，还有那只孤零零的天鹅，天成担心地说："天鹅都飞走了，留下它一只，孤零零的，多可怜呀！"

芦花建议道："那咱们把天鹅船放到湖里，也许它就会飞走了。"

散发着寒意的湖水，已经不适合天鹅生活了，它应该会走的吧！

"那就试试吧！"

他们合力把天鹅船抬到湖边，放到水里。结果天鹅也飞到湖里，跟到小船边上。

天成上了船，使劲儿地用脚蹬着船向远处驶去，天鹅竟也跟着游去，仿佛感觉不到湖水的寒冷。

对此，他们也没有其他办法，只能尽心保护着这只天鹅。

下起了大雨，天鹅躲进芦苇丛里，芦花刚准备驾船回去，就看见天鹅腿被什么东西缠住了，天鹅扇动着翅膀不断挣扎。芦花顾不得自己，划着天鹅船就过去了。她低头给天鹅解缠在腿上的烂渔网，却没想到船向一侧倒了下去，芦花一下子就掉进了水里。

湖水冷极了，冻得她一激灵，要不是在水里，估计能看到她全身的鸡皮疙瘩。

芦花把天鹅拖了起来，天鹅刚一摆脱束缚，便腾空飞起，在空中不断盘旋。看着水里的芦花，天鹅急迫地叫了几声，往天成家的方向飞去。

天成和桂香正在给天鹅捡菜叶。天鹅飞到跟前，咕咕地叫着，还不断地拍动翅膀，一副出了大事的样子。

桂香问："芦花呢？芦花不是一直都跟天鹅在一起的吗？"

天成说："她在船上。"

嘴里说出这句话，看着天鹅急切的样子，天成忽然明白了什么，扔下手里的东西向湖边跑去。

天鹅跟着飞了出去，桂香也赶过去了。

此时的芦花双脚还在乱蹬，身体慢慢地下陷，湖水已经漫到了她的脖子上，水压压得她喘不过气来，再加上刺骨的冷意把她包围，渔网绊住了她的脚，平时在水中自如的她，现在只有无尽的慌乱，也忽然觉得死亡离自己很近。

天成到湖边的时候，看见芦花在水里不停地挣扎，他奋不顾身地跳下水，向芦花身边游去。

天成潜入水中想先把渔网解开，可一时间解不开，只能回到水面上吸足了气，再潜入水里。来来回回好几次，渔网终于解开了，天成托起芦花，把她放在船上。

自从天成来的那一刻，芦花整个人都安定下来了，只要有天成哥在，她就不会有事。

这是天成哥第二次救她，上一次也是在这里，天成哥在放牛，她在赶鸭子。

一只鸭子游到水里脱离了队伍，她去追。结果追到深处的时候，双脚陷在沼泽里，身体不断往下沉。

那时候她很害怕，害怕自己就这样死了，所以，她拼命地喊："哥，哥……"

天成哥发现她以后，就上去拉着她的两条胳膊，使劲儿地往出拽。

沼泽的吸力很大，天成哥费了好大的劲儿才把她从沼泽里拉出来。出来以后，她就紧紧地拽着天成哥的手，生怕自己再掉进去。

那是她第一次遇到危险，在这个从小长到大的地方，她从来没有想到自己会遇到这些事。

没一会儿，天成哥也上了船，芦花问："哥，你咋知道我在这儿呢？"上一次她知道天成哥在附近才喊的，这一次她知道周围没有人，也没怎么喊，可是天成哥却来救她了。

天成说："是天鹅报的信。"

天成说完，蹬着小船划向岸边。两个人身上都是湿的，得赶紧回去换身衣服，不然容易生病。

桂香等在湖边，船靠岸了，她伸手把两个人拉上了岸。

这时候天鹅落到了旁边，伸长脖子不停地叫着。芦花蹲下身子抱住天鹅，用脸贴住天鹅的脖子，天鹅也不躲，只是还在叫，不停地叫着。

芦花救了天鹅，天鹅也救了她，这算是因果循环，好人有好报吗?

这次之后，她和天鹅的关系好了不少，天鹅比以前更愿意亲近她。

院子里，芦花和天鹅在一起嬉闹，天鹅用嘴给芦花按摩，逗得芦花不停地笑。

吃饭的游客看到这一幕，都觉得新奇、有意思，也参与了进来。

本来以为天鹅不会对这些游客那样做，结果猜错了，天鹅也给游客们按摩，完全不认生，仿佛是和人待在一起久了，知道人们不会伤害它，便跟人互动了起来。

旁边突然有人喊道：“五十，天鹅按摩，要收费呀！”

赵五十顺着就说：“对着哩，想按摩的排队，按摩一次收费十块。”

有人起哄：“五十，你眼里只有钱，十块也太多啦！”

“物以稀为贵嘛！谁见过天鹅给人按摩？我这可是独门生意！”赵五十强调。

这件事在这里确实新鲜，这也说明天鹅与人的关系在逐步发生改变。谁会想到，以前在湖面上飞的天鹅，此时正亲昵地与人们嬉戏。天鹅也给赵五十家里招来了更多的生意。

天鹅一次次地飞走，又一次次地飞回来，每次都会回到这个地方、这个更适合它们居住的家。

十三

湖边，天成给天鹅喂食，他一点点地撒着玉米，引天鹅来到湖边。

湖边停着天鹅船，天鹅船旁边跟着一只白天鹅，天成想再次验证天鹅的求偶意愿。

不出所料，天鹅看到天鹅公主，纷纷游到跟前，而天鹅公主却骄傲地跟着天鹅船，连一个眼神都没有赏给边上的其他天鹅。

虽然大家已经猜到了结果，可是事实再一次得到验证，还是让围观的人觉得震撼。

周全意在旁边看着，受到了深深的触动。

闻所未闻，见所未见。天鹅对天鹅船如此的专一和深情，十分珍贵和难得。

受到天鹅的启发，周全意忽然有了灵感，便开始在画室作画。

他的画室也是他的宿舍，河川中学分给他的宿舍很大，也许是考虑到画室的问题，学校没有那么多资源给他单独批一个画室，干脆就分了他一间大一点儿的宿舍，一半的地方用来作画，中间用一块大木板隔开，里间是床褥。周全意经常会在木板上贴上他的画作，不管是成品还是半成品，他都习惯贴在上面，还是很美观的，颜色搭配得很和谐。

周全意创作了一幅《天鹅与少女》。泉水边，少女在为白天鹅包扎腿伤，背景是无边无际的芦苇荡，一只天鹅在空中盘旋。

周全意在做着最后的完善工作，芦花拿着一沓画稿走进画室。

芦花说："周老师，你看看我的画，好吗？"

周全意放下笔，翻看画稿，感叹道："画了这么多呀！"

芦花有些紧张地问："您看能用吗？"

"现在小朋友都喜欢看漫画，你把天鹅船的故事画出来，编成一本漫画集，说不定会引起轰动呢！"

"真的吗？"芦花觉得有些不可思议。

"我觉得可以试试，我准备找出版社的朋友看看，没准真能走红！"

芦花整个人都激动起来，说："要是我能出书，那该多好啊！"

"现在出书不算难事，只要题材好，销售不愁，你就等着好消息吧！"

周全意的话让芦花心动了，她已经在心里想着要着手干这件事了。这些事情，她以前连想都不敢想，不过，现在她也有机会出书了。只要努力，别人能做到的事，她也能做到。

翠绿的芦苇荡里，白色小船若隐若现，远处水面上聚集着成群的天鹅，宛若一堆白雪。阳光洒在水面上，泛起波光，独独那一只天鹅跟着天鹅船游来游去，在水面上留下层层涟漪。

这天，周全意带着一位老教授来看芦花。教授年纪应该已过花甲，头上的银丝以及脸上的皱纹给教授平添了几分和蔼。

教授笑着问："芦花，你想上大学吗？"

"想，只怕我考不上。"

"对于特殊人才可以特招嘛！"

“不考试也能上大学吗？”

“我提了建议，领导说你爱护天鹅，又有喂养经验，他们同意破格录取啦。”

芦花有些不舍地说：“我做梦都想上大学，可天鹅在家乡，我愿永远和天鹅在一起……”

不知道从什么时候起，芦花对天鹅有了特殊的感情，她会因为天鹅喜，会因为天鹅忧。如果自己走了，她不知道谁来照顾天鹅，她不放心。

教授感慨地说：“芦花真有志气，能为天鹅做到这一步，真了不起。”

老教授的夸赞倒是让芦花有些不好意思了，她只是随着心里的想法说的，觉得这根本就是很平常的事情，没有教授说得这么高尚。

每天的生活除了上学，还有作画，喂天鹅，放鸭子，平平淡淡的，闲暇的时候她会想起天成哥。关于天成哥和芳芳的事情，她也已经不像之前那样介怀了。时间会冲淡一切，不能强求，不如过好现在的生活。

芦花正在湖边喂天鹅，周全意给她带来了一个好消息：“芦花，你的画稿出版社很看好，认为很有市场价值，出版后一定会产生轰动效应！”

“真的？我能出书啦？”

周全意笑着点了点头，说：“芦花，出版社还邀请你参加首发仪式哩！”

芦花有些受宠若惊，问：“我去能干啥呀？”

“你是主角，让你签名售书哩！”

这突如其来的消息，让她一时间回不过神来，她要去签名售书，她也能成名人了。

签名售书当天，现场人来人往。仪式是在一个大广场举行的，位于市中心，影响还是很大的。

市里最大的书店门前挂了一条横幅，上面写着“美丽的童话漫画集《天鹅船》首发仪式”。

芦花为读者们在那一本本新印刷的书上签名，周全意在旁边帮忙。

被围在中央的人，俨然成了人群中的焦点。

记者纷纷拍照，不断调整姿势并变换着位置。电视台主持人也在现场报道：“观众朋友，天鹅和天鹅船的故事曾经深深地感动大家。今天，天鹅船的主人用漫画形式讲述的美丽童话又一次感动大家，发售现场读者踊跃争购，为天鹅奉献一份爱心……”

芦花签书的时候，芳芳背着包过来了，她大声喊道：“周老师！”

周全意见是芳芳，问：“你来干啥？”

“我也来当志愿者。”

“那太好了！”

对于这些年轻后辈，周全意很乐意看到他们朝气蓬勃、无私奉献的样子。他在芦花耳边说了句什么，只见芦花站起来，拿起一本书递给芳芳，说：“姐，请你多提意见！”

芳芳接过书，感慨地说：“芦花，祝贺你！你是天鹅的朋友，也是我的妹子，你放心，我们都会支持帮助你的！”

以前不知道自己有妹妹，芳芳像一个骄傲的小公主，从来没有将什么放在心上过。现在她也该尽一些做姐姐的义务，也应该有一个做姐姐的样子，要和芦花增进一下姐妹之情。

风吹着芦苇摇晃着，远远看去，泛起层层波浪，隐隐有一种波澜壮阔之感。成片翠绿的芦苇倒映在水面上，倒影随着水波荡漾，碎了又复原。

芦花一个人在湖边喂天鹅，身后有脚步声响起，天成走到跟前，也给天鹅喂食。

芦花见到天成，惊喜地道：“哥，你来啦！”

“芦花，你的画集我看了，真有趣，祝贺你呀！”天成真挚地祝福。

这一次被天成夸，芦花反而有些害羞，她说：“画得不好，我天天和天鹅在一起，看得多了，就顺便画下来了。”

“我回到县上，也要和天鹅在一起啦。”

芦花惊讶地问：“哥，你真要回来？”她有些不敢相信自己的耳朵，以前天成哥还说以后要留在省城呢！

天成好像突然间想开了一般，说：“我想好了，也该为家乡发展出点儿力啦！”

芦花平静地问：“你上了大学，为啥不留在城里？”她知道，留在城里一直是天成哥想要的，真的可以这样轻易放弃吗。

“你想，城里哪有家乡空气好呀！”天成笑着说。

芦花知道，很有可能不是这个原因，但是天成哥不想说，她也问不出什么，只能顺着他的话说：“对着哩！”

回来了也好，离家近，她甚至私心地觉得高兴。以前老听王老五说，天成哥以后不回来了。那时候尽管她不相信王老五的话，可是心里仍会觉得不高兴。现在天成哥回来了，没有跟着她姐留在城里，她心里莫名的兴奋。有时候，她觉得自己是个坏人，如果天成哥和姐姐分开了，她会觉得开心。

说起来，她和天成哥也算得上是青梅竹马吧！从小一起长到大的感情，不是想忘就忘得掉的。

都说少年不知愁滋味，在天成哥去上大学之前，她确实如此。但随着天成哥的离开，她也开始有了忧愁与烦恼，天成哥的一举一动总会牵动着她的情绪。

后来知道他跟姐姐在一起了，她很伤心，但是她成全了他们，她也觉得自己比不上姐姐，如果那是天成哥喜欢的，她会祝福他们。

不知道以后会怎么样，但是她的心不会变，她心中最美的地方，还是这里。

离家近了，天成哥也经常回来，不过这么久了，她倒是没听天成哥提起过姐姐，也没听他说去城里找过姐姐，她一直很疑惑，却没有问，他和姐姐之间的事情，她不好过问。

城里的父母来这里看过她几次，每次来都带很多东西，她阻止了几次也没用，索性就不再管。也许他们觉得这是对她的亏欠，想要弥补，如果这样他们心里能好受些，那就由着他们去吧！不过，她没有再去城里那个家，还是不习惯，去城里的事情以后再说。

这时候，芦花想起了什么，问："哥，那你以后是一直都住在家里了吗？"

"明天县里要在我们这里巡视，我是提前回来的。工作的时候会住在县上，方便，放假了就回来。"

芦花了然，又回到以前的样子了，以前上中学的时候，天成哥也住过校，一周不回来。

一日之计在于晨。天成一大早收拾好就到村口等队伍去了，第一次外出工作，必须要尽心才是。

众人身穿救生服，鲜艳的橙色在这绿蓝色的背景下很显眼。天成坐在船上看着芦苇从眼前掠过，这里是他的家乡，他却从来没有好好看过，原来这里这么美！

路过处女泉，天成想起了芦花，也想起了芳芳。只是现在，一切都不一样了，那个所谓的传说，其实也没有那么灵验。

此时，太阳已经升得老高，温暖的阳光洒在水面上，反射出微微的亮光，直暖到人的心里。

处女泉边，一个人影立在那里，天成没有注意到，那正是芳芳。

芳芳换了泳衣，下到泉水里。

对于这个地方，她的记忆很深刻，是天成带她来的，给她留下了最美好的回忆。除却那些，这里的景色也是一流的，天然的泉水让她整个人都放松了下来。

自从父亲停职以后，她和天成的关系就变得微妙起来，两个人联系得也不像以前那么频繁。她已经想清楚了，这件事情迟早要有个了断。

芳芳不知不觉就游到了深水区，眼前又浮现出曾经和天成在处女泉游泳时的情景。

也许是因为注意力不够集中，芳芳失足滑进了泉眼，一连喝了好几口水，有些惊慌，连喊救命。她刚刚好像看到有一艘船经过，希望有人能够听到呼救。

天成听到有人呼救，叫船上的人寻着声音划过去，到了近前，天成一个猛子扎下水，奋力向落水者游去。

把人救起来之后，天成才发现那人竟然是芳芳。他和芳芳有好一阵子没见了，何况在这个地方见到她，天成更是有些诧异。

芳芳抹去脸上的水，确定不是梦境，兴奋地喊了一声："天成！"

在学校的时候，他们时常在一起，如今分开这么久，她确实很想他。

天成也很激动："芳芳！"

他一把握住芳芳的手，想起旁边还有人，又急忙松开，问："你啥时候来的？"

"我忘不了处女泉，就来了。"

听到芳芳这么说，天成不知道心里是什么滋味。他和芳芳谈了一次芦花的事情，是她主动提的，他和芦花订婚的事情，她知道了。

也就是从那次之后，他们没有再见过。他以为自己没有和她坦诚，她会生他的气，却没想到，她那么心平气和，是他对不起她。

芳芳跟他说过："既然你和芦花以前订过婚，那我愿意成全你们，我看得出来，芦花很喜欢你，她是我小妹，我不能对不起她。"

这是他们上次交谈最后的话，这些天他时常会想起来，尤其是看见芦花以后，他觉得自己整个人都乱乱的，最后干脆不想了。

天成接着说："我分到县旅游局了，现在在这里锻炼，还能为保护天鹅做点儿事。"

“告诉你，我也当志愿者啦！”

“在哪里？”

“在河川中学，我也想帮芦花保护天鹅呢！”

天成很佩服芦花，芦花是和他从小一起长大的，她的善良、她的决心、她的毅力都在常人之上。从救一只小天鹅开始，到现在带动这么多人一起保护天鹅，不得不说，芦花比他这个哥哥强太多了。

河川中学校门口，许多学生围在那里，在这里教了他们好几年的周老师要离开了。

学生们都快忘记了，周老师是在这里当志愿者的，他是来支教的，他们已经把周老师当作学校里正式的老师。

志愿者一当就是三四年，周全意跟学生们的感情也很深，一时之间，离别的伤感充斥着河川中学的门口。

周全意向学生们挥手告别，芦花跑到跟前，问：“周老师，你还会回来看我们吗？”

“芦花，我会来的……”

芦花有些孩子气道：“说话算数，拉钩！”

周老师是芦花最熟的老师，在画画上教了她不少东西，她一直很感激他。

周全意伸出手拉钩，然后转身，毅然决然地大步离开了。

这位老师，在这里奉献了三四年，留下了他的辛劳、汗水、智慧和艺术结晶。

送走周老师，芦花突然觉得有些空空的，以后没有人给她指导作画了。不过，这些年她也从周老师那里学到了很多，她会一直画下去的，这个美丽的地方，值得她记录下来。

湖边，天鹅船静静地停在水面上，天鹅围在天鹅船边上，欢快地游来游去，溅起了不少水花，宛如一个开心的孩子。

芦花和芳芳在水边站着，看着眼前的情景，相拥而泣。

芦花是在河川中学遇见芳芳的，芳芳在那里做志愿者，周老师走的那天她也在。

跟着芦花来到这里，静静地说说话，芳芳发现自己整个人都轻松了。这种喜悦和以前的都不一样，也许是因为多了一个妹妹，血脉相连的关系吧！

芳芳看着芦花，郑重地说：“小妹，我不知道你订婚的事，对不起，我愿意成全你……”

“姐，这事不能怪你。”芦花说。

这么长时间，芦花和芳芳的关系也发生了质的变化。想起芳芳第一次来家里的时候，芦花很排斥芳芳，觉得她是来抢走天成哥的，虽然她不会勉强天成哥，但是确实不喜欢芳芳。不过后面的事，阴差阳错，自己和芳芳还成了姐妹，关系也慢慢好了起来，一切都在往好的方向发展，自己也想开了很多，轻松了不少。

芳芳接着道：“听说农林学院要录取你上大学，你为啥不去？”

这是一个可以改变命运的好机会，芦花却拒绝了，芳芳很想知道为什么。

“说心里话，我离不开天鹅，就想天鹅，也离不开天鹅船。我想照顾好天鹅，让更多人看到这个美丽童话，我就知足了！”

听着芦花的回答，芳芳觉得，芦花对天鹅的喜爱已经超乎了她的想象，虽然她也喜欢天鹅，但是她绝对不会为了天鹅做到这一步，她会选择去上大学。

不过，这也是芦花的本性，她从小就生活在这里，对于天鹅，她总会有一些特殊的感情。她是个纯真的好姑娘，就像那白天鹅一样。

十四

光阴总会在不知不觉间偷偷溜过人们的生活。

芦苇黄了，芦絮一片雪白。

芦苇淀的湖水，已经结上了一层冰。每到冬天，整片冰面像一面大镜子一样，散发着微微的白光，又像是上好的玉石一般。

到三九天最冷的时候，也是冰层最厚的时候，这里就成了溜冰场，孩子们在上面玩得很欢。但是大人们一般都只让孩子在边缘玩耍，再往深里，他们怕有危险，以前也出过事。

不过，这里的冬天，无疑是最美的。冰面有时候会被白雪覆盖，连着那芦苇地，白茫茫一片银装素裹的世界，让人不忍心去玷污它。

冰雪覆盖了湖面，芦花和天成背着装好的食物往湖面上投放。天鹅已经飞走了，不过还有许多其他鸟类，在这个被冰雪封住的世界投放些食物，它们会好过一些吧！

这场活动，水娃也参与其中，他边喊边扔食物，胖胖的身体看起来有些憨。不过他的动作却是三个人里面最麻利的，三个人负责三片不同的区域，他跑得最快。

芦花和天成还在扔着食物，忽然听见了水娃的呼救声。

水娃脚下的冰面破裂了，他一下子就掉入了冰窟里，虽然说冬天水下的温度比地面上高，但这么冷的天，也不是闹着玩的。

水娃本来就有些傻傻的，面对这样的危险，瞬间就方寸大乱，惊叫道："救命！救命！"

在这样的情况下，没有几个人能冷静面对吧，更何况水娃这样的普通人。

天成看见水娃在冰窟里不断地挥动着双手，心下犹豫了一番，最终还是向冰窟冲了过去。

冬天救人不比其他时候，结冰的湖面不能行船，从水里救人要拖到冰面上，还要考虑冰面的厚度能不能承受两人的重量。最重要的一个问题就是水温，冬天的水，人们在里面待不了多久。

如果这个人是芦花，天成会毫不犹豫地下去救人，可是这个人不是。

现在叫人来已经来不及了，天成心里存着正义，他受的教育，还有那一直存在的道德观念，都在驱使着他去救下那个人。见死不救，他会良心不安。

天成在冰面上一边奔跑一边脱棉衣，而后奋不顾身地跳下冰窟。

可能是这里的冰层有些薄，而刚好水娃有些重，才出了这样的事。

水娃看见天成，就像是看到了救命稻草一样，双手扑腾着喊："救命……"

水娃渐渐被冰水冻得体力不支，身体开始下沉，他拼命挣扎着想要抓住些什么。

天成刚一靠近，水娃就一把抓住他，紧紧抱住。

水娃的力气很大，天成根本就挣脱不开。他想靠近冰面，但冰层太薄，胳膊一压就塌陷下去，他努力地挣脱，有些急了，喊："别抓我！"

可是水娃现在哪里还会听这些话，他死命抱着天成，就是不放，天成怎么也挣脱不了，只能用双脚使劲蹬，但是两个人实在是太重了，根本无法浮到水面上，寒冷刺骨的湖水让他们的动作也变得僵硬，渐渐下沉。

天成也慌了，本来是打算救人的，却没想到把自己也搭进去了。

他刚读完大学，还没有来得及孝顺父母呢！还有芦花和芳芳，她们知道自己出事，一定会很伤心吧！

可是他现在没有一点儿办法，没有一根能让他抓住的稻草，他的整个身体没有着力点，只能眼睁睁地看着那冰凉的湖水一点点漫过他的脖子，水压压得他喘不过气来。

他的眼前忽然浮现出和芦花在一起的日子，快乐、无忧无虑，感觉就像是梦幻一般。那时候，也是在这个地方，充满了欢声笑语，那样单纯的他们，多好！

他又想起了芳芳，大学的时光，是她陪着自己一路走来。那么一个自信、积极向上的人，帮了自己很多，他们之间，也有很多甜蜜的回忆。

现在，这一切慢慢地离他远去，他想留也留不住。

以前就听说过，每过几年这里就会有人淹死。那么，这一次死神选择的人是他们吗？

可是，天成不甘心，他还想好好看一看这个世界，还有他在意的人。

不过，在他做出那个决定的时候，一切就已经晚了，死亡来得这么猝不及防，他还没有做好准备。

只是短短的几秒钟，他的脑海里就好像闪过了一生的画面。都说这是人死之前都会有的表现，这一次，他逃不掉了吗？

冰水逐渐吞没了他的下巴、嘴巴、鼻子、眼睛，终于没过了头顶。

水娃还紧紧地抓着他，不过他已经不在意了。水没过头顶的时候，他觉得自己被这个世界隔绝了，外面的声音，一丝也没有传进来，静得可怕，就像是到了外太空。

终于，他的意识开始渐渐模糊，他，终于要离开了。

一切，归于平静。

岸边，芦花焦急地喊：“哥，天成哥！”

看着远处那平静的冰窟窿，芦花的心紧紧地悬了起来，天成哥会不会有事？她只觉得自己急得眼泪都出来了。

一阵急促的脚步声响起，村里人带着工具，一起破冰，下水寻找他们的踪迹。

那急切、纷乱的步伐所发出的声音，芦花却像是听不到一般，只看到眼前这些人不停地忙着。这里好像是一个事故现场，好像是一场大灾难之后的废墟之地，到处弥漫着严肃、紧张和压抑，让人的心脏跳得更快了。

看着人们一个个表情凝重，芦花有一种不好的预感，她开始害怕。她不敢到跟前去，她怕最后会出现自己不愿意看到的结果。

紧张害怕到一定程度，她觉得自己大脑已经一片空白，不能思考了。

终于，村里人把落水者打捞了上来。

看着那熟悉的身影和衣服，还有那惨白得没有一丝血色的脸，芦花没有了反应，整个人仿佛僵了，就好像天塌下来了。

天成死的时候，仍然保持着救人的姿势。

看到天成，桂香冲上前去，趴在他身上放声大哭，嘴里还不停地说着什么。到后来，悲戚得都已经没有了声音，只是眼泪不停地流。天成身下是寒冷的冰面，而此时他已经没有了感觉。

有人想把桂香拉开，桂香虽然没有反抗，但那个人也没有做到。

赵五十和王老五也是满脸悲伤，似乎还不相信眼前所发生的悲剧。两个小时前，他们还在家里说说笑笑的，此时，就要阴阳永隔了吗？

这时候，芦花终于有了反应，她一点点向那个中心靠近，似乎害怕看到她最不愿看到的情景。

众人自动让出一条路，芦花终于走近。看着天成僵硬的尸体，憋在芦花胸腔中的那强烈的悲怆终于爆发了出来，她撕心裂肺地大叫了一声：“天成哥！”

仅仅三个字，却仿佛耗尽了她所有的能量。

芳芳走了过来，想拉起芦花，自己却也被感染。这个她喜欢过的人，再也回不来了。她喃喃地哭喊：“天成，你不该走呀！”

两条年轻生命的逝去，成了村子里最大的事，整个村子都笼罩在悲伤的氛围中。

芦花不知道自己这几天是怎么度过的，她接受不了，看着父母伤心痛苦的样子，芦花只能强忍着心里的痛，振作起来，她还要替天成哥好好照顾父母呢！

天成哥的人生才刚刚开始，却遭遇这样的厄运，老天爷是和他们家开了一个天大的玩笑吗？

出事的时候，天成哥在想什么呢？对于今天的事情，他有预感吗？他怎么能就这么丢下他们？

面临死亡，天成哥会觉得害怕吗？如果害怕，为什么不留下来？她多么希望天成哥那时候没有下水去救人，起码他还会活着，会好好地站在她面前，而不是现在这样……

眼泪，又流了下来。

这些天，也不知道怎么回事，眼泪说流就流，想止都止不住。

第一天，她没有哭。她总觉得那是梦，是个噩梦，醒来就会没事了。

几天过去了，她也不再自欺欺人，不然，那个噩梦怎么会一直不醒呢，感觉还那么真切。

劝了母亲好多次，母亲却还是一直哭，眼睛好像泉眼一样，泪水无穷无尽地往出涌，一双眼睛已经肿得不成样子。连睡觉的时候，眼泪也会不经意地流出来，就像决堤的洪水。

好几次母亲都抱着她说："花儿，成娃走了。花儿，成娃走了。"

她只会重复这句话，却让人感到道不尽的悲伤。

这几天，芦花每天晚上都会梦到天成哥，梦到他只是得病了，还活着，她总会松一口气，觉得喜悦。可是当梦醒，想起现实，她又会大哭一场。

晚上，天上的月亮亮亮的，泛着冷光，为悲戚的氛围更增添几分孤寂。

芦花在屋子里含着泪折河灯，她叠得很专注，每叠一只河灯，脑海里就闪现出天成哥的笑脸和身影。

那些事情，她一辈子也不会忘记。

水边，冷风吹过，夜越发的寒。芦花静静地放着河灯，那烛火在夜里一闪一闪，摇曳不停，给这漆黑的夜增添了一丝光亮和温暖。

她放着一个又一个河灯，自己都不知道放了多少，河灯越来越多，芦花才发现，原来在她身后，很多妇女也参与到了放河灯的行列中。

整个水面上，河灯闪烁不断，形成了一条灯的河流……

天成是村里唯一的大学生，她们惋惜，祭一祭他，也祭一祭这水。

河灯越漂越远，水面又恢复了平静，只能看见远处的星光点点。

一切，就这么过去了。

只是，这一次，什么都变了。

芦花来到芦苇边，仿佛在寻找着什么，又仿佛在回忆着什么。

芦花脚蹬着天鹅船，缓缓地驶在水面上，另外一边座位空着，那是天成曾经坐过的位子。

天鹅还跟在小船的后面，向前游去，渐渐消失在了芦苇中……

目　录

下

口罩天使不孤单

吕底亚

第一章　重生

艾琳躺在冰冷的床上，手无力地下垂着，她此时正在被推向手术室的路上。

对于生，她不曾抱有希望；对于死，她不知将要去向何方。

艾琳看着走廊上方长长的白炽灯，一圈又一圈的光，她有些怀疑自己正走在通往天堂的路上。暖色调的白炽灯光突然越来越强烈，刹那间变成了刺眼的阳光。艾琳缓缓地睁开眼睛，阳光刺眼，她又赶紧闭上。

艾琳被眼前的场景一下子拉回到小时候，在胸闷窒息的痛苦边缘，小艾琳不停地呛水咳嗽，胸口好疼，一句话也说不出来，只觉着胃里恶心。

那样痛苦的记忆并没有留存下来，只是以后的日子里，母亲一遍又一遍地叨叨着，艾琳才知道那天父亲从池塘里把她捞起来，她已经没了呼吸。长在麦田里的黝黑的父亲不信她死了，不顾周围人的劝说，倔强地不停按压她的前胸，嘴里喃喃自语，直到艾琳猛地吐了一口水，父亲才停下来，抹了一把额上的汗。艾琳的父亲什么也没说，只是让母亲把她抱回家，独自一人继续前往麦田。

这日之后，村子上关于艾琳的传说就开始神乎其神，越发离奇。在乡下人眼里，起死回生这件事定有鬼神之力，他们便断定艾琳是个命硬的人。自个儿命硬，就意味着要克死别人，于是艾琳从小到大像是瘟神一样，周围的人避之不及。

光将两个时空的画面重叠在一起，艾琳面前依然是哭泣的母亲，只是母亲的额上在时间的洗刷下起了褶子，两鬓也多了些白发。

艾琳知道若不是当时父亲的倔强，她本不能活在这个世界上。老天爷是欺骗不得的，如今是她还命的时候了，艾琳突然觉得这么多年的命竟是偷来的，心中有一丝窃喜。

“小琳，坚持住，我们都陪着你。”大姐艾欣握着艾琳的手一直打气说。

思绪突然被大姐的声音打断，艾琳不知所措地看着周围的一切，像个受惊的小女孩。眼前是紧握她手不停打气的大姐，面无表情的护士，还有路过投来同情目光的病友。奇怪的是，除了大姐一张一合的嘴，艾琳此刻听不见任何声音，整个世界一片寂静。而她，就像一个旁观者一样站在旁边，没有任何痛苦和惧怕，好像那个躺在病床上马上要面临生死考验的人并不是她。

艾琳不由地想起曾经看过的那些灵异视频，不禁问自己，难道这就是死亡前夕的灵魂出窍？

想到这里，艾琳抬眼看了看医院走廊的天花板，确认一下自己还在。这个走廊是艾琳住院以来，唯一可以走出病房活动的地方，仰头看过不知多少次的天花板，如今换一个角度再看，竟然觉得情景完全变了。那一束束刺眼的强光，一排排灯管组成的阶梯，好像通往天堂的天梯。

艾琳那一刻唯一的想法就是：“我快要死了。”

死，对于半年前的艾琳来说，是歇斯底里的大哭大闹。死，对于如今的艾琳来说，是一种最快的解脱办法。

六个月的化疗，难以忍受的痛苦使艾琳度日如年。最恐怖的莫过于，天生爱美的女人，却要看着一头瀑布般的长发从一根到一把脱落，直到全部掉光。如今的鬼样子，让艾琳再也没有了拿起镜子的勇气，她只有整日把头藏在帽子里面。

除了落发，艾琳每日还要忍受化疗时全身上下犹如千万只虫子咬噬的痛苦，仿佛有一根针从头顶穿过，从脚趾穿出。最难熬的时候，她整个人蜷缩在冰冷的病床上，不言不语，不吃不喝，闭着眼睛抱着自己的腿，直到疼痛让身体变得麻木。艾琳已经厌倦了这个世界，离开未必不是一种解脱。只是尘世间还有她放不下的，那个为她哭坏了眼睛、操碎了心的母亲。

仅仅半年时间，艾琳丰满的身材瘦成了皮包骨头，整个人仿佛一下子被吸干一样，曾经像山峰一样凸起的胸部活生生地被病魔折磨成两张下垂的空皮囊。除了那双还能转动的眼睛证明她还活着，艾琳不过是一具万念俱灰的干瘪躯体而已。

艾琳此刻不怕死，她不知道人死了之后会怎么样，难道真的是一了百了，再也不会有痛苦了？

如果像中国古老的神话故事所说，每个人死后都会到忘川河的奈何桥上走一遭，喝一碗孟婆汤，忘记前生，投胎转世，开启全新的人生，那倒也是潇潇洒洒。

抑或是西方《圣经》记载的，人死了要么上天堂要么下地狱，标准在上帝那里。艾琳想到此忍不住汗毛竖立，像她这样的人不知道上帝收不收。

“闺女啊，你可千万不要放弃。”年迈的母亲抹了一把泪，看出了女儿的心思。

“妹妹，大姐等着你出来。”姐姐握紧艾琳的手，给她力量。

母亲和大姐的声音将艾琳从对死亡的思考中拉了回来。看到坚守在自己床边的亲人，艾琳觉得自己还是很幸运的，至少他们一直没有放弃自己。

疾病给艾琳带来了太多的不幸，但是如今艾琳和姐姐的骨髓配对成功，再加上社会爱心人士的资助，她马上就可以进行骨髓移植，这对于白血病患者而言，已经是老天特别的关爱，至少她还有生的希望。比起那些依然在病房里无休止等待，忍受化疗的剧痛，因为没有成功配对骨髓而绝望等待死亡的病友，艾琳应该感激涕零。

艾琳心里都明白，只是她没有了活下去的信念，漫漫长路，万念成灰。

将艾琳送进手术室大门的那一刻，母亲再也控制不住，撕心裂肺地喊着："孩子，妈妈等着你出来，你要争气啊！"

艾琳被推进手术室的那一刻，还是忍不住四处扫了一眼，好像内心还在奢望什么。

"别等了，他不会来的，那个狼心狗肺的人不值得你惦记，把他从你心里抹掉吧。"姐姐拉着艾琳的手，把她送进手术室，心疼妹妹的痴傻，忍不住说。

艾琳干涩的嘴巴一张一合，想要说点儿什么，却最终没有说出口。手术室的大门"咚"的一声紧紧地关上。他终究是没来，绝情得不给艾琳留下一丝幻想，此生夫妻的情分也就到此了，彻底断了。

"现在给你注射麻醉，有什么情况你和我及时沟通。"麻醉师提醒艾琳。

艾琳眨了眨眼睛，表示懂了。没过多久，她感觉自己的身体渐渐飘了起来，越来越轻，越来越……没有了任何感觉。

艾琳做了一个很长的梦，梦里她把这三十年来所有的经历像走马灯似的走了遍过场。某一瞬间，艾琳觉得自己实在是白活了一场，空虚感如同大海一般淹没了她。艾琳开始呼吸困难，缺氧使她的心肺都要爆炸了，她此刻的念头便是这样活着还不如死了。

艾琳突然掉进一片混沌之中，眼前的黑暗就像一座大山一样，挡在了她的面前，她用尽全身的力气，走了好久，却没有办法翻越过去。不知过了多久，艾琳已经绝望了，她恐怕自己再也走不出这片黑暗了。

不一会儿，山裂开了口，顷刻间水像猛兽一般吞噬了艾琳。她沉入水中，等反应过来，胸前胀痛，不能呼吸，水疯狂地往她的嘴里钻。艾琳拼命地蹬着腿，想要抓住什么，却什么也抓不住，这样的无助和恐惧好像似曾相识，来自内心深处。细胞中储存多年的记忆突然醒来，被痛苦释放了出来。

艾琳又回到了那天正午，自己被父亲从水里捞出来，全身湿透，胃里翻江倒海。听见母亲的哭喊，艾琳极力想睁开眼睛，但是刺眼的阳光让她根本没法睁眼。泡过水的身体很沉，沉得让她就想这样在黑暗中一直睡去。

“孩子，醒一醒，醒一醒啊。”艾琳觉得身体被摇晃着，耳边传来撕心裂肺的呼唤。

“我不能睡，我不能睡。”艾琳在那个黑暗的空间里努力地想着。

正午的太阳炽热地照在大地上，每一寸土地都在接受阳光的抚摸。艾琳躺在金色的麦田里，暖洋洋的，再也没有比这里更舒服惬意的地方。一只蛹出现在艾琳的世界中，硕大无比。

艾琳好奇地走过去，用手指探了探，通过透明的茧壁看到里面有一只正在拼命挣扎想破蛹而出的蝴蝶，它一次次失败，却不停地尝试，那种对生命的渴望，深深地震撼了艾琳。艾琳觉得自己对生命的敬畏竟然还不如一只毛毛虫，心中实在羞愧难当。

“我要活着，我要活着，我要活下去。”艾琳在无边无际的时空中大喊几声。

突然，蛹破了，她破茧成蝶，挥动着美丽的翅膀，飞向一片光明的世界。

艾琳缓缓睁开双眼，阳光还是如此刺眼，她下意识用手遮挡在眼前。

“闺女，你醒了。”母亲粗糙的手紧紧握着艾琳的手，喜极而泣。

“医生，我妹妹醒了。”姐姐激动万分地跑出去在走廊大叫。

很快，穿着白大褂的医生和护士赶了过来，开始忙碌地给艾琳进行全身检查，艾琳机械地配合着他们。

艾琳无力地看着天花板。麻药劲还没过，眼前的一切如此不真实，好像半年来的痛苦，已经离她远去，她仿佛焕然新生，就像那只破茧成蝶的毛毛虫，展开翅膀飞向了蓝天。

是的，她重生了。

第二章　了断

一个月后。

“小琳，你感觉怎样了？”艾欣一边帮艾琳收拾东西一边担心地问。

艾琳站在窗边，看到外面的枯枝都开始冒出嫩绿的芽尖尖，一时竟出了神。

“小琳，小琳！”艾琳的母亲喊了几声。

艾琳回过神转过身子问：“娘，怎么了？”

“想什么呢，这么出神。”母亲把暖壶的水倒进杯子，递给艾琳说，“你姐问你现在感觉怎么样，今天可以出院了吗？可别勉强自己。”

“我现在好得不得了，我已经等不及要离开这里，去外面看一看。”艾琳接过水杯开心地说。

“你这刚好，还是要注意一点儿。”艾欣谨慎地说。

艾琳看着眼前冒着热气的杯子，一阵温暖流遍全身，她半开玩笑地说：“娘、姐，你们就别担心了。想必老天爷是糊涂虫，把我的事彻底忘掉了，我这偷来的命他一时半会儿是拿不走的。”

“闺女，可不能这样说，老天爷是亵慢不得的。”母亲赶紧拉着艾琳的手，劝她说，“快呸呸呸。”

艾琳原本想缓解一下母亲和姐姐紧张的情绪，没想到让母亲更加紧张了，只好跟着母亲做了一遍。

“妈，我想家了。”艾琳不想母亲继续为自己担心，立刻转移话题。

“走，咱回家。”母亲拎着艾琳的包，拉着艾琳的手，眼睛湿润着。

“妈，我来拿。”艾琳摸了摸满头白发的母亲，心疼地说。

“不重，你就别沾手了，现在是养身体的关键时候，你得赶紧给娘好起来。娘要看我活蹦乱跳的二姑娘。”母亲倔强得有些可爱。

母女俩手拉着手，笑容满面地离开了医院。

“娘，小妹，你们站在这等一下，我去叫个车。”艾欣走在前面说。

艾琳站在医院大门口停下来，转身挥了挥手，告别了过去灰色的生活，她深深地吸了一口气，此时的生活充满阳光的味道，她终于可以告别过去的自己。

三个月后。

艾琳去医院复查，坐在走廊的椅子上，等待着检查报告，心中忐忑不安。

“59号，艾琳。”护士叫到艾琳的名字。

艾琳突然像触电一般，打了个激灵，赶紧站起来走进去。

“艾琳，你恢复得很好。”医生看了报告后高兴地对艾琳说。

艾琳听了医生的话，好像吃了一颗定心丸，苦与痛都值得了，心中对未来又开始充满幻想。

医生告诉艾琳，她恢复得很好，身体的各项指标都很正常，只要坚持术后护理好不再复发，一年后她就跟正常人一样了。

艾琳走出医院大门，仰望天空，一切的苦难好像从身体上被吸走了，等待她的是全新的人生。

艾琳当即做的第一个决定，就是与丈夫庄大志办离婚手续。

爱情，是乞求不来的，既然注定走不了一辈子，与其苦苦纠缠，不如来个干净利落的了断。

走出民政局的那一刻，天空很蓝，艾琳突然觉得自己自由了，她曾经被一段没有爱的婚姻束缚，几乎无法呼吸。

“再见，庄大志！”艾琳大方地伸出手想与前夫握手，这是一个经历了生死之人的豁达与宽恕。

庄大志有点儿不知所措，脸上一时挂不住，随便握了握，便灰头土脸地找了个借口开溜了。

艾琳看到庄大志仓皇逃跑的背影，摇摇头感叹他真是江山易改本性难移。在感情的世界他一直都是个逃兵，从未尽到一个丈夫应尽的责任和义务。

半年前，艾琳为了这个绝情的男人，心痛了无数个夜晚，眼泪都流干了。每天巴望着他能够回心转意，自欺着他只是一时孩子气接受不了现实，给他点儿时间，他一定会重新出现在自己的身边。

如今看来，艾琳觉得自己对前夫的期望是过高了。痛彻心扉之后，才能不带一丁点儿期待地放下。这个世间，若不是看透生死，谁又能在感情上真正地大彻大悟。

2004年某一天，艾琳得了重感冒，好长一段时间都没有好，开始出现腹泻呕吐的并发症，她便决定到县城的大医院去做检查。当时她单纯地想，最多是打个吊水什么的，所以没有叫上新婚的丈夫庄大志。

“你的家人陪同你一起来了吗？”医生看了报告单，小声地问了一句。

“医生，你就直接跟我说吧。没事，我能承受得住。”艾琳倔强地说。

艾琳想自己的病还能严重成怎样，最多是肺炎，没有必要小题大做地把家属喊来。可是当医生一脸严肃地告诉艾琳，她患了急性淋巴性白血病的那一刻，她整个世界都崩塌了，眼前好像一片黑，一脚踩进深渊中，再也拔不出来。

“医生，你搞错了吧？”艾琳拿着报告单质疑道。

“您先别激动，我建议您最好还是到一线城市的大医院再去检查一下，万无一失。”医生同情地说。

艾琳已经听不见任何的声音，她耳鸣、头昏、完全蒙了，摇摇晃晃地拿起报告单向前走，却直接撞门上了。

“女士，你没事吧，要不要把你的家人叫来？”医生站起来担心地看着艾琳的背影说。

艾琳摆摆手，走了出去，她脑海中第一个想到的人就是丈夫庄大志。

“女士，你怎么样？”护士关切地问。

艾琳瘫软地坐在医院的就诊大厅里，她用颤抖的双手拨通了那个烂熟于心的号码，想抓住最后一根稻草。

当艾琳听到电话那头的“喂”字，她完全控制不住，歇斯底里地大哭起来。

“怎么了，老婆？”庄大志关心地问。

过了好半天，艾琳才渐渐平复下来，抽泣着说：“大志，医生说我得了白血病。”

“白血病？不会的，肯定是搞错了，你先别自己吓自己，我这会儿正开会，你先回家，咱们回家再说。”庄大志急忙挂了电话。

艾琳没有想到电话那头的丈夫没有一句安慰体贴的话，最后只留下一串长长的忙音。

艾琳不记得那天她是怎么颤颤巍巍从医院一路回到家的，打开门的一瞬间，艾琳傻站在门口，听到婆婆训斥老公的声音。

“当初怎么跟你说的，叫你不要娶，不要娶，你非得娶个扫把星回来。这下好了，请神容易送神难了吧。明天，你就跟她离婚，这婚必须离。”艾琳的婆婆说完走进房间重重地关上门。

无论婆婆怎么对自己，艾琳都不在乎。她不声不响无力地走进屋，躺在床上等待丈夫，她多么希望此刻能投入他的怀抱，得到他的安慰和关怀。漫漫长夜，艾琳等来的却是冷漠，独自一人面对着眼前的一片黑暗。

冷战持续着。艾琳确诊为白血病的那一天，她万万没有想到自己会被丈夫一家无情地抛弃。

“我们离婚吧！”庄大志走进房间对躺在床上伤心绝望的艾琳说。

庄大志的话好像将已经站在悬崖边的艾琳推向了深渊，她的世界顷刻间崩塌了。

“大志，这个时候，你竟然狠心跟我说这些，刺激我，你不觉得残忍吗？”一夜没睡，艾琳虚弱无力地支撑着身子说。

“我妈说了，你这个病是个无底洞，咱刚办过婚礼，家里再也没有钱能砸进去。再说，即使治好了，也不可能怀孩子了。所以，我想了一夜，才下这个决心，你别怨我，只怪咱们的命都太苦。”庄大志理直气壮地说，毫不顾及艾琳的感受。

“庄大志，你可要凭良心说话，结婚的时候你家出过一分钱吗？那些钱都是我辛辛苦苦做服装赚的。”艾琳气愤地说。

艾琳被庄大志的话激怒了，离婚的真正原因不过是他们母子俩担心即使她病好了，也不能再为他们老庄家传宗接代。

庄大志沉默了一会儿，然后抬起头看着艾琳说：“琳，别逼我，我也是没办法。”

“我跟你结婚的时候，你可不是这样说的，你说要照顾我一生一世，白头偕老。”艾琳激动地用手指着庄大志说。

“我妈说了，夫妻本是同林鸟，大难临头各自飞。你别怪我无情，我也是被逼无奈，我爸妈就我一个儿子，还指着我给家里传宗接代。”庄大志抱着头蹲下去，痛苦地说。

“庄大志，你就是个混蛋，你们全家都是混蛋！”艾琳忍不住骂出了脏话。

庄大志哭完站起来走到门口，想想又回头说：“既然要离婚了，明天我就把你送回娘家去，你收拾一下。我妈说了，这个婚房是我们家出钱买的，属于婚前财产，离婚了，你就不能住在这里了。”

“庄大志，你个王八蛋！”艾琳满腔怒气地喊了一句，随手抓起床上的枕头扔了过去。

庄大志叹了一口气，头也不回地走了，留下艾琳一个人在房间里抱头痛哭，她原本以为自己找了一个可以托付终身的人，没想到老天跟她开了一个天大的玩笑，这个人竟然是人渣中的渣子。这个她本以为可以托付一生的男人，前一刻还和她海誓山盟，在结婚三个月后，当她身患绝症的时候，毅然决然地要跟她离婚，并要将她赶出家门，这简直就是最大的讽刺。

艾琳至今仍清晰地记得那一天走出庄家大门的时候，全身冰冷，两眼无光，一夜之间，她的眼泪已经流干了。比起身体的疾病，这样的打击似乎更能彻底地摧毁一个人。

是的，在她人生最艰难的时候，却无情地被丈夫抛弃，于是她走向绝望。

艾琳从记忆里回过神，站在民政局门口的台阶上，深呼吸了一下，摸摸自己的心口，那里竟然还隐隐作痛。

这个男人，艾琳曾经恨得咬牙切齿，多少次在意识中已经把他大卸八块，放进油锅中煎炸。时间久了，艾琳发现，恨折磨的是自己，自己已经被这样的爱恨交加折磨到心力交瘁。

现在，艾琳不恨了，她的恨早就被死亡吞噬了。如今只是觉得前夫很可怜，一个一辈子活在母亲怀抱里长不大的小男人，被一根断不了的脐带困住一生。

不经一番寒彻骨，哪得梅花扑鼻香。这段爱情和短暂的婚姻算是给艾琳的人生一记狠狠的耳光，让她更加明白“珍惜”二字的可贵。

“随风去吧，我都是死过一次的人了，这些事情不过是前尘往事。这一世，我要好好地再活一次。”艾琳感叹一句，收起离婚证，一身轻松。

第三章　偶然

出院后的艾琳，有过一段抑郁期，那时她的头发还没长出来，她害怕路人投来异样的眼光，整日躲在房间里不敢出门，在现实中迷惘。

艾琳生病之前，经营一个小服装厂。她中专学的是服装设计专业，毕业后靠设计衣服赚钱，生意越做越大，她设计的衣服很受欢迎，于是便投入生产线批量生产，再通过渠道外销出去。

这些年她的生意一直不错，收入也非常可观。作为一名服装设计师，艾琳无论是自己的穿衣风格，还是设计的时装，在他们的小县城里都是引领时尚潮流的。

如今荒废了一年时间，赚的钱全部治了病，服装厂业务也日渐凋零，艾琳觉得自己的事业一无所成。再加上疾病夺去了美丽的容颜，身体也不能像从前那样夜以继日的操劳，她好像没有任何动力继续去做些什么事，一点儿也没有。

未来该做什么，艾琳一片茫然。

“起来！”艾琳的姐姐艾欣拉开窗帘，让阳光透过窗户照射进房间，揪出把自己封闭在被子里的艾琳说。

“干什么呀，姐，我想睡觉。”艾琳被阳光刺痛眼睛，抱怨一句。

“艾琳，你还要装睡多久？”艾欣坐在床头看到颓废的妹妹心痛地说。

“你别管我。”艾琳重新盖上被子捂住头说。

好像只有闭上眼睛睡觉，才能让艾琳停止思考，心就不会那么痛了。

“如果当初知道你会这样，还不如不……”艾欣一时心急脱口而出，说完她就为自己没经过大脑的话打了一下嘴。

“你想说什么，尽管痛快地说出来。”艾琳一骨碌地掀开被子爬起来，红着眼睛继续说，“你们是不是后悔救我，觉得我已经一败涂地，一无所有，还成为你们的负担。”

“妹妹，我们没有这样想过。”艾欣想拉住艾琳的手让她情绪平静一些。

艾琳激动地甩了一下手，任性地说：“其实，我根本不需要你救，我还不如死了好。”

“艾琳，我不许你说这样的话。你说这话能对得起年迈的爹娘，还有为你操碎心的我吗？”艾欣流着泪说。

“是啊，我对不起你们，我活在这个世上就是个千年祸害，你就让我在这黑暗里发霉腐烂。”艾琳赌气地说，又重新盖上被子。

“永远不要试图去叫醒一个装睡的人。”艾欣拍了一下大腿站起来继续说，“你好自为之吧。”

艾琳看到姐姐如此伤心，心里就跟扎着一把刀一样疼。她一想到姐姐为了救自己，忍受被抽取骨髓的痛苦，又在自己人生最灰暗的时候一直陪在身边，心就柔软下来，上前抱着艾欣放声大哭起来，就这样姐妹俩哭了很久很久。

“我还能做什么？”艾琳将心里憋了很久的话说了出来。

“你有手艺，厂子也在，你可以重新设计服装。”艾欣提议。见艾琳久久没有回应，她转念一想说：“如果你不想做了，那咱就把厂子盘出去。这个世界还有很多和你一样每天面对绝症的人，你可以用你的经历去激励更多的人活下去！”

艾琳的眼神中突然掠过一丝光，比起赚钱，用生命影响生命的使命，更让她兴奋，让她重新燃起对生活的热情。

那时，艾欣完全没有想到她无意间的一句话，竟然改变了艾琳的一生。

2006年，一个偶然的机会，艾琳在电视上看到一个叫莹莹的女孩患了白血病，正在寻求社会人士的帮助。艾琳第一时间被新闻触动了，可能是因为相似的经历，她对莹莹的遭遇感同身受。

艾琳没有多想，当即拨打热线电话，得知了莹莹所在的医院和病房。当天下午，艾琳便买了一个小礼物，去医院寻找莹莹。

“护士，你好，请问58号病房有没有一个叫‘莹莹’的小女孩？”艾琳询问着。

“你找莹莹做什么？我是她爷爷。”一个庄稼汉模样的中年男人刚好路过，听到艾琳说出“莹莹”的名字好奇地问。

艾琳起先有些紧张，为自己唐突冒昧、一时心热的行为有点儿后悔，怀疑自己这样的举动会不会给他们带来困扰。

“莹莹爷爷，你好，我从新闻上得知莹莹的事，想来看看她。”艾琳尽量使自己冷静下来说。

“谢谢你。”莹莹的爷爷立刻眼眶红了，点头说。

艾琳此时才知道，新闻播出后，除了一些匿名的捐赠，她是第一个想到来探望莹莹的人，她这样的举动，让莹莹爷爷感到温暖。

艾琳随着莹莹爷爷走进病房，她立刻掏出口罩戴上。作为曾经的白血病患者，她懂得基本的医学常识。患有白血病的人，几乎相当于没有免疫力，一点点的病菌都可以要了他们的命，所以保持无菌的环境是让白血病患者更好康复的一大关键因素。

艾琳戴着口罩站在莹莹的面前，那个瘦得皮包骨的女孩，用好奇天真的眼神打量着这个陌生的阿姨。

艾琳从莹莹的眼神里，竟然看到了自己，那个第一次化疗后躺在病床上垂死挣扎的自己，那种对生的渴望，对死的恐惧，一模一样。朦胧之间，时空交错，艾琳眼前出现错觉，仿佛是自己跟自己对话。

艾琳走上前与自己十指相扣，微笑着说："艾琳，辛苦你了，不要害怕，你会挺过去的。"

"闺女，闺女。"莹莹的爷爷喊了一声。

艾琳的思绪回到现实中。

"莹莹，我叫艾琳，这是送给你的礼物。"艾琳大方地将手中的玩具递给莹莹。

"快说谢谢。"莹莹的爷爷在一旁提醒着孩子。

"谢谢！"一个微弱却甜美的声音从莹莹的嘴里发出。

"不用谢！"艾琳微笑着说。

艾琳和莹莹对视了很久，然后不约而同地相视一笑。

"莹莹，你想听故事吗？"艾琳拉着莹莹的手问。

莹莹点点头，期待地看着艾琳。

艾琳将自己一路抗病的经历用孩子的语言讲述给莹莹听，讲完之后，她笑着看莹莹，将自己头上的假发脱了下来。

莹莹惊讶地看着艾琳，她的心灵仿佛被触动，眼中闪过一丝亮光。

"阿姨，我害怕，我不想死。"莹莹吞吞吐吐，眼泪吧嗒吧嗒地落下来，终于说出了自己心中最惧怕的事情。

“傻孩子，你不会死的，只要你相信自己能活下去。”艾琳摸着莹莹的头传递给她力量说。

整个一下午，除了鼓励莹莹，艾琳耐心地将白血病的化疗、饮食注意事项，以及卫生防护详细地解说给莹莹的爷爷听，让他做好护理孩子的工作。

艾琳离开前，莹莹不舍地对艾琳说：“阿姨，我不再觉得孤单了，我有希望了。你还会来看我吗？”

艾琳微笑着点点头说：“别怕，我会一直陪着你的，直到你健健康康出院。”

“真的吗？我们拉钩可以吗？”莹莹伸出小拇指期待地看着艾琳。

艾琳伸出小拇指，勾住莹莹的手指，像个孩子一样说：“拉钩上吊，一百年不许变！”

那一刻艾琳不知道从哪里来的勇气，许下了承诺，虽然陪伴的道路十分艰辛，但是她从没有后悔过。

莹莹的爷爷将艾琳送到电梯口，老泪纵横地拉着艾琳的手说：“你来看俺孙女真是太好了，俺们就需要你这样的人来鼓励孩子。你跟俺讲的都是俺从来没想到的，俺一定牢牢记在心里。闺女，你知道吗，自从莹莹生病，周围的亲戚朋友都怕跟俺接触，好像怕俺会问他们借钱，他们会倒霉什么的，让俺心里实在不痛快。你虽然跟俺们不沾亲带故，但是你的爱心，给俺带来太大的安慰了。”

艾琳听了莹莹爷爷的话，特别能感同身受，从小在村上自己就是被这样的流言蜚语包围着长大的。艾琳忍不住流着眼泪与莹莹爷爷告别，离开医院大楼的那一刻，艾琳觉得一身轻松，那种从未有过的满足感，让她觉得欣喜。

一次偶然的医院探访经历让艾琳体会到助人的快乐，从此她就爱上了帮扶他人，自发地成为穿梭在各大医院血液科的志愿者，为那些曾经和她一样的弱势群体带去温暖和抚慰。这样的人生，让艾琳体会到活着的意义，她希望将社会和家人给她的那份爱，一直传递下去。

第四章　将爱传递下去

两年里，艾琳除了在服装厂进行日常的管理工作以外，大部分时间作为志愿者，参与各种社会公益活动。

那时的艾琳凭着一股热血，一头扎进公益中。艾琳因为获得了第二次生命，在相当长一段时间里，她的身体处于亢奋状态，做任何事情都充满能量，凡是当地组织的大小公益活动，她都会参与。艾琳的繁忙让家人看在眼里，疼在心里。

有一次艾琳正打算出门参加一个医院组织的肿瘤病人观影活动，艾妈突然挡住大门口，不让她出门。

“闺女，咱们还是得注意身体，今晚的活动就别去了。”艾妈看到艾琳总是早出晚归，忙里忙外，担心地拉着女儿的手劝说。

“是啊，就你目前的身体情况，只要过好自己的日子，别给家人增加负担，就够了。”沉默寡言的父亲吐了一口烟圈，忧愁地说。

“爹，娘，你们放心，我身体好着呢，每天过得很充实，这里就满满的。”艾琳摸着胸口笑着说。

“不许去，就不许去。”艾爸拿起烟杆在土墙上敲了敲，直截了当地说。

“孩子他爹，好好跟闺女说。”艾妈对着艾爸使眼色说。

“好好说，她能听吗？”艾爸生气地吼了一嗓子。

“娘，爹，我想要更好地用这来之不易的新生命，感恩社会，回报社会，帮助更多的人。”艾琳面对父母的反对毅然地说。

“小琳，你还是听爸妈的话，安稳在家调理身体，等完全健康了再做志愿服务也不迟。”艾欣刚好走进屋子，也加入父母的阵营劝说艾琳。

面对家人的集体反对，艾琳虽然知道他们是出于爱自己，但是内心还是控制不住委屈，大哭了起来。

“你们知道吗，刚开始我一个人治疗，仅仅靠五块钱生活了半个月。我在省城无依无靠，要不是红十字会的志愿者经常来帮扶，我恐怕早就客死异乡了。有一次我在厂子里因为身体排异反应犯了肠绞痛，一个人从公交车站爬到医院，若不是医院门口的志愿者帮忙，恐怕今天我不会站在你们面前。”艾琳情绪激动地回忆着曾经痛苦的经历。

“小琳，当时你为什么不告诉我们！”艾妈听到艾琳的话，心痛到了极点。

“我不想让你们担心，从小到大你们为我操了这么多心，我怎么能让你们再为我难过和发愁。”艾琳哭着说。

母亲立刻痛哭起来，艾欣赶紧走上前去抱着母亲，对艾琳说：“小妹，我们是一家人，有什么事情不应该是一家人一起去面对的吗？”

“哪有父母不管孩子的。”艾爸叹了一口气走出去说。

“你当初为什么不告诉我们，你总是什么事情都一个人扛着。”母亲心痛不已地哭号着。

艾琳无言以对，只是低着头掉泪。虽然那段痛苦煎熬的经历早已远去，但是那些记忆却仿佛发生在昨天，一时间在艾琳的脑海里一幕幕地放映出来，像过电影一样。

2004年3月8日是艾琳至今仍清晰记得的日子，就在这一天，刚结婚三个多月的她被诊断为急性淋巴性白血病。查出病后不久，新婚丈夫狠心提出离婚，隔天艾琳就被霸道的婆婆赶出家门，身无分文，从此和丈夫失去联系。

艾琳倔强的个性让她不愿意联系娘家的人，因为他们的传统观念是嫁出门的闺女，泼出门的水。虽然遭遇健康和婚姻的双重打击，艾琳不愿认命，更不愿向命运低头，她独自一人从亳市坐上火车远上省会求医。

“此时，我告诉自己，就是爬，我也要爬到医院去，我一定要活下去，让那些伤害我的人知道，你们的伤害只会使我变得更强大。”艾琳坐上火车后，流着眼泪在笔记本上写下这一段要强的话。

当艾琳走下火车，孤身来到这样一个陌生的城市，她突然眼前犯晕，一时不知道该何去何从，原来内心的强大不过是堆砌起来的。

“如果此时有一个人，能够帮助我一下，我就会铭记一生。”艾琳坐在火车站门口的地上迷茫地写下这一段话。

在省会治疗期间，艾琳经常要一个人办理出入院手续，自己打着吊水去医院食堂买饭，和医生讨论治疗方案。化疗结束后，她租住在医院旁边一个狭小阴暗的民房里，蜷缩着瘦弱的身体，独自承受化疗后的痛苦。

“我独自一人躺在医院的病床上，别说饿了渴了，就算尿在病床上都没人管，但是我不会放弃，我要活下去。”艾琳在狭小的房间记录着这段痛苦的经历。

十三年前互联网技术还比较落后，由于消息闭塞，再加上没有当地的熟人在身边帮忙张罗，艾琳不知道该如何申请报销，更不知道可以找谁求助，直到花光了自己所有的积蓄。

最后那段时间，交完医院所有的费用，艾琳浑身上下只剩五块钱，就是靠这五块钱，艾琳又坚持了半个月。

直到山穷水尽，艾琳最后迫不得已回到娘家。面对父亲整日的唉声叹气，母亲整日的以泪洗面，艾琳把自己关在服装厂里，忍受着疾病的痛苦，拼命地设计服装，自己赚取治病的钱。

治疗期间，为了节省住宿费用，艾琳选择了十四个小时的火车硬座到医院，检查完当天再坐十四个小时的火车硬座回来。双腿因为久坐浮肿，下了火车每走一步都钻心的疼，但是她从未将这些痛苦告诉过父母，生怕他们二老担心。

2005年7月份，完成骨髓移植手术后，艾琳只在家里休养了一段时间，便回到服装厂上班了。

术后，艾琳产生了强烈的排异反应，有一次排异反应引起肠绞痛，痛得艾琳脸色苍白，不停地呕吐。

艾琳一个人强撑着从服装厂坐公交车去医院。刚下车，突然痛得没有办法站稳，整个人一下子倒在地上。她双手撑在地上，努力地尝试了几次想要爬起来，却再也没力气站起来了。艾琳的脸毫无血色，她趴在地上一点点向前挪，时间一分一秒地过去，她真是爬去医院的。

当艾琳爬到医院门口，第一眼就看到了两名披着红绸带的工作人员，带子上面写着“志愿者”字样。那一刻，艾琳仿佛看到救星一样，赶紧朝他们招手，希望得到他们的帮助。那两名志愿者站在医院大门口，正在维持进出的秩序，看到地上趴着一个人朝他们招手，赶紧一路小跑来到艾琳身边。

“帮帮我，我是一名白血病患者，现在需要找医生就诊。”艾琳被他们扶起来解释道。

这两名志愿者赶紧将艾琳从地上架起来，其中一人扶着她，另一个人迅速去医院急诊问讯处找来一个轮椅，把脸色苍白的艾琳扶了上去，一路推着送到急诊室。医生为艾琳做检查的时候，两名志愿者还不放心地一直守在门外，给艾琳的心带来一股暖流。

艾琳当时就下定决心，如果日后身体有所好转，她一定也要去做志愿者，帮助其他在痛苦中挣扎的人。当时身体上的痛苦有多刻骨铭心，志愿者给她带来的温暖和希望就有多真切，可以说这是使她后来坚持从事公益的关键事件。

如今再回忆这段经历，艾琳情不自禁地流下两行热泪。这些痛苦的经历反而让艾琳拥有了一颗异于常人的柔软的心，就像一片肥沃的土壤，种下一颗爱的种子，如今长成大树，她希望这棵大树可以为别人遮风挡雨。

“爹，娘，姐姐，难道你们忘记了吗？2005年7月，我出现了严重的排异反应，癫痫发作，那时家里只有一千元钱，是社会爱心人士和红十字会慷慨解囊资助的四万元，才让我挺了过来。既然我在这个社会上得到了这么多的爱，我就要将这份爱传递下去。爹，娘，你们从小就教育我饮水思源，如今我得了社会的恩果，难道不该回报这个社会？难道不应该把这份爱继续传递下去吗？”艾琳流着眼泪对家人说。

“你这打小就报喜不报忧的好强性格，叫我说你什么好。”艾妈听了艾琳的治病经历心痛万分地说。

艾爸在门外唉声叹气半天，拿着烟袋子独自蹲在墙角抽了起来。

“琳琳，娘不为别的，俺就是担心你的身体……”艾妈抹了一把泪，担心地说。

“你们放心，我一定会照顾好自己的。再说，我自己的身体状况自己最清楚，你们就同意我做喜欢的事情吧。我不知道明天和意外哪个会先到来，也不知道还会不会有完全健康的一天，但是我知道，就在此时此刻，还有很多需要帮助的家庭在等待，他们会因为我的帮助更加坚强地走下去，这让我觉得自己的生命更有价值。爹，娘，姐姐，我真的希望家人认可我和支持我。”艾琳擦干母亲的眼泪真诚地对家人说。

父母和大姐听了艾琳一路以来的辛酸和感恩，又因为艾琳再三的坚持，也逐渐接受她投身公益事业，并且全力支持她。艾琳只有在助人为乐的时候，那种曾经的自信和快乐才会重新回到她的脸上，而这样的幸福也会让他们觉得安心。

有了家人的支持，2009年，艾琳的志愿者申请终于通过了，她加入了亳市红十字会，成为一名有组织的志愿者，并接受了专业的社工培训，踏上了人生新的道路。

2009年这一年，艾琳参加过多次宣传活动，关爱孤残老人、艾滋孤儿和留守儿童，活动中累活脏活她都揽在自己的身上，从不会抱怨，因为她对生命心存敬畏和感恩，不浪费生命的一分一秒。

第五章　裁缝铺

“姐，我想把厂子盘出去。”艾琳走到正在做账的艾欣身边，好像下定了很大的决心说。

艾欣有些惊讶地抬起头，摘下眼镜看着艾琳问：“出什么事了吗？”

“嗯……厂子没事，只是我想全身心投入公益事业，厂子盘出去之后，我就很自由，精力也会集中一些。只是……”艾琳觉得有点儿对不住艾欣，抱歉地说，“姐，我只是觉得对不起你，你在这儿帮了我这么多年，如今因为我又要失业。”

“小妹，你说的什么话，咱们都是一家人，哪有对得起对不起的事情。只要你想好了，姐姐就全力支持你，我相信迟早有一天你会离开这里，去往更大更广的地方，帮助更多人。”艾欣站起来拉着艾琳的手深情地说。

“姐……”艾琳忍不住抱住艾欣，流下了眼泪。

“好了，好了，我的傻妹妹，都多大了，还跟小时候一样爱哭鼻子。”艾欣拍着艾琳的后背安慰她。

很快艾琳就将服装厂低价转让给了一个曾经一起在服装专科学校读书的同乡。让艾琳非常欣慰的是，她当时唯一的要求就是保留厂里所有人的职位，没想到接收厂子的同乡爽快地同意了，艾欣可以继续留在厂里做会计。

艾琳为了专心做公益，在2009年年底将自己的服装厂盘了出去后，独自在小县城里开了一家裁缝铺，靠帮人修改衣服作为基本的生活来源，大多数时间可以自由地参加志愿者活动，全心全意投入公益。

“孙姨，要修啥？”艾琳亲切地拉着老街坊孙大妈的手问。

“闺女，我这个裤子拉链坏了，你看能换不？”孙大妈将裤子递给艾琳，有点儿不好意思地问。

艾琳拿在手里看了一眼，裤子有些年头了，但是这些节俭惯了的老人根本舍不得扔，所以平时帮这些老街坊缝补衣服就成了艾琳的另一项公益善举。

“能，你就放心吧，傍晚出来遛弯消食的时候过来拿。”艾琳微笑地在缝纫机前坐下来说。

“可别整贵的。”孙大妈特意交代一句。

“不要钱。”艾琳放下裤子真心地对孙大妈说。

“什么？”孙大妈上了年纪，耳朵有点儿不好使，凑上前大声地问。

“孙姨，我说不要钱。”艾琳笑着提高一倍音量回答。

孙大妈听到艾琳说不要钱，笑着拍了拍艾琳的肩膀，开心地走了。

艾琳看着孙大妈摇晃的身体，慢悠悠地朝着家的方向走去，她的嘴角不由自主地上扬，帮助别人让她觉得快乐可以加倍。

接下来的日子里，艾琳作为一名红十字会的志愿者奔波于各大医院和社区，到处可见她忙碌的身影和灿烂的微笑。随着时间的流逝，艾琳逐渐在各种各样的志愿者活动中找到自己的定位。因为自己曾经有白血病的经历，所以她能够对白血病患者感同身受，也能在各种救助和治疗上帮得上忙，给予一些中肯的建议。

艾琳决定专注于白血病患者的爱心慈善帮扶活动，她把自己的想法和姐姐分享后，得到了全家人的全力支持。

艾琳又陆续加入北京扬帆计划志愿服务队、爱加倍心灵关爱中心等志愿服务组织，多次组织开展关爱白血病家庭的活动，用她重生的故事延续博爱的情怀。

艾琳会跟每一个面对生命痛苦的白血病患者不厌其烦地讲述自己康复的经历，鼓励他们积极接受治疗，勇敢面对人生。

在那个六七平方米的裁缝铺里，艾琳每天闲暇的时候都会看报纸，一旦看到哪里有白血病患者求助，或者有类似的消息，她就用笔在小笔记本上记下他们的电话，然后跑到电话亭插上那张磨花了的IC卡，挨个给他们打过去，在电话里和他们一一分享自己的经历，鼓励他们坚持下去，并提供救助机构的相关信息。

艾琳的小裁缝铺装上座机电话后，很快便成了一个信息交流中转站，很多需要血小板的白血病患者都是通过艾琳四处联系找到了捐赠源。艾琳通过各种方式打听来消息，结合自己的亲身经历，在本子上细心地总结了医疗保险报销流程以及能够求助的各类基金等信息，及时通过信件邮寄给因为突如其来的大病而慌乱不已的家庭。

一年里，只要艾琳知道有人需要帮助，就随时锁上店门，拎起包就出发，完全没有想过自己的生活未来会是怎样，她一直在路上。

五年里，艾琳自费跑到全国各地提供志愿服务，去的次数最多的就是省会H市的四家大型医院。每次趁裁缝店需要购置面料的机会，艾琳都提前搜集好需要帮助的家庭信息，然后凌晨坐四个小时大巴赶到H市。因为曾经很长一段时间在这里独自就医，艾琳如今再也不觉得这座城市陌生，所有医院大大小小的路都被她跑遍了。

每次下车，她都顾不得休息，总会第一时间直奔医院，不停歇地探访每一位白血病患者，有时给他们送去生活必需品和礼物，有时在他们身边开导和陪伴，直到返程，艾琳才想起需要买的面料，急匆匆地买了面料乘火车返回。

艾琳坐在回程的火车上，会静下心来在自己的小笔记本上用心记录每个需要帮助者的具体信息和帮助的内容，这样便于她记住，并且为他们寻找可以接洽帮助的公益机构。这样记满救助信息的小笔记本整整齐齐地摆在裁缝铺的架子上，满满一横排。

艾琳在小县城与H市之间来回奔波，独行侠般的爱心行动坚持了五年，她毫无怨言，一心一意扎根在白血病患者的志愿服务中，用自己的实际行动兑现当初许下的诺言。

同时，艾琳受一些机构的邀请，去了更远的地方分享志愿者心得，到过内蒙古、贵州、新疆等地，呼吁更多的机构关注白血病群体。全国白血病儿童集中就医的北京、上海、广州等城市，艾琳已经不记得去过多少趟了，她和患病孩子们一一见面，鼓励他们积极地面对苦难和生活。

在艾琳的小裁缝铺里，至今还保存着厚厚一沓火车票，足足有好几百张，这些都是五年来艾琳走过的志愿服务足迹的真实见证。

有一天，艾琳在裁缝铺里忙活，突然接到一通电话，让她惊喜不已。

“艾琳阿姨，你还记得我吗？我是莹莹。”电话那头一个羞涩腼腆的声音怯怯地问。

“莹莹，我当然记得你，你最近怎么样，身体还好吗？”艾琳听到小姑娘的声音激动地问，好像是久别重逢的家人。

“我很好，我现在已经大学毕业了，做了一名医生，正在医院实习。未来我也要像阿姨一样，帮助更多的人。”莹莹的声音很清脆，好像随风飘扬的风铃。

打电话来的莹莹是艾琳第一次志愿服务的白血病小姑娘，如今她已经康复并完成大学学业，成为一名医生。也正是那次去探望莹莹，听到她爷爷的一席话，艾琳才下定决心要做志愿者。

艾琳去医院与莹莹见面后，莹莹的爷爷就经常跑来跟艾琳求助。原来村里人迷信，对白血病没有科学的认识，乡亲们认为他们家有人得了这个病不吉利，是上一辈人造的孽，老天爷降灾祸，虽然嘴上不说，但是都不愿再跟他们家来往，把他们一家孤立起来。面对村民的指指点点，乖巧懂事的莹莹虽然表面不在意，但是心里开始有些抑郁。莹莹的爷爷请求艾琳多去陪陪孩子，这比社会人士给多少钱的帮助都大。

随后的一年，艾琳经常隔三岔五去医院陪伴莹莹，给她讲一些有趣的故事，倾听她的烦恼和痛苦，就这样陪着她走过了人生最艰难的时刻，一直到莹莹康复出院后，她们才失去联系。

让艾琳没有想到的是，时隔五年，她又重新听到这个女孩自信而充满爱的声音。自己曾经种下的种子，已经在莹莹心里开花结果。

莹莹的经历更坚定了艾琳作为志愿服务者的决心。

爱就像一粒麦子，若不埋在土里，仍旧是一粒，结不出万千的籽粒来。

第六章　遇见

一旦扎进去，艾琳就毫无怨言地埋头苦干。时间犹如开弓之箭，飞速前进，不知不觉，艾琳从事公益将近十年，其间她收获了很多荣誉。

艾琳以无私奉献的精神，在每年省政协举办的各种志愿者会议上，得到各级相关单位的无数表彰。小裁缝铺里很快堆满各种各样的锦旗和奖杯。

艾琳心里清楚，她愿意一直坚持做这些事情，靠的是那份初心。

转眼到了2014年，艾琳一整年几乎都在外面学习。面对越来越多的扶助对象，艾琳深深感觉到自己专业知识的缺乏，所以她放下所有志愿服务工作，专心参加广州金丝带机构的分阶段专业培训。

艾琳在培训的过程中惊讶地发现，原来运行一个公益组织，其实和管理一个服装厂大同小异。

培训会议结束后，艾琳受邀参加省红十字会的志愿者会议。

艾琳坐着夜里的火车赶往省会H市，一夜的舟车劳顿，艾琳有些疲倦，入住酒店后，她匆匆洗了一个脸，化了淡妆，就赶往会议现场。

会务组安排艾琳第一个进行公益心得分享，参会者都来自全省各个所辖市里的红十字会志愿者代表团。

主持人暖场后，请出艾琳发言。

艾琳穿着红十字会的T恤，尽管很累，依然面带微笑站在台上真诚地分享："大家好，我是艾琳，一个白血病康复者。"

艾琳将自己抗癌的经历再一次叙说了一遍，虽然她已不记得说过多少遍，但是站在台上面对这么多的志愿者说出自己的故事，她还是有些紧张，手脚麻木，说话也很不自然。说到自己独自离家求医的时候，艾琳忍不住落泪了，那种心痛心酸如今还萦绕在心头。泪流下来，反而心里不觉得紧张了，艾琳深呼吸一下，开始介绍自己关注的白血病群体，整个人立刻像灯泡通电了一样，发出光亮来。

"这就是我的故事，我会一直坚持在关注白血病患者的公益路上，同时希望更多的人加入我们，谢谢大家。"艾琳最后简单地结束发言，鞠躬感谢便准备下台，台下立刻响起了雷鸣般的掌声。

"艾琳同志，请等一下。"主持人立刻上台挽留艾琳，等台下的掌声平息之后继续说，“相信大家有很多的问题想和艾琳同志进行交流，下面我们会议组特别预留了五分钟时间，可以让大家问两个问题，有没有人主动提问？”

台下的参会者突然都安静得出奇，大家神色各异，没有人主动站起来问问题。艾琳一听到临时增加了提问环节，本来有些紧张，此时看到大家没有问题，心里倒轻松了下来。

“这是一个难得的机会，大家要把握住哦。”主持人为缓解尴尬引导说。

“我有一个问题。”突然人群里有个人高高地举起手说。

艾琳一听有人有问题，心里咯噔一下，她心里本来已经开始庆幸终于要结束了，没想到这突如其来的问题又让她紧张起来。

主持人见有人举手，赶紧将话筒递了过去。

“你好，艾琳同志。我想请问你，是什么力量让你一直坚持？”那个发问者礼貌地问。

艾琳与提问的人距离较远，她眯着眼睛都看不到对方的长相，只觉得他的声音有磁性。

艾琳想了一会儿，抬起头对他说：“我做公益始于初心，本于初心，是为了回报曾经得到的各方帮助。一个人落到了人生最低点，这时候看到一根救命稻草，会铭记一辈子。这些年我获得很多机构的嘉奖，但我并不在乎这些荣誉。我还是要感谢大家对我的认可，希望有更多的人加入关注白血病群体的志愿者团队。”

“好的，谢谢您。”那个提问者主动鼓掌表示感谢。

“让我们再一次把掌声送给艾琳同志，感谢她精彩的分享。”主持人随即做了结束语。

会议进行到这里，便开始十五分钟的茶歇时间，艾琳赶紧离开会场准备去房间里平复一下。那些深埋在心里的记忆，一下子全部涌现出来，需要一段时间去平静，毕竟伤口依然在那里。

艾琳加快步伐朝房间走去，就在经过拐角的时候，余光扫到一个人影，她本能地感觉背后有人跟着，回头一看，一个中年男子出现在她的面前。

“你好，我是孙晓光。”男子主动上前打招呼。

“你好，我是艾琳。”艾琳有点儿惊讶，端着水杯的手摇晃了一下，稍稍镇静后，又很快恢复平静，抽出另一只手跟孙晓光握了握。

“你的名牌丢了，我捡到正想还给你，但是散场后你走得太快了，我才一直跟到这里，不会吓到你吧。”孙晓光看到艾琳失常的动作，赶紧解释说。

艾琳接过孙晓光手中的名牌，简单地道谢：“谢谢了。”

“我听了你的故事真的很感动，这样的大爱无私真的是没有几个人能够做到。”孙晓光发自内心地称赞。

“谢谢，您过奖了。”艾琳面对陌生人这样的赞美有点儿不知所措。

“我就是刚才提问的人，您还记得吗？”孙晓光想拉近彼此距离。

艾琳的个人事迹和一番发自肺腑的演讲感动了同样服务于白血病儿童的公益组织创建人孙晓光，那一刻孙晓光好像在公益独行的道路上找到了知音，刚才忍不住站起来提问的人便是他。

“哦，不好意思，刚才太远，我真的没看清楚。”艾琳诚实地回答。

孙晓光轻松一笑，就避免了这场尴尬，从艾琳毫无客套的回答中，他看准了艾琳是个做事的人。

“您在新的一年有什么打算吗？”孙晓光委婉地问。

艾琳抬头看了一眼这个人，他身材健硕，长相俊朗，一身正气，是一个非常有魅力的男人。

艾琳不知道此刻这个男人主动上前搭讪，是出于什么目的，她不愿胡思乱想，看着孙晓光，礼貌地笑了笑说：“暂时还没有其他打算。”

“您是否考虑到更大的平台发展？”孙晓光立刻上前追问。

艾琳本能地退后几步，直接问：“你能说得直接一些吗？”

“好，那我就不绕圈子，开门见山地说了。我们在省会H市有一个专门关注白血病儿童的公益机构，叫作快乐阅读坊，目前在各大医院血液科都开设了图书馆。我们现在急需您这样的人才，不知道您是否愿意加入我们这个大家庭。”孙晓光直言不讳地问，对于艾琳这样的人才，他既然找到了，就不愿意松手。

艾琳惊讶地睁大眼睛看着孙晓光，一时不知道如何回答，一切有些太突然，原来这个男人是为了寻找人才，她真是被自己心中那些胡思乱想羞死了。艾琳低着头红着脸，不敢看孙晓光的眼睛，一时没有接话，无论何时女人的心中都住着一个少女，而那些奇怪的感觉都来自那颗少女心。

只是那时艾琳还不知道这次的谈话将成为她人生一次大的转折。

“不好意思，我有些唐突冒昧了，您别介意，我们实在是求贤若渴。”孙晓光看到艾琳脸上的尴尬，有些抱歉地解释。

“哦哦。”艾琳勉强笑了一下，表示理解地说，“没关系，我了解你的意思，不过我需要一些时间考虑，可以吗？”

“好的，太感谢您了。这是我的名片，有什么事咱们可以电话沟通。”孙晓光见艾琳没有直接拒绝，喜出望外地双手递上名片说。

艾琳双手接过来，勉强点点头，礼貌地告别后，匆匆离开，她实在需要一个人待一会儿。

孙晓光站在原地看着艾琳离去的背影，眼中充满了求贤若渴的欣赏。孙晓光知道艾琳就是他苦苦寻找的那个人，她不仅有自己的故事和经历，更重要的是她有颗纯净善良的心。

第七章 “口罩天使”阅读坊

第三天，在众人的掌声中，千呼万唤始出来的孙晓光开始上台分享，T恤牛仔裤，完全一副阳光大男孩的样子。

“你们知道他吗？这可是咱们志愿者中的老人了，省青年志愿者协会的副会长。”坐在艾琳身边的人悄悄在下面议论着。

艾琳抬头看了一眼台上的孙晓光，心里有些后悔，没想到昨天自己在前辈面前耍大刀了。

孙晓光走上台，找了一个合适的位置站好，等下面的掌声平息之后才开始说话。

“大家好，我是孙晓光。你们的掌声让我有些受宠若惊，孙某还以为这里是哪个当红一线明星的现场，一时怀疑自己走错了场，特意回头看了好几眼，直到看见主持人朝我走来，一颗悬着的心才定下来。”孙晓光一本正经地说着，气氛反而轻松起来。

孙晓光一开口的幽默风趣，就吊足了现场所有人的胃口，掌声更加热烈起来。

“这一打岔，孙某就突然忘了我上台要干什么来着？”孙晓光抓着脑袋面露难色地说。

底下的志愿者们立刻哄笑起来，有人甚至还忍不住吹了声口哨，主持人在旁边也乐在其中。

艾琳已经预料到这不是一场枯燥乏味的报告，而是一场独特的个人脱口秀，心中开始有些好奇，这个孙晓光到底是谁。

“好了，不跟大家东拉西扯了，主持人可是在那虎视眈眈地看我半天了，我怕我再扯下去，中午饭的点就赶不上了，咱们就正式进入主题。”孙晓光站直了说，顺手按了一下控制笔。

孙晓光收放自如的台风，着实收获了不少粉丝。回归正题后，孙晓光立刻变得十分谨慎，不紧不慢地展示着。

“每年我国新增的十八岁以下儿童癌症患者保守估计约有三万人。与全球儿童肿瘤发病情况相同，我国儿童肿瘤发病率和死亡率以白血病为首，其后依次为中枢神经系统肿瘤、神经母细胞瘤、淋巴瘤、肾母细胞瘤、横纹肌肉瘤、视网膜母细胞瘤等。与成人相比，儿童肿瘤发病虽较为少见，但一直是导致儿童死亡的主要因素。例如上海的儿童医学中心等医院每年都收治上百例的病患，这群病患从刚出生到十六岁不等，从患病开始面对的就是冰冷的针头、难以下咽的药片和父母不知所措的焦虑，他们被志愿者称作‘折翼的天使’。”孙晓光先介绍一些大背景。

艾琳目不转睛地看着孙晓光的幻灯片，记录着他说的每一句话。虽然自己在公益路上走了近十年，这一刻，艾琳才突然明白草根和正规军的距离是那么遥远，内心开始自卑起来。

孙晓光翻了几页幻灯片开始介绍自己的机构：“2014年下半年开始，我们作为志愿者除了服务于社区，机缘巧合的情况下我们走进医院，接触了一群患白血病的孩子，看到他们被疾病折磨得失去了同龄人本该有的生气，我们机构开始筹划在医院开设一些阅读室。当然，我们当初的目的很简单，就是给他们带去快乐。

“因为白血病儿童在日常生活中需要一直戴口罩，所以我们志愿者就给他们取了个昵称‘口罩天使’。

“2015年8月开始，我们逐渐走出医院，走进儿童医院后面的‘吴夹弄’城中村。那里是这个城市最脏乱差的地方，却住着一家又一家出院后继续带着孩子治疗的外来家庭。狭窄的建筑里，挤满了带着孩子前来就诊的家庭。这些孩子来自全省乃至全国各地。他们中大的十三四岁，小的仅有两三岁。六十多户白血病家庭寄居在潮湿狭小的城中村里——对于孩子和家长来说，只有一墙之隔的医院，是他们生活的所有寄托。

“城中村的环境很差，住户都是一些社会底层的外来务工人员。这些患病孩子的免疫力低下，特别容易感染细菌，而感染就是他们病情恶化的催命符。看到孩子们整天待在家里，我们决定为外来就医的白血病儿童组建一间爱心教室，通过众筹开始实施项目，为他们提供人文关怀类服务。

“截止到2016年8月，我们登记在册的服务对象有六十多名儿童。目前爱心教室还在继续，口罩天使们在教室里读书、游戏，这里成为他们快乐的天堂。

“一年中，我们接触到的孩子有的康复出院，有的还在接受治疗，有的不幸被病魔带走。”

说到这里，孙晓光眼睛有点儿湿润，他放下话筒，默默地叹了一口气，感叹生死在天，半点由不得人。听众的心情也跟着起起伏伏，大家都安静地坐着，有些内心柔软的低着头抹眼泪。主持人此时也保持沉默，他知道此时无声胜有声。

一时间会场鸦雀无声，艾琳低着头陷入沉思。

艾琳觉得和孙晓光相比，自己突然变得好渺小，这样的渺小让她似乎已经感觉不到存在感，沧海一粟就是最好的形容。她知道一开始做志愿者凭着的是一颗真心，只是这十年来，这颗真心被太多的真实和现实磨得千疮百孔。十年了，艾琳好像已经走到了悬崖边，如果找不到那座吊桥走到对面的山峰去，她可能只有坠崖而亡。今天孙晓光的一席话，好像为她打开了那座吊桥的希望之光。

孙晓光调整了一下情绪，努力保持微笑，用追光灯指着幻灯片里的照片说：“我们的爱心教室不大，位于巷子深处的一楼，很不起眼，大约十平方米。里面也很简单，摆了两张绿色的桌子，两旁是简易书架，上面堆放着一些儿童书籍和作业本，墙上贴着色彩缤纷的绘画作品。这些画都是孩子们画的，天马行空，充满想象力，我个人特别喜欢，所以让教室的志愿者张贴在墙上。

“每天还有更多的孩子在涌入医院，涌入吴夹弄，来到我们爱心教室。虽然这是我最不愿意看到的现实，但是这些孩子一旦患上癌症，抗癌之路将会极其漫长，我们打造了一片天空，需要大家来共同守护！感谢大家，我的分享到此结束。”

在所有人意犹未尽，正竖着耳朵想多听一些的时候，孙晓光却突然鞠躬，表示到此结束。

主持人立刻走上台，笑脸相迎地说：“感谢孙会长的分享，让我们以最热烈的掌声表示感谢。”

台下的观众这才意识到这场精彩的个人脱口秀真的结束了，掌声立刻如潮水般袭来。

孙晓光再次绅士地鞠躬，准备走下台。

主持人立刻拦住孙晓光说：“孙会长，孙会长，您请留步。”

孙晓光感觉到志愿者的情绪如此高涨，此刻主持人肯定不会放过自己，于是转身笑着问：“怎么说？”

“您可能是忘了，咱们还新增了互动环节。”主持人微微一笑朝台下喊：“大家如果有什么问题想提问的，赶紧举手，名额有限，先到先得。”

会场立刻轰动起来，大家纷纷把手举得很高。艾琳此时有些尴尬，第一天提问时死寂一般的场景好像前一秒才发生，依然历历在目。那时她还庆幸没有人举手提问，此时情景不同了，她的内心也发生了翻天覆地的变化。

第一个志愿者迫不及待地站起来，接过话筒说：“你好，孙会长。”

“小伙子，叫我老孙就行。”孙晓光和蔼可亲地说。

“好的，老孙，请问这些孩子最需要的帮助是什么？是金钱吗？”那个年轻的小伙子倒也大方地说。

“嗯……不一定。”孙晓光沉思了一会儿，缓慢地说，“社会公益人士想到白血病儿童，第一印象就是他们可怜，他们缺钱。就我知道的咱们省的政策，针对白血病儿童的有：一次性大病救助金三万元，医保类药物报销百分之九十，省红十字基金会小天使基金补助三万至五万，省民政厅的‘福满江淮’基金补助一万二至六万二。农村贫困户也可以享受很多帮扶，一年所有医疗费用自己承担不超过一万元，其他均由政府承担支付。这些都是国家提供的报销和补助政策，其中还不包括各种如‘轻松筹’这样无法计数的筹款和捐赠。

“比起钱，让这些孩子的家长更加烦恼的应该是社会歧视。经常很多家长跟我抱怨说别人说他们的孩子有病。这一句‘他们有病’，深深刺痛家长和孩子的心。大家的误解和歧视一方面是因为白血病儿童经过化疗，会掉头发，成为小光头，进而让人分别不出是男孩还是女孩。另一方面为了预防感染，这些孩子会成天戴着口罩，一般人看到会不舒服，问长问短的，投之以鄙夷的目光，更有甚者会阻止自己的孩子跟他们一起玩，怕被传染。这会令很多患儿的自尊心受到严重伤害。

“其实，白血病不是遗传病，更不是传染病，它是在治疗化疗和移植期间对卫生和饮食质量都要求很高的一类疾病。平时的握手，聊天，用同一件物品都是不会传染的。咱们国家的政策和社会的救助都可以一定程度上解决他们的经济困难，但是白血病相关的公益宣传太少，大众缺乏常识，自然会有误解，从而产生社会歧视。”

“好的，我明白了，谢谢你，老孙。”那名年轻的小伙子非常满意地说。

“不客气！”孙晓光笑着说。

“孙会长，你好。”另一个年长一些的志愿者代表站起来说。

“你好。”孙晓光看到对方的年龄与自己相当，礼貌地和他打招呼。

“我们从事公益事业的人都不可避免地接触社会的捐赠资金或者物资，时间长了很容易让社会产生很多质疑，不知道这些您是怎么应对的？”这位志愿者严肃地问。

气氛一下变得紧张起来，这个敏感的话题，虽然大家都心知肚明，但是摆在台面上总会让人一时不知所措，大家都默默地开始担心孙晓光会不会因此出丑。

“非常好，我想这个问题说出了在座很多志愿者的心声。”孙晓光肯定地说，然后抬起头一身正气地说，“我们机构在成立之初就规定，不为白血病儿童及其家庭进行筹款，也不接受任何社会人士的直接捐赠，都让他们一对一与白血病家庭直接对接。我们机构的运转费用和人员工资都是通过项目申请筹集到基金会，再通过发票进行正规报销。一个机构但凡接触了钱，就像猫沾了鱼，总会留下腥味，所以一开始索性把所有的难看都摆出来，让大家都知道。”

坦率的回答让全场的志愿者沸腾起来，整个会场气氛进入高潮，大家纷纷站起来鼓掌。

孙晓光在掌声中悄悄走下台，人生得意时低调是种品质。

午休时，艾琳回到房间准备恶补一下关于孙晓光和他关注白血病儿童的机构相关信息，直到今天她才得知省里有一个这么成熟的机构在帮助白血病儿童。

艾琳先是上网查了一些关于孙晓光和他的机构的资料，上面都是一些官方的介绍：口罩天使阅读坊是一家专门服务于癌症儿童及家庭的公益机构，它是由一群热心志愿者在2008年共同发起的民间组织，并于2011年7月在H市民政局正式注册。至于孙晓光的信息，除了机构负责人那栏是他的名字，其他都查不到，艾琳觉得这个男人非常的低调。

与孙晓光的谨言慎行、低调行事相反，艾琳经常出现在各大媒体上讲述自己的故事，呼吁社会上更多的人关注白血病群体。她不是为了扬名立万，更不是为了提高自己的曝光度，她只是想借助更大的平台，整合更多的资源去帮助更多的人。虽然有些时候麻烦也很多，流言蜚语铺天盖地，但是她心里干净得像初雪后的天空，毫无杂质。

下午的交流会，孙晓光见到艾琳主动打招呼，每个细节都展现了他绅士的一面。

艾琳不得不承认，孙晓光是一个很有魅力的中年男人，头发干净整齐，衣着朴素却散发着一股清香，有一双说起话就会发光的眼睛，幽默风趣的谈论总会吸引一大群人。各年龄层的女士围着他问长问短，他总能从容应对，社交能力绝对甩自己好几条街。

艾琳对孙晓光还有他的机构充满好奇，她有很多问题想请教孙晓光，她知道真正的“干货”是不可能在网上找到的，她现在有太多的困惑和难题，可能都会在孙晓光那里找到答案。一次又一次与孙晓光擦肩而过，艾琳总要迟疑一会儿，等到她终于鼓足勇气开口的时候，别人已经围了上去，她就只有默默走开。受过伤的人总会敏感，将自己包裹在四面都是冰冷墙壁的方格中，胆小地不敢探出头来。

整个下午，孙晓光有时候会主动凑过来，因为周围有其他人，艾琳总是有意拉开两个人的距离，显出一副冰冷的样子。内心的自卑感加上外在的压力感，艾琳终究没有和孙晓光说上一句话，就要匆匆离开了。

孙晓光倒是坦然得很，站在门口面带微笑地送艾琳，并且对她说：“相信我们很快还会再见面。”

艾琳急着赶火车，勉强笑了笑，拖着行李箱离开了。

第八章　离开县城

从H市回到小县城，艾琳继续自己日常的生活。“孙晓光”这个名字很快在忙碌的志愿者活动中消失了，那张名片静静地躺在了笔记本里。

过完正月十五，艾琳重新打开裁缝铺大门，开始营业。

一天，艾琳正打扫卫生的时候，裁缝铺的电话突然响了。虽说现在手机的普及率很高，但是艾琳一直保留着这部座机，因为很多的白血病患者和家属已经习惯了打这部电话，那串不长的电话号码在很多人心中已经铭记下了。

“你好，我是艾琳，请问有什么可以帮助到你的吗？”艾琳习惯性地接听电话。

“你好，我是孙晓光，请问艾琳同志你现在有空吗？”孙晓光模仿着艾琳的口吻问。

“孙晓光”三个字突然出现在艾琳的脑海里，犹如一个响雷，艾琳全身汗毛竖了起来，好像又回到了那天下午，有种背后被人跟踪的紧张感。

“你怎么知道这个号码的？”艾琳防备地问。

“你觉得呢？”孙晓光故意卖关子说。

“我想找几个认识我的患者家属并不难。”艾琳明显有些不高兴。

“你很聪明，不过你好像忘记了，咱们大会有参会者通讯录，当时为了方便大家联系，每个人的参会手册里都夹了一份。”孙晓光在电话那头坦然地说。

艾琳实在被自己的想象力弄得面红耳赤，一时竟无言应对。

“艾琳同志，你别误会，我打电话过来没有别的意思，只是希望请你再考虑一下上次我的建议。”寒暄过后，孙晓光进入正题。

“不好意思，我……我……暂时不考虑。”艾琳拒绝了。

与其打太极，不如实话实说来得真诚。

“艾琳同志，我可以多嘴问一句为什么吗？”孙晓光有些失望地问。

“我习惯了现在的生活，只想尽自己的力量去帮助需要的人。”艾琳想了想，给了答复。

“好，不管怎么样，我相信有一天时间可以改变你的想法。”孙晓光自信地说。

“可能吧。”艾琳不想争辩什么。

“那打扰了，再见。”孙晓光礼貌地挂了电话。

放下电话，艾琳坐在凳子上看着门外的天空，她没有想过要离开这里，这里让她能够沉下心来做些事情。

以后的日子里，孙晓光还是会隔三岔五打电话到艾琳的裁缝铺，除了寒暄，就是交流公益路上的心得，并没有再提邀请艾琳加入他们机构的事。

“如果我们的团队有你这样既有故事又有责任的人，那我们真的是非常幸运。”每每谈得志同道合的时候，孙晓光会偶尔忍不住说。

“老孙，你又来了。”艾琳摇摇头，被孙晓光这种锲而不舍的精神弄得哭笑不得。

这样一来二去，电话多了，艾琳对孙晓光这个人也开始有了更加深入的了解，他的故事在一通又一通的电话中，逐渐由碎片拼成了还算完整的画面。

孙晓光的思路很开阔，总能从宏观上引导艾琳思考得更深远，而这恰恰是艾琳的短板。孙晓光每一次对公益、对人生的诠释，都让艾琳耳目一新，他是一个很容易影响别人的领袖人物。孙晓光的口才很好，所有的事情可以说得非常精彩并且有条理，艾琳从他的描绘中仿佛已经看到一个美好的未来。

艾琳每每放下电话，都要沉思很久。孙晓光鼓励她走出眼前这片天空，她也无数次问过自己，真的可以走出去吗?

“想那刘备三顾茅庐才请出诸葛亮，帮他一统天下，所以我不会放弃。”孙晓光在艾琳第十次委婉拒绝的时候开玩笑说。

“我可不是诸葛亮，能洞察天机。”艾琳笑着说。

“真的，艾琳，我相信一个好的机构除了需要一个引路人，同时也需要像你这样的代言人，因为你和他们曾经都是战友，更能感同身受。我真心希望你能过来帮我。”孙晓光诚恳地请求。

“老孙，容我再想想，好吗？”艾琳沉默良久开口说。

“好，我等你答复。”孙晓光忍不住激动地说。

三个月来，艾琳第一次松口，孙晓光好像看到了曙光，他认为所有的对话都是有意义的。

艾琳坐在缝纫机旁抬头看看外面的天空，一遍又一遍地在心里自问：“你真的有勇气走出去吗？离开这里去H市是否就像孙晓光所说，走向更大的平台才可以帮助到更多的人？”

面对改变，艾琳开始反思自己的不自信和恐惧。她很早就期待加入一个成熟的团队和一个有共同目标的机构，自己就不用这样孤军奋战了。

一夜未睡，艾琳经过深思熟虑后，决定关掉裁缝铺，答应孙晓光的邀请。或许是因为孙晓光的坦白和真诚，让艾琳无法抗拒。

“好，到时我去接你。”孙晓光接到艾琳的电话后喜出望外地说。

“嗯，见面再聊。”艾琳心中被未知的不确定性弄得心神不宁，她故作镇定地挂了电话。

年老的父母有大姐照顾，艾琳倒是没有太多的担心，只是离开这里，那些熟悉的人、熟悉的事，都要随着时间变得陌生，淡去。

一个人出发，没有太多的行李。艾琳对裁缝铺依依不舍，想在临走前再去瞧一瞧那个开始的地方。

艾琳离开的那天，门口的天空出现了一大片晚霞。当她关上裁缝铺的门，左邻右舍的街坊都流着泪站在门口送她，拉着她的手发自内心地感谢她。这么多年，这个少言寡语的小女子能够不计回报地帮助这些年老的街坊，从不多说一句闲话，她的好都被大家记在了心里。

“好闺女，你这要是走了，我以后还找谁修裤子？”孙大妈抹了一把眼角的泪，拉着艾琳的手说。

“孙大妈，你把需要修的裤子都攒着，等我隔三岔五回来的时候一起给你修好。”艾琳有点儿不舍地说。

“你这孩子说话怎么这么暖人心窝窝。”孙大妈感动地流下了泪。

“好人啊，好人啊，好人一生平安。”冯大爷老泪纵横，感动万分地对街坊们说。

“冯大爷，你的腿好利索了没？”艾琳听到冯大爷的声音，关心地问。

“好了，都好了，去年冬天那场雪差点儿要了我的老命，要不是你带着志愿者帮忙把我送到医院，我恐怕……”冯大爷上前握住艾琳的手激动地说。

“冯大爷，别这么说，你可要健健康康的，等我得空回来就去看您。”艾琳说。

“好，咱们都好好的。”冯大爷擦了一把眼泪，笑着对艾琳说。

“回去吧，都回去吧，别送了，外面风大，这眼瞅着天就要黑了，大家都散了吧。”大姐艾欣劝说街坊们，担心这些老人腿脚不利索，眼睛不好使，万一磕到碰到就不好了。

“大爷大妈，你们都回去吧。”艾琳对大家说，“虽然我今天离开了，但是我的根永远在这里。”

“小琳，你去了H市，可要照顾好自已，别再像以前一样忙得不吃饭，你的身体可是老天爷给的，咱要好好珍惜。”艾琳的母亲抹着眼泪，站在人群最前面一遍又一遍地嘱咐。

“娘，我知道了，你在家里也照顾好自己。”艾琳看到母亲如此难过，心里一阵酸楚。

“娘，小琳只是去H市，又不是不回来了，很近的，随时都可以回来看您，您也可以去看她。”艾欣劝解母亲。

艾琳和所有的街坊们挥挥手后坐上了艾欣的电瓶车，艾欣送她到火车站，搭乘夜里的火车走。

“娘，我走了。街坊们，谢谢大家。”艾琳挥手说，眼泪还是忍不住流了下来。

艾琳看了看自己的小裁缝铺，夕阳的余晖下，小裁缝铺静静地守候着。艾琳心里有种说不出的不舍，那里见证了她这十年来三千多个日日夜夜的辛劳。如今去了H市，未来会怎样，她不知道，她心里唯一清楚的是自己的根在这里。

“姐，爸妈就交给你照顾了，辛苦你了。”艾琳进站前拉着艾欣的手说。

“一家人说的是什么话，那是咱爸妈，我照顾不是应该的嘛。”艾欣拍拍艾琳的肩膀说。

艾琳忍不住拥抱了艾欣，这个大姐，为她分担了太多本该由她承担的责任，让她可以抽出身去帮助更多的人。可以说，艾琳现在做的每一件好事，都有大姐的一份功劳。

火车在鸣笛声中缓缓前行，艾琳看到身后越来越遥远的家乡，乡愁在全身蔓延开来。

坐着迷糊了一夜，艾琳做了很多梦，却又记不清梦中的情景，只是觉得头疼得很。终于熬到火车到站，艾琳揉了揉太阳穴，让自己清醒一些。

艾琳走出火车站，天色微亮。

孙晓光早早地开着自己的面包车到了火车站，买了两份热腾腾的鸡汁豆腐脑，在出站口等着艾琳。

艾琳看到孙晓光靠在出站口的闸机上，双手交叉抱着，望着天空思考着什么。

直到艾琳走到面前，孙晓光才发现她，赶紧接过艾琳手上的拎包说："火车还挺准点。"

孙晓光看到艾琳站在原地静静地观察着自己不回话，不自觉地用手摸了摸脸，以为自己脸上有什么异物。

"确实早上走得太急，脸都没来得及洗。"孙晓光半开玩笑地说。

"不好意思，我坐夜里的火车，让你也跟着睡不好。"艾琳有些歉意地说。

"我倒没事，倒是你，一路上辛苦了。"孙晓光伸出手说。

"还好，不辛苦。"艾琳伸出手与孙晓光握了握，露出笑容。

"那好，咱们走吧，外面露水重。"孙晓光绅士地接过艾琳的背包。

艾琳靠在面包车的座椅上，透过玻璃窗看着这座熟悉又陌生的城市，清晨的露水好像将这座城市重新洗濯了一遍，它变得如此安详柔和，竟让人忘记了它白天喧闹的模样。

第九章　爱心教室

"来，艾琳同志，就是这里。"孙晓光打开门放下行李说。

孙晓光提前帮艾琳解决了住宿的问题，在省儿童医院旁边的老小区里租了一间两室一厅的毛坯房。

屋子虽然简陋，但是阳光却从窗户毫不吝啬地撒了进来，茂密的树枝延伸到院子里，开满了黄白相间的花朵，让整间屋子有了生命力。

"我很喜欢这里。"艾琳推开窗户，露出满意的笑容。

"那就好，你先收拾收拾，赶紧休息，一宿没合眼，肯定也累了吧。屋子里缺什么，旁边有个超市可以买。若是有什么需要我帮忙的，随时打电话给我。”孙晓光看到艾琳脸上写满了疲倦，细心地说。

“好，辛苦你了，老孙。”艾琳送孙晓光到门口。

“不辛苦，我很开心你能来，希望以后合作愉快。”孙晓光伸出手说。

艾琳有些不自然地伸出手和孙晓光握了握，心中对这样的正式交流总是没法得心应手，感觉彼此的距离又拉远了很多。

孙晓光离开后，艾琳关上门的瞬间，还是觉得那个电话里的孙晓光让她更舒服，不像见面时这样生分客套。

一切安顿好后，艾琳被孙晓光安排在吴夹弄的爱心教室里熟悉机构和工作。

在很多人眼中，吴夹弄只不过是一个普通的城中村，密布着两层小楼、瓦房和临时搭建的“隔夜楼”。在这个高楼大厦日益拔地而起的省会城市，这里像是一座被围起来的孤岛。和其他城中村比起来，吴夹弄多了一分灰色和沉重，这源于里面住着的一群人，他们挣扎在痛苦的边缘，游离于希望和失望之间。

吴夹弄，地处H市桐城南路和望江路的交叉口，省儿童医院的后面。因为吴夹弄紧邻省儿童医院，又因为这里都是民房，比小区的房租便宜太多，所以逐渐成为一些来省城就医的白血病患儿家庭的聚集地。

艾琳从小区门口的桐城南路，攀上台阶，穿过窄长的巷道，转过几个弯，便来到一栋两层小楼前。错落无序的房屋、狭窄的街道、杂乱无章的电线，无言地展示着这里的生活环境。在繁华城市的高楼大厦之下，总有些阴影无法被阳光驱散。

艾琳初来乍到，虽然做了快十年的志愿者，接触了几千名白血病患者，但是面对新的团队和工作内容，她还是有些不知所措。

“你好，我是张小蒙。”年轻有朝气的张小蒙主动接待艾琳。

“你好，我是艾琳。”艾琳伸出手与她握了握。

“艾琳姐，我早就听说了你的故事，真是特别激励我们。相比你，我们这些正常人，倒是惭愧了。”张小蒙热情地对艾琳说。

艾琳勉强笑了笑，没有接话。张小蒙的话确实刺痛了艾琳，虽然知道她在称赞，但是听起来让她有些难受。那句“我们这些正常人”，好像立刻就与艾琳划清了界线，把她踢出了这个圈子。

“艾琳姐，你跟我来，我先跟你简单介绍一下我们机构的情况和日常工作内容。虽然你是前辈，但是你刚来我们这里，我觉得有必要带着你把所有的流程过一遍，毕竟我现在是医院项目这块的负责人。”张小蒙一边拿出资料一边说。

艾琳从这些话里，感觉张小蒙是一个领地意识非常强的人，于是笑了笑说：“在这里没有什么前辈，我就是准备本着空杯心理从头开始学习的。”

“艾琳姐，既然你也是这样想，那就好，我便没什么顾虑了。”张小蒙先发制人地说。

艾琳暗暗松了一口气，嘴角不自觉地上扬，心里一直担心的事情总算是落地了，看来没有自己想得那么复杂，可以好好沉下来做事了。

刚刚大学毕业的张小蒙是在2012年了解到白血病群体的，当时她还在上大学，通过一次志愿者活动，接触到这个特殊的群体。大学毕业以后，她就加入了“口罩天使”，基本上从项目一开始就是她跟着孙晓光做起来的，本以为自己可以逐渐成为孙晓光的左膀右臂，独当一面。现在孙晓光突然空降一个人过来接手所有项目，她确实觉得心里怄得慌，不敢明着违背孙晓光，于是就给艾琳来了个下马威。

艾琳并不介意张小蒙这样幼稚的行为，毕竟这些世面她早就见过了。张小蒙刚毕业，处事还不圆滑，如此将事情摆到台面上来，倒是好事，比起背后插刀、暗里使劲的人，艾琳更喜欢与这样坦率随性的人相处和共事。

“张队长，我想请问一下，当时咱们机构怎么开始从社区转到医院的？”艾琳听了张小蒙的介绍，提问说。

“有时候受到医院的邀请，我们会组织志愿者去医院做一些活动。后来志愿者发现得了白血病的孩子都有些自闭，将这个问题反馈给了孙队，于是我们就想开办一间教室，把孩子们集中起来学习和玩乐，当时只是单纯地想为他们带来快乐。”张小蒙听到艾琳请教自己，自然抓住这个机会解说一番。

“那，教室是怎么建成的？”艾琳继续追问。

“教室的建成得益于我们在网上众筹的九万元，这笔钱用以维持教室的运行。”张小蒙有些好奇地看着艾琳，她不明白艾琳为什么会问这些。

“后来，有孩子来吗？”艾琳抬头看了看张小蒙问。

“教室正式投入使用后，立刻吸引了四十多名孩子报名参加，这些孩子都是之前医院阅读室里的常客，一路跟随我们来到这里，后来这里渐渐成了孩子们的‘幼儿园’，每天欢声笑语不断。”张小蒙刻意把所有的事情描述得幸福美好。

艾琳认真地记录，张小蒙的叙述让她有些疑惑，孙晓光并没有将机构的实际情况告诉自己，他好像刻意隐瞒了一些什么，例如机构为什么从医院中退出来，难道真的是如孙晓光所说，为了更贴近这些白血病孩子的生活？

艾琳还想开口问些什么，张小蒙有些不耐烦地站起来说：“好了，今天的培训结束了，一会儿孩子们就要过来了，我先带着你和他们熟悉一下。”

艾琳点点头，这也是她最期待的时刻，她已经在心里练习了数十遍，如何和这些被称作“口罩天使”的孩子们建立最初的关系，是她来这里最重要的使命。

很快，四五个戴着口罩的小朋友陆续在家长的陪同下来到教室，小朋友们看到艾琳这个陌生的面孔有些怕生，于是都躲在家长的身后。

张小蒙站在大家的中间介绍说：“小朋友们，这就是小蒙姐姐和大家说的，新来的艾琳老师。”

“小朋友们，大家好，我是艾琳阿姨。”艾琳主动和大家打招呼。

“悦悦，快去跟老师打招呼。”人群里传出一个声音。

一个小女孩迟疑了半天，才被奶奶推着走到艾琳面前，用稚嫩的声音说：“老师好。”

“你好。”艾琳蹲下来伸出手说。

艾琳和悦悦拉完了手，于是打开包对所有的小朋友说：“有没有哪个小朋友喜欢布偶娃娃？”

说着，艾琳就从包里拿出来各种各样的布偶娃娃，都是她来之前在裁缝铺里自己手工缝制的。

“我要，我要！”悦悦立刻兴奋地拍着小手叫了起来。

其他小朋友也纷纷从家长们的背后走出来，一齐拥到艾琳的身边，围着她说：“我要，我要！”

“小朋友们排好队，每个人都有礼物。”艾琳笑着对孩子们说。

来到“口罩天使”机构后，艾琳每天的工作就是打开爱心教室的大门，迎接每一个来到教室的孩子。

爱心教室的孩子不多，每天能来差不多三四个，这些孩子的身体情况不适合久坐，艾琳就细心地把每一节课只安排二十分钟，以跳舞游戏为主。虽然孩子不多，艾琳还是认真地备课，准备教具，用心地教每一个孩子。

艾琳虽然每天接待一些长期住院的儿童来阅读坊借阅书籍，教一些住在城中村的白血病儿童读书画画，但是与他们坐下来真正聊天的时间并不多。教室里虽然欢声笑语，其乐融融，快乐得不得了，可是艾琳总觉得欠缺了什么，因为她并未真正走近这些孩子和他们的家庭。

艾琳很想找孙晓光聊聊，可是来了一个月，艾琳再也没有见过孙晓光。孙晓光一直忙于社区的工作，很少有时间来爱心教室，即使来了，也是站一小会儿，等艾琳上课结束，他已经开着面包车扬长而去。没有沟通，艾琳的想法只能放在心里，静静地站在教室门口看着远方的天空，长叹一口气。

艾琳看到张小蒙做完项目申请的文书工作，立刻倒了一杯水凑上去。

“谢谢艾琳姐。”张小蒙伸了一个懒腰，接过水杯说。

“小蒙，我有个提议，要不咱们周五晚上去医院给孩子放电影，通过一些励志电影，鼓励他们积极面对困难，通过一些有趣的动画，丰富他们枯燥单调的住院生活，你觉得怎么样？”艾琳看张小蒙心情不错，适时提出一些自己的想法。

“可以啊，刚好爱心教室有投影仪和幕布，就是辛苦你要来回搬运，不过可以找志愿者一起帮忙组织。”张小蒙赞同地说。

“咱们要和孙队沟通一下吗？”艾琳细心地问。

“不用，孙队天天在社区，这里的事情他很少管，都全权授权给我了。我说可以，你就不用担心了。”张小蒙拍着胸脯让艾琳放心。

“哦，好。”艾琳点点头，脸上却是愁云密布。

艾琳对于孙晓光这样放权从不过问的行为，有点儿担忧。说白了，爱心教室这边发生的一切事情，他都是蒙在鼓里，只是个名义上的负责人而已。

艾琳回想起那天孙晓光在台上激情昂扬地讲述对白血病儿童的关注行动，那份热心吸引了艾琳，让艾琳对他心生敬畏。如今他的形象却因为深入了解而大打折扣，原来一切并不是艾琳所期待的那么美好。

很快，在张小蒙的呼吁下，五六个大学生志愿者报名参加观影活动的公益服务。每到周五下午，艾琳就带着大家扛着放映设备，去医院的五楼医生办公室给小朋友们放映电影，比起冷清的教室，这里总是满座，欢声笑语一片。

第十章　分歧

五岁的临泉县女孩楠楠喜欢唱歌和跳舞，《三字经》也能一口气背诵一分钟，然而这些并不是幼儿园老师教的。楠楠长期住院治疗，从未上过一天学，这些知识都是跟着一群志愿者哥哥姐姐们学习的。

楠楠的奶奶在放电影的间隙拉着艾琳，抹着泪跟她诉苦。

2014年6月，三岁的楠楠突然发起低烧不退，楠楠妈妈和奶奶带着她跑遍了临泉县的大小医院，都被当成普通感冒发烧治疗，直到在市妇幼保健院，住了两天医院的楠楠仍然39度高烧不退，才被紧急转移到省儿童医院来。

“当医生告诉我们，孩子得的是急性淋巴白血病时，我们全家人都蒙了，根本想不到这么小的孩子怎么会得这样的绝症。”楠楠的奶奶到如今都不敢相信地摇着头说。

原以为这种陌生的病只能在电视上看到，却没有想到，现实突然从电视里走出来，降临在自家的孩子身上，楠楠的妈妈立刻就哭晕在地上。楠楠的爷爷怎么都不愿意相信这个惊天噩耗，当晚从外地的工地上赶了回来。

由于楠楠妈妈当时已经有孕在身，不能来回奔波。楠楠奶奶和老伴带着楠楠在各大城市看病，最后辗转到了H市，祖孙三人租住在吴夹弄的一个居民楼二楼。一张床、一个桌子、一个旧电视机，就是他们全部的家当。

为了给孩子治病，楠楠的爸爸和爷爷先后到外地打零工挣钱，但是这些钱对于动辄几十万元的化疗费用来说，只是杯水车薪。两年来，全家人不仅花光了积蓄，还欠下亲戚朋友几十万。

“楠楠这次又发烧住院了，医生说她的血小板和红细胞又开始减少，我心里实在是担心得很。”

艾琳拍了拍楠楠奶奶的后背，静静地听她倾诉，除了陪伴，艾琳没有说一句话。面对人生如此巨大的苦难，艾琳是过来人，她知道此时言语的苍白无力，说再多都是废话。

艾琳陪着楠楠奶奶在走廊站了一个多小时，直到电影放映结束。

艾琳听了楠楠奶奶的倾诉，想起之前的主治医生在治愈白血病上有很多成功案例。她实在不忍心看到楠楠继续在这里受苦，花钱却不见成效。离开之前，艾琳好心地将自己主治医生的电话号码给了楠楠奶奶。

没过几天，楠楠奶奶带着楠楠转院了。走之前，楠楠奶奶还特意来爱心教室对艾琳表示感谢。艾琳当时没有想太多，只是与楠楠奶奶说了些客套话，在她心里最重要的就是楠楠能够早点儿康复。

艾琳当时万万没有想到这一次举手之劳，却为自己埋下了一颗定时炸弹。

省儿童医院的领导很快得知了楠楠转院的事情，经过询问他们认为转院是艾琳从中挑拨，立刻把孙晓光叫到了医院。

“你们这次端午节回去吗？”课程结束后，艾琳问悦悦奶奶。

“不回了。”悦悦奶奶难过地说。

“想家吗？”艾琳关心地走上前拉着悦悦奶奶的手问。

“谁都想回家。这里每个月要三百块钱房租，没有卫生间，没有厨房，遇到雨天房间里一股霉味，待在这里实在憋得慌。可是如果回了家，一旦孩子发生感染，到大医院来回一趟要花上七八个小时，我们不想把孩子的病给耽误了。”悦悦奶奶叹了口气说。

正在艾琳与悦悦奶奶说话之间，张小蒙气冲冲地走了进来。

“艾琳姐，你怎么回事？干吗没事找事？”张小蒙一进爱心教室就当着大家的面，大声地质问艾琳。

艾琳还没有反应过来，正在想自己惹了什么麻烦，张小蒙就忍不住开始数落起来。

“你知不知道你的行为给机构带来了大麻烦，医院因为失去这个病人，今天找孙队去谈话了。有可能就因为你这样一个不过大脑的行为，我们以后就没有办法和医院合作了。你做事之前能不能跟我沟通一下，我怎么说都是项目负责人，本来大家相安无事，你这样给我找麻烦，我真是被你气死了。”张小蒙气昏了头，不由分说地训斥艾琳。

艾琳强忍住心里的怒气微笑着点点头，虽然来这里时间不长，她知道张小蒙是炮仗脾气，一点就着。她在没有搞清楚事情前，不想和张小蒙做无谓的争执。

“小蒙，有什么话坐下来好好说。”悦悦奶奶走到张小蒙身边，忍不住劝了一句。

“您知道什么？”张小蒙见悦悦奶奶帮着艾琳，气不过地抱着胳膊说。

“奶奶虽然没文化，也不知道你们发生了什么，但是我知道尊老爱幼、长幼有序是做人的基本美德。”悦悦奶奶摇摇头走出去。

张小蒙听到悦悦奶奶的话，放下手臂，有些难堪地低下头咬着嘴唇。

“小蒙，到底发生了什么事？”艾琳见气氛缓和了一些，走上前问。

“你自己干的好事，你能不知道？”张小蒙见艾琳装傻，又开始怒火中烧地说。

“我真不知道。”艾琳肯定地说。

“你帮别人转院的这件事情给我们带来了多大的麻烦，现在儿童医院都把我们列入黑名单了，我们的志愿活动也要被限制。”张小蒙指责艾琳说。

“我没有做过。”艾琳摇着头无辜地说。

“楠楠转院是怎么回事？”张小蒙立刻质问。

“楠楠？”艾琳心中意识到她可能好心办了件坏事。

“对，楠楠。”张小蒙见艾琳没有否认，立刻夹击说，“你不知道医院对于病人多么重视，医院之间互相抢病人也是行业的潜规则，我们就是去医院做志愿者的，你为什么要在其中挑拨，让楠楠家转到别的医院，卷入这样的暗斗里。”

“我没有。”艾琳摇着头解释。

“你没有，那楠楠奶奶怎么跟医院说是你介绍的。”张小蒙咄咄逼人地问。

“我……”艾琳被张小蒙逼得往后退，被椅子绊倒，一屁股坐在椅子上，低着头痛苦地沉默不语。

艾琳当时只是单纯地想帮助这个家庭，不想看到孩子继续受苦，没想到惹出这么大的麻烦。

孙晓光黑着脸从医院回来，没有直接找艾琳谈话，而是把张小蒙叫到办公室里锁上门单独谈话。艾琳宁愿他狠狠地骂自己几句，也比晾在一边强。

“艾琳同志，以后你要做什么之前多和小蒙沟通，她是老人了，很多事情她是有经验的。”孙晓光临走之前丢给艾琳一句话。

艾琳站在那里好半天没有缓过神来，她知道自己做错了，只是不知道自己错在哪里。

这次事件慢慢被淡忘。艾琳继续在爱心教室里教课，在医院放映周五电影。当遇到需要帮助的家庭，艾琳还是忍不住在力所能及的范围内给大家出力，很快赢得了白血病家属的好评。

张小蒙看到艾琳如此我行我素，不服从团队管理，干脆孤立她，平时跟她面对面坐着也不说话，板着脸做自己的事情，隔三岔五就跟孙晓光打小报告。

孙晓光那时一心投入社区服务中，没有太多的精力关注医院和爱心教室这块，即使接收了很多关于艾琳的投诉，一直也抽不出空去爱心教室解决队员之间的分歧，放任事态恶化。

刚开始，艾琳还积极地向孙晓光提了很多自己在医院和爱心教室里发现的问题和改进方案，但是都没有得到孙晓光重视，孙晓光总以忙为理由，将艾琳冷落在一边。艾琳逐渐感觉自己在这个团队中，是一个被孤立的人，她又回到了曾经单打独斗的日子。爱心教室没有孩子过来的时候，艾琳就锁上门，去医院走访一些白血病患者。

机构还是初创期，一切都不是那么成熟，问题往往得不到理性的解决。艾琳和孙晓光对于公益活动的理念和未来的规划有很大的差异，加上内部矛盾激化，两个人越走越远，彼此之间产生很大的怨气。

孙晓光最终还是找到艾琳，两个人进行最后一次对话。

“我创办口罩天使阅读坊的初衷就是丰富住院孩子在医院的生活，让书本给他们带来乐趣，通过志愿服务，给血液科的孩子带去欢声笑语。机构创办伊始，本着这样的目标，没有进一步去挖掘白血病家庭的需求，也不会为他们去筹款，我们有自己的原则和底线。”孙晓光再一次和艾琳重申。

“我知道，你觉得我在机构总在多管闲事，可是我做志愿者那天开始，就下定决心要管别人的闲事。”艾琳这次没有再忍气吞声，实话实说。

“可怜的人太多，咱们不可能帮他们解决所有需求，你投入得越多，最后受伤就越大。”孙晓光情绪复杂地说。

“我们帮助别人，就不能计较这么多，能帮多少，就帮多少。”艾琳不认同地说。

“我做志愿者十多年了，知道与扶助对象关系的建立和维护十分复杂，付出和回报往往不成正比。既然机构一直组织志愿者进行志愿服务，我们就没必要做得如此深入，省得志愿者投入太多精力和时间。志愿服务都是免费的，没有一分钱的酬劳，自然是在主业之外的副业投入。”孙晓光说。

艾琳一开始就对孙晓光这样的初衷并不认同，她觉得作为志愿者就应该把这些患者家庭的需求一一统计好，然后像帮助家人一样帮助他们，才能真正理解他们，赢得他们的信任。

艾琳在爱心教室待得越久，越发现这个公益机构就是个空壳子，做不了实事，所有的成员不是为了服务这些白血病孩了和他们的家庭，而是整天寻找各种不同的噱头写项目书，她的内心早已开始纠结是否继续留在这里。

孙晓光见艾琳低着头不说话，以为自己的话说到她的心坎上，于是严肃地说：“就拿上次医院那件事情来说，你就想得太简单，做事不往深处究，以至于犯了一个让……机构，机构难堪的错误。”

孙晓光本想说“我”，思量一下又用了“机构”二字代替。

“我们既然是帮助他们的机构，难道就看着孩子受苦，不给他介绍更好的医生？”艾琳心里早就为此事憋着一口气，这次放开说了。

“我们既然和医院合作，医院有医院的规定，我们就得遵守。抢病人不是一天两天的潜规则，你怎么非得去踩这个红线，这下好了，医院下了逐客令，禁止你进入血液科，是我再三求情，他们才勉强同意。”孙晓光实在想不通艾琳为何连这点儿人情世故也不明白，一时没忍住说出实情。

“他们凭什么给我禁足令？医院是公共场所，我又不是恐怖分子，为什么不能进去？再说病人有自主选择就医的权利，我去做志愿者，又不是去给哪家医院做间谍。”艾琳不认同地反驳。

“你为什么非要钻牛角尖？”孙晓光提高音量说。

“我没有钻牛角尖，我只是实话实说。我不是为了名誉和地位才投身志愿者事业，我本着一颗感恩社会的心。因为我曾经经历痛苦，让我更加能体会他们的痛，所以才会急切地想帮他们。”艾琳摸着胸口发自肺腑地说。

“做公益不只是做好人好事，你得把眼光放长远一点儿，格局更大一些。今天你可以满足他们的需求，他们的欲望就会越来越大，等到有一天你发现自己再也满足不了他们时，你就知道我今天对你说的话是多么现实。”孙晓光知道艾琳此刻怀疑他做公益的初衷，缓和了一下自己的情绪，跟她解释。

“道不同不相为谋。我只想做自己认为无愧于心的事，而不是受制于人。”艾琳拿起包气愤地准备离开。

孙晓光一听艾琳不懂他的好意，还出口伤人，便恼羞成怒地说：“你如此冲动，我们机构也留不住你，请便。”

相识容易，相处难。艾琳的感性和孙晓光的理性碰撞在一起，非但没有碰撞出孙晓光预期的那种思想上的火花，还因为那时两个人处事方式太过直接，无意间伤害到对方，彼此产生了嫌隙。

艾琳毅然离开了孙晓光的团队。孙晓光这次又选择了之前惯用的处理方法，他觉得比起劳神费心地改变一个人的思想，不如用一个跟自己思想统一的人去代替，这样不用大费周章，反正愿意加入他们的志愿者有很多。就这样，两个在公益道路上本可以携手前进的队友，因为误会和猜忌越走越远。

“一个好的开始，未必会得到一个完美的结局，但是至少我们一直在努力，如今还在坚持。”艾琳在笔记本上写下这段心情复杂的话。

第十一章　神奇的手工

带着矛盾和失望离开的艾琳，又开始了在H市公益独行侠般的生活。

艾琳离开孙晓光的机构后，并没有返回县城，而是独自一人在省会的三大白血病儿童聚集的医院，开展一些白血病患者家庭之间的互助活动。艾琳继续租住在孙晓光为她找的那间房子里，只是再也没有和孙晓光有过任何联系。

2015年7月5日，在一些朋友的鼓励和帮助下，艾琳鼓起勇气创办了个人公益机构“芥菜籽生命关爱公益服务中心”。

艾琳选这一天作为自己的志愿者组织成立日，是为了表达她对重生的感恩。艾琳一直告诉自己，活着就是为了报答对这个世界以及帮助过她的社会人士的恩情。2015年7月5日，刚好是艾琳白血病康复十周年的纪念日，走过十年，她一直心存感恩，向阳而生。

艾琳每天的计划排得很满，笔记本上密密麻麻的都是字，时刻提醒她需要帮助的对象和最迫切需要解决的问题。

一次偶然的机会，艾琳去医院进行志愿服务，在病房接触到一名白血病患儿豆丁。

豆丁是个内向不爱说话的孩子，整天在床上躺着发呆，与同病房天真活泼的病友小雨比起来，他显得那么安静。

艾琳想走近这个有着与年龄不相称神情的孩子，因为他忧郁的样子实在叫人心疼。艾琳通过豆丁的妈妈了解到豆丁的爸爸是一个精神分裂患者，豆丁从小家里就一贫如洗，没想到屋漏又逢连夜雨，豆丁在七岁的时候突然晕倒，送到医院检查后，医生告诉豆丁的妈妈说孩子得了白血病，豆丁的妈妈当时就觉得天旋地转，一时没站稳，摔倒在地上。

豆丁妈妈带着孩子四处求医，能借到的钱都借遍了。小豆丁虽然才七岁，但是小小的年纪已经非常敏感，他自从住院以来，一直不愿意说话，郁郁寡欢，脸上写满了心事。

起初艾琳尝试了很多方法，跟病房的小雨讲故事，做游戏，说笑话，小雨被艾琳弄得哈哈大笑，可是这些都无法引起豆丁的注意力，他依然是死鱼眼睛一般地看着窗外的蓝天，眼中没有一丝亮光。

艾琳从那双幼小的眼中看不到一点儿生命的希望，她的心情非常沉重，因为这种对生活绝望暗淡的眼神，她并不陌生，就跟当年推进手术室时的自己一模一样。艾琳不想放弃豆丁，就像当初姐姐和妈妈不放弃自己一样。

每次从医院回来，艾琳都会在出租房里苦思冥想，到底用什么样的方法可以打开豆丁的心门。有天晚上，艾琳想来想去，眼神突然定格在一只自己最近做的手工包上，那是她准备送给一个白血病孩子的生日礼物。为了尽量节省生活成本，艾琳凭借着曾经的裁缝手艺，开始在网上学习一些手工教学视频，然后做出精巧的礼物，送给去探望的孩子们。

那一刻，艾琳突然想起从前在县城的大院里教留守儿童做手工的志愿服务经历，一时喜出望外，兴奋地一拍大腿自言自语地说：“我怎么没有想到！”

第二天一大早，艾琳便到市场购买材料，当天下午带着所有的手工材料去医院，然后悄悄地走到豆丁的床前。

“来了。”豆丁的妈妈看到艾琳来了，眼中放光地说。

“嘘！”艾琳不想打扰豆丁，静静地坐下来。

豆丁听到艾琳的声音，故意闭着眼睛，不理不睬。

艾琳把所有的手工材料一一放在医院床上的小桌板上，很快吸引了旁边的小雨，小雨围过来眨巴天真的大眼睛问：“白妈妈，这是什么？”

艾琳现在在这些孩子们的眼里就像是妈妈一样亲切，再加上她之前也是白血病患者，所以大家亲切地称她为“白妈”。

“今天我们要一起做手工。”艾琳摸了摸小雨的头温和地说。

“哇哦！”小雨拍着小手开心地说。

“豆丁，你要不要加入我们？今天阿姨想和你一起做一个漂亮的手工画，你可以把它作为礼物送给妈妈。”艾琳拿起手工材料提议说。

豆丁一开始没有任何反应，他还是闭着眼睛背对着艾琳一动不动。艾琳没有过多勉强他，而是带着小雨一起做了起来，嘴里还不时地给小雨讲解制作的步骤，以引起豆丁的关注。

大约过了十分钟，豆丁开始动了，忍不住坐起来观察了一会儿，凑着脑袋看小雨在做什么，然后伸出小手摸了摸桌子上的那些材料，学着艾琳一点点制作起来。

那天下午艾琳带着豆丁和小雨一起做手工，豆丁虽然一直不说话，但是他很认真地听艾琳说话，还时不时地与艾琳有眼神的交流，艾琳知道她已经打开了豆丁封闭的心，让他从那个狭小的角落走了出来。豆丁很聪明，学习能力特别强，当小雨还在大叫着做不好的时候，他手中的一幅钻石画已经初见庐山真面目了。

当作品诞生的时候，豆丁很骄傲自豪地看着妈妈说：“妈妈你看，这是我做的，我以后也可以自己挣钱了！”

豆丁天真的一句话，却让妈妈潸然泪下，捂着嘴强忍住内心的激动，扭过头去抹了一把泪，然后转过身来激动地看着豆丁笑。

艾琳看着眼中发光的豆丁，这一刻才明白孩子的内心世界其实没有那么简单，原来豆丁心中最大的压力就是治病的钱。豆丁言语不多，但他特别善于观察，看到妈妈整天偷偷落泪，他就知道妈妈为了给他凑钱治病，已经到了山穷水尽的地步，所以他心疼妈妈，以至于小小年纪就抑郁了。

艾琳此刻心里特别庆幸，她一直没有放弃与豆丁建立起沟通的桥梁。人与人之间总需要尝试不同的沟通方式，才知道哪一把是打开彼此内心大门的钥匙。艾琳看到豆丁笑容灿烂的样子很激动，她好像又寻找到一条可以与这些孩子建立关系的道路。

“豆丁，以后白妈妈天天来陪你一起做手工，好吗？”艾琳及时地发出邀请。

“嗯。”豆丁腼腆地点点头，看着艾琳说，“白妈妈，谢谢你。”

艾琳摸着豆丁的头，欣慰地笑了，眼泪忍不住在眼眶里打转。是的，没有什么比这句“谢谢”更让她觉得满足了。

走出医院大门的时候，艾琳脑海中突然闪过一个想法，也是从那时候开始，她萌发了这个想法——创办一个教白血病儿童和家长做手工的公益机构。虽然当时她的这个念头还是那么模糊和幼稚，不过她的心却认定了通过手工制作可以改变孩子们灰色的世界，让他们治疗期间的生活变得多姿多彩。

当天晚上，艾琳因为这个突如其来的想法兴奋不已，她根本睡不着，辗转反侧后，干脆不睡了，打开灯坐在床头，在笔记本上涂涂写写，将自己初步的想法记录下来。随着整理，她思路渐渐清晰，困意来袭的时候，艾琳看到笔记本上的计划，简直兴奋地要大叫起来。因为是半夜，她只有压抑住内心的激动，抱着笔记本躺下来，脸上闪闪发光，感觉自己好像正在一片爱的海洋中不停地航行。

第十二章　白妈手工坊

很多事情，只要你有心开个头，其他的机缘巧合也就随之而来。

艾琳将自己的想法告诉身边很多做志愿者的朋友，大家都觉得这是个好想法。但所有的公益项目筹款都需要在平台上进行，并且需要托管基金账户才能注册，艾琳便开始为这件事情发愁。

半个月后，艾琳在朋友们的介绍下，找到一家考虑赞助她的公益基金会。如果基金会愿意帮她开筹款账户，那么她的手工坊就可以面向社会大众进行项目筹款，她就可以用这些善款进行材料采购，然后去医院带更多的孩子一起做手工。

当基金会的人通知她去面试，艾琳喜出望外，所有的想法要变成现实的过程是这么美妙和令人期待。

“手工制作不但可以丰富孩子们在患病治疗期间的生活，让他们每天都可以动手做一些事情，用自己的双手创造美丽的事物，增加他们的成就感，而且这些手工制品还可以通过义卖筹款，给这些病患家庭增加一些收入，这难道不是一举两得的办法吗？”艾琳第一次跟基金委员会针对这个筹备项目进行解说，虽然有些紧张，她还是极力保持镇静。

有一位委员听了艾琳的叙述，直白地问：“为什么想到做志愿者？你没有收入，为什么还要帮助这些白血病儿童？”

艾琳听到这位委员的提问，一开始有些紧张，低着头深呼吸想了一下，暗暗鼓励自己，都是经历过生死的人，还在乎这些质疑吗。

于是艾琳抬起头从容地笑着回答：“感恩。我感谢那些曾经帮助过我的社会爱心人士，如果没有他们，可能今天我就不会站在这里。我只想身体力行将这份爱和温暖继续传递给需要帮助的弱势群体。”

“那你对这些孩子有信心吗？”那位委员有些咄咄逼人。

“谁说曾经受伤的翅膀不能再度自由地飞翔？谁说寒冬之后的大地不能再次展现一片青翠？我要让每位白血病儿童都能够抬起头张开双臂，迎接充满阳光的未来。”艾琳眼中泛红地说。

那位委员不依不饶地继续追问：“您的身体真的可以承受这么艰苦的工作吗？”

“我是从鬼门关兜了一圈回来的人，早已看透生死。我宁愿死在志愿服务的路上，也不想在家里过着毫无意义的安逸生活。再说，明天和意外，哪个先到？我只想活好现在。”艾琳目光坚毅，面带微笑地回答。

那个刁难艾琳的委员紧绷的脸出现笑意，一言不发地走出了房间。

艾琳没有想到，那个咄咄逼人的委员就是此公益基金机构的创始人，更没想到他很欣赏自己的坦白。基金会同意支持艾琳的项目，那位创始人还鼓励艾琳申报志愿者薪资。

艾琳看到自己的项目峰回路转，一时忍不住流下了泪，为了这个项目的筹备，她不眠不休地熬了好几个通宵，如今总算是开花结果了。

找到了合作的基金会，艾琳开始筹划自己的工作室，为了节省房租，就将自己租住的房子的客厅当作手工坊的教室。简单布置后，很多白血病家庭便走进这里，开始了新的生活。白血病孩子亲切地称呼艾琳为“白妈”，艾琳喜欢“白妈”这个称谓，虽然疾病夺去了她这辈子做母亲的机会，但是在公益的道路上她做了“妈”，所以艾琳给自己的手工坊取名为“白妈手工坊”。

2015年8月初，艾琳成立了“白妈手工坊”。此后，不断有白血病家庭加入，每天有很多孩子在那里学习手工。

艾琳在医院和家里带着白血病儿童和家长，一起通过手工改变他们的生活状态，让这些折翼天使用自己勤劳的双手和聪明才智制作创意手工。

一次偶然的机会，艾琳把孩子们做的手工拍成照片，放在QQ空间里展示，很多朋友看到都纷纷要求购买，献上自己的爱心。

艾琳第一次为这些孩子和家庭通过手工筹到钱，心里突然感动得想哭，比自己从前设计服装赚到钱还要开心。从此以后，除了教这些孩子和家长学做手工，艾琳还多了一项工作，就是将做出来的成品进行义卖，为他们筹款。

艾琳原来是学习服装设计的，所以在手工方面有着得天独厚的优势。她在网上自学制作手工包、手工花、钻石画，还有一些饰品，然后在医院旁边的出租屋和病房教授孩子和家长做手工，陆续有五十多个白血病家庭加入手工制作义卖的队伍，其中做得最好的一个家庭通过义卖收入三万多元，贴补了孩子的医药费。

艾琳的家很快成了这些手工艺品的仓库，每天这些白血病家庭做好的手工成品都会送到艾琳家里，艾琳再将他们的作品贴上白血病患者的名字，随后进行义卖筹款，东西卖出去后，就把这笔钱自动记在这个名下，每个月给这些家庭结账一次。

随着更多的白血病家庭加入手工坊，艾琳觉得通过线上平台已经无法满足这些手工成品的义卖，于是想尝试线下义卖义演认捐的方式，只是一时没有找到合适的渠道，艾琳便开始每天傍晚在路边摆起地摊。

当时有个小女孩西西得了罕见病，艾琳为救助她，一个月五次去她家送捐款。最后一次路边义卖，艾琳因为来回奔波，喉咙发炎，眼睛红肿充血，发着39.6度的高烧，依然到现场主持和呼吁爱心捐款。

艾琳不是钢铁侠，也没有金刚不坏之身，只是她看到这些孩子们住院急需钱，就停不下来。

户外不定期的义卖，变动性太大，活动常因为不确定的因素临时取消，那些白血病家庭经常带着手工艺品白跑一趟。

有次义卖活动在五月第一天，地点定在了逍遥津公园。五一这天，公园的人流量很大，非常拥挤。满园飘着黄絮，呼吸都困难，大家怕影响孩子身体，只好转移到最近的市府广场的天桥上。但是天桥是中转站，路人匆匆忙忙赶路，并没有心情停下来注意义卖活动。

下午艾琳一行人又转战去了杏花公园，孩子们唱着歌吸引路人，但同时也招来了保安。因为当天园里有展览，为了维护秩序，保安还是驱赶了艾琳一行人。

艾琳心里满是愧疚。家长们在杏花公园被驱赶时，没有争辩，默默地收摊。站在旁边一直看热闹的大叔大妈也开始为艾琳扬声，劝说保安别赶他们走，还有很多人在现场一片混乱中购买了一些手工品。一个衣衫褴褛的老爷爷，为了艾琳他们甚至递烟给保安，满脸堆笑，好像是在保护自家的孩子。这些细节都让艾琳非常感动。

爱，不是抽象的，是可以看见的。爱让我们认识、体会、经历，我们才能懂得。

当天义卖的收入，艾琳算了一下是五百零五元，还没有刨除各种费用和时间成本。那一刻艾琳觉得路边义卖终究不是个长久的办法，她决定要去寻找新的商业合作渠道。

“同志，就让我见见你们经理吧。”艾琳站在一个大型商场的问讯处苦苦相求。为了找到一个做义卖展会的地方，她已经跑了五家商场，都吃了闭门羹。

“走走走，我们经理不是谁想见就能见的。”问讯处的姑娘不耐烦地摆手说。

艾琳受尽了白眼，但是她不愿意放弃，还是赔着笑脸递上机构的宣传资料，希望能够打动眼前这个衣着鲜亮的姑娘。

“你放着吧，回头有需要再联系你。”那个姑娘见艾琳十分难缠，便敷衍了事地说。

“哎，谢谢您啊。”艾琳放下资料，笑着退了出去。

艾琳走到门口回头再看，只见那个姑娘将艾琳的资料随手丢进脚下的垃圾桶，脸上没有任何表情。那一刻，艾琳觉得丢进垃圾桶的不只是资料，还有自尊。

为了那些白血病家庭，艾琳并没有放弃，又硬着头皮走进一家商场，她期待看见曙光。

艾琳很少走进这样高档的地方，里面都是一些她曾经学习过的奢侈品品牌，那些名字已经在她的脑海里渐渐淡去。

艾琳在商场里转了一圈，终于在三楼看到一个西装革履的工作人员，胸前名牌上写着运营经理，她立刻眼前一亮地走上前。

“同志，你好。”艾琳礼貌地问候。

“您好，请问有什么需要我帮助的吗？”那位运营经理微笑着说。

“您好，是这样的，我是一名志愿者，为白血病儿童服务，我们的孩子做了很多的手工艺品，不知道您这里能不能提供一个平台给我们进行义卖，为他们筹款。”艾琳真诚地解释。

“不好意思，女士，我们商场不提供此类业务，你可以去别的商场问问。”运营经理客气地拒绝。

“经理，赠人玫瑰，手留余香。你就帮我们再问问，可以吗？”艾琳苦苦相求。

“不好意思，我们真没有这块业务。”运营经理不想与艾琳纠缠下去，于是表示歉意后准备离开。

“一看你就是个有爱心的人，帮帮这些可怜的孩子吧。”艾琳不知道从哪里来的勇气挡在他面前说。

“你这是赤裸裸的道德绑架。”运营经理不耐烦地看着艾琳。

“这怎么是道德绑架，每个人对社会不应该有一份爱和责任吗？谁能保证自己一辈子顺风顺水？”艾琳有点儿被他的话激怒了，一时没控制住。

“我们是卖奢侈品的，不是做公益慈善的。你们的这些手工艺品，对于我们的客户来说就是废物，买一大堆垃圾回家，还占地方，这不是浪费资源吗？”商场经理尖锐地说。

艾琳被这些话刺得千疮百孔，连说话的力气都没有了，倔强的个性让她强撑着没有哭，只是站在原地愣了两秒。

正当艾琳要离开的时候，背后有个声音问她：“可以给我看看吗？”

“贾总好。”商场经理惊讶地看着眼前的老总鞠躬说。

“你愿意帮我们吗？”艾琳一时像一个毫无底气的孩子。

“不一定，但是我可以先了解，说不定能够帮到你们。”贾总微微一笑。

艾琳赶紧双手送上资料，功夫不负有心人，终于找到一个愿意帮忙，一个不再说风凉话的好人。

“这些病患都来自贫困家庭，家里有人患癌后更是雪上加霜。他们不仅身体遭受着病痛折磨，精神压力也非常大，常常因为接受各方的救助而感到自卑。现在他们通过手工制作和义卖，可以补贴费用不说，更重要的是能够找到自我价值。我的能力微薄，我所做的更多是想唤起人们对弱势群体的关注和理解，用感恩的心去珍惜生活中的人和事。”艾琳站在一边强撑着介绍。

“好，你这个忙我帮了，我跟商场的经理们商量后再跟你联系，可以吗？”贾总听了艾琳掏心窝子的话，当即决定。

“真的吗？太好了。”艾琳流下眼泪说。

艾琳不记得自己怎么走出商场大门的，情绪复杂得让她暂时失忆。走出大门迎着落日的那一刻，艾琳一时控制不住，这段时间的委屈随着眼泪一股脑地流了出来。

第十三章　社会歧视

“五一”三天小长假，是商场里最热闹的时候，贾总让楼层经理将三楼电梯口最显眼的天桥走廊批给艾琳做手工品义卖的场地。

艾琳将每一个作品贴上孩子们的名字和价格，这样每一个作品义卖出去的钱就直接归这些白血病孩子，为他们筹集一些生活费，还可以实现自己的价值感。

通过媒体宣传，这些孩子们很快获得社会爱心人士的捐助，一些大学生志愿者更是热心参与这次的义卖活动。

义卖的前一天，商场的贾总特意来到现场，对艾琳的工作进行全面支持。

“贾总，我都不知道怎么谢谢你了。您让工作人员做的‘白妈手工坊’的喷绘墙，可以第一时间向路过的人介绍我们的活动。”艾琳激动地说。

义卖活动现场，有一名默默付出的志愿者，叫欧米佳，每天微笑着向路人介绍小朋友的手工作品，吸引了艾琳的关注。

欧米佳长得白净，一双杏眼里不带一丝杂质，做事有条理，不紧不慢的，性格也是不争不抢，乖巧温顺。

义卖第三天，艾琳和欧米佳两个人在活动现场。

“来，喝水。”艾琳把矿泉水递给正在收拾东西的米佳。

“谢谢，艾琳姐。”米佳接过水，用手背擦了一下额头上的汗说。

“这两天志愿者太多，我还不知道你叫什么名字。”艾琳顺势坐在地上，扭开手上的矿泉水瓶盖问。

“艾琳姐，我叫欧米佳，欧洲的欧，大米的米，佳美的佳。”欧米佳打开瓶盖喝了一口水说。

“妈妈，你看，那里有很多好玩的东西，我想去看看。”一个胖嘟嘟的小男孩充满好奇地朝着艾琳这边跑来。

男孩的妈妈看到彩绘上面的介绍，像是看到瘟神一样，赶紧加快步伐走上前，一把拉住小男孩，故意压低声音对他说：“赶紧走，这里的东西都是带了病毒的，一旦被传染上，可不得了。”

米佳听了那个男孩妈妈的话，心里很不舒服，正想上前和她理论，艾琳按住她的手，摇摇头让她不要冲动。

“我不，我不嘛，妈妈，我就想要，我就要。”小男孩一屁股坐在地上耍赖哭闹着。

“亮亮乖，一会儿妈妈带你去吃好吃的，都是你喜欢的。”妈妈见儿子在公共场所哭闹，脸上有点儿挂不住，只有强颜欢笑地哄着儿子。

“不不不，我就要那个姐姐手中的汪汪。”小男孩指着米佳手中用珠子串成的小狗说。

“好好好，妈给你买，一会儿去商场的玩具店里，你想买什么就买什么。”男孩的妈妈妥协地说。

“不，我就要那个。”小男孩目不转睛地看着米佳手中的小狗说。

“不行，那个不能要。”男孩的妈妈立刻站起来一口否决。

“为什么？”小男孩疑惑地抬头问妈妈。

“我的傻亮亮，那个东西要了是会得病的，你晓得哇。”男孩的妈妈一副恨铁不成钢的样子，咬牙切齿地说。

艾琳听到这里，心里难受极了，虽然她经历过很多次这样被社会歧视的场景，但是这一次心还是会疼。

米佳吹了一口眼前的刘海儿，她实在看不下去了。她不是爱打抱不平的性格，今天不知道哪里来的勇气，可能是那个可怜的男孩唤醒了她心中作为一名教育者的天性，也可能是艾琳隐忍的泪光激起了她内心女侠般的豪情。

反正不管是什么原因，米佳拿着小狗义无反顾地走上前，弯下身子微笑地对小男孩说："小朋友，姐姐把这只小狗当作礼物送给你，好不好？"

艾琳想拦住米佳，却也知道拦不住了，心里为她担心。

小男孩立刻眼中放光地从地上站起来，拍着手开心地说："太好了，太好了。"

正当小男孩伸手要接过米佳手中的狗狗，男孩的妈妈突然狠狠地打了男孩的手，男孩立刻被妈妈突如其来的暴力吓得大哭起来，男孩的妈妈拉着他厌恶地加快脚步，准备离开。

米佳心中的怒气犹如洪水猛兽一般爆发了，她立刻上前拦住那个男孩的妈妈，微笑着问："大姐，你对白血病了解吗？"

"我管它是什么，反正就是得了要死的。你赶紧给我让开，我是不会买你们东西的。"男孩的妈妈带着优越感说。

"在父母眼里，我们每一个人都是宝贝。可是你知道吗，我们白妈现在接触的这些白血病儿童大的才十四岁，小的只有六个月，虽然他们是病人，可除此之外他们和您的孩子没有区别，更不会把疾病传染给别人。"米佳眼泛泪光地说。

"你在那里乱说什么，我家孩子怎么可能和他们一样。"男孩的妈妈不屑地看着米佳，掏出钱包说，"小姑娘，你不就是要钱嘛，大不了我捐点儿钱，替我儿子做善事了。"

“大姐，您还是在儿子面前学着尊重别人吧。我们不需要施舍的同情，也不需要虚情假意的善心。这些作品都是三岁的小朋友跟着白妈做的手工，在白妈家、在医院里、在病床上。为了在病痛折磨时分散注意力，在放射治疗前度过漫长的等候时光，他只想尽自己小小的一份力。他们靠自己的劳动换取应得的报酬，而不是坐等他人伸出援助之手。他们生病有错吗？他们为什么要被歧视？”米佳沉重地说。

“不可理喻。”男孩的妈妈看到周围的人投来异样的眼光，拉着一脸迷茫的男孩匆匆离开了。

“请大家关爱白血病儿童，至少不要误解或者歧视那些与病痛做斗争的小天使们，他们正积极努力地活着。”米佳正好趁此机会在人群里呼吁。

大家纷纷被米佳的真诚打动了，一时掌声不断。米佳反而被这突如其来的掌声弄得不知所措，脸蛋立刻红了。

“看你文质彬彬的，没想到还挺厉害。”艾琳走上前笑着对米佳说。

“琳姐，我刚才是不是糗大了？”米佳摸着发烫的脸蛋不好意思地低着头问。

“刚好相反，是那个孩子的妈妈糗大了。”艾琳拍拍米佳的肩膀安慰她说。

米佳赶紧回到展台后面蹲了下来，把手放在胸前，心情久久不能平复。

“第一次都是这样。”艾琳也蹲下来。

“什么？”米佳疑惑地看着艾琳。

“我记得刚做志愿者那会儿，经常因为看不过那些丑恶的嘴脸，去一一辩论一番，不争赢不罢休，总觉得自己是正义的使者，差点儿还跟别人打起来。”艾琳苦笑着摇摇头说。

“真的吗？那怎么……”米佳欲言又止。

“因为后来发现，有些人说了不如不说。记得有个前辈和我说了句特别经典的名言‘别把珍珠丢给猪’。”艾琳指着眼前一个小猪挂饰说。

“什么？”米佳不太明白。

“你想啊，你把珍珠送给猪，你觉得它会欣赏吗？还不是乱拱一通，糟蹋了稀罕东西。”艾琳耐心地解释。

“哈哈，琳姐，我懂了。”米佳心领神会地笑起来。

艾琳看到米佳笑了，心就放了下来，拍了拍米佳的肩膀欣慰地说：“明白就好！”

艾琳站起来开始收拾东西，义卖就要结束了，要进行收尾工作，这个寸土寸金的地方，早点儿给别人腾出来才好。

“艾琳姐，我来帮你吧。”米佳一下释然了，不忍心艾琳一个人辛苦，主动提出帮忙。

艾琳看着米佳点点头，脸上露出欣慰和感动。

“毕业后，打算去哪儿？”艾琳一边收拾打包一边和米佳闲聊。

“准备留下来。”米佳想了一会儿，好像下了很大的决心说。

“为什么想留在这里？”艾琳好奇地问。

如此突然的一问，米佳一时还真不知道如何回答。

“我想自己是被这座城市的温暖挽留的，正因为遇到很多像您这样的好人，让我觉得这个城市不是死寂的，而是鲜活的。”米佳想了一会儿，站直了说。

“哈哈，大学生就是不一样，说话就是好听。”艾琳笑着说。

“哪有？”米佳不再说话，低下头默默干活。

所有的东西都打包好了，送到一个白血病儿童家长的面包车上，准备运回艾琳的家。

艾琳把账本又对了一遍，小心翼翼地收进自己的包里。这大半年来，自己为大病患者筹集治疗费用数十万，直接受益者三百余人，艾琳仔细记录着每一笔账。

“要不要和我们一起走？”艾琳询问米佳，想顺路送一下她。

米佳摇摇头，挥挥手说：“不用了，我坐公交就行。琳姐，再见。”

“好的，路上注意安全，再见。”艾琳坐在拥挤的车子里挥手说。

米佳坐在回学校的公交车上，若有所思地透过车窗看着外面，一个人在这偌大的城市已经四年了，偶尔也会想家，只是倔强的她不愿意再被父母操控人生，孤身留在这里，也算是藏着一分私心。

第十四章　一名志愿者

欧米佳是一名志愿者，从大学一年级开始，她就申请加入了学校的青年志愿者协会服务。

大二暑假的时候，欧米佳作为支教老师去了宁夏回族自治区，那段经历彻底改变了她的人生目标，她决定毕业后要做老师，成为一个教书育人的园丁。

大三寒假的最后几天，欧米佳第一次接触“白血病”这个医学名词。

有一天，欧米佳突然看到朋友圈里发了一条筹款的信息，虽然很久没有联系，直觉告诉她，这个人是她的初中同桌。她怀着忐忑不安的心情点了进去，原来真是她生病了，照片中的人已经基本辨认不出了。

这个同学叫张晓静，和米佳一样大，中学毕业就不读书了，外出打工。米佳高三的时候，就听说她结婚了，如今儿子两岁。

晓静的这个求助信息，带给米佳非常大的震撼，曾经的晓静在米佳的记忆里一直都是身强体壮，一顿可以吃两大碗饭，初中三年米佳都没见过她感冒发烧，她实在不敢相信晓静怎么就得了绝症。

五年没有联系，米佳对这个曾经的同桌如今的遭遇充满同情。真是天有不测风云，人有旦夕祸福。米佳从求助信息中得知了晓静所在医院的地址，她决定提前回到学校去探望晓静。

米佳回到学校后，来不及休息，第一时间就在QQ上和晓静约了见面时间，直到下午晓静才回复她，说自己化疗后疼了一夜，刚刚睡了一会儿，过会儿可以见面。

再一次见到晓静，米佳简直不敢相信自己的眼睛。一条条白色隔离膜后面，一个瘦骨嶙峋的躯体好像被整个吸干了，一双深陷的眼睛再也看不到往昔的光亮。要不是提前得知房号和床位，米佳根本就不敢认。

米佳一时愣在晓静的床边，不知道说什么，眼泪吧嗒吧嗒落了下来。

“米佳，咱们五年没见，你还是那个爱哭鼻子的丫头。”晓静强撑着坐起来，笑着对米佳说。

时光瞬间倒流，米佳好像又看到了那个坐在她身边的强壮丫头。每当下课铃声响起，就开始不耐烦地等着老师说“下课”，接着就会用笔捣一下米佳，有模有样地模仿讲台上的老师，经常把米佳逗得笑个不停。

曾经的开心果，如今脑袋上一根头发都不剩，整个人被病魔折磨得变了形。

“米佳，来，坐这儿。”晓静伸出手对米佳说。

米佳拉住晓静的手，那只手上千疮百孔，全是化疗的针眼。

米佳小心翼翼地抚摩着晓静的手问：“疼吗？”

“不疼，已经习惯了。只要能活下去，什么样的痛苦我都能忍受。”晓静的眼里充满了对生的渴望。

“你怎么发现自己生病的？”米佳关心地问。

“那时候我还在外地打工，有段时间一直感冒不好，身体消耗越来越大，有时候白班都会觉得眩晕，整个人越来越消瘦。所以我就到大医院做了一个全面检查，医生看了报告对我说，我得了白血病，当时我以为他开玩笑，后来知道是真的，那时我的整个世界好像要崩塌了。不过让我感恩的是，我的老公和孩子一直陪伴在身边，他们的爱是让我坚持活下去的力量。”晓静眼中饱含泪水。

“别哭，晓静，你一定会好起来的。”米佳抽出纸巾帮晓静擦了擦眼泪。

“米佳，其实我不是怕死的人。只是有了孩子的女人，不敢死，我怎么舍得留下儿子孤单地在这世间，都说没妈的孩子是根草，我不想我的儿子变成可怜的小草。”晓静谈起儿子，立刻泪流满面。

米佳不知道此刻说些什么可以安慰晓静，好像言语在生死离别前都是苍白无力的，她跟在晓静后面哭了起来。

米佳知道晓静已经接受了半年药物治疗，为了给她治病，家里基本上倾其所有，亲戚朋友们能借的钱都已用上，花了二十六万多。如今晓静非但没有好转，免疫力还日益下降，已经进入隔离区。

现在唯一能救她的办法就是骨髓移植，幸运的是目前她堂哥的骨髓已经匹配成功，但是三十五万的医药费成了这个家庭的巨大难题，虽然国家有大病报销政策，但是必须把医疗费先交到医院，等到治疗结束后才能拿去报销。晓静家根本拿不出这样一笔巨额资金，她只能期待着社会好心人士捐款，让她可以活下去。

一开始米佳将晓静的情况通过微信朋友圈进行传播，以前的同学们也纷纷响应帮忙转发，虽然大家中学毕业后很久没有联系，但为着曾经的同窗之情，大家希望将这份爱传递下去，最后筹得两万元。

米佳大三的课程很多，但是只要有空，她就会跑到医院去陪晓静，跟她说说话。米佳也时刻关注晓静的空间动态，希望能够第一时间掌握她的心理变化，这样再一次见面的时候，才能真正地关注到她心里所想。

“刚刚午夜梦回，泪水湿透了枕巾。我梦见了儿子，我带他在老家的水池里捉鱼玩呢！这几天睡觉经常梦到儿子，梦里我是健康的，可以陪在他身边，真的很幸福。原来又大半月没见到儿子了，难怪这么想念，希望快点儿结束这个疗程，早日回家。目前身体状况都挺好的，没发烧，没感染，公司同事的募捐款也帮我们解决了大部分的医疗费用，借此机会谢谢大家，又让你们为我奔波了！”

“由于病情发展，全身的肿块越来越多，动弹困难，每天清醒的时间也好像不断减少，可是只要清醒时，心中总有满满的牵挂放不下呀，放不下呀……”

从晓静发的这些状态，米佳看出了一个母亲对孩子的牵挂和不舍。母爱溢于言表，她深深地被触动了。一位母亲面对死亡的坚强，震撼了她的心。

三个月后，晓静终于凑够了所有的手术费用，米佳接到她的电话后，为她开心得一夜都没睡着。晓静告诉米佳，医生需要等到白细胞值达标，才能给她做移植手术。

就在米佳为晓静顺利手术祈求老天时，本来已经好转的晓静，在手术的前一天，突然高烧不止，进入昏迷状态。

米佳接到晓静老公电话的时候，已经是深夜十点，米佳求了宿管阿姨好半天，才出了宿舍大门，打车赶到医院。

米佳见到晓静的时候，晓静插着氧气管，已经处于弥留之际，靠最后一口气撑着。

米佳拉着晓静的手，那一刻，她竟说不出一句话，坐在那里静静地看晓静大口地喘息。

“晓静，是我，米佳，我会一直陪着你。”米佳沉默了很久，才说出一句话。

晓静听了，眼角流下一颗泪，走了。

很久以后，米佳一直都忘不了晓静最后那颗对世间仍有挂念的泪水，好像那颗泪已经种在了米佳的心里。

转眼到了大四下学期，学校安排的课程不多，很多同学都选择外出实习。米佳从学校的青年志愿者协会得知“口罩天使”阅读坊招募服务白血病儿童的志愿者。一听到“白血病”三个字，米佳又想起晓静留在世间的最后那颗泪，所以她决定帮助这个群体，哪怕只是贡献一份微薄的力量。

米佳上交了报名表，很快就接到培训通知。培训那天，米佳根据通知上的地址走进培训室，就看到孙晓光在跟大家聊天，人群中不时传出笑声和掌声。

培训室的人不多，米佳选了一个靠窗的拐角位置坐了下来，默默地听着大家的聊天内容。

培训会议在一片掌声中开始了，孙晓光站在台上简单地介绍了自己，然后对“口罩天使”机构进行了介绍，最后针对服务白血病儿童进行了全面的专业知识讲解。

“在这一年里，平均每天有八位小朋友到爱心教室学习；在这一年里，我们组织举办了小组活动五十六次；在这一年里，我们播放了电影二十六场；在这一年里，我们组织了出游，组织了晚会。因为有教室，我们给孩子课业辅导；因为有需要，我们为孩子购买书本、书包；因为大家的支持，我们实现了十五位小朋友的特殊愿望；因为教室，越来越多的人关注这个群体，越来越多的人加入我们。我们不需要走马观花式的志愿者，我们需要的是投入时间跟孩子们在一起的志愿者，所以我们才组织了志愿者培训。”孙晓光呼吁说。

米佳第一次见孙晓光，就完全被眼前这个领袖式的人物吸引，她的心一下子就被这些天使抓住了。米佳当即决定参加这个公益群体，尽自己一分力量去帮助这些孩子。

“好的，那么接下来我们会随机分三个小组，然后每个组给自己取一个队名，想一句口号，针对这些孩子计划一个长期的志愿活动方案，限时十五分钟，到时我们会请每组上台进行展示。”孙晓光授课部分结束后，便开展互动环节。

报数后，米佳被分到第三队，可能冥冥之中自有缘分，米佳那组的三个队友不是老师就是大学生。

经过讨论，米佳和队友们结合自身优势，制定了一个长期对白血病儿童进行课业辅导的陪伴计划。其间，孙晓光还亲自到米佳这组参与谈论，米佳特别受鼓励，没有因为这是一次培训就随意设计方案，而是将每个细节都进行了全面讨论。

“接下来由第三队进行展示。”主持人张小蒙播报说。

米佳此时已经被队员们推选成小队长，她带着三个队员自信地走上讲台。前面两队的方案基本上是围绕一次主题活动进行的，米佳觉得和他们相比，自己团队的方案更加长远。

“我们的队名是？”米佳站在台上问。

“彩虹希望！”其他三个队员齐声回应。

“我们的口号是？”米佳喊了一声。

“立定彩虹之约，托起生命希望。”团队四人一手放在胸前，一手托举着说。

如此整齐划一的开场白，将底下的志愿者逗得哈哈大笑。米佳和队友因为紧张，也跟着笑了起来。

“下面我和大家陈述一下我们团队的志愿者方案。”等笑声平静下来，米佳面带微笑地说。

两个队员将他们的大字报展开，米佳用手指着大字报上的图案和文字介绍说：“我们的构想主要针对治疗期间白血病儿童脱离学校教育的问题。由于长期处于教育空缺状态，他们康复后再回到学校，很多课业都没法跟上，会出现难以适应校园生活的状况。我们认为一个孩子脱离学校教育太久，如果没有及时引导，未来很难再走进校园。所以我想成立一个志愿者团队，专门针对这个群体进行课业辅导和趣味教学的公益活动，使得这些孩子可以建立科学健康的学习习惯，为将来重返学校做好铺垫。”

听了米佳的分享，有些志愿者并不愿意投入这么多的时间，他们觉得志愿活动就是定期开展几场，不影响自己的生活，有时间就去参与，而米佳要求这样高质量长时间的陪伴和教学，他们都摇头表示很难实现，认为这个计划只是纸上谈兵。

米佳没有因为大家的反对而退缩，她还是坚信自己的理念，她相信自己的真诚会吸引一批志同道合的人，组成一个服务团队。

“看来你们这个志愿者计划是一个长远的大工程啊。”孙晓光被米佳认真用心的态度打动了，站起来说。

“是的，虽然现在我们的想法还不成熟，但是我们真的很愿意去帮助这些孩子。”米佳与队员手拉着手点头说。

“有心则成。我相信你们的方案未来一定能给这些孩子带来很大的影响。”孙晓光带头鼓掌说。

孙晓光凭着自己多年做公益的直觉和看人的眼光，他相信米佳是一个天生就自带社会志愿服务光环的人，所以在这一群志愿者中，她才会那样闪闪发光。

第十五章　彩虹下的约定

米佳参加完培训，内心那把火并没有因为时间的流逝而被浇灭，而是越烧越旺。她不想让好的计划还没有施行就在纸上流产，所以她开始对自己的计划进行详细的调研和调整。

计划做得再完美，没有人参与就很难实现，方案修改得差不多了，米佳迫切的需要是招募志愿者。

米佳怀着忐忑的心给之前培训会现场的三名队友打了电话，邀请他们加入团队，特别欣慰的是，除了一名志愿者因为自己儿子要高考，没法抽出时间，其他两名志愿者都愿意参加，米佳觉得自己很幸运，至少获得了三分之二的支持。

随后，米佳通过朋友圈和网上社交平台进行招募，消息出现了几秒钟，很快就被其他信息淹没了。米佳并没有因此泄气，而是每天上完课回去就四处发消息，坚持了一个月。

“你好，请问是米佳队长吗？”

有一天早起，米佳习惯性地打开笔记本，当她刷牙的时候，看到有人留言，她的心突然咯噔一下，惊喜地跳了起来。同寝室的人都认为米佳最近是疯了的状态，一个个从被窝里伸出头来看发生了什么。

“有人回复我了。”米佳吐掉嘴里的水，高兴地对大家说。

“米佳，你真是着魔了。”邻铺的室友懒懒地说。

米佳太开心了，她赶紧坐下，开始跟对方沟通。

很快，随着第一个志愿者的加入，米佳陆续收到很多的留言，一个星期就招募了十五个在校大学生和老师加入彩虹希望队，这些志愿者分布在城市的每一个角落。

米佳建了个群，通过网络和这些志愿者们进行沟通交流，策划第一次去爱心教室的活动。

米佳和爱心教室的冯老师多次沟通，目的是为了更好地了解孩子们的现实情况。米佳由此得知大部分学龄前的孩子没有去学校接受过正规的教育，所以学习需要从入门开始，这对于米佳这些老师们无疑是一种挑战。

传统的教科书对这些孩子们来说负担太重，所以米佳和队员们开始对教材内容进行大幅度的删选。45分钟的课堂教学方式也不适合这些身体比较弱的孩子们，团队中几位经验丰富的老师也对教学模式进行了研究。

米佳他们最后确定教学最主要的目的是培养孩子们的学习兴趣，并且能够让他们在治疗期间持续地接受教育。有了明确的方向，米佳很快采购了所需的教科书和教学工具，并且根据组员的专业和特长进行了课程分工。

除了文化课，米佳还加开了兴趣班，包括绘画、音乐和手工，希望孩子可以在学习疲劳的时候通过这些艺术活动开发大脑，激发创造性思维。经过各方面的沟通和一个月的筹划，米佳和队员决定在本周日下午开展第一次教学。

“亲爱的队友们，虽然我们不知道本次教学的结果怎么样，但是每一次尝试，都是学习和成长的过程。”米佳前一天晚上在群里给大家留言。

周日下午两点，米佳第一次来到吴夹弄，第一次见到所有的志愿者，让米佳惊讶的是，所有志愿者全部到齐。大家彼此问好，不觉得陌生，好像共同的使命已经将大家凝聚在了一起。

志愿者们站在爱心教室门口，带着少许忐忑与紧张，等待着孩子的到来。过了十分钟，米佳见到了期待已久的孩子们，他们戴着口罩，蹦蹦跳跳地走过来。

“冯老师好。”小朋友们和小冯老师亲切地问好。

“小朋友们，这些都是今天要带大家一起玩游戏的哥哥姐姐们，大家一起过来跟他们打招呼。”小冯老师笑着对孩子们说。

“哥哥姐姐好，欢迎你们过来。”爱心教室里的孩子们一同围过来和米佳他们打招呼。

“小朋友们好！”米佳一行人都挥着手，松了一口气。

出乎他们预料的是，虽然这些孩子身患疾病，但是都非常活泼可爱，好像亮晶晶的星星。一些孩子虽然是第一次见到米佳他们，但是也会拉着志愿者们的手，让他们读绘本。

米佳和大家都是第一次来到吴夹弄爱心教室，第一次接触这些口罩天使们，一开始还比较紧张，但是孩子们天真烂漫的性格很快就打破了紧张的气氛，不一会儿，教室里传来了欢声笑语。

米佳带着队友和孩子们先进行了简单的沟通，拉近彼此的距离，然后一起摆放桌椅和书本，准备上课。其他后来的孩子也在家长陪同下陆续来到教室，简单寒暄过后，很快融入现场。

彩虹希望的队员们精心设计了小游戏、唱歌和舞蹈，希望带给孩子们一个愉快与温暖的下午。课堂上，有些孩子还主动为米佳他们表演节目，看到这些像天使般纯洁的孩子，米佳内心无比的感动，和他们在一起，米佳自己也收获了很多幸福。

三十六中的志愿者红老师为大家带来了趣味英语，带着孩子们一起唱英文歌曲，学习动物的名称，讲述农夫的故事，不仅孩子们认真听，就连家长们也跟着后面认真学习。

“小朋友们，排排坐，我们一起学一段有趣的手语，好不好？”米佳站在孩子中间说。

“好！”孩子们异口同声地说。

“你，真的很不错，真的很不错，真的真的，真的真的，真的很不错。”米佳一边念顺口溜一边做着动作。

孩子们举起稚嫩的小手跟着哥哥姐姐们一起学了起来，虽然一些动作还分不清左手右手，但那股认真劲儿就连志愿者老师们也比不了。

米佳看见那一双双对知识渴求的眼睛，非常震撼，所有志愿者的心已经与这些孩子连在了一起。未来的日子，米佳希望一直陪伴他们成长和学习，将这条公益路坚持走下去。

活动结束之前，米佳带着队员一起为孩子们唱响彩虹希望队的队歌：“与你有约，是永恒的约，彩虹为证，千古不变。我要高歌，为生命喜悦，希望之光，汇聚力量。我们，将爱进行到底。”

夕阳伴着歌声，暖暖地笼罩在吴夹弄的上空，那里写着幸福。

第十六章　医院里的生日派对

第一次彩虹希望志愿者教学活动结束后，米佳就活动当天的整体策划与进程做了一个总结，并发到了群里：

亲爱的队员们，关于经验和教训的分享：

1. 如果有爱的热情，就去行动吧，别等它凉下来才后悔。

2. 遇到困难，从开始、过程和结局中找到原因和解决办法。

3. 活动的组织者一定要有一颗谦卑受教的心，愿意倾听别人的建议，并根据活动的目的和具体安排来决定是否采纳，这样有助于筹备整个活动，也好给提建议的人适当的回应。

4. 一定要做备选方案，不要嫌麻烦。

5. 做方案时，讨论并设立好活动的目的、环节和实施时间表，确定每个环节的负责人，并提前将整个活动的安排向参与的人分享。

6. 在没有尝试过的地点做活动，一定要提前一两天去踩点。

7. 无论是成功还是挫折，把经历分享出来，也许会激励到另外一些人，接力下去。

米佳认真对待每一次的活动，真诚对待每一个队员，彩虹希望队虽然刚刚成立，但是明确的使命和目标，让所有人的归属感都很强。

接下来的时间里，米佳安排团队里的志愿者每周六、周日到爱心教室，给孩子们上课，她只要有时间，一般也会出现在教室里。为了提高孩子们学习的兴趣，志愿者老师使尽浑身解数，有的带着吉他去教室边唱边跳，有的带着针线包去做手工，志愿者通过传授知识和孩子们一起成长。

突然有一天，爱心教室的小冯老师打电话给米佳，跟她沟通组织医院生日会的事。因为米佳团队持之以恒地坚守在爱心教室，实现了当初在培训会上的诺言，孙晓光希望她可以从1月份开始带着团队去肿瘤医院组织生日会，取代之前艾琳在医院组织的周五观影活动。

米佳有些迟疑，因为周末的活动已经占了团队志愿者大部分休息时间，如今面对一个新的课题——生日会，她有些措手不及，毕竟是在医院里举办生日会，还是给那些正在治疗期间的重症白血病孩子，她一时觉得压力很大。

出于各方面考虑，米佳没有立刻答应小冯老师，而是决定先和队员们商量一下，最终根据大家的意见再做回复。

第一次聚餐活动，米佳趁着大家都在，就把孙晓光的想法分享了一下，出乎米佳意料的是，大家对医院生日会很有兴趣，也希望通过特别的生日会给这些正处在痛苦中的孩子们带去安慰。米佳为大家对公益的热情感到自豪，当天晚上就回复了小冯老师。

既然接了活，米佳就开始认真对待生日会的策划活动。生日会的对象是医院里的孩子，活动强度不能太大，游戏的参与度还要考虑不同年龄段，整个活动过程不能超过一个小时，否则会令孩子们疲惫，一系列需要考虑的问题都让米佳觉得这个生日会的策划好头痛。

米佳实在不知道怎么去设计这个特殊的生日会，只有求助群里的志愿者。队员们没有让她失望，很快给她写出了一个具体方案，这个方案把米佳想到的所有问题差不多都解决了。米佳觉得拥有这些队友，就等于拥有了最宝贵的财富。

生日会总得有蛋糕，但是市面上的蛋糕有很多添加剂，米佳担心这样的蛋糕不利于孩子们的身体，而且吃得太甜对牙齿不好，所以米佳开始自己学习做蛋糕，这样就可以控制甜度，还可以用木糖醇代替糖，最重要的是可以用动物奶油打发装饰。米佳为了公益，掌握了好几门技术，在付出的同时收获得更多。

自此以后，每个月月中周六的晚上，肿瘤医院准时迎来一场特别的生日派对。生日会当天傍晚，医院的医生会自觉腾让出办公室，米佳带着志愿者到医院将四楼的医生办公室进行布置，彩色的气球，红色的丝带，还有各样的生日标识，让这个高冷的地方，变得温暖起来。

布置完生日会现场，米佳开始给大家分工，有的志愿者负责摆放果盘，有的志愿者负责准备小礼物，有的志愿者负责在门口迎接小朋友，所有的人都穿着志愿者的红马甲，戴着口罩，整齐专业。

自从米佳的团队进入肿瘤医院举办生日派对后，医院的小朋友每到月中就开始翘首期盼他们的到来，因为米佳和队员们准备的那些有趣的小游戏，总会牵动孩子们的心，让他们喜欢上这群可爱的哥哥姐姐们。

每个月的这一天，医院里的所有孩子都会聚集在一起，为当月过生日的小朋友庆生。活泼有趣的游戏、快乐的舞蹈、美味的生日蛋糕，让枯燥乏味的住院生活变得多姿多彩。每到生日会的时候，很多小朋友都打着吊瓶过来参加，因为他们在这里可以收获一种叫“爱”的东西，整个医院的血液科充满着温暖和幸福。

生日会结束后，所有的孩子都不舍得离开，有的孩子还不停地和米佳强调下个月就是自己的生日了，米佳会和大家一一约定，下个月一定会再见。有很多孩子因为身体情况，不能来到生日会现场，米佳都会和队员一起拿着礼物和切好的蛋糕送到病房，与这些孩子进行简单的交流。

生日会每个月如期举行，它不仅仅是一个活动，更让这些孩子在枯燥的住院生活中，在痛苦的治疗期间，能够享受快乐。生日会成为彩虹希望队与这些孩子们每个月一次的约定。

第十七章　平等人格

艾琳想在圣诞节和元旦之间策划一场嘉年华义卖活动，便把自己的想法告诉了米佳。

“米佳，对于这次活动你有什么想法？”艾琳征询米佳的建议，自己的创意已经枯竭了。

米佳提议说：“琳姐，我们可以跟幼儿园合作，让这些幼儿园的小朋友直接和咱们手工坊的小朋友一起过节，同时可以在活动过程中开展义卖。”

艾琳觉得米佳的想法很好，笑着说：“要不这次你辛苦一点儿，这个活动就交给你们彩虹希望队做了。”

“No problem（没问题）！”米佳做了一个OK的手势说。

米佳在群里发了这次活动的组织工作，很多有创意和策划才能的队员开始帮忙思考义卖的宣传和跟进方式，细心严谨的队员开始做计划，团队里的其他队员也帮忙找合作的幼儿园，大家都非常积极地参与。

米佳开始思考本次活动的目的，最初的想法就是开展一次以“义卖”为主题的联欢会，让参与的孩子都能够收获爱。米佳也做了一些坏的打算，也许义卖的效果没那么理想，一群人耗时耗力的成本都收不回来。但是爱，本来就是不计代价的。

米佳通过队员介绍，联系到了幼苗苗幼儿园，经过与园长的沟通，最终确定了幼儿园大班参与此次活动。

活动当天，米佳带着队员一起布置工作坊，在大家的装扮下，很快有了节日的味道。一些队员还在小区门口热心向路人讲解义卖活动，发放卡片，邀请他们参与。

活动前半个小时，幼苗苗幼儿园的小朋友穿着统一的制服，排着整齐的队伍走了进来，每个人手里都拿着一盆小绿植。

这个环节是米佳和幼儿园老师特意设计的，在一个月前给小朋友们发下一棵幼苗，让所有的小朋友自己种进盆里，然后带回家精心地照顾，用爱浇灌，最后在活动现场将自己的“爱之树”送给白血病孩子，让他们感受生命的滋润。

不一会儿，手工坊的小朋友们在艾琳的带领下来到活动现场，他们戴着口罩，却掩饰不住兴奋，一个个在现场蹦蹦跳跳，与幼儿园的小朋友很快玩到了一起。孩子的世界简单而快乐，爱就像翅膀，带着孩子们在幸福的天空中自由飞翔。

活动开始之前，米佳先进行破冰环节。

“小朋友们，大家知道最近要过什么节了吗？”米佳卖关子地问。

“圣诞节。”小朋友手舞足蹈地说。

“那么，大家有没有发现，我们这里少了什么？”米佳故作神秘地说。

小朋友们开始四处张望，寻找屋子里缺少的东西。

很快细心的小朋友发现活动现场没有圣诞树，于是举手大声说：“老师，这里没有圣诞树，圣诞节都有圣诞树的。”

“是的，你很棒。”米佳竖起大拇指说，“小朋友们，今天我们要一起来玩一个游戏，现在我们在老师的帮助下分成两队，然后我们将面前的纸箱子变成一棵漂亮的圣诞树。”

接下来就是彩虹希望队爱心教室的老师带孩子们做手工，这次的目标是要做一个大大的漂亮的圣诞树。孩子们专注地看着圣诞树树干像变魔术似的从一个大纸箱里变出来，随后老师邀请小朋友们一起给圣诞树涂上鲜艳的绿色。

圣诞树很快在小朋友的齐心协力下做好了，接下来米佳让孩子们发挥想象力制作圣诞树挂件，小朋友们的创意天马行空，做出了许多极具想法的小挂饰。很快，两棵鲜活的圣诞树挺立在手工坊的门口，小朋友将愿望写在许愿卡上，自己挂到圣诞树上。

圣诞树完成之后，义卖活动就开始了。

手工坊的孩子们将自己家庭制作的手工放在小桌子上，等待幼儿园小朋友和其他来参加活动的人选购。现场很快热闹起来，大家开始进行爱心的交换。

突然，米佳听到人群里有争吵哭闹声，便放下手中的登记表，走过去看个究竟。

幼儿园一个调皮的小男孩对玲玲说："我来给钱的，你就要听我的。"

"这是我妈妈给我做的娃娃，我不卖的。"玲玲紧紧地抱着娃娃摇头说。

"我想要，你得给我。"那个小男孩好像故意要赖欺负玲玲。

"不行，我不给。"玲玲大哭起来。

"这孩子怎么回事，我们给钱都不要。"男孩的奶奶一心宠爱孙子，抱怨说。

玲玲爸爸站在一旁再也忍无可忍，便上前与那个奶奶争论，由此引发了一场口角。

米佳赶过去跟艾琳一起协调了两家之间的纠纷，那个奶奶在幼儿园老师的劝说下，带着孙子气呼呼地离开了，还丢下句："什么东西！"

"唉，比起因为贫穷被人瞧不起，我更怕居高临下不平等的同情。"玲爸仰望天空，压抑着内心的情感，有点儿呜咽地说。

艾琳拍拍玲爸的肩膀，一时不知道说些什么去抚慰一个受伤破碎的心灵。

活动结束前，米佳为发生这样的事情感到极其内疚，忍不住问艾琳："这样的情况会经常出现吗？"

艾琳无奈地说："隔三岔五吧。有些人以为自己在献爱心，就会产生莫名的优越感，说话做事之间就会很自大，让这些家长和孩子都觉得无地自容，这样的爱心献起来反而让人揪心。"

米佳叹了一口气。这个世界上什么样的人都有，很多事情叫人无可奈何。

米佳在活动结束时，上台为孩子和家长们讲了一个故事：

一个美丽的小镇上，一个打扮光鲜亮丽的女士路过集市，看到一位卖鸡蛋的老爷爷，她走上前问道："你的蛋怎么卖？"

卖蛋的老爷爷真诚地回答："一个蛋5卢比，女士。"

那位女士精明地对老头说："25卢比买6个，可以吗？不然我就走。"

女士脸上露出没得商量的余地，老爷爷生怕失去眼前的客人，赶紧回答："好吧，就按照你说的价拿走吧，这是我今天的第一笔生意，到现在我还一个蛋都没卖出去，不赚钱也得讨个吉利，家里的老婆子还等着我呢。"

贵妇拿着蛋，昂着头，带着胜利的感觉离开了。

晚上，那个贵妇开着豪车和朋友到一家高档餐厅吃饭。在那里，她和朋友点了若干东西，但只吃了一点点，剩下很多，因为碍于面子，不愿意打包。账单是1400卢比，她给了1500卢比，为了在朋友面前显示自己阔气，她直接告诉餐厅老板不用找零了。

那天发生的事对于餐厅老板，可能很平常。但是对于那个可怜的卖蛋老头，却是令他非常痛苦的。

“为什么我们在给予别人帮助时，却要表现得高高在上？而对于不是特别需要我们施舍的人，却又如此慷慨？我爸爸向穷人买东西时，有时候会习惯性多付点儿钱。我对他这个行为有点儿不理解。爸爸认真地对我说：‘这是包裹着尊严的慈善，孩子。’我为有这样一个内心柔软、尊重他人的爸爸感到骄傲。”讲完故事，米佳总结道。

在场的家长听了米佳的故事，有些人无动于衷地玩着手机；也有一部分人听到心里去了，低着头，沉默着。艾琳第一个鼓起了掌，所有的志愿者、幼儿园老师和白血病家庭都跟在艾琳后面鼓起掌来。

活动接近尾声的时候，米佳组织幼儿园的小朋友将自己精心呵护的小绿植送给手工坊的小朋友，传递生命的力量。

第十八章　张力

“你们知道嘛，爱心教室就是打着我们的名号圈钱的。”一时间这样的流言蜚语在城中村传得满天飞。

只要有志愿者过去，孩子家长就会拉着志愿者诉苦，投诉孙晓光的机构有问题，根本不帮大家解决困难。

“孙队，志愿者都不愿意来参加活动了，他们说一来到这里，就会被家长们带到一边说一些抱怨机构的话。出于对弱者的同情，他们对机构产生很多怀疑。”米佳打电话向孙晓光反馈。

孙晓光虽然对此早有耳闻，但是他在社区实在太忙，加上他认为机构没有做亏心事，自然真金不怕火炼，流言最终都会止于智者，所以没有重视这个问题。当他意识到问题的严重性时，机构与家长之间的张力已经发展到不可收拾的地步。

孙晓光决定彻查此事，看看到底是哪些人在造谣生事。孙晓光通过和几个关系不错的家长沟通，得知爱心教室的负责人张小蒙，性格耿直，脾气火爆，早就和这些家长结下了很多梁子，大家表面不说，私下里都吐槽她，对机构也产生了诸多埋怨。

当机构的志愿者从医院走出来，进入白血病家庭的居住区，日常的相处就变得鸡零狗碎，大家生活习惯不一样，稍有不和就会发生口角。这些矛盾日积月累，成了大家彼此心中那把火。最后的导火线源于一次偶然的“发钱”事件。

一天，张小蒙看到有人在教室里发钱，脸色立刻阴沉下来，直接上前提醒说：“您好，我们机构有规定，不能在教室里直接发钱，如果要发，请你们到这些孩子家里去发，这样不影响你奉献爱心。”

小博的妈妈看出来张小蒙很不高兴，拿在手里的钱一下变成了烫手山芋，转身对她说：“小蒙，你要是不高兴，我把钱给你。”

张小蒙一听小博的妈妈这样说，误解她在羞辱讽刺自己想钱想疯了，立刻跟小博妈妈吵了起来。

两个人当着社会爱心人士的面吵得不可开交，那个人见情况不好，吓得赶紧离开了。

孙晓光规定爱心教室里不接受任何捐款捐物是有原因的。一开始一些社会爱心企业或者是个人经常来爱心教室发钱发物，如果一些白血病家长在场的话，就会大家分一分，那些没有领到钱和物的家庭就会找机构麻烦，认为机构不公平，发钱发物为什么不通知所有人，甚至还传言这些经常领到钱和东西的人，都是和孙晓光沾亲带故的。其实很多事都是偶然发生，那些爱心人士没有提前和孙晓光沟通，他也不知道会有人来发钱发物，但是没有得到好处的家长就会不依不饶，让孙晓光很是头疼。为了避免这样的麻烦，孙晓光不仅规定机构不能给白血病家庭进行个人筹款，也不接受外界的捐款捐物，同时规定在机构的经营场所，不能现场发钱发物。如果有人愿意献爱心支持某个人，可以到家里进行一对一捐助，这样机构就可以避嫌。

这件事情发生之后，张小蒙和一些家长日积月累的矛盾全部暴露出来，家长们便开始怀疑机构。好事不出门，坏事传千里。这些质疑很快在城中村的白血病家庭里传播开，于是才有了流言蜚语满天飞的情况。

孙晓光从一开始组织志愿者活动，就是想单纯地通过这些活动，给血液科的孩子们带来欢笑和快乐。后来搬到城中村，机构的志愿者开始与这些白血病孩子和家长们深入交往，做得越多，那些需要帮助的人对他们的期待就越大。因为孙晓光个人的管理风格，爱心教室里的老师换了一个又一个，这样频繁的交替使得工作的交接和传承变得困难，很多人还没有弄明白机构是做什么的，便赶着上岗了。老师与家长们也经常发生分歧，弄得不愉快。

孙晓光当时竟然天真地以为时间可以解决这些问题，相反，时间没有解决问题，却将问题激化了，把机构推向了风口浪尖。自从“发钱”事件发生后，张小蒙就不再来爱心教室，更不愿意出面道歉，解决问题。孙晓光没有及时处理这个偶然事件，使事态更加恶化。那些吴夹弄的家长见到志愿者就开始抱怨机构，认定机构打着他们的幌子捞钱。一些涉世未深的大学生志愿者听了家长的抱怨，没有做进一步的调查，就开始到处抨击机构。孙晓光一时千夫所指，从一个大善人变成了十恶不赦的大坏蛋。

公益机构打着幌子捞钱已经不是什么稀罕的新闻，这么多年来，媒体已经曝光一个又一个的内幕。孙晓光只是觉得可笑，自己从未碰过机构一分钱，机构设立之初，所有的项目都是张小蒙带着几个项目专员一起申请的，他因为社区工作抽不开身，一直没有监督管理。但他是负责人，这些问题爆发后，第一个中刀的自然就是他，他是哑巴吃黄连，有苦说不出。孙晓光本以为规定了机构不做任何个人筹款项目，就划清了界线，就会万事大吉，没想到最终还是卷入了这样的质疑漩涡中。

因为流言满天飞，基金会的人开始注意到孙晓光的机构，通过仔细查账，发现了机构财务的一些漏洞。孙晓光一直实行实报实销的制度，必须见到发票才能报销，没想到还是会有漏洞。

两位曾经离职的项目专员向基金会举报说孙晓光爱心教室最初筹集的

九万块钱最后不知道用在了哪里，爱心款项有贪污之嫌。

孙晓光被曾经跟着他一起工作的志愿者反咬一口，一时间感到墙倒众人推的凄凉。

爱心教室这个项目，在一开始申请的时候，孙晓光就交给两个项目专员去做。那时候他忙于社区的工作，没有监督跟踪，从来也没有过问，以至于后来基金会过问项目书进展的时候，由于两个项目专员相继离职，孙晓光一时被没有经手过的项目书难住了。

这个项目最初目标是筹集九万元，后来实际只筹到三万元，这些钱都用于阅读室日常工作的开展，由项目专员使用，孙晓光从来都没有见过这笔钱。如今他被质疑，作为一个机构的负责人，他很失职，也非常失败，就连拿出爱心教室的开支明细来证明自己的清白都做不到，他的管理真的很混乱。

作为一个项目负责人，孙晓光只能默默承受，用时间来证明自己的清白。面对白血病孩子家长和志愿者的质疑，孙晓光感到好像全世界没有一个人愿意信任他。

一时间，基金会找他去问话，家长找他麻烦，志愿者找他解答，孙晓光开始整夜睡不着觉，如今公益机构走到这一步，他有不可推卸的责任。平时大量的时间和精力都花在社区上，反而忽略了医院公益管理。因为疏于管理，加上人员更替频繁，机构和患者家属之间的误会和张力与日俱增，如今竟到了冰火不容的地步。

孙晓光坐在书房里看着窗外冬日的太阳，却感觉不到一丝温暖。他整个人沉浸在痛苦之中，外界的质疑和自己管理上的失败让一向健谈的他第一次沉默了很久。此刻，他只想静一静，反思一下这么多年，他究竟做了些什么，他真的是在帮助别人吗。为什么在这个过程中，他却失去了最初的那份单纯的快乐。

“我出去了。”孙晓光觉得家里闷得慌，准备出去走走。

“去哪里？”妻子坐在沙发上看电视，随口问了一句。

“出去走走。”孙晓光一边换鞋子一边说。

“家里有什么让你不痛快的？你不是回家就板着个脸，就是想出去透透气。”妻子被孙晓光激怒了。

“你别没事找事，我不想和你吵架。”孙晓光立刻反击说。

“你走，我也走。”妻子站起来威胁他说。

“你去哪里？”孙晓光紧张地问。

“不用你管，先管好你自己的事吧。”妻子话中有话地刺激孙晓光。

“你什么意思？”孙晓光黑着脸问。

“没意思，真是没意思。舍家弃业后你一直热衷并追求的理想，最终成了一个笑话。你为了它失去全世界，如今连它也要失去了，真是可笑。”妻子挖苦着孙晓光，言语间却是一个女人长期被冷落的心酸。

孙晓光本来就已经伤痕累累，如今最亲近的人非但不鼓励和安慰自己，还在伤口上撒盐。他好像对现实绝望了，一句话也没有说，默默低着头走出门去。

“有本事，你走了就别回来。”妻子在孙晓光关上门的那一刻歇斯底里地喊。

事业的张力，家庭的张力，一时间像洪水猛兽一样吞没了孙晓光。

第十九章　危机公关

冰冻三尺，非一日之寒；千里之堤，毁于蚁穴。孙晓光仿佛在血的教训面前看到了古人的智慧。

他独自一个人在黑夜中奔跑，用尽全身力气，想释放掉内心所有的负面情绪。

精疲力尽之后，孙晓光大口喘着气坐在小区的草坪上仰望深邃的天空，开始直面自己存在的问题。他觉得人要在被压力击垮之前，学着面对它，逃避不是男人应该摆出来的态度。

孙晓光不再沉默，他觉得问题爆发出来未必是坏事。自己需要成长，机构需要改变，这是个重生的机会。

孙晓光在志愿者这条路上走了这么多年，应对危机的公关能力还是有的，他开始用自己的成熟理性应对目前的困境。

孙晓光觉得机构被质疑，主要还是志愿者和家长们在机构管理和监督中参与度太低，所以他准备着手做两件事，一是建立志愿者联合会，二是建立家长委员会，让这两个组织共同参与未来的机构管理。

孙晓光给志愿者团体的核心人员发了一条邀请短信，言辞恳切，希望他们可以在本周六上午来阳光社区办公室一起开一个志愿者会议。

米佳收到孙晓光的短信后，决定去参加。既然很多事情已经发生了，一直追究是谁的责任不是解决问题的办法，找到方法解决才是关键。

周六上午，志愿者代表们陆续走进会议室，孙晓光特意让社区的志愿者给大家准备了水果和茶点，他希望这次会议的气氛不要太沉重，否则不利于大家各抒已见，发表自己真实的想法。

孙晓光总结了经验教训，现在组织活动，每一笔钱他都要亲自报销和保管发票，不愿意再一次重蹈覆辙。

志愿者差不多到齐了，孙晓光站在会议室里迎着大家，笑着招呼大家坐下来。面对志愿者，他没有太紧张，因为跟志愿者打交道不像跟城中村的家长那么令人头疼。

“一开始我们项目筹集了三万块钱，用这笔善款在儿童医院后面的吴夹弄城中村创建了一个专属于白血病儿童的教室。我们希望，这群孩子能有教室学习，有着同龄孩子一样的笑容。确实，后来爱心教室陆续出了一些问题，首先我个人要承担主要责任，当然也有一些工作人员失职。不过问题既然已经发生，我觉得现在不是追究责任的时候，而是要解决这个问题，我想听听大家的想法。”孙晓光实事求是地跟大家说。

志愿者代表都低着头不说话，沉默良久。孙晓光让大家先吃点儿水果，缓解缓解压抑的气氛。

“孙队，我觉得机构和这些家长之间的沟通是不畅的，可能之前你们一直都埋头苦干，忘记了人与人之间是需要真诚沟通和相互理解的。很多矛盾在产生的时候，及时沟通处理，也许就会很快解决，但是问题积压不处理，就会像滚雪球，越滚越大。”趁着大家吃东西，米佳第一个发言。

其他志愿者代表非常赞同米佳的观点，纷纷提出自己的想法。

“你们说得对，这些表象从前一直欺骗着我们，让我们以为自己做得很好，其实很多问题早已经存在。”孙晓光认同米佳说。

“至于怎么解决，还得机构拿主意。”一个大学生代表发言。

“我目前想到的解决办法，就是三方管理监督。我希望你们作为志愿者代表可以成立一个志愿者联合会，然后我们机构和志愿者联合会共同建立家长委员会，对机构未来的筹款项目进行监督。如果社会单位来给白血病家庭发钱发物，我们这三方机构可以共同监督。”孙晓光说出了本次会议的重点。

“可是，这个发钱发物有什么标准？比如发给哪些人，每个人发多少。”一个戴眼镜的志愿者提问。

“所以这就是我今天召集大家一起开会的原因，我们可以讨论出一个标准，以后就按照这个标准去执行。”孙晓光听到这个男孩问到点上，喜出望外地说。

后来经过讨论，大家认为善款和物资的分配标准很难统一，因为不确定因素和突发性因素都比较大，标准需要根据实际情况进行调整和更新。如果标准老是改来改去，那么这个标准制定出来就没有任何意义。

会议结束的时候，大家也没有商量出个所以然来。至于志愿者联合会，没有一个代表愿意主动出来挑头，米佳也选择沉默。

“有没有主动愿意担当志愿者联合会主席的人？”孙晓光在会议结束后抱着期待的心情又问了一句。

大家纷纷摇摇头表示自己不行，收拾东西陆续离开。

“孙队，先走了。”米佳背起书包说。

“米佳，你要不要考虑？”孙晓光试探性地问。

“彩虹希望队现在专注于生日会，我觉得把这块持续做好是目前自己最想做的事。”米佳笑着对孙晓光说。

孙晓光笑着点点头，这个刚毕业的女孩叫他刮目相看。

志愿者联合会没有成功，孙晓光只有从病患家属这边找办法。

孙晓光有次发现悦悦奶奶的包里有一个破烂不堪的电话本，里面密密麻麻记录着每个白血病孩子家长的联系方式，有六十多位。

“你是总联络人？”孙晓光一时好奇地顺口问。

“孙队，可别开玩笑了。有些刚搬到这里来的家长天天哭，我们就知道他们的孩子刚得病，于是我们这些老人就一起劝导。大家同病相怜，不管谁遇到困难，都会伸出手相互拉一把。”悦悦奶奶红着脸解释说。

悦悦奶奶不经意的一句话，让孙晓光对这些家长有了新的认识，启发了他组建家长委员会。

孙晓光通知所有城中村的家长和医院的家长来爱心教室开会，依然准备了水果茶点。与上一次志愿者会议不同的是，这些家长三三两两地过来，先是把头伸进来看看，顺手抓一把瓜子，拿几个水果，然后再到马路上三两个人聚在一起聊天，会议的时间整整延迟了一小时。

这些家长都抱着看热闹的心态，一个个散漫没有规矩。但是孙晓光还是非常正式地开了一个头，汇报目前机构的工作状态，也为之前的事情做了检讨，可是这些家长依然说说笑笑，桌子上的东西很快就都吃光了。

最后孙晓光还是让大家民主选举家长委员会的成员，并将家长委员会的权利和责任都解释了一遍。选举的过程就跟小学班级选班长一样，先是所有家长提名，然后将名字写在黑板上，最后通过举手投票，正字最多的家长就当选为家长委员会负责人，票数前四位都将成为家长委员会委员。

孙晓光用这种简单粗暴的方法，勉强将家长委员会组建起来。大家在一片哄笑声中纷纷散去，每个人的心里都打着自己的小算盘，这就是孙晓光以后要面对的现实。

为了体现公平，孙晓光联合志愿者代表成立了家长委员会，让病患家庭之间进行互助。一开始他试图让家长自治自助，机构作为第三方平台监督。家长委员会成立三个月，孙晓光惊讶地发现，这个旨在让患者家庭互助的组织却变成了“分赃小组”，城中村里又开始怨声载道。虽然这种描绘有些露骨，但是事实如此，孙晓光一时灰心不已，家长委员会最终还是流产了。

孙晓光做了这么多年志愿者，他看不到自己组织的公益活动给这些服务对象带来了什么改变，如果这条路这样走下去，没有任何改变，最终就是个死胡同。

机构目前遇到的瓶颈，已经不是一个两个危机应对方案可以解决的，孙晓光一时迷失了，他想不通从什么时候开始自己到了如此绝境却还不自知。想当初他只是为了帮助别人体验快乐，走着走着，竟走得这么远，以至于找不到来时的路。

第二十章　守护天使

来自蚌埠的小敏，今年四岁。两岁时她被查出患了骨癌，三岁时因为骨癌扩散，左腿做了截肢手术，她的人生好像从一开始就注定是苦难而悲惨的。

一家人在经历了最初的慌乱和四处辗转就医后，和其他患儿家庭一样落脚在了儿童医院后面的吴夹弄城中村。

因为没有左腿，行动不便，小敏的世界里只有围墙那边的医院和围墙这边十多平方米的房间。由于父母担心她感染，加上经济压力，小敏几乎没有去过其他地方。

偶尔，她会和隔壁同样患白血病的妞妞玩一会儿，两个与疾病大怪兽抗争的小女孩相互取暖。更多的时候，小敏喜欢让电视里的“冰雪女王”

陪伴她，因为童话世界充满无限想象。

小敏一边玩着手里的橡皮泥，一边瞄着电视。电视里放着她看了无数遍也不厌倦的《冰雪奇缘》，那个“冰雪女王”仿佛成了她最好的朋友。

小敏的妈妈拿着水杯和药走进房间：“小敏，吃药了。”

小敏看了看妈妈手里的药，没有应答，又继续埋头做手工。

每次母女俩都会为吃药纠缠很久。妈妈心里很难受，但是又毫无办法。

自从小敏生病后，一家人的生活除了排队看病、吃药打针，几乎没有任何娱乐，小敏也变得越来越孤僻，渐渐内向和自卑。

母女俩正闹腾着，就听见屋外有人说话：“是哪个小朋友不听话，不肯吃药啊？”

米佳有一次去爱心教室，看到小敏被其他孩子欺负，便上前帮助，两个人很快成了好朋友。自打米佳他们经常去探望小敏后，小敏慢慢开心了一点儿。

进门后，米佳从口袋里掏出几个花花绿绿的软糖，对小敏说：“吃了妈妈的药，姐姐就给你吃这个好吃的药。记得，这药只能和妈妈的药一起吃，要不然会掉牙齿，会变丑。”

小敏开心地笑着说：“姐姐是骗人的。”

小敏很听米佳的话，乖乖吃了药，也得到了那几个彩色糖果的奖励。

吃完药，小敏照例提出要和米佳玩《冰雪奇缘》角色扮演的游戏。米佳将皇冠戴在小敏的头上，小敏将被单披在身上，拿着魔法棒玩了起来。

米佳自从走入小敏的世界，便与他们家建立了深入的关系，彼此之间更加了解，才能帮到点上去。大半年在爱心教室和生日会的公益活动，让米佳觉得自己在课堂以外与孩子们没有任何深入沟通，所有帮扶都停留在表面。

走进医院组织生日会，米佳发现网络游戏成了这些患儿最好的陪伴。孩子的家长也不管，他们觉得孩子都已经这样了，他们喜欢什么就尽量地去满足，不敢提出要求，也不管教，溺爱和放任孩子，让他们随性地做自己喜欢的事情，所以好多孩子迷恋上了游戏，性格上更是唯我独尊，缺乏教养和礼貌。

米佳在医院服务的过程中发现了这个问题的严重性。这些学龄儿童长期沉溺于网络游戏的暴力和虚幻世界，一旦治愈出院，很难再融入校园，甚至还会成为问题少年。将来进入社会，有可能会成为问题青年，与社会格格不入。米佳真的为这些整日躺在床上打游戏的孩子担心，总想做些什么去改变这样的现状。

医院沉迷网络游戏的孩子们已经让米佳很苦恼了，随后爱心教室出问题，孩子们都不去教室上课了，志愿者也因为对机构抱有怀疑，没有意愿再去上课，米佳开始思考团队转型，重新定位公益活动。

米佳一直困惑团队的公益活动该如何重新定位。一次生日会上，一个队员带着小朋友和志愿者做了一个“小天使与小主人”的游戏，激发了米佳的灵感，随后她创造了“2+1守护天使”的模式。

“2+1守护天使”就是两个志愿者陪伴加辅导一个白血病孩子，这两个志愿者就是“守护天使”，他们守护的孩子就是“小主人”。很多孩子和家庭不仅仅需要一次简单的志愿服务，如果有一群这样的天使，可以守护他们，深入地去了解他们，可以更加实际地帮助这些家庭。

通过团队讨论，大家觉得米佳提议的这个模式很好。只是陪伴一个家庭，从建立关系开始，就要投入太多时间和精力，志愿者平时上班忙碌，实在无法投入这么多的时间。

现实情况让米佳无奈，不能因为帮助别人，而让自己的生活混乱不堪。不过，“2+1守护天使”可以简化，把守护变成定期家访，团队的志愿者每月两次走进白血病家庭进行走访，并辅导孩子。

米佳开启“2+1守护天使”模式第一个服务的孩子就是小博，小博妈妈就是引起那次意外事件的人。

今年六岁的小博，性格内向，少言寡语，显得比同龄的孩子早熟。

小博每次哭闹的时候，妈妈就会抱起小博说："去超市给你买东西吃，好不好？"

小博总会坚定地摇摇头说："不好，妈妈没有钱。"

掀开小博的衣服，后背全是密密麻麻的指甲大小的伤疤，小博妈妈指着伤疤对彩虹希望队的志愿者说，每个月小博都要去医院化疗，由于前期的大化疗已经结束，目前医院采取骨髓穿刺和打翘的治疗方式，孩子疼的时候，她的心也跟针扎一样。

"每次看到孩子化疗，我都会躲到外面偷偷哭。"小博的妈妈抹着眼泪说。

小博每打一次翘，都会疼上半个月，不仅没有胃口吃东西，有时候连水都不能喝。小博生病后，父母一直陪着他全国各地看病，曾经靠打工维持的家一下没有了收入来源。他们已经花了六十多万，除去报销，自付的费用接近三十万。无路可走的小博妈妈曾一度和别的患儿家长一起上街乞讨。

小博从来不要求买新衣服，身上的衣服都是别人给的，他很知足。生病以来，父母就再也没有给他买过玩具，他很懂事，也从来不张口和父母要，在爱心教室玩着别人捐赠的旧玩具。

米佳带着几个队员一起关注了这个家庭，跟小博成了好朋友，给他取了个昵称"小博士"。自从走进小博士的家，米佳与小博士的妈妈建立了信任，总会力所能及地去帮助他们一家。经过米佳几个人在中间协调，小博士的妈妈对孙晓光的看法有了改变，并且愿意去劝说那些私下议论孙晓光的人不要再散播流言。

人与人的交往重要的是真心，当彼此感受到真诚，就会为对方考虑，站在对方的立场去理解，所以建立关系是志愿活动的第一步。

米佳将小博士家里的实际情况反馈给了孙晓光，希望他能够出面化解机构和家长之间的矛盾。米佳自创的"2+1守护天使"的模式，让孙晓光耳目一新，志愿者与被服务者建立起关系，双方像朋友一样有来有往，交换真情。

米佳带领彩虹希望团队，端午节带着孩子们一起做绿豆糕，中秋节到每个孩子家里去送低糖的手工月饼，圣诞节到医院去给孩子们送圣诞袜，所有的爱都化作了陪伴，无论春夏秋冬，他们一直守护。

第二十一章 天赐的宝贝

2015年年底，寒冷的冬季在一场大雪到来后彻底拉开了序幕。临近圣诞节，市内的大街小巷充满过节气氛，大家都忙碌着，热闹着。

正值年底，艾琳整整一个月都在参加各种大大小小的表彰会，收获了很多荣誉。

12月24日这一天，正是平安夜。在这样的节日气氛中，所有的人都渴望着平安降临自己，很多人互相赠送平安果，以表达祝福。

晚上十点，艾琳参加完省红十字会年度表彰大会，刚好与孙晓光在返程火车上相遇。一路上，孙晓光和艾琳对视了几次，彼此沉默不语，各怀心事。

下了火车，艾琳心中有一种特别的感觉，好像今晚会发生什么不同寻常的事情。她绝想不到，在那样一个充满着平安气氛的夜晚，会有一个生命即将被无情地剥夺。

艾琳走出火车站的出站口，准备和同行的曹姐一起去打车。天气异常寒冷，艾琳单薄的身体经不起深夜肆虐的寒风，她将羽绒服紧紧裹了裹。

突然人群中冲出来一个人，慌里慌张地撞在艾琳身上，把她直接撞倒在地。

曹姐赶紧抓住那个横冲直撞的人，生气地说："你这个小伙子怎么回事，走路都不带看路的？"

"我……我……那个……那个……"张明脸色发白，不知所措。

艾琳双手撑地，慢慢站了起来，还好衣服穿得厚，没有摔伤，上前对小伙子说："小弟，以后走路注意点儿，尤其是人多的地方。"

张明看艾琳面善，一看就是好人，睁大眼睛盯着她说："大姐，救命！"

"小弟，你怎么了？慢慢说。"艾琳从张明的表情上感觉到事情不一般，立刻安抚他。

张明没有多做解释，赶紧对艾琳说："你跟我来。"

曹姐出于警惕，拉着艾琳的袖子不停地摇头，小声劝阻她说："这大半夜的，一个陌生人，咱们要小心上当受骗，千万不要跟着去。"

艾琳看张明不像是坏人，脸上还有未褪去的稚嫩。她也有些担心，只是内心有一种强烈的感觉催促她，让她不自觉地跟了上去。

曹姐看艾琳像是着了魔一样跟着那个小伙子，非常担心，怕艾琳一个人吃亏，于是三两步走上前拉着艾琳的手，便跟着张明走向火车站附近的垃圾场。一路上，张明趁着走路的空当，大致说明了事情的原委。

张明是一名实习医生，经常值班到凌晨才下班。这天与往常一样，他交过班后，便裹着厚厚的羽绒服准备回家补觉。长期值夜班，让张明已经习惯了城市"猫头鹰"的生活，昼伏夜出，很难见到这个城市里的阳光。

张明租的房子就在医院的后面，那里是庐州比较老的小区，价格很便宜，像他们这样的实习生，工资低得只够解决温饱，租房还得父母贴。张明是农村人，父母供他上完研究生实属不易，他不愿意父母再出钱，于是省吃俭用才租上这么一间小民房，冬天没有暖气，夏天没有空调，凑合着有个睡觉的地方。

张明为了节约时间，每回下班都会走小路，尽可能地争取时间回家睡觉。那条小路刚好经过医院清理医疗废弃物的垃圾场，除了医疗废物外，还有一些人体器官放在那里，等待处理，胆小的人一般还真不敢从那里走。

张明本硕连读医学专业，大学时期就开始解剖尸体，对这些常人觉得恐怖的事情，他已经习以为常，内心练就得非常强大，所以每次下班他都是抄近道。

说来也奇怪，今天张明从上班开始就感觉右眼皮一直跳，心里七上八下的。下班走出医院大门的时候，他还特意深吸一口气，调整自己的心情，然后走进一片黑暗中。

张明走近医院垃圾场的时候，听到了一阵婴儿的啼哭声，他胆子已经练出来了，于是故作镇定地低头往前走。

经过垃圾场，张明越听越不对劲，出于职业本能，他便顺着声音去翻垃圾，很快在一个黑色塑料袋里找到了哭声的源头。一个一丝不挂，脐带还没有剪断，全身冻得黑紫的婴孩就是那个声音的发出者。

以张明的医学判断，这是一个早产儿，应该是引产下来的，没想到打了堕胎针，扔到这天寒地冻的地方，他还奇迹般地活着。张明第一次对“生命”二字有了敬畏。

虽然经历过很多血腥场面，但当张明第一眼看到漆黑中那坨血肉模糊的东西时，竟也吓得魂飞魄散，倒吸一口凉气，拔腿就跑。

医院垃圾场靠近火车站，张明不知道自己跑了多久，虽然穿梭在人群里，但他还是很恐惧，心不停地怦怦直跳，好像要跳出嗓子眼儿了，直到撞倒艾琳，他才回过神来，发现自己已经置身人群中了。

张明没有一走了之，作为一名医生，他不能弃生命于不顾，他选择带着眼前的艾琳一起返回现场，一来壮胆，二来多一个人，多点儿力量。

艾琳看到暴露在寒冬腊月里蠕动的小身躯，时不时还发出几声微弱的啼哭，一时捂着嘴震惊不已。

“妈呀，这是个孩子。”曹姐上前凑近一看，忍不住后退大叫，吓得不轻。

曹姐这句话如当头棒喝，把发呆的艾琳打清醒了，艾琳立刻脱下羽绒服，不顾寒冷，把那个血淋淋的孩子包裹起来。与其说那是一个婴儿，不如说是一个蜷缩的肉球，因为实在太小了。

艾琳立刻转头对曹姐说：“曹姐，赶紧打120急救。”

曹姐已经吓傻了，艾琳喊了三遍，她才回过神，赶紧掏出手机打电话。

省儿童医院的救护车很快赶来，急救人员看到艾琳怀中血肉模糊的一团，立刻变了脸色说："家属得跟着去。"

"好！"艾琳想也没想地点头说，抱着那团血肉就准备上车。

"好什么好，我的好妹妹，救护车来了，咱们就别再管了，这个孩子跟咱们也没关系，你可别犯傻。"曹姐一边说一边拉着艾琳使眼色。

"走不走？"急救人员催促地说。

艾琳知道她手中的这个小生命可能一分一秒也等不了，得立即抢救才行，容不得她想太多。

"走！"艾琳斩钉截铁地说。

艾琳不顾曹姐的劝阻，抱起羽绒服里的孩子就上了车，跟救护车去了医院。那一刻，不知道为什么，艾琳的心已经深深系在这个可怜的小弃婴身上，无论前路如何，她都愿一头扎进去。

曹姐眼看着救护车驶远，心里七上八下的，默默地替艾琳忧心。

"小伙子，你先别走。"曹姐看到准备离开的张明，立刻揪住他说。

"大姐，这孩子已经送到医院了，应该没我什么事了吧。"张明低声说。

张明心里清楚，这个弃婴既然在自己医院的废弃医疗垃圾里，说明这件事医院脱不了干系。自己好不容易才进到这家医院实习，如果被医院发现是他多事，自己肯定吃不了兜着走。刚才无论是出于个人的良知还是医生救死扶伤的职业操守，他应尽的责任都尽到了，此时不溜，就是自毁前程。

"怎么没你事，你就是这事的主犯。你必须跟我去公安局报警，给我朋友做个证，别到时把什么都往我们身上推。我那个朋友好说话，不代表大姐我没脑子，好糊弄。"曹姐死死抓住张明的羽绒服说。

"大姐，你可不能这样说，我也是路过，学雷锋做好事，怎么还成了主犯？”张明觉得眼前的大姐不可理喻，努力挣脱。

“反正不管怎样，今天我都不能让你走，你可是第一人证。”曹姐学着警匪剧中的台词说。

“大姐，你就行行好，放过我吧。我这上了一天的班，眼睛都要睁不开了，我现在倒在地上都能睡着。”张明见硬来不行，于是开始演苦情戏。

“正好，你跟着我去医院睡吧。”曹姐放心不下艾琳一个人，拉着张明往外走。

“哎哎哎……”张明无可奈何地跟着曹姐走了。

第二十二章　急救

“快快快！”急救医生一边大喊一边推着急救床在医院的走廊快步跑着。艾琳也跟在后面跑，心跳加速，她从来没有像今天这样恐惧死亡，祈求老天给予生命奇迹。

那团血肉在急救车里被清理之后，一个完整的婴儿形状露了出来，是个男婴，虽然只有巴掌大，但是脸部五官和身体四肢都可以分辨出来，此时他已经插上了氧气管。

“家属在外等候。”护士将艾琳拦住，关上了手术室的门。

艾琳站在急诊室的手术室门外，紧张地咬着自己的手指。她不知道和这个孩子的第一面会不会变成最后一面，但是那一眼，已经让她这辈子都没法放下了。

“琳，怎么样了？”曹姐拖着不情愿的张明赶过来，看到神情焦急的艾琳问。

“曹姐，你怎么过来了？”艾琳看到曹姐，突然觉得好感动，她一个人实在承受不了这些。

“我的傻妹妹，我能不赶过来嘛，我知道你心地善良，可是咱们不能犯糊涂，这毕竟是一条人命，到时候出事了可是谁都说不清啊，你可要想好了。”曹姐苦口婆心地劝说艾琳。

艾琳根本来不及想这些，她也不愿意想这些，此刻她只祈祷这个生命可以奇迹般地活下来。

“大姐，你可不可以先把我放开？”张明看到周围人投来异样的眼光，忍不住说道。

“不行，万一你跑了，我们上哪儿找目击证人。”曹姐说。

艾琳此刻才注意到曹姐身后还跟着一个人，那个报信的小伙子。

“大姐，你警匪片看多了吧。”张明见曹姐毫无放手的意思，只有求饶服软：“大姐，我向你保证，我肯定不走，求你了，先把我放开吧，这里毕竟是医院，这么多人看着呢。”

艾琳走上前，看着一脸委屈的张明，勉强挤出一个笑容，对曹姐说：“姐，先放开他吧，这个小伙子不像坏人。”

“可是，万一……”曹姐还是有些迟疑。

“相信我，没事的。”艾琳摇摇头，拉住曹姐的手劝说。

曹姐犹豫了几秒，不情愿地放开张明，往旁边一推，张明一时没站稳，摔倒在地上，心中正不爽，回头只见曹姐正虎视眈眈地盯着他，他只能默默地叹了一口气。

“早知道多管闲事惹这么多的麻烦，我就……”张明整理羽绒服站起来小声抱怨说。

曹姐站在艾琳身边白了张明一眼，正要走过去理论，艾琳拉着她的手摇摇头，提醒这里是医院。

张明看到艾琳焦急的眼神，话到嘴边又塞了回去，默默地闭目养神。

突然，手术室门开了。

护士戴着口罩走出来，急促地问：“你们谁是病患家属？”

艾琳立刻迎上去，准备问问里面的情况。

曹姐见状赶紧一个箭步挡在艾琳前面，对护士说：“同志，我们都不是家属，只是路过刚好碰到，为了救他才打的急救电话。”

“那就不好办了，你们还是赶紧通知孩子家属，让他们赶来，这个孩子要立刻手术，否则就有生命危险。”护士刻不容缓地说。

“可是，我们也不知道这是谁家丢的孩子。”曹姐说。

“那怎么办？这孩子必须立刻手术。”护士有点儿担心地说。

“那就手术呗，你们医院开着不就是救死扶伤的，你们不能见死不救吧。”曹姐想把这个烫手山芋丢给医院。

“医院也有规定，这手术得有亲属签字，还得帮他办理住院手续和交手术费押金，否则医生是不能做手术的。”护士耐心地解释给曹姐听。

“这位护士妹妹，我跟你说实话吧，我们也是好心人，看到这个孩子被丢在冰天雪地里不忍心才打了120，可是我们真跟这个孩子没有半毛钱的关系。”曹姐拉着护士的手摇着头说。

“这样的话只能报警了，不过我担心这个孩子撑不了那么久。”护士眉头紧蹙地说。

“不能报警！”一旁沉默很久的张明突然跳出来反对。

张明知道一旦报警，事情就得闹大，说不定还要上新闻，到时候医院就会名誉受损，自己也会丢了实习的机会。

“为什么不能报警，你心虚什么？”曹姐立刻捕捉到张明不安的情绪，质问他。

“我有什么好心虚的，我是为了救这个孩子，报警事情就复杂了，到时错过了最佳抢救时间，后悔就来不及了。”张明低着头尽量说得理直气壮。

曹姐不相信地走上前跟张明胡搅蛮缠起来。艾琳听了张明的话，开始担心手术室里那个弱小的生命，不管张明出于什么目的，他的话是在理的，这个小生命一刻也不能等了。

“护士小姐，我来签字。”艾琳突然目光坚定地说。

“那好，你跟着我先交一下费，给病人办一下住院手续。”护士开心地说。

曹姐一听艾琳要去扛，赶紧拉住她，低声说："我的傻妹妹，你哪有钱？你可要想清楚，这可是个无底洞，到时候要是竹篮打水一场空，你哭都来不及。"

艾琳想不了那么多，她掏出包里的那个红包，这次省红十字会励志人物表彰大会奖励给她四千元，她原本打算用在手工坊的扩建上，现在急需用钱，她想都没想就给生死关头的孩子交了住院押金。

艾琳跟着护士跑上跑下，终于把所有手续办好了。护士让她在家属签字栏签上自己的名字，动笔的那一刻，艾琳突然有种直觉，她与这个孩子的缘分会延展一辈子，他的命与自己的命已经连在了一起。

手术室的灯一直亮着。

艾琳和曹姐坐在回廊的椅子上，张明实在太困，找了一排空椅子躺着睡着了。

"你可真傻，非亲非故，没有任何血缘关系，你怎么就给垫上钱了。进了医院，上了手术台，你可知道这样贴钱是个无底洞。再说，医生都说了，即使抢救，也未必能救过来，何必花这冤枉钱。"曹姐苦口婆心地拉着艾琳说。

"姐，我知道你都是替我着想。可能是因为我自己也有过类似被遗弃的经历，既然看到他，我就没法不管，哪怕倾家荡产，砸锅卖铁，好歹是一条人命。"艾琳眼中泛泪地说。

曹姐看着艾琳的眼睛，满溢着不计回报的爱，一时被自己说过的话羞愧得无言以对，心里却又为艾琳担忧，叹了一口气，双臂抱在胸前，闭上眼睛不说话了。

艾琳看曹姐累了，自然也不说话，把围巾取下来，悄悄地搭在曹姐身上。

第二十三章　做了母亲

艾琳站起来，走到手术室门口，心中祈求老天让这个可怜的孩子活下来。

在漫长地等待中，艾琳看着医院窗外的天空，雪花晶莹剔透地落了下来，洋洋洒洒地向大地奔去。

生命有时候就如雪花一样脆弱，就像手术室里的婴儿，还来不及看一眼这个世界，喝一口甜蜜的乳汁，也许就会被残酷无情地夺去生命。

艾琳的爱仿佛真的感动了上天，这个小生命在医生八个小时的抢救之后，最终活了下来。

手术室的灯熄灭了，门在期盼中打开。

“医生，怎么样？”艾琳立刻上前询问。

张明和曹姐听到动静也都惊醒，跑上前去。

医生摘掉口罩，露出胜利后疲惫的笑容说：“幸好送来的及时，孩子的命是暂时保住了。”

“暂时保住了，什么是暂时保住了？”曹姐快人快语地问。

“婴儿胎龄太小，无法自主呼吸，加上出生后被遗弃在垃圾桶里，没有进食，光着身冻了一夜，这些都对身体和器官造成很大损伤，会带来哪些后遗症，目前我们也无法判断，只能通过术后观察，再提出进一步的诊疗方案。”医生耐着性了解释说。

“那到底会怎样？”曹姐焦急地问。

“这个，目前还不好说，我们之后会再进行专家会诊，针对这个婴儿做出具体抢救方案。”做了一夜的手术，医生有些心力交瘁地说。

“林主任在手术台上已经辛苦抢救了一夜，真的很疲劳了，请大家让他回去休息一下。”一边的护士看到林主任强撑着，立刻上前提醒说。

“林主任，谢谢你了。”艾琳让开一条路鞠躬说。

“我知道你们心里焦急，请放心，我们一定会尽全力的。”林主任看着艾琳说。

“那既然没事，我就走了，今天还要上晚班。”张明看医生离开了，迈开步子走了两米开外说。

“你不能走，你走了我们上哪儿去找目击证人？”曹姐看到张明想走，立刻要上前抓住他。

“算了，让他走吧。”艾琳拉住曹姐说。

“不是，琳，这个时候，不是心软的时候。”曹姐不理解地看着艾琳说。

“他也是好心，咱们就不要让一个好人因为做了好事而后悔。”艾琳看着张明的眼睛说。

张明心中一阵酸楚，这就是他一晚上的复杂心情。一时的善良给自己找了一身的麻烦，到底是做对了，还是做错了？此刻艾琳的一句话让他找到了正确的答案。

张明把自己的手机号码写在纸上，递到艾琳手里说：“姐，如果有事你就打我的电话，我一定立刻赶来。”

艾琳接过那张纸，笑了笑说：“赶紧回去吧。”

艾琳隔着玻璃再次看到那个小生命的时候，他巴掌大的身体上插满了管子，被放置在一个保温箱里。

艾琳忍不住伸出手隔着玻璃抚摸他，心痛到了极点，流着眼泪说：“多么可怜的孩子，一来到世上就要受这么多的罪，小小的身躯还要和死亡较劲。”

“琳，我们还是报警吧，毕竟这个事情太大了。”曹姐看到保温箱里的孩子，衡量了事情的利弊，劝艾琳，“你想想，光这个保温箱一天就要一万块钱，我们哪里来这么多钱继续帮他。”

艾琳自知经济实力有限，如果这个孩子需要一直花钱治疗，她真的会心有余而力不足，她不想因为自己的经济匮乏耽误这个孩子。

思前想后，左右考虑，艾琳最终同意报警。

警察很快就赶来了，让艾琳、张明、曹姐三人都录了口供，并传唤了张明医院的院方领导准备协助调查，但是医院一口否认和此事有关，不愿意出面。

张明回到医院后，从护士们的嘴里得知了些零零散散的信息，事情差不多有了眉目。

这个弃儿是一个十三岁的中学生妈妈引产下来的，孕期大概有七个月，没有足月，属于早产儿，所以才这么小。打下来的时候还是活的，但是由于女孩的父母确认不要这个孩子，医院最终决定将孩子扔进医疗垃圾桶。

一开始院方让张明找艾琳把孩子要回来，医院会做处理，但是张明知道这个“处理”的背后含义，直接拒绝了。

院方高层领导第二天就找张明谈话了，跟他分析了事情的利害关系，并且警告他闭紧嘴巴，否则就不用在医院实习了。良知和前途的冲突，让张明一时不知道如何是好。

警方调查的第三天，张明来到儿童医院，将事情的经过给艾琳简单地讲述了一遍。

这家医院对生命的轻视和践踏，让艾琳毛骨悚然。

“医院领导已经找我谈过话，如果任由事件发展下去，那么医院的实习工作就立刻停了，我的毕业论文上不会有导师的签字。”张明低着头深沉地说。

“怎么能这样，这个世界还有公道没！”艾琳气愤地说。

“姐，你说我该怎么办？我很想冲动一次，不管怎样的结果，都遵从自己的心。可是，面对农村省吃俭用供我读书的父母，我真没法下这样的决心。”张明眼睛发红地说。

面对张明如此两难的境地，性情一向非黑即白的艾琳却愿意设身处地为他考虑。一个年轻学生的前程不能因为他的善良而就此毁了。这样，以后社会上谁还敢做好事。艾琳权衡了所有，最终放弃向警方说出真相，而是独自一人承担了孩子治疗所有的医药费。

警方调查未果，自然没办法找到孩子的家人。警方那边没有妥善的处理方案，婴孩只有当作弃婴送福利院。

艾琳知道把他交给社会福利院，就意味着让他自生自灭。艾琳看着保温箱里的那个生命，他是如此顽强地想活下去，如果此刻自己放弃他，对他来说是生命中遭受的第二次遗弃，这将是一个多么大的伤害，这个伤害可能会要了他的命。

正当艾琳心中踌躇不定的时候，那个孩子转过头深深地看了艾琳几秒钟，那一瞬间眼神的交汇，艾琳的心融化了，泪水顷刻间流下来。艾琳决定自己收养他，并给他取名“恩宝”。

艾琳决定收养这个孩子，身边所有的人都不看好，觉得她会竹篮打水一场空。她依然怀着对生命的敬畏，不愿意放弃他。

恩宝需要继续在医院治疗，每天的住院费和治疗费用加起来至少需要一万块钱，艾琳实在无法承担这么巨额的医疗费用。身边的朋友得知这个消息，都纷纷自发地帮助她进行爱心筹款，就连艾琳一直服务的白血病家庭，也伸出了援助之手，艾琳感到了从未有过的力量。

艾琳在医院夜以继日地照顾恩宝，恩宝经历了八次病危通知，她的心一直悬着，从未睡过一个安心觉。艾琳好像每天都在泪水中度过，面对一次又一次生命的奇迹，她对生命有了全新的认识。

恩宝由于没有自主呼吸，在医院整整抢救了四十五天才脱离生命危险，转到普通病房。艾琳第一次抱起恩宝，他全身黑紫，瘦弱得像一个小煤球。艾琳抚摸着他每一寸肌肤，亲吻他的脸颊，把心里的爱传递给这个可怜的小家伙。

艾琳没有经过十月怀胎，自然不知道生育的辛苦，体验不到一个孩子在肚子里和母亲的那种亲密感。当她第一次抱起恩宝的时候，甚至不敢相信自己做母亲了。

艾琳收养了恩宝，感谢上天给了她一次做母亲的机会。母亲意味着责任。本来这一生，她没有机会生养孩子，如今上天却通过这样的缘分，赐给她一个孩子，她愿意与这个宝贝一生相依为伴。

第二十四章　过年

“琳姐，吃饭了。”米佳拿着保温桶走进病房说。

“你怎么来了？学校不是该放寒假了吗？”艾琳看着米佳问。

“我找到实习的学校了，目前还在学校培训，准备下周一回老家。刚好周末有两天时间，我就想替一下曹姐，给你送饭，让她休息一下。”米佳一边把餐具摆上一边说。

“真的？你找到学校了？”艾琳听到米佳带来的好消息，开心地说。

“是啊，我可以留在这里了。”米佳将筷子递给艾琳，然后凑近恩宝说：“恩宝，你最近乖不乖啊？阿姨好久没来看你了，你想不想我呀？”

艾琳开始吃饭，米佳帮忙照顾恩宝。

“艾琳姐，你要的纸尿裤是这个吗？”张明提着一大袋纸尿裤走进来问。

“嘘！”米佳做了一个安静的手势。

张明看到眼前一个大眼睛的女孩将怀里的恩宝轻轻放在床上，慢慢为他盖上被子，然后在恩宝的额头啄了一口，那画面让张明觉得美极了。

“张明来了，这是米佳。”艾琳放下手中碗筷，小声为张明介绍说，“这可是我们恩宝最喜欢的阿姨。”

米佳第一次见张明，觉得他有些滑稽可笑，傻傻地站在那里提着一大包纸尿裤发愣。

“张明，张明。”艾琳见张明没有回应，走到他面前招招手说，“看什么看傻了。”

张明立刻回过神来，脸瞬间红了。

“你就是传说中的张明啊，一个精致的利己主义者。”米佳睁大眼睛说。

米佳经常听到曹姐对张明为人的负面评价，所以有些先入为主。又因为第一次见面，这个男人就色眯眯地看着自己，她心中很不爽，于是说话夹杂着炮火味。

“你什么意思，什么利己主义者，你了解我吗？”张明立刻觉得面子上过不去，反击问。

“我不了解，也不想了解，因为我不感兴趣。”米佳直接给他顶了回去。

米佳不知道为什么自己会这么没有风度，面对这个第一次见面的陌生人，为何要冲动地说出如此刻薄的话，心中开始后悔。

艾琳一听火药味浓厚，赶紧接过张明手中的纸尿裤说：“算了算了，张明，你这纸尿裤在哪里买的？”

“有病吧你。”张明低声说了一句。

“你说谁有病？”米佳本来对张明有些歉意，却被他这句粗话给彻底激怒了。

“好了，一人都少说一句，这里是医院。”艾琳上前劝和。

第一次见面就闹得这么不堪，米佳觉得太丢脸了，她拿起保温桶和包，红着眼睛对艾琳说：“琳姐，我先走了，晚上再过来给你送饭。”

“我送送你。”艾琳追上前说。

“不用了。”米佳小声说，便消失在门外。

“其实，米佳真是个好女孩，平时特别温顺可爱。可能是对你有些误会吧，今天才会说出这些话。你也是，不知道让着女孩一点儿，以后怎么处对象。”艾琳回到病房苦口婆心地对张明说。

“我准备光棍一辈子的。”张明无所谓地说。

“滑头。”艾琳坐下来说。

张明心里对于米佳有一种特殊的感觉，虽然刚才闹得不愉快，但是他的心里已经埋下了一颗小小的种子，等待着阳光和雨水的作用。

艾琳整个腊月是在医院的忙碌中度过的，她本来身体就不好，还要独自照顾恩宝，有时候累得腰都直不起来，还在咬牙坚持。

艾琳是一个被抛弃的人，所以即使到她生命的最后一刻，也会照顾这个孩子。每天对一个生命的期盼，占据着她所有的精力，恩宝的生命和她的生命已经紧紧地连在了一起。

做了母亲后，艾琳不敢生病，更怕死亡，一个母亲不是怕死，而是舍不得丢下那个孤单的孩子。

“琳姐，你可知道孙队最近的事情？”米佳最后一天送饭的时候无意中提了一下。

“嗯？”艾琳一边给小恩宝喂奶，一边无意识地应话。

“孙队出事了，家长们都上他那里闹，坊间传闻他打着白血病孩子的幌子捞钱。”米佳摸着恩宝的脚，神情有点儿黯淡地说，好像此事也触动了她的心。

艾琳听了米佳的话，手上的奶瓶抖了一下，奶嘴从小恩宝的嘴里滑落。小恩宝含不到奶嘴，哇哇大哭起来。

“艾琳姐，艾琳姐，恩宝哭了。”米佳推了推艾琳说。

艾琳这才回过神，看到大哭的恩宝，赶紧将奶嘴重新塞进他嘴里，摇摇头小声自言自语：“他不是那种人。”

艾琳比谁都清楚孙晓光，正是因为她帮助白血病家庭筹款，他们才产生分歧，闹得很僵，所以才分道扬镳。孙晓光一开始做口罩天使阅读坊，就明确了原则，不为白血病患者家庭筹款捐物。只是提供一个阅读的平台，组织志愿者活动，为孩子们带去快乐，他又怎么会将自己陷入这样的捞钱漩涡呢。

艾琳回想起年终表彰大会上孙晓光坐在角落黯然失魂的样子，就意识到他肯定有事。虽然他们在同一个城市，但是自从上次闹得不欢而散后，两人几乎没有联系，好像心中一直憋着一口气，互相较着劲。即使在省志愿者协会相关会议上见到，也是装作互不相识。

自从做了母亲，艾琳的心也跟着柔软起来，如今看到昔日战友走到这样的死胡同里，也跟着忧伤起来，不再因曾经的伤害耿耿于怀。

孙晓光以往炯炯有神的眼睛突然黯淡了下来，这几天他没怎么睡觉，白天坐在窗边，看着一方天空发愁，晚上拿着笔杆，面对一片空白沉思，他着实想不通如何把自己逼到这样的风口浪尖上。

孙晓光这个年是在反思和总结中度过的，每天对着陈年往事做整理工作，一遍又一遍地写，一次又一次地删。

孙晓光的妻子见他心情不好，整日躲着他走，害怕一个不小心，又是一场血雨腥风的大战。此时的孙晓光在家人的眼里，就像一个随时会爆的地雷，就看谁踩到那根线。

大年初一，妻子就带着儿子回了娘家，说是去拜年，但是孙晓光知道，他们都在躲着自己。他们不在，孙晓光以为自己会乐得自在，不用再顾及什么，一个人想怎样就怎样。

一年的开始，孙晓光的家与外面热闹的年味形成鲜明对比，他好像是一个被遗落在孤岛的人。孙晓光心生闷气，干脆将家里所有的窗户关上，窗帘拉紧，看不见便不会心里烦躁。

家，如果没有爱，就变成了一座冰冷的牢笼。孙晓光看着这个越来越让他觉得陌生的地方，此刻一千个一万个想逃离，讽刺的是他却没有地方可去。

孙晓光不是真的没有地方可去，而是他不能走出去。如今这样的落寞，恐怕见了那些个老街坊、老熟人，是没法抬起头的。孙晓光早已把自己囚禁在高尚虚伪的形象里，万不能叫大家瞧见此时的自己。

深夜，因为到了年关，医院病房里空空荡荡。艾琳思考再三，这么多年来第一次拨通了那个已经加入黑名单的号码，电话那头是长长的等待。

“喂？”电话那头传来孙晓光急切的声音。

孙晓光本来打算上床睡觉，睡着了就不会乱想，突然听到客厅传来铃声，根本来不及看来电显示就接了。他现在特别想听听这个冷漠的世界还有其他声音，所以第一时间接通了电话。

“喂，你好。”孙晓光喘着气说。

“老孙，最近还好吗？”艾琳沉默了很久才开口挤出第一句话。

“你是？艾琳？”孙晓光不敢相信当时和他说老死不相往来的艾琳竟然会主动联系他，有些怀疑地问。

“是我，”艾琳肯定地回答：“新年好啊！”

“新年好！”孙晓光强撑面子礼貌地回答，其实他心里一千个一万个不好。

“我听米佳说了，发生什么事了？”艾琳开门见山地问。

“嗨，就是一点儿小误会。”孙晓光死要面子地轻描淡写。

“你打算怎么解决这个小误会？”艾琳顺着孙晓光的话说。

“我也没有想好。”孙晓光长长地吐了一口气，发愁地说。

“既然没有想好，就先别想了，我们聊聊天，可好？”艾琳温柔地说。

聊天是此刻的孙晓光最大的需求，他已经被关在家里憋坏了。

孙晓光为了不表露自己内心的激动，故作正经地说：“好吧。”

“你做了这么多年的志愿者，有什么事情让你觉得挫败吗？”艾琳换了个话题问。

每个人都愿意谈起自己的成功，比起挫败，成功更能让人大谈特谈。孙晓光做了十几年的志愿者，其中的酸甜苦辣冷暖自知，但他一直积极乐观，在人前从不表露自己的软弱。

孙晓光在电话那头沉默良久后，压低声音说：“有。那是我第一个服务的社区残障人士。当我们第一次走进他的家，他就开始跟我们讲述自己悲惨的人生。后来我们帮他把家里装修一新，为他付出很多时间和精力，但是后来一切都不是我想的那样，我把人性想得太简单，以至于我投入很多精力和金钱，最后却什么也不剩。”

“原来是这件事让你看透人性，当初才会对我说那番话。”艾琳好像突然明白了什么。

“算是吧，可惜当时咱们都是从自身出发，没有为对方考虑。”孙晓光有些难过地说。

“我单枪匹马，猛打猛撞，直到头破血流走出来一条路，才明白你曾经和我说过的那些话。如今想想，如果当时我聪明一点儿，早一些领悟你说的话，就不会走这么多的弯路。”艾琳退一步说。

“水至清则无鱼，一个人太精明未必是好事。就是因为这份简单和单纯，才能坚持走完复杂的路。”孙晓光真诚地说。

“你有后悔的事情吗？”艾琳换了个话题问。

“有，我的家庭。我花了大部分的时间帮助其他人，却忽视了最需要我的两个人，我的妻子和儿子，以至于他们现在把我当外人一样。”孙晓光痛苦地说。

“这样确实很让人难过。”艾琳感同身受地说：“你还不知道吧，我做了母亲，所以我能理解家人的重要性。”

“听说了，你的勇气和大爱让我敬佩。”孙晓光赞赏地说。

“我没有那么伟大，也有自己的私心，希望自己可以做一个完整的女人。”艾琳笑着说。

“你的梦想实现了，恭喜你。”孙晓光提高音量说。

“谢谢。”艾琳想了一会儿，鼓足勇气问：“为什么当时你不愿意挽留我？”

艾琳突如其来的问题，让孙晓光一时不知道如何回答，他开始回忆当时的场景，竟已经模糊了。

“不怕和你说实话，工作中当我感到自身的权力和地位受到威胁时，出于安全的考虑会以换人的方法来缓解矛盾，这已经成为我解决问题的一种惯式，也许是一种逃避风险推卸责任的做法。从短期效果来看很实用，但我也体会到这样做不能够解决问题，过段时间同样的问题又会重新出现，它一直在那并没有改变，虽然我想极力地忽视。你的工作能力和出色表现确实让我感觉到了危机，加上你又完全不听我的调动，我就只有忍痛割肉。不过，我确实欠你一句‘对不起’。对不起，艾琳。”孙晓光坦然地说。

艾琳听到这句迟到的“对不起”，内心百感交集，一时竟然想哭。

“一个巴掌拍不响，也不能全怨你一个人，我那时也是心高气傲。咱们刚好是针尖对麦芒，刺得对方一身伤。”艾琳为缓解孙晓光的压力自嘲地说。

“一身伤。”孙晓光无奈地笑了笑。

“你想过以后怎么避免这些问题吗？”艾琳关心地问。

“我想问题的根源是建立和遵守规范的制度，仅仅依靠评估、判断、感觉和经验去管理，所有的事情都太过主观化。我觉得解决的办法是由人治到法治，当然这需要放下很多的担心和不舒服，需要充实自己，需要面对很多困难和挑战。这对我来说虽然很难，但是我必须涅槃重生。”孙晓光经过这段时间的反思说。

时间这个东西很奇怪，前一秒还恨不得不共戴天的两个人，下一秒竟全都释然了，甚至还惺惺相惜。

两个人说着谈着，天渐渐亮了，电话好像在一瞬间把两个公益人的灵魂连接到了一起，他们共同倾诉着这条路上的酸甜苦辣，时间在此刻好像不重要了。

第二十五章　初心

大年初三，艾琳和孙晓光约在医院附近的书咖见面。

艾琳透过玻璃窗再次见到孙晓光的时候，他的眼窝深陷，眼角多了几道纹，两鬓也添了白发，再也没有了当年的英姿飒爽，只有生活带给他的无限凄凉。

艾琳看到走进咖啡厅黯然神伤的孙晓光，等他坐下来，过了很久才开口说："老孙，喝点儿什么？"

孙晓光回过神来，没有说话，好像在感叹时间流逝得太快，连一点儿喘息的间隙都舍不得留给他。

艾琳与孙晓光一左一右地坐着，看到胡子拉碴的孙晓光完全失去了往日的斗志，艾琳忍不住说："我真看不得你这样。"

孙晓光实在不知道说些什么，依旧沉默。

"老孙，何苦把自己逼成这样，总会有路可走的。有什么难题，咱们一起想办法，老闷在心里，会憋出病的。万物皆有裂痕，那是光照进来的地方。"艾琳看着神情黯然的孙晓光，一时心痛地说。

孙晓光抬起头疑惑地看着眼前的艾琳，突然觉得她好陌生，和自己熟知的那个人完全不一样了，她的身上多了一种让他也不明白的力量。

一个人最失落的时候，就是情感最脆弱的时候，这时候一句暖人心房的话，可以将他全身点亮。

孙晓光看到艾琳的眼中充满真诚，这样的真诚此刻对于孙晓光就像冬天里的阳光一样温暖。

"你不要把自己逼得太紧，事情既然发生了，与其在这儿后悔和痛苦，不如想想怎么解决问题。"艾琳理解孙晓光的痛苦，感同身受地说，"我们这些社会志愿者，说好听了，是大好人，说不好听了，是烂好人。身正不怕影子斜，风言风语经不起时间的大浪。不管怎样，你都要记得初心是什么。"

艾琳一口气说了这么多话，拿起水杯喝了一大口。

虽然孙晓光没有任何言语的回应，但是他的眼中流露出欣慰，闪着泪光。

"你瘦了很多。"孙晓光过了很久，才开口说话。

"嗯，我做母亲了。"一提到恩宝，艾琳眼中突然发光地说。

"你一个人应付得来吗？"孙晓光替艾琳担心。

“怎么说，我也是新手上路，边学边做。”艾琳感叹一句，脸上的幸福却荡漾开来。

“一个人带孩子确实不容易，你要多保重。”孙晓光关心地说。

艾琳心中五味杂陈，竟有种想哭的冲动，她抬头看着天花板，凝视了几秒，让泪水倒流回去，然后笑着对孙晓光说：“可不是嘛，真正去照顾一个吃喝拉撒睡都要依赖你的小生命，可真不是一件轻松容易的事。每天忙得焦头烂额，却很难发现自己做了些什么，因为你面对的是个无法表达的婴儿。这也让我反思了在公益中的心态。很多时候即使我们尽全力为别人做了一切，也未必讨好，只有不计较付出与回报，本着一颗初心，才能在这条公益路上一直走下去。”

“我的很多习惯会在工作中展现出来，这或多或少会影响到志愿服务，即使在很小的事上也可以体现出来，这就是习惯的力量。我在志愿者管理上的问题，同样也出现在管教我儿子身上，我不仅不是个称职的领导，也不是个称职的父亲。”孙晓光倾诉着自己的苦恼。

于是，两个人就育儿的问题又探讨了一下午，孙晓光的情绪渐渐舒缓，话多了起来，艾琳也顺便讨教了很多的育儿经。

“我先回了。”因为放心不下恩宝，艾琳准备离开。

“这就走了？”孙晓光有些意犹未尽。

“我放心不下孩子，先回去了。”艾琳脸上洋溢着幸福说。

“路上小心。”孙晓光站起来告别。

“老孙，你再好好想想最初为什么加入志愿者，不要让忙碌和困难挡在眼前，反而看不到那颗初心了。”艾琳走之前对孙晓光说。

孙晓光目送艾琳离开，一个人安静地坐下来。

“是啊，我的初心是什么？怎么走着走着，我把它遗失了。”孙晓光闭上眼睛问自己。

初心，多么遥远的一个词，孙晓光一时想不起来当时加入公益事业的初心是什么。他不明白到底是谁偷走了他的初心，难道是时间？又或者是生活？

书咖里暖色调的灯光与橱窗外的阳光相遇，艾琳的话像当头棒喝，狠狠地敲打在孙晓光的心头上。人陷在困境中犯起迷糊，就会越陷越深，越深越迷糊，这时候多么需要有个人能把他叫醒。

孙晓光突然视线模糊，眼前支离破碎，时光机载着他回到了二十年前……

第二十六章　学雷锋做好事

孙晓光出生的那个年代，是红色氛围浓郁的时代，红旗飘飘，红歌高唱。那是个被伟大领袖精神和雷锋好人精神影响的激情时代。从孙晓光记事起，“学习雷锋好榜样”的口号就传遍了大江南北。

孙晓光上小学的时候，语文老师经常以雷锋叔叔的事迹为主题让学生练习写作。那时，天真的孙晓光常常会在作业本上写：“每当我看见别人遇到困难的时候，脑海里立刻就会闪现出雷锋叔叔高大的形象，我就急忙上前去帮助他。”

久而久之，随着这种长时间的心理暗示，儿童时代的孙晓光开始尝试学习雷锋叔叔乐于助人的精神。起初他会感到紧张和犹豫，迟疑好半天，然后给自己打气，鼓起勇气去帮忙。每当听到对方说“谢谢”，他的心里都会特别高兴。小小年纪的他还无法理解那究竟是一种什么感受，他喜欢帮助别人，因为那是件快乐的事。

孙晓光喜欢这样的感觉，其实跟他的原生家庭、成长背景有关。在孙晓光童年的记忆里，无论在学校还是家里他都很少被表扬和赞赏，更多的记忆是被批评和指责。于是他缺少自我认同感，内心逐渐自卑和沮丧。只有去帮助别人，孙晓光才能体会到被关注和认同，这种体验成为他日后坚持做志愿者的动力。

二十世纪九十年代初，团中央开始大力倡导青年志愿者活动，新闻媒体也铺天盖地地报道国内外的公益活动，在一片热血沸腾的志愿公益浪潮下，全国各省市共青团组织都纷纷成立了青年志愿者协会，举国上下大力宣传志愿者活动。

孙晓光那时刚参加工作，一腔热血，根本不理解什么是志愿者，只是偶尔通过电视看到一些好人好事，他突然有种跃跃欲试的冲动，很想做些能够帮助他人的事。

于是，孙晓光怀着一腔热血一头扎进志愿者队伍，从修理自行车开始，到后来做义务消防员，再后来到灾区前线服务，这些经历让他认定了志愿服务这条路。

1998年，孙晓光报名参加了H省青年志愿者协会，成为一名有组织有纪律的志愿者。虽然那时他只是参加一些街头宣传活动，但这也足以让他感到兴奋，仿佛头上自带着光环。

到了2002年，全国各地都在推动社区志愿服务，那时志愿者协会就安排孙晓光和其他几个社会志愿者一起组建各种特色志愿者服务队。

顺着这阵风，才一个月，孙晓光几个人就成立了五支直属服务队，包括环保队、法律援助队、医疗康复队、社区服务队等，后来又吸纳了反扒队、民兵服务队等，一共发展出八支志愿者服务队。

孙晓光作为第四直属服务队——阳光服务队的队长，带着一帮志愿者利用双休日在社区和市老年公寓开展志愿服务。

刚开始在社区服务时，孙晓光还沿袭着“学雷锋做好事”的形式开展活动，主要是在社区的广场上，摆几张桌子为小区居民提供水电维修、家电修理、理发、义诊、法律咨询等志愿服务，社区居民也因为他们的坚持，渐渐了解、认同和支持他们。

孙晓光加入青年志愿者协会五年后，随着志愿活动的不断深入，他发现很多奇怪的现象。本来社区服务的主要目的是帮助社区困难群众和孤寡老人。但这些帮扶对象有的由于忙于生计整天在外，有的因为行动不便很少出门，加之他们大多对志愿活动情况不了解，所以志愿者在服务时很少能看到这些身影。

相反，孙晓光发现在实际服务中来求助的大部分是社区普通居民，看到志愿者可以提供免费的服务，就抱着占便宜的心态，来服务台找志愿者。

有一次，一位中年妇女来到服务台前，向孙晓光询问："我家的洗衣机坏了，你们能不能上门看看，帮助修理一下？"

"好的。"孙晓光拿起工具箱笑着说。

当孙晓光和另外一名志愿者进到大姐家里时，突然愣住了。装潢精美的客厅里放着一台洗衣机，这根本不是一个穷困的家庭。

经过询问孙晓光才知道，这个大姐家里的洗衣机已经坏了十几天，平时老公喜欢打麻将，不管家里的事，大姐担心外面的修理人员会乱要价，服务质量不能保证，志愿者提供的免费修理让她觉得很放心。

"上个星期我就来过你们的服务点，没有看到修理电器的志愿者，他们和我说这个星期你们能来，所以我就一直等到今天。"大姐倒了两杯水说。

孙晓光一时哭笑不得，只能硬着头皮和另外一名志愿者修起洗衣机，整整花费了半天的时间。

类似事情在开展志愿服务中有很多次。更让孙晓光他们难堪的是，这个小区原本有一些技工可以提供这样的服务，以此来养活家庭，但是自从孙晓光他们进入小区，长期提供志愿者服务后，他们的生意越来越少，后来就很少来社区了。

面对这种状况，志愿者们也很困惑，他们真的是在做志愿服务吗？想要帮助的群体很少能接触到，而真正接受服务的却并不是机构所关注的人群。志愿者的出现甚至间接导致了部分技工失去了养家糊口的机会。

孙晓光觉得他们开展的志愿服务从活动场面、宣传报道的角度来看，效果很好，意义重大。但从志愿服务的初衷来看，没有达到预期的目标，长此以往就会渐渐流于形式，毫无实际意义可言。

“学雷锋做好事”的口号在孙晓光的脑海里，就像一张发黄了的老照片，渐渐褪去了曾经的光辉。

第二十七章　看不到改变

孙晓光对公益活动的观点第一次受到冲击，是源于一次关爱老年人的活动。

在市老年公寓开展志愿活动是个很富有戏剧性的过程。孙晓光和几个负责人一开始去老年公寓进行活动沟通时，老年公寓的负责人很热情地接待了他们。可是当他们说明来意，公寓方面却面露难色，非常委婉地拒绝了他们的公益服务。

“为什么要拒绝我们的好心？”孙晓光想搞个明白。

在孙晓光一再请求下，一个老年公寓的管理员为难地对他说：“我们现在实在不需要志愿者，因为已经有好几个高校志愿者组织长期在这里服务，志愿服务已经饱和了。你不知道，每年世界志愿者日，都会有非常多的单位组织志愿者来这里开展活动，老年公寓也响应政府号召，积极接待志愿者来服务。结果是第一批志愿者给老人洗头、剪手指甲，然后第二批志愿者看老人已经洗过头、剪过指甲，就帮老人洗脚。接下来又陆续来了好几批志愿者，老人们也是极力配合志愿者的工作，结果是有的老人一天洗了两次头，有的洗了三次脚，对这种雷锋同志三月来四月走的一窝蜂式的志愿服务，老人们实在是不堪其扰，吃不消啊。”

孙晓光对管理员说的现象非常熟悉，他明白这些老人是勉强接受好心，有着不能拒绝好意的痛苦。孙晓光当即决定不再为老人提供起居生活上的服务，而是转变思路，丰富老人们的精神世界。在孙晓光再三的请求下，老年公寓负责人勉强答应他们在高龄老人特护区开展志愿活动。

就这样，孙晓光的团队一直坚持服务了两年多，主要是提供一些文艺表演类的活动，但当遇到一些深层次的问题时，志愿者们就会有很强的无力感。志愿者协会一直提倡以松散的形式开展志愿服务，所有的服务都是停留在表面，无法进行深入的探究和可持续的发展。

当时让孙晓光庆幸的是，情况还不算糟糕，还有很多其他方面的活动可以让志愿者去做，虽然目标和方向不清楚，但凭着一颗年轻的心，一群人乐此不疲地行动着。

孙晓光最初参加志愿服务只是觉得可以帮助别人，感到开心和满足，仿佛在这个时候才能感受到自我的价值。公益服务带来的快乐体验已完全融入他的潜意识，成了一种习惯，以至于每当遇到别人有困难时，如果自己没有去帮忙，无论出于客观还是主观原因，他的内心就会莫名其妙地产生愧疚感。

时间长了，孙晓光开始迷茫，他分不清自己在帮助别人时，到底是出于真心，还是为了体现自我价值而刻意为之。这些问题太过深奥，年轻的孙晓光没有时间去考虑，也不愿意花时间在这样深入的思考中，他认为年轻人做起来比什么都重要。尤其是在2004年，孙晓光获得由团中央颁发的志愿者金质奖章，一段时期他都非常自豪，仿佛自己已经拥有了整个世界。

好景不长，就当孙晓光以为自己正朝着人生顶峰爬去的时候，现实又将他拉回地平线。随着志愿者协会领导的更迭，团中央建议省级直属服务队要着力于开展倡导性活动，社区服务要由街道自己去组织管理，同时，部分服务队因为服务不规范时常遭到投诉，很快八支曾经红红火火的志愿服务队就渐渐解散了。

没有了志愿者服务，孙晓光这种幸福无比的感觉很快消失了。很长一段时间孙晓光非常的迷茫和痛苦，他像一只迷途的羔羊不知道自己要往哪里去，还能做些什么。尤其是当那些跟着自己一起工作了几年的志愿者不停地询问下一步该怎么办的时候，他痛苦极了。孙晓光一直是团队的领袖人物，思想和行动是标杆性的，可是此时的他真不知道该怎么回答，只有不断地推诿和逃避。

孙晓光一遍又一遍地在笔记本上发问：

难道我们一直引以为豪的志愿服务就此结束了吗？

难道就没有新的出路了吗？

我们到底该如何选择，何去何从？

志愿服务还在继续零零散散地开展，但那些常年和孙晓光一起坚持服务的志愿者，却因为失望和无奈陆续选择离开。

“无可奈何花落去，似曾相识燕归来。”孙晓光只能眼睁睁看着这一切发生，无力挽回。此刻，他的志愿者生涯跌入了深谷，这种刻骨铭心的记忆让他的内心至今还隐隐作痛。

第二十八章　机缘巧合接触NGO

2005年，当孙晓光觉得自己一败涂地的时候，上层机构领导安排他参加了由上海“绿根力量”组织的NGO（Non-Government Organization，非政府组织）能力建设系列培训。孙晓光当时已经对公益心灰意冷，做任何事情都提不起精神，好像曾经为之努力了十年的梦一下子破碎了，什么都没有留下。

上层希望孙晓光出去见见世面，顺便学习一些新的知识和理念，突破现在的瓶颈。抱着试试看的心态，孙晓光独自踏上了火车。

培训过程中，孙晓光听到了很多新的名词：NGO、项目、参与、可持续、团队协作、赋权、领导力、公信力，这些名词让孙晓光一时眼花缭乱，思想开始大爆炸。参与培训后，他也学到了很多工具和方法：破冰、团队游戏、小组讨论、问题树、SWOT分析法、分享互动等。

这些概念对孙晓光来说是全新的，以前很少听说过，培训结束的最后一天晚上，他兴奋得睡不着觉。既然睡不着，就干脆不睡了，将这几天学到的东西全部重新整理一下。

孙晓光在笔记本上写下一段话："原来要做好志愿者工作还需要有这么多的理念和方法来支撑，真是太欣喜了，这种感觉就像哥伦布发现了新大陆，我沉浸于此，并如饥似渴地学习着这些新的知识。"

这些新的公益概念在孙晓光的头脑里播下了新的种子，他对未来重新燃起希望。这些理念也为孙晓光继续从事志愿者工作注入了新的力量。参加完培训后，他很快从低迷的状态中走出来，主动联系了志愿者协会的领导。孙晓光被重新启用，并担任了志愿者协会副秘书长，志愿者的工作随即重新开展。

孙晓光最初做志愿者只是纯粹为了帮助别人，体验快乐，但是当他接触这些国际公益先进理念后，才发现自己的知识实在是太匮乏了，他觉得之前所有的失败是源于自己的不专业。

为了不断提升自己，适应业务发展的需要，孙晓光开始疯狂地学习，去全国各地参加各种各样的培训班。只要一听说哪里开班，孙晓光就背着包去，经常离家半个月或者一个月，封闭式的学习让他重新找到自身的价值和存在感，孙晓光享受其中。

培训归来后，他急于将学来的知识运用到实践，可是效果往往并不是他预期的那样。他自己对新的理念和方法还一知半解，就开始培训起志愿者。

志愿者们在开始的时候听到一些新名词很感兴趣，并且觉得很有意义，但经过孙晓光的解释和运用后，大家会突然陷入一片茫然，实践之后也觉得不是那么回事。每当大家对新观点产生怀疑时，孙晓光总是会极力地反驳和掩饰，但是很多问题即使装作看不到，也一直存在。

这些国外的公益理念有些像舶来品，将这些舶来品本土化是一件困难的事。由于没办法实践，孙晓光对这些新理念的理解只停留在理论层面，处于一知半解的状态，原有的观念和习惯还主宰着他的行为。

比如说"参与"的重要性。在开展公益活动中，志愿者参加的多，参与的少，主要是因为孙晓光走入自我膨胀的误区。他觉得自己服务经验非常丰富，又学习了很多新的工作理念，对其他志愿者来说，尤其是新的志愿者，只需要把具体的工作安排下去就可以了，完全没有必要和他们一起讨论为什么要做，怎么样去做会更合适。

即使开展这样的讨论，遇到不同的意见，孙晓光也会立刻反驳回去，久而久之，志愿者们都不敢再说话。以后所有的公益活动都是孙晓光拿主导意见，虽然很累，但是他觉得自己做省事放心，同时可以显出自己在团队中的权力和地位。一个人的能力和视野总是有限的，孙晓光再强大，也无法覆盖到机构的所有层面，很快新的问题衍生出来，他十分头疼。

孙晓光一直是按照标准，很认真地把学到的东西不折不扣地进行实践，却不知道为什么会有这么多问题。孙晓光开始怀疑在NGO培训上学到的东西，到底是纸上谈兵，还是他对这些知识曲解了。他想不通为什么那些讲课的老师都是成功的实践者，甚至开始怀疑他们说的都不是真的。

NGO的管理模式与企事业单位的管理模式有很大区别。NGO组织是自下而上的管理模式，而国内企事业单位习惯的思维模式是自上而下管理。要传播这个理念，首先需要有丰富的管理知识和经验，要熟悉管理过程的各个环节，而这些经验储备刚好是孙晓光匮乏的。

第二十九章　探索与失败

经过第一次的失败和反思，孙晓光并没有像之前一样退缩，他仍在公益路上坚持着、探索着、失败着，却一直不放弃。

2006年，H市申请了团中央开展的“迎奥运、讲文明、树新风”项目，开始组建志愿者协会服务总队，这个项目通过和媒体合作招募了一批社会志愿者。这次跟着孙晓光的志愿者大部分是大学生，几乎都是大一、大二的学生，他们是一群非常有激情和行动力的年轻人，仿佛有用不完的精力，使不完的劲儿。但这些大学生志愿者参加志愿活动来得快，去得也快。一些走马观花式的活动，场面很壮观，实际意义不大，这就是目前志愿者组织的一个普遍现象。

2007年初，市中心血站邀请孙晓光帮助筹备成立无偿献血者协会。经过一段时间的筹备，于2008年1月25日正式成立。孙晓光也作为全职工作人员担任献血者协会常务副秘书长职务。

严重缺乏管理经验的孙晓光通过不断地摸索和学习，渐渐熟悉了一些管理知识和技巧。他依然在努力实践着对他来说半生不熟的NGO工作方法，这是个艰苦和曲折的过程。

2008年，团中央开始重视社区和谐，孙晓光又重新进入社区。社区服务对他来说仿佛已经是个盲区，他一时不知道从何入手，在痛苦和郁闷中努力挣扎着。

刚开始介入社区的时候，他仿佛觉得所有的事都可以做，既然困难群众那么多，只要能得到街道、居委会的支持，再招募一些热心的志愿者，就一定可以帮助到那些服务对象。可是进入社区后，他发现由于自己的时间和精力有限，除了能提供一些临时简单的服务外，几乎解决不了任何实际困难，这种情况使他真切地体验到极大的挫败感。

为此，孙晓光参加了很多培训，也实地观摩了一些发展比较成熟的社区服务站，但每次回到自己的工作上，由于各种各样原因，很难把学到的知识和经验充分运用到实践中。

后来孙晓光完成了NGO能力建设的系列培训，学到了“参与式”社区工作方法，于是他又积极地在新的社区里开始尝试这样的方法。宣传的过程非常顺利，但在做的过程中，孙晓光觉得很难深入，推行得有些牵强。

在社区里营造“共同参与、群策群力、互帮互助”的工作氛围非常好，但是对于开展工作的策略，孙晓光知之甚少，全凭感觉和经验，于是很多事情又重蹈覆辙。

社区领导和居民都习惯于过去那种“做好人好事”的活动方式，不太能接受新生事物。陌生感让他们觉得无从下手，甚至产生一些抵触情绪。

孙晓光开展的社区服务，仍然停留在以宣传和提供简单服务为主导的活动形式上。孙晓光自身的局限和为人处事的习惯，常常令他在工作中遇到问题，并且缺乏有效的解决方法，社区工作再一次遇到了困难。

由于孙晓光并没有完全理解和认真思考什么是真正意义上的社区服务，也没有和团队中的其他志愿者共同去商讨如何有效推动社区新型服务模式，社区服务没有持续太长时间就无疾而终了。

2009年7月，中山大学针对全国多家草根公益机构负责人，开展了以行动研究为主题的“黄埔公益领导力协力营”系列活动，孙晓光作为其中的一员参加了为期一周的培训。新颖的培训方式，使他渐渐清晰地看到自己固有的模式，习惯性的工作思维，还有个人主义的团队合作精神。以往的做法再回头看真是滑稽可笑，他觉得自己在公益路上吃的苦受的罪与自身性格有很大的关联。

孙晓光参加完培训回来，社区工作的曲折和磨难让他开始反思。

如何在社区长期开展志愿服务，逐步提高社区居民自助和互助的能力?

如何能够实现从接受服务，到被动参加，到主动参与，再到自我管理这样一个社区和谐发展的过程?

这一系列问题困扰着孙晓光，他一直在探索，虽然如今还未找到解决的办法，但是他不会放弃。

第三十章　中途宿舍

2015年，孙晓光的社区服务已经山穷水尽，他便开始重新思考人生和一直执着的公益事业。

刚好这个时候阳光基金会找到孙晓光，告诉他可以在他们平台上针对白血病儿童设计一些项目进行筹款。当时阅读坊还没有从医院搬出来，只在医院的门诊部开设。

孙晓光脑海里立刻想到了“中途宿舍”。

2005年，孙晓光去省红十字会开会，与他一起参会的另一个代表刚好和他住在一个房间。谈话中，孙晓光得知他的孩子是白血病患者，他致力于推动造血干细胞的公益。

有天晚上，这个代表爸爸和孙晓光分享了自己带孩子去北京治疗期间的艰辛历程。北京住宿很贵，一般房子根本租不起，更别说住酒店了，就连医院附近的地下室价格都高得吓人。那时候他只能带着虚弱的女儿住在远离市区的地下室二层，一天到晚见不到阳光，屋子里潮湿发霉，根本没办法生活。每天他还要带着女儿挤地铁来回奔波去医院，那种极度紧张和心酸到如今还是他的梦魇。

当时那个代表爸爸对孙晓光说：“如果在每个医院附近都有一些干净整洁的宿舍，可以提供给这些临时就医的病人和家属，那么这里就会像是一个外出就医漂泊人的家。”

当时，孙晓光就想要在儿童医院附近租一些房子，免费提供给治疗期间的孩子和家长们居住。只是回到工作岗位之后，他渐渐把这个想法遗忘了。

2012年，孙晓光参加广州“金丝带”组织的一次培训，当时组织单位带着大家参观了麦当劳叔叔之家。香港麦当劳叔叔之家在维多利亚医院旁边盖了一座很漂亮的建筑，专门提供给血液科的孩子和家长居住。孙晓光参观了麦当劳叔叔之家，热血沸腾，曾经的想法又在脑海里活了过来，他觉得自己也要开设一个这样的地方，给医院的孩子们创造一个童话世界。

回到单位，孙晓光开始进行项目筹款，等到钱筹到了一部分，便开始在医院附近寻找地点。孙晓光考察了很久，最终选择了吴夹弄城中村。这里建筑老旧，配套设施老化，按照现在的城市化建设标准，早该拆迁了。但这里与儿童医院仅一墙之隔，就医方便，房租便宜，一些需要长期治疗的白血病和癌症患儿就在这里租住了下来。这个小小的城中村，像是被人画了一个圈，这些人只能生活在这里，不是不想离开，而是不能离开，不敢离开，因为这里有他们最后的希望，有他们不忍放弃的坚守。

孙晓光在吴夹弄租了一间房子，把医院阅读室的书架和书籍都搬到了这里，对住在这里的白血病孩子开放，反响很好。后来，孙晓光开始在平台上对这个项目大肆宣传，希望获得更多的后续资金，将项目持续做下去。爱心教室投入使用后，他交给了张小蒙，自己重新回到社区处理烂摊子。

爱心教室成立之后，孙晓光看到医院的孩子们天天吃大食堂，营养跟不上，便想为大家提供一个互助厨房。互助厨房就是为白血病家属提供一个可以免费做饭的场地，燃气灶、锅碗瓢盆、大米等应有尽有，家长只需要自己买好菜，就可以直接过来做饭。孙晓光又让张小蒙在网上发起众筹，希望给孩子们搭建起互助厨房，让家长有个可以做饭的地方。然而，资金成了最大的缺口，“互助厨房”的项目一直拖着。

张小蒙跟孙晓光算过一笔账，租一间厨房，加上提供一些生活必需品，一年的费用是两万七，可是目前只筹集到一万多元，资金仅够维持几个月。如果家长们习惯在这里做饭，一旦机构不再提供服务，那么到时候会比现在更难办。如果是这样，不如不办。谈及“互助厨房”未来的规划，张小蒙也很无奈。

一个月前，互助厨房已经开始运作，并向这些住院孩子的家长们开放。但是很多家长反映，真正使用厨房的都是爱心教室的孩子家长。由于爱心教室的家长们反馈孩子们聚在一起吃饭，就连饭量都比以前多了，孙晓光又不便多说什么，只能睁一只眼闭一只眼。

这些家长占有厨房，确实也是情有可原。由于租住的房子条件有限，做饭成了大难题，以往要不在走廊里支个锅，要不就在租住的房间里做饭，油烟呛得孩子直哭，还会危害他们的健康。孙晓光本想为大家有偿筹建一个无烟厨房，没想到不久爱心教室就爆发了那场机构危机。

一开始孙晓光想学习麦当劳叔叔之家，做一个中途宿舍的项目，但是后来考虑这样大的项目需要承担太大的风险，如果不成功，不仅浪费了社会资源，还会让机构失去信誉。于是孙晓光决定先从小的项目开始，一点一滴积累，如果爱心教室成功了，就开展互助厨房，如果互助厨房成功了，再继续开展中途宿舍。阶梯状的运营方式，不知道怎么办着办着就跑偏了，因而中途宿舍一直搁浅。机构虽然租了两间房子，但是因为没有宣传，最后变成了爱心教室的仓库。一次次的妥协，让原本的计划徒有其表，关键内涵却弄丢了。

想到这里，孙晓光从回忆中抽离，回到现实。自己一路走来，好像把什么重要的东西丢了，才导致如今的危机四伏。可是丢了什么，孙晓光也不知道，也许就是艾琳所说的“初心”。

孙晓光突然站了起来，在落满灰尘的书架上寻找曾经的工作手册，那里有他一路走来的痕迹。

“小眉，你看到我书架上的那些工作日记了吗？”孙晓光实在找不到，双手叉着腰无奈地问妻子。

“你不是当作宝贝都给收起来了。”妻子坐在客厅看电视，面无表情地回了一句。

孙晓光才想起来，那些日记都被他封进大纸箱子了，他当时担心孩子小，要是给撕了，就是他的灾难，所以决定全部收起来。

孙晓光将大纸箱子从仓库里搬出来，吹掉上面的灰，撕掉胶带，里面满满一箱工作日记，都是那种牛皮封面的小本子，这些尘封已久的记忆，静静地躺在那里，等待着重见光明。孙晓光一本一本地翻阅着，像个孩子一样，在过去的记忆和笔记中寻找那个叫“初心”的东西。

“你这个人还真是闲得很。”妻子小眉关上电视，走进卧室，看着书房里忙碌的孙晓光，便挖苦他。

孙晓光没有理睬妻子，而是自顾自地翻阅过去的资料。在一次又一次的翻阅中，孙晓光突然看到一段去香港学习的记录：“麦当劳叔叔之家，这个充满美好的地方，我真的想把它放进行李箱里，一起带回去。”

孙晓光闭上眼睛，回想去香港学习的那次经历，很多细节已经淡忘了，但是参观麦当劳叔叔之家的记忆，还是如此深刻。那时的他热血沸腾，想回来也办个这样的地方，如今热血又重新在孙晓光的心中翻滚起来，他决定重启“中途宿舍”计划。

正月里，机构的志愿者都回老家过年了，孙晓光一个人开车来到吴夹弄。外来打工者和就医的人也都回家了，气氛显得很冷清。

孙晓光走到爱心教室，打开旁边的两间仓库，将里面的杂物整理出来，把房子打扫干净，抹去床铺上厚厚的灰尘，铺上被褥和床单。他又去附近超市买了一些生活用品，这样宿舍基本上就可以住人了。

一天下来，孙晓光全身酸痛，他已经很多年没有做过这么多的苦力活了。这些看似简单的公益行为，却是孙晓光一路走来失而复得的东西。公益的精神就是不在乎你做了什么，而是你愿意牺牲自己去为别人做。

孙晓光拍了一些照片，配上一些文字介绍，把信息发到各家医院的白血病自助群里，期待有人回应。

等待了几天，孙晓光终于在初五接到求助电话。

打来电话的是点点的奶奶李文芳，因为点点要去医院复诊，所以需要在省城待一周，李奶奶询问孙晓光能不能住在中途宿舍。

孙晓光当时就答应了，他还考虑现在才大年初五，很多司机不出车，他会亲自开车去火车站接他们。

中途宿舍入住的第一个白血病孩子叫点点。点点是一个三岁的小男孩，眼睛长长的，笑起来像小月亮。

孙晓光还记得第一次见到点点的时候，他才五个月。那时候因为查出来得了白血病，点点的妈妈连夜跑了，点点的爸爸因为家里穷就想放弃治疗。

点点的奶奶李文芳通过医院找到孙晓光，请求孙晓光去劝劝自己的儿子，不要放弃点点。

孙晓光最怕卷入这样的家庭矛盾中，老话说“清官难断家务事”“家家有本难念的经”，但为了挽救生命，他还是硬着头皮去了。

“白血病治愈的概率是百分之九十五以上，如果你放弃治疗，就等于选择了死亡那条概率低的路。”孙晓光站在医院的走廊劝说点点的爸爸。

“你知道什么，白血病是绝症，治不好的。”点点的爸爸肯定地说。

“小伙子，肿瘤现在跟感冒一样，没什么大不了的，只要咱们积极配合医生治疗，你的孩子很快就会好起来。”孙晓光理性地帮点点爸爸分析。

“不怕跟你说实话，我们没钱，家里穷得老婆都跑了，我哪来的钱给这孩子治病。”点点爸爸说完，捂着脸蹲了下去。

“国家对于大病有很多医疗报销政策，社会机构对于白血病患儿也有相关的资金扶持。中国红十字基金会为十四岁以下的白血病贫困患儿提供救助。现在本省十四岁以下白血病儿童，只需要缴纳四万元押金即可进行骨髓移植，还能享受百分之九十报销的优惠政策。你作为父亲，自己的孩子怎么说放弃就放弃？”孙晓光情绪激动地说。

很多农村家庭，当得知孩子得了白血病后，父母因为缺乏医学常识，认为白血病就是绝症，便放弃治疗。他们觉得倾家荡产治好一个孩子，还不如重新生一个孩子。孙晓光与这群人打交道，总会伤透脑筋，心力交瘁。

点点的爸爸在医院的走廊大哭起来，孙晓光心里也很不是滋味。

如今再见到点点，他术后已经康复得很好，性格也活泼调皮起来，在中途宿舍的门口跑来跑去。孙晓光庆幸自己当时去了，虽然劝慰别人太过理性，没有从对方的情感和立场出发，但是总算让一个孩子活了下来。

点点一家入住中途宿舍后，孙晓光发现洗澡成了一个大问题。还好现在还是初春，天气不热，不用每天洗澡，如果需要洗澡要走很远的路到城中村另一端的公共浴室去洗，这样一来一回，老人和孩子很容易冻感冒。

孙晓光开始为这些真实的需要写项目书，在网上平台进行筹款，准备为中途宿舍建一个公共浴室，在浴室旁边再做一个洗衣房，便于清洗宿舍里的被褥和冬天的厚衣服。

过完正月，孙晓光为了更多地了解这些家庭的需求，联合米佳的彩虹希望队进入医院进行走访和调研。白血病家庭情况各异，有些富裕，有些贫穷，他们需要的帮助会大不一样。富裕家庭带着孩子来这里求医，住宿不是太大的问题，主要需要获得关于治疗方面的信息，比如血小板、进口药的供应，还有相同病情的治疗成功案例。中途宿舍更多的是服务来自农村的家庭，他们带着孩子来到大城市治疗，所有的钱都投入到孩子的医药费中，很多家属都舍不得住宾馆，短租房也很难租到，有的干脆在医院走廊凑合。

一些农村家庭从未出过远门，来到大城市就两眼一抹黑，分不清东南西北，更别说带着孩子四处求医。如果有这样一个地方，住着相同的群体，大家都有类似的问题，就可以彼此帮助，互通消息，减少初来乍到时的困惑和无助，少走很多弯路，避免耽误孩子的病情。有些孩子就是因为大人不懂，耽误了最佳治疗时机，最终离开了这个世界。

无菌环境对白血病儿童来说很重要，如果因细菌感染使病情复发，就会前功尽弃。如果这些家长在孩子治疗期间不懂得护理，孩子一旦感染，又要重新住院治疗，所以干净的住处，对他们来说是迫切需要的。

经过这些调查，孙晓光认为中途宿舍要办下去，而且宣传力度也要加强，让更多的白血病家庭知道有这样一个地方，可以免费居住。于是中途宿舍的项目就这样开展起来，自助厨房和公共浴室也逐步投入使用，白血病孩子在化疗期间有了更好的居住环境。

自从互助厨房投入使用后，很多住院的孩子都长胖了，不用再吃医院的大锅饭了，孩子们都非常的开心。孙晓光觉得自己终于做了一件解决大家实际问题的大事。

今年十二岁的涛涛来自六安市农村，自从五年前他被诊断出急性淋巴白血病，就再也没有见过自己的爸爸。因为不愿意承担家庭的负担，怕被涛涛的病情拖累，爸爸离家出走，至今未归。

涛涛的妈妈为了给孩子治病，远赴上海打工。七十多岁的奶奶独自带着孩子，租住在吴夹弄不到十平方米的小屋，一个月三百元的房租，一住就是五年。

“如果不是生病，他现在已经上五年级了。”涛涛奶奶对孙晓光说。

如今涛涛已经康复了，每次定期回到省城来做检查，都会住在中途宿舍，涛涛奶奶更是把家里的新鲜蔬菜瓜果背到互助厨房，与所有的孩子和家长一起分享。

“亲戚邻居都知道孩子的病情，认为白血病会传染，所以都躲着我们。不仅亲戚邻居躲着，就连在城市里，孩子们也找不到玩伴，幸好这些年有爱心教室，你们比亲人还亲，否则我真不知道孩子的日子怎么过。”涛涛奶奶再一次拉着孙晓光的手，给他塞了一个煮熟的玉米，感谢地说。

孙晓光寻找初心，重新启动了中途宿舍，出乎他意料的是，机构在毁灭边缘活了下来。“生存还是毁灭，这是一个值得考虑的问题。”莎士比亚的这句名言最近一段时间一直在孙晓光的脑海里盘旋。

如今因为中途宿舍的项目，孙晓光重新给自己定位，给机构定位，脚踏实地做了一些真正帮助到白血病家庭的事情。

第三十一章　情感才是维系志愿者的根基

机构与家长的矛盾刚刚缓和下来，孙晓光又面临了内部问题。因为机构转型，孙晓光对服务人员提出了很多新的要求，一些志愿者相继离开，孙晓光又一次感觉到“昔人已乘黄鹤去，此地空余黄鹤楼”的凄凉。

孙晓光看到米佳带领的彩虹希望队如此团结，坚持在爱心教室开展教学，积极参与团队中的每一次活动，半年下来，团队成员只增不减，大家虽然忙碌在不同领域，但是因公益成了很好的朋友，定期聚餐，互相帮衬。

团队成立半年后，米佳更是培养了三个得力助手，把爱心教室、生日会、守护天使三个模块的公益活动安排给他们，自己退出来做一些协调工作。米佳的一系列志愿者团队管理方法，让孙晓光觉得诧异，一个大学刚毕业的女孩，没有经过任何专业的培训，竟然能将整个团队凝聚在一起。

看到米佳在彩虹希望志愿者团队里的管理模式，孙晓光作为一个老前辈惭愧不已。一个真正的领导者可以培养出更多的领导者，而他却常常处在一个误导者的位置上，不仅没有为公益事业培养人才，还让一些优秀的人才与公益道路渐行渐远。

孔夫子曰："三人行，必有我师焉，择其善者而从之。"

孙晓光放低姿态，怀着不耻下问的学习态度向米佳请教："米佳老师，你是怎么做到让大家愿意留在团队里的？"

"孙队，你可别叫我老师，我受不起。"米佳被孙晓光突然的谦虚吓了一跳。

"你做得比我好，就是我的老师，赶紧跟我分享一下你的秘诀吧。"孙晓光期待地看着米佳说。

"其实真没有什么秘诀，情感才是维系志愿者的根基。大家愿意抽出业余的时间共同做一件有意义的事情，就像一家人一样，彼此鼓励和扶持，遇到活动一起策划，遇到困难一起面对，遇到快乐一起分享，公益路上就不会觉得孤单和无助。"米佳笑着说。

孙晓光看到米佳脸上真诚的笑容，沉默地点点头，似乎明白了这么多年来，自己忽略了最重要的环节。以前孙晓光只关注工作的结果，也很在意上层领导的看法，却很少注重对志愿者的培养，忽视志愿者的个人成长需求，缺少对志愿者发自内心的理解和关怀。

很多NGO组织更多关注的是人力资源管理、志愿者管理、组织治理结构等相关的培训和操作，看似"正规化"的背后，在一定程度上却过滤掉了最宝贵的东西——情感。组织极力强调完善志愿服务的时候，往往忽略了其他更重要的东西，而这些东西可能才是团队得以存在的根基。

孙晓光在平时工作中太注重事务本身，很少会考虑志愿者的学习成长，也很少顾及志愿者的感受。他时常觉得和别人建立关系太费时间和精力，虽然很快和大家打成一片，但是真正建立深入关系的人却少之又少。

一开始机构不缺志愿者，志愿者的资源比较多，孙晓光整天忙得不亦乐乎，很少会停下来认真思考志愿服务到底要怎么做，更多的时候只是为了活动而活动，并没有明确的目标和方向。

后来一些带着理想和愿景来参加服务的志愿者，深入了解后看到公益活动的现实情况，心灰意冷，渐渐离开了。剩下的志愿者都是过来玩一玩，体验一下，滥竽充数的居多。

孙晓光一起共事过的志愿者很多，换了一茬又一茬，一方面有大环境因素的客观影响，因为志愿者协会一直希望对他们进行松散型管理。但是孙晓光知道，更多的原因与自己为人处事的习惯有关。

孙晓光在无偿献血者协会做秘书长的时候，就发生过这样的冲突。在协会成立初期，孙晓光借鉴外地相关组织的经验认真设计了协会会员和志愿者报名表，然后通过各个服务点的负责人把报名表发放下去招募志愿者。随后就不断有人向孙晓光反馈报名表的设计有问题，有些多余选项是不需要的，建议取消或更改，减轻他们的工作负担。孙晓光很高兴有人愿意提意见，他也欣然接受，立刻对报名表内容进行修改，随后又陆续有人提意见，又进行修改，反复了几次。孙晓光本以为这样做既可以显得自己很虚心，又可以表现出对志愿者的认同，但结果是给志愿者造成了朝令夕改的印象，很多志愿者开始对这个多变的机构提出质疑。

由于这种类似的情况不断发生，大家渐渐适应了这种节奏，平时对孙晓光也只是表面上的顺从，心里完全不认同。孙晓光后来和一些愿意表达的志愿者沟通，他们反馈说他的做法已经让大家有了不安全感，今天决定的事情不知道明天又会变成什么样，反正迟早要变，不如应付了事。

对孙晓光来说，这种状况也造成了自己内心的焦虑和矛盾，本来很多事情是需要大家一起分担的，但孙晓光看到大家不上心，做事没有责任心，所以自己不放心，只能亲力亲为，忙得团团转，其他人却闲得很。还有些时候出于私心，孙晓光把事情抓在自己手里不放，生怕被人夺了自己的功劳，最后实在完成不了，为了顺利完成工作任务又不得不把事情交给他们，结果弄得整个局面失控。

孙晓光觉得和志愿者之间越来越难以沟通，甚至不自觉地渐渐疏远了大家，这就更让年轻的志愿者们感到迷茫了。听了孙晓光的故事，他们想跟着他学习一些新的服务理念，让他带着自己闯出一个不一样的青春。但现实却是这样一个结果，让他们无所适从，对孙晓光和机构组织感到失望，天天一大堆抱怨，更不要说去带动其他志愿者了，最后一个个逐渐消失在公益的路上。

在社区工作和针对白血病儿童的公益活动中，孙晓光喜欢独断专行，做起事来完全凭感觉和经验，常常是因人设岗。因为个人的喜好，孙晓光对能说会道的人特别青睐，经常不经考评就委以重任，一旦发现有问题或难以胜任，他不会立刻进行处理和沟通，只想通过换人来快速解决问题。艾琳离开就是个最典型的案例。

草台班子出身的孙晓光，内心里就没有规范管理的意识，尤其是当制度遇到挑战时，为了避免矛盾、寻求安全或方便省事，就妥协了，视制度如儿戏，结果造成问题越积越多，最后是无从下手，一换了之。

孙晓光有段时间发现自己已经丧失或根本就不具有独立思考的能力，经常只要学到什么新的方法或听到什么好的建议，就立刻去尝试，过程中要是发现有问题或听到一些其他的建议，会立刻做出调整，本意是为了把事情做得更加完美，但结果往往事与愿违。

这样变来变去，不仅事情没做好，反而让志愿者和他整天为了新的事务处于忙碌状态，大家都感到筋疲力尽，越做越没有方向感，甚至不知道到底要干什么。孙晓光做事完全是跟着感觉走，跳跃性的思维每天都有新花样，导致志愿者怨声载道，却不敢提出建议，憋在心里生闷气。孙晓光不是没有尝试改变，而是改变之后却收到相反的效果，还成为大家埋怨的对象，这条公益道路他越走越迷茫。

经历了许多事情以后，孙晓光认为自己不是个合格的管理者。一个好的管理者若想把一个组织管理好，不仅要热情、认真、负责任，同时还需要言出必行，以身作则，对团队成员用心爱护，充分相信，引导参与，提供成长的体验与机会，增强组织的凝聚力。

孙晓光想着这么多年来自己到底在扮演什么角色，是志愿理念的实践者，还是践踏者？如今想来，仍觉惭愧。

第三十二章　最后的心愿

三月第一天，艾琳接到一通求助电话。

“艾琳，我是青青妈妈，青青重病住院，医生说情况很危急。”青青妈妈伤心地在电话里讲。

“秦大姐，我一会儿就去医院看看你们。”艾琳难受地说。

青青是一名初三学生，她这次住院是因为骨髓移植后二度感染，情况比较危急。

艾琳赶到病床时，青青的妈妈正红着眼睛摸着青青发烫的额头。艾琳看到孩子苍白的脸非常心疼。

“青青，你看谁来了？”秦大姐拍拍青青的肩膀说。

“白妈妈，你来看我了。”青青无力地睁开眼睛露出笑容。

艾琳强忍住泪水，伸出手拉着青青的手，点点头。

“你上次教我做的丝袜花，我已经做了一百个，我的愿望会实现吗？”青青天真地看着艾琳问。

“会的，会实现的。”艾琳点点头，强忍住泪水说。

青青的愿望只是一个小女孩最简单的愿望，她希望有一只大大的泰迪熊玩偶能够一直守护在身边，这样她就不会孤单害怕了。

当天下午，艾琳跑遍了所有的商场，找了个遍，终于在一个礼品店里找到了一个体积很大的玩具熊。艾琳抱着这只巨大的玩具熊，行走在医院的走廊里，引起很多孩子的关注。

艾琳当时也不明白为什么自己内心有如此强烈的冲动，要帮青青完成这个心愿。

“青青，青青，我是一只泰迪熊。”艾琳模仿着熊的声音呼唤着，挥动着泰迪熊胖胖的笨拙的爪子朝青青招手。

青青迷迷糊糊地睁开眼睛，看到梦寐以求的玩具熊，突然惊喜地坐了起来。

“哇哦，泰迪熊，是你吗？”青青不可思议地揉揉眼睛问。

“是啊，我就是你的泰迪熊。小主人，你想抱抱我吗？”艾琳继续躲在泰迪熊身后说。

青青不停地点头，迫不及待地接过泰迪熊，紧紧抱着它，欢呼起来。玩累了就把它放在床上，开心地抚摸着它的毛，渐渐闭上了眼睛。

那天晚上，青青走了。青青妈妈告诉艾琳，她是在睡梦里带着笑容离开的，感谢那只泰迪熊能一直陪着她。艾琳这一刻才明白为什么心中有股力量催促着自己一定要买到泰迪熊，完成青青的心愿。原来她已经有了不好的预感。

艾琳去参加葬礼时，青青的家人要求殡仪馆将青青和泰迪熊一起火化，青青带着幸福的笑容永远地走了。

艾琳看到那只陪在青青身旁的泰迪熊，小声地对他说：“感谢你，完成了青青最后的心愿，希望你一直陪伴她，天堂再见。”

青青的这个事件，带给艾琳的震撼很大，一个家庭明知道孩子会死，却因为爱一次又一次倾其所有地去挽救生命，这样的行为就像是与上帝拔河，期待着奇迹的发生。

艾琳在青青葬礼后的第二天夜里接到青青爸爸的电话，他告诉艾琳说，青青的妈妈秦大姐老是觉得全身上下痛得厉害。青青爸爸担心地一夜都没睡，已经失去了一个最亲的人，他实在无力承受另一个亲人的一丁点儿坏消息。

“青青爸爸，你先别急，明天我们带大姐去医院检查，看看医生怎么说。”艾琳在电话里安慰着。

第二天，艾琳领着青青父母一起去了医院。

青妈做完全身检查，医生说她的身体没有任何问题。

“可是，医生，她真的是全身上下没有一个地方不疼。”青爸着急地说，“你看看，她疼得都没法说话了。”

青妈头上全是汗，脸色发白，嘴唇干裂，看起来处于极度的痛苦中。全身没有一处不痛，从头发丝到脚底板都痛得厉害。

“医生，您要不再给仔细查一下，大姐这么难受，也不像是装的。”艾琳请求医生说。

“该做的检查我们都给你们做过了，她的身体确实没有任何问题。”医生恳切地说，“要不你们再去大城市的医院检查检查，毕竟我们的医疗设备有限。”

青爸带着青妈去几个一线城市的大医院检查了一遍，医生都诊断青妈的身体没有任何问题，艾琳建议青爸带着青妈去精神科瞧瞧，被青爸一口拒绝了。

艾琳听了青爸在电话里的描述，仔细想了想，觉得医生说的不无道理，青妈的病是青青葬礼后的第二天得的，说不定跟丧失亲人带来的伤痛有关系。艾琳不愿意再刺激青爸，准备等他们回来，再去家里探访。

晚上，孙晓光按照约好的时间打来电话，艾琳告诉他自己马上要出门，去青青家探访病重的青妈。孙晓光也认识这一家人，就和艾琳一起去了。

一路上艾琳将青妈的情况告诉了孙晓光，他若有所思。

“独生女忽得白血病，父母倾其所有，孩子最终离世，孩子母亲接受不了，将孩子身上的疼转移到自己身上，每天痛不欲生。”孙晓光理性地说。

“你的意思是？”艾琳不可思议地问。

“不急，我们今天晚上问问青爸就知道了。”孙晓光面带愁容地说。

艾琳和孙晓光到了青青家，青妈吃了药刚睡着，青爸接待了他们。

“大哥，你还记得青青那时候化疗和手术后痛苦的情景吗？”孙晓光坐下后，立刻开门见山地问。

“怎么会不记得，疼在孩子身上，痛在我们的心上啊。”青爸痛苦地说。

孙晓光和艾琳不说话，安静地听着。

“我家青青非常勇敢，特别坚强，化疗后我从未见过她哭过一次。她痛却不愿意让我们看出来，直到她去世后，我们整理病房的遗物，才发现女儿默默咬断了一盒彩绘铅笔，一共三十六色，整整三十六只。”青爸抹着眼泪说。

“那盒彩色铅笔还在吗？”孙晓光追问。

“在。”青爸从抽屉拿出一盒断了的彩绘铅笔，哭着对孙晓光说，“当时青青妈妈看到这盒铅笔，当场就哭得天昏地暗，晕死过去。”

“那大姐是不是从那个时候开始，就觉得身体不舒服了？”孙晓光立刻追问。

“孙队长，你怎么知道的？”青爸疑惑地问。

“我想我知道原因了。”孙晓光站起来说。

“到底是什么原因？”艾琳和青爸一起问。

“从心理学分析，秦大姐通过彩色铅笔看到了女儿的痛苦，为自己当时的粗心愧疚。这份愧疚让秦大姐把女儿的痛转移到了自己身上。所以她是把青青的痛延续了，这是丧失亲人后过度哀伤的结果。不过，这也是我的猜想，具体诊断必须通过医院精神科专业的检测。”孙晓光对二人说。

“你的意思是这些痛不是来自身体，而是来自心理？”艾琳惊讶地问。

“可以这么说，心出了问题，身体自然不会好。”孙晓光感叹。

“你是说我老婆得了神经病？”青爸立刻敏感地质问孙晓光。

“那倒不是，心理疾病其实就跟感冒一样，得对症下药。就像中国那句老话，心病还需心药医。”孙晓光耐心地解释说。

青爸似懂非懂地点点头，孙晓光看到他脸上的迷离，拍了拍青爸的肩膀，给他力量。

孙晓光跟着艾琳慢慢学会了陪伴和关爱这些白血病儿童和他们的家人，学着靠近他们，真实地了解他们，而不是像从前一样高高在上。

第三十三章　不离不弃

春天来了，万物复苏。

经过三个月的治疗，医生通知艾琳，恩宝可以出院回家了。艾琳接到通知的那一刻，热泪盈眶，她见证了一个生命奇迹般地存活，无数个日日夜夜的守候终于开花结果了。

3月的最后一天，艾琳在一行人的簇拥下，抱着恩宝走出医院。微风轻轻吹来，这段痛苦的过程终于要告一段落，即将迎来的是阳光灿烂的春天。

“感谢大家，感谢你们一直以来对恩宝的爱和帮助，今天我们回家了。”艾琳真诚地说。

艾琳抱着恩宝对医院的医护人员鞠躬致谢，所有的医护人员都停下手中的工作，面对着这位伟大的母亲，热烈鼓掌。

出院后，很多爱心妈妈给恩宝送来母乳，希望提高他的免疫力。喝着百家奶长大的恩宝，渐渐白胖起来。

很快艾琳又有了新的烦恼，恩宝的生长和发育速度比同龄的孩子慢很多，每次体检都不达标，医生认为这是冰天雪地里被冻留下的后遗症。为了恩宝的健康，艾琳坚持带着他各大医院奔走，为他治疗了大半年。

7月份，艾琳带着孩子去复查时，医生对艾琳说：“这个孩子以后可能是个脑瘫。”

艾琳当时就傻了，她不相信在自己怀里活泼乱动的孩子有问题。不过她当即决定，即使恩宝有问题，自己也会不离不弃。但是为人母，艾琳不愿意看到自己的孩子受这份罪，想他小小年纪不是经历生死，就是经历挫折，艾琳多么希望儿子可以健健康康、平平安安地生活在这个世界上。

不愿放弃的艾琳带着恩宝到处找相关专家，四处求人帮忙，每天坐着公交车带着孩子去医院做康复训练，终于在12月1日，医生在病历上写下“接近正常”的诊断，简单几个字却让经历了担心与痛苦的艾琳默默掉了很久的眼泪。

恩宝越来越健康，一张小嘴特别会说，虎头虎脑很可爱。在艾琳和一群妈妈的母爱下，他重获新生。

恩宝一切都正常以后，艾琳把他送回老家上户口，虽然收养的过程曲折，但是在她的努力下，终于给恩宝在老家上了户口。

年底公益活动多，艾琳就将恩宝暂时留在家里交给姐姐艾欣带，自己独自一个人返回省城，第一次与恩宝分离，艾琳坐在火车上流了一路的眼泪，母子之间已经心连心地密不可分。

回到省城，艾琳又开始奔波，在医院教孩子们做手工。白天忙碌还好，每到晚上，回到自己家里最是难熬。没有了恩宝的哭声，家里好像空荡荡的，对儿子的想念一时间像溪水一样流淌在艾琳的心间。

有天晚上，艾琳因为思念恩宝睡不着，就从床上爬起来，披了件厚衣服，她拿出笔和纸，准备借着圣诞节策划一场圆梦活动。青青愿望达成后那个幸福满足的笑容，一直在艾琳的脑海中挥之不去。

经过在医院的调查，艾琳知道这些孩子们的愿望都很简单，如果可以找到合作的单位，组织一次圆梦活动，就可以帮助更多的孩子达成愿望，即使他们最终不得不离开这个世界，也不会留遗憾。

艾琳是一个一旦下定决心就立刻行动的人，可能是因为经历过生死，她有种和时间赛跑的危机感。

正午的阳光越发强烈地照射进小院里，艾琳抬起头看看外面，估摸到了午饭时间。忙活了一上午，她感觉肚子有些饿，脑力劳动太消耗体力。她伸了个懒腰，走出房间，心情大好地问：“恩宝，做什么吃好呢？”

屋子里空荡荡的无人回应，这时艾琳才想起来自己把恩宝送回老家了，这样她才可以全心投入这次圆梦活动的策划和组织工作中。恩宝不在家，艾琳又开始不按时吃饭和睡觉，她突然觉得独居是不好的。

忙活了一会儿，艾琳在厨房下了碗面条，算是凑合着填饱肚子。吃面的时候，手机突然响了。

艾琳赶紧放下筷子，拿起手机看了看，吞下口里的面条，接通说："元元妈，怎么了？"

"琳姐，若不是十万火急，我也不会联系你，元元又复发了，现在已经住进医院了。"电话那头沙哑的声音说。

"又复发？！"艾琳最不愿意听到术后复发，这就代表孩子所受的万般痛苦都白受了，一时间她的心就像针扎一样疼。

艾琳每次送这些康复的孩子出院，最喜欢说："我再也不想在这里见到你。"

虽说是一句玩笑话，但确实是艾琳的心声，她希望送出院的孩子能够健康成长。

"可不是吗，琳姐，我真是山穷水尽了，家里的亲戚能借到的钱我都借了，该怎么办才能救救我那可怜的孩子？"元元妈的情绪几乎达到了崩溃的边缘。

"元元妈，刚好我下午要去医院，咱们当面聊，你看怎么样？"艾琳简单地说了一句。

"好，那最好不过。"元元妈好像吃了定心丸一样。

艾琳此刻不是不想安慰元元妈，只是所有的言语在这些接二连三遭受重创的家庭面前都显得无力和苍白。那些心理辅导表达同理心的例句"我理解你的感受""你先别激动，总会找到办法的""苦难是化了妆的祝福"，用在此刻，好像都成了废话。你不是当事人，永远没法理解她此刻到底有多痛，与其说再多，不如陪在她身边，让她不觉得无助和孤单。

艾琳加快了吃面的速度，面已经糊了，吃起来也快。刚好下午艾琳打算去医院把上次发下去的愿望收集表收回来，艾琳决定改变计划，先去探访元元，这个孩子承受了太多的苦难，想到这里，艾琳突然觉得难受得不能呼吸。

到了医院，元元刚好睡着，艾琳就和元元妈妈退出病房，站在走廊里聊了起来。

“元元，你有什么愿望吗？”等元元醒了，艾琳温柔地问躺在床上打点滴的元元。

元元被病魔折磨得脸色苍白，眼中已经失去了孩子的天真烂漫，剩下的只有绝望的等待。

元元想了很久，总算是开口了，他看着妈妈说：“我想要哆啦A梦的口袋，这样我就可以变出各种各样的东西，哄妈妈开心。”

听到孩子的话，元元妈妈忍不住背过身去偷偷抹眼泪。

“我不想妈妈再为我掉眼泪了。”元元心疼地看着妈妈抽泣的背影说，“妈妈付出得太多了，为了给我治病，不仅卖了房子，还把能借钱的亲戚都给借遍了，现在几乎所有亲戚都躲着我们，连电话都不接。妈妈是个要强的人，以前家里五百斤麦子，她都是自己挑，从不求人，如今为了我，却四处低声下气地求别人。”

元元说着也忍不住流下眼泪，不想让别人看见，倔强地用被子蒙住了头。

元元妈妈转过身来吃惊地看着元元，她没想到自己一直小心翼翼，却还是被心思缜密的元元发现了，他虽然不说，但是什么都知道。

“我知道，我是个麻烦，所以爸爸才跑了，再也不回来了。”元元在被子里哽咽地说。

“元元，不是这样的，妈妈一点儿也不觉得你很麻烦，反而妈妈感谢上天把你赐给我。”元元妈妈情绪失控地上前抱住元元，流着泪说。

艾琳的眼泪忍不住流了下来，正因为这样的不离不弃，他们才有勇气面对一次又一次的生死危机。磨难就像是黏合剂，让母子情更加牢固。

元元母子二人抱头痛哭了好半天，将心中的委屈、痛苦，还有失落一股脑儿地全发泄了出来，彼此擦着眼泪，情绪渐渐平复了一些。

“元元真是个懂事孝顺的孩子。”艾琳擦了擦眼角的泪痕说，“白妈妈虽然不能像哆啦A梦一样有一个神奇的口袋，但是我可以满足一样妈妈特别需要的东西。你想想平时妈妈缺什么？”

元元看着妈妈，眼珠子转了一圈说：“白妈妈，能送我妈妈一只口红吗？自从我生病以来妈妈再也没有化过妆，我希望妈妈是世界上最漂亮的妈妈。”

元元妈妈听到儿子这样的要求，有点儿不好意思地脸红了。孩子的世界就是这么简单，却充满了爱。

“当然可以，那你把愿望写在这张卡片上，然后对着折好的卡片吹一口气，放进这个许愿瓶里，愿望说不定就能成真。”艾琳将一张黄色的卡纸递给元元。

探访结束后，艾琳在医院挨个床位做心愿收集，小心翼翼地将每个孩子的心愿写在卡片上，然后让孩子们放进愿望瓶，加上一些爱的催化剂，等待着梦想成真的时刻。

第三十四章　圆梦活动

艾琳找来米佳和张明一起商量这个圣诞节圆梦活动。

米佳和张明在小区门口刚好碰上。

“好巧啊！”张明看了一眼米佳，又迅速将目光转向远方说。

“真够巧的。”米佳浑身难受地说。

米佳也不知道为什么，一碰到张明，自己就全身汗毛竖起来，时刻处于战斗状态，修炼了二十多年的涵养全抛诸脑后，这种感觉让她很烦躁。

“天气真冷啊！”张明对着手哈了一口气。

“我觉得挺好，冷可以让人格外精神。”米佳用手感受了一下寒风，走在前面。

张明回过神来，米佳已经走得很远了，他一路小跑赶上去，跟在米佳身后委屈地说："我说，你能不能不要每次见到我都跟只斗鸡似的？"

"你说谁是鸡？"米佳立刻转身，瞪大两只杏眼怒问张明。

张明被米佳的眼神吓得吞了一口口水，一瞬间肠子都悔青了，自个儿不是没事找事嘛，怎么话没过大脑就说出了口，真想抽自己个大嘴巴。

"对不起，是我一时口误。"张明立刻认错。

"你难道不知道说出去的话就如泼出去的水，覆水能收吗？"米佳白了张明一眼，不过这次张明立刻认错的态度倒让米佳觉得有些稀奇。

张明看米佳的脸通红，看起来比平常可爱多了，有点儿像年画娃娃。

"古人云，圣人还有三分过，人有失误马有失蹄，你就大人有大量，别跟我这个小人计较了。"张明装着古人的样子拜了拜说。

米佳看到张明如此书呆子模样还挺逗，一时忍不住笑了。

"好了，好了，一笑而过。"张明立刻顺着米佳说。

艾琳让米佳和张明坐下来，三个人开始讨论活动细节。

"你们觉得这次圆梦以什么样的方式呈现比较好？"艾琳有些茫然地问。

"我觉得这次不能像以往一样，由我们自己组织，可以考虑找承办单位合作，这样可以给孩子多一些体验新事物的机会。"张明提议说。

"刚好我们学校想办一个不一样的圣诞节，我觉得可以考虑和校方领导谈谈，让这些孩子们去体验一天国际学校的生活，我们学校的学生可以充当这一天的志愿者。"米佳听了张明的建议，突发奇想说。

"这个主意真不错！"张明立刻竖起大拇指。

虽然张明是真心夸米佳，但是米佳怎么都觉得他是虚情假意，所以白了他一眼，张明委屈地做了个鬼脸。

"米佳的主意不错，那咱们就分头去联系吧。"艾琳笑着说。

米佳所在的国际学校，是本市的贵族学校，父母计划孩子今后是出国留学。校方领导对于学生社会实践特别重视，因为这些会给他们出国留学的成绩单上加分。

通过米佳的介绍，艾琳与国际学校的校长进行了沟通，校长对这次活动非常认可，当即就答应了作为承办方组织整个活动，艾琳的机构作为协助方参与进来。

12月25日，圣诞节的清晨，天气晴朗，阳光暖暖地覆盖着整个医院。

米佳骑着自行车，提前赶到医院病房，学校安排她作为新闻部记者进行全程跟踪拍摄。米佳细心地记录着出发前孩子们的准备，期待的眼神，天真的笑容全部通过手中的单反相机记录了下来。米佳在那一双双期待的小眼睛里，看到了闪亮的光芒，那是希望的种子。

国际学校安排了两辆校车到医院门口接孩子，孩子们第一次被当作国际学校的学生，一个个兴奋得不得了。张明作为保安队长，维护着现场的秩序，当他抱起较小的孩子往车里送时，米佳拍下了他健硕的臂膀。张明发现米佳在拍他，故意秀了秀肌肉，才发现衣服太厚了，两个人忍不住都笑了。

因为圣诞节，国际学校装扮得红红绿绿的，来参观的孩子们开心地四处奔跑张望，孩子家长也惊喜地拿起手机到处拍照。孩子们被学生会志愿者当作贵宾一样，请到了小礼堂里。小礼堂中央有一棵巨大的圣诞树，树上挂满了亮晶晶的装饰，还有一张张七彩的卡片，那是孩子们的愿望。小礼堂很快就挤满了人，一些小学生给孩子们表演了节目，大家开心地玩了起来。

开场舞结束后，国际学校的校长上台讲话，并按下了圆梦活动的水晶球。各个年级的学生代表带着自己按照愿望卡准备的礼物，站在台上，等待与小朋友见面。孩子们等不及地走上台，从学生手中接过礼物，开心得要飞起来。

艾琳陪在孩子们身边，时时提醒大家要说“谢谢”，礼物虽然是白白获得的，但是艾琳要让孩子学会感恩。

国际学校的学费很贵，可能这些孩子一辈子都没有机会来这里上课。学校还特意为他们安排了体验课，上课的老师都是学校高中部的学生。

孩子们都去上课了，艾琳就开始接受媒体采访，宣传自己一直致力并热衷的事，呼吁更多的人参与进来。

教室的走廊里，米佳碰到了刚接受过记者采访的男孩林志，林志不自然地对米佳笑了笑，脸上显出一个浅浅的酒窝。

“你叫林志？”米佳笑着问。

“是的，姐姐。”林志说。

米佳知道这些白血病孩子住院期间，将这些经常到医院看望他们的大学生志愿者叫作哥哥姐姐。

“刚才的采访紧张吗？”米佳细心地问。

“我的心都快跳出来了。”林志有些羞涩地捂住胸口说。

“哈哈，我也一样，面对镜头就不知道说什么了。”米佳感同身受地说。

米佳和林志聊了一会儿，就带着一群大孩子一起去上趣味英语课了，这是学校领导特意给大孩子们安排的外教体验课。

“米佳老师，你好。”一个中年妇女走过来打招呼。

米佳认出这是一起来参加活动的家长，只是没法和孩子对上号，于是面露疑惑地说：“你好！”

“我是林志妈妈，没有打扰到你吧。”林志妈妈礼貌地说。

“哦，林妈妈呀。”米佳突然反应过来，有点儿不好意思地说，“今天人太多，我又是个脸盲，不好意思。”

“没关系的。”林妈妈笑着伸出手说。

米佳礼貌地和她握了握手问：“林妈妈，有什么事情吗？”

“米佳老师，是这样的，我刚才看到你和林志在走廊里聊得比较投缘。自从林志生病后，我还是第一次见到他愿意和别人说这么多话。”林妈妈眼睛发光地说。

“这样啊，可能是刚好有共同语言，所以聊得多了些。”米佳傻笑着说。

“米佳老师，我们家林志自从得了这个病，性格就变得内向，容易自卑，现在除了整天一个人关在房间里打游戏，其他什么都不感兴趣。眼看就要重新返回学校了，这样下去可怎么办？”林妈妈叹了口气说。

“林妈妈，咱们也不能太急，毕竟很多习惯都需要重新培养。”米佳安慰林妈妈说。

“可不是嘛，林志初二停学，我们想让他从初一重新读起，这样就可以把课程重学一遍，打一遍基础。”林妈妈继续说。

“哦，这样挺好的，林志也不用学习压力太大。”米佳认同地说。

“可是，他不这样想。他觉得自己都这么大了，本该上高一了，现在还要回去上初一，班上比自己小的同学会嘲笑他。”林妈妈烦恼地说。

“看来林志有自己的心思。”米佳理解地说。

“所以说，米佳老师，我希望你多和我们家林志交流交流，他愿意和你说话，说明他喜欢你，也许能听你的劝。另外麻烦你给他补补课，让他重新回到学校后不至于落后太多。”林妈妈拉着米佳的手有点儿难为情地请求。

米佳觉得辅导林志，和现在团队组织的“守护天使2+1”活动相似，刚好可以通过这个辅导案例，深入论证一下这个活动的可行性和带来的影响。

“林妈妈，我很愿意帮忙。”米佳笑着说。

“真的吗？”林妈妈喜出望外。

“只是，平时我都要上课，周末还要做公益，只有周六下午有时间，可以吗？”米佳问。

“可以，可以，真是太谢谢你了。”林妈妈高兴地说。

“不过，您可以先跟林志商量一下，还是要征得他的同意才好。”米佳细心地说。

“好好好，我回去就跟他说。”林妈妈心中的石头落地了。

课程全部结束后，在学校志愿者的引导下，学龄前的孩子们手拉着手走出教室，来到户外的操场。等所有的孩子都聚集在操场上，校方给每个孩子发放了一只气球。

“一、二、三！”校长大喊一声。

音乐响了起来，白血病儿童放飞了手中的气球，让他们心中那些美好的愿望随风飘向天空。米佳仰望蔚蓝的天空，一边心中默默期待上天可以收到孩子们的心愿，一边按下相机快门，记录下这动人的一刻。

“蓝天是白云最美的故乡，大地是小草成长的地方，海洋是河流安歇的暖房，梦想是未来幸福的天堂。小小的梦想能成就大事，只要相信美好的力量，小小的梦想能改变世界，带来明天的盼望。”清脆的歌声回旋在操场上空，五彩斑斓的气球承载着孩子们的小小心愿，随风启航，从心出发。

第三十五章　不是亲生的

有很多重症孩子不能走出医院参加这次圆梦活动，志愿者只能将他们的礼物带回医院进行分发。

“米佳，今天太晚了，估计孩子们都睡了，我看这些礼物还是明天再发吧，你说呢？”张明建议说，他的身旁放了两箱孩子们的愿望。

“你说得有道理，只是这么多东西我们又不能带回家，医院又没有地方放，这可怎么办？”米佳发愁地说。

“你们要是不嫌弃，放我们家吧。”突然有个家长主动说。

米佳回头看了一眼，她认得这个阿姨，她的女儿叫欣欣，也是今天来参加活动的。因为欣欣在小朋友中个子最高，年龄也比较大，所以很容易被人记住。

“欣欣妈妈，真的可以吗？”米佳惊喜地问。

“当然可以，我们家就在医院对面，不过地方小，你们别介意。”欣欣妈有些自卑地低着头说。

“不会，不会，你可是帮我们解决了一个大问题，太感谢你了。”米佳激动地握着欣欣妈的手，喜出望外地说。

“我就是举手之劳，不像你们，这样不求回报地帮助我们。”欣欣妈说。

“哪有，我们都是互相帮助。欣欣妈，就这么愉快地决定了，一会儿下车我们就把东西搬到你那去。”张明开心地说，看了一眼米佳。

“那就要辛苦你这个大力士出苦力了。”米佳拍了拍张明的肩膀鼓励说。

“我都OK！”张明突然身上充满了力量。

“你们先上去，外面天寒地冻的，我和张明搬就行。”欣欣妈催促着欣欣和米佳说。

欣欣家租的房子在医院对面的一个老小区，小区里大半住的都是病人。每个三室一厅的房子都用板子隔成一小间一小间的，米佳第一次在这里体会到了什么是“蜗居”。欣欣的家，准确地讲是一间房，就是这么多隔板房的其中一间。屋子里小得只能放下一张床和一张书桌，书桌上放着欣欣做手工的材料。

家里不常来客人，米佳的到来让欣欣很开心。欣欣兴奋地做起小主人，又是倒水，又是洗苹果，非常懂事，忙得不亦乐乎。也许是玩得嗨了，欣欣跟米佳没有一丁点儿陌生感，虽然是第一次见面，欣欣就把她当作姐姐，将自己所有的手工作品都拿出来给米佳看。

“做得真好，欣欣，你的手真巧。”米佳拿着一个又一个小玩意说。

“米佳姐姐，你喜欢的话，这些发夹都送给你。”欣欣笑着说，脸上露出两个浅浅的小酒窝。

“那怎么行，这些都是你辛苦做的，我怎么能要？”米佳有些顾虑地推辞说。

“我喜欢你，所以送给你。”欣欣孩子气地坚持说。

米佳想起自己经常和队员们讨论如何和这些孩子交朋友，不能因为同情，就把对方放在一个比自己更低的位子。很多志愿者可能以为做公益是一味地给予，却忽视了接受对方的好意，也会让对方感到幸福。有来有往，人与人才能平等地交往。

“那你帮我戴上吧。”米佳撩起头发凑近欣欣说。

欣欣开心地帮米佳戴上发夹，米佳欣然地接受了她的心意。

两个人等待张明他们的时候，欣欣突然脸色暗沉下来，好像有什么想说又说不出口的秘密。

“怎么了，欣欣，不舒服吗？”米佳敏感地察觉到欣欣的情绪。

“米佳姐姐，其实我不是我妈亲生的。”欣欣最终鼓起勇气说。

米佳一愣，欣欣这冷不丁的一句“不是亲生的”，像一阵寒风，吹得她直打哆嗦。

“欣欣，你怎么会这样想？是不是和妈妈之间发生矛盾了？”米佳耐心询问。

米佳知道这个年纪的女孩的心思，总会在与父母发生冲突后怀疑自己不是亲生的，她以前就经常犯这样的傻。

“不是的，米佳姐姐，我也是得病之后才知道的，尽管他们都想尽办法瞒着我。”欣欣眼眶红了。

米佳看此事并非自己想得那么简单，关心地问：“欣欣，到底是怎么回事？”

原来欣欣得病后，家里没有一个人可以和她匹配骨髓，心思细腻的她从医生那里得知，一般这样说明她不是父母亲生的。过了好几个月，就在欣欣绝望的时候，病房来了个陌生的女人，长相淳朴，一副农村妇女的打扮。她看到欣欣之后，眼中闪烁着泪光，欣欣一眼就识破了她的身份，毕竟血浓于水，母女之间还是会有心灵感应。

欣欣的妈妈立即让她叫“阿姨”，欣欣抖动的嘴唇一张一合，半天都没办法发出声来，倒是那个女人一时忍不住背过身去偷偷掉眼泪。后来欣欣得知自己有合适的骨髓了，她就肯定那个女人是抛弃她的亲生妈妈。至于妈妈为什么要抛弃她，她猜想了很多，却不知道哪个才是最真实而又残酷的理由。

米佳听完欣欣的故事，心里翻江倒海，五味杂陈，一时百感交集，她抽了张纸巾递给欣欣问："那你恨她吗？"

"很想恨她，却怎么也恨不起来。尤其是看到她现在过的日子，就能想到她当初肯定是迫不得已才扔了我。"欣欣没有接过纸巾，而是倔强地抬起头看着天花板。

米佳知道这些长期与白血病抗争的孩子们格外坚强，心智也比同年的孩子成熟，他们有时候说出来的话甚至会叫大人羞愧。

离开欣欣家的时候，欣欣妈妈将艾琳他们送到楼下。

米佳思量再三，决定把欣欣对自己说的秘密告诉欣欣妈妈，毕竟这个时候的她更需要妈妈去安慰和保护。

欣欣妈妈听到米佳的话，突然愣住了，继而又摇摇头说："我知道她迟早有一天会知道的，只是没想到这一天这么快到来。"

米佳从欣欣妈妈那里知道了事情的全部过程，原来欣欣是他们在外地打工时，在火车站捡到的。当时欣欣父母以为是别人的孩子丢了，准备报警，后来欣欣妈妈发现篮子里有张纸条，上面写着求好心人收养，那一刻便知道这是个弃婴。

欣欣妈妈当时已经做了母亲，有一个儿子在老家读小学。母亲的心肠都是柔软的，她立刻抱起欣欣，在她的脸上亲了又亲，那一刻她的心再也离不开这个孩子。

经过商量，欣欣父母带着欣欣回到老家，一直对外谎称是在外地生的孩子，这件事情一瞒就是十五年。欣欣也非常乖巧懂事，学习成绩一直名列前茅，让父母特别欣慰。直到去年，欣欣突然在学校晕倒，送到医院后被诊断是白血病，一家人平顺的生活才被这个噩耗打破。若不是欣欣得了白血病，需要近亲配对骨髓，他们打算一辈子不说起这个秘密。

欣欣妈妈站在楼下对米佳说："自从那天我们在火车站捡到她，整整十五年，从来没有想过再遗弃她，无论未来怎样，她都是我们的闺女，亲生的闺女。"

回去的路上，米佳一直没有说话，张明用各种方式逗她，她都沉默不语。米佳被这份养母大于天的恩情震撼到了，虽然没有血缘关系，但是那份爱已经融入彼此血液中，在全身流淌。

"张明，做了志愿者后，你最大的收获是什么？"米佳突然看着张明问。

"最大的收获？"张明感到意外地说。

"是啊。"米佳点点头。

"这个嘛，这个……"张明看着米佳的眼睛，有点儿害羞地说："这是个不能说的秘密。"

第三十六章　挣扎

艾琳赶着去赴约，就把剩下收尾的工作交给了米佳和张明。

昨天艾琳突然接到孙晓光的电话，邀请她今天晚上一起吃饭。

找到新的出路，孙晓光感觉宛如新生一般舒畅，他脑海中第一个想分享这份愉悦的人就是艾琳。

孙晓光掏出手机，打通艾琳的电话："做什么呢？"

"我在国际学校安排明天的活动，怎么了？"艾琳好奇地问，听电话那头孙晓光的声音，感觉他心情不错。

"明天晚上有时间吗？咱们一起吃顿饭。"孙晓光直奔主题，免去了客套话。

通过这段时间深入的探讨，两个人的关系越走越近，基本上是知无不言，言无不尽。

"怎么了？有什么好事吗？"艾琳一时被孙晓光的情绪感染。

"见面再说。"孙晓光不想在电话里透露过多，他希望当面告诉艾琳这个好消息。

“好。”艾琳同意。

孙晓光不说，艾琳一般不会多问，两个人就是这样有默契。

“时间和地点我一会儿发信息给你。”孙晓光开心地说。

饭店里，孙晓光点了几个小菜，特意热了一壶黄酒。

到了约定的时间，艾琳一走进来，就看到孙晓光这次收拾得很干净，一改上次的颓废。

孙晓光看到艾琳来了，便起身相迎，相视一笑。

孙晓光在那盏煮热了的黄酒中放了一个青梅，这样的喝法是江浙一带非常盛行的。

“怎么了，有什么高兴的事？”艾琳放下包，好奇地问。

“算是吧。”孙晓光给彼此都倒了一杯酒，点点头说，“我终于重新找回了自己。”

艾琳看到面前的黄酒，就知道这是孙晓光特意照顾自己而准备的。

“你不替我高兴？”孙晓光端起酒杯问。

艾琳也端起酒杯，与孙晓光的酒杯碰了一下，笑着说：“恭喜你回来了。”

两个人喝着小酒，天南地北地聊了一通，大部分时间都是孙晓光说，艾琳听着。

“我在那个家里感受不到一丝一毫的爱，冷漠得就像冰窖一样。”两杯黄酒下肚，孙晓光面泛红光地摆着手向艾琳倾诉。

“老孙，你喝多了，赶紧回去吧。”艾琳不愿意过界，立刻阻止。

“我不回去！”孙晓光借着酒劲发泄，靠近艾琳说，“我不能回去，我要是回去，迟早被活活冻死。”

“别瞎说，赶紧走吧。”艾琳站起来拿起包说。

“走，都走，没有一个人在乎我怎么想，没有一个人。”孙晓光趴在桌子上自言自语。

艾琳不忍心看着孙晓光一个人在这里耍酒疯，于是重新坐了下来，等他酒醒一些再走。曾经那个高大的形象如今却变成一个酒鬼，艾琳不知道是叹息还是心疼，反正心里不是滋味。

孙晓光趴了一会儿，当他重新抬起头，看到艾琳正专注地看着自己，心里一软说："走，我送你回家。"

艾琳和孙晓光一路上没有说话，一前一后地走着。

孙晓光将艾琳送到楼下，借着酒劲，一时没控制住，将艾琳抵在发黄的墙壁上，想要亲吻她。孙晓光急促的呼吸，伴着浓烈的酒气，越来越靠近艾琳的脸，艾琳的唇。

艾琳脸上开始发烫，这样的烫很快蔓延全身，她的心里有点儿害怕，但这样的感觉却是她渴望已久的。面对情欲，理性显得苍白。艾琳突然认定自己就是个坏女人，原来这些欲望已经在她的身体里蛰伏已久。

情欲就像是伏在门前的野兽，伺机想将两个人吞噬。

孙晓光的两片嘴唇越来越近，几乎要贴上的时候，艾琳突然清醒了，她奋力推开孙晓光，像一只受惊的小鹿一样跃过情欲的陷阱，逃跑了。

艾琳一路跑回出租房，心脏剧烈地跳动着，她知道如果孙晓光此时跟上来，她就会坠入万劫不复的深渊。

孙晓光没有上来，只是一个人安静地站在原地许久，便转身离开了。

听到外面久久没有任何动静，艾琳松了一口气，她知道孙晓光已经离开，赶紧倒了一大杯水，喝了下去，企图浇灭身体里的那团火。

冲了一个澡出来，艾琳坐也不是，站也不是，躺也不是，这样的感觉让她难受极了，却又无可奈何。艾琳咬着手指，看着窗外那一汪灯海，她知道自己始终做不了坏女人。

稍稍冷静后，艾琳坐了下来，随手翻开一本书，无意识地看着。

艾琳知道，两个人的情欲一旦碰撞在一起，身体就不受大脑的使唤，看到的都是对方的美好。其实情欲过去，剩下的不一定是爱，可能还有愤怒和憎恨。

第三十七章　问题是“偷”

艾琳知道孙晓光家庭的现状，孙晓光献身公益，实现大爱的同时，牺牲了小爱。被长期忽视的妻子不仅不支持他做公益事业，还与他长期冷战。孙晓光的儿子高考后，妻子更是提出离婚，以此来惩罚他长期的冷落。

面对孙晓光支离破碎的家，艾琳也为他心痛。她知道自己从一开始对孙晓光就有着不寻常的情感，虽然她一直努力压抑，试图用时间来冲淡一切，可是只是在自欺欺人。一旦有机会，那种情感就难以控制，如山洪暴发一般涌流出来。

艾琳感觉到孙晓光对她有好感，在他失意的时候，艾琳全心全意地支持他，陪伴他，这种好感逐渐升华，孙晓光也开始情难自控。

艾琳知道这是第三者出现的最好时机，等他们离婚后，自己就名正言顺，也能够理直气壮，因为导致他们家庭破裂的根本不是她。艾琳知道如果自己这么做了，她就真的是一个坏女人了。

中国有句老话叫“宁拆十座庙，不毁一桩婚。”她知道一个女人失去婚姻那种撕心裂肺的疼痛。经过一夜的冷静思考，她最终决定放弃私欲，牺牲小爱，成全大爱，帮助孙晓光挽回婚姻，这样对所有人都是最好的结局。

幸福的家庭千篇一律，不幸的家庭各有各的不幸。中国人比较内敛保守，很少关注家庭内部的问题。夫妻即使过得不好，也常为了孩子，默默忍受。反正婚姻就是搭伙过日子，很少有人关注婚姻幸福感。

很多人会想，哪个家庭能十全十美，多多少少有一些问题，那都不叫事。只要儿女听话，家庭安稳，怎么都是过一辈子。很少有夫妻能正视自己的问题，从而加剧家庭的冲突和危机，最终走向离婚的不归路。

今天下午是一起约好去探望青青妈妈的日子，艾琳实在没有勇气与孙晓光面对面，若不是早就约好的，艾琳恐怕会一直躲着孙晓光，不过她知道自己迟早有一天需要面对，逃避不是办法。

艾琳在青青家的巷口碰到了提着蔬菜水果的孙晓光，不敢与他四目相对。

“好巧啊！”艾琳一时尴尬地找不到话题，随口寒暄。

“不巧，我们之前就约好的。”孙晓光倒是清醒得很。

两个人没有什么话，一前一后地走进青青的家。

青青妈妈的情况时常反复，最近发病越来越严重，即使看了专业的神经科医生，也无法解决她心理上的问题，她每天还是会感到撕心裂肺的痛。

艾琳和孙晓光在青青家待到夜幕降临才离开。

两人走出悠长的巷子，天已经擦黑，月牙儿在深蓝的幕布上若隐若现。

“明月几时有，把酒问青天，不知天上宫阙，今夕是何年？”孙晓光看着深邃的天空和朦胧的月亮，一时有感而发。

“老孙，今天怎么有雅兴，做起诗来了？”艾琳想就此打趣孙晓光一番，缓解尴尬的气氛。

“可不，偶然来了兴致。”说话间孙晓光停了下来，满眼期待地看着艾琳说，“琳，知道那月亮为何残缺吗？”

艾琳被孙晓光突然的温柔弄得不知所措，往后退了一步，勉强笑着说：“今儿个不是月中，月自然不会圆。”

“你知道我不是这个意思，难道你要像月亮一样一辈子躲着我？”孙晓光的眼神黯淡下来，像个孩子一样赌气说。

艾琳的心是透明的，只是她对孙晓光的情不知如何回应，当然也不能回应。道德让她不能跨出那一步。

“老孙，你相信月亮上有嫦娥吗？”艾琳沉默了很久才抬起头问。

“不信，那是神话传说。”孙晓光对于艾琳转移话题有点儿恼，说话语气也变得生硬。

“嫦娥应悔偷灵药。即使在广寒宫里一辈子受尽寂寞，她也从未给朝夕相处的吴刚一丝温度。”艾琳眼神迷离地说。

孙晓光迈开大步走上前，挡在艾琳面前说："你跟嫦娥不一样。"

"我知道，可是老孙，我就是不想像嫦娥一样，一辈子活在'偷'的痛苦里。"艾琳看着孙晓光的眼睛，鼓起很大勇气说出了那个字。

"我的婚姻已经走到尽头，我们并不是因为你才走不下去的，根本不关你的事。"孙晓光有些恼羞成怒。

"让一个完整的家庭因为我支离破碎，我做不到，我总觉得这份幸福是偷来的，永远也见不得光，我不想这样一辈子活在黑暗里。"艾琳迎着孙晓光的目光说，那目光里充满愤恨。

孙晓光还想说什么，艾琳仿佛是他情感的最后一根救命稻草，就在他快要抓住的时候，艾琳却放了手，扭头走了，让他一个人跌进万丈深渊。艾琳摇摇头，让孙晓光不要跟上来，她的眼神让孙晓光明白，这一生，他们只能是朋友。

孙晓光屏住呼吸，无助地大喊一声："好！"

路灯照着孙晓光黯然神伤的背影，艾琳也沉默了，虽然这样的结局令人心痛，但是她知道自己的心回归了圣洁。

第二天，艾琳经过一夜的思考，还是给孙晓光去了一通电话，把自己的想法清楚地表达出来。

"老孙，最后我还是希望你能够和太太和好，让孩子生活在一个完整的家庭，你也可以拥有幸福的婚姻。"

"好。"孙晓光压抑着内心的痛苦，吐出一个字。

"这样我才会安心。"艾琳忍不住补充了一句。

孙晓光没有接话。

艾琳挂了电话。

孙晓光早已经料到是这样的结果，可他竟然像第一次失恋的大男孩一样，躲进浴室，打开淋浴，任由水声稀里哗啦。

第三十八章　拯救婚姻大作战

经过一个月的思考，孙晓光制定了一个详细的拯救婚姻作战计划书。

“陪伴是最长情的告白。”艾琳在电话里指导孙晓光说，“你每天下班都去接她，相信一定会打动她的心。”

孙晓光开始每天去妻子的单位接她下班，但是妻子上车后，闭目养神，一直沉默不语，一路上孙晓光叽里呱啦地东拉西扯，像个小丑，却没有得到妻子一点儿好眼色，没坚持几天，孙晓光也沉默了。一路上，车窗外喧闹不已，车子里静得可怕。

“送花，女人都喜欢花，最好是红玫瑰。”艾琳抱着恩宝，一边喂奶一边用头和肩膀夹着电话说。

“靠谱吗？”经过上次失败的教训，孙晓光怀疑地问。

“肯定靠谱！”艾琳充满自信地说，“九百九十九朵玫瑰，试问哪个女人见了不会高兴地飞起来。”

孙晓光立刻大清早跑到花卉市场批发了一千支红玫瑰，铺满客厅地上。小眉回到家之后，不停地打喷嚏，她用憎恨的眼神质问孙晓光是不是想谋杀她。

孙晓光赶紧将妻子送到医院，看完医生后，她满脸红肿地走出来，冷冷地告诉孙晓光：“你想让我走，明说！”

小眉走出医院，头也不回地走了，孙晓光停留在原地，真是感觉自己比武大郎还冤。

“你也没有告诉我，你太太对花粉严重过敏啊。”艾琳内疚地说。

“这事都怪我，时间久了，就忘了。”孙晓光有些自责。

“人生病的时候是意志力最薄弱，最需要情感的时候，也算是误打误撞给你创造了一个修复感情的绝佳机会。”艾琳突然灵机一动。

“接下来我该怎么做？”孙晓光毫无头绪。

“关心她，呵护她，在身边照顾她。”艾琳给孙晓光指导说。

孙晓光开始在妻子的身边转来转去，嘘寒问暖，但是小眉都装作看不见，不给孙晓光任何好脸。

“老婆，喝水。”孙晓光端着水杯，笑嘻嘻地走过去说。

“黄鼠狼给鸡拜年，没安好心。”小眉不屑地说。

那一刻孙晓光差点儿没把杯子摔了，最后还是强忍着怒气。

孙晓光几乎崩溃地低着头抓着头发对艾琳说：“我快要疯了，我现在做什么，她都无视，就是冰山也该有融化的一天吧。”

艾琳将一杯温水递到孙晓光的面前，安抚他说：“先喝口水吧。”

孙晓光看了艾琳一眼，不想因为自己的情绪伤了她，毕竟她只是个旁观者，于是装模作样地喝了一口。

“老孙，你要知道冰冻三尺非一日之寒，现在挡在你面前的不仅仅是一块巨型冰，还是一块千年寒冰。”艾琳帮着孙晓光分析。

“那你说我该怎么办？”孙晓光六神无主地说，“再这么下去，我非冻死在这千年寒冰中。”

艾琳被孙晓光这句孩子气的话逗得差点儿一口水笑喷出来。

“老孙，按理你的事我不该参与，也不能参与，毕竟我……”艾琳有些为难地看着孙晓光说。

“不是你让我去挽回我的家庭，说这样你才安心嘛。”孙晓光盯着艾琳的眼睛说。

艾琳没有躲闪，躲闪反而显得自己心中不坦荡了，既然已经决定放下，那么这个烂好人就得做到底。

“好好好，我说的，我负责。老孙，你要知道，挽回一段感情谈何容易，尤其是那个女人已经对你死了心。”艾琳苦口婆心地说，“不过也不是完全没有办法，我相信真情真意定会感动上天，当然也会在某一天打动你的妻子，让她重新接受你。”

“这一天是哪一天呢？”孙晓光感叹。

“好了，别抱怨了，总会苦尽甘来的。我推荐你去参加一个婚姻类的辅导课程，说不定能找到挽救婚姻的办法。”艾琳提议。

“我不去，一个大老爷们儿一个人去参加婚姻课程，肯定叫人笑掉大牙。”孙晓光一口拒绝。

“那你现在还有更好的办法吗？”艾琳反问道。

孙晓光看着窗外不说话，眉头紧锁，他真不知道自己这二十年是怎么活的。

为了挽回自己的家庭，孙晓光在艾琳的建议下最终还是参加了心理学专家开设的情绪治疗课程。

第一天，孙晓光没有完全放开，基本上什么收获也没有。直到三天课程结束，孙晓光才好像重新认识了自己，同时对自己的丈夫角色失望透顶，他明白了为什么妻子对自己如此深恶痛绝，那些隐埋在妻子内心深处积压成山的情绪，已经把她逼疯了。

课程结束的时候，老师给大家布置了一项作业，就是给一个被你得罪的人写一封道歉信。孙晓光脑海里闪过的第一个名字，就是小眉，那个把最美的年华献给自己的女人。

孙晓光坐在电脑前回顾与妻子相识相爱相恋的过程，那些甜蜜幸福的画面如一张张发黄的照片又重新涂上了色彩，开始鲜活起来。

孙晓光再也忍不住，泪如雨下，握住笔的手颤抖不已，纸上一字一句都是发自肺腑的告白和忏悔，一封满载悔恨与请求原谅的信装进了信封，信封一下子变得沉甸甸的。

二十周年结婚纪念这天，孙晓光西装革履，站在镜子前对自己说：“爱是最大的勇气。”

孙晓光怀着忐忑不安的心缓缓走进酒店，他不知道这一次妻子会不会像从前一样羞辱他，或者她压根就不会来。虽然孙晓光已经做好了各种糟糕的设想，此刻他还是会觉得紧张。

孙晓光看到妻子小眉已经安静地坐在餐桌旁，神情相比以前柔和了很多。

孙晓光深呼吸一下，鼓起勇气走过去说：“小眉，我爱你，二十年结婚纪念日快乐。”

小眉抬起头，看着孙晓光一脸的真诚，虽然过去的婚姻伤害造成的千疮百孔还在心上，可是这句迟到的表白又重新唤起了她心中的爱。小眉再也抑制不住内心的感动，站起来重重地打了孙晓光一个耳光，然后紧紧地抱着他大哭起来。

孙晓光抱住妻子，心中充满爱，他感谢艾琳给了他一次在爱中重生的机会。

孙晓光和妻子和好后，第一时间跟艾琳分享了这个好消息，艾琳心情复杂地说了一些话，头脑一片空白，天旋地转地挂了电话。

艾琳以为自己很勇敢，可以洒脱得放下一切，可是泪水却像开了阀的水龙头一样止不住。一夜过去，艾琳心神疲惫，但是她不后悔，虽然心痛到极点，她依然坚持自己心中的纯真。

第三十九章　医路有家

“孙队，心情不错嘛。”

孙晓光刚停好车，正哼着小曲往爱心教室巷子里走，突然一个健硕的手搭了上来。

良好的夫妻关系是一个男人坚强的后盾，孙晓光自从与妻子和好后，又开始修复与儿子的关系，阳光好像时刻笼照着他，让他的心中充满温暖。经历这样的蜕变，孙晓光有很多想法发生了改变，对公益的观念也有了一些实质的变化。

“张明，又调皮了。”孙晓光听声音，就知道是张明。

“孙哥，你可说了，咱们是忘年交，所以我就把你当兄弟了。”张明拍了拍孙晓光的肩膀，得意地说。

“你这泼猴，看来也只有米佳能治得了你。”孙晓光心情不错，调侃起张明。

“孙哥，没……那回……事！”张明立刻收回手，低着头结巴地说。

“我才提了米佳的名字，你就结巴成这样，要是米佳立刻出现，你还不找个地洞钻进去。”孙晓光见张明脸红得可爱，就继续说。

“怎么可能，我一个大老爷们儿，还怕她不成。”张明抬头挺胸地说。

“哦，难道我们都领会错了？你不是对米佳……”孙晓光试探地问，特意将“米佳”的名字重读。

“孙队，你叫我？”米佳突然从墙角探出头来。

张明一看米佳站在前面，心想真是怕什么来什么，一时臊得慌，一溜烟转身逃了。

“出息！”孙晓光站在原地，看着张明的背影笑着说。

“孙队，张明怎么了？”米佳从墙后面走出来疑惑地问。

“没什么，他丢东西了。”孙晓光俏皮地说。

“丢什么了？”米佳好奇地问。

“丢脸。”孙晓光笑着说。

孙晓光笑而不语地走进爱心教室，米佳也跟了进来。

“艾琳来了吗？”孙晓光放下包，转身问米佳。

“应该在路上了，刚我和她发消息的时候，她已经出门了。”米佳拿着手机摇了摇说。

“那就好。”孙晓光一边整理资料，一边若有所思地说。

对于艾琳，孙晓光已经从男女之情走了出来，把她当作最知心的朋友。

最后一次通电话时，当孙晓光将自己与妻子和好的消息告诉艾琳后，艾琳在电话那头沉默了很久，孙晓光隐约可以听见眼泪掉落的滴答声。

“老孙，从今以后，咱们还是不要私下联系了，有什么事情你就让米佳跟我说。”艾琳沉默许久后，缓缓地说。

“这是为什么？咱们既然是朋友，心中坦然，为何还要害怕见面？”孙晓光有些着急地说。

“我觉得没有单独见面和通话的必要。”艾琳低沉地说。

“这又是怎么了？不是说好了，一辈子当朋友。”孙晓光有些孩子气地问。

“朋友？”艾琳冷冷地说。

“是啊，朋友。”孙晓光重复着。

“老孙，我需要时间，有可能不久后的某一天，我再见到你，就坦然了。”艾琳憋在心里许久的话，一下子释放出来：“那时我就真的把你只当作朋友了，你明白吗？”

孙晓光没有说话，他觉得自己坏透了，给了艾琳幻想，又亲自打破她的梦，还理直气壮地要求对方继续装作若无其事地对自己。

“孙队，孙队！”

孙晓光在米佳的呼唤声中从记忆里抽离出来，抬头看着米佳，眼神还在迷离。

“您今天叫我们来，是为了什么事？”米佳有些奇怪地看着孙晓光问。

“哦，我想把中途宿舍扩大，想听听你们的建议。”孙晓光平复了一下情绪，进入状态说。

“老孙，我觉得你的想法很好，解决了这些家庭的实际需要。”艾琳站在门口听到孙晓光的计划，笑着说。

“我也认同。”张明附和。

张明躲在艾琳的身后，伸出头来看看米佳，又立刻缩了回去。

米佳见张明鬼鬼祟祟的样子，翻了个白眼说：“某些人就不能正大光明地出现吗？”

“琳姐，来，坐。”米佳笑着对艾琳说，让艾琳坐在她和张明中间，她实在不愿意和张明多说一句废话。

“老孙，继续说说你的计划。”艾琳笑着坐下来问。

“孙队的意思可是将那两间中途宿舍继续复制？”米佳疑惑地问。

“对，我就是这个想法。”孙晓光感觉和大家一拍即合，心情大悦。

“吃住本来就是大问题，也是这些孩子和家长最迫切需要解决的。”张明立刻进入状态发表自己的想法，说完还特意看了看米佳。

米佳根本不关注张明，继续追问：“那中途宿舍的清理工作会不会加重，今后由谁来负责？”

“我是希望入住者自己承担清理工作。之前我们也尝试请住在附近的白血病家长兼职，每个月给他们五百块钱，后来他们嫌活多钱少，干了半个月也就不了了之。但是想想，其实我们根本不需要花这笔钱，既然这些家属享受了权利，应当履行一些义务。”孙晓光开诚布公地谈着自己的想法：“光享受不干活，可不是好事。”

“中途宿舍本身就相当于一个临时的家，既然是家，就应该大家一起维护卫生，把中途宿舍的事情当作自己的事情做。”艾琳点点头说。

“现在最重要的事情就是和这栋楼的房东谈，我们整个地把他的空房子租下来，进行统一改造。”张明提议说。

“这回你是说到点上了。”孙晓光竖起大拇指。

“孙队，我还有个想法，既然这里主要针对的是孩子，我们不如将墙壁和楼梯都刷成彩色，再画上一些卡通画，将这里变成一个童话世界。”米佳眼中放光地说。

“好主意，米佳这个想法很不错。”艾琳笑着看着米佳。

“医院大都是白色，特别单调，如果孩子的生活中多出现一些七彩的颜色，其实会对他们的心情影响很大。”米佳继续补充。

“这些想法都是可以考虑的。只是，我现在最担心的还是这栋老房子的线路问题，我们要统一装修房间，就得进行线路改造，这可要花很大一笔钱。目前这个项目的筹款只够维持每月的房租。”孙晓光发愁地说。

“我觉得一件事情一开始肯定没办法做到最好，我们可以一间间来，先从外面接线进来，暂时用上。房间的粉刷我们也可以自己动手，至于家具我们完全可以通过募捐，获得二手的。现在城市的家庭因为房子小，会处理一些旧家具，很多家具都是可以继续使用的。至于水电改造，说不定以后会有别的转机。”艾琳积极地提议。

“先做成，后做好。”米佳灵机一闪地总结。

“好，既然你们都支持我，那么我就全身心地投入，大干一场。”孙晓光被艾琳的积极性感染，握紧拳头下定决心地说。

其他三个人都情不自禁地鼓起掌来，好像这个时刻值得掌声。

中途宿舍租赁的是儿童医院后面吴夹弄里的老房子，每间房房租大约是三百块钱，虽然便宜，但是整栋楼的线路都老化了，为了让每个房间可以正常使用一些简单的电器，孙晓光决定重新铺线路。

说干就干，接下来的一个月，孙晓光每天和房东大爷沟通，争取他的支持。为了节省人工成本，孙晓光更是亲自上阵，一个人进行房间的水电改造。孙晓光边学边做，竟然在一周内把线路全部改造成功，所有房间的电路暂时能用了，他松了一口气。

接下来的一周，孙晓光带着志愿者一起进行墙面刷漆，每天都是一身灰土，楼上楼下地跑，干劲十足，好像年轻时候的那股劲又回来了。

每天不管多么忙碌，孙晓光都会去接妻子下班，然后两个人回家做一顿温馨的晚餐。自从儿子离家上大学后，孙晓光就希望抽出更多的时间陪伴妻子。

周末的时候，米佳和张明就带着艺术系的志愿者一起来到中途宿舍，用他们手中的画笔装饰这幢老楼。在他们的魔法棒下，老楼魔术般地返老还童，变成了一个可爱俏皮的孩子。忙碌之余，米佳和张明还是经常斗嘴，只是他们的关系在这个秋天发生了微妙的变化。

自从中途宿舍被孙晓光重新启动之后，获得家属们的一致认可，每天的入住率都是百分之百。很快，宿舍由两间拓展到四间，再到八间，十八间，最后整幢楼除了房东大爷的房间，其他全部被孙晓光租来改造成中途宿舍，楼里还设置了互助厨房，公共浴室和洗衣房。

在吴夹弄这处老旧房集中的城中村，一栋色彩鲜艳的楼房耸立在蓝天白云下，显得分外扎眼。中途宿舍在孩子们的眼中，成了一个温暖的港湾。宿舍虽然简陋，但是应有尽有，干净整洁，生活设施配套齐全，有需要的白血病家庭得知这个消息后，都纷纷申请入住。

为了使中途宿舍更好地利用起来，孙晓光和城中村的白血病患儿家长们开会沟通，确定中途宿舍帮扶的对象是新入院、待移植、感染复发和舒缓计划的病童家庭，可以免费入住三个月；复查的病童家庭，免费入住一周。需要长期化疗和治病的家庭，可以自己租住房子。

中途宿舍开展起来后，管理宿舍便成了孙晓光每日需要跟进的工作。人多了，卫生问题就会成为主要矛盾，所以孙晓光就中途宿舍的卫生问题进行了一系列探索与改革。

孙晓光确定了中途宿舍的入住流程：提前向工作人员预约，登记在册，统一办理入住，分配房间。中途宿舍由入住家庭共同维护和清扫，卫生清理工作将根据房间号进行匹配，形成互帮互助圈。所有入住人员退房离开前必须将床单、被罩拆卸下来放到洗衣房清洗晾晒，请其他未退房的家属进行收纳整理。

互助厨房一直由中途宿舍的家属和医院里的家属共同使用，未来孙晓光想把它改造成无烟厨房，并要求使用人员每天清理，保持厨房整洁。互助厨房的后续资金一直还没有到位，但是米和油都被对面的国企单位给承包了，定期送来，为孙晓光解决了一大难题。

中途宿舍项目逐渐形成规模，并朝着孙晓光最初的预期目标发展。

第四十章　从“心”出发

白血病患者大部分都比较自卑，由于误解带来的歧视会让他们觉得自己在人群里是被孤立的。

米佳第一次和林志见面的时候，他心情很低落，一个人拿着手机打游戏，根本不理睬米佳，林妈妈叫了好几次，他都没有任何反应，好像整个人掉进游戏里，拔不出来了。

米佳用心与林志相处了三个月，除了给他辅导功课，更多的是陪他聊天，林志经常捉弄米佳，米佳都是一笑而过，不跟他计较。

米佳看着眼前这个孩子，被长达一年的封闭治疗摧残得像霜打的茄子一般颓废，体会到了他为何沉迷于网络游戏世界，因为在那里，他可以重建人生。

米佳对林志说："在物理学中，'压力'这个名词既用来描述施加于一个物体之上的外力，又用来描述受力物体抵制这一外力所需的内力。内外压力的共同作用才使物体的大小和形状发生改变。生活中最好的例子就是铁匠给一块马蹄铁加热并锤打它，不仅仅改变了铁块的形状，而且增加了它的韧性。铁具有压力变形点，在变形点的范围内，外部压力会增加铁的密度，从而使它更坚韧。"

林志听米佳一口气说了这么一大堆话，似乎听明白了，抬起头不知所措地看着米佳。

"怎么，不明白？"米佳担心地问。

林志习惯性地摇摇头，这段时间他总是这样捉弄米佳，让他感觉其乐无穷。

米佳想了一下，换了种说法："简单来说，压力就是你游戏中的伏魔，要么打败你，夺走你的装备；要么被你打败，你就赢得了人生。明白了吗？"

林志觉得米佳认真起来的样子很可爱，不忍心再捉弄她，于是点点头。

"林志，今天是米佳老师最后一次给你做辅导了，这段时间和你相处，我真的很开心。马上你就要正式踏入校园，我希望你能像打怪兽一样打败心中的恐惧，加油！"米佳握紧拳头说。

林志点点头，不舍地对米佳说："谢谢你，米佳老师。"

这句"谢谢"让米佳看到从"心"出发的辅导对孩子们是有效的，心灵关怀是这个群体迫切需要的。

艾琳受邀参加中原社会心理服务大会，她准备带着米佳一起参加。

“明子，这次会议要不要一起去参加？”艾琳把大会宣传手册递给张明问。

张明正在逗恩宝，一听到是政府会议，就觉得没趣得很，无非是一场接着一场的无聊报告，就推辞说：“这个……琳姐，医院最近忙得很，怕是脱不开身。”

“这次会议在邻省底下一个试点县举行，你就当放个假去旅游了，感受一下县城风情。”艾琳一边冲奶粉，一边耐着性子劝说。

“这……”张明有些支支吾吾。

“那我只有带着米佳一起去吃喝玩乐了，到时你可别怨我。”艾琳抱起恩宝，把奶嘴塞进他嘴里俏皮地说。

“那个资本主义做派的也去？”张明装作无所谓地问。

艾琳看到张明瞬间眼中放光，笑而不语，顺手拍了张明一巴掌说：“别这么说女孩子，会让她反感的。”

“好疼，行，我去还不行。”张明捂着手臂答非所问地说，嘴角早已不自觉地上扬，心中开始联想无数个美好的画面。

两天的会议都是各级政府领导做工作报告，米佳认真地记着笔记，她觉得既然来了，总能学到一些东西。

张明就不一样，一直坐在下面无所事事，会务组不给大家玩手机，他只能哈欠连天。自从离开之前的实习医院，考到现在的医院，天天大会小会不断。他最烦开会，所以一开始就不愿意来。

“张明，我觉得这些教授们讲得还不错，你好好听听。”艾琳好心地提醒。

张明只好无奈地坐正，专心听讲。米佳看着张明痛苦的样子，忍不住笑了，张明立刻就来精神了。

艾琳因为其他活动的缘故，提前离开了，留下米佳和张明待到大会最后一天。

最后一天，大会开设了很多训练营，让大家自由选择体验的课程。

米佳选择了沙盘治疗，张明也跟着报了。张明好不容易在一群人里抢到一个名额，看到米佳眼中的失望，就大方地把票塞给了她。

“你不去了？”米佳惊喜地看着手中的票，有点儿不好意思地问。

“反正我也不感兴趣，听说那个催眠课程还挺神秘的，我去瞧瞧。”张明一副无所谓的样子说。

米佳拿着那张票，心中充满感动，觉得张明这个人嘴上虽然坏，但是心是很好的。

张明参加的催眠班，根本不像他想得那么有趣，整个课程无聊透顶，他真的被那个老教授念经念得呼呼大睡起来。

米佳参加的沙盘训练营，刚好相反，因为人多，老师带着大家做了一次团体治疗。大家按照要求随意地在沙子上摆放自己喜欢的物件，真实的内心世界便在老师的解说下呈现出来，米佳觉得太神奇了。

离开县城的那天早上，米佳起得很早，一个人走在乡间的小路上，深深呼吸着清晨的空气。张明忍不住用相机拍了一张米佳的背影，米佳感觉被偷拍，就转头瞪了张明一眼，张明嘿嘿一笑，只好转脸拍别的。

米佳从大会回来，就不停地和艾琳建议，对这些服务的孩子进行心理疏导。米佳将自己的想法与孙晓光和艾琳谈了，他俩刚好也在参加心理辅导类的课程，所以三个人在对白血病儿童及其家属的心理辅导方面达成了一致。

第四十一章　一起过小年

小年这天，孙晓光起了个大早，开着面包车去菜市场接采购小年饺子宴食材的家长。

“怎么样，都买好了吗？”孙晓光停好车，下来问小博士的妈妈。

“都买好了。”小博士的妈妈指着三个人手中的大包小包说。

自从上次爱心教室的事件之后，孙晓光与小博士的妈妈通过米佳从中调解，最后冰释前嫌，关系更进了一步。这件事让孙晓光对人与人之间的相处之道有了更深的体会。

2017年一整年对于孙晓光来说，是不平凡的一年，他和机构都经历了一次大的转型，过程很痛苦，但是经历了这样的痛苦之后，孙晓光和机构都重生了。

孙晓光刚停好车，几个家长已经等在巷子口了。

“孙大哥来了！”小敏的妈妈远远地看到孙晓光的面包车，热情地挥手说。

“早上好！”孙晓光打开车窗喊了一句。

在大家的帮助下，一车的菜和水果都陆续搬进了互助厨房。这次的小年活动完全是白血病家长们自发联合起来筹备的，所有中途宿舍的白血病家庭和城中村的白血病家庭都一起出力出钱。家长们不仅邀请了孙晓光，还邀请了米佳等志愿者代表一起过小年，表达感恩之情。

“孙队来了！”悦悦奶奶一早就在厨房里忙活起来，看到孙晓光走上前说。

“李阿姨早啊。”孙晓光放下手中的菜，热情地打招呼。

“还没吃早饭吧？”悦悦奶奶关心地问。

“是啊。”孙晓光有些不好意思地说。

悦悦奶奶转身去锅里捞了一碗面条，递给孙晓光说：“刚出锅的手擀面。”

孙晓光赶紧接过来，悦悦奶奶又顺手挖了一大勺卤子，香喷喷的打卤面散发着诱人的味道。

“李奶奶，你怎么知道我想这口已经好久了！”孙晓光咽了一口口水说。

“快吃吧。”悦悦奶奶笑呵呵地说。

孙晓光吃着热气腾腾的面条，此时此刻，就是他做志愿者以来最幸福的时刻，因为他收获的是一颗颗彼此相爱的真心。

很快，家长们带着孩子陆续来了，每家每户都准备了一个拿手菜。一群人说说笑笑地拥挤在互助厨房里擀面皮、和馅、包饺子，场面很是热闹。

大家都在忙活，孩子们在教室里跑来跑去，孙晓光和米佳坐在办公室里，趁着一点儿间隙，探讨未来中途宿舍发展心灵关怀项目的事。

“这次你们参加中原社会心理服务大会，有什么收获没？”孙晓光喝了一口热水问。

“收获很大呀，国家现在对社会心理服务越来越重视了，邻省的一些县都开始作为试验田，进行心理服务试验了。”米佳兴奋地说。

“这么好，什么时候国家能到我们机构来整一个试验田，让心理服务的心理咨询师给这些受过创伤的家庭做一些心灵关怀，就太好了。”孙晓光期待地说。

“是的，我也是这样想的。”米佳笑着说，“孙队，你不知道，这次我参加了沙盘治疗法的心理沙龙，真是大开眼界。要是我们也有沙盘室，即使没有专业的心理治疗师，老师带着孩子们没事就去玩一玩，也许都能自我治愈。”

“希望这一天尽快来到。”孙晓光若有所思地说。

一行人来到临时搭起的餐桌旁，坐了下来。

“孙队，你辛苦了，大家就想请你和志愿者们一起吃顿饭，用最淳朴的心表达感谢之情，这些年你们真的辛苦了。”小博士的爸爸带着所有人敬酒说。

“你们太客气了，今天我们就是家宴，大家不用拘谨，随意一点儿。本来今天夫人也要来的，但是父母那里得有人去，所以我们就分工合作了。”孙晓光端起酒杯一脸幸福地回敬大家。

喝完酒，大家没什么拘束地说着吃着，气氛融洽祥和。

很快热腾腾的饺子上桌了，将饺子宴的气氛一下推向高潮，所有的人都夹着饺子送进嘴里，快乐通过味觉传递到全身。

“孙队，我先走了，一会儿还要去琳姐那里。这不快要年底放寒假了，我想在回老家之前去看看琳姐和恩宝。”吃完饺子，米佳起身对孙晓光说。

听到艾琳的名字，孙晓光内心还是会有一些复杂的感情，但是这些情感都被家庭和责任给压制了，并且化作了默默的祝福。

“去吧，替我向艾琳问好。”孙晓光放下筷子说。

“一定带到。”米佳做了一个保证的手势。

米佳和大家告别后，就离开了。

张明在车站等着米佳，今天他们约好一起去看恩宝，两个人的关系越来越近。

恩宝因为季节交替感冒了，艾琳好几个晚上没有合眼地照顾他。米佳和张明两个人帮着艾琳带了一下午的孩子，艾琳才能稍微合上眼休息一会儿。

“恩宝，恩宝，快快长大，不要再做小可怜了。”米佳拉着恩宝的手心疼地说。

“恩宝才不可怜，有你们一直疼爱着他，他幸福着呢。对吧，恩宝？”艾琳笑着对米佳说。

“对，恩宝是最幸福的宝宝，有一个最伟大的妈妈。”米佳开心地说。

说完，张明抱着恩宝去客厅荡飞机了。

艾琳拿着切好的水果走过来，对米佳说：“一开始觉得他是最不幸的人，现在回想起来，他是幸运的，虽然他被最亲的人抛弃，但是他却收获了世界上最多的爱。”

“我也这么觉得。”米佳拿了一块苹果咬了一口说。

“今天辛苦你们了。”艾琳感恩地说。

“不辛苦，咱们之间就别说这样的话了。”米佳撒娇道。

“上午的饺子宴怎么样？”艾琳想了想，还是问出了口。

“挺好的，孙队现在和大家相处得像一家人一样，我都有点儿不认识他了，真是亲切多了。”米佳无意识地说着。

艾琳笑了笑，她真心替孙晓光开心，只要大家都安好，就是幸福。

“那艾琳姐，我就先回去了，周一还有课，需要提前备。”米佳穿上外套背上包跟艾琳打招呼说。

“张明，你和米佳一块走吧，顺便帮我送送她。”艾琳推着张明往门边走，给他使眼色说。

“不好吧？”张明有点儿害羞，于是故意说反话。

“不用了，反正也不顺路，再说有直达的公交车。”米佳看到张明一副嫌弃她的样子，生气地说。

艾琳看着张明，摇着头抱着恩宝送到门口。

说话之间，米佳已经走到门口，转身微笑说：“琳姐，我走了。”

艾琳用手捣了捣张明，让他赶紧跟上去。

“艾琳姐，那我也走了。”张明好像突然开窍了，赶紧拿起外套追进了黑暗里。

第四十二章　我与春天有个约会

春天来了，生命好像在沉闷了一个冬天后，骤然绽放。

米佳计划带领彩虹希望队组织白血病儿童去春游，放松心情，拥抱自然，让孩子的心灵放一个假，与春天来场约会。

经过一个月的筹划，米佳和队员们选择了踏青最适宜的去处——滨湖湿地公园。

“这是我们活动前最后一次筹备会议。”米佳坐在电脑前和大家语音讲话。

“米佳，目前有多少个小朋友报名参加？”负责午餐的队员问。

“目前有五十三个孩子。”米佳看了最后统计的数据说。

“由于志愿者车辆有限，每个孩子只能一个家长陪同，明天所有的队员必须要跟紧本队的孩子和家长，避免掉队。明天要辛苦了，大家早点儿休息吧，做个美梦哦。”米佳最后嘱咐一句。

“收到！”所有队员都在屏幕敲字回复。

这次活动米佳还额外收获一个惊喜。通过队员介绍，她认识了滨湖湿地公园旁边新建的儿童主题乐园的总经理陈瑞，陈瑞一直有颗愿意回报社会的心，于是儿童主题乐园第一批游客门票便捐献给了这些白血病孩子们。

米佳看着窗外的天空，祈祷明天活动一切顺利。

春天的早晨总是伴随着微微的和风和淡淡的花香，让人觉得美好不过如此。

米佳站在儿童医院对面的桐江大饭店门口等待着志愿者车队集合。

“米佳老师！”一辆红色轿车停了下来，一个少年走过来和米佳打招呼。

“林志来了。”米佳欣喜地挥挥手。

林志是白血病康复者，在米佳的用心陪伴和课业辅导下，已经重新走进校园，成为一名初一的学生。

这次米佳在朋友圈里发招募车队志愿者的消息时，林志刚好看到，便主动跟父母沟通，要参加米佳的志愿者队伍，林志的父母对于儿子这种积极回馈社会的行为非常支持，立刻同意了。

米佳接到林志的电话，听到他要带着家人一起加入车队，服务白血病孩子们，突然情绪复杂，一时没忍住，竟然流下两行热泪。被服务者可以像艾琳一样因为接受了爱，再将爱传递下去，志愿服务给社会带来这样的联动效应，便是米佳的梦想。

“米佳老师，今天我能做些什么？”林志摸着头，有点儿害羞地问。

“老师交给你一个很重要的任务，就是举着小红旗走在队伍最前面领着小朋友们。”米佳递过一个小红旗，笑着对林志说，“你敢接受这个挑战吗？”

林志笑着接过来，敬礼说：“保证完成任务！”

米佳也敬礼说：“辛苦了，林志同志。”

两个人说完，不约而同地笑了。不远处，张明的镜头抓拍了这美好快乐的瞬间。

这时，白血病孩子们在家长的陪同下，陆续过来集合。

“欧队长！”张明走到米佳背后喊。

“叫我米佳就好。”米佳回过头，一看是张明，就立刻收起笑容问，“是你？”

“是的，欧队长，今天孙队安排我全程拍照，留住每个精彩感人的瞬间。”张明一本正经地汇报。

“好吧。”米佳耸耸肩说。

“姐姐，这个大哥哥是谁？”林志好奇地问。

张明立刻觉得有危机感，这个阳光帅气的少年与米佳如此亲近，一时醋意大发地说：“你是谁？”

“我是米佳姐姐的……”

林志刚想说话，就立刻被米佳打断：“不用和他说那么多，走，上车吧。”

“好的，姐姐。”林志说完，对着张明做了个鬼脸。

张明勉强笑了笑。

米佳拿起一个大喇叭说：“大家安静，听我说一下注意事项。所有孩子和家长根据手中的号码上车，例如一号家庭就上一号车。每个志愿者车主都要记住乘坐你车子的孩子和家长，回来的时候需要把他们再送回到这里。我们这次没有统一安排大巴，而是征集了十辆志愿者车辆，所以大家行驶过程中，不要脱离队伍，尽量保持同样的速度前往目的地。我们在滨湖湿地公园的停车场已经为大家预订了停车位，大家根据我们发在志愿者群里的定位导航过去，如果途中脱离车队迷路，请与我们群里的车辆负责人打电话。大家明白了吗？”

“明白了！”大家同声同气地答。

一行人很快根据号码坐上了车，随后领头的黑色轿车开动上路，其他的车都打着双闪跟在后面，绿色的丝带飘扬在风中。

一个小时后，车辆全部到达目的地，米佳松了一口气，拿着喇叭把大家聚集在大门口空旷的草地上进行集体合影。

“张明，所有的人都要拍下来，还有门口的大牌子。”米佳提醒。

“你就放心吧。”张明笑着说。

“小朋友们全部坐在第一排的草地上，女生半蹲在小朋友的身后，男生站在女生后面，大家尽量向中间侧身，距离紧凑一些，拍出来效果更好。”张明拿着相机一边调焦距和光圈，一边号令大家。

米佳第一次觉得，张明的脸在阳光下竟然多了一分男子汉的色彩。

“好了，大家看我的镜头，然后说‘茄子’！”张明将手伸向天空说。

“稍等一下，我们每个人手比心再照一张。”米佳突然提议说。

大家模仿米佳的手势，重新站好。

张明看到米佳热红了的脸，一时调皮起来，等大家摆好姿势，问大家：“米佳美不美！”

“美！”大家不约而同地说。

米佳的脸在太阳下更红了。

“好了，我再和大家说一下今天的行程。”拍完照，米佳重新拿起大喇叭对大家说，“首先我们要去儿童主题乐园，统一进入乐园后，可以自由活动两个小时，十一点我们准时在乐园大门口集合。离开儿童乐园，我们在滨湖湿地公园游玩一个小时，十二点钟在门口这片草地上野餐，稍做休息。下午两点我们会搭乘公园的小火车，来一次趣味之旅。”

小朋友一听乘坐小火车，立刻开心地蹦跳起来。

米佳等大家兴奋过了，继续笑着说：“下午四点我们活动结束，返程。明白了吗？”

“明白了！”大家情绪高涨地回答。

“好的，林志，你举着小红旗，走在最前面，其他人跟着旗子走，我们彩虹希望的队员们走在队伍两边，维持秩序，防止有人掉队。”米佳分配任务说。

林志高高地举起小红旗走在米佳身后，大部队开始前进。

“你好，陈总，非常感谢贵公司对本次活动的全程赞助。”米佳礼貌地与乐园的总经理陈瑞握手。

“欧队长，客气了，这是我们企业家应该做的。”陈瑞谦虚地说。

“叫我米佳就行。”米佳笑着说。

“好，米佳。”陈瑞笑着说。

“我们已经全部到齐。”米佳报告。

“好的，小朋友们，你们可是我们乐园的第一批小客人，希望大家今天能玩得开心。”陈瑞转身对孩子们说。

小朋友们开心地鼓着掌，在工作人员的引导下，走进田园风光的乐园。

“喝口水吧，喊了一上午了。”张明递给米佳一瓶矿泉水。

“你……”米佳看到张明关心自己的样子，就不想和他计较，接过水说，“谢啦。”

“进去吧。”张明温柔地说。

米佳有点儿疑惑地看着张明，今天的他有点儿不一样，比以往多了些什么，让米佳不再反感。

孩子们在儿童主题乐园里体验了模拟的犁田、插秧、收玉米，参加了很多的手工DIY，整个上午都开心得不得了。米佳陪着孩子们一起，瞬间也变成了一个孩子，欢乐地像个小鹿一样带着大家玩起来。

“这么可爱的女孩不知道有没有男朋友。”乐园的总经理陈瑞看着米佳，感兴趣地问张明。

张明本来懒得理他，但是考虑这可是本次活动的主办方，不能轻易得罪，于是自信地说：“我想，应该有了吧。”

陈瑞看了一眼张明，神秘地笑了一下，便离开了。

“你刚才和陈总说什么？”米佳走过来问。

“没什么。”张明得意地说。

米佳不相信地看着张明，总觉得他憋着什么坏。

离开乐园的时候已经是中午了，小朋友和家长们玩得太尽兴，把时间忽略了，直到下午一点才聚集起来吃午餐，所以在湿地公园里自由活动的环节就给跳过去了。

“小火车票今天就剩这么多了，全给你们买了。”陈瑞的助理把票递给米佳说。

“那……”米佳有些担心。

“你看，要不安排几个志愿者带着孩子们一起乘坐小火车，其他人就不用去了，反正主要是让孩子玩。”陈瑞的助理建议说。

“好的，王助理，我觉得应该可以。”米佳点点头。

米佳来不及吃午餐，就跟陈瑞的助理对接下午小火车的行程，在办公室门口正巧遇到陈瑞。

“刚好，米佳，一起吃午饭吧，咱们边吃边聊。”他盛情邀请米佳。

“不用了，我一会儿还要过去孩子那边。”米佳委婉地拒绝。

“放心吧，那么多志愿者看着，不会有事的。你就这么不给我面子？”陈瑞用激将法说。

米佳感到盛情难却，只有硬着头皮去了。

米佳再回到人群中，大家已经吃饱了坐在地上聊天。

张明看到米佳，便放下手中的照相机，递了一瓶水和一个面包说：“吃点儿吧。”

“我吃过了，陈总请客。”米佳笑着说。

张明看到米佳笑得跟花痴一样，一时醋意大发说：“你还真会脱离人民群众，走资本主义路线。”

米佳此时顾不得和张明斗嘴，因为下午的行程有变动，于是拿着大喇叭对大家说：“今天的小火车行程有一些变动，之前我们安排所有人都上车，可是现在票不够，所以临时决定，先让给孩子们，我们会安排家长代表和志愿者代表一起陪同，保证安全，大家觉得怎么样？”

家长们听到米佳的安排，都没有意见。米佳看没有人反对，便安排几个细心的志愿者陪同孩子和家长代表一起到小火车的车站。

小火车载着孩子行驶在公园里，路两边是盛开的鲜花，前面是美丽的湖景，所有人与春天来了一场真正的约会。

春天，总会让人想谈恋爱。相处了一段时间，张明想约米佳一起去校园看樱花。

“米佳，周末我们去科大看樱花吧。再过一周，樱花就全谢了，此时正是樱花雨的最佳观赏期。”张明提议说。

“独乐乐，不如众乐乐，咱们可以带着爱心教室的孩子们一起去。”米佳提议说。

张明虽然心里很不情愿，但为了米佳开心，他还是挤出笑容说：“这个想法不错。”

活动是临时组织的，张明去中途宿舍将所有孩子和家长聚集起来，带着大家乘坐公交车，去科大看樱花。虽然没有专车接送，但家长和孩子们已经开心得不得了。

“米佳姐姐！”孩子们站在樱花树下看到骑着自行车的天使姐姐米佳，都大声地喊了起来。

“小朋友们好。”米佳挥着手和大家打招呼。

张明站在樱花树下看到满脸笑容的米佳，一时幸福犹如江河一般流淌进心房。那颗心中早已埋下的种子也在春雨的浸润下，慢慢发芽长大，像这满园的樱花一样盛放开来。

“米佳，我们约会吧。”张明看到孩子和家长们走远了，偷偷走到米佳的身边，迟疑半天，终于放开胆子说。

米佳以为自己听错了，看了张明一眼，张明又说了一遍，语气更加坚定。

米佳有些吃惊，但是好像一切又顺其自然，她瞬间被羞涩染红了脸，抬头看了看天空，一片粉红的樱花瓣静悄悄地落了下来。

“快看，下樱花雨了。”一阵风吹过，旁边传来路人的声音。

顷刻间，花瓣如雨般飘落下来，在空中翩翩起舞。米佳看着漫天的樱花雨，突然觉得空气里都散发着甜蜜的味道。米佳情不自禁地伸出手，捧着这坠落下来的粉红仙子，嘴角露出迷人的笑。这笑让张明陶醉，好像穿越一片粉红色的雨，来到了仙境，分不清现实与虚幻，这是爱情的魔力。

第四十三章　一封寄往天堂的信

孙晓光发信息约米佳一起讨论，米佳周六下午骑自行车赶了过去。

过了上班高峰，公交站只有零星的人，不再拥挤。米佳毕业后，父母考虑给她买辆小车代步，让她在这个城市可以过得舒服一点儿，米佳拒绝了。比起融入拥堵的车流，浪费时间在马路上，她更喜欢自由变换交通工具。米佳每天都是这样自由自在畅快地生活，虽然辛苦，却也是一种享受。

米佳最喜欢乘坐公交车从城市的一端行驶到另一端。公交车承载的是一个城市的记忆，记录着一代又一代人幸福生活的改变。公交车就像城市的使者，载着去往不同目的地的人，奔跑在城市的每一个角落。

从小在书香门第长大的米佳，没有吃过多少苦，虽然父母要求严格，她也算是在蜜罐子里泡大的，无论是精神上还是物质上，父母给予她的都非常丰厚。米佳身上自然地散发着大家闺秀的气质，不过她却没有大家闺秀的矫情造作，踏实做事，吃苦耐劳，不求回报。

米佳刚停好自行车，就听到爱心教室里有人在哭。她通过窗户看到孙晓光正在给倾诉者递纸巾，米佳没有走进去打扰，而是在那个哭泣的年轻女人断断续续地陈述里，知道了事情的原委。

那个年轻女人的大女儿名字叫晓晓，今年十一岁，是个懂事的女孩，从小就和弟弟留守在老家，父母一直在上海打工。一直以来，晓晓和弟弟在老家跟着爷爷奶奶生活。

今年，晓晓在放暑假之前就开始发烧，像是感冒的症状，身上起了很多小红点。爷爷奶奶都是农村人，年龄又大，没有什么医学常识，就当成普通感冒，给晓晓吃了感冒药，就不当回事了。

后来，晓晓吃了一次路边的早餐，去学校后呕吐不止，伴随着发烧和四肢无力。在外打工的父母听到老家的奶奶说晓晓又感冒了，嘱咐她给孩子吃药，也没有太上心。晓晓身体不好，就跟学校请假在家休息，奶奶看到她休养了一阵仍不见好转，就打电话让晓晓父母带她到市区的大医院看看。

晓晓妈妈因为忙一直拖着，暑假晓晓妈妈回到老家，准备接两个孩子去上海，顺便带晓晓去看病。很多留守儿童都是这样，只有寒暑假才能与父母团聚。晓晓知道妈妈回来，特别开心。邓姐回家后，发现晓晓身体的异样，就带着她去县医院检查，医院检查后，就疑似是白血病，让邓姐赶紧带孩子去大城市治疗。

邓姐得知女儿的病如此严重，赶紧辞了工作回到老家，带她到省会治疗。这一看，把他们都吓傻了。这个从小乖巧、成绩优秀，从不要他们担心的孩子得了白血病。儿童医学中心的医生们迅速为她组建了一个治疗团队，两次骨髓移植、大陆首例自体骨髓移植、九次化疗，晓晓都顽强承受着，但药物却对她体内的癌细胞不起作用。从去年3月份进入医院，到12月底，她体内的癌细胞已经成倍地增长。医生说她活着的每一分钟都是奇迹。

晓晓也察觉了自己身体得了大病，但她不像一般孩子一样哭闹，显得格外懂事，经常对妈妈说："妈妈，我们没有钱，我打电话问姑姑借点儿钱，等我长大了赚钱还她。"

邓姐听了孩子的话，心如针扎。如果她不是在外面打工，一直陪在孩子身边，孩子的病就不会恶化到如此地步，如今晓晓已经住进ICU病房，生命危在旦夕。

邓姐觉得亏欠孩子太多，所以孩子越懂事，她就越内疚，今天再也忍不住，爆发出来。邓姐发泄完心中的愧疚和痛苦，擦了擦眼泪，米佳才轻轻地走进去。

孙晓光站起来，为邓姐和米佳做了简单的介绍，米佳拉着邓姐的手，难过地问："晓晓现在怎么样？"

"她现在在重症监护室，我们都进不去，只有护士可以照顾她。她身边一个亲人都没有，我真是……"邓姐说着又流下了心疼女儿的泪水。

米佳拍拍邓姐的后背，好半天她才平静下来。

邓姐将手机里的晓晓照片翻出来给米佳看，米佳看了一眼，晓晓无疑是这群天使中格外引人注目的一个，十一岁的她漂亮、乖巧，数次的化疗仍掩饰不住她的清秀娟丽。

米佳一时忍不住，拿出纸，当即给晓晓写了一封信，让邓姐帮她带给晓晓。

“邓姐，你也可以联合家人一起给晓晓写信，送饭菜的时候让护士带进去，我相信现在晓晓最需要的就是我们的鼓励和爱，可以陪伴她度过一段孤单无助的时光，让她不再恐惧。”米佳建议。

邓姐小心翼翼收好米佳的信，点点头表示答应，米佳又将剩下的彩色信纸都给了邓姐。

第二天，孙晓光告诉米佳，信还没有交给晓晓，她就离开了。米佳的心一下子痛到极点，虽然从未谋面，但是米佳已经对晓晓有了牵挂，这封寄往天堂的信，不知道她是否还能收到。

孙晓光和米佳一起参加了晓晓的葬礼，葬礼上晓晓的妈妈邓姐当着所有亲朋好友的面读了晓晓最后在ICU病房写下的话：“因为有爱，我一点儿都不怕死。如果一个乞丐活到一百岁，他还是个乞丐，也没有什么意义。而一个小孩子，哪怕只活十几岁，无忧无虑很开心，就是死也不觉得害怕，因为我的心是满满的。”

读完，邓姐痛哭起来。

每个人活在世上，都应该把每一天当作生命的最后一天过，不浪费生命的一点一滴。晓晓虽然离开了，但她是幸福的。

经历晓晓这件事后，米佳和孙晓光不约而同地意识到，白血病儿童和其家人的心灵关怀是至关重要的，尤其是临终关怀和哀伤辅导。

很多父母在面对孩子垂死挣扎时痛不欲生，心里积累了很多伤痛。如果孩子不幸离开了世界，这些家长就会感觉天塌了下来，很难从丧失亲人的哀伤中走出来，失去人生的目标和方向。

孙晓光决定要在未来的日子里，开展一个新的项目：针对白血病儿童和家长的心灵关怀。

第四十四章　在路上

新的一年，艾琳最苦恼的事情便是平衡家庭和工作，照顾孩子需要花费大量的时间，请保姆虽然可以减轻很多压力，却不是一劳永逸的办法。所以她决定在新的一年自己带恩宝，哪怕放弃一些公益的工作，因为此刻她最重要的角色是母亲。既然选择做母亲，就得真正变成一个母亲。

艾琳一个人带恩宝，所有的时间都花在了照顾孩子上，只能通过电话和微信帮助那些白血病家庭解决问题，手工坊和义卖都暂停了。

恩宝健康地成长，让艾琳觉得什么牺牲都是值得的，幸福就像温泉一样，让她全身暖暖的。

恩宝渐渐长大，学会了走，学会了自己吃饭，学会了和妈妈说甜言蜜语。

艾琳便带着恩宝一起做公益，让他从小就要感恩上苍对他的眷顾，用爱去回报曾经获得的爱。

新的一年，孙晓光正面对广大的志愿者和白血病家属进行心理辅导：“有的人得了血液病（白血病、淋巴瘤、骨髓瘤）后，患者本人及家属的心态变得很沮丧，整天沉浸在恐惧中，给自己造成极大的心理压力。而有的人却能克服恐惧，面对现实，积极接受正规治疗，与血液病抗争。资料显示，良好的心态对血液病患者提高生存率起着关键性的作用。血液病患者及家属积极有效地调整自己患病后的心态对于战胜疾病至关重要。

“得了血液系统恶性疾病不要认为等同死亡，这种想法会加重患者的心理压力。现代医学发达，尤其是血液学研究进展很快，部分患者经过正规治疗可以获得显著疗效。癌症患者患病后最重要的是尽快到正规大型医院就诊，积极配合医生治疗，同时调整自己的心态。

“血液病患者如何调整心态?

“第一，要有活下去的信念，只有树立了这种信念，才能保持乐观情绪，发挥主观能动性，提高机体抗病能力。

“第二，要学会松弛心态，缓解紧张的情绪。

“第三，可以适当宣泄，解除压抑的心态。有气不要憋在肚子里，在适当的情况下，可一吐为快，甚至大哭一场。

“第四，必要时可寻求心理医生的帮助。

“第五，家属也应协助患者做力所能及的工作，这样可分散和转移注意力，并能让患者感到自己存在的价值。

“多方面资料表明，血液病患者心态的调整对于治疗有很大帮助。良好的心态能延长患者的生存时间，甚至能战胜恶性血液病；反之恐惧悲观的心态会加剧患者的病情，甚至降低生存率。”

孙晓光说完，下面一片掌声，鼓掌最多的是孙晓光的妻子苏眉。

“小眉，谢谢你。”结束后，孙晓光走向妻子说。

孙晓光与妻子的感情越来越好，他们的家庭成为周围人的榜样。孙晓光带着妻子开始在社区里处理一些家庭纠纷，并对一些年轻的小夫妻做婚姻辅导，促进家庭的和谐。

孙晓光计划尽快从中途宿舍的项目中抽身出来，不再全职投入。面对人生，他又有了新的目标。

孙晓光想成为一名婚姻家庭咨询师，这个工作在中国非常冷门，从事此类工作的人不超过千人。主要是针对婚姻家庭问题提供咨询和服务，咨询师必须掌握心理学专业知识和技能。

张明在所有白血病孩子的见证下，向米佳求婚了。

“虽然现在我在这个城市还一无所有，但是为了你，我可以扎下根来，用双手创造我们幸福的未来，你愿意陪着我一起走向这样的未来吗？”张明单膝下跪，手上拿着一枚钻戒，真诚地对米佳说。

米佳一时不知道如何回应，面对现实，她还没有百分之百的勇气。米佳想了一会儿，还是伸出了手，脸上露出羞涩的笑容。

“米佳，你真的愿意？”张明看到米佳答应自己，有些不敢相信。

“如果我们的未来按照一个计划执行下去，那还有什么期待，正是因为有无限可能，我们才能彼此相依，相爱到老。”米佳看着张明肯定地说。

张明被米佳打动了，脸上露出笑容，愣愣地看着她。

“还愣着干什么，赶紧给米佳戴上啊。”艾琳在一旁恨铁不成钢地催促张明。

“是啊，这么好的媳妇可是打着灯笼也难找，还不赶紧地，小心被人抢走了。”孙晓光刺激张明说。

“哎！”张明赶紧将戒指套在米佳的中指上，因为紧张，套了好几次才戴上。

米佳满脸娇羞地扶起张明，张明一时情不自禁地抱住米佳，小声说：“请你相信我，我一定会给你幸福。”

米佳将头埋在张明的怀里，充满希望地点点头。

一个月后，张明和米佳在教堂举办了西式婚礼，在那个圣洁庄严的时刻，见证的人都是他们服务过的白血病孩子和家长。

艾琳继续穿梭在医院的病房里，通过做手工给白血病孩子们带去快乐，帮助白血病家庭解决困难。

面对电视镜头，艾琳再谈起那一段前尘往事，仿佛已经风轻云淡，不再执着其中。如今，无论是带着儿子，还是从事公益，她都是用生命在坚持。有多少人可以把喜爱并热衷的事发展成自己的事业？艾琳无疑是幸福的。

中途宿舍的屋顶上又开创了一片新的共享乐园，将童话真实地呈现给宿舍里的孩子们。

孙晓光依然每天楼上楼下跑，为了中途宿舍，他不辞辛苦。除了管理中途宿舍，他现在给自己最大的使命就是影响年轻一代的志愿者，培养更多的接班人，所以他经常和志愿者分享自己的心路历程。

“我从一个听雷锋故事长大的孩子，成了一名志愿者，又成为一名社会工作者。在给他人带来快乐的同时，自己也获得了许多喜悦，实现了个人成长。如何有效地推动社区发展，如何使群体真正呈现出它自然的功能，如何在癌症儿童群体中实现志愿精神……这些都将是我今后要思考的事情。志愿服务的道路很漫长，我将和志同道合的伙伴们一起不断探索和学习。”孙晓光和大家分享。

“前辈，经历这么多，你最深的体会是什么？”一名年轻的志愿者期待地问。

孙晓光抬头看天想了想，淡然地回答：“一件事不仅要做一百米宽，还要做到一百米深。”

孙晓光觉得经历过磨砺的生命才是完整的，面对未知的人生，他除了珍惜当下，就是努力奔跑。

每天，孙晓光依旧开着那辆破旧的小面包车，奔波于这个城市的大街小巷，日子过得平凡，内心充满喜乐。

吴夹弄的城中村，一栋色彩鲜艳、绘有卡通图案的房子分外显眼，它有一个特殊的名字——中途宿舍，这栋楼好像是在一片灰色的世界里突兀出来的童话世界。

“随它吧，随它吧，反正冰天雪地我也不怕……”教室里传出一阵稚嫩的童音。

整栋小楼洋溢着欢声笑语，老旧的街巷似乎也焕发了生机。夕阳西下，落日的余晖洒在这个被现代化城市遗忘的角落。城中村最鲜亮的那幢楼，就是孩子们的童话世界。

欧米佳和张明开始了婚后甜蜜的小日子。

他们继续带领着彩虹希望志愿者团队协助艾琳和孙晓光的机构做志愿者服务，用心开展每个月在医院的生日会，日子充实而有意义。

他们每周会定期带着玩具和水果看望恩宝和艾琳，好像他们的心早就和这个家庭密不可分了。

“艾琳姐，你希望未来是什么样的？”米佳最近对生活有些困惑。

艾琳笑了笑说：“有些人还没有开始，就已经一眼瞅见了结局，我不想这样活着。”

“艾琳姐，你知道吗，你在我心中的形象‘蹭蹭蹭’地又高大了很多。”米佳崇拜地看着艾琳说。

“少贫，赶紧摘菜。”艾琳充满爱意地打了米佳一下。

“艾琳姐，你要照顾恩宝，还要去医院教手工，每天这么辛苦，身体能不能扛得住？”米佳一边摘菜一边有些担心地看着艾琳。

“当然，我也会适当调整和休息，毕竟生命来之不易，不能任意挥霍。无论怎样，为了恩宝，为了白血病小天使们，我都会努力地活着。”艾琳握紧拳头，好像在给自己打气。

“那就好。”米佳放心地点点头，伸出脑袋看了一眼张明和恩宝说，“艾琳姐，你放心，我们一有空也会来帮忙带恩宝的。”

“小飞机飞起来咯。”张明抱着恩宝荡了起来，恩宝咯咯咯地笑个不停。

这个世界有一群这样的人，他们平凡勇敢，有着阳光般的大爱，我们称他们为“志愿者”。因为心中有爱，所以他们青春无悔。

这个世界有一群这样的孩子，他们戴着口罩，有着天真无邪的笑容，我们称他们为“口罩天使”。因为世界有爱，所以他们从不孤单。

结语：守护口罩天使们的温情故事还在不断上演，那些平凡却不简单的人一直在路上。作者谨以此文，献给那些在社会上一直为爱奔跑的志愿者们，同时祝福可爱的小天使们幸福安康。

兰心亭

——致“西部计划”大学生志愿者

李世许

一

光棍儿村党支部换届选举在村小学教室里开始了。主持选举的乡党委副书记世贵宣布选举办法和程序，投票前要竞职演讲，以前没搞过。

老支书的自信硬邦邦的，当了二十年党支部书记，得的奖状码起来比土墙还厚。他稳稳地走到讲台上，突然意识到跟一个闺女一般大的女娃子较量，没意思，就像老师和学生比赛，很掉身份。于是一挥烟袋又下去了，边走边说："有强过我的人，我还投一票给他。"他的演讲就算结束了，只有一句话，像威胁。底下一阵嗡嗡。

老支书坐在那里眯眼细瞧，就像幼儿园阿姨看小朋友表演节目。那女娃子就上台，自我介绍说："我叫兰心。"整的还是普通话。老支书干脆扬着脸看窗子，一看，腾地坐起来便骂："德旺你个狗日的！叫你把几块窗子玻璃装上，你装的在哪儿？"把兰心的普通话惊得嗄住了。

德旺是上一届村文书，平日对老支书唯唯诺诺的，这当口却理直气壮地生气了，发狠地想，都这紧巴坎上了，指望我写你的名字选你当书记——你还骂我！我叫你骂，叫你骂。于是把老支书的名字狠狠地叉掉，胜利地抬头去迎老支书的目光，一副解放了的样子。

老支书见众人都扭头看他，一想有点儿过分，就还是重重地坐了回去。刚坐稳，兰心灿着脸过去，对着他一鞠躬，响响地说："老书记，如果我当选，请你多关照。"他心里哼哼地冷笑，差点儿笑出声来。二十四个党员，是他一个一个培养出来的，就像自己的娃，他心里有底。

兰心接着演讲，说两年内把二十里山路修通，三年之内消灭光棍儿村的所有“光棍儿”。底下一片吃吃地笑，老支书也笑。

填票的时候，老支书还真的画了一票给兰心。不是服气，是可怜，怕她一票不得，哭起麻烦。他第一个投票，不折不卷，一飞一飞地扔到旧纸箱里，然后出门，蹴到窗子底下，把叶子烟咂得嘣吃嘣吃响。

公布投票结果，老支书晃了一下，差点儿一头栽到地上。兰心十三票，他才十一票。他掐着自己的大腿忍住，只后悔鬼摸脑壳，投一票给人家。他是不服输的人，只认定是自己把自己给选脱了，不是兰心打败了他。

也不说选举的事，也不说玻璃的事，老支书梗着脖子往家走，几个人喊都喊不住。不过老支书走不走，似乎影响不大。世贵副书记宣布兰心同志当选，兰心是村上的书记了，要改口叫兰心书记。兰心书记主持召开支部委员会议，认真地挨个认识：老支书算认识了，不说；大山，冷眼高个子，话比屁还少；德旺，猪食桶桶，笑得油光光的；二牛，学生娃样子，见女人就脸红。这就是一个班子啊！兰心书记环视几个人，心里想，这就是以后要一起流汗流泪流血的战友啊，思想里一阵翻涌。

散会以后，大山第一个挤出门冷脸走掉，二牛挨到后面，似乎要对兰心书记说什么，但脸红了一阵，终于没有开口，埋着头往外走。德旺夹在党员中间大声地开着玩笑慢慢出门，心里舒坦极了，就像胀了很久的一个屁终于长长地放出去，周身通透。回去的路上实在忍不住，就遮遮掩掩吼了几句五音不全的山歌子：“太阳当顶过，先生放午学，先生儿放学先放我哟，路上有耽搁……”

教室里突然空荡了。世贵副书记把选票收进包里，抬头对兰心书记说：“难人的事还没开头呢，你准备眼泪哭吧，这阵你还回乡上不？”

兰心书记说：“我就不回了，你也吃了饭再走嘛，领导。”

“吃饭？”世贵副书记苦笑摇头，“以前在老支书家吃，有酒有肉，现在呢，恐怕屁都不朝我放了。回去我给你带些方便面过来，你用眼泪泡泡将就吃吧。晚上住的问题咋解决呢？”

兰心书记一笑，指指教室隔壁，那儿楼梯间很大很宽。世贵副书记又苦笑摇头，夹着黑皮包下到操场上，向学校前后左右地指，左边第一家是大山，坎上大柳树底下是老支书，右边第一家是成树爷，上面并排起的两家是二牛和德旺。指完回头又叮嘱两句，晚上把门窗和电灯关好，然后踩着小小的影子沉沉地去了。

二

光棍儿村其实有个名字，叫小月坝，挺诗意。进入二十一世纪，一地月光的美好景象哪里还有，小月坝不通车不通电话，年轻男女“孔雀东南飞”，女孩子纷纷外嫁，“光棍儿村”名副其实。小月坝村所在的乡自然叫大月坝，山谷里民房散乱，嵌在两匹山的褶皱里。好在一溪白水清凉，从小月坝出发，流经大月坝，绕出山谷便是白水县城。在白水县，这样的乡有三十六个，这样的村有二百七十一个。

兰心书记到大山家去。就算过路的人进门讨一碗饭吃，总不至于要关在门外吧。事实上她想错了，比关在门外更难堪的事，叫她这个书记遇着了。一条土狗冲出来守在路口，竖着毛对她一通狂叫，惹得一村子的狗齐声歌唱，怎么听怎么像幸灾乐祸。大山没有出来，任随狗表达心情和思想。兰心书记使劲喊：“有人吗？大山！大山！”结果喊声让狗的声音淹了，不见大山影。

兰心书记不哭。她不甘心这么直接就应了世贵副书记的话，还没有开始就败下阵来。她绕开那条狗，顺河沟往上去。

老支书坐在自家阶沿上吃腊肉、喝酒，脖子红沁沁的，在秋天的午后把自已灌得醉醺醺的。兰心书记已站到跟前，他眼皮都不抬。

兰心书记轻轻说：“表叔，我找饭吃来了。”

老支书深深地咂酒，咂了三杯才粗声喊：“老婆子！老婆子！老不死的，又挺哪里去了！”

兰心书记等了一阵，对老支书说：“我自己去煮饭。表叔，有面条吗？”

老支书来不及表态，兰心书记就进了厨房，看见“老不死的”坐在灶前，嘴里包一口饭，咽不下去，张着嘴像读拼音“o”的样子。那一顿饭，兰心书记吃了三个鸡蛋，一大碗面条。吃完还不走，缠着老支书说话：“表叔，往后我在村里吃饭，挨家排，遇啥吃啥，吃一顿给两块钱。今天这顿算表叔请我，白吃啰。”

“表叔，冬月间开始修路，你还要多操心哟。”

“表叔，你的看法，大山任村主任合适不呢？”整得老支书答也不是，不答也不是，老脸上横横的威严傻愣愣的，落了霜冻的红萝卜一样。

回到学校一个人收拾住处，兰心书记才把眼泪放出来，边哭边把自己埋到扫起的灰尘里。几个小学生躲在楼梯口外面好奇地瞧，一个说，新老师，新老师。另一个纠正，不是老师，爸爸说是新书记，书记你懂不懂？小先人揩了一袖子鼻涕，傻傻地复述他妈的意见：我娘说，那是狐狸精钻灶孔……

校长竟远抽空过去看了看，只说了句：“床都搭不进去，怎么住呢？”说完走了。竟远五十多岁，白发，溜直的身板，褪色的白衬衣飘着淡淡的肥皂香。他在这所学校里磨了三十个年头，养儿育女一样照顾老师和学生娃。全校一到四年级四个班，四名老师都是本村的光棍儿，一百四十一个学生永远闪着好奇的大眼睛。

下午第三节课后，一群学生争先恐后到兰心书记收拾了一半的楼梯间，把她的书、盆、被、盅、鞋抱上就跑，也不同她商量。她追出去，见竟远站在办公室门口指挥学生，书放这儿，盆放那儿，鞋放屋角。另外三个老师在往里抬床。学校有两间办公室，腾出一间给兰心书记住。

暮色涌进山洼里的时候，兰心书记一扯拉线开关，白炽灯唰地亮了，一屋子的柔和。

当时没有想很多，好像门窗都没有认真关好，太累了，兰心书记倒头就睡，一觉到大天亮。

早饭排在大山家，她自己排的。如果连大山都摆不平，可能她真的不适合当这个书记。土狗不见了，大山站在院坝里淡淡地问有事吗，总算是个招呼。兰心书记反倒不理大山，到灶屋同大山娘亲热得母女一般。吃饭的时候，兰心书记说："大妈，你们家那条狗凶哦，以为我怕它。"

大山娘疼爱地说："闺女你莫怕，它只是样子恶，其实不咬人。"

大山把稀饭吹得很响，脸色铁青。

兰心书记假装听不见，看不见，笑着说："你是支部副书记，修路的事，测线规划、雷管炸药、组织人力、安全措施，都是你负责。还有，竞选村主任我投你的票，到时候看你的本事。"

大山还要分辩什么，被兰心书记止住。

"你们家土狗呢？好狗在猎场上。"兰心起身的时候，在桌角上放了两块钱。

土狗没有出现，但跟出来一群比狗更可怕的动物。家家院坝角上，小河沟两边，满是沸腾的观众，端着碗刨饭的，虚着眼抽烟的，张着嘴呆望的，敞着喉咙玩笑或是尖叫的，都让兰心书记感到动物原始本能的毕现，仿佛饥饿的公羊，围住一捆青草。几个老小的光棍儿足球裁判一样前后左右乱跑。兰心书记心里一头小鹿撒踢冲撞，她几乎要返回去喊大山，哭着问他看够没有，乐完没有，但她终于还是稳住了，突然仰头大笑，震得竹林里鸟声四起。光棍儿们反倒愣起来，你看我我看你，浇了几脑门子雾水。兰心书记问那个又笑又唱的男人叫什么，他回答说："我，我，叫长娃。"

三

先前村里有一个不成文的规矩，每次开群众会，村上要买一条烟，打十斤酒，显显地摆在会场高桌上。群众边开会边抽烟，用三五个盅子喝转转酒，不管讲话的说事的完不完，只等烟尽酒光便散会，混一身酒气，留一地烟头，顺带把手活也做了，闲话也摆了。好像老支书试过要改一改，却反而叫群众把他给改了，通知开会，必定要他站在自家院坝沿上吆喝“喝酒来——喝酒来——”群众才会集中到学校操场上，又快又整齐。

兰心书记知道这些。大山和二牛也经见过，小时候被父母拖着去，巴望抢一两颗水果糖。但是眼下，兰心书记买烟酒的钱都没有。德旺给新一届班子报盘，挖出一大把欠账的白条。兰心书记往本子上记录，大都是烟10元，酒6元，水泥10包，锁子6把，杂七杂八种类繁多；大账有两笔，名目很有趣：打牌补助1000元，纠纷款377元6角。一算盘打出来，村委会历欠张三李四7900元。

因此兰心书记上台开第一次群众会，头三天就开始指着鼻子通知，到开会的当天十点过了，还不见有人往操场上走。再等到中午，几个老头老太拉着孩子去望了望，摇着头转身走了，喉咙里一抖一抖的，终没有说话，把兰心书记、大山、二牛三个人晾在冬天的风里。

大山和二牛有点儿稳不住。好在兰心书记还是一脸平静，对大山、二牛一笑说，没关系，我们去一家一家地开，先去德旺家，好像他那里人多，正好！

德旺家里的确人多。二十几个人都敞喉咙喝酒，敞喉咙说笑，要把村子翻过面了。长娃声音最大，在说“交通靠走，治安靠狗，喊人靠吼，娱乐靠手”的典故，笑得众人前仰后合。兰心书记上院坝的时候，德旺正说：“你娃还嫩！对付女人的办法，往后我教你。”

从屋里屋外很容易看出来，德旺也是个没婆娘的主。不过他这样的光棍儿一生滋润，甚至比有婆娘的人还快活。他不缺女人。长娃曾经仔细调查过，说德旺村里村外老大不小的女人有七个呢。

大山在屋外头壮实地喊德旺，德旺迎出来，极富夸张意味地笑，很大度超然的样子说：“我一再催他们开会了开会了，可他们就馋那一口酒，好歹要喝光才死心。”

兰心书记进到屋里，响亮地说：“原来你们这里在开会啊，接着开，接着开。”

德旺脸上白了几股子，红了几股子。大山就插话，对大家说：“那我们就开会，安排修路的事。”

这时长娃歪着脖子尖着嗓子说：“酒还没完，先喝酒，先喝酒。”

大山冲到长娃面前去，抓起酒坛子摇了摇，“就这点儿酒，还用喝一上午？”然后一仰头咣咣地喝完，把坛子重重地墩到桌子上。“哪个还想喝？不喝就开会了！”长娃眼睛眨巴眨巴的，其余人也低头不说话。

德旺见状，跳到院坝里说：“我去喊老书记。”一阵风跑了。

到老支书家，德旺一蹭一蹭地推门进去，见老支书歪在床上，泡在酒气里，就说：“我查过了，那天选举没投你票的人，真是，你想都想不到。”

老支书止住他：“球个要你查？我心里有打米碗，我都晓得。”

德旺在床边坐下，说：“你不晓得，你还以为大山、二牛是你的人呢。”

老支书说：“有啥你直说，不要哽了半截球样。”

德旺深沉了好一阵，说：“兰心丫头倒是投了你的票，我看得清清楚楚，人家写了你的名字，还画了个大钩钩。大山和二牛，哼！屁呀！怕是早就想捞个地位压住你我，你还蒙在鼓里呢嘿！”

老支书觉得短了气了，不是因为大山、二牛压他，倒是因为兰心那女娃子投了他信任仗义的一票。这把年龄了，跟闺女一般大的女娃子较心计，还较输了一大截，羞他妈的先人呐。

德旺还不走，说：“如果我再下台，我们的脸，只好藏到裤裆里。”

老支书说：“选村主任，我都不会投你，你屁眼儿太黑。”

德旺缩脖子往家走，路上遇见兰心、大山、二牛，刚开完会，信心百倍的样子，于是让到路边，很热心地说：“老书记害病，也懒得理我，我再三提修路的事，提开会的事，他说手心里煎鱼给我吃。”

兰心书记说：“正好要去他那，你一起去？”

德旺忙说要回去锁门，埋头紧走，又忍不住偷偷回头望。

用了密匝匝五天时间，到户的动员会才火烧锅盔一样硬了一个边。煞尾在水磨房，三家人一起，德旺也在场。大山讲修路的事，说投工不投钱，以现有人口摊，分户包段，岩路放炮统一搞，如此等等，不一而足。讲完要散，二牛拦住，涨红着脸说：“人人心子往下吊，想一想吧你们，兰书记一个外人都替我们热心热肠拼死拼活的，想想吧你们。”

兰心书记对德旺说：“组织人力方面你要带个头。”

德旺一拍胸口：“到时在操场集合点人，不来的，我去家里背！不过……修路占地，有的还是坟地、宅基地，总要有个说法。”

兰心书记点着头，心想这个工作做不好，有不安定隐患呢。

不管是看热闹也好，瞎起哄也好，总算上路了。每家都出了一个人，老支书没到，但“老不死的”走在最前头，三遍五遍对兰心说：“你表叔病得沉，又咳又拉的，当真呢！”

德旺照例混在光棍儿中间，大方地散烟，亮嗓子同人玩笑，乍一见，给人一种群众基础好的假象。二牛肩扛镐钎，离兰心书记远远的，但远远的还偷眼看，脸上一阵红一阵白。年轻人，心事多，又往往掩不住，掩住的那部分是成熟，掩不住的就是可爱。

这时候主心骨无疑是大山。他冷着眼，不说笑，端着规划线路图，简单明了地分派地段和任务，走过一段就留下几个人。兰心书记紧跟在大山后面，不时抽空问一句：“要爆破证，还要啥？你说坡度不能大于多少？”

光棍儿们喜气洋洋，时不时吼一句山歌子“风不吹来柳不摆，哥不招手嘛妹不来”，巴望兰心书记听见，最好看一眼过去，就“呵”地一声得了头彩一样。

跑了十多天，二十里山路才分到各户。晚上回去往床上一坐，骨头就散了架，再不想动了。世贵副书记带的方便面还没影子，于是索性不吃，不关灯，歪在床上想事情。兰心书记突然很想打一个电话，或者接一个电话。在电话里，她可以有小女子的娇气和任性，可以依靠着一个甜言蜜语做成的温暖小枕头。

大山把二牛约上一起去兰心书记那里。二牛捧一碗饺子进屋，不知该放哪儿。兰心书记坐在床上，接过饺子去吃，吃相很不雅，还说话，真的饿了呢。两个男人没地方坐，傻站着看。兰心书记突然说："从明天开始，你们两个负责，每天组织光棍儿开展一次集体活动，念报纸、唱山歌、打篮球、练拳击，都行。饺子真好吃，谁的手艺？"二牛一指大山，叫大山屁股上踢了一脚。

以后的日子，光棍儿村多了一处特别的风景。从路上、坡上、地里回来，每天下午五点半到六点，老小光棍儿在操场整队集合。大山板着脸喊口令："立正！报数！"底下也长长短短地喊："报数！"大山就纠正："报数就是喊一二三，会不会？注意了，报数！"第一个就大声喊"一"，喊完催第二个。第二个偏着头笑第一个，说："叫你喊'一二三'，你才喊了个'一'，哈哈哈。"所有人都哄的一声笑炸了，大山也淡笑了一下，说："今天的活动是打篮球。"兰心书记远远看见大山，心里说，原来你也有笑的时候！

四

群众都懂"稳定压倒一切"，议论说，当官的都怕群众闹事，老人们甚至用一个关键词去对付村支部、村委会：稳定。好像有人教过。

在一间学生教室里召开占地补偿协调会，涉及占地补偿的十一户群众代表底气十足，争先恐后地表现出"翻身做主人"的巨大优越感。大山先宣传动员："要致富，先修路，不改变'上山下河靠背，出山进村靠驮'的交通现状，我们光棍儿村就永远穷，永远被人瞧不起，永远打光棍儿。”代表们不听那些大话。这个说我家的地产量最高，开春又齐坡埋肥，光尿素都用了十七袋，人工费了百多个；那个说路都是个路，大家一样要走，凭啥不从我房前头过，要绕一条弯；男人说放炮坏了我们老屋基的风水，反正一句话，要放炮，就把我炸死算球；女人说哪个狗日的敢在祖坟林动土，老娘和他拼命！要拼命的是成树爷的女人，叫花婆娘。大山忙着解释，说占地按国家标准补偿，为啥路不从每家门前过，风水那一套是迷信是假的，祖坟林也埋了我大山的先人啊。代表们不为所动，有的人甚至站起来要走。这时兰心书记呼地站起身，说：“我想提醒大家，土地是国家的，不是哪个的私有财产。”代表们一听不饶了，说：“那你们去给国家开会，找我们来是多余的。”兰心书记还要讲话，大家哄地一下散了，挤门而出。

兰心书记跟几个人总结经验教训，说：“不管困难多大，修路不能停，先易后难，没有占地纠纷、不需要放炮的路段要加快进度。”

大山说：“这十一户人的工作我去分头做，招到一起开会的办法行不通。”

兰心书记说：“我们确实应该调整工作思路了，德旺同志做群众工作有经验，你说呢？”

德旺很有觉悟，坚决地表示，他不拖后腿，别人咋样他咋样。二牛闷得脸通红，出门的时候才说了一句话：两个关键人物，一个是老支书，一个是花婆娘。花婆娘的情况地球人都知道，老支书怎么回事呢？德旺说：“前几年老支书就为自己选了一块坟地，花了一千多块钱，现在修路要占，你们说哪个敢动？”兰心书记明明听了，却仿佛没有听见，前面走了。

在成树爷家，花婆娘叉腿亮裆坐在门槛上，黑风扫脸地说：“欺负我男人没长球是不是？告诉你们，我一个婆娘家照样硬得起，不信你们试试看。”

大山急忙拦住那些牛都踩不烂的话，说：“路修好了你也要走，说话文明一点儿。”

花婆娘说：“我啥时候不文明了？我半夜偷男人，我大天白日狗连裆，还是咋的？”

兰心书记大致也听懂了女人的话，耐着性子，让大山先回去，自己跟花婆娘坐到一起，姐姐长姐姐短，问养了几头猪，孩子上几年级，娘家是哪里，爸妈身体都还好吧？

花婆娘扑着眼皮慢慢软了，说：“你们当官的吃穿不愁，哪像我们，鸡圈子塌了，用几包水泥都没钱买。”

兰心书记说：“有困难不怕，大家一起使劲，总有办法。姐姐你是能干的人，心里想啥就说啥，耿直，比很多男人都强。”兰心书记甚至帮花婆娘扫院坝，花婆娘稳得起，淡然地说，等砍脑壳的男人回来扫。扫完院坝，兰心书记跑去看鸡圈，说：“对不起啊姐姐，你看你有困难我们也没有主动了解和帮忙。姐姐，你娘家爹还是老党员呢，你自小受良好的家庭影响，怪不得素质跟别人不一样。”

直到临走，兰心书记都没有提修路的事，倒是女人没忍住，说，人家咋样我咋样。

第二天，大山气呼呼地扛了两包水泥去给成树爷家补鸡圈。兰心书记到一处工地，和二牛一起抬石头，杠子一滑，差点儿砸了脚。二牛把杠子抽起扔得远远的，一个人咬牙挺起细嫩的脖子，把石头抱到路边去，放下还踢一脚才罢。

兰心书记说：“你回去，准备五斤酒、三斤糖，我那里还有一桶蜂蜜，我们晚上去看看表叔。”

二牛埋头说：“不，他巴不得看笑话，还去看他，啥哟。”

兰心书记说：“不要乱讲，去准备吧。”

二牛转身，把一个石块狠狠甩到深沟里去。

冷冷的夜就要漫过林子了。兰心书记往石头上一坐，酸痛感密密麻麻地爬满身体，就像无数长了牙齿的蚂蚁在咬。她轻轻赶“蚂蚁”，把女孩子的娇弱无意间暴露出来。这时长娃慌慌张张跑过来喊："出事了，出事了！那边要死人了！"

兰心书记站起来问："啥事，啥事？"

长娃不回答，前面一跳一跳地跑，不住地回头催。兰心书记顾不得多想，跟上长娃也是一阵跑。转过山梁，长娃不见了，兰心书记抬头一看，七八个光棍儿排成一排朝她屙尿，裤子耷到脚背上。兰心书记转身，气得浑身发抖，想哭还哭不出来。

收工回去，大山盯着兰心书记苍白的脸问："怎么了？"兰心书记惨惨地一笑，说："不怎么，晚上一起去看看表叔吧。"

老支书似乎不受酒、糖和蜂蜜的感动，还是"又咳又拉"，走不到路上去。

二牛把尖镐插到冻土里，忍不住冒出一股怨气："我说嘛，咋样？还不信。"

兰心书记说："不急，给他一点儿时间，也给我们一点儿时间，总有办法。"

大山问："那现在咋办？"

兰心书记说："先易后难，有问题的摆在那里再说。"

二牛同意，之后问大山，这几天德旺在没在路上。大山说，好像在，只不过下午走得早。

德旺走得早啥！走到第二天早上才拢屋。从路上回去经过成树爷家后门，嘴里塞了草一样咳，咳三声，里面应一声，于是探手推门，闪身而进。

一阵柴倒草响，女人说："你应老娘的事呢？"

德旺说："不就几包水泥吗？手拿开，手拿开。哎呀！扯疼了。"

女人说："水泥我不要了。"

德旺说："那你要啥？"

女人说："我要你把砍脑壳的死鬼杀了，我要你！"

德旺吓得软了，想从女人身上下来，女人却不干，笑着说："还是个男人？牛黄狗宝不如鸡，比那个丫头差远了。"

德旺说："你看着啊，迟早的事，这个村子我说了算！"

天地良心，不是成树爷愿意拿自己的婆娘换水泥用，但他拿这些复杂的事没办法。在光棍儿村，一个大奶子大屁股的女人，又不算太老，哪里闲得住。就是老实持重的女人，那门栓子也不晓得一年要换多少回。

眼下这种危机轮到兰心书记领受了。从路上往回走，兰心书记对大山说："我搬到你们家去住。"

大山吓了一高跳，结结巴巴地说："那……不……你说玩笑？"

兰心书记恨着大山："什么那不，你以为我要嫁给你？真是！"

晚上，大山睡不着，翻来覆去想兰心书记的意思。突然听见外面狗叫，似乎想明白了一点儿，一拍脑门，天哪，我这头蠢猪！于是拿把电筒往学校去，轻手轻脚摸到兰心书记门口，蹲在寒风里守了一个通天亮。

白天在路上跑，晚上又合不成眼，坚持了几天，大山终于坚持不住了。这天晚上也是活该有事，兰心书记从老支书家往回走，过沟的时候，被几个黑影捂住嘴，七手八脚拖到桥下面去。最需要大山的时候，大山却靠在兰心书记门前的墙边睡着了。兰心书记已经历练得非常冷静，寻着一个手指头死死咬住不松，直咬得骨头响。一个家伙忍不住痛，哎哟一声喊出来，惊醒一村子的狗叫。黑影慌慌地跑了，兰心书记没有哭，脑子里只有一个印象，惨叫的那个杂种好像是长娃。回去开门，开灯，光柱里现出还在酣睡的大山。

这时候兰心书记哭了，边哭边踢大山，说："死人！你连长娃都不如！"

大山站起来，看见兰心书记头发乱乱的，衣服撕破了，露出一片白白的胸，嘴里是红得刺眼的血。

狼发怒的时候是什么样子，就是大山当时的样子。半张着嘴闯进夜色里，找不到长娃，就冲到老支书家打门，撕心裂肺地喊："日死他妈！老子要剁人！”

第二天，全村的人都惊恐地等待将要发生的大事，锅都没人烧。兰心书记却没事一样，扛着锄头早早到路上去了。“老不死的”跌跌撞撞跑回去向老支书汇报，老支书按住胸口半天没有出上来气。

以后任凭大山怎么问，兰心书记也不说是谁不是谁，只说多长个心就是了，眼下啥重要，你比我明白。大山说，肯定是长娃兔崽子。兰心书记默一阵，还劝大山说，恰恰不是长娃，管他是哪个，石头样的人也焐得暖，你就是开除他，杀了他，这村子也不会马上变好。

五

老支书在屋里憋不住了。他是一根肠子通屁眼儿，没憋过。以前的想法是，小丫头总会遇到过不了的桥，总要去求他，到那时候他顺着梯子下去，风风光光，威风依然。现在看来，人家不吃你那一套。人家还到家里去看你，糖呀酒的一大堆，叫表叔放心养病，身体要紧。那意思，没你咋的，地球还在转。人家甚至能把光棍儿组织起来学文化，打篮球，唱呀跳的，修路也没断下。再者说，有些烫手的事还是自己当初留下的病根，要是再傲起歪起，真对不起先人哪。人家一个女娃娃，也是有爹有娘的人，翻山过海地来，吃了那么些罪，人家都忍了，自己连德旺都不如吗？

吃了午饭，趁着一点儿酒兴，老支书便骂“老不死的”：“都是你！好好的叫我装害病。这病害得好！害到啥时才是个头？”

“老不死的”很委屈，说：“你不也没看出人家姑娘的好心思？我人前人后的受羞，你躲在背后，你还骂我。”

老支书软了一下，问：“你说路上没我家的任务？”

没想这一软，“老不死的”反倒受不住，浸些泪花在脸上，用袖子揩了才说：“每家都有一截，就我们没有，人家姑娘还不是给你面子上好看。”

老支书眯眼瞅一下门外阴阴的天空，把最后一包子气撒到“老不死的”身上去，梗着脖子说：“不要姑娘姑娘的！人家是书记，该咋叫咋叫。你要给我生个这么出息的姑娘，我把你供在神坎子上。”最后一句话说大了，“老不死的”一辈子没生育，听这话就是捅了心尖上的疮，哭得抚胸踏脚。老支书不顾，裹紧袄子，抱着袖子，往学校去了。

兰心书记正同竟远校长说贫困学生的事情。竟远校长说：“几个女娃娃，小学都没念完，又要跟出去打工，不晓得她们出去能干啥。”

兰心书记说：“你给我列一个名单，我们村上一人联系一个，既要做学生的工作，也要做家长的工作。总不能几代人都活成光棍儿。”

兰心书记看见老支书从操场走过来，就请竟远校长去喊大山他们几个过来。然后，迎着老支书亲热地喊：“表叔，身体好些没有？”

老支书说：“好些了，好些了。难为你，还破费些钱去看我。”

兰心书记说：“我们都巴望你快点儿好，非靠你不可的事情，排成队码成山了。”

老支书感觉很受用，隐隐地一笑，说：“天快落雨了，有些事还真要合计合计，路上的情况我都听到一些。”

这时候，大山、德旺、二牛到了，几个人站到篮球架底下，把老支书围在中间。

兰心书记说：“表叔，我是你那一票选出来的，你一定要多提醒，还有他们三个。”

老支书要咳，咳不出来，卡了几声还是没有咳出来，就骂德旺：“你个狗日的！不要尽搞些生孩子不长屁眼儿的事。班子里分工，是兰心书记没看轻你，指望你改正。几个年轻人没你能耐？掰开心子想一想，你个狗日的晚上挺着眼睛做噩梦！”

德旺冤枉地眨巴着眼，其他几个人也待了一阵，这可是老支书第一次接受新的班子，还把兰心丫头“书记书记”地喊。

下午不到收工时间，真的下雨了，还很密，杂些雪点子，打在脸上硬硬的疼。大山吆喝收工，于是“收工喽——收工喽——明天打早又来哟”

一路传下去，在山谷里回荡，经久不散，激得人心里暖烘烘的。一天的劳累就像衣服上的灰土，在风里抖落、飘远。

兰心书记一脸一身的泥，扭头看见老支书还在弯腰撬石头，就说："表叔，快回，当心又感冒。"说完自己倒是打了一个喷嚏，没止住又打了一个，于是不好意思地笑了笑。老支书把一顶草帽轻轻戴在兰心书记头上，也不说话，前面一滑一滑地走了。兰心书记看着老支书的背影心里想，表叔应该有69岁了，跟老爸同岁。

晚上到老支书家吃饭。老支书让德旺、大山、二牛他们几个都去，在堂屋把柴火烧得旺旺的，叫老婆子弄了几个菜下酒，过节一样。兰心书记不会喝酒，老支书说，热酒加了姜糖，喝一小杯止寒防病。四个男人把杯子端起等，兰心书记就闭着眼喝了一口，结果呛得眼泪都出来了。

吃完饭，兰心书记说："表叔啊，哪一天我们把村委会的换届选举搞了，你看行不行。乡上都催了几次了，我们就等你呢。"

老支书说："大的主意你定。对了，听说修路占地，要从我的身上碾过？"

兰心书记没有反应过来，德旺急忙翻译，仿佛他在等老支书这句话，说："老书记选的那块坟地花钱都是次要，关键是朝向好，罗盘打了一天一夜呢。"大山要争辩，被兰心书记轻轻拦住，于是四个人巴望着老支书。老支书横了好一阵，沉重地说："要碾就碾吧。注定要被众人骑，看来也不是好地穴。"大山、二牛呆了一阵才缓过来，一起给老支书敬酒。兰心书记说："谢谢表叔。"想笑一下，却湿了眼睛。最意外的是德旺，歪着嘴抠耳朵，像一只挨了闷棍的鸡。

六

村委会换届选举前几天，德旺就连夜给每一户群众送酒送烟，还许了些天大的愿。选举当天喜滋滋地跟群众对眼神，嗓门儿像扩音喇叭。显然，他提前进入了角色。

老支书最后一个到场，手里甩溜甩溜提着一个塑料袋子，别人还以为是叶子烟。等把袋子打开，主席台上赫然出现了三瓶酒，三包烟，把众人的眼睛扯得生痛。发放选票，填写选票，老支书没提烟酒的事，黑脸包公一样端坐如钟。计票，唱票，结果德旺仅得了三票，大山多票当选。

事后，兰心书记才知道当时有多惊险，向大山开玩笑说，你这个村主任，是老支书判给你的。大山说，把路修好就还给老支书，还给大家。

转眼春节就到了眼跟前。腊月十八下了场大雪，更把过年的气氛悄悄地加厚了。

老支书望着银白的远山近山说："大雪显大变，怕有大事情要发生呢。"

兰心书记说："表叔，你的意见，路要修到学校，还是只到水磨房？"

老支书说："修到各家各户最好，但是哪来的钱？占地要补偿，放炮要炸药，几截岩路还要机器，都要钱啊。"

兰心书记说："总会有办法的。"

这么说的时候，他们俩父女一样走在雪地里，往乡上县上去。由于路上没法开工，兰心书记决定抽空到县交通局协调爆破物资和推土机。这是老支书的建议。

到县里，兰心书记先去打了一个电话。从电话亭出来，老支书看见她眼睛肿肿的，显然是哭过，就问她啥事。她摇头，轻轻说没事。老支书问她往哪打的电话，她说广州。老支书看她，很明显是心里有事。她接过老支书递去的几个包子，夸张地咬了一大口，一脸幸福的样子。

办事很不顺利。爆破材料有，但乡上还没有协调好，主要是资金。在交通局缠了好半天，老支书楼上楼下找这个找那个，人家客客气气地迎他进门，送他出门，反正不欠账。至于推土机，年后开春还不一定排得过来，全县只有三台，两百多个村都在修路。你说咋个给你关照？

空手回去两人都不甘心，兰心书记就到电信局联系程控电话的事情。老支书不去，说他走不动了，在大门口等。兰心书记有个小老乡，也是志愿者，叫小湘，在电信局当办公室主任，领她去找局长，好话、实话、假话、大话说了一大堆，局长总算点头了。一个女孩子家，又是外地人，不容易啊。

往出走，小湘问兰心书记："你的小广州呢，要结婚了吧？"

兰心书记一阵苦笑，突然说："我有个想法，你要帮帮我。"

小湘问："啥想法，是不是请客发糖啊？"

兰心书记说："动员一下志愿者，给我们光棍儿村捐款，我现在山穷水尽了。"

小湘一笑："亏你想得出来。好了，不送你了，再送一段，保不准你要抢劫我。"

老支书去县委招待所领出一个小姑娘，狠狠地发话："蛾儿！回去给我好好念书！人皮都没活展，打工，打工，打你妈的工！"

坐货三轮回到乡政府，兰心书记买了一大包方便面和两把电筒，三个人踩着厚厚的积雪往村里走。天完全黑下来，老支书说他路熟，抢在前面探路，高一脚低一脚，把雪踩得脆响，突然一脚踩空，歪倒在雪地上。兰心书记惊叫一声跑过去拉，老支书已经自己站起来了，骂一句狗日的雪，还要走前面，一瘸一瘸的。蛾儿把电筒光照到老支书留下的脚窝里，说有血。兰心书记一看，果然滴滴点点的血红，就让表叔停下看看。老支书仍然紧走，撂下一句话："这算啥！放不倒我。"

进村后，蛾儿就跟兰心书记住，老支书也不说吃饭的事，一个人回家，坚持不要人送。兰心书记和蛾儿正啃方便面，大山来了，嘴角突突地跳。兰心书记问："出啥事了？"大山看看蛾儿，紧闭着嘴转身走了，留下两脚雪在小屋里。

年前路上只好停工。兰心书记就召集大家开会，商量年前年后几件事情。老支书没去，只说家里有客脱不开身，给兰心书记请了假。德旺倒是第一个拢，还攒了一盆炭火，找了一个铁壶架在火上烧开水。大山、二牛一前一后进屋，二牛翻开一个白皮本子，摊在膝盖上写会议记录。会开得很短很简单，一壶水没烧开就散了。会上兰心书记讲，春节期间大家到各户去走一走问一问，缺啥添啥，该帮补的齐心出点儿力鼓点儿气，定一下明年的打算。组织搞一点儿文化活动，篮球比赛，狮子龙灯，都有条件，叫外出务工返乡的人感受下家乡的变化和温暖。

散会后兰心书记见大家不走，心里也生些难舍的意思，说："我预备明天动身，给大家拜个早年。表叔那里，你们轮流陪着热闹一下，两个老人，过年过节的最难熬。"

本来轻轻松松的几句话，反而叫几个人心里重得秤砣一样。门外雪花大片大片，正开得紧。

七

正月初七过完年，兰心书记就说要回单位。老妈听她说到"回"字，哭得面人一样。老爸从病床上撑起来，送她上车，那顶着白发站在风里挥手的样子，叫她一路不敢回头。

乡上还没有上班。兰心书记照例买了一大包方便面，搭在肩上急急往村里赶。踏上还没有修成的村公路，她呆住了：凛凛的风里，男女老幼挥汗如雨，一片静静的热烈，还有一些大学生模样的青年男女，如系在路腰上的大红绸，使冰冻的路面格外柔软。就在兰心书记发呆的时候，有人喊了一声兰心书记，修路劳作的人都直起身站在路的两边，用沾着泥裂着冻伤的手使劲地鼓掌，掌声闷闷的，泥土般厚重。这掌声一路传下去，二十里。兰心书记不敢哭，怕收不住，慢慢往前走，踩着崭新的平整的路面。这时候一个穿红色羽绒服的姑娘迎着她，站定，看着兰心通红的脸，看她手里的方便面，泪水流了下来。

姑娘自我介绍："我叫季节，在湖南上大学。兰书记，兰姐！你是我们大学生的骄傲。”

兰心书记说：“我其实什么都没有做，没有做好。”

季节的身后围上来几个人，都不说话，却把兰心书记手里的方便面夺过去，一人一袋分光，用泥手送到嘴边，大口地啃，像要记住某种味道，或者咬碎一段往事。

兰心书记在路上找到老支书，看见他抱着一块石头往路边走，一条腿瘸得要倒的样子，忙问：“表叔，你的腿怎么了？”

老支书把石头放到路边，摇头一笑说：“小事，放不倒我。今晚到我家去吃饭，你大妈天天都在念你。”

“可是你的腿……”

老支书拦住兰心书记的话，说：“你爹妈都好吧？”

兰心书记赶忙趴下身去搬石头，假装没听见。

晚上从大妈那里才知道，老支书受伤头几天只是疼，他就硬挨住，正月初一自己悄悄地嚼些草药包到腿上，还是不见轻一点儿。初二开始，别人家吆吆喝喝修路去了，他在屋里急得猫抓一样，于是一把扯掉草药，也不拄棒，一踮一踮地到路上去了。大妈说：“老东西不让讲，晓得了又要骂我。”兰心书记想，难道眼看着好好的一条腿废掉吗。

以后兰心书记劝了无数次，要老支书去医院，老支书固执得像逃课的学生一样，最后竟生气了，横眉竖眼地说：“就是瘸两条腿我也还有用，不拖你们的后！你们再东东西西地缠，信不信我一刀把它剁球了？”到了正月十七，二牛去乡卫生院请来一个医生，好歹看了老支书的腿，看完摇头就走了，药都没给留。那意思是没治了。

在外面上学的、打工的，成群结队又走了，候鸟一样。季节走的时候，拉住兰心书记的手，问：“兰姐，你家离长沙远不远？住在哪里？”兰心书记大致说了一下，并没有在意。

八

兰心书记跟班子成员商量，当下村上没有一分钱，占地补偿兑不了现，雷管炸药买不回来，水电费都交不起，还欠了那么多的账，大家想想办法。老支书睁圆眼睛："啥？欠账？"

二牛说："德旺那里有白条。"

老支书说："什么白条，拿来我看。"

德旺果然拿出来，交给老支书。

老支书看了看，突然把白条子撕了扔到地上，大骂："放他娘的狗臭屁！要账的，来找我，把我说服了，我卖房子给他还！"

兰心书记示意二牛把碎纸片捡起来装好，对德旺说："我本子上记着呢，表叔不是对你。"

德旺无所谓，一扬头："又不是我编造的，我怕啥，撕了好，撕了好。"

不说欠账，说现今的办法。贷款吧，村委会没有资产抵押，贷不出。乡上县上呢，可能没任何指望。世贵副书记表示，乡财政也是空的，吉普车加油都成问题。

大山就说："村委会大家信不过，我私人向大家借，班子成员带头，多少不限，利息我认。"

听这话，德旺尿就胀了，把裤子一提一提地跑了。

大山又说："我凑一万，借也好，贷也好，三天之内交到二牛手上。"

二牛低着头，羞愧地说："我想办法找五千。"剩下老支书不表态，让兰心书记他们架在火上烤。德旺恰到好处地回来了，帮老支书解围，说："确实要照顾具体情况，不能一刀切，比如老书记吧……"

老支书突然打断德旺的话，说："我出七千，德旺你呢？"

德旺提醒老支书："共产党员说话算话，你总不能卖房子吧？况且，你那房子还没人买哦。"

老支书说："管人闲事管得宽，牛吃麦子几大湾，你就昂一声，你拿多少。”

德旺显得很艰难无奈，小声说：“我去贷款，看能不能贷一千。要贷到才算数哦。”

直到散会，兰心书记没有任何表示。大家也没有要兰心书记表态的意思，德旺都没有，他心里明白，兰心是来光棍儿村走形式的，一年半载，总要回她的湖南。

三天以后，村委会拥有了两万元“特殊经费”，只有德旺的贷款还在路上。大山和二牛的钱从哪里来，兰心书记没有过问，但是老支书捏得汗涔涔的七千元甚至有角票，令大家唏嘘不已。兰心书记问及，老支书说：“不偷不抢，不贪不占，都是干净的。”大山和二牛也不知道，老支书三天时间怎么弄到了那多钱，敢肯定的一点是，他绝对没有积蓄。德旺甚至不相信，眯着眼睛说：“他真拿出了七千？除非他会印钱差不多。”

不知是不是有钱就有了底气，路上的境况发生了重大改观。占地补偿发出去了。老支书不要，说是补他生病没有出工的“历欠”。花婆娘同意让路，但是不签字领钱，为啥呢？她只说不忙，不忙，不用怀疑就知道，她心里还有小算盘。

雷管炸药背回来了，岩路放炮就像庆典，大山站在高处，用手做成一个喇叭喊：“放炮啰！放炮啰！”

兰心书记和老支书靠在石头后面躲炮，老支书朗声说：“大山这娃子，行！”

兰心书记说：“表叔啊，全靠你呢！”

老支书说：“靠我？我只有骂人还行，该挨骂的人，天王老子我也敢骂。”

兰心书记说：“我们几个年轻人有不对的地方，你也不要留面子。”

老支书说：“那是当然，小心让我逮住。”

不清楚从啥时开始，路上已展开一场特殊的比赛，山谷间人们热烈地喊着号子，粗野开敞的笑声滚地而起。山上树枝吐绿，暮色苍远，兰心书记肩扛两件工具，或锄或锨，与老支书并排，头发上身上有着尘土的气息。老支书甩手踏脚，一倒一倒的身影厚实而饱满。在他们身后，并不整齐的队伍踩着凌乱的脚步，不时有人粗嗓子吼一句山歌“二月里来想冤家……”

兰心书记跑了几趟乡上县上，回去给二牛交了两万块钱，说是志愿者们捐的。捐款名单没有。二牛说：“那我不好做账。”兰心书记说：“那就不入账。”德旺当时也在场，劝兰心书记说：“还是汤清水白好，是你争取的就是你争取的，是你私人捐的就是你私人捐的，实事求是嘛，哪有捐款不留名的。”

过后二牛对大山和老支书说到此事，大山没有出声，老支书说：“把钱用好，把路修好，才对得起天地良心。”

二牛说：“德旺的口气显然在怀疑那钱有问题，不是捐款。”

大山说：“你从旁了解一下，免得又被人不人鬼不鬼的家伙搬弄是非。”

仿佛怪大山喊了一嗓子，“是非”顺势就来了。世贵副书记领着县人大几个人到村里调查，说有人举报村委会换届不合法，村主任是书记定的，不是群众选的。调查组入户座谈，既不通知兰心书记，又不告诉大山主任，德旺哈哈哈地围住团团转，说是协助调查。调查了三天，路上停了三天工。世贵副书记脸上讪讪的怒气藏掖不住，又不能对兰心书记和大山主任解释沟通，就在队伍后面落得远远的，顺便问一些路上的情况。谁都明白，村委会换届由世贵副书记主持的，闹半天他是在调查自己呵。兰心书记提醒大山，要沉住气，遇事以大局为重。这期间大局是啥？是尽快把路铲通。

调查结果出来了，有十一个人签名证实选举有问题，说主任铁定是德旺。由于德旺以前跟老支书，所以书记搞“一锅端”，命令群众选的大山。甚至说书记现在大事小事一个人说了算，和主任两个还有男女作风问题。

首先没有稳住的不是大山，也不是兰心书记，是二牛。他急火火地吼：“放屁的话！”吼完扭头跑了。世贵副书记正要讲话，老支书颤巍巍地起身，用烟袋敲桌子，边敲边说：“这球大个地方，哪个人哪根骨头长歪起我最清楚！把十一个杂种分开问，如果编出来的经过巧成一样，老子倒桩起啃他的球！”

会议没法开了，人大的领导表示回去再调查研究，不了了之地走了。世贵副书记深深地望一阵村上几个人，出门的时候说：“身子正，不怕影子斜。”

大山要拍桌子，被兰心书记拦住：“世贵副书记很为难的样子，又能咋样呢？不过反回来想也是好事，把你们几个连得紧紧的。”

德旺这才抬起头，不自然地笑一下说：“是啊，就是啊，团结力量大。”

此后二牛半夜半夜地复习功课，发誓再去参加高考，离开这个不是人待的地方。

这天夜里，月朗如昼，二牛昏胀着脑袋出去屙尿，站在院坝边往下面学校里望。兰心书记的灯还亮着，突然后窗上一个人影一晃，摇摇头再看，又一晃。他悄悄走拢，看见果真有一个人把脸贴在墙上。一把抓住，那脸扭过来，竟是长娃。长娃兔子一样跳着跑了。二牛这才注意，墙上半匹砖被抽出来，现出一个洞，透出黄黄的一道光。他要检查长娃瞅啥，往里一看，天哪！兰心书记裸着身子在擦澡。他想扭头走开，但目光卡在墙洞里扯不出来，于是在心里骂长娃，也骂自己。直到兰心书记穿好衣服，他才慌乱地红着脸跑开。

兰心书记不知道墙上的洞，但她知道二牛要高考。大山告诉她的。那是毛路铲通的当天，大山陪兰心书记看路况。

在哭女儿沟里，兰心书记大声说：“这里还要挖进去一点儿，那里最好补起来一米宽。”

大山说：“二牛要参加高考，每晚熬夜，眼睛都肿了。”

兰心书记说：“路修好以后，我们就成立一个运输队，最好是小四轮儿，就叫光棍儿运输队，把牌子打响。村村都在修路，还要搞新村建设，市场很大。”

大山说："二牛要是补习一年，准上清华北大。他一走，拖拉机都可以少买一台。"

说到买拖拉机，兰心书记跟老支书商量："现在毛坯路通了，拖拉机慢慢开，应该可以开回来。"

老支书拿目光丈量了路的宽度和坡度，摇摇头："等等吧，不急在一两天，况且没钱呐。"

兰心书记说："要是有一台拖拉机，很多东西可以运进来，路上的进度肯定能加快不少。"

老支书想了想，同意买，但反对用"特殊经费"，那毕竟算是公款，用得不好，有人会嚼舌根。兰心书记只好作罢，也没有告诉大山和二牛。

可是第二天，大山居然从邻村买回一台旧的手扶拖拉机，开推土机一样开了回去。拖拉机在路上不听话，一阵子熄火了，一阵子陷住了，冒着黑烟，摇头晃脑，好不容易爬到学校操场上。几个学生钻进车斗里拖长声音唱"拖拉机噔噔噔，里头坐的当家人，拖拉机嘟嘟嘟，坐了一条老母猪"。德旺跑过去骂："狗日的些，滚！"自己却坐上去，一颠一颠地说："安逸，安逸。"老支书也来了，问了一些路上的情况，对大山说："把实点儿，机器总不如人通情达理。"兰心书记不加评论。她奇怪的是，大山怎么就知道她的想法呢。

九

经过测算，二十里山路做边沟，要用好几吨水泥，大山就开拖拉机到县里去拉。二牛也要去，大山就说你去个铲铲，好好复习要紧！长娃想坐车，更想学开车，大山就带上长娃去了。

兰心书记到后山上去看石头，敲敲打打，捡捡丢丢，一下午也没有看出其中的深奥。但她仍然觉得，那些石头既然叫石英石，就是矿，既是矿就可能有开采的价值。暮色将至，兰心书记站在操场边望天空，望路。夜逼到眼前，大山的拖拉机还不见响动，他们就约了几个人，打电筒举火把往半路去迎。

一行人踩着夜鸟的叫声赶路，过了麻柳潭，又过了观音岩，还不见大山和他的拖拉机。前面是哭女儿沟，德旺就给大家讲哭女儿的故事，那用意，分明是想缓一缓紧张的空气。大意是，光棍儿村多年前男女和谐，天地共宁，是一方富庶之地。那一年村人毁林开荒，放炮炸路，惹怒山神，于是山神化一女子，与村里已婚男子相爱，做成好事，十月怀胎。按族规，女子当沉塘，男子当远逐，悲剧一场，无可避免。恰那男子正是族长，见女子哭得山雨暴涨，洪水泛滥，因此拂手执杖，须发皆白，飞临山巅，悲怆而呼：女子不入此门，男子光棍百年。这些言语自然是书中记载，德旺只是说书而已，却也叫人哀叹。正叹得紧，路边上矗地冒出一个人，直逼到兰心书记跟前，仿佛是从哭女儿的故事里飘出来的。用电筒光一照，原来是长娃，吊着嘴角说，正去喊你们呢，车卡住了，在前面。

所有人都围住拖拉机拼命地推。大山杀猪一样按住拖拉机的头，把脸绷成猪食桶底子，让这一场并不激烈的抢险蒙上了一层悲壮的意味。长娃钻到兰心书记的身边，挨挨蹭蹭，眯眼陶醉着，所以当大山粗声喊“让开”的时候，长娃根本没听见，被突然退回去的拖拉机撞向了路边的深沟里。其实兰心书记早已看透长娃的心计，只是当时攒足劲想把拖拉机推上去，不敢松手。

长娃被撞的那一刻，她甚至有点儿幸灾乐祸，恶有恶报，活该！但是当长娃轻飘飘就要往路沟里栽的时候，她竟然转过去拉他，结果一起掉了下去，还被长娃重重地压在身下。尖叫声和手电光聚在一起往下照，大山看见长娃已经抖抖地爬起来，偷吃了麦子的牛一样左右张望，兰心书记一动不动地躺在乱石堆上。

顾不上咒骂甚至暴打长娃，人群跟着大山往乡卫生院跑。大山抱着兰心书记，把手电光踩得倾斜摇晃，一边朝身后说：“前面去两个人喊乡上的车来接，顺便把医生找拢。”两个年轻人便飞跑着去了。兰心书记被颠醒，叫唤了一声："哎哟，长娃呢？"长娃该死，却是好好的，只是脸上划破了两道，像老师在学生作业上画的"×"。后来兰心书记躺在县医院的病床上想，公正地讲，长娃只是小坏，属于可以改造的同志，不到该死的地步。

乡上的吉普车在半路迎住大山他们。大山上车，还紧紧地抱着兰心书记不放。世贵副书记坐在前排，催促司机开快点儿，回头见兰心书记抖得难受，又说开稳点儿。吉普车开过乡卫生院没停，直接往县医院去了。

村里一行人在路边站一阵，蹲一阵，默默往回走。到出事的地方，见长娃在死狠地开拖拉机，暴怒的猎人骑在虎背上一样，颠摆地上下左右飞舞，几次差点儿连人带车飞进深沟里去。没有人去帮他推一把，也没有人制止他，大家只是冷眼地看，仿佛眼前是一场杂技表演。难以置信的事情发生了，陷住的拖拉机，那么多人也没有推出去，居然叫长娃给"骑"出去了。于是大家预备好的责骂也软软地收了回去，德旺走过去拍拍长娃的背："娃子呢，要是兰心书记有个好歹啥的，你怕也活不成。"

十

兰心书记在县医院住了半个月。左手臂骨折，胸前和右肋软组织损伤，轻度脑震荡。老支书后来总结说，好人好报，大难不死有后福，真是。

病床上的十几天，兰心书记回想最多的，竟然是大山抱着她在淌满夜色的公路上奔跑。那么宽厚有力的怀抱，让她不甘心很快醒来，所以就一直昏沉沉的，想睡，想依靠。那个重庆女孩真幸福，她一定被大山抱着做过好多梦。那个重庆女孩肯定会后悔，离开了那么优秀和爱她的男人。好男人多的是，但一生之中，能真正走到一起，执手偕老的毕竟不多，还偏偏要错过，不后悔才怪。兰心书记想着，摇摇头，自己笑了，有点儿羞，有点儿苦。当然她也想了些别的，比如广州，比如湖南，还有长娃和老支书他们。奇怪的是，她真的没有想修路、架电话、石英厂、小学女生、光棍儿们的媳妇一溜事情，所以出院的头一天，没有想的那些事一排排站在眼前，她显得有点儿措手不及，心里直说快点儿回。

世贵副书记安排乡上的吉普车送兰心书记回村。天突然阴得吓人，雨悬在半空，只等谁一声喊，便要纵身而下。

驶上新修的公路，世贵副书记望着车窗外石岩上凿出来的路段，声音里有了些石粉的呛味，软和而厚实。他说："不容易啊，说奇迹也不过分。"

兰心书记一笑："看前面，已到了哭女儿沟。"

那天陷车的陡坡不见了，削得抹平，露出一块新鲜的疤。硬硬长长的雨点开始往下砸，一两颗在车棚上炸开，更多的在路上泥灰里闷闷地响，铺一地尘土的涩味，扬一片灰雾的光芒。

世贵副书记把兰心书记送到小学操场，掉转车头就走了。兰心书记来不及换衣服，跑去敲竟远校长的门，没人，又去教室，还是没见一个人。雨已经完全铺排开阵式，仿佛开闸的水库，争先恐后，飞泻直下。树木、房顶、撒蹄狂奔的黄牛，以及匆匆回家的人群，湿淋淋地在风里发颤。风是雨的头，风已吹了三阵。地上很快汇起无数小溪，深黄的泥水一股一道挂向河沟。兰心书记冲进雨幕里，急急往大山家去。约好似的，头顶一个炸雷震得小路斜倾了一下，兰心书记吓得双手抱住头，毕竟只是一个小女人。病还没有好利索，头昏脑涨的，恰好例假又来的不是时候。

过河沟时撞到一个人身上，冰冷的额头寻到一点儿温热的依靠。抬眼望，是大山，冷峻的脸，宽厚的胸，关切的目光。兰心书记身子一晃差点儿栽倒，深吸了几口气才勉强站稳。大山把一块塑料布披到兰心书记的身上，抓住她的手，慢慢过浮桥，然后急急顺沟而上，去老支书家。

兰心书记忙问："学生呢？老师呢？"大山没有听见，她就又大声问了一遍。

大山说："老师见要下雨，提早放了学生，都回了。"

兰心书记说："把学生都放进雨坝里，出了事谁负得起责？"大山不说话了，只是扯了兰心书记的手在泥浆里蹚着跑。

老支书家板楼上挤了很多人，大声说这雨真是百年不遇，恐怕是年前那场大雪的应兆。老支书、德旺、二牛几个人凑在一堆，在一张纸上画杠杠画圈圈。老支书说，靠河近的有十一家，房在洼坑里的有五家，容易垮的土墙房有一家。德旺小声说："我家檐沟也垮了，早该掏开，没顾上。"

这时候兰心书记进屋，抹一把脸上的水说："表叔，我来指挥！共产党员，到外面集合！"然后她出门，跳下阶沿，第一个站在瓢泼大雨中。老支书用手扶了一下石坎才艰难地下到院坝里，花白头发被风雨弄乱，薄薄地贴在前额上，身子矮下去一大截，但他站得挺直。兰心书记看着眼前一溜排开的队伍，心里陡生酸楚。她忘了这是光棍儿村。到场的十一名党员显得过于单薄，除大山、二牛以外，德旺47岁就算年轻的了，其余都是五六十岁的老人。

顾不上细想，兰心书记点名分工："大山和二牛走后山方向！德旺带两个老师顺河往上！"

大山却没有动，冷冷地看着二牛。德旺倒是在动，不过只是两张嘴皮："我家檐沟堵了，得赶紧掏。"

这时候老支书出列，怒气把水击得啪啪响，接住德旺的话吼骂："掏你娘的沟子！你那破庙倒完，老子赔你！"

德旺受了骂反而一笑："有你这句话在，我去就是了。"

老支书又说："大山你电线杆子是不是，动不了根了？"

大山对二牛说了一句什么，一个人飞一样往后山去了，二牛马上站到兰心书记身后去，誓死保卫莫斯科的架势。

兰心书记再说话，声音就是湿漉漉的了："表叔，我到水磨房去，请你组织老党员到德旺家看看。"

老支书不理兰心书记，朝二牛和老人们说："村里男人还没有死绝吧，把腰杆挺直点儿！躲在女娃娃背后头，还不如叫水淹死！"

二牛没有说话，突然转身跳下石坎，却迎头碰上一个人泥球一样滚上来。那人结结巴巴地说："水……水磨房……围住了。几个女人齐哭，杀猪样。"

兰心书记最后一个赶到。她模糊地记得自己跌了几跤，甚至有一次在泥水里撑了一阵才爬起来。她还记得，二牛腰里拴着绳子想游过去，叫洪水冲了几个跟头才被硬拉回岸上。关键时刻长娃活出了人样子，咚地跳进水里，眨眼不见了，正当众人一片惊慌，他却在那边冒了出来，手里举着绳头憨憨地冲这边晃。绳子固定好，几个人同时跳进水里，领头的好像是老支书……

十一

后面的事兰心书记不知道了。她被二牛背回老支书家，昏睡了一天一夜。醒来的时候，她看见一屋子的人站着望她，大妈扯了衣襟在揩眼睛，老支书面前的桌子上一碗草药冒着热气，淡淡的隐苦，细闻又觉出酽酽的嫩甜……

大妈见兰心书记睁了眼，孩子一样拍着胸口说："哈哟，这就好了，好了。"这时候，长娃直直硬硬地从门外进去，木然地到兰心书记面前咚地跪下，垂着脑壳不说话。

兰心书记长长叹出一口气，突然认真地轻轻笑了，对长娃说："活出人的样子给我们看，你是条男人呢。"

长娃咚咚地磕了几个头，捡回一条小命一样庄严地哭了……

雨说停就停了，洪水也哗地一下退了，但新修的公路有好几处被洪水冲毁。德旺戏说"辛辛苦苦一两年，一夜回到解放前"。

兰心书记与大山、二牛一起察看灾情，商量修复的办法。二牛蹙着眉，骂天气，骂洪水，骂了祖宗八辈子。兰心书记就逗他："上次的雨，是不是你骂出来的？"大山的情绪也低落得很，仿佛好不容易找个媳妇，还没过门，让光棍儿给糟蹋了。

兰心书记看不过去，就说："你们两个男人，安慰我一下好不好？要不我们都哭，预备——起！"

本来是激励加玩笑的话，谁知兰心书记真的哭起来，孩子一样，努力想收住，结果哭得更凶了。

二牛最终没有再去参加高考。大山给兰心书记报告说，小杂种怕再考不上，丢了面子，没出息的小杂种。照大山说话的表情看，刚才二牛至少是挨了他一拳，也许是一脚。兰心书记一笑，没有回答，似乎她还知道更深层的原因。大山转身出门要走，却被兰心书记叫住："找几个人把操场填一下，球队的训练别停。还有，把二牛也拉进去跑，免得蔫黄瓜样叫人担心。"大山说："担心他劳过屁！没出息的小杂种！"

国庆节放假，兰心书记同期来的志愿者组织到保护区玩。虽然路上的事情很多，但兰心书记还是决定去找小湘，她不想把自己弄成舍生忘死的样子，那有些不自然。她喜欢自然而然的样子。可是放假头一天，世贵副书记通知她，乡上有非常重要的事。

兰心书记给大家通报，说："可能是压路机落实了，你们组织劳动力加紧补缺口和做边沟，要不压路机进来要窝工。国庆节我们就在工地上过吧。"

兰心一大早赶到乡政府，世贵副书记指指两个戴眼镜的男人，说："这二位是县纪委的。"

兰心书记说："纪委？纪委帮我们请压路机？"

大眼镜问，小眼镜记，把场面搞得吓人嚇天的。兰心书记意识到问题的严重性。

"你叫什么名字？"

"兰心。"

"职务？"

"党支部书记。有什么问题啊？"

"你经办了两万块钱没有入账，请说明钱的来源和用途。"

“原来这事。是有两万没有入账，那是志愿者的捐款，目前还没有使用。”

“请你说清楚捐款人的姓名。”

“捐款人不愿意透露姓名，怎么了？”

“捐款不留名，又不是小数目，换了是你，你会吗？”

“也许我不会，就像你们相信的那样，但是有人会。对不起，这个问题，我不再回答。”

“你可以不回答。那么买拖拉机是怎么回事？”

“什么怎么回事？拖拉机是村主任私人买的，没有动用公款。”

小眼镜时不时也抬头问一句，比如：你想清楚没有，你的回答还有没有遗漏，你对你回答的真实性负责吗。满满一个上午过去了，两个眼镜显然对兰心书记的回答极不满意，于是拿了纸笔，让兰心书记写。兰心书记坚决不，也不哭闹，只说她回去还有事，耽误不起。大眼镜说，没有比这更重要的事了，请你对组织负责，对自己负责。

乡上派了两个女同志陪着兰心书记。说是陪，其实是看守，兰心书记上厕所，她们也要站在旁边监视。晚上睡觉，两个女人轮流睡，留一个盯着兰心书记，仿佛兰心书记时刻在准备逃跑或者自杀。

第二天又是一天，重复昨天的故事。兰心书记提出要见世贵副书记，等世贵副书记进去，兰心书记说：“你们要为自己的行为付出代价。今天我必须回村上去，除非你们宣布对我实行双规或拘留。”

世贵副书记把两个眼镜喊出门去咬耳朵，不一会儿小眼镜进去对兰心说：“你可以回村上，但不能外出，我们随时可能通知你。”

兰心书记顺便买了一大袋方便面，脆脆地嚼着香辣的味道，回村去了。回去以后，兰心书记把大山、二牛、德旺通知到老支书家，主动要喝酒，把几个大男人吓得面面相觑。

老支书问：“出了什么事？”

兰心书记被酒辣红了眼睛，一笑，说：“压路机又泡汤了。”

老支书大笑，吭吭吭地，透出胜利的狂妄，笑完说：“我们把夯都备下了，明天你到路上去看。”

“就是呢！”大山说，“二牛还现编了打夯歌，没出息的小杂种！”

二牛羞红了脸，用脚尖碰了大山一下。德旺喝了几杯酒，突然肚子痛，两只脚打夯一样走了。

打夯有两人一抬，四人一抬，都是男人；也有很大的，不分男女，多人一抬。掌夯的一个人喊一声，众人回一声，夯就高高抬起，然后重重地砸到地上。抬多高，节奏快慢，砸到哪个地方，由掌夯的人指挥。那种场面，兰心书记在电影里都没有见过——

同志们快修路啊！
嘿哟，快修路啊！
修好了娶媳妇啊！
嘿哟，娶媳妇啊！
生个胖儿子啊！
嘿哟，胖儿子啊！
好好去念书啊！
嘿哟，去念书啊！

如果开玩笑、骂人，歌词就改了，场面更有趣。比如那天，老支书想骂德旺，就把“去念书”改成“当文书”，反复唱——

生个胖儿子啊！
嘿哟，胖儿子啊！
好去当文书啊！
嘿哟，当文书啊！

不但打夯的人唱，附近抬石头的、砌墙的、做排水沟的，全都一起应和，粗犷豪迈，激昂跌宕，中间夹杂些奔放的笑声，激得人热血沸腾。

国庆刚过，世贵副书记夹着小皮包到村里去，单独找兰心书记谈话，说："那天你的态度也不对，不过一句话的事，给他们认个错，事情就过去了。"兰心书记说："反了，他们给我认个错，事情才能过去。我真要是犯了哪条哪款，任凭处置，和稀泥的那一套，少来！"世贵副书记说："问题是，两万块钱你没有入账，那是事实，你还说不清来源。"兰心书记说："来源？老支书无依无靠，七千块钱也说不清，他们去查啊！"世贵副书记说："他们的外围调查也在搞，按我的想法，大事化小，小事化了，尽快脱身，何必越牵扯越复杂。"兰心书记摇头："不！这件事，奉陪到底！"

世贵副书记瞒着兰心书记，又单独找大山、二牛和老支书谈话，最后焦成了锅巴。老支书把德旺上下几辈人骂了个底朝天，操着小板凳要去把狗日的整死。大山像座死火山，突然爆发，开着拖拉机要去找县委书记讲理。二牛好一点儿，只是呜呜地哭。世贵副书记苦着锅巴脸，只好找兰心书记出面，先稳住现场。兰心书记站在操场上，人们慢慢围拢过去，世贵副书记唉声叹气，很无辜的样子。

兰心书记很平静，说话声音不大。她说："有些话，本来不必说出来，心里记住就好，但是不行啊现在。当初村委会没有一分钱，上一届还扔下一大把白条子欠账，是老支书、大山他们主动给村委会借，这一借可能是五年还不上，谁都明白。二牛跑了几个乡，求沾得上的所有亲戚；大山把一万块钱退伍费存为定期，一定要结婚的时候才会动，但他当活期取了；我们的老书记，孤苦伶仃，无依无靠，哪里来的七千块钱？他把棺材都卖了……"

这时候兰心书记哭起来，边哭边说："我实在没法，就找我们一起来的志愿者商量，二十个人，凑了两万……"

人们正在感慨，二牛冷不丁地冒出一句："不对，不是那样！"

老支书把二牛扭到一边去，恨不得咬两口，说："你个小杂种！你有病！"

二牛说："本来嘛。"

老支书说："本来啥？你个小杂种本来啥？"

二牛一扭脖子说："兰心书记的两万，是湖南汇过来的，信用社的毛刚就是证人。"

这下子轮到老支书抽冷气了，抽了一阵，还骂："你个小杂种，你咋不早说！"

二牛哭了，说："你们不让嘛，好像我只会坏事。"

大山也逼过去，预备收拾二牛，一看阵仗不对。老支书拍着二牛的肩，老泪纵横。大山说："世贵副书记还在等话呢。"老支书说："好，他等着，我去给他话。"不晓得老支书给世贵副书记说了什么话，惹得世贵副书记眼泪咕嘟地走了，还转身给大家鞠了一躬。

之后很长一段时间德旺不照面了，有说病了的，有说走了的，还有人传言德旺被纪委拿去修理，保不准会开除党籍。不过德旺怎么样，不影响大局，兰心书记领着大家，整天在路上忙碌，比以前抓得还紧，仿佛纪委就是一台压路机，催着工期撵趟子。

这天在老支书家堂屋里吃午饭。老支书把一条病腿藏在椅子底下，边说话边喝酒，脸和脖子都是红的。席间说到运输队，兰心书记正要说话，门外一个声音喊"来贵客了"。二牛去开门，见几个城里模样的年轻男女立在风里，便回头说："兰书记，找你的。"

来的都是大学生志愿者，没别的意思，就是去看看兰心，看看她领导的光棍儿村。有兰心书记不认识的，于是自我介绍。重庆的小渝，河北的小冀，山西的小晋，高瘦的男生是山东的小鲁，矮胖的是成都的小川。一个戴眼镜的女孩笑着说："我就不自我介绍了吧。"兰心书记说："老乡见老乡，两眼泪汪汪。"那女孩是小湘，很甜，一点儿也不辣。

几个人牵手到学校去，进办公室发现大山、二牛在生炭火，又吹又扇，搞得一屋子的灰飞。小冀做个夸张的表情说："兰心姐，我们不是来找温暖的。"小渝、小晋也前前后后地说："是啊，是啊，我们就想体验一回你在这里真实的生活。”两个男生倒是无话，桌子上、砖墙上细细看，像在数有几个老鼠洞，有多少蜘蛛网。兰心书记想一想，对大山、二牛说：“我们到后山去。”

从学校往后山走，路过成树爷家，见花婆娘在推手磨，骂男人，推一转骂一句，像唱戏。兰心书记给大山递个眼色，大山就跑过去劝，二牛也跟了去。小川大概听懂了那些骂的意思，忍不住扭头去看。花婆娘的声音低下去了，像在哭冤，又像在吵架。兰心书记前面紧走，又喊小川快点儿跟上，把那些骂声甩在身后。

后山遍布的白石，在冬日的午后如乖巧的羊群。兰心书记指给大家看，用牧羊人收获羊毛的心情说：“这是石英矿哦，以前我都不认识，这里是个矿山呢！”几个年轻男女随意在石头上坐下，大致围成个圆圈。小冀说：“不说石头，先说我们，好不好？”本来大家预备到兰心这里来开支部民主生活会，几个人临时有工作任务，来不了，只好延期。小晋攀着小冀的肩，歪头笑说：“兰姐，这是我们大学生志愿者党支部书记小冀同志。”兰心书记点头一笑。其实她早知道大学生志愿者党支部的事，小湘还是这个支部发展的第一个新党员。

接下来大家依次发言，总结工作，交流思想，说西部，谈未来，话人生。小冀先发言，定下一个比较凝重的氛围，说：“走进西部，一路回望，我后悔过；初到单位，电脑都没有，我委屈过；跟别人挤一间小寝室，换衣服都转不过身，我还哭过。在政府当了一年秘书，编了半年信息，整天在文字堆里爬不出来，就想，西部缺我这样的人吗？我可以在西部留下什么？今天到兰心这里来，走在新修的二十里公路上，听见村里人朴素的感激和希望，我感觉自己是在思考的河里游。从兰心身上，我们至少应该学会用心坚持。”

然后，小冀书记提议，几个人在冬日的风里举拳宣誓，重温志愿精神。声音并不整齐，也不洪亮，但那一份真诚仍然让大山、二牛感动不已。

之后的发言成了讨论交流。小晋在县职业高中任教，利用课余时间办了一个普通话推广夜校，免费。小渝在县委机要局上班，为七个乡镇建起了产业协会网。小川学的是林果专业，在一个乡任乡长助理，主抓油橄榄生产加工，联合邻近乡镇，建成了全国最大的油橄榄基地。小湘在大学系主任的指导帮助下，成功引进培育了长毛兔新品种，联合企业建起了扩大繁殖示范园。相比之下，小鲁的工作平淡而清闲，一条山东汉子在教育局当会计，领导甚至认为他会计当得不称职，因为西部很穷，一分钱常得当两分钱用。小伙子挺有诗人气质，闷闷地说："西部最缺的人才是勇敢的会计。"

兰心书记正要说话，山下边德旺一个粗嗓子喊："交通局来人了，兰心书记快回来一下。"兰心书记带着歉意地一笑，摇摇头，对大家说："你们运气不好。"

十三

原来是纪委汇报了对光棍儿村的调查情况，县委县政府高度重视，责成交通局实地调研，从资金、物资、技术上全力支持。一位副局长、两名技术人员，在德旺的带领下，已经走路进来实地察看了，并向兰心书记提出了一个方案：按照山区二级水泥路标准规划设计，在现有基础上应增设五处漫水桥、三个600毫米涵管，硬化三米宽路面。兰心书记说："可是我们暂时没有资金。"副局长自我介绍姓许，继续说："我们估算了一下，你们已经完成了工程量的三分之二多，如果劳动力不算工资，再投入的资金我们想办法解决。"德旺插话，夸许局长是好人，是工程师，有许局长在，搬一匹山也很简单。许局长急忙摆手，仿佛被德旺一表扬就掉价很多。这时候老支书到场了，许局长与他很熟悉的样子，主动去握手，说："老革命身体还好吧？"老支书哈哈一笑："换届以后啊，我舍不得死！我要看着好人好报，也要等到恶有恶报。"德旺真恨不得把脑袋藏到裤裆里去。

春节兰心书记没有回家。大年三十买了一挂长长的鞭炮，到老支书家放得欢天喜地。组织从外地赶回来的年轻男女，围着院坝里的柴火堆，唱歌、跳舞、讲笑话、猜谜语。情到浓处，兰心书记止住大家，站到老支书身边说："今天是表叔生日，让我们祝福他长命百岁！"于是人群里一下子炸开了，掌声雷动，喜气照亮天空。老支书脸上浸些泪痕，幸福的感觉有如雨后的日出，明明朗朗。

新年开始，兰心书记突然有了紧迫感。三月初，县上召开志愿者座谈会，表彰先进，交流经验。兰心书记没有领奖，也没有发言，静静地坐在会场的一角。散会以后，兰心书记被人推着挤着往外走，在大门口发现小冀、小湘朝她又喊又招手。她走过去，小湘一把抓住，说："好多人都溜了，就你积极，还要坐到最后，想上台讲话是不是？"兰心书记苦笑了一下，说："我今天不想回去了。"小冀说："想回也由不得你。"

晚上，二十几个志愿者聚在一起，尽情地喝酒、唱歌、跳舞，大声聊天。没有主题，没有程式，没有约束和讲究，那些东西统统在门外。小冀、小晋、小湘几个人围住兰心书记喝酒，兰心书记推了半天，还是喝了一小杯才算饶过。几个人抢话筒，放开地唱《两只蝴蝶》《丁香花》和一些兰心书记喊不出名字的歌曲。小鲁不停地跟别人碰杯，现出醉意，被小川半搂半扶着，趺趺撞撞到兰心书记面前，涨红着脸说："兰姐，本来你比我小，但我应该喊你兰姐，应该！川哥你说是不是？"小川连忙说："应该，应该。"恰这时一个男生在动情地唱《懂你》，兰心书记猛想起远在湖南的老爸老妈，心念情伤，差点儿落下泪来。聚会结束，很多人喝醉了，小湘到洗手间吐得一塌糊涂，吐完望着兰心书记说："别太认真，再怎么也是别人家的故事，气跑了小广州，我要去抢哦。"

回到村上，兰心书记认真计算了到服务期满还剩下的时间。从那晚的聚会不难看出，大家都在准备回家的心情了。自己春节没有回家，原本也有这方面的计划，时间不多了，陪陪老爸一样的老支书，抓紧做一两件事情，好让自己走得从容一点儿，轻松一点儿。

兰心书记的情绪影响到每一个人。老支书整日抱着病腿空空地咳，大大咧咧地躲闪兰心书记的目光，兰心书记不在，他又定定地看着一个地方不眨眼。腿疼得受不住便喝酒，凶凶地朝老婆子喊：“我先死了，你一个人咋搞哟！”老婆子只有背转身悄悄地哭。有空兰心书记就去陪老两口，大妈长大妈短地安慰。大妈试探地说：“丫头，你心善，我把你当女儿看待。你叔他一辈子不求人，现在半截都要入土了，心里有桩事结成了死疙瘩。”这时老支书狠狠地咳了一声，大妈就不敢说了，任随兰心书记问，只是捂住嘴，摇头洒泪。

大山照兰心书记的意思，三番五次给二牛和长娃张罗对象。拖拉机进进出出好多趟，拉回来几个女娃娃，二牛一个也看不上，大山就气说：“那你要个咋样的？”问急了二牛就说：“要个兰心姐那样的。”大山说：“你娃不配，小杂种。”二牛说：“我不配，你配，你先自己找个看，我还小，不急。”大山哄地脸红了，嘴皮突突跳，“小杂种信不信我揍你？”二牛说：“哥，你也别恼，我知道你心里的事，你喜欢兰心姐，可人家毕竟是要走的人。”大山把拳头呼地举起，又软软地放下，说：“胡球闹，少管我的事。”二牛一动情就忍不住，眼圈红红地说：“你一天不结婚，就别替我操心，我也不甘心这样一辈子。”

十四

成树爷的小先人在哭，比猫咬了球还惨痛。

成树爷和小先人，两爷子经常干仗，小先人输的时候多。小先人才11岁，而成树爷39了。也有成树爷输的时候，比如小先人骂“我日你妈，你女人都跑了”。成树爷输的时候哭得很伤心，叫春的公猫挨了一砖头就是那样。

大山推开成树爷家的门，战事基本结束，成树爷在院坝里捡洋芋，捧在手里，一边骂小先人。小先人坐在阶沿角水磨子上揉脑壳，眯着一只眼也骂成树爷。大山在堂屋门口站住，喊一声成树爷：“你看你，搞的啥样？叫你洗个头，扫个地，收拾娃儿，你做得好！不要婆娘了是不？”成树爷慌慌的，抱着几个洋芋不知所措。大山点着头，又说：“兰心书记就来了，你就站在那，别动哦！”这一说，成树爷兔子一样跳上阶沿，抓个破扫把刷地，灰乱昂。

中午的时候，大山、二牛领着成树爷从厕所边下去，小先人跟在后面一跳一跳的。大山把拖拉机发动，几个人上车坐在车斗里，兰心书记坐在大山旁边的坐垫上，就出发了。

拖拉机腾腾地抖到麻柳潭边，兰心书记转身问成树爷：“叫你洗头洗澡，又没洗吧？”成树爷呵呵地笑，小先人抢着说：“没有，没有。”拖拉机停住，兰心书记说：“下去洗，不要叫人家说我们村缺水。”成树爷抱着膀子说：“不脱，就洗头洗脸。”兰心书记说：“不行！看着你洗。”成树爷就到潭边，脱了衣服，回头看一眼，飞快地扯掉裤子，居然内裤都没穿。兰心书记背过脸，气得要哭。大山几大步跑到潭边，衣服也不脱，抓住成树爷的头发按到水里，等水面冒了十一个水泡才松手，狠狠地骂：“羞你妈的先人你！”听这骂，二牛脸上也青一股红一股，把头埋到胸前。

到旺家村已经三点过了。成树爷老婆的娘家是进村第一户。拖拉机停在房后头菜园子边上，兰心书记下车问成树爷记住了不，成树爷说记住了。几个人就到房前院坝里樱桃树下站住。门敞着，有说话的声音，却没有人出来迎。大山用手戳成树爷的背，成树爷扭扭地到门口，不进屋，拖长声音喊：“爹、妈、花婆娘，我来了！”小先人爬到树脖子上拍手笑，又唱：“喊错了，成树爷——喊错了。”过了一阵，花婆娘才和她爹出来。花婆娘跑到树底下把小先人抱下来，拍着屁股骂：“小先人砍脑壳的心狠呢，这么久了也不晓得来望一下你妈死了没有。”又搂在怀里摇，泪蛋子喷得雨一样，颤着声说：“叫我哭得枕头都肿了啊，你砍脑壳的小先人。”

按照商量的程序，成树爷面向老丈人，搓着手说：“村里路修通了，圈里猪长膘了，屋里娃上学了，身上，身上——”就转身去看兰心书记，脸红得猴子屁股一样，见兰心书记点头，终于一闭眼睛说出来，“身上肉洗白了。”兰心书记忍住不笑，等成树爷说完，就对花婆娘她爹说：“你给的条件，我保证的事情，摆在你面前了，你就给个话。”花婆娘她爹把手一摆，老眼一挤一挤地慢慢说：“我还说啥哟，闺女，今天你不来我还要去找你。说一句软心的话，我老不死的在损阴德呢，叫你操那些心，吃那些苦。”又朝成树爷和花婆娘喊：“你们两口子给我站过来，听我说，你们都遇到王母娘娘了，回去好好地活人，啥事我都不管你们，但是你们敢惹兰心闺女怄气，老子就跟你们拼老命，不活人了。”

回去的路上，几个男人都不说话，吃了铅球一样。兰心书记对成树爷和花婆娘说：“学费已经替你们交了，明早就送娃儿去上学。”花婆娘一拍小先人的脑袋，厉声说：“给兰心书记打保证，好好念书！不的话，老娘把你剁了喂猪！”小先人怕他娘，就说：“打保证，好好念书。”花婆娘转脸对兰心书记说：“回去我就把补偿款领了，要不，我咋好意思走路。都是不要脸的德旺，害我抬不起头。”

天擦黑了，马蝉乱叫。过了麻柳潭，兰心书记扭头问：“二牛呢？”成树爷抬头张望，“刚才还在呢，”望一阵又说，“看！在那里，下车做啥呢他？”大山不停车，不侧脸，把二牛扔在一片灰尘里。兰心书记说：“赌什么也别赌气，输的是时间啊。”

兰心书记心里有点儿空落。她知道，二牛还是走了，像村里那些年轻姑娘小伙一样，硬着心肠，到山外面的精彩和无奈里去找梦，找理想。她心里堵，空落，是因为有些话没有来得及给他说，那么善良稚嫩的一个人，不多长个心眼儿，出门要受人欺的。而当时她没想到的是，二牛在麻柳潭边圆石包上坐了一个通夜。直到一个月以后，村里通了程控电话，二牛从广州打电话回来，她才知道，那一晚，二牛在走与不走之间挣扎徘徊得有多悲壮。

二牛仿佛突然成熟了许多，在电话里游刃有余地说：“兰姐，给我三年时间，我会实现你的愿望。”

“愿望？我的什么愿望？”

二牛说：“我回来接你的班，做个有出息的男人。”

兰心书记没听完二牛后面的话，好像在说什么墙上的洞，就匆匆挂了电话。她怕自己又要哭，几十个人正开会呢。

十五

大山在讲话，停下来看一眼兰心书记，接着说：“咱村这条路，是兰心书记半条命和老支书一条腿换来的，本来今天要搞一个通车典礼，叫远近的人晓得一声，没有咱光棍儿村办不成的事，但兰心书记的意思，通就通了，典啥礼呢，抢时间忙坡上的圈里的事，想办法搞路上的事。所以今天开个会，说说成立运输队的事。下面请兰心书记讲。”

没有主席台，也没有标语音响什么的，开会的讲话的，都坐在长凳子上，围成圈，像一家人说事。兰心书记让老支书：“表叔你先讲。”老支书双手按着腿站起来，朗声说：“说啥呢，我二十年没办成的事，兰心书记两年就办了。你们都不是猪，该咋搞不用我说，反正一句话，我还有一条腿来拼几年！”

兰心书记把十一个光棍儿喊起来，说：“大山主任是你们的队长，明天带你们去县上提车；出车不准喝酒，注意安全；下午统一洗澡理发，收拾精神点儿。”光棍儿们呵的一声，比得了新媳妇还高兴，会就散了。

中午刚好排到大山家吃饭。兰心照例留两块钱在桌上，向大山娘说：“大妈你慢慢吃，我走了。”大山娘豁牙咧嘴疼爱地笑，“这闺女，这闺女”念叨个没完。大山把他娘瞪一眼，红着脸说：“妈！你看你。”兰心书记抿嘴一笑，前面走了。

一群光棍儿在麻柳潭洗澡，脱得上下精光，在阳光下像一群麻鸭子。鸭子们互相搓背笑闹，几个人打水仗，撩起的水花晶亮，就像梦想和希望。这种梦想和希望激动了整个村子，洗澡事件仿佛是一场革命，新的历史就要展开。

第二天，十一台拖拉机排成长龙，腾腾地开进村子。老支书已坐在操场上耐心地等了好半天。尘土飞扬，大山一挥手，光棍们整齐地跳下拖拉机，一个个有神有气，要跑要飞的样子，哪里像找不到老婆的二百五！长娃也在车队里，排在最后，满怀心事。他的拖拉机是免费的。兰心书记组织志愿者们捐款，自己拿工资填补不足部分，买回一台拖拉机交给长娃。兰心书记对长娃说，好好开，自己拉个媳妇回来。

从此，光棍儿运输队有板有眼地挣邻村的钱，挣邻乡的钱，拉沙拉土拉石头，可集体承包工程干，也可单独行动救别人的急，送一趟病人去医院，运几头猪到县里卖。光棍儿们也因此有机会到外面看看，有机会接触和认识一些外村的外乡的女人。

每天收工回去打篮球，已成为光棍儿们生活的一部分。人少了就打半场，人齐了就分成两队打比赛。这天正打，兰心书记过去笑笑地看，就有人喊："兰书记也来打！"兰心书记说："打就打，怕你们？"却并不进场去，只是站着笑笑地看。这时有人喊"兰书记电话"。

是季节。声音从湖南传过来，甜甜地叫兰姐，说石英样本找教授鉴定过了，成色不错，只要规模够大，开采价值是有的。一家公司也表示有合作的意向。兰心书记说："你告诉他们，我们这里几匹山都是，打牛砌墙都用这种石头，争取他们来实地考察。"季节让兰姐放心，然后好半天没话了。兰心书记"季节季节"地喊了一阵，那边才说："昨天我去你们家了，叔叔病了，不准给你说。"然后是忍住不哭，又终于没有忍住，捂紧嘴鼻抽泣。兰心书记说："爸他长年有病，也不是一天两天了，谢谢你去看他们。"季节把电话挂了，兰心书记揉着太阳穴，心里说"老爸你不会有事的，女儿就要回来了"。

兰心书记终于还是放不下心，就打电话回家。老妈"兰儿，兰儿"地喊，就像一双抖抖的手在抚摸。问及老爸，她却边笑边说："没啥，没啥，在外面院子里，下棋呢。"

后来想起，兰心书记当时明明知道老妈善良的欺骗，可她偏就信了。要是老妈说一句老爸病重，想让她回去之类的话，她会毫不犹豫地赶回去，陪老爸下一盘棋，讲几件老爸高兴的事，陪他走完生命的最后一段。人有时候需要的仅仅是一句谎话的支撑。走进西部、扎根西部的大学生志愿者，有多少是靠老爸老妈含泪的谎言，靠亲情默默的奉献与牺牲，才得以在西部留下脚印，做几件可堪回首的事情啊。

一直到兰心书记并不从容并不轻松地离开，也没有一家公司去光棍儿村考察投资。小湘在电话里笑得花枝乱颤，笑完说："你以为人家公司都是我们电信局，拿钱买一个对你的认可啊。你准备好没有，我们约一下，到时候同路走。"

兰心书记说："走哪去？"

那边就又笑，不过声音到底还是显出沉重。

"回你的湖南老家呀，不信你真要嫁给大山，扎根西部？"

兰心书记长长地哦了一声，并不计较小湘后面的话，突兀地问："今天几号？"

十六

大山突然不见了，跟他的拖拉机一起，消失得无影无踪。兰心书记打电话四处问，三天也没问到任何消息，第四天却被小冀告之，明天下午县委书记与志愿者座谈，希望她一定要参加，还说晚上要看晚会，欢送志愿者。兰心书记应了一声，那边电话挂断好半天了，她还举着听筒，像有心事放不下一样。

晚上兰心去跟表叔和大妈道别，望着两个慈爱的老人，心里缓缓染了几道闺女出嫁前长哭的颜色，说不出一个"走"字。黄黄的灯光如水，心事游成一群疲惫的鱼。

大妈先是拉住兰心书记的手，嘴角抖抖地却不说话，望望兰心书记，望望老家伙，笑容如落日一样隐于草色般的皱纹里。大妈捧了一堆核桃放到桌上，把身子弓到地上去，慢慢直起腰，手里是敲碎壳的核桃，然后仔细地剥，把桃仁塞到兰心书记手里。也不管兰心书记吃不吃，只管不停地剥，不停地给。兰心书记捧了一座山在手上，心想，这就是母爱呀！比山还深重的母爱，怎么忍心吃下去？

老支书说话，一股呛呛的酒味，他说："几时走呢？"兰心书记一惊，觉得突兀的反倒是她，因此竟说不出话来。表叔又问："都准备好了没有？"兰心书记点点头，交替看两个老人的脸，说："我会回来看你们。"大妈突然说心口痛，进里屋去的时候却紧捂住嘴，生怕哭出来的样子。兰心踩着比夜色还厚的温柔走出老远，还听得见大妈嘭嘭拍打胸口的声音，在山谷里回荡。

大山娘也知道兰心书记要走了，揩着眼睛，拿出一个盒子给兰心书记，说："大山留给你的。"兰心书记接过去打开看，是一个手机，红色的，卡都装好了。她带着这个手机，就像风筝带了一根线，飞多远也能找到。兰心书记问："大山他人呢？他的拖拉机呢？"任凭怎么问，大山娘捂着嘴哽哽地哭，就是不说话。

第二天一早兰心书记就动身。晨雾还在夜的怀里睡着，村子静悄悄的，一声狗叫也没有。她想再走一回二十里山路，就像两年前来时那样。毕竟要永远地离开这个地方了，不知道多年以后再回头来看，再抚胸去想，会是什么情况。脚步轻轻地抬放，怕踩出留恋的声音。从小操场下去，过水磨房，兰心书记小心翼翼得气都不敢出。

河边公路上，十台拖拉机排满，全村男女老幼排成两排，垂手静立，眼里包着比泪水还要温暖湿润的语言。

兰心书记缓缓地往前走，在人群里看见了大妈和蛾儿，把大妈抱了一阵，同蛾儿拉拉手。拖拉机的队伍里不见大山，也没有长娃。到最前面，兰心书记看见表叔，白发，瘸腿，手里提着一柄唢呐。表叔身前身后三位老人，弓背如驼，手里也是长长的大口唢呐。

川北唢呐只在大悲大喜里响。这种老艺人凿木精制、土漆染得乌黑发亮的民间乐器，几近失传，今天在山谷里重新吹响，竟如天外来音一般荡涤心灵。表叔一扬头吹出第一个调子，然后就是唢呐齐鸣，百啭千回，幽咽哀婉，如诉如泣，丝缕扯心。

随着唢呐响，拖拉机开始缓缓前进，腾腾的声音杂在唢呐曲子里，柔韧而有生气。每一台拖拉机前面都挂了一块牌子，红底黑字，写着简短真切的话语，如“兰书记你别走”“我们永远不忘你”“一路走好”……

最后一台拖拉机后面，是几百号人排成的队伍。大妈拉住蛾儿的手，终于忍不住鼻音重重地低哭。于是人群里哭声一片，二十里不绝……

这时长娃开着拖拉机从后面冲过来，停到最前面。他的拖拉机前面没有牌子，但胸前挂了一块，写着“重新做人”。刹稳拖拉机，长娃慢慢走近兰心书记，庄严跪下，双手把“重新做人”的牌子举高，头重重地叩下去。兰心书记没有去扶，长娃自己抬头起来，已是满脸泪痕。他说：“兰书记，我开你买的拖拉机，送你……”

唢呐吹完《娘送女》，吹完《盼儿归》，兰心书记坐着长娃的拖拉机不敢回头，泪雨纷飞，溅湿两山薄雾。

送行的人群，哭声，唢呐，渐行渐远。

她知道，无论走多远，生命的路上，记忆的身后，永远都会有唢呐吹响，朴素美好，坚定不移，荡气回肠，梦绕魂牵。

她知道，这也叫幸福。

十七

千里迢迢回到家，兰心书记才知道，可怜的老爸已经躺在荒荒的土堆里了。就在季节打电话不久，老爸孤单地走了，而老妈按老爸的意思，忍住老泪，没有通知兰心。给老爸上坟，兰心书记没有长跪大哭，她心里满是为老爸而盛开的骄傲的白色花朵。老妈也是一反常态的坚强，反而安慰起女儿，说："想想你自己的事吧，这也是你爸未了的心愿。"

说到自己的事，兰心书记有点儿慌乱。广州的电话总是关机，她知道，真应了小湘的话，她的"小广州"跑了。而大山给她的手机响过几次，但没人说话，像是在点名，只要答应一声，知道你还在，就可以了。光棍儿村的电话不敢打，她怕听了那些熟悉和温暖的声音，万一做出不理智的决定，老妈受不了。再怎么，老妈是不能抛下的。

她常常同老妈开玩笑，胸有成竹的样子，大大咧咧地说："老妈，你的女儿不走了，不嫁了，要陪你一辈子。"惹得老妈一阵苦笑。

结果"一辈子"不长，第二年十月，老妈静静地走了，一句连心的骂都没有留下。兰心书记认真地哭过，认真地想过以后，往光棍儿村拨了一个至关重要的电话，接电话的不是表叔，不是大妈，是季节。

那时兰心书记通过竞聘，从三百多名竞聘者中脱颖而出，在团市委下属的事业单位上班，让同一批服务西部的志愿者羡慕得要死。小晋回山西，在一所中学任教；小渝回重庆，创办了一家网络公司；小川舍不得油橄榄基地，留下任了乡长；小湘回湖南，又辗转去了广州；相比之下，小鲁放飞自由的灵魂，成为山东诗坛新秀，进了一家文学杂志当诗歌编辑。这些都是小冀电话里告诉兰心的。

兰心书记在她的办公室拨通电话，季节在电话里哭喊兰姐，又把电话交给身边的男人，兰心书记听到了二牛的声音。二牛说："大山哥去找你没有？他一直在湖南打工。"兰心书记假装没听到，急急地问："表叔他还好吗？"二牛说："石英厂有一百多号工人呢，运输队换了大卡车，村里女娃娃多的是，光棍儿们都成家立业了。"兰心书记说："让表叔接电话。"二牛愣了一下，但他马上说："公路全铺油了，水磨房那一片建成了公园……"兰心书记泪流满面，说："季节妹妹，你不会骗我，是不？"季节在电话里哇的一声哭了："快回来吧兰姐，村里出大事了！乱成一团了！"

老支书硬是撑到兰心书记拢身才咽气。他抓住兰心书记的手，把脖子展得咯咯响，用尽身上最后一点儿游走的气息喊了一句“闺——女——”，眼睛闭得紧紧的，就走了。

下葬那天，大妈哭得眼泪一把一把的，搂了兰心书记在怀里说：“老东西狠心呢，就走了。他活着没求过人，就一件事挂心不下，想认你做个干女儿，又不肯低屈叫你晓得……狠心呢老东西，也不等我。”

兰心书记跪在坟前，细心地往坟头上洒酒，然后喝了一大杯，感觉心胸里有一团火样的东西越聚越大，从喉咙里喷出来，竟是拖长的“爸爸”的哭喊。那喊声掠山而去，激荡云层，舞风回旋，经久不息。

大山也急急赶了回来，已经是老支书下葬的第二天了。尽管黑瘦了些，但见到兰心书记，他仿佛从黑夜走到了天亮。只不过那时大家都沉浸在老支书留下的悲痛里，彼此对望一眼，代替了千言万语。

季节把几个人邀到一起，在学校操场摆了一张桌子，喝茶，说话，看暮色奔涌。除了兰心书记、大山，还有竟远校长。

兰心书记突然问：“二牛呢，哪去了？”季节见问，眼泪都下来了，却低头不说话。大山热辣辣地看着兰心书记，看了一阵说：“季节别怕，天塌不下来。”兰心书记又问竟远校长，竟远校长握着茶杯子，不喝，也不说话。

大山突然说：“我看德旺忙得总统一样，说话粗声武气的，走路一条街都摆不下。”兰心书记担心地问：“德旺还真的当了村主任？”

竟远校长隐隐地说：“你和大山走了，老支书一下子病倒，村里就只有德旺指手画脚，搞得乌烟瘴气。二牛是老支书电话里骂回来的，带回来八万块钱全部投进了石英厂，哪晓得反倒害了他……”竟远校长摇摇头，起身慢慢离去，脚步声像一些没有答案的提问，飘飘荡荡，叩问着心灵。

季节学的是地矿专业，毕业后带着一家石英公司回到村子，与二牛一起克服重重困难，组织村民集股，好不容易建起石英厂。那期间德旺带头反对阻挠，煽动群众闹事，说“把钱扔到水里还冒个泡，装进二牛的口袋，屁都闻不到一个”。当上村主任以后，德旺更是处处“代表群众利益”，与二牛对着干，把二牛周围的人逼得四散。

晚上跟季节睡一张床，兰心书记并没有问她什么，小姑娘自己哭到伤心处，就告诉兰心姐说：“厂子刚有效益，就有人联名反映二牛哥贪污公款，昨天叫检察院带去了。”

兰心书记小心地问：“你知道他不可能的，是不是？”

季节说：“我不知道，我说不清啊，兰姐。”

兰心书记捏着季节的手，小心地问：“你怎么会不知道呢？”

季节说：“工作上我们互不干涉，我只管生产，忙不过来。你知道他，没有心计，只顾里里外外做事，又没个帮手。”

兰心书记说：“这时候他可千万别出事啊。”

季节说：“都去两天了，检察院又不准见。”

接下来，两个人互相捏着手，在黑暗里坐到天亮。

十八

季节领着兰心书记去看已经停产的石英厂，在厂门口看见长娃。长娃握着一把锨，脸黑得门神一样。见到兰心书记，长娃扛着锨跑过去，灿着脸说：“兰书记，你可回来了！这下好了，这下好了。”兰心书记指指那把锨，说：“这是干什么？”长娃不好意思地笑笑，转头看着不大的厂房说：“这是集体财产，任何人不能动。”又补充说：“二牛书记告诉我，有些杂种想进去捣蛋，门都没有！”兰心书记和季节相对一笑，心里都感到一点儿安慰。

德旺在村上准备了一大桌菜，说代表全村人民宴请兰心书记。兰心书记想都没想就拒绝了，对德旺说：“大主任的饭不好吃啊，我怕吃成腐败分子呢。”德旺脖子上系着一条猪腰子样的领带，肥肥地笑着，并不计较，一副当家做主的派头。

兰心书记到县上去，大山和季节陪同，长娃开大卡车送。到县城，兰心书记先去找小冀，让季节、大山和长娃在车里等。

小冀已是县政府办公室副主任，与兰心书记亲热地抱了好一阵。兰心书记还没说完二牛的情况，小冀已经知道了，说：“你走后，我对光棍儿村也是留心得多，你说的那个二牛，全是为了你。”兰心书记吃惊不小。小冀叹口气：“他提了三万块钱存到私人账上，已构成贪污罪，他的动机是想在村口建一个亭子，叫兰心亭……”

从政府办出来，兰心书记哭得很伤心，把大山他们吓蒙了。季节以为二牛出了大事，急得也哭，但是兰心书记反过来劝她，说：“放心吧，二牛没事，我保证。”

长娃咬牙说：“最好是。二牛书记有个啥，德旺别想活。”

大山理智些，望着兰心书记说：“如果二牛没事，眼下最要紧的是扶起厂子，恢复生产，不能叫德旺败光了。”兰心书记点头同意，说：“你们先回去，一定把局面稳住，我还到政府办去，小冀说好了带我去见县长。”

结果县长赶到市里开会去了，没见成。晚上小冀请几个同事陪兰心书记，围了一桌子吃饭。席间，小冀为活跃气氛，问兰心书记：“你的大山哥呢？”却把兰心书记问得眼泪汪汪的。兰心书记问：“二牛什么时候可以出来？”大家小心地说，这个不好说，不一定。兰心书记便不再说话了。

吃完饭往出走，小冀问：“父母都还好吧？”兰心书记没有说话。

回到小冀的住处，小冀又告诉兰心书记，自己年内要结婚，嫁到白水，这辈子回不去了。兰心书记还是没有说话。

两个人在床上坐了很久，兰心书记突然问：“村委会什么时候换届？”

小冀说：“怎么了？应该是明年。”

兰心书记语调平静，微微昂着头，无限憧憬又非常坚决地说：“我要去光棍儿村竞选村主任。”

数牛

李晓华

“水喆，别吃多了，待会儿晕车可不给你停车啊。”领队扶扶帽子，一脸故作严肃。

“上车吧，上车吧。”

天灰蒙蒙的，云也压得很低。车子远离了楼房，慢慢驶入大自然，远离喧嚣，与绿色为伍，以风为曲。一山比一山高，树簇拥在一起，跨过树木丛林，渐渐田地里便淌着水，山也离得更远。

“李水喆，有牛。”罗婉觉得惊奇。从稀疏几只到成群结队，毛大多是黑色的，黑压压一片中竟也有一些光泽。

“一、二、三……”李水喆对见到牛并不觉得惊奇，但没料到牛的数量如此之多。

良久，便又遍处是山。

白湾，素有“九十九山空，天下之穷处”之称。耕地面积不大，水利设施不先进，人们耕地收成全看天气。

车子在小巷中慢速移动，孩子们在街上追着闹着，罗婉镜头追着他们的身影，想在相机中记录这一刻。

李水喆和罗婉提着背包下了车。领队移移帽檐：“你们先去跟孩子们熟络一下，了解一下情况。”一面安排男队员清点物品，转头又对着探出头好奇的孩子露出憨厚的笑容。

打从进门，后排的孩子们便转头看向李水喆和罗婉。为了不打扰老师，他俩悄悄坐在教室后方的角落里。后排一个小女生频频回头，看见李水喆就抿嘴，看见罗婉就悄悄地躲过眼神，女孩瘦瘦小小的，眼睛水灵，笑的时候喜欢抿着嘴，从来没有露出过牙齿。

李水喆不爱与人打交道，喜欢在一旁观察别人，他就坐在一边，听别人讲话。

“你是不是很害怕我，怎么我一看你，你就躲我？”罗婉探着身子趴在桌子上问。

“没有，”女孩眼看着罗婉，头微微下低，“我只是好奇你们。”

“我们是来搬书的。”罗婉嘿嘿笑，蹑手蹑脚坐在她旁边。

李水喆出去找卫生间，顺便看看学校。

学校很小，有一栋三层的教学楼，教学楼以外的楼，更像是住宅区。教学楼前有一块空地，外层有大小两个椭圆圈子，大概是模拟跑道。天色阴暗，雨淅淅沥沥地下，填满了空地上的坑坑洼洼。他东走走西走走，左瞧瞧右探探。一楼的平房里原来有一间医务室，仔细看也像是老师的办公室。白色的桌子和椅子在白天里显得光亮。有些桌椅有点儿掉漆，露出绿色的锈底面。室内还有一台测量身高体重的仪器，想到小孩子们排队量身高悄悄踮脚的场景，李水喆不禁嘴角上扬。

孩子们都在一楼的教室里，人不多，只有两个班。领队说了，离学校远的孩子都回家了，离得近的孩子就先回来。李水喆四处探，一楼的人比较多，如此一来，二、三楼便充满了神秘感。楼梯每级很矮，李水喆一步几级跨上楼。

楼上原来也是教室。教学楼不大，教室却不少。他头贴着窗户的铁杆往里探，小小的教室里，桌子横排紧凑，能排四个大组，竖排挤一挤，也能排上七八张桌子。走廊地板上的砖块旧了，花纹模糊。好在围栏建得高，孩子跳起来可能只到腰的位置。

“嘿，罗婉。”李水喆招手，罗婉刚从一楼教室出来，正四处看。

李水喆回到教室的时候已经下课了。领队在走廊外愁得很，教学楼的楼道窄，物资放在外廊，风一吹雨一飘，就全淋在物资上了。于是，他便组织着把桌子围成弧形，以便留出更多的空位，让更多孩子聚集到教室里。阿姨拿着一个锅子进了门，罗婉在摆椅子，李水喆便拿起抹布擦桌子。女孩们负责把粥盛好，粥很稀，白色的混沌中带有细长淡橙色的南瓜丝。男孩们都出去帮忙把物资搬到隔壁教室。

雨越下越大，坑坑洼洼的水潭漫出多余的水，空地上多是沙子，雨水一多便和沙子混在一起，成了小水潭。

啃了大白馒头，喝了南瓜粥，再喝上一壶温水。

雨比想象中的大，领队把钥匙给李水喆："你和阿婉先去把图书室开了，开窗户通通风。"李水喆答应，手臂下夹着几本书，又捧着几本。罗婉听闻，捧着书，快步跟上。

钥匙一转一推，木门发出吱呀一声。图书室面积只有教室一半，淡黄色的柜子紧贴着墙面，柜子很空，只有一两层有书。

"姐姐，放在哪里？"有些大孩子帮忙搬书，罗婉留下周周和几个女孩整理图书。李水喆本打算下楼搬书，孩子们在楼梯一见着他，就把手上的书塞到他怀里，一蹦一蹦地又到一楼搬下一趟。

搬运几个来回，柜子满了，有些孩子就翻起了书，书里藏着另一个世界。罗婉爱看书，看见柜子里有熟悉的书，便唤起了小时候的记忆。

"这个，就是这个系列，我以前每天盼着能看这个系列的书。"

周周摸摸那书，把书翻一个面看背后的介绍。"这个系列我看过这个，这个，还有……"

"姐姐，你们带过来的书都是哪里来的？"

"姐姐，你下次选书的时候能不能给我带这个系列的？"

"姐姐，下次什么时候再来？"

……

把书收拾好，用去了大部分时间。李水喆在一楼教室分派着生活用品，罗婉下楼时，领队站在教室门旁，正与当地的老师了解情况。

"多看书……主要是作文方面，还是要靠阅读来提高。"

“父母大多都出去打工啦，家里都是爷爷奶奶。”

……

天色渐暗，孩子们该回家了。孩子们多居住在学校不远处，由于生活用品重，年纪小的孩子拿回去吃力，领队便让志愿者们帮忙把东西送到家。李水喆扛起东西跟着前面的孩子走，罗婉和周周跟在后面。到周周家门口时，李水喆和罗婉向爷爷奶奶问了声好，在爷爷奶奶目送下，匆匆回学校赶回家的路。

天色早已昏暗，车子盘旋而下，山路窄，车速慢。

回到平路时，夜色已深，漆黑一片，白日里看见的牛也被夜色模糊，四周只剩星星点点的灯火。

天使之爱

李文川

一

春天是万物复苏的季节，我也是在春天认识汤姆并和他交上朋友的。汤姆在我们这座“八山一水一分田”的桓仁小城的一家广告公司里做摄影师。汶川特大地震发生后，他是第一个通过桓仁红十字会向灾区捐款的外国人。

桓仁古称桓都，为高句丽早期王城，也是唐朝时期渤海国之桓州。我们在报纸上开辟了一个《博爱桓州》的栏目，他就顺理成章地做了我的第一个采访对象。一来二去，我们就混得熟悉起来。有空的时候，汤姆就留我在他那里喝啤酒，聊天。

汤姆是一个极易接近的美国青年。他来自弗吉尼亚州费尔法克斯县，地理位置紧邻首都华盛顿。他的摄影技术相当精湛，常常就东西方美学观点发表自己的独到见解。也许就在那个时候，我迷上了摄影。

巍峨壮丽的老秃顶子坐落在我们桓仁县的西部，这座海拔1367米的“辽宁屋脊”常常是我们镜头的最爱。老秃顶子名副其实，顶峰有千余平方米方圆寸草不生，故又名佛顶山。汤姆在山麓买了一处“别墅”，更确切地说是废弃了的三鸦寺。

三鸦寺建成于唐元和十五年，本名寿圣庙，几经兵燹水淹，至明代依然香火不衰，史料称“高僧老宿，往来挂锡；四方居士，曳杖负琴”。不料清朝光绪年间的一年除夕，一场天火将之化为灰烬，连大悲阁内所藏的刺血书经也未能幸免。法光和尚四处化缘，募来钱财重建。据说开工那天，伐倒了一株千年红松，上有一鸦巢随之倾覆，惹得鸦巢的一双主人长时间在庙宇上空盘旋，哀鸣之声不绝于耳，直至大梁上架时也不停歇，还带来一个同情者一起栖于梁上放声悲歌。法光和尚于是犯了疑：鸦是火鸟，必主火灾，莫非寿圣庙还要遭受一次天火？他遂将庙宇更名为三鸦寺，说是让鸦们奠其位与寺名同存，才可免今后灾祸。据说当年东北王张作霖到辽东巡视，远眺这东方第一卫城一带风景如画，火红的晚霞中百鸟翻飞，三鸦寺院内繁花夹道，大悲阁外碧苔铺径，下令改为官邸。至此，这里钟磬袅袅不再，杜宇声声犹存。

自从汤姆住进来之后，大雄宝殿成了他的客厅，禅房成了卧室，大悲阁做了他后期处理照片的摄影工作室。他说："我主要是看中了这里的物美价廉，清静优雅。"

我尤其喜欢他的那间工作室，并且莫名地喜欢大悲阁那种血红的颜色。每当忙完手头的稿件，打开它所有的红色的灯盏，一种舒适无比的感觉便抚摸着我。我时常沉迷于这种感觉，而忘却了许多该做的事。有一天，汤姆很认真地向我发出邀请："到我们公司来吧，如果你更喜欢摄影。"

我没有回答他，其实我不知道该怎么回答。当新闻记者同样需要掌握摄影这门技术啊！

二

达瓦卓玛是不期而至的。她冰雪聪明，能歌善舞，脸蛋漂亮，一酡高原红将两颊点缀得分外妩媚，更有一副洋溢着青春气息的迷人身材。正如汤姆后来所描述的那样，达瓦卓玛是藏汉民族的优良结晶。

那年暑假，报社来了一批实习的藏族大学生，达瓦卓玛便是其中之一。她在校主攻的是护理学专业，而作为报纸卫生健康版的主编，我只有新闻专业知识与实践，缺乏护理学方面的专业学问，她来跟我实习，正好跟我互补，也跟我负责的版面契合，还可以作为一本会说话的地理杂志给我恶补一下民族知识。她告诉我说，她的母亲其实是个汉人，是早年随同解放军进入藏区的卫生队队员。

汤姆第一次见到达瓦卓玛时，我就隐隐约约有一种预感，但我不知道那是什么。我知道，卓玛是藏族对女子的称呼，它的意思是度母，指美丽的女神。度母是度脱和拯救苦难众生的女神，同时也是藏传佛教诸宗派崇奉的女性本尊群，被广大信徒敬拜，有着极大的吸引力。

那是汤姆从外景地回来的第二天，他打电话叫我去三鸦寺看看他拍的片子。一见到达瓦卓玛，汤姆就愣住了。他神秘兮兮地将我叫到一边说："我知道中国有句话叫'朋友之妻不可欺'，但她的确太精彩了，你不该把她带到这来。"

我正告汤姆："趁早别打这主意，否则我会让你后半生的生活不能自理。"

汤姆瞪大一双眼睛，那张惊愕的白脸始终没有弄懂我话中的意思。

我笑着解释道："我的意思是叫你别想了。癞蛤蟆吃天鹅肉——做梦吧。汤姆，她是新来的大学实习生，藏族人，不是我的girl friend（女朋友）。"

汤姆笑逐颜开地打了我一拳："我忘记你是一个满族人了，哦，这就太棒了！"

汤姆把煮好的一大壶咖啡倒在三个小杯子里。我知道他又要开侃了，便拿出一支烟扔给他。

"你应该先问问女士介不介意我们吸烟。"他一副绅士模样地问达瓦卓玛，"可以吗？"

"当然可以，有时候我也吸烟。"达瓦卓玛微笑着说，"但现在我不吸，我只是在心情很糟糕的时候才吸几支。"

"那你经常来我这儿坐坐吧，我保证你从今往后永远不再吸烟了。"汤姆得寸进尺地表白着。

汤姆接着便讲述他那冗长的埃及探险故事，到了他认为特精彩的地方，就停下来提出一个问题问达瓦卓玛，但达瓦卓玛总是摇头。

看到汤姆不厌其烦的样子，我突然打断了他的话：“汤姆，你别总是问别人，我也来问你一个问题。”

“什么问题？”

“你知道黄鼠狼为什么要给鸡拜年吗？”

“你别打断我，我不回答你这个无聊的问题。”汤姆烦躁地看了我一眼。他显然不知道这个典故，小声嘀咕道，“黄鼠狼给鸡拜年，这根本不可能啊。”

看到他那认真而又沮丧的模样，我和达瓦卓玛相视大笑。

满满的一壶咖啡喝完后，汤姆兴致勃勃地又要去煮。达瓦卓玛拦住他说：“别煮了，改日我请你喝酥油茶。”

“你是说西藏的那种茶吗？我听说过。”

“是的，那是我家乡的一种饮品。”

“还有布达拉宫、松赞干布、藏传佛教、纳木错湖、喜马拉雅……我很想去一趟拉萨，在我的心中，那里一直是一个很神秘又很神圣的地方。”

“你真的是这么想吗？”达瓦卓玛打断了汤姆绞尽脑汁的想象。

“是的。”汤姆的回答没有半点迟疑。

“可我的家在阿坝，不在西藏。”

“阿坝在哪里？我怎么没有听说过。”

“在四川的西北。”

“是不是刘伯承将军与小叶丹头人喝酒的地方？”

“不是。刘伯承将军与彝人小叶丹歃血结盟是在四川凉山彝族自治州。红军长征期间，在阿坝境内转战停留达十六个月之久，阿坝州是红军长征途中中央召开政治局会议最多的地区，确定了很多重大战略方针。”

“哦，你说的好像是跟马尔康有关联。我知道啦，是不是汶川大地震的震中地区？”

“是的，汶川是阿坝的南大门。”

“我还给汶川红十字会捐过款，我怎么就弄不明白汶川就在阿坝州啊！”汤姆感叹道，“中国太大了，我没有弄清楚。”

“阿坝人民感谢你的博爱。”达瓦卓玛感激地说。

“地震之后，山崩地裂，家园尽毁，那里是不是什么也没有了？”

“当然不是，阿坝人是震不垮的。地震虽然给我们带来了破坏，但不能阻止阿坝人恢复重建的步伐。我们那里的旅游资源优势非常明显，有九寨沟、黄龙、卧龙、四姑娘山……”

“四姑娘山？跟我们的五女山是姊妹吗？”汤姆转动着蓝眼珠发问。

五女山在桓仁镇北，相传因五女屯兵其上而得名。而四姑娘山位于阿坝州的小金县，由四座连绵不断的山峰组成，如同四位姿容俊俏的少女。

“其中，九寨沟和黄龙还是世界自然遗产，顶级的风景名胜区。”

“我的天啊，那里兴许也是我们摄影师的天堂。”

“阿坝州境内还有好多羌寨、古城、寺庙遗址。独特的藏羌民族风情吸引着越来越多的中外游客。”

“地震百年不遇，阿坝依然美丽。这么说，你想回到你的阿坝？”

达瓦卓玛吃惊地看着汤姆，似乎想起了什么，又轻轻地摇了摇头，“或许吧，我想有一天我会回去的，那里毕竟是生我养我的家乡，是我血肉相连的父母之邦。”

这时，我发现达瓦卓玛的眼神里带着一丝忧郁。

三

在三鸦寺，我经常碰到达瓦卓玛和汤姆聊天。有一天，汤姆问她：“我听我的同事说，你们藏族姑娘一生只洗两次澡，这是真的吗？”

“你放屁！”达瓦卓玛很生气。

“错！该是我的同事放屁。”汤姆转过身来对我说，“其实，我真的想去趟西藏，哦，去阿坝也行。因为我有一个愿望，那就是回国办一个个人影展，轰动全美。”

我知道汤姆想进藏区的原因不只这一点，然而我又能说什么呢。

我不像汤姆那样是一只来去自由的鸟，想做什么做什么。但我觉得在我内心深处不愿达瓦卓玛和他在一起，尽管我并没有什么理由。

几天后，达瓦卓玛对我说：“我妈妈要回阿坝了，她是在州红十字会工作到退休的，希望我能留在家乡接她的班。”

“红十字会我知道，我们美国也有。红十字会的精神是人道、博爱和奉献。用你们中国人的话说，就是献爱心的地方。”汤姆来了兴趣，抢过话题说。

废什么话？这个美国佬怎么没有说，五月八日“世界红十字日”是红十字运动的创始人亨利·杜南先生的诞辰。近两百年后的今天，世界所需要的人道主义行动丝毫不比当年少。这位首创“红十字国际委员会”之人的话言犹在耳：“我们必须衷心地向各个国家、各个阶层的人们发出呼吁，无论是伟人们还是最贫困的劳动者。因为所有的人都能在各自的领域里，用不同的方式力所能及地做些事情，来帮助开展慈善工作。”

“你说得一点儿也不错。我妈妈告诉我说，地震发生后，阿坝州红十字会广泛动员社会力量，积极争取国内外各地红十字会组织的支持，争取到援建资金五亿多元。”达瓦卓玛深情地说，“阿坝人民知恩图报，感恩党和政府，感恩社会各界爱心人士，更感恩各级红十字会的无私援助，正在众志成城重建美好新家园。”

我劝她说：“建设新家园需要一个过程，我觉得你现在待在桓仁比回阿坝要强一些。”

达瓦卓玛点了点头：“说实在话，有的时候我也觉得这八卦城很好，可不知道为什么，我会常常想念九寨沟。别人都在为援建阿坝出智献力，我不能和他们共克时艰，良心会不安的。”

或许在这时，我读懂了达瓦卓玛那忧郁的眼神。

四

秋天在不知不觉中来临，达瓦卓玛的实习期满了。

这是一个美丽的季节，道路两旁火红的枫叶铺满了八卦城的街道，把桓仁映衬得分外耀眼。

我在朝京门通往大雅河的路口碰到了汤姆。他正和达瓦卓玛朝我这边走，大概是要在那挺拔顺直的红松下拍几组照片。汤姆对我说，这一阵子实在忙不过来，你抽空到三鸦寺来帮帮忙吧。

我看了达瓦卓玛一眼，见她微笑着望着我，四目相对，我觉得她眼神中的忧郁少了许多。

大悲阁摄影工作室里密密麻麻地摆满了汤姆做好的片子。说心里话，这个美国鬼子实际上是个很能干的人。汤姆摇摇摆摆从椅子上站起来，满脸倦容地对我说："我太累了，整整搞了一天一夜。我必须去睡一会儿，剩下的这些片子就有劳你了。"

待我做完汤姆交办的任务时，天已经黑了。我从客厅拿了一些吃的，看见汤姆还在昏睡，便没有叫醒他，重回大悲阁坐下。我总觉得就这样静静地待在这里比任何地方都舒服。

我边吃边随手翻弄汤姆做好的片子，却意外发现了几幅人体照片。

竟然是达瓦卓玛!

汤姆解释道："这不是什么大惊小怪的事情，即使发生在今天的中国。"

可我不这么想。

"是达瓦卓玛同意了的，况且我爱达瓦卓玛！"汤姆大声申辩。

"可我不相信你这个美国佬！难道我会相信你这个坏蛋而不相信自己吗？"

“不管怎么说，这是我们私人的事，你——莫名其妙！”

我的拳头朝汤姆的嘴角狠狠打了过去……

出门的时候，我擦了擦手上的血，望见汤姆还坐在地板上，一副无可奈何的样子。

又一个春天来到了。达瓦卓玛告诉我，等到今夏大学毕业就回阿坝，争取留在州红十字会。她说桓仁不适合她，只有阿坝才是她熟悉并热爱的家乡。末了，达瓦卓玛还说，她的父母也很想见见汤姆。

我没有什么理由留住达瓦卓玛。虽然在我的心中，达瓦卓玛并非一个普通朋友。

“霜重险峰紫，叶落满坡红；松抱一线月，云绕五女城。”五女山上那高贵典雅的天女木兰花开花谢，达瓦卓玛和汤姆一起来向我辞行。挥手之间，汤姆将三鸦寺的钥匙交到了我的手上：“不要推掉它。虽然我也是个穷光蛋，但我知道这几年来你帮我做片子的酬金远远抵得过这幢房子。中国有句古话叫‘亲兄弟明算账’。”

我实在不愿接受这个礼物，尽管我很喜欢它。

“除非你再打我一拳。”汤姆指着自己的下巴，“否则，你就拿着钥匙。”

我怒气冲冲地再向汤姆发威，可拳头快碰到他的下巴时，却不争气地懈了力，只是轻轻地掠过。

汤姆笑着拥抱我：“我真的很开心，在中国能有你这么一个朋友。千万别卖这幢房子，也许我哪天还会从你手里再赎回来。”

“那我就宁可烧掉它。”我咬牙切齿地对汤姆说，“好好爱她，别辜负了达瓦卓玛的后半生！”

东北刺人参落种的日子，我接到了一个来自川西高原的电话。汤姆说，灾难无情人有情。凤凰涅槃经历了太多，承受了太多，多灾多难的阿坝灾区已经浴火重生，一场史无前例的再造工程让它变得出奇的漂亮。他在阿坝拍出的摄影作品非常成功，记录了那片曾经满目疮痍的大地脱胎换骨的过程，他常常被这些照片感动得热泪盈眶。他说等到明年达瓦卓玛生下小孩后，他们要一起回美国去办他的个人影展。我大声回答他说，你的想法很好。我要你用最真实的镜头，向大洋彼岸的美国人民展现我们中华民族面临自然灾害时所迸发出来的爱国精神和坚强意志。

汤姆说，达瓦卓玛没有如愿留在阿坝州红十字会，而是直接到抗震救灾一线做了白衣天使，带去的桓仁人参在灾区起到了很大的作用。

我相信汤姆的话一点儿也不假。桓仁人参是最具代表的“东北三宝”之一。

汤姆十分激动地说，最令他开心的是达瓦卓玛怀孕了。他很希望达瓦卓玛怀的是一个女孩。

我告诉汤姆，若是个女孩，别忘了天天给她洗澡，长大了也会在红十字会做一个白衣天使。

电话那头，汤姆笑得十分爽朗：“当然！当然！哪里有红十字会，哪里就有天使的爱。她就是我们最美丽的天使。”

日子逐渐归于平淡，只是夜夜都有一个很奇怪的梦。我总是梦见有人在我对面坐下，一支接一支地吸烟，一段又一段地讲述一些支离破碎的故事。房间里布满了烟雾，像是一团没有任何形状的网。这时，我又看见一个男人走进网里。我并不知道那个男人是谁，又是什么时候走的，只剩下另一个人在网里自得其乐。翻过身子，复又梦见屋子里有烟味和女人的香水味掺杂在一起，让人产生某种暧昧的联想。透过烟雾，我看见那个男人还困在那团网里，神情却很愉悦，那是一种血红的颜色，层次相当分明，我莫名其妙地喜欢这种颜色。

我喜欢静静地坐在那幢老房子里，让那团血红的颜色柔柔地抚摸自己，听那扇门被风吹开复又合上。

三鸦寺是那种古朴厚重的老式门，不易打开也不易关闭。我却时常敞开着记忆之门，想起美国青年汤姆，想起他的中国阿坝州的藏族妻子达瓦卓玛，还有他们两人孕育的那个未曾晤面的美丽的天使。

汶川地震过去已经八年有余，报社主编几易其人，但我始终坚守着原来的阵地，不惜戴上“朽木不可雕也”的恶名，固执地做着《大爱无疆》的栏目。我知道我与红十字会情缘未了。

繁冗的编务之余，我时常向川西方向仰望，以十二分的虔诚祝愿：达瓦卓玛，你如果真的是传说中美丽的度母，就应该是拯救苦难众生的女神，你和汤姆在马尔康抚养长大的孩子，也应该是世界上最美丽的白衣天使！

我是好人安大笨（节选）

安 然

第一章　最后的民居小巷

安大笨，80后，生活在一个叫“无锡”的特大城市，网友和他聊天的时候总会问他：“无锡在哪里？”他也总要不厌其烦地回复他们，无锡就在上海的旁边，苏州的隔壁，荣登“最适宜居住的城市”第一名。

他们狐疑地猜想着安大笨的回答是真是假，到头来还是说了句：“不知道，你能不能介绍一下你们那儿最著名的景点？”安大笨绞尽脑汁想着：鼋头渚，毕竟有郭沫若的“太湖佳绝处，毕竟在鼋头”的诗句。可当他满怀兴致地一说，往往还是回应来一句：“不知道。”

蠡园、梅园、吟园、惠山公园，还是不说的好吧，省得更让人耻笑。他一回头，看到柜橱里有一只灵山带回来的佛手靠枕，脱口而出：“灵山大佛圣境。”那网友才恍然大悟：“哦，原来你是那边的人呀，就在太湖边呀，好美的风光，好震撼的大佛……”安大笨听着她一个人在那说着，很是伤心，原来在外人眼里，无锡只等于那尊大佛，其他啥也不是。那么多历史悠久的文化呢？算了算了，不说了，任她在那胡侃着。

不管怎样，安大笨还是爱他的故乡无锡，就算它在别人的眼里只是一个不知名的小城市，他也依然热爱着它。到过无锡的人，自然会有对它的爱，感觉到这里真的是宜居城市，生活节奏并不太快。

注：原著篇幅较长，本文节选的是开篇部分。

这里的人们按着自己的态度生活着，没有“北上广深”的压力和急迫感。这里的路四通八达，是全国唯一一个拥有机场、高铁、动车、轻轨，还有地铁的城市。

当无锡人抱怨交通拥挤的时候，“北上广深”就开始感叹了，说你肯定没有去过那些大城市，如果去过，你绝对不会说出这样的话来。因而可知无锡的交通状况并没那么糟糕。

无锡就是一个掉在“蜜糖罐”里的城市，没有之一。这里的人嗜糖成性，似乎是无糖不欢，甚至已经达到变态的地步。但奇怪的是，就是这样爱吃甜，这里的糖尿病患病比例也不是全国最高的。因此可以得出结论，糖尿病与嗜糖没有最为直接的关联。

无锡也是一个开放的城市，当麻辣火锅、重庆串串、粤式茶餐厅，或是东南西北各式小吃来到这里的时候，也丰富了当地人的吃口。除了甜的，咸的、苦的、辣的，甚至酸的，到了这里统统融入人们的生活。所以说无锡人民顽固不化，他们坚决不承认。

无锡人是相当文静内敛的，有人写过一篇公众号文章，把无锡比喻成一个家庭富裕、听话懂事、做事不越线的形象，很是贴切。无锡就是这样一个城市，不狂妄自大，懂得拿捏分寸，所以也令人颇有好感。

无锡是一个从不歧视外地人的地方，也不崇拜羡慕“北上广深”，只是默默做好自己，平淡面对一切。不管是本地人还是外地人，都在这块土地上和谐相处着，有着不是谁都能做到的大度与包容。

很多人都说这是一个来了就不想走的地方，因为这里有美丽的景、和谐的人，还有不那么大的压力，所有人都能泰然自若地生活。

这就是安大笨生活的城市，他一直都没有离开过这里。安大笨习惯了这里的一切，他不愿离开。

好了，你要问安大笨的工作？他是一名邮局快递员，起得比鸡早，下班也没准点。这两年快递业迅猛发展，私人快递企业的工资蹭蹭上涨，安大笨在邮局却还是几十年如一日。他曾经想着要跳槽，可他那固执的爸妈总说好坏这也是铁饭碗，一来二去，年龄也就大了，只能将就着做。

安大笨的爸爸是下岗职工，以前在本地的一家大型国企上班，后来公司通知他下岗，他拖着自己的物品回到家，关了门躺在床上，几天几夜不吃不喝。

有一天，他终于出了门，之后每天都要到很晚才回家。安大笨和他妈问他天天到哪里去晃荡，饭也不回来吃，他爸支吾半天也没有回答。

后来，安大笨的爸爸用三轮车拖了一车的工具回来，说要在家自己搞。他们后来才知道，他一天天出去是去找工作，别的厂要么嫌他年纪太大，要么认为他的技术不足以胜任现在日新月异的工作，都婉辞了他。

想着自己辛辛苦苦在厂里奋斗三十多年，居然失业了，他爸想不通。可是现在外面的工作，哪里有那么好找。他爸找到同事，搞了一批人家不要的台虎钳、锉刀、榔头、錾子，准备自己搞点儿玩意儿出来。可是事实证明，这瞎搞搞也只是自己玩玩，没有结果，家里一堆的废铜烂铁可作为见证。

理想总是好的，可啥也鼓捣不出来。好家伙，置办的工具倒是堆了满满一屋子，一时间又成了他爸妈吵架的导火索。他妈总要在旁边数落，他爸还总不让她说，一说战争准要开始。

这不，他们又开始吵了，为什么呢？只为厨房门口放了一个破板凳，碍着她妈进出了。于是前五百年、后五百年地开始吵起来，但是就算他们吵得再凶，也从来没有说过一句离婚。

安大笨是家里的独生子，他们住在市中心，一环地段，房子每平米单价超三万。你要说那是土豪呀，那你错了，他们现在住的还是上百年的老房子。如果你又要说那他家过去肯定是当地的没落贵族，那他就要说了，想当年……

隔壁的房门开了，冒出一句话："想当年啥呀，想当年你就是一飘荡在空气中的冤魂。"

这是安大笨的死党、哥们儿，从小撒尿和泥的玩伴，叫顾小明。

顾小明和安大笨一块长大，应该是那年隔壁的王大爷走了以后，王家的儿子就把房子卖给了顾家，顾小明就进入了安大笨的生活，从儿时记事起就一直陪着安大笨。

上大学那会儿，顾小明有一个哥们儿，为了自己的女朋友被人欺负，晚上带他一起去堵人家，把那小子一顿胖揍，没想到把人家打成终身残疾。于是，顾小明就进了局子三年。出来以后，那女孩早已经跟了那残疾兄弟，世事难料呀。顾小明为那兄弟出生入死，出了局子以后那小子也就请他吃了一顿饭，说是感谢当年的出手相助，后来就人间蒸发了，再也找不到了。

因为这事，顾小明大学是上不了了，后来索性就不上了，退学也没有办，到他二大舅厂里做学徒工，没承想他把厂里最贵的一台机器硬生生弄坏了。这可是亲外甥呀，总不能叫他赔，他二大舅叫他妈直接把他领回了家里。他妈妈哭天抹泪的，说这可怎么好，连个工作也没有，以后怎么生活。他父亲倒是乐观得很："不做就不做吧，那危险玩意儿，哪天别把小命给搭进去，这次算万幸了。"他妈妈倒是想与他爸掰扯几句，一看他在喝闷酒，也懒得多说，回厨房收拾碗筷去了。

顾小明还有一个姐姐，叫顾美丽，比顾小明大五六岁，当年为了爱情，学也不上了，就跟着人家海誓山盟去了。没想到没几年，她姐姐又回来了，说是那男的有家庭，有老婆有孩子。他爸当年可忍不了这些，再加上儿子也进去了，憋气得很，要找那男人问个清楚，没想到去了就遭到那一家人的殴打，直把一只眼睛给打瞎了。

之后他再也不去理会子女的闲事，没事的时候就自个儿喝闷酒。喝大发的时候，说自己是个孬种，生出这两个不争气的孩子，有时候还跺脚捶胸的，说自己没用。儿子看了难受，女儿看了更难受，当年要不是自己，父亲不会去找人家理论，还被人家欺负。

顾美丽婚姻不美满，工作倒是很顺利。她一毕业就在五星电器上班，从销售做起，经过几年的打拼，一直做到胜利门外那家电器商场的销售经理，工资自然也少不了。父母自是不需要她养，她也很孝顺，隔三岔五买上甲鱼、龙虾、螃蟹回来孝敬爸妈，妈妈总是一脸堆笑，只是她爸永远冰着张脸，没有笑容。或许她真的伤了他的心。

那年爸妈在巷子口苦苦哀求她不要跟那个男人走，她下定决心，说自己选择的路自己会走下去，死活靠天，不需要他们管，权当他们没有生养她这个女儿。说完，钻进汽车，绝尘而去。也许从那一刻起，她父亲的心已经拔凉拔凉的了。

一个雨天，顾美丽全身湿透地提着行李站在家门口。父亲没有任何表情，没有一句责备，也没有一句埋怨，赶紧让她妈把她迎进屋。她爸在外面烧水，烧了一壶又一壶，只为顾美丽能洗个热水澡。

晚上，顾美丽来到父亲的面前，父亲只挥挥手叫她回屋去。

因为当年这件事，顾小明更难找工作了，基本上人家一看他的简历都摇头。顾美丽为了报答家里，真是用了心，想着给弟弟介绍工作，可弟弟总嫌这个不好，那个太低级，于是一拖二拖，自监狱回来七八年也没有上班，全靠姐姐接济。

顾小明也许真有那好命，生活中女人不断。一开始顾美丽看弟弟也老大不小了，又加上妈妈拜托她，她倒也真当回事，给弟弟介绍了好几个对象，但都没成。后来顾美丽发现顾小明隔三岔五总带着不同的女人回家，有时候就直接在他家过夜，顾美丽真是看不过去，找顾小明谈。顾小明哪里还听得进姐姐的话，一句话直戳姐姐的痛点，当年你不也是跟着人家跑了，你没权说我。妈妈听到这话，一巴掌掴在顾小明的脸上。

自那以后，顾美丽再也不去说她弟弟了，该回来照样回来，该给钱照样给钱，有时候她妈妈都说不要这样惯着弟弟，顾美丽没说话，她与弟弟的话越来越少。

顾小明每天都和安大笨说自己要结婚了，可照他这样交往，没个准。他说这话至少十年了，可至今还是单身。顾小明也老取笑安大笨："这么多年了，你难道没有忘了她吗？"

安大笨说："谁呀，谁呀，我和谁有关系了？"

顾小明不怀好意地说："小娄巷的蔡文欢呀。"

"她？我都忘了她长什么模样了，不知道她现在站在面前我会不会认识她了。"

"哦，你忘了她喽。我知道了，你有老婆了，喜新厌旧的家伙。"

安大笨忙凑过来说："谁？我怎的就不知道呢？"

"不就是隔壁的叶青嘛。"

大笨妈猛地拍了一下顾小明的肩："瞎说，人家还是黄花大闺女。"

顾小明忙喊了一声："大笨妈，疼！你老难道是通贯手，怎么打人那么疼。"

大笨妈说："不疼你不长记性，人家叶青可是黄花大闺女，不能瞎说。"说完，就端着菜盆离开了，嘴里还念叨着："不过那闺女倒真的不错，大屁股，能生儿子，人也没那么多心眼儿，对我家大笨也好，而且人家还在医院工作，以后有个头疼脑热的也好找关系。"

这时候叶青从外面跑进院，端着一盒芝麻糕，直接跑进厨房。然后听见里面传来："大笨妈，我刚从单位回来，这是我们单位发的芝麻糕，你尝尝，好吃得很。"

顾小明看着，一脸的讥讽样："还说不是，你看看，一回来，家都没回，就给你送芝麻糕，好甜好甜哦。"说着摆出甜得牙都倒了的动作。

安大笨忙冲进厨房，把那芝麻糕直往叶青的怀里丢，说："一回来，自己家都不回，就往这里来个啥，人家看了不好。你哥不是最喜欢吃甜食吗，给他去吃。"

叶青一看安大笨生气了，说："这是给大妈吃的，又不是给你吃的，你激动个啥，真是的。"

旁边的大笨妈倒劝着："真是的，人家青这么好心给我拿来芝麻糕，你对人家凶什么凶，真不懂事。"

安大笨让他妈住嘴，喊了一声："妈——"

叶青把芝麻糕往大笨妈的手里一放，也没有和安大笨说句话，就跑了出去。厨房门口站着顾小明，叶青正好撞他怀里，把顾小明撞了一个大跟头，叶青也没跟他道歉，跑出了院子。

“好嘛，这体型，我这小身板哪能经得住她。大笨，看来你也够呛，算了，别找她了，我帮你物色一个。”

大笨妈忙说：“还是别了，你物色的我们大笨可受不起。”说完顾小明，她又数落大笨：“你说你，人家姑娘一片好意，你怎么就不领情呢？”

大笨忙说：“妈，不是一直和你说了，我和他哥，还有小明，我们都是从小玩到大的哥们儿。我早就把她当成自己的妹妹，你现在乱点什么鸳鸯谱。”

小明说：“大笨哥这话说得对，我们和陶子家啥关系？我们是兄弟，一辈子的兄弟，他妹妹就是我们妹妹，这可不能越界。”他们俩相视一笑。大笨妈倒有些尴尬了，忙说：“我管不了你们，随你们吧。”说着端着一盘番茄炒蛋从厨房走出去，一脚踢飞大笨爸放在门口的铅桶，嘴里还发着牢骚：“又把东西乱放，什么习惯。这家里一老一小，难伺候了。”只听地上发出铅桶碰撞的声音，有点儿刺耳。

坐在院子里听收音机的大笨爷爷说：“大清早怎么就这么大火气，别生气了，安道全回来我来说他，别整天气这儿气那儿了，儿孙自有儿孙福，你操那么多闲心干什么。”老爷子似乎是对儿媳妇说，也好像在对自己说。

大笨妈也就是在大笨爸下岗之后火气见长的，以前她可不这样，尤其是对公公，更是尊敬万分。因为安大笨的爷爷安天宝也算是文化人，从小就上过私塾。

那时候安天宝家境还是不错的，他的兄弟姐妹们出国的出国，去革命的去革命，只留下最小的他在无锡。对于文化人，大笨妈还是尊敬的，因为她不曾上过学，斗大的字都认识不得，不过她能学会算，生活技能一样都没有落下，操持着整个家。

安天宝也老说：“这个家没了谁都行，没有了大笨妈可不行呀。”这似乎给了她最大的鼓舞，因为她觉得爷爷说出了她在家中的重要性，所以更不敢对爷爷有半句不满。爷爷刚发了话，她也就这样听着，没了声响。

顾小明低声说：“大笨，看来你爸回来要受批评了。”

大笨说：“没事，我爸皮厚，随人说，没事。”

对面顾小明的妈喊着：“小明，一早死哪里去了，回来吃早饭，你爸都要吃好了。”

安天宝听了小明妈的话，接茬道：“玉芬哪，别老说死不死的，不吉利，大清早说这话更不好。”

玉芬忙把脸转向天宝爷，语气明显温和了不少：“对，对，不吉利，以后少说就是了，哦，不对，不说了，不说了，多说吉祥话。”

小明忙从大笨家的厨房门口跑回去，还不忘给天宝爷竖一个大拇指，说：“天宝爷，赞，真赞，这院里没人是你的对手，你全无敌。”

天宝爷咧开了嘴：“这院？你还别说，这整条巷子弄堂里都没人敢对我怎么样。”爷爷很是自信，回过来一想，说：“小子，你喊我灭害灵啊！”忙将烟头朝顾小明扔过去，顾小明一个转身就进了屋。

安大笨走过去：“爷爷，这条街巷上的人怎么对你都那么尊敬呢？到底是为什么呢？”安天宝笑着说：“这事情要说就长了，以后有时间再和你说吧。”

安大笨说：“不行，你说嘛。”安天宝说：“这样吧，我简单说说。这个事要从抗战说起。那时候无锡沦陷，我是这片地区的维持会会长，日本人来的时候要我们给他们做事情，那时候那样的状态下我们又不能违令。党的地下人员有好几十个在我们地区，我们就靠着自己手里的那点儿权力保护着他们，让他们开展工作。没想到的是，不知道日本人听到了什么风声，说我们保护地下党，暗中搞破坏，就把我抓了起来，在数九寒冬把我绑在巷口的戏台上，不允许我吃饭，逼着我说出地下党名字，我哪肯说呀，一说又有好几十条人命就没有了。后来，地下党顺利转移，那些日本军没有抓到我什么把柄，就把我撤职了，我救下了几十条人命，连这一带的百姓的命也救了。如果在这地方要抓到那么多地下党的话，百姓肯定脱不了干系的。自那以后，当地人都知道了我的事迹。没过多久，我们这里也解放了，后来国家还给了我一张奖状。”

安大笨听着爷爷讲着那惊心动魄的事，感慨地说：“原来您还是一名爱国人士呀，怪不得周边上了年纪的人都对您这么尊敬。”安大笨感觉自己也升华了，他也要做一个像爷爷那样爱国的人，有益于人民的人。

屋内大笨妈喊：“吃饭了，吃饭了。”

安大笨搀扶着爷爷进了屋子。

这就是安大笨生活的院子，从出生起，他就在这院子里一天天成长，这里的一切还都保持着原样。八十年代，城市里还是以古老的旧民居为主；到了九十年代，就开始扩大马路，建造新式的房子；到了新千年，变化就更大了。那时候，北仓门一带还是一片老房子，后来一夜间那些曾经熟悉的房子都消失了，盖了现在的保利广场，吉祥桥那边也新开发了站前酒吧一条街。那时候他们还在这里住，感觉到了新旧交替，他们不知道自己住的房子什么时候也会消失，也有可能会永久地保存下来。

看看现在的古镇，不就是这样的老房子、这样的街道吗？在日新月异的改造下，人们怀念的还是之前的居住格局，那才是真正生活的地方。

再后来，安大笨居住的地方淹没在了水泥森林中，挺拔高耸的建筑一幢幢拔地而起，苏宁广场、红豆国际广场、恒隆广场、摩天360大厦，一幢比一幢高。时至今日，安大笨感觉自己成了城市里另类的存在。甭管高楼建造得多奢华大气，那只是这个城市的大气，普通人依然是小老百姓，只能管好自己的吃喝拉撒。

第二章　那巷，那摊，那生活

夜幕降临，巷子前的马路上总有一个熟悉的身影在忙碌，他就是陶子，叶青的亲哥哥，陶子从职校毕了业就没有上学了。

那年他父母双双离世，只留下还在读初中的妹妹叶青。那时候陶子就担起了家庭的重担，即使再苦，他都咬牙坚持。他当年在职校学的是钳加工专业，出来以后没有进厂里，手艺自然也是荒废了。

不过，陶子挺喜欢烹饪，到一家大饭店帮厨两年以后，就辞职了，自己支了个棚子开始创业。他每天都是忙碌的，即使再忙他也不要妹妹动一根手指头，他只要妹妹在学校把自己的功课弄好，其他的事情都由他来。

一说这也有七八年了，陶子在这条街上就干了这么长时间，街上的所有人都认识这个胖哥哥。他不光自己胖，把妹妹也喂得结实粗壮，走到哪里人家一看，肯定是兄妹俩无疑。

陶子想着通过自己的努力，挣上一笔钱，就可以弄一个店面，这样他的生活就稳定下来了。就在这时候，一个女人出现了，她叫黄翠花，一开始只是一个吃客，来吃的次数多了，陶子也知道了她的身世，她从小就没有爹娘，跟着同乡的姐妹到大城市准备混口饭吃，没想到走投无路，出来带的几个钱就要用掉了。

陶子看她可怜，命运又和自己多少有点儿相像，就决定让她当个帮手，慢慢两个人就走到了一起。没承想有一天早晨，他找不到黄翠花了，她把他的钱统统卷跑了。

他恨死了这个女人，她为什么会这样骗他呢？他报了警，很快这女的被抓了起来。当他再次见到她的时候，他了解到那女的从小就是孤儿，后来被转手卖给别人家做媳妇，没两年那男的死了，她成了寡妇，还拖累着两个孩子，其中有一个男孩得了重病，她只身来到大城市，想着给儿子看病，但巨额的治疗费让她却步，带来的钱很快用光了。她真是没了办法，才想着先找个工作，这才找到陶子。她无意中看到陶子有那么多钱，想着先拿钱给儿子看病，以后想办法再还给他，才偷偷拿走钱。

陶子也证实了这女子说的话，当他知道这一切的时候，决定不起诉她，把这笔钱先借给她用。陶子知道这借出去的十八万就是打了水漂，他也心甘情愿。他想着自己还有一双手，一定会攒出一个饭店的。

他依然勤恳工作着，安排着那对母子的一切，她儿子终究没有治好，后来死掉了。陶子安排好她儿子的后事之后，那女子变得痴呆呆的。有一日晚上陶子做夜宵的时候，那女子失踪了，陶子为此还四处寻找，没有着落。

周边的邻居都同情陶子，送钱给他，陶子还是有骨气的，硬是不要人家一分钱。到他那吃夜宵的人，也都自觉多点些吃食，让他多赚一点儿。有的时候陶子还为老主顾考虑，劝他们吃不了就别整那么多，浪费。

又是夜幕降临，华灯初上。

安大笨和顾小明坐在陶子烧烤摊旁的长条凳子上，长桌上摆着一大盘已经烤好的羊肉串、鸡翅、骨肉相连，地上整整一箱啤酒已去了一半。

“陶子，再来20串羊肉串。”顾小明明显已经微醉，举着手说。

“吃完了点，充什么大款，钱都不是大风刮来的。”陶子对小明说。

“少他妈废话，叫你上就上，啰唆。”顾小明有些不高兴了。

安大笨没有醉：“吃，吃，别急，少不了你吃的。”

“你当我是没钱，还是怎的？”顾小明说着从口袋里掏出一沓钞票来，看那阵势，足足有万把块。

安大笨忙说：“小明，你是不是发财了？莫不是摸彩票摸到的？”

顾小明摇着手说：“不是。”

安大笨说：“你是抢了银行，还是抢了提款机？”

顾小明又摇了摇头：“不是，再猜。”

陶子一边烤着食物，一边说：“你的那些钱，肯定是你姐姐给的，还有谁会给你钱。”

顾小明说：“答对了。”

安大笨说："你姐姐真大方，给你这么多钱。"

顾小明晃悠着手臂说："答对了一半，这不是我亲姐给我的。"

安大笨和陶子一齐说："不是亲姐？"

顾小明略带哭腔地说："她跟我分手了，说以后再也不要见我。"

安大笨说："你说的姐姐是你的女朋友呀，就是你上次说的那个在夜总会工作的姐姐？"

陶子笑了笑说："迟早分手，人家那是玩弄你的，给你一万块，你也不吃亏，哈哈，现在哪里还有这样的好事。"

顾小明难受地哭着说："可她还跟我说给我法拉利、劳力士，还说要我陪她去泰国、马来西亚。一切都没有了。"说着说着大哭起来。

安大笨说："你疯了，成天做白日梦。这样的人说话你能相信？你也真是活回去了。"

顾小明正哭的时候，安大笨和陶子哈哈大笑。

顾小明抽泣着说："人家难过，你们还这样开心，是不是我哥们儿，怎么就不站在我这边呢？"

安大笨喝了一大口啤酒，接着说："你呀，你呀，我说你什么好呢？当时你给我说的时候，我就说了那个女人不好惹，你还真把自己放进去了，你也真行。"

陶子说："他是什么？他就是懒，想坐享其成。可是天下哪有那么多好事，你不出力就能得到？"

安大笨咂了一口啤酒，说："他怎么没有出力，他也出力了。"

陶子马上说："出力了，出大力了。"安大笨和陶子又哈哈大笑，这笑声并没有取笑顾小明的意思，笑声在巷口的灯光下晃动，在水泥森林中环绕。

第三章　叶青初入职场

市里有名的军队医院，深受老百姓的信赖，这几年急剧扩张，已经相当有规模了。安大笨记得在九十年代的时候去那家医院看望过同学，有同学在那儿生病住院。狭窄的街道紧邻着居民区，道路上两辆汽车都很难并排通过。医院是一幢破旧的老式二层楼，里面的装修还是二十世纪八十年代的样子，古老得很，到处一股子消毒水味。后来他就再也没去过。

再一次见到这医院的时候，高楼建起来了。应该是叶青到这家医院去实习，安大笨和顾小明送她来。那一次，陶子没来，这么多年他辛苦支撑着这个家，支持着他的妹妹，终于妹妹有了出头的一天。那天陶子备上祭品赶到青龙山公墓，到了他爸妈的坟上。

他轻唤着爸妈，告诉他们叶青出头了，毕业了，现在有工作了，就在市里的一所大医院，让他们不要担心。

他告诉父母，妹妹很乖，也很听话。祭拜好了，他没有走，静静坐在旁边，想了很多。那天他和年幼的妹妹在亲朋好友的帮助下，把父母入了土，在那一刻，他就发誓一定要把妹妹抚养成人，请爸妈一定放心。终于在这一天，他完成了使命。

他许是真的累了，直接在墓旁边睡着了，梦中看见了他的妈妈和爸爸，他非常开心，爸爸和妈妈还是当年那个模样，一点儿都没有变老。他感觉自己也变成了小孩子的样子，依偎在妈妈的肩头，陪着爸爸说说话，妈妈摸着他的额头，说这么多年辛苦了，都瘦了。

陶子笑着说，也只有你说我瘦了，我现在都二百多斤了。妈妈慈爱地抚摸着他的头。爸爸也说，陶子你老大不小了，这么多年真的辛苦你了，你也为自己考虑考虑吧，成个家，也别挑了，差不多就行了，好好和人家过日子。陶子这么多年真是没有考虑过这事，被父亲一说，倒是羞愧得满脸通红。妈妈说，都这么大小伙子了，还害羞个啥，正常的事情。陶子说，妹妹刚上班，还不稳定，等等再说，碰到好的我会考虑的。妈妈和爸爸都欣慰地点了点头。

此时只听“呼——”的一声，紧接着又是“呼——”的一声，陶子从梦中惊醒。原来是对面山上人家在安葬逝者，真把他吓了一跳。等他回过神来的时候，他怎么也找不到爸爸和妈妈了。

叶青第一天到医院上班，还真有点儿紧张，本来想着叫哥哥送自己去，哥哥委托了这兄弟俩。

安大笨为了这事，还专门和同事调了班。顾小明一直是睡觉睡到自然醒的主，没有哪天能十二点前起床。那天为了这妹妹，他还真用了心，早早起来，穿戴整齐，好像是自己第一天上班一样。叶青来喊他们俩一起走的时候，一看见顾小明，扑哧一下笑出声。

叶青说：“小明哥，你今天是去做新郎官吗？还穿西装。”

安大笨说：“青，你别取笑他了，刚刚我说了他，他已经准备回去换装了。他说这衣服还是他爸的，他从来就没穿过西装，难受死了。”

叶青说：“这样呀，真是费心了。哥，给你点个赞。”

“赞你个大头鬼，要不是为了你，我才不会穿成这样呢。我都觉得自己像一只奇怪的猴子。”

叶青忙说：“不够准确，应该是只胖猴子。”说完跑出院子，留下一串银铃般的笑声。

“说我胖，看我怎么打你。”说着顾小明追了出去，留下安大笨在院子里傻笑。

是的，就是这么几个人，他们虽然没有血缘关系，但是从小一起长大，已经变得谁也离不开谁，就像是最亲的兄弟姐妹一样。

他们把叶青送到医院，对她说：“你是最棒的，你肯定能做好，相信自己。”

叶青认真答道：“我一定会好好努力的。”说完就进了医院。

安大笨正准备离开，顾小明卖了个关子，说：“既然来了，我们就去看看叶青做得怎么样，也好回去和陶子大哥交代呀，别把她送来了我们就不管了。”

安大笨非常同意他的观点，可是又觉得这不太好实现，说：“她工作的地方，我们怎么进得去呢？”

顾小明拍着胸脯说：“这点儿事难得了我顾大帅？”

安大笨鄙视地看了他一眼，根本不相信他能有什么办法。

两个人把车子停好。顾小明是一辆“捷安特”自行车，非常帅气，至少比人要帅气得多。安大笨骑的是一辆刷着绿漆，印着“中国邮政”的二八大杠，这可是他工作的专车，他非常爱惜这辆邮车，每天都擦得锃亮，一般谁都不让骑。

他们停好车之后，从旁边的小门进了医院，径直走到二层，二层中间是一个护士站，叶青不在。刚来单位的人应该还要入职培训，不会直接上岗。

护士站的护士看见顾小明了，说：“哟，什么风把你给吹过来了？”顾小明接茬说：“不知是东南风，还是西南风，直接把我裹挟到这了，我才不愿意来呢，一股子消毒水味。”

那小护士说：“矫情，照这样说，我们整天坐这里，不被消毒水给熏死了。”

安大笨觉得奇怪，顾小明刚到这里就能与人家勾搭上，难道这女护士也是他曾经交往过的？

这时候，顾小明看见一人正朝他们走过来，他一下子就钻到护士站柜台里，然后猫着身子蹲了下来。

安大笨还没反应过来，就被顾小明一把拉了下去，摁下了头。

安大笨正要问到底是怎么回事，顾小明用食指抵在嘴上，对着安大笨，也对着刚刚那名女护士。女护士看懂了他的手势，不再声张。

只见一个穿着白大褂、头戴护士帽的中年女人在柜台外站定，问道：“小容，悠悠到哪里去了？”

小容抬起头：“护士长，悠悠去查房了吧，应该结束了。”这时从病房那边走过来两个护士，稍显富态的女孩就是悠悠，长得蛮好看的。还有一个个子要高一点儿，瘦一点儿，也是刚分到医院的护士，叫马云芳，大家都喜欢叫她小马妹。

悠悠走过来，看到护士长旁边有一个比自己还要富态的女孩子，对护士长说："护士长，终于来人了，我等得花儿都要谢了。你看看我们整天加班，都好几个礼拜没有休了。"

"别埋怨了，我们的工作很神圣。努力吧，病人需要我们，我们就得努力工作。"护士长说。

"护士长，别给我们上课了，我们知道错了，你都给我们讲了几百遍了，是我们思想有问题，回去我就检讨。"悠悠说。

"小滑头！不过，多来几个帮手对我们的工作还是有好处的。"说着她把叶青拉到身前，说："这是无锡卫校的毕业生，分到我们这里实训，你们好好带着吧。她在学校可是门门功课都优秀，这孩子不错。她叫叶青。"

"优等生呀，厉害了，欢迎你，叶青。"说着，悠悠伸出手和叶青握手，叶青也逐一和大家握手。

护士长安排悠悠带着叶青熟悉工作环境和工作内容，悠悠带着叶青朝楼下走去。

护士长见他们俩离开，说："来个人，我们好轻松点儿。说好给我们安排两个的，还有一个通关系到市人民医院去了，人家看不上咱们这儿。"护士长说着说着突然想到了什么，接着说："刚刚我走过来的时候，看见你和谁在说话，工作时间闲聊天，看来你奖金不想要了。"

"要，要，怎么能不要呢，工资就那么一点点，就靠着奖金过日子，不能扣呀。"小容有点儿委屈。

"那你说，你刚刚和谁在说话呢？"护士长逼问她。

小马妹一看护士长发威了，赶紧转到工作台后面，准备开始工作，省得护士长看她也不顺眼。当她转到柜台里的时候，"啊——"地叫了一声，瞪着眼睛看着护士长。

护士长忙把头向柜台里瞧过来，只见有两个人蹲在柜台里面。

顾小明赶紧从柜台下站起来，脸上堆笑，朝护士长喊了一声：“小姨。”

护士长觉得奇怪：“你怎么跑到我们医院来闲逛了？”

顾小明忙跑出柜台，搂着护士长的肩说：“程雨薇同志，有件事我要和你说。”连拖带拽地把护士长拉进护士站里面的单间，顺手也把蹲在地上的安大笨拉了进来。

“小姨，跟你说一事，就算我拜托你了。”顾小明难得有这么认真的时候。

“你有什么事？”

“姨，刚刚进到你们医院的实习生叶青，是我们街面上生死兄弟的妹妹，她哥很苦，拉扯她长大不容易，你要是方便的话，就多照顾她一下，我会念你的好的，我会把你当佛祖供着的。”

“哦，陶子家里的事情，我听你妈说过的，这小孩的确不容易，我会关照，放心。”程雨薇认真地回答。

“那太好了，谢谢姨。”说着顾小明就在护士长的脸颊上嘬了一口。

程雨薇一脸嫌弃，都多大人了，还这么不正经，让外人笑话。顾小明忙介绍起旁边的安大笨：“我隔壁的兄弟，你到我家来得少，可能不认识。”

程雨薇说：“怎么不认识，以前我住那儿的时候，你们还小，老看见你们一块玩耍，没想到现在都这么大了。”

安大笨确实不记得这位阿姨了，也许那时候真的还太小。

程雨薇说：“快中午了，你们就在医院吃个便餐吧。”

顾小明忙说：“小姨，欠着，下回请我，我这就回去了，不要让叶青看见我们在这里，也不要让她知道我们认识你，这样不好。”

“哦哟，还知道避嫌呀，你不是喜欢那叶青吧？”程雨薇狐疑地说。

“哪能？我们和他哥哥是兄弟，她就是我们的妹妹，怎么可能？”顾小明坚决否认。

程雨薇笑着说：“没有就好。你交代的我知道了。”

安大笨没想到顾小明的姨就在这医院里工作，从来也没有听他说过。刚到一个新单位能有一个直管领导罩着，这是多么幸福的事。叶青总算安顿了，对于陶子大哥来说，也是好消息。

安大笨对顾小明说：“今天你立这一功，就别回家吃了，我请你外面吃吧。”

顾小明问：“吃啥？”

安大笨想了半天，也没有想出一地来。顾小明说：“就兰州拉面吧，吃个面就行。”

安大笨说：“好，再来个大盘鸡，再要个大碗高汤，不够再加。”

顾小明说：“这个主意好，那高汤又不要钱。记得有一年，咱们就为了那口高汤，两个人点了一碗拉面，然后加了十次高汤，喝得老板直摇头，说咱俩不是来吃面的，就为了锅里那口汤。”

安大笨说：“可不是，就因为那次喝得太饱，回家都吐了。你妈以为咱们食物中毒，要把咱们送医院，我说只是吃多了，你妈还不信。等下呕干净了，咱俩又生龙活虎了。”

两个人为了曾经的糗事笑得牙都要掉了，可惜的是，当他们故地重游，发现那家拉面店早已经关门大吉了。

两个人饭也没吃，就回到了家。他们想着应该告诉陶子大哥今天叶青的情况。按道理这时候陶子早已经开始忙碌了，为晚上的生意做准备。没想到到了陶子哥家，发现他还躺在床上没起来。

安大笨过去喊陶子，见他没有反应，用手一摸他脑袋，热得烫手，赶忙喊顾小明，说陶子可能生病了。他们俩商议着要把陶子送医院。怎么送呢？自行车肯定不行，他们立刻想到门前的三轮车，便从三轮车里往外搬东西。这时，陶子醒了，说自己没事，不用去医院。

他们俩一阵劝，陶子死活不愿意去医院。顾小明赶紧回家拿了药让陶子服下，两个人谁也没走，都在照顾这位兄弟。陶子出了几身汗以后，烧退下去了。安大笨在厨房给陶子煮了稀粥，喂他喝下，把陶子感动得直说："下辈子咱们还做兄弟。"

顾小明说："下辈子谁还做你兄弟，要做就做你老婆。"

安大笨笑着说："别讲下辈子的事，我们这辈子好好做兄弟就好了。"

陶子感动地说："是，有你们两个兄弟，我已经很满足了。"

顾小明被安大笨这样一说还唱了起来："兄弟一生一起走……"屋子里的气氛顿时活跃了起来。

陶子好点儿了，正要起床准备晚上的生意，安大笨和顾小明都劝他今天休息一天，叶青妹妹今天第一天上班，该给她庆祝一下。陶子一下子就同意了。

第四章　医院的那些事

这是陶子支烧烤摊以来第一次不准备出摊，他是真把自己累着了。

晚上，他们来到青石路欧风街上的自助火锅店。顾小明说这里味道正宗，很不错。这几个人中也就顾小明见多识广，常和他的狐朋狗友在外面吃喝玩乐，所以他推荐了这家风靡全无锡的火锅店。

青石路是无锡人都应该认识的一条路，这条路承载了无锡人太多的欢乐记忆。应该说，从青石路建成起，无锡才有了真正的夜生活。

准确来讲，青石路应该叫"欧风美食一条街"。过去，青石路只是一条很窄的路，连过车都困难，只能任由自行车往来穿梭。在路上经过，可以听到路边人家屋里收音机传出的戏曲联播，还能闻到人家厨房里飘出来的菜香，由此判断这家今天烧的糖醋红烧肉，那家熬的猪油，想想便饥肠辘辘，赶紧踩着自行车急急往家赶。

这就是老无锡街道的状态，跟如今那些古镇的状态是一样的。城市化改造发生在二十世纪九十年代末，一批老旧私房拆迁了。后来，一条崭新的街道出现了，街边的房子都是欧式风格，一时间人们觉得新奇，名声也越传越大。记得那时候人们要去下馆子，首选就是欧风街。欧风街上吃的可多了，像西餐、火锅、炒菜、海鲜、烧烤、自助……几乎没有你吃不到的。

在自助火锅的靠窗位置，四个人面对面坐下，陶子和妹妹叶青坐一起，顾小明和安大笨坐一起。他们共同举杯，祝贺叶青开工大吉。

安大笨说："今天是叶青妹妹第一天工作，我们祝她工作顺利，万事如意。"

旁边的顾小明说："太老套了，老是顺利、如意，有什么意思，我祝叶青妹妹早点儿把自己嫁出去。"

陶子对顾小明说："你瞎说什么！还是大笨的话得体。"

安大笨给陶子敬了酒，对叶青说："今天你第一天上班，肯定有好玩的事情，你说说？"

叶青说："今天一天我认识了新同事，熟悉了新环境，护士长对我可好了，中午还把她家里带的好吃的给我吃。同事们都说护士长可从来没有对谁这么体贴过。"

顾小明向安大笨眨了眨眼，他们俩谁也没有把今天白天的事情告诉陶子兄妹俩。

"好事呀，到新的单位难得受到领导器重，你应该好好表现。"安大笨鼓励叶青。

叶青说："同事说护士长有一个和我年龄差不多的儿子。"

顾小明哈哈大笑："儿子？谁说的？她只有一个女儿。"

叶青和陶子，还有安大笨都齐齐地朝顾小明看，叶青怀疑地说："你认识我们护士长？"

顾小明忙想着找补回来，说："我哪里认识呀，我猜的，你想多了。"叶青和陶子才收起怀疑的目光。

叶青接着说：“今天我在医院听说一件事情，真把我吓着了。”

安大笨问：“什么事情能让你吓着呀？”

叶青说：“前不久就在我们前面的那幢妇产科的楼里，死了一名产妇。”

安大笨惊讶地张大嘴，惊恐地说：“还有这样的事情呀。”

顾小明说：“好像外面没听说呀。”

叶青说：“这事肯定封锁呀，哪里能让大家都知道。这名产妇是外地人，嫁到无锡的。前面检查都还好好的，据说是子宫里面羊水太少，医院就让产妇早点儿住进医院，可产妇的家里不愿意，就回去了。后来那天中午，产妇被送来医院，说要生了，医院征求家属的意见问顺产还是剖宫产，家属的意思就先顺产吧，没想到产妇生了两天都没有生出来。医生早就建议让剖宫产，可家属的意思是再等等。等到第二天晚上，趁医生不注意，那名产妇爬到产房的窗边，直接从楼上跳了下去，当场毙命，真是可怜。产妇死了，连带肚子里的孩子也死了。”

安大笨认真听着叶青的讲述，当听到叶青说那产妇因为难产寻了短见，眼睛不禁湿润了。

顾小明此时有点儿义愤填膺：“那个产妇家里人是死人呀，都这样了还不让剖宫产，他们到底有没有人性，这样值得吗？”

叶青点了点头，说：“今天听了这事，一下午我整个人的精神都不好了。我在想如果以后我也有这么一天，难道我的生命就掌握在人家手里了，我就没有自主权了吗？”

陶子对叶青说：“妹子，别担心，我不会让这种事发生的。如果真有那一天，我会带着钱，带着我的杀猪刀，到产房门口守着你。因为你是我唯一的妹妹，我不会让别人主宰你的生命。”

听哥哥这样说，叶青眼睛湿润了，说：“哥，你太好了，有你这句话，我放心了。这么多年，虽然我没有爸妈，但是有你，我就足够了，你就是我的爸妈，我爱你，哥。”

安大笨再也控制不住自己的情感，说："陶子，太感人了。叶青，你生产的那天，就算我工作再忙，天上下锥子，我也会去守着你的，你也是我妹妹。"

顾小明一改平时调皮的特性："如果那厮要是对你不好，我会砍得他半身不遂，让他活着也受罪。"

这四个人不知道怎么了，本是为叶青庆祝工作的，说着说着，都把自己说哭了。

那天他们喝了不少酒，晚上一起踱回去的，一路高歌，在霓虹灯的照耀下，他们觉得好日子刚刚开始，一切都有希望。

自从叶青上班以后，时间过得越来越快。人变了，事物也变了，整个城市也变得像是一个大工地。往后的日子，他们各自憧憬着。

第五章　送件的那家公司叫"搜猫网"

安大笨依然是早出晚归，尽力做好自己的工作。每天都在路上，每天都把快件递到主人的手上，当他看到顾客满意的时候，也觉得自己这份工作有价值。他不敢懈怠，努力完成着自己的使命和任务。

顾小明还是混迹在酒吧、女人、游戏当中，他的职责似乎是游戏人生。有时候他也老在他们面前说玩够了，玩累了，也要歇歇了，可是当第二天太阳升起的时候，他依然如初。太阳落山的时候，他又兴奋地冲进那灯红酒绿之间，徜徉在那些涂脂抹粉的妖艳女人中。

实习过后，叶青就留在了那家医院。后来医院扩建，这些小护士都成了中坚力量。后来，程护士长跟着老公下海了，据说生意做得很大。容护士荣升护士长，叶青依然做好自己的本职，深得患者和领导的喜欢。好多年过去了，叶青还是对安大笨挺上心，安大笨却有意无意地躲着叶青。

陶子的生意还不错，也赚了不少钱。看着他每天忙碌的身影，兄弟都劝他歇歇，他说自己有目标，有理想。

这两年安大笨由于表现出色，被单位评为“五星员工”，更加兢兢业业做事，就怕人家说个不是。

安大笨的单位在火车站旁边的“邮政枢纽中心”，以前这里可热闹了，每天邮车进进出出，有干不完的事情，车间传输带上永远有输送不完的货物。

可是这几年，偌大的车间里工人寥寥，好多员工都离开了，据说有的去做其他工作了，有的还做着老本行，去了私人的快递企业。这是每个人的选择，没有好与不好，都是为人民服务，也都是为人民币服务。

有时候安大笨在外面碰到原来的同事，还能和他们扯上几句，玩得好的还能找一个小酒馆，喝上两杯，谈谈最近的工作和生活。

有时候安大笨在偌大的车间里，也有些彷徨，他不知道这样待下去是对还是错。幸好安大笨是个头脑简单的人，对事情不会纠结，接下来他仍旧会继续做好自己的工作，勤勤恳恳。

安大笨原来的工作是送报刊和平信，不过领导看他业务能力过硬，老实本分，对工作一丝不苟，给他调了岗位，去送EMS快递。他主要是送市内的急件，工作虽说没有以前那么累，但是要求他们以最快的速度把物件快递到位。安大笨以一年零失误、零投诉的好成绩拿到了“最佳员工奖”。

那天安大笨把奖状拿回家的时候，全家人都很高兴，大笨妈还特地买了几个菜。小家庭也有小幸福。起点本不高，稍微有点儿成绩就能让一家人光荣、开心，这也没有什么不好。

生活在平淡中慢慢度过，直到安大笨生命中出现了一个人，好像在他的心里激起了一阵涟漪。他也不知道那是什么感觉。是爱吗？不是。是喜欢吗？有一点点。有时候几天不见她，他还真有点儿想她。

你要问莫不是安大笨有喜欢的人了，你猜对了一半。

城市里高楼挺拔，在这么多的高楼里，有多少白领在为生活努力着，创造着自己的价值，奉献着自己的青春。有的人熬白了头，还是一个小职员；有的人年纪轻轻，早已经成了公司的领导，特别是年轻貌美的高层，总会受到质疑。

安大笨经常往来于这些公司之间，有时候有些重要的急件领导要他亲自快递才放心，所以安大笨在各个公司前台的时间占到他每日上班时间的一半。他和很多公司的前台都很熟，有些公司的前台也不把他当外人，一些闲谈常常直接就传到他的耳朵里了。

那天安大笨照例到一家公司去送件。这家公司坐落在西门桥堍的“百脑汇”的楼上。百脑汇是无锡非常有名的电子产品市场。手机、电脑及各类配件没有买不到的。这里位置绝佳，黄白色相间的幕墙让人印象深刻。

安大笨到了16层，走进一家公司，这里安大笨来过好几次，有时候是来取件，有时候是来送件。他在楼下已经和快递单子上的人打过电话，电话里是一个干练的女人的声音，叫他稍微等一会儿，她马上就来。

这家叫“搜猫网”的公司是一家网络公司，具体做什么的，安大笨还真不知道，只看见偌大的办公室隔成了若干个办公格间，每个人都在电脑前忙碌着，或蓝或红或白的光在脸上闪烁着，员工的认真程度大有废寝忘食之势。有一次安大笨给一个员工送快递，对着他喊了半天，那人居然没有反应，似乎只要眼睛一离开电脑屏幕就会有几百万的资金消失一样。

安大笨站在前台，手里把玩着圆珠笔，听着两个女人的交谈。

一个手拿咖啡杯的女子站在前台，倚着靠背椅，另外一个女子坐在蓝色的旋转椅上，有一句没一句地和那女子搭话。

拿着咖啡杯的女子安大笨认识，她穿了件白色蕾丝短裙，戴着一副黑边眼镜，比较瘦，是这家公司的出纳。据说她是公司某位股东的侄女，因为有这层关系，公司里还真没有人说她什么，只有她到处去八卦别人的事情，这不又开始了。

“你说刚刚童总怎么着急忙慌地就跑出去了呀？”张会计说。

前台豆豆说：“是呀，童总做事很有风度，从来不这样着急忙慌的。”

张会计低下头靠近豆豆的耳边说："听说童总这次又新交了个男朋友，好像是上市企业绿豆公司的大公子。"

豆豆忙转过脸："绿豆公司，就是那家做服装的绿豆公司吗？"

张会计说："是，是，就是我们公司的大客户。"

豆豆激动地说："哇，绿豆公司的大少爷呀，我喜欢的类型。"

安大笨笑了笑说："绿豆公司，还大少爷。巴豆公司还好呢，绿豆泻火，巴豆泻料，让你泻不停。"

豆豆用严厉的眼神瞪着他说："停！"说着还用手掌交叉做停止样。

旁边的张会计笑个不停："大笨邮政大使，你能不能不要这么搞笑。"

豆豆回过头去，冲张会计说："还大使呢，大便。坏人，破坏我心目中帅哥的形象。我要拿我的小猫咪捶你。"

安大笨双手阻挠："不行，不行，人家不要嘛。"

张会计笑得更加肆无忌惮了，忙说："嘿，大笨，你做邮递员可惜了，你去做笑星演小品，肯定很搞笑。"

豆豆连连点头，表示同意。

安大笨笑了笑说："我哪里有那本事呀。"

豆豆见大笨还在公司没走，说："我说大笨，你今天怎么这么闲，以前你送东西从来不多待一会儿，好像屁股上挂了串鞭炮一样。"

"我呀，没办法，你们童总叫我稍微等一会儿，我有一个重要的快件要给她。"安大笨如是说。

"这样呀，她刚刚出去，估计马上就会回来。"豆豆朝大笨说着，手里忙着自己的事。

"哦，对了，你们刚说童总又失恋了？怎么会呢，她这样一个女强人，怎么会失恋呢？"安大笨随意地说着刚刚他们讨论的事情。

张会计忙叫安大笨小声一点儿，一面回过头去看有没有人听到他们说的话。"我还以为你没听到呢。"张会计压低了声音说。

安大笨也压低了声音说："怎么会没有听见呢，都听见啦。"

张会计赶紧说："千万别传出去哦，你是邮递员，往外一传，全世界都知道了。"

安大笨接了张会计的话说："你当我是喇叭，一说人家都知道了。"

豆豆说："不是当你是喇叭，你就是，而且是高音喇叭。你说对面公司的烧饭阿姨怎么知道我没有结婚，多大年龄，我从来没有告诉过别人。那天我下班等电梯，那阿姨也正好下班，就和我套近乎，说她有一个儿子，长得高大英俊，还是本科毕业，现在在设计公司上班，说看我不错。我一听就是要给我介绍对象，眼看电梯门开了，我赶紧一步跨了进去，和她说男朋友在楼下等我，那天可把我吓坏了。"

安大笨捂着嘴低头暗笑。

豆豆接着说："我还纳闷她怎么知道我单身的。"

张会计忙说："本科毕业，在设计公司上班还不好呀，交往交往呗。"

豆豆说："这都什么呀，我跟朋友打听了，她正好是对面公司的内勤，她跟我说，阿姨的儿子就函授本科文凭，现在在设计公司上班，听着不错，可只是个看门的保安。"

安大笨笑着说："职业不分贵贱，你可不能取笑人家，说不定人家以后出任个大公司的高管，也不是没有可能。"

张会计表示认同。

"不和你们说了，说了就生气。"豆豆看他们两个在一个战壕里，故意表现出生气，嘴都鼓起来了。

安大笨看着她那表情说："挂个油瓶保准不会掉。"

豆豆说："对了，到底我的事情是谁告诉对面烧饭阿姨的？"

安大笨一摸脑袋，向旁边看去，随意地说："这谁知道，说不定人家阿姨早已经打你主意了。"

"放屁，"豆豆生气地说，"我一开始也奇怪谁能吃饱了撑的乱说别人的事情，原来这人不是别人，就是你。"豆豆一股脑儿把事情的原委都说了出来。

安大笨一看事情败露，赶紧找补说："豆豆美女，我也没有办法，那烧饭阿姨前段时间一直问我，我本来没想告诉她，可是她不依不饶的。我想着你总归要解决终身大事，就告诉了她你的情况。"

张会计一听，说："还真被豆豆说准了，你就是一个大嘴巴，看来以后说什么事要躲着你点儿才行。"

安大笨一想这下坏了，他们可别到公司去投诉，搞不好今年的"最佳员工"就没有了。一想到这里，他堆着笑脸说："美女，别生气了，我下回来的时候带东西给你吃。"

一说到吃，豆豆可高兴了，朝张会计看了看，露出狡黠的微笑。

安大笨一看，这可不妙，赶紧接了一句："只能意思意思，贵的我可请不起哦。"

豆豆想了想，还是打消了刚刚不切实际的想法："下次来就带杯超大杯的奶茶给我吧，算你道歉。"

安大笨悬着的心放了下来，一杯奶茶的事，好解决。张会计看见豆豆诈到一杯奶茶，对着安大笨嘿嘿坏笑。安大笨的心里又发虚起来。

张会计说："见者有份，给我也来一份。"安大笨面露难色。张会计见安大笨不愿意，装着准备让全公司的人都知道的样子。安大笨讨饶说："行，给你也来一杯，哦不，给你们一人两杯，让你们一次喝个饱。"两个女人哈哈大笑，讨到了便宜自然开心，安大笨却突然蹦出一句："唯女子与小人难养也。"

豆豆抄起手边的小猫向安大笨扔了过去。安大笨一个躲闪，只见那小猫玩偶朝门外砸去，正巧砸到来人的头上。那人顺势将小猫玩偶接住。

第六章　闻香识女人

此人一身笔挺的黑色"阿玛尼"休闲西装，脚上穿着黑色"花花公子”皮鞋，样子特别像香港演员刘凯威，只是比刘凯威还要高大硬气一点儿。那气势往那里一站，还真有点儿大明星的感觉。

前台的豆豆，一看自己砸中那人，吓得一下子从座位上弹了出去，碰翻了张会计手中的咖啡，泼了自己一脚，也顾不得擦了，忙结结巴巴地说：“周……周总，不好意思，我不是故意的，我没想砸着你。”

那周总倒是淡定得很，“我刚还怀疑是你们童总给我的惊喜呢，还真把我吓了一跳，你们童总呢？”

豆豆站在那儿满是愧疚，准备走过去把那小猫玩偶接过来。这时候又一个男子从电梯口走过来，看见周总在门口，老远就和他打招呼，“周总，今天怎么有空来我这小庙坐坐呀？”

那人身材微胖，也就一米七的样子，年龄三十开外，头倒是有点儿秃了，兴冲冲地朝这边走来。

前台的豆豆和张会计忙喊：“郭总好。”安大笨总算把这之间的人物关系搞清楚了，走过来的这位就是这家“搜猫网”的总经理，那个被砸中的人应该就是他们刚刚提到的“绿豆集团”的大少爷周总。

周总与郭总寒暄了一阵，手里还拿着那只小猫玩偶。郭总开玩笑地说：“周总对我们的微微猫这么喜欢，我叫产品研发部给你多拿几只。”

周总忙摆摆手，正想说这玩偶是怎么回事，看见豆豆那尴尬的神情，他想了想还是没说出来，只是说：“这只小猫还真挺萌的，以后我们绿豆集团也要搞一个吉祥物。”周总把小猫玩偶递给豆豆，正说着童雯朝这边走来。

安大笨从来没有见过童雯，但是他知道这个名字。童雯一直把信件放在前台，叫豆豆签收。收信栏里总写着童雯的名字。安大笨第一眼见到这名字，感觉这是一个很文静的女子。

后来有几次和豆豆闲聊的时候，他才知道童雯可不是一般的小角色，她是这家公司的副总，权力很大，连郭总见她都让三分。

至于她的来历，豆豆没有说，或许她也不太熟悉。这么一个女强人到底长什么样子呢？微胖型的？淑女型的？他把自己想象的成功女性的形象往她身上套，却还是一个模糊的样子。

这时候童雯正好朝这边走来。红色的高跟鞋踩在地上有节奏地咝咝响，一身米色长款风衣，腰间的风衣带自然地扎了一个结，梳着“沙宣式”新潮短发，挎着一只“普拉达”包，一副暗红色墨镜捏在手里。

郭总说：“周总，到我办公室坐坐。”周总忙说：“我和童总说几句话，过会儿还有一个商务的会，马上要走。”

郭总忙说：“好，不打扰你了，下回有机会我们吃顿饭，地方你定。”

周总说：“好，一言为定。”

郭总转身对童雯说：“童总，替我好好照顾周总。”

童雯对周总说：“我们郭总就是一操心的命，什么都不放心。”然后对郭总说：“放心吧，郭总，我不会让这条大鱼溜走的。”

郭总嘻嘻一笑，看着周总，用手指指童雯，然后转身走进了公司。

童雯正要和周总说话，突然想起来一件事，忙问：“豆豆，刚刚是不是有一个邮递员来送快件？”

豆豆连连点头，朝她身后指了指，安大笨正从斜挎的邮包里取出信件，交给童雯。

童雯低头签收的时候，跟安大笨说：“不好意思，刚刚回来的时候路上堵车，让你久等了。”

安大笨看这副总还挺和蔼的，说：“没事，客户的要求我们尽量满足。这点儿时间还是有的。”

童雯对着安大笨笑了笑，然后转身对豆豆说：“以后公司的快件都交给他去送吧。”

豆豆看了看童雯：“童总，一直都是交给他的，没有换过。”

送完件安大笨站在电梯口，又朝“搜猫网”公司门口看了看，那是一个多么美丽的女人，气质悠然，对待各行各业没有歧视。安大笨见过太多的人，公司老总还能这样客气地对待一个送快递的邮政人员，真的不多，何况还是这么一个漂亮自信的女人。

他看着童雯和那唤作周总的男人在交谈，他们是多么般配呀，他们是一个世界的人。

刚刚童雯靠近他时，身上散发出一股香味，并不浓烈，但是很清新，特别好闻。安大笨是不懂香水的，多年以后他在一个高档商场里闻到了那股香味，又想起那熟悉的味道，他终于知道了那款香水的名字叫“香奈尔”，他还特地看了那香水的标价——1580元。

安大笨在脑子里搜索了一遍，他能想到的香味，要么是妈妈用过的雪花膏，要么就是洗衣液上的香味。

安大笨小时候最喜欢闻橡皮上的香味，一闻就是一天，整天都拿着橡皮凑在鼻子上闻。后来有一次老师告诉了他爸，他爸回来就把他毒打了一顿，不准他再有这样的怪癖，还将他的橡皮全部收缴销毁。那天是壮烈的一天，父亲在安大笨的书包里、卧室里，共收缴各类橡皮三百六十八块。

安大笨居然把家里人给他的零用钱全都买了橡皮。他从来不乱花一分钱，可是家里人也不见他有多余的钱，原来他把这些钱都换成了橡皮。那时候大笨妈看到儿子总买橡皮，当是文具用品，也从来不说什么。没想到他只是为了闻橡皮上的香味。

安大笨一向是和善之人，对谁都很有礼貌，对同学也团结友爱。就是有一次，一同学见安大笨有那么多橡皮，偷偷拿了一块自己用，被安大笨知道了，把那同学揍得鼻青脸肿。

事情闹大了，老师问大笨：“为什么要打同学？”

大笨说：“那个同学偷了我的橡皮。犯我橡皮者，虽远必诛。”

老师说：“怎么证明那橡皮是你的？”大笨把那块橡皮的包装纸剥了，上面用圆珠笔清楚地写着：安大笨专用第097号。

那同学一看这证据立马怂了，说是看大笨橡皮多，拿来一块用用。老师那次还真没有找大笨家长，那偷橡皮的小孩也没敢说自己被同学揍，只是跟家里说是自己路上磕的。

自那之后，安大笨的名声在外：犯大笨橡皮者，虽远必诛。一时间学校里还真没有谁去随便拿别人的东西了，同学间借东西也都客客气气的。

院子里，安大笨跪在炉子前面。安天宝责怪着安道全："小孩子就这点儿喜欢，你干什么呀。"安道全哪管这些，端着那三百多块橡皮，满满一簸箕，然后一把一把往那炉膛里扔，熊熊烈火把原本白白的橡皮烧成了黑油，飘出黑黑的浓烟，原本散发出香味的橡皮此时只发出阵阵恶臭。安大笨看着父亲往那炉膛里扔的不是橡皮，而是他的全部，他泪流满面，嘴里嘟哝着"走好，走好"。

熊熊烈火烤干了安大笨的泪水，浓浓黑烟熏黑了安大笨的脸庞。哭到最后，他一股脑儿地把吃过的午饭都吐了出来，然后就一头栽倒在炉子旁边。

安天宝急得赶紧跑过来，把孙子抱回自己的屋子。安道全独自坐在院子中央，那煤球炉里面还徐徐冒着缕缕青烟。

大笨妈下班回来，知道了这件事，又和安道全一场大吵，两个人为之冷战了两个多月，直到安大笨拿回一张"品学兼优"的奖状，两个人才冰释前嫌，恢复如常。

那次安大笨晕倒以后，一直睡到晚上，在顾小明和陶子还有叶青的呼唤下才算醒过来。伙伴们偷偷地把自己的橡皮塞到了安大笨的手里。

顾小明说："只要有我一块橡皮，就有大笨半块橡皮。"

陶子说："我爸妈有钱，我去拿钱给你买橡皮，把小店里的橡皮都给你买回来。"

叶青那时候还小，也做着保证："大笨哥，我明天不吃雪糕了，给你买橡皮。"说着她从口袋里捏出五分钱塞到大笨的手里，说："大笨哥，给你买橡皮去。"

陶子和小明看着叶青的五分钱，都笑了，告诉她，五分钱买不到橡皮的，要一毛钱才能买到。

叶青忙噘着嘴说："明天我有五分钱，我再给大笨哥，他不就能买到橡皮了吗。"

大笨哭了，他的兄弟在他最需要的时候献出了自己的橡皮。后来听说小明和陶子因为第二天没有带橡皮，被老师叫到楼道里罚站，即使罚站，他们也是高兴的，他们觉得是兄弟就应该这样，罚站算什么。

只是他们说要买下商店里所有橡皮的事情并没有实现，后来长大了，大笨还老问小明和陶子，什么时候兑现。每当说起这个，他们总会开心地肆意大笑。

小明也没有兑现他有一块橡皮给大笨半块的承诺，每次他都是来拿大笨的东西，大笨因为有那天的感动，对于他们仨，要啥给啥，就算是命，给了他们也在所不惜。

叶青年纪虽小，但是承诺她倒是没有忘，后来她真的很少吃雪糕了，大人问她为什么不吃雪糕，她如实回答："我要给大笨哥买橡皮。"引得大人们哈哈大笑。

那次是安道全第一次打安大笨，也是最后一次打他，他再也不敢打大笨一下，怕他气性大，又晕厥过去，何况还有安天宝像守护神一样守护着他。

安大笨闻到了童雯身上的那股子香味，像极了小时候橡皮的香味，他为这股味儿痴迷，为这股味儿疯狂。就因为这香味，他感觉自己有点儿喜欢上了这个女人。当电梯铃声响起的时候，他如梦初醒，自己和她不是一个世界的人，这样的想法该就此打住，不能想，也不该想。那香味自己喜欢又能怎样，此刻还是下楼送快件去吧。

安大笨想着，快步踏入电梯，所有的思绪如同这电梯一样，急剧下坠。他要活得现实一点儿，去努力工作吧。

他握紧拳头，勉励自己：加油！大笨！

第七章　救人一命胜造七级浮屠

电梯门开了，安大笨顺着人群挤出了电梯，电梯外的人又见缝插针地往里面涌，好像这趟挤不上去的话，就没有电梯了。

周围都是行色匆匆的人，每个人都藏着自己的心事，一张张面孔有严肃的、放松的、窃笑的，也有紧张的，或是毫无表情的。这就是社会，这就是职场，当你踏入的那一刻，你将会见到形形色色的人，他们将把你锻炼成一个身怀绝技的超级战士，让你每天迎接各色的战斗。

楼上的童雯和周总已经进了办公室。童雯正准备脱下风衣，周总拿着桌子上的铅笔，放在手里把玩着。

童雯见周总不说话，对周总说："思聪，不是说好过几天再见的吗，我这几天在忙一个项目，如果这个项目弄下来，我们今年就不愁了。"

周思聪好像没有听到童雯说话，思索着自己的事。童雯走到周思聪的面前，说："就这几天都挺不过去啦。我要以事业为重，如果我不足够的强大，怎么敢登你家的大门。"

周思聪这才从思绪中转出来，拉着童雯的手，说："可是我真的想让父母见见你，我们交往一年多了，我也在他们面前说过好几次了。"

"可是，我……"童雯还在犹豫，想要推脱，周思聪一把将她拉到面前，捧起她那张精致的脸，紧紧盯着她，童雯被这突然袭击弄得不知所措，正要挣脱，那周思聪把她抓得更紧了。

周思聪的头向她靠近，靠近，越来越近，或许只要那么几秒钟，就能成功吻上童雯的香唇。

这时候外面一阵骚动，只见公司的几十号人都冲到窗边观望，有好事的甚至直接去楼下看个究竟。

童雯的办公室在靠窗的玻璃门旁，蜂拥而来的员工看热闹的同时也把办公室里的情景一览无余。

童雯条件反射地推开了周思聪，周思聪笑了笑，童雯倒是非常尴尬。

周思聪说："我马上有一个商务会议要开，要不你一起去吧，都是些本市公司的大佬，对你的工作一定有帮助。"童雯一听，赶紧收起尴尬，立马干练起来，说："行，看在你的面子上，这样的机会我童雯是不会放弃的。"

周思聪忙起身，说："要不我开车吧，你直接坐我的车，我到楼下等你。"

童雯打了一个OK的手势，表示同意。

童雯走出办公室，拍了拍手，让在窗口看西洋景的同事各回各位，赶紧忙工作去。然后，在门口交代豆豆，今天中午不回公司吃饭了。

等电梯的时候，童雯回想刚刚周思聪对她鲁莽的态度，还是有点儿小激动的。人家是上市集团的接班人，还能这样对她，她应该觉得满足才对，如果换作是平常的女子，早已经自投怀抱了。

难道她真像自己说的那样，要强大了才与他确定关系？如果是这样，那就是变相地拒绝他。人家是生下来就含着金钥匙长大的，怎么比？看看家庭和身世，从一开始他们就差了很大一截。她不可能凭着自己的能力成为一个他们看得起的女强人，或许人家也并不需要女强人，而是需要一个能够在家里相夫教子的贤惠女人，可这又与她自己的理想背道而驰了。

电梯上上下下几趟，她都没有乘上去，听到手机响，才意识到周思聪在呼她了，赶紧下楼。

百脑汇的门口永远是拥挤的，上上下下的人本来就多，再加上门口好像发生了事故，就变得更加拥挤了。童雯不愿意凑热闹，万一看到事故现场，她会害怕得好几天睡不着觉。

突然，她在事故现场的人群中看到了一个熟悉的身影，那不是刚刚给她送快递的邮递员吗？他怎么会在人群中？他在做什么？只见他一会儿抬头，一会儿低头，一会儿抬头，一会儿低头，人群中有几个人在帮他，围观的人都目不转睛地看着他。

童雯不知道那里发生了什么事，看邮递员脸憋得通红，难道他是在……

这时候，一辆加长型的城市越野车停在了童雯的面前，车窗缓缓拉下，周思聪叫童雯上车，童雯拉开前排车门，又朝那边张望了一下，才坐进车内。

周思聪细心地把安全带给童雯系好，童雯朝他笑了笑。

汽车启动后，童雯看见地上躺着一位大爷，邮递员正给那大伯做着人工呼吸，绿色的邮政制服格外夺目，周围的群众都用凝重的表情注视着他。还有几个小伙子正举着手机把这感人的一幕拍摄下来。

周思聪好像也看见了，对童雯说："那个人不就是刚刚给你们送快递的吗？怎么就给人家做人工呼吸了呢？这傻小子，不怕人家讹上他吗？"

童雯朝周思聪看了一眼，没有说话。她也知道现在的社会做了好事被人栽赃的事情时有发生，可这难道就是不去做好事的理由吗？

她没有责怪周思聪，每个人的价值取向不一样。她觉得真是小看了那个邮递员，如果是自己，不一定有勇气去给那个老大爷做人工呼吸。

正想着，她又从后视镜看了看那边的状况，只是车子已经拐了个弯，朝高架的方向驶去。

夜幕降临，顾小明和安大笨在陶子的摊子上喝酒，吃着烤串。顾小明不知道从哪里淘来了一台投影仪。

"青，回来啦。"陶子看妹妹下了班朝这边走来。

"青，小明哥请你吃鸡翅，要不要？"顾小明逗叶青道。

"不要，我要吃大笨哥烤的。"

"为什么呀，难道大笨烤得更香？"

"就是，大笨哥就是我的偶像。"叶青说。

叶青拿出手机给陶子看："哥，你知道今天大笨哥做了一件多么英勇的事吗？"

"有多英勇？他去用胸口堵枪眼了？"陶子笑着说。

"你看嘛。"叶青说。

陶子刚接过手机，就被顾小明一把抢了过去，他把叶青的手机接到了投影仪上。投影显示的是一个视频，画面东倒西歪的，应该是路人随手拍摄的。

只见视频里有一大群人，团团围住一个老人，老人躺在地上，看上去已经快不行了。大家七嘴八舌，有的说赶紧打120，有的说找找老人身上有没有带药。说话的人很多，但没有一个人敢上前。这时候，一个穿邮政制服的人走近老人。

看投影的食客中，有人认出了安大笨："这不就是大笨吗？大笨上电视了！"旁边桌的客人也说："嘿——，大笨，你上电视了，成名人了！"

安大笨有点儿不好意思，说："别人乱拍的，哪里是上电视呀。"

叶青说："这比上电视传播得还快，今天中午我就在朋友圈看到了。只是一直忙工作，才没有给你打电话。"

安大笨忙说："举手之劳，没什么可说的。"

叶青说："哪里是小事，我们医院的同事都知道了，病房里的人也都知道，还说叫你下回去的时候给他们讲讲呢。"

安大笨说："讲什么讲，没啥讲的。"

安大笨当时的表现真的很专业，了解情况后就叫人先打急救电话，然后让围观群众后退，给老人留出空间。他跪在老人的一侧，双手用力按压老人的胸口，给老人做人工呼吸。就这样，安大笨在一旁持续为老人进行心肺复苏按压，直到救护车赶到，把老人送上车。

老人被送走后，安大笨正准备离开，一个手持摄像的人走过来询问："请问你叫什么名字？"安大笨看见镜头对着自己，忙说："别拍，别拍，我就是一普通人，没什么可拍的。谢谢。"

说着就转身朝邮车走去，制服上"中国邮政"四个字格外醒目。

视频里传来一段拍摄者的画外音："好人啊，现在这样的好人可难找了。今天有幸拍到这么一段，谁能认出这哥们儿，我们一起让他火起来，传递正能量。”

看完视频，顾小明对大笨说：“做了这么一件大好事，你怎么不说呢？还算不算哥们儿了。”

安大笨腼腆地笑了笑：“这算什么好事嘛，举手之劳。”

陶子说：“大笨做这件事，我一点儿都不意外。”

顾小明说：“大笨，我采访采访你，如果当时躺在地上的是一位美女，你还会去救吗？”

叶青一巴掌甩在顾小明身上，说：“当然会救了，谁像你呀，救个人脑子里还胡思乱想。”

叶青叫哥哥再给安大笨烤几个鸡翅，说要犒劳犒劳他。旁边的顾小明直嚷着叶青偏心眼儿。

安大笨认为自己只是做了件很小的事，但在别人眼里，这件小事却被放大了。如今，由于各种负面新闻，大家都变得小心翼翼，甚至在危急时刻也会出于各种考虑畏缩不前。每个人都想着只要把自己的事管好就OK了。

听你心跳的声音

朱　皮

杜若打电话问我："捐献器官有钱可图吗？"

"没有。"

"网上不是说一个肾几十万。"

"网上的话你也信。"

"我当然信啊，要不为什么有那么多人都拿网上的事做依据？"

我一时语塞，憋了一会儿才说："你跟我斗什么嘴，问这个干吗？"

杜若说："说出来不好意思，最近手头紧，想弄点儿钱，但想来想去，身上值钱的除了器官之外，好像没什么了。"

我忍不住回道："你身上不是还有四百万挂着……"

"你，"他顿了顿，突然笑了出来，"对，对，要不便宜点儿卖给你算了。"

我脸一红，说："贫嘴。你平白无故不会给我电话，说正事，找我干吗？"

"一时半会儿说不清楚，我过会儿来你办公室。"

杜若是我老家的邻居，也是我从小学到高中的同学。高考结束，他被录取到警察学院，我则被医科大学录取，也算圆了我做医生的梦想。警院和医大都在省城，只是一个在城东，一个在城南，坐公交要一个多小时。刚到学校的那段时间，人生地不熟，我就时常打电话找他，想让他在双休日的时候，陪我在省城走走看看。可是，电话打过去，手机关机的时候多，开机少。好在他告诉了我宿舍管理员的电话，所以，我经常在宿管大叔处留言，让他回宿舍打个电话给我。开始我不明白，以为他故意不理我。后来才明白，警院的管理和医大的管理完全不一样。用他的比喻来说，警院的学生就像是圈养的鸽子，只能偶尔放出去遛遛。医大的学生则是无人管理的麻雀，可以四处飞。这样的比喻我虽然觉得不是很合适，可我不得不认同。大学四年，每到月末，他都会来学校找我。结果，他一月一次的到来，赶走了好几个对我有好感的男生。很多同学都以为他是我的男朋友。我也以为我们会走在一起。可惜到毕业，他考进了市公安局，我考进了市红十字会，我和他居然应了“太熟不好下手”这一段子。虽然亲昵得无话不说，但从无火花擦出。不熟悉的人听我们交谈，会觉得我们之间的关系极其暧昧。其实，我和他心里很明白，这只是我和他之间的贫嘴调侃。要是有暧昧，不会到现在只停留在嘴巴上。

杜若进办公室，我正低着头擦桌子。他敲敲门，我抬头看了他一眼，说：“怎么突然变得这么有礼貌了，我手还脏着，开水刚烧好，茶自己倒。”

“到你办公室连水都要我自己倒，这也太官僚了。”说完，他从茶几下面拿出一只一次性纸杯，从茶几上拿起茶叶罐，摇了摇，说：“你这个官做得也清苦，连茶叶也没有。”

“你不送，我有什么办法，喝开水吧。”

他叹口气，说：“早知道你没茶叶，我哪怕买也要给你送。”

“红十字会是穷单位，比不得你禁毒大队，随便搞点儿毒品，就上万。”

“我那里就是毒品多，要不要给你来点儿。”

我白了他一眼，说：“小心我真的要。”

我擦好桌子，给自己倒了杯水，看着已经坐在沙发上跷二郎腿的杜若，说：“有什么事还需要当面说？”

“有重要的事，需要你给我答疑解惑。”

我看着他，没响。

他挠挠头，说：“别这样盯着我看，我会害羞的。”

“那赶紧正经点儿。”

杜若问：“器官捐献有什么要求？”

“没什么要求，只要自愿就可以。”

“原来这样简单啊，我以为很复杂。”

“你什么意思？”

他沉默了一会儿，说：“我想捐献器官。”

我一下睁大了眼睛，说：“什么！”

“别紧张，我说的不是现在，我说的是假如有一天我‘光荣’了，我得把身上有用的东西都捐出去，免得到时候一把火烧掉，太可惜了。”

说实话，我平时能口若悬河地劝导别人捐献器官，奉献爱，可当这话从杜若嘴里说出来，我突然不知道该怎么说了。对他，我存有私念，他和别人不一样。

记得那年我到市红十字会报到的第一天，当时的老会长专门找我谈话。他说，这次招人，虽说是招从事办公室工作的行政人员，但在走上这个岗位前，还是希望我从器官捐献劝捐员做起。

我怯生生地问：“器官捐献劝捐员是做什么的？”

老会长说：“就是劝说人们捐献自己或者亲属的器官，资助给需要的人，让生命延续，让爱奉献。”

我想了想，说：“好。”

当初说好的时候，以为劝人捐献器官是大爱，肯定会被人接受。可是，等我真的去劝人捐献的时候，却被人结结实实地打了一巴掌。

那天早上我还没起床，老会长的电话过来了，他说，人民医院急诊室两个小时前收治了一位女性交通事故伤者，现在虽然在抢救，但希望渺茫。他让我赶紧过去，给家属做一下劝捐工作。我一听很激动，连忙赶到人民医院。在抢救室门口，围着一群人。我看了下，坐在门口一个四十多岁胡子拉碴的男人，在一把一把抹眼泪，估计是伤者的丈夫。站边上围着他一声不响的，应该是伤者的亲戚朋友。我悄悄问了下边上的人，果然，在哭的是伤者的丈夫。

看到这个场景，我一下子不知道该怎么说了，刚才在路上想好的话一句都说不出来。最后，在这群人疑惑的眼神中，我终于说出了一句话：“等下她死了，你们愿意把她的器官捐出来吗？”

男人一听这话，腾地站起来，说：“你说什么！”

我向后退了一步，结结巴巴地说：“我说她死了，你愿意把她的器官捐出来去帮助别人吗？”

“放屁！”男人猛地伸出手，一个巴掌向我扇来。

我还没反应过来，巴掌已经结结实实地打在了我的脸上。我只觉得左边的脸颊先是一阵麻木，接着就是一阵热辣辣的疼，咽一下口水，有一股浓浓的血腥味，吐出一看，果然是满口血水。我忍不住哇地一下哭了出来。男人还想打我，但很快被边上的人拉开了。当时，我给老会长打了电话。我以为，接到我电话赶到医院的老会长会报警，会和打我的男人来一场争斗。结果，老会长赶到医院，不仅没听我解释，还向抢救室门口的男人和边上的那群人深深鞠了一躬说：“对不起，我们这个同志太年轻，没经历过这样的事，我代表市红十字会向你们表示真诚的歉意。”

第一次劝捐，我失败了。可是，老会长后来凭借一个鞠躬，一个道歉，一番解释，让男人抹着眼泪在“器官捐献登记表”上签了字。我明白了一个道理，劝捐并不是简单的意见征询和解释，而是要换位思考，用感同身受的心态去向当事人解释，把爱的延续和奉献用另一种方式表达。现在，我工作七八年，劝捐百余人，成功三十多人。这个比例虽然不大，但已经是极其难得。至少有四五十个病人，因为我的努力，获得了新生。我也练就了一身“察言观色，因人而异”的劝捐本领。可那是对别人。杜若和我有多年的情义，不是亲人胜似亲人。所以，对杜若提出的捐赠愿望，我在欣喜的同时，也有些说不出的滋味。

好在这几年的劝捐，我已经能很好地控制自己的情绪。平静下来后，我从柜子里拿出一张捐献登记表，递给他，说：“和你说清楚，填了表不许反悔。”

杜若笑着拿过表格，说：“这有什么可反悔的。”说完，拉开椅子，在我的办公桌前面坐下。

“你得写清楚要捐献哪些器官。”

杜若停住笔，盯着表格沉默了一会儿，说：“全部，能用的都捐了。”

“你可别冲动。”

他叹口气，说：“没冲动，你以为我今天来找你是冲动？”

我不再说话，等他填好表格，我看了一下，果然，他在捐献全部器官的方框上打了勾。这说明，凡是身上能捐的，他都捐了。

我的眼睛忍不住一热，说：“等下我给你发张卡，发本证书，向你表示感谢。”

“不用，这些东西都放在你这里吧，我不想拿回去，不想让我爸妈看着这些东西伤心。”

我点点头。

他站起身，走到窗前，盯着楼下人来车往的大街看了一会儿，说：“我还想请你帮个忙，借你的手机给我录一段视频。以后我真的不在了，我爸妈要是不同意捐献，你就把这段视频放给他们看。”

我顺从地按照他的要求，帮着他录完视频，拷贝到电脑上，然后又拷贝到我的一个优盘上。不知道为什么，做这些的时候，我始终有种莫名的悲壮感。

“杜若，你告诉我，今天为什么突然这样做？”

杜若笑着说：“都是被你天天在朋友圈上晒爱心搞的。”

“这不是真话，作为器官捐献的劝捐员，我始终抱着满腔的激情，希望人人都能奉献这种救人于生死的大爱，但对你，我就想知道为什么。”

杜若沉默了一会儿，说："做我这工作，时刻活在当下，所以，我就想着趁现在自己还能表达，把这些做了，等到不能表达了，我想做也做不了了。"

我想了想，说："你中午有事吗？我请你吃饭。"

杜若想了想，说："中午不行，晚上吧。"

我说："好，等定下地方给你信息。"

晚上，我找的地方是离杜若单位不远的一个清苑茶楼。清苑茶楼环境比较清静，消费不高，掏几十块钱，喝茶、吃饭、聊天，全都解决了。我们单位几个单身的同事，周末的时候，时常过来。

杜若七点多才到。要不是他提前发了个短信给我，说突然有事要迟点儿，我早就回家了。等他进了茶楼，我肚子已经吃得滚圆。他看我一脸气愤，笑着说："别生气了，今天就当给你和男朋友约会做演习了。"

我呲了一声，说："演习个屁，我男朋友要是像你这样，我早就把他踢了。"

他笑着说："幸亏我不是。"

趁他去卫生间洗脸的空隙，我去茶楼大厅给他拿了玉米、红薯、饺子、鸡爪。这些都是他爱吃的。他进门，一看到桌上放着的碟子，夸张地大叫一声："哇，太贤惠了，这么贤惠的人，我以前怎么都没发现？"

我冷笑一声，说："你是不是没长眼睛？"

其实，从我情窦初开起，我的心就在杜若的身上。我因为喜欢医学而考的医科大学，可等到毕业，我才发现理想和现实有着极其巨大的差别。想进医院的硕士、博士还排着长队，根本轮不到我这个本科生。弃医，等着我的是漫漫考试路。等我东征西战于各个考场，最终考进市红十字会时，警院毕业的杜若已经在市公安局上了好几个月班。上班第一天，我给杜若打了电话，告诉他，我找到工作了。他欣喜地尖叫一声后，大声说晚上请我吃饭，给我好好庆祝。那个晚上我以为他会明白我的心意，向我表白。可惜没有。反而是我喝了瓶啤酒后，在微醺之间，喋喋不休地诉说了我的暗恋，我的思念，我的情感。等我像一个饶舌的婆娘诉说完一切，我以为他会一把抱住我，把我期待已久的嘴唇印在我的唇上。谁知，他居然站起身，拍拍我的肩膀说："别想那么多，你在我心里，有的时候是姐姐，有的时候是妹妹，更多的时候是一个不成熟的小屁孩，你说，我怎么会有那种想法。"

我愤怒地喊道："你难道没感觉到？"

他挠挠头，一脸无辜地说："我本来就笨。"

从此，我努力不再把他放在心上，也不再时不时给他打电话。

趁他啃完鸡爪，我突然问了一句："你女朋友是做什么的？"

他嗯了一声，含含糊糊地说："你说什么？"

我又问了一遍。

他喝了口水，说："我没女朋友啊，对了，你是不是也没男朋友？"

我轻笑一声，没响。

他一把放下筷子，紧张地说："不会是没人爱你吧。"

我忍不住说："放屁，我结婚证都领出一年了。"

他睁大眼睛，吼了声："骗人。"

"干吗骗你，上次我不是带着他和你一起吃过饭吗？"

他眨着眼睛想了半天："原来那次是鸿门宴啊，我一直以为你是给我做媒来着。"

那天下午，我老公的表妹来红十字会办事，等事情办好，我也快下班了。他表妹大学毕业没多久，好像还没男朋友，我想不如介绍给杜若。于是，就打电话给老公，让他找个吃饭地方，然后打电话给杜若，说晚上请他吃饭。杜若很高兴。本来我以为这是一件极其圆满的事，谁知杜若刚坐下，菜还没上，接了个电话，就急匆匆地走了。事后，我问表妹杜若这人怎么样，表妹大笑不止："嫂子，你想什么呢，我早有男朋友了。"我不禁大呼侥幸。

我说："我是想给你做媒，可是有的人还没等我开口就走了。"

杜若摇摇头，说："纯属谎言。"

我笑笑，打开手机相册，把我和老公的婚纱照翻给他看。

他只看了一眼，就闭上眼睛摇摇手，说："不看了，心碎了。"

我白了他一眼，说："我是送上门没人要，现在好不容易有人肯收留了。"

他突然问了句："这里有酒吗？"

"没有，只有茶。"

他不信，说完走了出去。没过多久，手上拎着四瓶啤酒回来了。他把啤酒依次放在桌子上，然后用牙齿一瓶一瓶起开瓶盖，再一瓶一瓶灌进肚子。

我静静地看着他，等他喝完啤酒和我说实话。果然，等第三瓶啤酒喝完，他抹了抹嘴巴，打了个长长的饱嗝，说："好了，现在你结婚了，有些话我可以说了。你知道吗，我是爱你的。"

我点点头，说："你编，继续编。"

他说："我没编。"说完，拿起最后一瓶啤酒，喝了两口，说："你要知道，我天天和吸毒贩毒的打交道，你都不知道我下一分钟会碰到什么人。都说坏人是脑袋夹在裤腰带上，我这个做警察的，其实也是如此，我这样的生存环境，我能接受你吗？再说，就算我接受了你，你天天处在提心吊胆中，你受得了吗？就算你受得了，可我受不了。书上不是说吗，爱一个人，就是放手。所以，我对自己说，我绝不能害你，你明白吗？"

我的泪喷涌而出，一发不可收拾。我很想去抱抱他，可是我无能为力。我抽了几张纸巾递给杜若，也抽了两张纸巾擦了擦眼泪，努力让自己平静下来，说："别这样，你还是把今天的事和我说说吧，不知道原因，我这一天始终不踏实。"

杜若抬起头，拿起酒瓶，又喝了两口啤酒，说："我这人，怎么一喝酒，就变得像情圣一样。"说完，咧咧嘴，努力让自己笑了笑，说："今天的事，你千万不要和我爸妈说，我这样做，只是被你们红十字会的劝捐员劝动了。想想，人死了之后肉体有什么用，还不如废物利用，把能用的都拿出来给需要的人。”

我盯着他的眼睛，一动不动。过了许久，杜若先坚持不住了。这是我们儿时的游戏，每次他说谎，只要我让他盯住我的眼睛不动，不出五分钟，他一定会败下阵，乖乖把事情的前因后果说清楚，屡试不爽。我相信他一定会说出来的。果然，他很快垂下头，过了许久才抬起头，说：“我这次要去参加一项行动，我不知道能不能活着回来，所以，我想着假如我死了，一定要给社会留点儿东西，除了器官，我再无他物。你是我同学、朋友，也是我除了爸妈之外最亲的人。这么多年，你我之间的感情不是一般人能懂的，所以，我把身后事交给你，我放心。”

说完，他忽然笑了：“奶奶的，说这么悲观做什么。”他俯过身，对着我的耳朵悄声说：“说不定这次行动之后，我一举成名成网红了。”说完，他猛地直起身，拎起酒瓶，把瓶中的最后一点儿啤酒喝得干干净净。

接下去的一段时间，过得相当漫长。我不知道杜若在哪儿，更不知道他在做什么。偶尔我和他会在微信上聊会儿，但我从不问，他也不说。

因为我知道杜若出去执行任务，我回家的次数比以前多了起来。每次回去，我都会去杜若家看看。杜若的爸妈看到我，笑呵呵地问：“什么时候结婚？我们都等着喝你的喜酒呢。”

我说：“不急，快了。”

杜若妈妈叹口气，说：“我家杜若也说快了，可是只听楼梯响，不见人下楼，急死人。”

其实，杜若妈妈的言下之意我也懂，我妈也曾不止一次说过，两家人知根知底，多好。可爱情这事，一个巴掌拍不响，再说，杜若不理我，我总不能死不要脸地贴上去吧。现在，我知道杜若的心了，可是迟了。

杜若是在两个月后打电话给我的。我一听到他的声音，就急忙问他在哪里。他说，就在我单位门口。我叫他上来坐会儿。

我以为两个月不见，杜若会变得又黑又瘦。可是，从他进门的那一刻起，我都不相信自己的眼睛，从上到下看了他好几遍，才忍不住说："原来你不是去受罪，是去享福啊，吃得白白胖胖，和猪差不多了。"

他居然没笑，劈头就是一句："你能不能帮我一个忙，尽快给我找个肾脏。"

"你怎么了？"

"不是我，是我同学平安，他得了不可逆肾衰竭，医生说只有换肾才能活。"

"配型做了吗？"

"做了，在等，可是不知道要等到什么时候，我怕他等不到肾源。他可是我四年的同学，七年的战友，同生共死过，你得帮我这个忙。"

我沉默了一会儿，说："我帮不了，肾源配送是电脑自动配的，人没办法控制。"

杜若忽地一下站起来，喊道："我现在就把肾捐出来，换别人一个肾给他，行不行？"

我走过去，双手按住他的肩膀，说："别急，这事急了也没用。"

"我能不急吗？看着他不到三岁的女儿，看着他满头白发的爹娘，我能不急吗？"杜若抹了把眼泪，说："你要知道，前几年公安局派我去毒贩那里做卧底，平安坚持说他去，领导问他为什么，他说：'这小子连怎么样接吻都不知道，我好歹有了女朋友。'结果，他去了，他的病就是那时候生的。你说，这样的兄弟，我要不要帮，要不要救。"说着说着，杜若有些歇斯底里了。我赶紧给他倒了杯水，他接过水杯，一口喝完，大声说："我经历过生死，也看开了生死，可是，我就受不了眼睁睁地看着兄弟死，要是我的肾能配上，我早就捐出去了。"

那天，杜若在我办公室里说着，哭着，闹着，发了疯一样。我能做的，只是无助地陪着他流泪。

后来，我专门找会长说了杜若的同学平安的情况。会长是从部队转业过来的，身上的军人作风丝毫不改，说：“战友情，只有当过兵、做过警察才会理解。可惜，我没有能力帮他，要不你想想办法，找个由头去慰问一下？”

接下来，我争取了三千块钱的慰问金，通过公安局给了平安。钱虽然不多，也算是体现了红十字会的关怀。

我老公是从农村出来的。在农村，对婚姻的认可并不是两本贴着照片的结婚证，而是一场婚礼、一场婚宴。因此，我公公婆婆就不停地催着我们办喜事。既然决定要举行婚礼和婚宴，本来还想迟点儿装修新房，也就提到了日程。我们开始找装修公司，考虑预算，买材料，督工，验收。这一场下来，大半年的时间过去了，我根本没时间去想别的事。等安定下来，挑好结婚日子，准备分发请柬的时候，我才想起杜若。

我连续打了好几次电话，他电话总是关机。过了两天，电话终于通了。杜若接起电话，过了好久才说：“怎么现在想起我来了？”

“前阵子忙，现在空下来。”

“平安没等到肾源，走了。”

我惊了下，说：“这么快。”

“他不想给家里留下还不清的债，拒绝在医院等待肾源。他去世前填写了器官捐赠表，要把肝、肺捐出来，可是……”杜若说到这里，停了下来，过了许久，才长长地吐了口气，说：“可是等他去世，医院检查了他的肝和肺，发现已经因工作而透支，根本无法捐赠了。你说，假如我死了，我的器官会不会也这样？”

“你别胡说，你不是还好好的吗？”

我怕他再就这个问题纠缠下去，就赶紧说：“我要结婚了，准备给你送份请柬，我给你寄过去还是你自己过来拿？”

“快递，神秘点儿。”

我笑了下，说：“你是想浪费我钱。”

第二天，我按照杜若的要求，把请柬快递到他单位。接到请柬后，他在微信里给我留了句话，说："收到你的请柬，我顿时觉得天塌了下来，从此以后，再无爱我的人。"我流着泪，发了两个笑脸过去。

没想到，办一场婚礼比装修一套房子的事还要多，还要复杂。从定下日子到举办婚礼的两个多月里，我除了上班，其他的时间都在找酒店、拍照片、找婚庆。好在老公在报社上班，还算比较自由，让我省去很多麻烦。

结婚前两天，老公和我商量伴郎伴娘，问我要不要叫杜若做伴郎。我想了想，说："算了，他不一定有时间，今天答应了，明天又说有事。"老公便叫了报社新闻部的一位同事做他的伴郎。我找伴娘容易，同学同事多的是，很快搞定。

果然，结婚那天，杜若给我打电话，连声道歉："刚接到一个任务，要去东北抓个人，婚礼参加不了了。"

我叹口气，说："没办法，工作要紧。"

"你放心，红包我可准备了，你得有心理准备，那可是大红包哦。"

果然，我和老公在酒店门口迎接客人的时候，杜若的爸爸妈妈来了。他妈妈见到我，从头到脚，从左到右，仔仔细细看了一遍，说："真漂亮，看着你生出来才这么大，现在居然出嫁了。"边说边笑着用手比画。

杜若爸爸拍拍杜若妈妈的肩膀，说："看你高兴的。"杜若妈妈才回过神来，从左手臂上挎着的黑色小包里拿出两个红包，说："这个是我们老两口的，这个是杜若的。"

我用力推辞着，说："叔叔阿姨，你们不是都看到了，我们不收红包。"

杜若妈妈和我推来推去坚持了一会儿，见我坚持不收，只能把红包收了回去。不过，她刚把红包放进包里，突然又拿出来，细细看了下，把其中一个递给我，说："这个是杜若给你的，一定得收下。"我还推辞。杜若妈妈坚持说："儿子给我的任务，我一定得完成。"我接过红包，硬硬的，似乎是一个优盘。想了想，就收下了。

杜若送我的红包我特意放在包里，到单位才打开，里面是一张存单，一只优盘。我看了下存单上的数字，一万八千八。这真是一个大红包。我把优盘插进电脑，里面有好几个文件夹，我一个一个打开，每一个文件夹里面都是照片，是我和杜若从小到大一起玩耍读书的照片。真不知道他是什么时候收藏的，因为有好多照片我都没有。

我一张一张翻着，翻到后面是十多张日记的影印照。点击放大，是杜若初三、高中、大学和工作后写给我的信。只是他写在日记本上，从没寄出，我也从没收到过。“错过了，也就错过了，只待下辈子不再错过。”看完照片，我在微信上给他发了这句话。他没回。

如果不是我妈，我还不知道杜若生病了。那段时间，我怀孕，妊娠反应很重。老公怕自己照顾不过来，就让我妈来照顾我几天。我妈刚进门，就问我：“杜若生病了，你知道吗？”

我慌了一下，说：“不知道，怎么了？”

我妈说：“据说是脑子里生东西，挺严重的。”

我突然感觉腿有点儿发软，说：“你听谁说的？”

我妈说：“听邻居说的，这几天杜若的爸妈都不在家，说是去省城照顾杜若去了。”

我连忙拿出手机，颤抖着手拨杜若的电话，手机关机。我又连续拨了几次，手机都关着。我拿着手机，转了几圈，拨通了老公的电话。老公在做日报的三版编辑，平时和公安局联系比较多，我把事情简单一说，他很快就回复过来，说杜若确实病了，是脑胶质瘤，生病已经有两年了，但严重是这几个月的事，现在在省第一医院住院。

我跌坐在沙发上，静静地想了想，上次杜若来我办公室说要捐器官，他应该已经知道自己的病情了。既然已经知道病情，为什么当初不告诉我。我闭着眼睛，满脑子都是他在我办公室嘻嘻哈哈说捐赠器官的身影。这人真是的，当初要是把实话告诉我，说不定我会有另一种选择。你不谈恋爱，不找女朋友，都是为女方着想，可是，你想过你爸妈没有。今后的日子，他们将怎么过。没有了你，他们也就没有了生活的支柱，你如果有个一儿半女的，对你爸妈不也是一个很好的安慰吗。你这笨人，我在心里默默地骂他。我妈站在边上，把毛巾递给我，让我把眼泪擦擦，有空去看看他。

我是一个多月后才去看杜若的。杜若已经从省第一医院转回了市人民医院。这是他的意思。他说，在省城人生地不熟的，想找个人聊天都很难，回来就方便多了，寂寞了可以打个电话找同学同事聊聊，偶尔还可以帮兄弟出出点子，抓几个吸毒贩毒的。

进病房前，我先去了医生办公室。杜若的主治医生文勇和我比较熟，我当初对病人家属劝捐的时候，他给过我很多帮助。文勇把杜若的病历递给我，说："你看看就知道了，病人的情况很不乐观，你不来我也要找你了，他可能是一个潜在的捐赠者。"

我苦笑一下，说："他早就在我那里填写了器官捐赠表，而且是全部捐献。"

文勇说："怪不得他时常问我他的心肝肺好不好，原来这样啊。"

因为有了文勇提供的信息，我进杜若病房后，第一句话就说："哈，还说抓过坏人，立过大功，做过英雄，原来也和我一样虚弱不堪。"

杜若把左手垫在后脑，右手指着我说："别多说话，多劳动，赶紧把床头给我摇起来。"

我笑笑，刚要俯下身去抓病床下面的摇把，杜若妈妈连忙把我拉住，把床头摇起来。

杜若让他妈妈给我拿了张凳子放在床边，然后对他妈妈说："你先出去一下，我们有事情说。"杜若妈妈笑了笑。

这是一个单人病房，不大，病床在房间中间，窗口放着两张沙发、一个茶几，茶几上放着一捧红玫瑰，正盛开着，给冰冷单调的屋子添了点儿生气。

杜若妈妈笑着走出病房，把门轻轻关上。这时，我才转头把杜若细细打量一番，说："哟，有人给你送玫瑰了。"

杜若白了我一眼，说："这是我自己掏钱代你送的。"

"那是不是要给你钱？"

"你去亲自买过来再送还差不多。"

我眼一热，赶紧忍住，说："没想到你瘦这样了。"

杜若笑笑，说："千金难买老来瘦。"

"三十还没过，站都没站起来的人，就说老了。"

杜若呲了一声，想说什么，但没说出来。停了一会儿，说："我和你说点儿正事，你能不能在我的器官捐献表上写上'警察优先'。"

我沉默了一下，说："好。"

杜若叹口气，说："没想到我的肾居然和平安不匹配，苍天无情啊。"

"你别这样想，老天其实是最公平的。"

杜若摇摇头，说："我看就是不公平。"

"你别多想，我问过医生了，只要你好好配合，很快会好起来的。"

杜若笑笑，说："我早上网查过了，我这病没法治。"他停顿了一会儿，说："好在我想要捐献的器官都是健康的，这点让我很欣慰。现在看来，老天是公平的，知道我要捐献器官，就让我的器官都健健康康的。记住，到时候我身上所有能用的器官，都捐献掉，生命都没了，留着肉体又有何用呢。"

我努力让自己笑了笑："放心吧，你就等着，等你的器官老得都不能用了，你还活着。"

杜若盯着我看了一会儿，笑了会儿，然后用手捂住脸，等他把手拿开，我看到他苍白的脸上漾出一片阳光。

他侧着头说："你知道我现在在想什么？"

"在想什么？"

“盯着我的眼睛。”

我顺从地盯着他的眼睛。他眨了眨眼，说：“我在你的眼睛里看到了自己。这么多年了，我一直想抱抱你，可惜一直没机会。”

我的脸一热，说：“那是你不抱，我等了你这么多年你都没抱。”我俯下身，笑着说：“要不现在就让你抱。”

他笑了，说：“不抱，就要让你也留遗憾。”

杜若盯着我看了一会儿，说：“还有一件事，我希望你一定要帮我。我死后，器官受赠者的信息希望你能掌握，等我爸妈想我了，你能拿出让他们安心的东西来。”

我点点头。

杜若是在一个月后走的。他走的那天，他的主治医生文勇给我打电话，说上次我探望的同学已经留不住了，叫我去看看。

等我赶到医院，我的同事小超已经在了。本来器官摘取手术的见证，我也可以做，可是，我无法接受。我就叫了小超，等下代我见证杜若的一切。看来杜若已经和爸妈说清楚了，杜若的爸妈在告知书上签了字。我在手术室门口一动不动坐了整整四个多小时，等杜若的遗体推出手术室，我想站起来，可无论我怎么努力，都无法站稳身子。我知道杜若并未离去，他一定还在我能感受到的地方。

一年后，我收到一份快递，里面是一支录音笔、一张心电图记录纸。我把录音笔接到音响上，打开，一阵铿锵有力的心跳声填满了整个房间。

我不由自主地跪倒在地上，心灵深处死命地喊一个人的名字。杜若，我听到了你心跳的声音！

青春也是故乡（节选）

梁培辉

第一章

苏林子早晨刚眯开眼睛，朦胧中便意识到房间已经布满阳光。房间好像一个偌大的鱼缸，里面漂游着几尾带鱼，带鱼光洁的身子泛着又冷又利的白光，舞着背脊上长长的鳞刺，怀着把残损不多的黑夜割得粉碎的使命，拼命地往鱼缸的黑暗角落钻。带鱼这种生物也会狐假虎威，在主人还没有到场的时刻，舞动干戈，满足自己的权力欲望。

菜市场开始喧嚣，路面上显眼地摆着各种渣滓，嘲笑着长夜的消化不良。一位四十多岁的中年妇女正小心翼翼地探着脚，把脚印放在干净的地方，边走边心里诅咒菜民，厌恶他们的低贱、粗俗、不懂卫生。她偏爱古典主义、高贵、规则、洁癖，因而她常常抨击时政，在嘴巴上讨伐社会的精神面貌，她的丈夫常为此纠正她的观点，但彼此总以“外表的安静、内心的争吵”这种方式保持涵养。

她早上的任务就是买几条生鱼，听医生的建议吃生鱼可以补血，召回多一点儿生存的活力。有时候她也怀疑医生，感觉医生的建议是一种投机。她月经已经停止，更年期来临，所以又多了几分精力去狐疑周围的事物，总有种压迫感。

鱼贩子利索地杀好几条生鱼，案板上淋漓地布满鲜血，这让站在他面

注：原著篇幅较长，本文节选的是开篇部分。

前的中年妇女从脸到脖子根红成一片，她以为鱼贩子察觉到了自己生理转变的事实。当看见对方向她露出笑意时，她变得更敏感，以为是向她投来卖奸的坏笑。中年妇女感到无比羞耻，捏着手指进行了简单的交易之后，连零钱都不要就匆匆离开鱼摊，心里发誓再也不到这种地方交易。

苏林子病恹恹地翻了下身子，伸手撩开纱帐，想让模糊的视线变得清楚一些，要不然总感觉自己没有醒过来，可是她怎么努力也告别不了迷糊这个事实，昨天晚上那个梦境依旧不依不饶地驻扎在她身上。她梦见自己赤脚走在暮霭沉沉的草地上，往模糊的边界走去，不知道要揭晓什么东西，或是要制造更多的神秘。最令她头疼的是意识无比清醒，身体却沉重疲惫，意识要努力抽离身体这个躯壳，但身体总是揪住意识的尾巴，让它逃离不得，灵与肉始终无法割裂。

房间寂静得令人压抑，似乎要把人从世界中挤出去一般。“骗子！”苏林子念叨一声，似乎要对生活中的某些履历进行翻供，但有气无力的词语证明那只是没有韧性的念头，一闪而过罢了。

此时的远方正响起阵阵哨声，司令员像斗红了眼的公鸡，伸长脖子，血脉偾张地喊：“立正”“向右看齐”……

第二章

张大漠对杳无音讯的录取和彷徨的境地似乎早有预料。

在太阳的炙烤下，张大漠家乡那块巴掌大的土地变得越来越瘦小，像置放在锅炉里的肥肉，随着油脂淋淋漓漓地滴下，虚脱成干巴巴的肉块。那片一望无际的花生地，因为缺水，蔫头耷脑，偶尔有一两只老鼠从花生地的一个洞穴，旁若无人地窜进另一个洞穴，通过物理空间的变换，换取须臾的凉爽。张大漠一家三口顶着烈日在花生地上劳作。他们喝下去的水，片刻就从身上冒出来。身体像透明的虾子般疲软苍白。张大漠左手提着木桶，右手掌着浇菜用的勺子，弯着腰把桶里的水浇到花生苗的根部。

花生地遇水之后，就像蒸笼里的面团，膨胀成枕头形状。张大漠的父亲用菜锹在浇过水的花生地上先刺下一个个蜜蜂窝，再搅翻黑乎乎的泥土，使白中带黄的花生从蜂窝孔中蚕蛹一般爬出来。张大漠的母亲则用一个废弃的斗笠装盛花生，装满之后再放到腿高的篓子里。远远望去，张大漠三人的劳动场面就像一幅古代遗落到现代的素描，中国农耕文明这根水烟筒在炎日下叹息着最后的一丝诗意。

住在两里开外的廷焕夫妇还没有把牙缝里的晚饭剔干净，就一前一后赶到张大漠家，撩开夜幕，表达两个中老年人对青年人的关爱，询问张大漠高考录取的情况。他俩有一个女儿已经大学毕业，找到一份体面的工作，附带也找了位女婿。虽然他们觉得女婿不够郎才，配不上自家的女貌，但是女婿圆乎乎挺突突的肚子，提醒着他们贫困的悲哀。再三琢磨之后，他俩才发现女婿油胖矮墩的身材应该是佛祖富贵幸福的象征，而他们的女儿则是观音的隐喻，女婿和女儿的婚姻是天衣无缝的配对。于是他俩在村里宣传家里的光荣时，先是摆出女儿这根金簪，再捧出女婿那块圆乎乎的元宝。

廷焕夫妇一左一右地杵在张大漠家的门口，像从门画退休下来的发福多年的门神。他们还没有看到张大漠，就敞开喉管进行肺部运动，用绕梁三日的声音提醒张大漠，高考录取已经进入最后阶段，之后便是把近日从电视上看到的录取新闻再重播一次。他俩对别人录取与否的关切程度与当年对自己女儿上大学的关心之情持平。同时，他们也发现自己不失博爱之心，越发认同“年纪渐老，心胸渐宽”这个观点，因为他们已经多次踏过人家的门槛，打听张大漠是否如愿以偿拿到录取通知书。

张大漠很诚实地帮助廷焕夫妇解除他们的疑问，把自己被录取的可能性降到最低，承认自己的智力有限，并把安于清贫生活的心愿供出，廷焕夫妇这才如释重负，放弃了追根究底的精神。张大漠对廷焕夫妇不厌其烦的追问，虽然心生厌恶，但又不好在脸上表露反感之情，他必须配合父亲的卑躬屈膝，坚守老实人的立场，要不然父亲就会在来人面前训斥自己，责备自己没有教养。张大漠的父亲认为贫穷者最好的外交政策是沉默，如果要在外交中赢得更深的友谊，还得时不时点头应诺，赞扬对方的观点。穷人不能也不必表达自己的想法，因为人微言轻，说得再多也是体力的浪费，有时候还会被误解为言行轻薄，不懂得礼貌规范。其实，张大漠忍气吞声更多还是为了母亲。因为张大漠的母亲总是善于维护儿子，对任何侵犯自己儿子尊严的举动，都会报以义不容辞的驳斥，让对方知难而退。张大漠父母外交风格的差异令他们常常发生矛盾冲突，父亲说母亲没文化、粗蛮，母亲则说父亲没骨气、软弱，最后总是以张大漠母亲的退让收场。张大漠为了避免母亲的文化程度老受父亲的盘点，助长父亲的气焰，更为了避免外人把自家的吵架当热闹围看，他都诚实地回答询问者，让他们在他身上发掘不到什么可供探讨的问题，早早地丧失好奇心，打道回府，把容易引起家庭摩擦的火苗熄灭。因此廷焕夫妇又像上一次一样，得知张大漠依旧没有被录取的事实，陪别人难过一会儿，再添几句“人生处处充满意外惊喜”和“吃得苦中苦，方为人上人”之类励志的话，便抱怨夏天蚊子的猖狂，拿着扇子跳着上下拍打，似挣脱荆棘窝的土猪，心情舒畅地回去了。

九月份第一周过去之后，张大漠的预料成为现实，他填报的意向只是一厢情愿。理想突然变成火热的太阳，抬头一看，眩晕之后便是黑暗。张大漠忽然觉得自己的角色出现了错位，虽然他的高考成绩爬过分数线一小段，但他不服气地填报了与成绩不相称的志愿，抢占了别人理想的位置，而当他被人踢出局，又找不回原来的位置时，他就像飘在空中的气球，装着空洞的灵魂，俯瞰忙碌的世界，在人群中寻找可供着陆的落脚点。

第三章

南雁没想到，自己迅雷不及掩耳地将红色皮包沉入粪坑的举动会促成螃蟹帮与红英会的联盟。

几片败落的枫叶倒插在三名女生的头发上，在晨光的辉映下，好像秋天在她们的头上狠狠地扇了几个巴掌。三名女生怒火中烧，恨不能拿起秋天的鞭子，甩出夏天的熊熊烈火，让沉包者尝尽火辣的苦头后化为灰烬。为首那位女生更感屈辱，因为她是皮包的主人，俗话说打狗还得看主人，而今，她的皮包还没有凭新事物出场时的光鲜而赢得几分羡慕，就被遗弃到万劫不复的粪坑，这无论如何都是致命的打击，面子已不足挂齿。女生颜面固然是损失了，更重要的是，对皮包持好感的审美之柱被撼动了，沉包的举动实为一种挑衅，女生们都挨了美学批评上的耳光。为首那位女生幸好没牵着宠物毛丝狗，要不然，连一张皮都不爱惜的人，对附在皮上的毛发和皮下包裹着的骨肉更不会爱护，而是欲除之而后快的。

为首那位女生正要上前讨回尊严，旁边的伙伴却伸出手拉了拉她的衣角，异口同声地提醒说“她哥是南峰”。女生虽然止住脚步，但是为了暗示自己胆量之大，还是补充了几句男人专利的脏话，把勇猛建立在脏话的浪头上。骂过之后，女生脸红了起来，因为口爽之后，她才发现自己并没有男人的某些功能，女性特征反而在骂过之后明显了起来，胸脯上那两座山峰上下起伏，身体有种失衡的感觉。

南雁认为自己刚才的举动不值一提，也没有因为对方人多势众而胆怯，她见招拆招，当对方辱骂的时候，以牙还牙，情感深度比对方还要深，对方家族的人没有一个被漏掉，全部被南雁点名。其语言的犀利刺穿围观多时的人圈，围观者如鸟兽散，大家都怕殃及池鱼，浪费不必要的口舌。而对方要上前进行拳脚较量时，南雁灵机一动，准备操起遗落在路边的砖头，照着对方的头拍，可惜她的急中生智没有得到检验，对方单方面取消了战争。又有几枚枫叶飘落，南雁捡了一枚，拇指和食指搓着枫叶梗，枫叶扇子一般旋转起来。南雁对面前的女生警告说，别提她哥哥的名字，她足够强大对付她们。

学校的响铃声给南雁与三位女生之间的僵局解了围。女生没能为红皮包报仇，气一直没消，但又不愿通过辱骂来抵消损失，既然暂时不能动手，打人数上不平等的仗，那最合适的解决方法便是秋后算账，这样就可以用铃声做盾牌，各自掩护收场，勉强维护彼此的自尊。催命般的铃声刚停歇，南雁便再次宣战，双方多带人手，星期天约见于镇政府门前的广场，操带的家伙自便。之后，双方南北方向远去，走在朗朗的读书声边，寂静的道路上。

南峰光着膀子趴在床上，南雁拿着棉花棒，蘸了蘸酒精，便涂在南峰的背上。酒精的消毒功能附带着肉体的疼痛，但是南峰又不好意思在南雁面前呻吟喊痛，只能咬紧牙关，背部痉挛的时候，咒骂文身师傅技术蹩脚。南峰上一周在背上刺了一只大螃蟹，可是师傅在刺蟹钳的时候，一位戴着墨镜穿着红色高跟鞋的女人闯了进来，惊慌地撞到师傅身上，结果师傅用力过深，着墨过重，使南峰后背蟹钳图案下的肌肉藏下发炎和红肿的隐患，一周之后便爆发出来。南峰对南雁上午在学校里的表现感到满意，他认为南雁不需要也不能对那几个女生忍让，因为那样会使南峰受到嘲讽，南峰表示支持南雁星期天的谈判，等南雁帮他消毒结束，他将筹办谈判前的一切事宜，把螃蟹钳子伸向更广的领域，横行天下。

星期天的下午四点，南雁和女生都如约来到镇政府门前的广场，各自都带了帮手，两军对垒摆好战势。广场上出现了有趣的场面，南雁带去的帮手清一色是穿着牛仔衫和牛仔裤的男青年，人数有五十一人，女孩招来的战友则是红一色穿着红皮衣红皮裤的女青年，人数也是五十一人。男青年们看见对方是一群娘子军，都松了一口气，队伍中升起窃窃私语，时而夹杂着蔑视声、讥笑声，对战局都怀着不容置疑的必胜的信心。女青年们看见对方是一窝蜂男混混，并没有退缩，而是噘着嘴巴，掰着手指，弄出骨头声响，做好了搏杀前的热身运动。南雁和女生从人群中出列，按照古代战场上的礼仪，两军对战之前，将领先做好谈判和交代战场规则，接着单挑，然后混战。南雁和女生交代完战场规则之后，准备带领队伍操出藏在广场边的家伙。这时，双方队伍中有人把南雁和女生叫住了。南峰出列，站到了南雁的旁边，对她耳语说他认识对方一名女青年，恰好也正是那名女青年叫住女生，并出列站到女生的身边，对女生说她和对方的一个男青年相识。南雁望着哥哥，女生看着姐姐，双方头领一下子迟疑起来。

原来，南峰认识的那个女青年正是他在师傅家刺青的时候，那位惊慌闯进来的女人。那天晚上，女青年独自一人在酒吧里喝酒，有三名中年男人借着醉意，在女青年面前说一些调戏话，脸上还荡漾着丝丝淫意，结果女青年以一个瓶子的破碎为代价，对最放肆的那个中年男人的头部进行了物理改造，被改造者晕厥在地，女青年拿起红色皮包拔腿就跑，另两个男人在后面追。当女青年进屋求救的时候，南峰立马从床上爬起，上身衣服还没来得及披上，抓起师傅的一把手术钳就冲出屋子。当女青年和师傅赶出来的时候，那两名中年男人已经灰溜溜地逃远，南峰手握手术钳，准备御敌的姿势与后背上的螃蟹图案刚好呼应。那一刻，女青年喜欢上了南峰，他们在螃蟹的钳子上结下缘分。

为了避免伤及亲朋好友，南雁和女生向各自的队伍宣告，如果有谁与对方人群中的人结识，是亲戚或者好友的话，请出列相认，迅速离开现场，到广场的另外一个角落，可以不参战。结果，另一个有趣的场面又出现了，五十个男青年和五十位女青年成双结对，一对一对手牵着手离开现场，他们都是男女朋友关系，广场中间只剩下南峰南雁兄妹和女青年女生姐妹。南雁突然领悟到群架为什么总打不起来，因为双方都有结识的人，还有为什么伤亡事件总出现在寡不敌众的时候，因为伤亡者缺乏关键的人脉关系，失败的道理与成功的哲学是一样的。

正当南雁与女生商讨解决矛盾的新办法时，广场边响起警车声。原来附近的一些住户看到上百名二十三四岁左右的男女青年聚集广场欲操戈厮打，便报了警，一者他们有爱护青年人生命的义务，二者他们也有晚上到广场上跳舞的权利，不想青年们厮打后留下血迹影响他们的舞姿。几十名警察从警车上鱼贯而出，队长大步流星地走到南峰南雁兄妹和女青年女生姐妹面前，责问聚众的原因。广场中的四个青年没有畏怯，反而变得更为机警，南峰随机应变地说他们是周末男女派对，属于有益男女青年身心健康的活动，整齐统一的服饰便是很好的证明。南峰说完之后，便挽起女青年的手，举到队长面前左右摇晃，以示他们之间只有友谊，不存在敌意。警察逐一盘问另外五十对男女青年之后，发现笔录与南峰的口供符合，同时他们在现场又找不到任何凶器的蛛丝马迹，对寻衅闹事与政府广场的关系百思不得其解。于是队长暗骂了几句在广场上跳舞的身材臃肿的妇女，怪她们多事，并警告了几声聚集在广场的青年，便带着手下悻悻离去了。

不打不相识是消除仇恨最好的解说词。南峰与女青年对联手战胜警察这种合作精神感到无比骄傲，一致御敌使他们的友谊变得更深。女青年对与南峰的意外相遇本来就喜出望外，而今在广场上又增添一层情愫和激情，于是女青年握着南峰的手，激动地说："真是不打不相识！以后我们红英会和你们就是朋友了。"

"南峰""红英""南雁""红紫"，声音既像面试者的自我介绍，又像桃园结义的誓言。广场上空一群白鸽扑哧扑哧飞过，橡皮擦一般抹去时间上所有的记忆。

第四章

苏林子在铃声的提醒中转动了一下红色小绳编成的手链。

数学老师一大早就开始有条理地讲解立体几何，其附带的用意便是，让学生因睡眠不足而显得混沌糨糊的头脑，立即砌起有立体感的思维之柱，把一天的生活秩序及早建立起来。然而言者谆谆，听者藐藐。数学老师在黑板上变换着物理位置，唇干舌燥地向学生论证，姿势的变化可带来的各种玄妙，但是学生刚吞下去的两个白花花的馒头，还在胃里打滚，没有发生化学反应，于是就无法启动昏昏欲睡的中枢神经，不能对老师传授的关于位置和姿势的绝学产生兴趣。

苏林子抚摸着手腕上的伤痕，伤痕在一缕阳光的照射下晶莹剔透，变成了一只耀眼的手镯。瞬间，苏林子对立体几何的认识好像深入了一层，因为她的坐姿稍微移动一下，伤痕就无法幻化为晶莹剔透的手镯，她明白了利刃可以改变肌肤组织，身体的物理变化可以带动灵魂发生位移。

苏林子的母亲为了避免从早市回来之后，再次发现女儿不省人事，决定送女儿到另外一个县城读书，利用校园里那些青翠的绿叶包扎女儿的伤口，消除血迹斑斑的回忆。苏林子虽然不同意母亲的决定，心想即使走十万八千里，悲伤依旧不能从内心突围，但是父母因担忧她而深陷下去的空洞的眼神，还是让她在爱的压力下服从了父母的安排。

苏林子这次来到的是一个县级重点高中的高考补习班，她这个选择也算是合情合理。她本来是中师毕业，去年正准备走向岗位奉献自己的才能，孰料出了那样的变故，惹得用人单位对她退避三舍。为了防止潜在的生命威胁在单位出现，用人单位皱着眉头拨出赔偿金，算是支付了苏林子人生舞台上的悲剧演出费，最终的好处是保证了单位自身喜剧的纯洁性。苏林子大可以到一个成绩在学校排前列的班级，得到更好的关心和教育，因为学校教务处是不可能不给校长，即苏林子的表哥的面子的，但是苏林子还是愿意待在补习班。苏林子进入补习班正是考虑到大家都带着痕迹，不好意思打听别人内心的角落，更不能以完人的形象杵在他人面前指手画脚，只能于沉默中尊重别人的遭遇，在口袋里揣着各自的故事，回味已有的风格，构思将来的调式。

“这个三角形沿着一条边旋转，会留下什么样的痕迹？”数学老师像是诱导学生，又像是要整顿学生的精神。

“噢，痕迹原来是这样子的。”苏林子打了个激灵，回过神来，似有所感悟，但又难以道明。

“张大漠。”数学老师还是点名回答问题了。

数学老师的声音刚接触到地面，一位男生的身影已经伫立在苏林子的旁边。

“怎样证明这两条不在同一平面的直线构成的角度？”数学老师手指在黑板上比画着。

“对其中的一条直线做平行辅助线，让它们在同一平面相交。”

“对，平行，相交。”数学老师很满意被提问学生的回答，果断的肯定又像在向学生暗示书本之外的某种生活经验。

张大漠知道，回补习班是迫于无奈的权宜之计，当录取已无望，而又不愿服从“穷人家的孩子早当家”这条规律，去把书本束之高阁，以接手家庭重任，只能退而求其次，在补习班这个平底锅上，烘干那潮湿的理想，期待下一次的青云直上。当张大漠捡起书本，回到教室，再次看到班主任那头因过度思考而造成的卷发时，他心里感叹人生总拖着一条沉重的尾巴，任你怎么擦拭走过的路，那些脚印依旧隐约可见，提醒着曾经的叹息和伤痛。照张大漠的父亲看来，张大漠无须再执着于学业，因为理想总是入不敷出，学业上的孜孜不倦会把家里搞得雪上加霜，张大漠的父亲认为起早贪黑的农村劳作没有什么不妥，生活这块煎饼虽然朴素，但是经过岁月浸泡，也会一层一层地加厚，一寸一寸地滋润，不仅可以糊口养家，还可以纯正风俗血脉。张大漠的母亲不愿揭穿张大漠父亲那套大道理背后藏着的软弱无力，她认为生活应该在别处，至少不是现在的处境，传统是块泡泡糖，吹气越大只会加速泡泡的破裂而已。于是，张大漠的母亲咬咬牙，向邻居借了点儿钱，希望儿子能用那点儿钱，擦拭掉传统的痕迹。

苏林子报到的时候，教室里只剩下一个空位，她对拥挤的环境充满怨言，但人生地不熟，使她失却发泄牢骚的空间，于是只能抱着书本乖乖地坐到张大漠旁边。

苏林子擅长通过委屈自己的智力来赢得友谊。

“你看这道题选哪个？”

张大漠没有保留地奉献了自己的知识。

“你真厉害！”

张大漠羞赧中带点儿自豪，对女同桌生起熟悉的欲望。

“你家住哪儿？”

张大漠突然被盘底，熟悉的欲望像乌龟头一样，刚伸出来，倏地又缩了进去。

“学校旁边的村落。”

“你们也是和族人生活在一起吗？”紧接的提问，有关心的意思，但更似出于好奇。

“算是吧，只是大家散住在村里的各个角落而已。”张大漠此时才意识到彼此还没有做介绍，好像陌生人的对话。

“那你们就像老鼠家族一样喽。”苏林子呵呵地笑起来，根本不在意她对话的对象是谁，当然也就没有自我介绍的意思，她已经习惯由着性子，怎样开心就怎样行事。

张大漠对那个比喻感到非常别扭，但是出于礼貌不好纠正对方，只是苦笑一下，便钻到自己的事情里，把刚才的一问一答当作没发生过一样。

窗外有一对学生正在打乒乓球，男女两人把乒乓球捣来捣去，在安静的校园里，仿佛一颗心脏，在一扇一拍的拷问下，向对方坦白曾经或者正在跳动着的生命痕迹。

第五章

西瓜踢着正步的时候，总梦想回到学校，参军入伍这件事情对他来说，似乎早了点儿，就像春天里吃西瓜一样，虽然味同嚼蜡地找到咬瓜的口感，但是始终尝不到夏天的味道。

西瓜的父亲以前是位中学教师，规规矩矩地按教育任务培养了好些学生，有些学生也算出息，用他们社会里穿行的身影，擦亮过老师的名字。西瓜的父亲本来只想按部就班地教书退休养老，两耳不用闻太多窗外事，心无杂念地过一辈子，可是他的算盘却让他的几个毕业生给打乱了。

那是一个晚上，西瓜家的大门被几个学生用鸡爪掰开，西瓜的父亲看到学生每人手中拽着一袋鸡爪，嘴边还挂着笑意，他一下子愣住了。

原来那几个学生曾经因为得到西瓜父亲的担保，才没有被学校开除。可惜他们几个中学还没毕业，就绝了读书的念头，学着别人下海经商，希望从书本外另挖一条可以光宗耀祖的通道，于是他们几个在菜市场旁边做起了鸡爪生意。可喜的是鸡爪生意越做越红火，鸡爪的品种也从原来的土鸡爪发展到饲料鸡爪、黑鸡爪、白鸡爪等，有时候生意太火爆，买鸡爪的人太多，纷纷把钱扔到鸡爪堆，拿起鸡爪就走，他们几个分身乏术，只能十指与鸡爪并用，人鸡不分，把鸡爪堆上的钱耙回他们的口袋。

这次学生的来意是请西瓜的父亲做担保人，他们准备注册成立一个鸡爪公司。之前他们请过不少担保人，但是都没有人愿意与他们合作，人家觉得与几个在学校有案底的学生合作是一件冒险的事情，多一事不如少一事，因此鸡爪公司总不能成立起来。

学生把带来的鸡爪摊在桌子上，向西瓜的父亲逐一介绍鸡爪的种类、成色、质量等，当然，学生最想吐露的还是他们的承诺与理想，西瓜的父亲瞅着桌面上哗啦啦一大把鸡爪，感到那些拳头正一拳一拳地擂着他内心的墙壁，学生的决心与真诚在他的心房激起阵阵回声。

结果是西瓜的父亲拗不过求上门来的学生，同意当他们的担保人，鸡爪公司正式成立。

然而，正当的鸡爪公司很快便变了模样。公司成立之初，生意如火如荼，但是随着生意越做越大，学生对各自的分红出现了不满，于是昔日的合作伙伴很快分崩离析，各自把公司的资金剽掠一番之后，卷席而走，另谋高就。

结果，西瓜的父亲独自一人收拾鸡爪公司这个烂摊子，每天都得面对之前与鸡爪公司合作过的商家，还有各种上门讨债的债主。西瓜的父亲骑虎难下，即使把鸡爪公司拍卖，所得资本还是无法归还和讨好与公司有过生意来往的人。麻烦就像一条尾巴，从他的屁股后拔节地长了出来，甩也甩不掉。如果不把鸡爪公司变卖，它会像一个毒瘤，慢慢变大，危害更深。最后，西瓜的父亲硬着头皮，水来土掩，见招拆招，撑起鸡爪公司这件烂皮袄。由于鸡爪公司这个事情，西瓜的父亲不得不放弃原先的职业，一者可以全心全意打点公司业务，二者可以封住别人说他“身在曹营心在汉”这种口舌。幸运的是，鸡爪公司在西瓜父亲的细心经营下又慢慢回到原来的轨道，生意又跟着红火起来，西瓜父亲的身份也瞬间比以前添了分量，而相应的代价则是，西瓜的父亲再也回不到自己曾经从事的教育行业。这时候，西瓜的父亲想到儿子，他认为西瓜可以加入他的理想接力赛，替自己实现愿望。

事实却是，西瓜并不就范于父亲为他设下的人生定位。西瓜对学习不感兴趣，经常在同学面前模仿老师的腔调，挑战教育的权威，引得哄堂大笑。西瓜每天都会慷慨地拿出生命里的一部分时间修饰自己，把头发往后梳得锃亮锃亮，而且要保持西瓜皮形状的发型，以便他的绰号名副其实。其实，西瓜是模仿美国篮球球星的发型，他觉得人家把头发编成辫子，再往后贴着头皮梳齐，这种发型带着西风西雨的时尚，而且有一种老虎斑纹的威猛感，能让同学敬畏三分，退避三舍，因此，西瓜一直都很得意自己的发型。

西瓜发育得早，随着每天鸡爪的滋补，他的身体里仿佛藏有一把大大的鸡爪，只要鸡爪稍微抓握，他就要全身痉挛，巴不得把身体里多余的精力甩出来，于是西瓜好动好斗的性格在青春岁月里原形毕露。当然，西瓜好动好斗的对象一般都是班上弱小的同学，班上外号叫米花的同学就常常被西瓜使唤。

“米花，给我到小卖部买两根烟回来。”西瓜刚补充了一节课的睡眠，睡眼惺忪地喊。

“已经打上课铃了……”米花拼命地睁着自己那双单眼皮眯眯眼，语气像是请示，又像是乞求。

“还有时间，你快点儿。”西瓜捋了捋发型，闭目养神地说。

“可我今天没带钱……”米花口吃地回答。

“先去赊账。”西瓜不耐烦地下最后的通牒。

米花唯唯诺诺，在心里咒骂了几句，瞅了瞅教室周围，发现老师还没来，就从教室后门窜出去了。

西瓜看不惯别人的威风，当别人春风得意的时候，他总觉得尊威受到嘲弄。有一次，他路过隔壁班的教室时，听到一浪一浪的笑声从窗户溢出，他探了探头，发现一个满脸青春痘的男生正坐在书桌上，两腿叉开，向几个女生谈论着青春物语，时而还带着坏坏的语气。西瓜一下子感到自己的魅力好像被别人窃走，留给他的只是破败的春光。西瓜怒火中烧，一巴掌拍到窗户，响声拆散了正在谈笑风生的男女。满脸青春痘的男生转过头来，把衬衫的领子竖了起来，瞪着一双斗鸡眼，目光直刺西瓜。西瓜看到对方用目光对抗，有点儿惊诧，这可是没有发生过的事情。当一缕阳光从窗外照进教室，停驻在青春痘男生的鼻子上时，西瓜感到恶心，终于有了动手的欲望。因为青春痘男生的鼻尖上正埋着一颗硕大的痘，像飞机的炸弹插进了海盗船，当阳光映照青春痘男生的鼻子时，西瓜仿佛看见一只屎壳郎，翘着尖尖的鼻子，披着阳光这件战袍，严阵以待。

事情的结果是，西瓜回去带领班上几个混混同学，把青春痘男生掀翻在地，并与同学们温习了几轮脚下功夫。而这样的结果又引申出别样的收场。

青春痘男生被西瓜教训一顿之后，爬墙出校，连夜赶回家中，重整旗鼓。于是，那个周末，西瓜学校门口围了二十几个彪形大汉，腰插屠刀，准备在人体上发挥屠猪艺术。原来，青春痘男生家里是当地的杀猪大户，操持着家乡方圆十几里的大小猪的生杀大权，还成立了杀猪大队，青春痘男生的父亲就任大队队长。这次青春痘男生的父亲带领二十多人的杀猪大队就是要为儿子讨回公道。事情惊动了校领导，领导指示，捉拿西瓜给人家赔礼道歉，结果正当西瓜也学着要爬墙逃难的时候，校保卫队拦截了西瓜。后来西瓜的父亲也匆匆来到学校，父子二人轮番给二十多个彪形大汉斟茶倒水，点头哈腰赔不是。在学校领导调解下，西瓜父亲以二十多箱的鸡爪为补偿，青春痘男生的父亲才带着杀猪大队，扛着鸡爪打道回府。当然，青春痘男生依旧在班上谈笑风生，只是西瓜已经敢怒不敢言。

西瓜经历青春痘男生事件之后，大家发现他一下子安静了许多，原因是西瓜正忙于调查追踪一位女孩子，他喜欢上了学校同年级的一位女同学。为了看那位女同学，西瓜每次下课之后，都要以上厕所为名，叫米花陪同，然后经过女同学教室的窗外，再绕弯路去厕所。而每次路过那个女同学教室的窗外时，西瓜都要命令米花呼喊那个女同学的名字，以此引起对方的注意。后来，西瓜和米花的举动慢慢被那位女同学的班级所熟悉，并慢慢变成条件反射。只要西瓜和米花经过那位女同学的班级，那个班级所有的同学就会异口同声地喊："苏林子，西瓜和米花上厕所了。"

西瓜还会付诸其他行动追求苏林子，他隔三岔五就会唆使米花，请班上学习好的同学替他写好情书或者纸条，偷偷递进苏林子的抽屉，有时候还会附上鲜花，甚至上好的鸡爪，可是每次偷偷摸摸的行动，都是以垃圾桶边被撕碎的纸片、花束，或者骨折的鸡爪告终。西瓜对求偶道路的曲折并不感到气馁，苏林子的反应让西瓜认为，越是不容易得到的东西越是珍贵，于是西瓜使尽浑身解数，变换一轮又一轮的新花招，去追求自己的梦中情人。但是，西瓜的新招数并不奏效，结局与之前没什么两样。新招数的层出不穷，招来的是万劫不复的沉默，西瓜开始学会忍受寂寞。

然而，西瓜的寂寞更加衬托出他那青春萌动的心，班上的同学，尤其是内宿的男同学，发现西瓜的肢体语言丰富了起来。西瓜住学校旁边，是外宿生，但是他在下课或者放学之后，都要到男生宿舍里发泄自己过多的青春豪情。西瓜到了男生宿舍之后，就会抓住个子矮小的同学，谈论一些他在录像厅或者画册中看到的情色之事，说到兴奋的时候，便会在同学身上动手动脚，要同学与他一起学习怎样排解青春苦闷的课程。当然，矮小的同学是不会配合西瓜的，避之唯恐不及。西瓜看见对方越是躲避挣扎，他就越来劲，有一种老虎准备吃小鸡的快感，势必要对方臣服于他的淫威。后来，矮小的同学实在招架不住西瓜的攻势，不得不收住笑意，正色地喊："有本事找苏林子去！"他们以为这招可以制止进攻，孰料西瓜听到苏林子的名字后更受刺激，更有了誓死都要攻城夺河的决心。于是宿舍里又响起新一轮更洪亮的受人阉割般的歇斯底里的呼救声、求饶声。

西瓜终于为自己在宿舍里的青春躁动付出了代价。那是一个炎热的夏天，西瓜下了晚自习，没有马上回家，而是溜到男生宿舍，要与全体男生分享之前他在录像厅中所看到的情色故事。上下铺十几个男生围着西瓜，定着眼睛，下拉着下巴颏，聚精会神地听西瓜复述，静悄悄的宿舍时不时发出一阵阵坏笑声。当西瓜形神毕备地讲完故事之后，围观者中有人吃吃地笑着说："西瓜，能不能给大家模仿一下，来个现场版的？"众人听到这样的建议后，如遭雷轰，兽散各处，生怕西瓜抓住自己当试验品。西瓜当然不会轻易放弃提议，乘势追逐落荒而逃的人群，宿舍瞬间乱成一团，尖叫声、嚎叫声、助威声混在一块，正当西瓜就要擒住一个同学时，灯被同学拉灭了，宿舍唰的一下黑成一片。西瓜在黑漆漆的宿舍里捉拿同学并不感到茫然，而是越发兴奋，一边摸着床铺，一边呼喊："看你往哪里逃？"黑乎乎的宿舍被各种奇声怪音笼罩得紧紧的。

突然，在莽撞中西瓜逮住一个人，他不由分说就要在对方身上演习录像中的动作。结果，对方猛喝一声："搞什么？"把西瓜推进了别处的黑暗。西瓜被对方一推，更多了一分征服感与好胜心，他寻着刚才的地方又扑了过去，令西瓜意外的是，那个人还杵在原来的地方，一动不动。西瓜揪住对方，笑吟吟地说："看你还跑。"接着就喊爹喊娘地搂着对方，模仿起录像里面的动作来。西瓜正要起劲，一个巴掌刮到他的脸上，西瓜倏地止住手脚，退到两步距离外的黑暗处，只听见前面黑暗处发出严肃的声音："不清不楚！"并大喝一声："把灯打开！"

灯亮了，站在西瓜面前的那个人，原来是教务处主任，瞬间宿舍里全体男生哑住了，西瓜则臊得满脸通红，仿佛一盏老化多年的灯泡，通电之后，阵阵地泛红。之后，学校对西瓜进行了记过处分。

西瓜在冒犯教务处主任之后，青春的表达似乎有了些许收敛，至少男生宿舍里很难再找到西瓜的影子，鬼哭狼嚎偶尔才会出现，宿舍顿时变成静悄悄的世界。这时候，宿舍男生才真正怀念起西瓜，觉得西瓜给他们带来过欢乐，青春的，不好启齿的。

西瓜对苏林子还是一如既往地爱慕，男生宿舍事件之后，他就把宿舍里的余情挪到了苏林子身上，并在生日那天达到感情的沸点。西瓜在自己生日那天的早晨，用了两瓶啫喱水，把发型弄得一丝不苟，然后到花店去取已经预订好的九百九十九朵玫瑰，昂首阔步，大模大样地来到学校，接着挺直身板，踏着结婚时走的步伐，钻进了苏林子的班里。那时，苏林子班上正在早读，西瓜的闯入打断了他们的琅琅书声，大家惊愕地望着西瓜，观察着他的发型，还有那九百九十九朵玫瑰。西瓜捧着玫瑰，站上讲台，目光如炬，盯着苏林子大声宣布："苏林子，我要你！"接下来，班上瞬间如寂静的无边旷野，接着旷野风生，喧哗骚动，之后，苏林子低着头消失在无边的旷野。

西瓜在分列式操练的时候，从头到尾回想学校爱情表白的那一幕，感觉自己那时候就有一种军人般凛然的气质，只是想不通学校为什么对他的行为定位为耍流氓。

当时，苏林子跑出教室，直奔家中，以两天的绝食和眼泪告诉了父母事情的原委。结果，苏林子的母亲拉着父亲，火急火燎地踏进学校办公室。苏林子的母亲不顾丈夫的劝阻，拍着办公室的桌子，骂学校领导管理不到位，骂学校姑息养奸，要追究学校的责任。苏林子的母亲俨然上天派遣下来的钦差，是正义的化身，要扫清人间的牛鬼蛇神。学校领导都知道，苏林子的父亲是教育局副局长，所以他们面对苏林子母亲的讨伐，不敢有半点儿推诿，向苏林子父母异口同声地保证："我们一定会严肃处理这件事情！"

后来，尽管西瓜的父亲到学校求情，也送了不少鸡爪，但学校领导始终不敢念西瓜父亲这位老教工的旧情和新意，只能做出劝退西瓜的决定。西瓜的父亲对西瓜的所作所为，深感失望，经过深思熟虑，西瓜的父亲在西瓜离校之后，于一个寒冷的冬天，把他送进军队，在那里播种春天。

第六章

南雁怀里揣着那件小棉袄，抱腿端坐在床上，想起一些事情。

南雁的母亲告诉南雁，她出生的时候差点儿遭到遗弃，都是因为南雁是个女婴，而南雁的奶奶当时的希望是能抱上第二个孙子，这样她们家就可以多添一个男丁，南雁的哥哥在童年也不会孤单。那时候，南雁的奶奶都已经准备好纸箱，写好了给收养人的信，等着把南雁送到一个偏僻的角落，趁着无人的时刻，把南雁放逐于无法计算的未来。

幸好南雁的父亲喜欢这个女儿，看着女儿水灵灵的眼睛，粉红色胖嘟嘟的小手，还有那张嘟哝着要说话的小嘴，南雁的父亲对女儿生起怜爱之感，犹如春风撩拨过的池塘，荡漾起一圈一圈的涟漪，直击生命的绿岸，使人陶醉怡然。南雁的父亲无法理解母亲为什么能有那样的狠心肠，于是他不顾母亲的强烈反对，在南雁母亲两泪滂沱的助威下，讨回了南雁。

南雁的母亲还告诉南雁，她刚生下来的时候，没带着哭声，只是眯着眼睛，偶尔蠕动一下，仿佛对被选择即将参与游戏这个事实并不在意，她就像一尾嘟着圆圈嘴巴的小鱼，准备到茫茫大海中寻找刺激，探索好奇的事物。

南雁的母亲还说，南雁哭的时候很好哄，只要把一件小棉袄放到她的枕边，她就会把嘴凑到小棉袄的领子，一边啃着小棉袄的毛毛，一边嘟哝着嘴巴，然后恬静地入睡。

突然，家里响起一阵喧闹声，南雁回过神来，穿着拖鞋，匆匆跑到楼下。到了楼下大厅，南雁看见父亲正躺坐在沙发上，旁边围着母亲和大哥。南雁凑到父亲的近旁，才发现父亲头上正流着血，脸上还有几道抓伤。南雁焦急地问母亲和哥哥父亲发生了什么事。南峰咬牙切齿地问父亲："是不是附近那几个小混混？"南雁的父亲不紧不慢地说："不碍事，擦伤而已。”“到底是怎么回事嘛？”南雁的母亲不满丈夫模糊的回答。南峰看到父亲欲言又止，便猜测到事实的八九分了，他吩咐母亲和妹妹，好好处理父亲的伤口，拖上家里那辆铃木摩托车，车屁股蹭了蹭，就飞驰到外面的公路上。

南雁的父亲是开出租车的，每天都是有规律地早出晚归，为人老实本分，开车又稳当，在当地也赢得个好名声，很多熟人有需要的时候，都会叫南雁的父亲帮忙。正因为南雁的父亲常出没大街小巷，各乡各舍，他的身影就被一些小混混所熟识，外出也就有了危险。曾有过几次，南雁的父亲被那些小混混半路拦截，敲诈过几个小钱，那时南雁的父亲并不与小混混计较，认为吃亏是福，丢几个小钱可以维护家里平实的日子，让人觉得踏实。但是，南雁父亲越是妥协，小混混越是纠缠和凶狠，索取的东西就越多。直到有一次，南峰和一群朋友在路上看见父亲被小混混欺负，南雁的父亲才向家里坦白一些生意上的事情。

南雁对父亲的这次遭遇，一者怨父亲太老实、过于忍让；二者又恨自己还不能独立，未能帮家里负担，要不然父亲就不用这么辛苦，也就不会被那些小混混欺负了。

南雁和母亲分好了工，她负责温水，给父亲清洗伤口和头发，母亲则择菜做饭。南雁盛了满满一桶水，拉着父亲要给他洗头发，南雁的父亲就笑呵呵地说：“你老爸还活动得开，不能给你们青年笑话。”但是南雁并不让父亲卖老，捋起手脚便忙了起来。

“南雁，老爸不让你学音乐，这可是老爸的错。”南雁的父亲接过南雁递给的毛巾，一边擦着头发，一边对南雁说。

“那都是好久以前的事情了，再说我扁桃体容易发炎，影响嗓子。”南雁语气果断地回答，免得父亲自责下去。

南雁刚上高中那会儿，在学校元旦晚会上，曾以一首《我想有个家》闻名学校每个角落。过后，南雁的同学举行聚会，都会请南雁亮一把嗓子，而聚会的地点也从同学家，慢慢延伸到街上的歌厅舞厅，形形色色的人都聚集在南雁的歌声周围。南雁的父亲知道之后，曾劝她收敛，但是南雁的歌声太响亮，响亮到她听不见任何外界的声音，直到有一次南峰的头被人砸了啤酒瓶，南雁才暂停了歌声。

那一次，南雁又被班上的几个同学约到歌厅，大家正放浪形骸地伴着歌声手舞足蹈。突然，房间闯进了五六个社会男青年，男青年们嬉皮笑脸地提议要跟南雁和她的同学来个联谊。南雁断然拒绝，男青年们不依不饶，说不答应就不出房间。接着，三两个青年或倚靠或杵在门口，嘴里叼着烟。南雁根本不把社会青年放在眼里，上前就给站在门口的一个青年刮了一巴掌，瞪着眼睛，对另外两个青年命令："滚开！"南雁的同学也跟着聚集到门口，欲突破社会青年的封锁。社会青年就像红眼好战的公鸡，被挑起了打斗的欲望，在混乱中整理好队伍，分好阵营，你推我搡，积蓄怒火，准备升级为暴力殴打。南雁的同学见势不妙，便劝南雁也歇歇怒火，与对方另外商量，可是南雁并不理会同学的劝阻，她不想让对方的气焰拔节高涨。在对方依旧有恃无恐地纠缠时，南雁给南峰打了电话。很快，南峰带上帮派中二十几个弟兄，把歌厅里那几个社会男青年围住了，但是南峰不想以多胜少，觉得那样胜之不武，不够光彩，他建议以一敌众，自己对战那几个人。

最后的结局是，那几个社会男青年在医院躺了一段时间，在生鱼汤等各种补品的滋补下，才能够慢慢地下床行走，而南峰也在混战中被对方用啤酒瓶砸破了头皮，在头部绕了几天的绑带。

虽然南峰拍着胸膛向南雁保证以后不会再有人敢欺负她，她大可以自由地放开嗓子，但是南雁还是宁愿多一事不如少一事，免得哥哥因为自己的歌声而在外面惹来是非，自己也应该听从父亲的意见，把歌声收住。"老爸他们的想法是对的，唱歌并不是有出息的事情，我应该有另外的选择。"南雁这样想。于是，在那次南峰的头部受伤之后，她暂停了自己的歌声。

这次南雁的父亲又提起唱歌一事，主要是要向南雁表达自己的愧疚之感。南雁的父亲从今天的头破血流，明白了一些事情，那就是任何选择都带着风险。南雁的父亲之前以打鱼营生，那时候他觉得这样的职业虽然自由安静，但是赚得不多，难以养家。于是他选择开出租车这个职业，认为人来人往，生意一趟接着一趟，收入会颇丰，事实也确实这样，可是熙来攘往之间，没有了安宁，与陌生人接触，也增加了安全隐患。这回南雁的父亲算是明白了，既然任何一种生存的选择都有难处，那么“生活在别处”这种想法又有什么可以指指点点的呢。因此他对自己曾经反对女儿学音乐这种做法，充满悔意。

南雁也理解父亲的想法，在她父亲那辈人的观念里，学艺术的都是另类，是没出息的选择和营生，只有本本分分地读好书，考上大学，才算光宗耀祖，是让人钦佩和尊敬的。尤其是南雁的哥哥，作为家里的男丁，已经没有了读书走仕途的希望，在这种情况下，家人把读书的希望都放到了南雁身上。想起哥哥南峰曾经因为自己头破血流，如今父亲在外奔波也头破血流，南雁咬了咬牙，决定做出另外的选择，打算收敛蛮横和张扬的性格，一心扑到书本上，走传统的仕途之路。

在南雁和父亲关于音乐一事正互诉肺腑的时候，南峰骑着铃木摩托回到家里。刚停好车，南峰就朝父亲说：“那些小混混以后不敢来了，老爸尽管放心开你的车。”南峰光着膀子，后背的刺青很醒目，尤其是那个螃蟹图案，两个钳子高举，八条腿横行在崇山峻岭般的背脊，这种刺青图腾使南峰的父亲不敢质疑儿子的豪言。父亲问南峰：“你把人家怎样了？”南峰嫌父亲啰唆，简单地回答：“你甭管那么多，我处理就得了。”父亲对儿子南峰的生活方式算是默认了，毕竟儿子也长大了，多说无益，或许教训才是最好的师傅，就让儿子自己拜师学艺，独自成长吧。

南峰刚和社会青年混在一块的时候，父亲就严厉警告过他，切莫走不正经的门径，只要南峰按部就班地把书念完，他的前途便会明朗起来。那时候，南峰正在外地的一个警官学校读书，可是南峰觉得学校中有规律的生活枯燥乏味，很不自由，所以每当学校放假，便会收拾行装，赶回家和那些社会上的同龄人混在一块，一起飙车，一起喝酒，也只有在那样的环境中，在各种笑声和咒骂声中，南峰才会感到轻松，在学校被捆绑束缚着的细胞才能够伸展释放。父亲恨铁不成钢，在对南峰劝和骂都无效之后，动了真格。在南峰彻夜未归的第二个早晨，父亲在大门等到了正醉驾摩托车而归的儿子，父亲二话不说，把儿子从摩托车上拉了下来，用绳子把南峰绑吊在大门上，扯下腰带就是一顿打，直到南峰求饶，决心悔过之后，父亲才停止。南峰的父亲还是很失望，他念了两年的警官学校，就中途辍学了。为此，父亲又多叹了几口气，额头也增添了几道皱纹。

父亲还想多问几句刚才的事情，南峰突兀地换了一个话题，堵住了父亲的嘴巴，还有嘴巴后面的疑问。南峰突然向父母还有妹妹南雁宣布说："我结婚了，刚领的结婚证，改天把红英带回家，让你们见识。"说完便啪的一声把结婚证贴在桌子上，以示自己并不是开玩笑。父母还有妹妹南雁，一脸愕然。南峰的行动让他们瞬间转不过脑子，他们虽然知道某件事实已经到来，但是对这个来客又丈二和尚摸不着头脑，愕然之后跟着茫然。

第七章

张大漠到学校领录取通知书那天，恰好碰到了苏林子。

"领到录取通知书了？快给我看看。"苏林子在学校大门遇到了正往家里赶、手里拿着大信封的张大漠，于是她上前拦住张大漠，抢着他的通知书要看个好奇。

"刚拿到的。"张大漠虽然有点儿得意，但还是收敛着心情，语气平实地回答。"我也看见你的录取通知书了，正摆在学校办公室的桌面上呢，你快去领回来吧。"张大漠替苏林子高兴，补充了一句。

"哎哟！专业是中文，看来你以后要更深沉了，真想不到你会读这个。"苏林子呵呵的笑声中夹带着调侃，对张大漠的录取专业，她有些惊讶。

"我家里还有事，先回去了，改天找时间再会。"张大漠打算结束谈话，他已经习惯了苏林子的口吻。

“又回去跟你那些老鼠兄弟凑在一块？你是不是急着回去割禾？你们村是不是终于有了你这个大学生？”苏林子以一串不需要回答的问题绊住了张大漠的脚步。

张家是张大漠村里的第二大家族，从老到幼，能延续到五辈，有三千多人口，张大漠属于目前家族里的第三辈子弟，同辈子弟共有四五百人，只可惜没多少个出息之人，九成子弟初中毕业便在农村懒散、待业，偶尔寻衅闹事。苏林子对张大漠的家族比喻为老鼠家族，取其人多、灰色、庸俗之要义。

“好了，张大漠，我不损你了，你赶紧回家报喜吧。”苏林子还是习惯这种霸道的谈话方式，从损对方的话题开始，到检讨自己口德收尾。为给尴尬的谈话解围，苏林子对默然的张大漠圆了圆自己的话锋：“后天到我的咖啡店再聊吧，也让我听听你录取后的感想。”苏林子像是在邀请，又像是命令，似乎客气，但又带着认真。人与人之间最害怕的就是虚与委蛇，在敷衍、暗示或者诱惑中，耗干彼此的脑汁，心力交瘁。苏林子虽然没有真真正正的虚与委蛇，但是她的言行偏向那种风格。

张大漠从苏林子手中接回录取通知书，简单地道别，便走在布满泥渣的路之上，高高的苍穹之下。

张大漠没有接到录取通知书之前，家里热闹得像个集市，或远或近的村民都要到张大漠家里表达他们对祖国教育政策的热情和关注。但是他们对张大漠能否被录取，就像对别人买股票是否赢利所揣着的态度一样，如果别人炒股赚了钱，他们恨不得到药店买上眼药水，医治自己的红眼病，他们对自己在市场里没持有赢利的股票这一点感到很惆怅，自己好像变得近视，看不到远方的出路。如果别人的股价一跌再跌，直到万劫不复地步时，他们便会唏嘘一声，卸除身上虚压着的重量，如释重负后，对买股票失利者由上到下从里到外地表达人道主义的关怀。村民擅长从别人的败丧中，建构自身的崇高，还有宽容。

“录取了吗？”这个疑问刚抛出嘴外，一口浓痰马上悬挂在提问者的喉咙里，吐之不出，吞之不下，纠结着别人的人生大义。一段时间里，张大漠家旁边大部分村民仿佛都得了咽喉炎。

张大漠正式收到录取通知书之后，家里突然变得门可罗雀，因为没有了七嘴八舌，又回到了往日的安静。连那对热爱新闻的廷焕夫妇也仿佛丧失了品议生活的热情，他们那隔三岔五便漫步到张大漠家的脚步瞬间变得倦怠。张大漠明白村民为什么不敢到他家里来，他的喜事在村民的眼里成了难过的事，他们的躲避一则为了避免面对别人的高升而在自己心里造成失落，二则惮怕别人在即将青云直上之时伸手求援。能在共同富贵中做兄弟姐妹是一件理想与幸运的事情，但是共同富贵在农村似乎是遥不可及的。要在农村拥有莫逆之交，共同贫困是一项不可或缺的关键因素。村民认为张大漠一家将要奔向富贵，不能与他们共同贫困，那么就做不成兄弟姐妹，于是躲避张大漠一家在他们看来成为理所当然的。富贵，在那个年月里的农村，是一个叛徒，人人得以诛之。

张大漠家乡农忙季节的傍晚，经常有火烧云，红彤彤的夕阳躲在山头的背后，犹抱琵琶半遮面，把余晖涂抹在天空，很不好意思地把即将消逝的白天化妆成妖魅，勾引接踵而至的黑夜。

晚饭之后，张大漠的父亲又搬上板凳，佝着背，一粒一粒地掰花生，有节奏的动作暴露出沉重的心情，张大漠的录取通知书使他走投无路。

“要不然我们到信用社贷款借钱。”张大漠的母亲欲同父亲商量，怎样给儿子凑钱上大学。

“要借你就借。”丈夫并不配合妻子的想法，含混的回答把妻子撂在一边。

“好不容易考上了大学，怎能不上呢？”母亲焦急地回答。

“在家看书，也可以自学成才。”父亲还是固执万事不求人的态度，当然也有“以最小的成本，谋取最大成就”的小农意识。

“你就是老陈旧，都什么时代了，你那些想法也行得通？”张大漠的母亲接受不了丈夫的保守与狭隘。

夕阳渐渐西沉，但是霞光并不与时间妥协，一束束霞光刺破山林，从远方赶到附近的乡舍，有一道霞光挂到了张大漠父亲的腰边，并慢慢往上移动，如温暖的记忆冉冉地撤出人世间所有的眷恋。那一刻，张大漠的眼神随着夜幕的拉开，抹上了一层黑色。

苏林子打了几次电话到张大漠的邻居家，传达了她对张大漠的邀请，在再三的犹豫之下，张大漠踌躇地答应了。

张大漠对城市的记忆还得依靠小学五年级的经历，那时候班主任曾带着同学们到市区动物园游览过一次，除此之外，张大漠找不到对城市的印象。这时候，苏林子邀请张大漠到她的咖啡店去，使张大漠感到很窘迫，因为他太缺乏与城市打交道的经验，尤其是苏林子那张爱损人的嘴巴，会让寒碜的张大漠更加无所适从。奇怪的是，张大漠虽然感到窘迫，但还是愿意以一张车票的代价，忐忑地坐上开往咖啡店的班车，到那招供自己的寒碜。

“农活忙完啦？你的印堂晒得更黑了。”苏林子给张大漠和自己各端了一杯咖啡，便坐下来大笑着向张大漠抛出难堪。

“农村人就是这样，能有什么办法？”张大漠摸着被太阳晒得黝黑的双臂，老实地承认事实。

“大学毕业，你回到村里当村干部吧，肯定很风光。”苏林子很得意自己对别人的构想，为防止钢圈牙套暴露，她用手掩了掩嘴巴。

“你的咖啡店什么时候开的？”张大漠没有追随苏林子的想象，欲掌起话语主动权，问苏林子。

“这个月才开张。之前这里卖服装，后来店主要换个铺面，便出租了这个地方。正好遇上暑假，我又不愿意空在家里无聊，便叫我妈盘下了这个店面来卖咖啡，找点儿事做，顺便挣点儿小钱。”苏林子这回是温顺地回答了张大漠。

“你这个土老帽，不会想到开咖啡店这个主意吧。”苏林子一下子又激灵起来，拿张大漠半是认真半是开玩笑道。

“你拿到录取通知书了吧？你读的是什么专业？”张大漠感觉与苏林子的对话很奇怪，就像写作文一样，每一次的对话都需要另起一段，内容来个或大或小的转折。

“当然拿到了，这次多亏我爸跟教育厅里的一个领导打好招呼，才调剂进了理想的大学，也幸亏我的分数高。我选了英语专业。”苏林子不无得意地说。

“你的英语还是不错的，还记得那个英语老师吗？长得像一头犀牛，不苟言笑，严肃极了。每次上课他都要提问，让大家逐个起立回答，如果有谁回答不对，就必须把问题抛向下一位同学，直到下一位同学回答正确才能坐下来。幸亏你坐在我旁边，偷偷给我暗示正确的答案，我才从没有将问题一拖再拖，到我这就解决了。但是，你也有失灵的时候，还不是高手。”苏林子这时候的回顾算是向张大漠表示谢意，因为张大漠的帮助，她在英语课堂上树立了美好的形象。

“我的英语没有多大长进，英语水平停滞了。那时候我一门心思扑在语文上，想恶补这门屡次在考试中吃亏的科目。谁料这次又是砸在语文上，拖了后腿，折了总成绩，只能读现在录取的大学。有意思的是，录取专业竟被调剂到了中文。”

“那时候我看你整天埋着头，深沉得很，以为你酝酿诗意呢。看来你智商和情商都不行，命也不好。”苏林子并不理会张大漠的认真，反而讽刺张大漠。

张大漠的话意刹那间都被堵在喉咙，不知道怎样另起一段话题，变得默然。这时候咖啡店里悠扬地响起一首忧伤的歌曲，张大漠仔细捕捉着歌词。奇怪的是，苏林子并没有插话，而是沉默着，若有所思地和张大漠听完歌曲。

“忘记他，等于忘掉了一切，等于将方和向抛掉，遗失了自己！忘记他，等于忘掉了欢喜，等于将心灵也锁住，同痛苦一起！从来只有他，可以令我欣赏自己，更能让我去用爱，将一切平凡事变得美丽！忘记他，怎么忘记得起。铭心刻骨来永久记住，从此永无尽期。”

“陆晓心就是个长舌妇，气死我了。”歌曲结束，苏林子突然插入莫名其妙的话题。

“你和陆晓心、张静不是铁杆姐妹吗？在学校的时候，你们仨吃饭走路都是在一起。”张大漠对女人间的友谊有了别样的看法。

“回她老头儿那个厂子帮忙打工，是她最好的选择。长得那么丑，有人要才怪。”苏林子并不解释她与陆晓心之间的矛盾，只是一味歹毒地发泄自己的怨恨，这让张大漠更加莫名其妙。

“还是张静懂事，不至于到处乱说话。”

张大漠没有追问缘由，苏林子也不给他追问的机会。

“张静可喜欢你了，你想那时候她每天晚自习之后，都找你补习历史。人家长得也漂亮，虽然瘦了点儿，但是很配你，那时候你怎么不成全人家呢？”苏林子不怀好意地笑了起来。

张大漠哑然，他想不到苏林子发挥出这么一段话。

“张静还是适合城市，找个城里人嫁了，就不用拖着农村那条尾巴，所以张静和你是不可能的。”

张大漠这时候才明白，女人真的很擅长构思同性朋友的人生，构思的方向基本上往低走。苏林子背后对朋友的品评，让张大漠如履薄冰，不知道如何说好。

“你会品尝咖啡吗？咱们这两杯是不同的咖啡，你来尝一下我这杯，看有什么不一样。”苏林子把自己的咖啡推到愣着的张大漠面前，执意张大漠服从自己的要求。

张大漠腼腆地接过杯子，不好意思地在杯子的边缘抿了一口。

“城里人有了时间，便到咖啡店，买点儿苦，品点儿香，村里人正好相反，卖了苦才有时间，回到家里，吃点儿香，祭点儿苦。”张大漠似是而非地回答苏林子刚才的问题。

“迂腐，没情趣。”苏林子看着张大漠认真严肃的模样，又掩着嘴巴笑了起来。

张大漠从咖啡店回到家已经是晚饭过后的时间，家里敞着门，但父母都不在家，后院牲畜喊起叫饿声，张大漠知道是父母亲在那边忙活了。家中正堂赫然挂着的日历，被人翻个凌乱，像一头烫卷了的白发，张大漠取下日历，一张一张地展开日历纸，让它们熨帖地叠个整齐，在烫卷了的白发的尽头，他分明看到一根从钢笔吐出的蓝色墨水线，镌刻在“卖田、入学”这样的时运选择之下。张大漠拉了拉电灯绳子，昏黄的灯光给蓝色的墨水线镶上了金边，张大漠感到一阵眩晕向他袭来。

第八章

大学能够历久弥新，靠的是每一年新生娇嫩的喉咙，新生自我介绍的时候，各种名字在各个角落响起，像呐喊又像问候，擦亮着大学昏昏欲睡的灵魂。

农村的孩子在讲台上自我介绍的时候总是很容易暴露家底，好像只要把家当全盘脱出，就可以挣回因语言的贫乏和口齿的木讷而丢掉的面子，而又不失礼貌。

“我叫马占山，马山的，欢迎大家有机会到我的家乡，那边盛产矮脚土猪，每家每户都炮制腊肉，风味不错，大家一定会喜欢的。”

马占山的普通话带着家乡本地的泥土气息，要完全搞清楚他发音毫不标准的每一句话需要相当灵敏的听力。初来乍到，大家只是在意讲台上同学们的相貌和服饰，对说话的内容并不是很留心。

城市孩子比较会修饰口齿，不会轻易在陌生人面前讲述隐私。农村孩子在别人面前叙述和谈论最多的话题是历史，哪怕历史的内容清澈得可以看到底；城市孩子则不同，他们的注意力多集中在未来，他们可以事无巨细地雕刻将来这个橱柜，并把将要装在里面的东西盘点得一清二楚。

“大家好，我叫刘导，我来自山东青岛，很高兴能在山水甲天下的桂林与大家相聚，往后的日子里，我将与大家在桂林漓江共同镌刻下一串串刻骨铭心的脚印。我对文艺有着浓厚的兴趣，希望在班级生活里能够献上一份薄力，给大家带来欢乐。”

青岛女孩刘导简单利索而又带点儿文艺腔的介绍，让在座的每一个同学都变得有些沉默，好像自己准备好的腹稿被盗窃得一干二净，轮到自己介绍的时候，将不知从何说起。

接下来，张大漠、南雁、苏秦、黄狐、韦柳等，逐一登台自我介绍，像是告别青涩的时代，又像是对未来生活的宣言。

张大漠、黄狐、韦柳被安排在同一个四人间宿舍，里面还有一位是政治管理专业的师兄，叫宁振，他比张大漠他们三人早一年住进去。张大漠他们三人先后入住宿舍，破开大门的时候，师兄床铺旁赫然贴着的横幅“淡泊以明志，宁静而致远”首先映入眼帘，别扭得有些夸张的行书书法，像是自勉又像是告诫外人。书桌正中间还糊着“无我”两个大字，似有高深不可亵渎的味道。师兄的生活极有规律，什么时候该吃该睡该动都固定，每天不变，生命的年轮仿佛跟着自然一起滚动，管理着生命的和谐，但是更多时候，他表现得像一位军人，拘于规则，少了很多人情味。黄狐则截然不同，无拘无束，鞋子胡乱地挤在床底，衣服则奇形怪状地摞在柜子里，偶尔还从柜子的缝隙露出一些衣角，就像生活的尾巴未能及时地收好，被时间的末班车车门卡住了。黄狐平日比较拖泥带水，也很少打扫卫生，还喜欢抽烟，所以在大学时代经常招来师兄的不满。

“黄狐，抽烟请到阳台外面。”

“黄狐，到你轮值了，怎么不打扫卫生！”

“黄狐，饮水机没水了，你忘记订水了。”

“……”

这些像是命令又像是生活的关心，已经变成一连串永不休止的音符，只要黄狐回忆起大学时代，那些音符便会叮叮当当地响起，增添回忆的色彩和重量。

张大漠和韦柳则比较老实，守着学习和生活的规矩，虽然不是很认同师兄的理念，但是仅仅把异议藏在心里，并不会像黄狐一样与师兄较真论辩，所以多年以后，当师兄回忆同居四人的时候，他总很称道张大漠的成熟稳重，批评黄狐的狡猾，慨叹韦柳的顽固和保守。

班级成员自我介绍两周之后的一个晚上，马占山就拉张大漠、黄狐、韦柳到他的宿舍喝酒。马占山长得比较粗壮，以前是搞体育的，后来以特长生的资格考进中文系，与张大漠他们成为同学。刚进马占山的房间，张大漠他们就闻到一股肉香味，等他们坐下来的时候，才发现书桌上摆着一盆熏肉，熏肉由五花肉制成，被切成薄薄的一片一片，透明晶莹。熏肉的旁边还搁着一个大粽子，颜色乌黑乌黑，也被切成方片，粽子的中间是大大的馅，正冒着腾腾的香气。

“来，同学们，咱们干一杯！”马占山真是让人分不清到底是他的普通话掺上太多的方言，还是他的土话杂有太多的普通话。

黄狐配合马占山的热情，一马当先就把酒给干了，张大漠和韦柳迟疑了一下，也跟着把酒干了。

“咱们天南海北凑在一块，就是个缘分，能和大家同窗读书，真是个福分。”马占山酒过肠胃，脸就跟着红了起来，估计是血液循环加速的缘故，他的嘴码也畅快了起来。

“都说有四种友谊最深，第一种是一起同过窗，第二种是一起同过床，第三种是一起当过兵，第四种是一起嫖过娼。咱们是第一种，算是好兄弟了。”黄狐一番话引得哄堂大笑。

“你小子坏！”马占山咧开嘴笑了起来。

“你们收到通知没有，班上要组织一个节目，新生入学晚会用，好像已经选出了节目，是一个舞剧，叫《空城计》，文艺委员刘导编排的，现在正在班上选演员。”听马占山这么一说，张大漠、黄狐、韦柳面面相觑，一者，他们并没有听说这个通知，二者，刚进大学不久就有这样的活动，有点儿意外和好奇。

“你们少不了要扮演其中的人物角色，谁叫咱们班男生那么少，才七个，真正的阴盛阳衰。”马占山夹起一片晶莹剔透的熏肉，放到嘴里咀嚼，肉汁在口腔中飞溅，瞬间嘴唇上便抹上一层贼亮的油光。

“够水平编排好那个节目吗？就是爱出风头，我是不想参加那样的活动。”韦柳两三句话便把喝酒和谈话的兴头浇灭了七分。

“我看应该是很有趣的事情，也不妨去搞一下，大家高兴高兴嘛。”黄狐把酒桌上的气氛又提了提，免得大家灭了兴致，但是也有种挑战韦柳的味道。

“重在参与，重在参与，来来，把酒干了。”张大漠像是要把掉链的话题修好，又像是要把大家的谈锋转到别处。于是，四人又把斟了酒的茶杯碰了碰，盆中的熏肉又少了好几片。

对大学生来说，在校园里有三种营养不可或缺，第一是书籍，这个东西就像钙片一样专补人体的骨骼，缺了钙便骨质疏松，腰椎便不那么直，人格就矬一些。书籍世界太静穆，也不是所有的学生都能够习惯寂寞，于是，便需要第二种营养来弥补，酒这个东西就插上了空。如果说书籍可以补钙，提高崇高感，那么酒则能够补血和肉，增添生活的激情和魄力。三杯两盏，酒酣耳热，醉意中可以闯进许多罕少进入的空白地带，体会耐人寻味的生活美感。但是，酒这种烈性营养不是谁都可以摄取的，有些人惹上酒就像触电，激情大爆炸，还没来得及脸红，就已经在生活中晕厥。第三种营养则是奶茶，很受当下大学生的青睐，这种营养介于崇高与癫狂之间，追求的仅仅是一种情调，它没有单纯的茶道的淡雅境界，但是又不像纯奶那样浓得化不开，营养过剩，迷住了双眼。奶茶是奶与茶的结合，是俗与雅纠结在一起的变种，不温不火，奶里奶气，像被骟过的种马，没有了野性，既不能驰骋，又害怕血腥的草原记忆。

张大漠、黄狐、韦柳喝过酒的第二天早上，还在酣睡，却被师兄叫醒了。师兄拿着一根鸡毛掸子，直捋三人的鼻子，害得宿舍里喷嚏连连，待三人被搅醒触怒，正想咒骂的时候，师兄呵呵大笑地说："快点儿起来吧，有几个女生找你们，已经敲门好久了。"张大漠仔细一听，门外面还真有女生说话的声音，于是迅速爬下床，草草地穿好衣服，并协助师兄弄醒黄狐和韦柳，黄狐和韦柳无奈中带着几分酒意，提了提精神，做好迎接女同学的准备。

门外的女生是刘导、南雁和苏秦，当她们被迎进宿舍的时候，才知道她们的来访让同班男生猝不及防。张大漠、黄狐、韦柳都没有洗漱，蓬头垢面，幸好有师兄在，他彬彬有礼地给来访的女生斟茶倒水，不失礼貌和规矩，为他的三个师弟挽回许多面子。刘导、南雁和苏秦边向师兄道谢，边赞叹师兄的窗明几净，说师兄配得上那两条横幅，真是文如其人。这让黄狐他们三人恼怒万分，但又不好发作，只能点头附和女生的赞扬。

刘导开始切入正题，她说："今天一大早便做了不速之客，为的只是请你们三位出山。班上要编排一个舞剧节目，叫《空城计》，需要你们三位男生参加，并分担出演人物角色。这个节目两周后将在新生晚会上表演，请你们三位男生积极配合支持。"

"咱们班男生就七个，你们三个就算国宝级人物了，少了你们，戏可就没了分量。"南雁在旁边补充说。

"去吧。"苏秦有点儿胆怯，好像很珍惜自己的一言一词。

"我都已经安排好角色了，黄狐扮演诸葛亮，韦柳扮看城门的老人，张大漠则扮攻城的小喽啰。"刘导捂着嘴巴笑了笑，好像挺得意自己的角色想象。

"那司马懿由谁扮演？"黄狐突然来了精神，咧着嘴问。

"庄子。"三个女生异口同声地回答。

傍晚时分，张大漠、黄狐、韦柳三人赶到中文系大院的时候，发现班上的同学已经在排练《空城计》了。舞台上一个一米八几的男生正在学着马跑的动作，连他自己都感觉动作滑稽可笑，所以他一边排动作一边笑场，这让站在舞台旁边的文艺委员刘导不得不时刻提醒他注意节目排练的要求。

“庄子，别笑场，不能老背对着观众，动作还可以更有表现力。”刘导用心良苦地说。

这时候，庄子在舞台中间做了一个勒马动作，并模仿猴子用手盖住眼帘，展望远处，做狐疑状，念了一段独白：

“有本督在马上用目观定，诸葛亮在城楼饮酒抚琴。左右琴童两个，打扫街道俱是那老弱残兵，我本当传将令杀进城，又恐怕中了巧计，回头我对孔明论，老夫言来你细听，任你设下千般计，棋逢对手一般平。”

“任你设下千般计，棋逢对手一般平。”马占山扮演司马昭，在台下学着庄子的念白，并模仿着猴子瞻望的动作，引起大家一片笑声。

“很好，大家先休息一下。”刘导向排练的同学宣布。

庄子如释重负般从舞台走下来，三步并作两步走到舞台旁边的走廊，拿起一大杯奶茶，咬住粗粗的吸管，就是一个痛快的鲸吸。这时候，庄子发现黄狐他们几个已经在台下观看许久了，便笑着向他们走去。

“诸葛亮，你终于来了，我可是在台上等候已久。”庄子吸着奶茶，友善地笑着对黄狐说。

“真是对不住，我来晚了。你的表演真逗，大家看得很开心嘛。”黄狐礼貌地点评着刚才庄子的表演。

“没有诸葛亮这个对手，司马懿显得有些孤独寂寞，现在到齐了，大家会看得更开心，你快到刘导那里拿剧本，熟悉一下剧情，下一场主要看你的了。”庄子半开玩笑半认真地说完，便向女同学那边走去，迈着小脚女人秀气的步伐。

庄子是班上最高大的男生，是搞体育的好材料，但是他没有往那方面发展，而是选择文学，认为将来脑力工作比体力工作要高贵得多。庄子家住在学校附近，父母都是学校其他院系的老师，他不在学校住宿，宁愿选择回家和母亲交流对理想和生活的看法，也不和班上的男同学交换情义。

所以，庄子和班上的男同学总有一层隔膜，比如，当班上男同学谈论酒的魅力时，他惦记的却是奶茶的味道。

也许是新环境、新面孔、新游戏的缘故，黄狐在好奇心的驱动下，很是热心《空城计》这个节目，谦虚地接受刘导和其他同学对节目编排细节上的意见。于是，中文系舞台上响起黄狐一段段认真的念白。

“正在堞楼我观山景，耳听得城外边乱纷纷……”

“在堞楼司马懿我将你一声动问，问一声魏都督你驾可安宁。”

“咱二人在临安会过一阵，杀得你败回营我才收兵。”

大学比较自由的地方，就是大学生在艺术舞台上有较大的空间去有模有样地模仿或是篡改历史和生活。迎新晚会那天晚上，舞剧《空城计》获得了成功，黄狐、庄子，还有班上同学的联袂表演逗乐全场，三国那段历史在笑声中似潮水一般潮起潮落，观众笑得前俯后仰，谁都没料到一个严肃的历史故事，能够通过滑稽的舞剧表演出来。观众似乎与诸葛亮达成了共识，明白了历史建立的另外一条途径可以是欺骗和虚空，感谢诸葛亮为他们正在实施的勾当或者将要实行的阴谋，提供历史的理论依据。于是，大伙纷纷把票投给《空城计》，像是歌颂历史上那些阴险的往事，又像是给自己投上一票，准备狡诈地开辟自己的故事。

艺术是一件华丽迷人的袍子，穿上的人未必能心甘情愿地脱下来。《空城计》走下舞台之后，黄狐变得有些热衷艺术了，准确点儿说，黄狐比较擅长和习惯以艺术的眼光考察和实践生活。《空城计》结出的另外一个果实则是，韦柳找到了女朋友。

韦柳不习惯主动找人言谈，没有熟人搭讪的时候，大部分时间都是缄口不言，有些郁郁寡欢。在排练《空城计》的时候，韦柳扮演看城门的老人，没有台词，这个角色仿佛为他量身定做一般。韦柳为图清静，也乐意这个角色，按部就班地配合着剧组。班上有个叫春珍的女同学，看见韦柳不苟言笑，像个钟摆一样没有怨言地由着剧组安排，突然对他产生了好奇。排练休息的时候，春珍就主动和韦柳搭讪。

“看门人，你怎么不说话呀？”春珍唐突的问话把杵在一旁的韦柳吓了一跳。

“有什么好说的，又没有我说话的份。”韦柳像是表达怨言，又像是澄清没话说的事实。

“外婆在这呢，有什么不好说的？有你说话的份。”春珍在班上年龄最大，她自称“外婆”，自嘲之外还有几分得意。她笑着逗韦柳。

“你外婆，我还外公呢！”韦柳原本板着的脸挂上了笑容，他在语言上占了便宜，比对方更得意。

“原来是冤家，那以后不是要好好伺候外婆？”春珍想不到韦柳还挺有趣，于是有了挖掘对方情趣的兴头。

“哪有外公伺候外婆的说法！没听说过男主外女主内的道理吗？男的在外面披荆斩棘，回到家里还需要端茶倒水，洗衣做饭？”韦柳很满意自己的回答，笑了起来。

“封建。”春珍虽然感到无语，但是也跟着笑了起来。

三年后的一天，春珍才意识到，自己三年前也无师自通地使用过空城计，她曾经虚设“外婆”这个人物来守城堡，只是当年的空城计失败了，韦柳派遣“外公”这个莽将，把城池攻破了。

第九章

西瓜退伍复员的那一天意气风发，风和日丽映衬着他的英姿。

西瓜一身军装，衣服有棱有角，胸前的口袋还别着军队里获得的奖章，在阳光下闪着逼人光芒，军绿色的解放鞋经过岁月的淘洗已经变得圆钝，有一种简朴与持重的感觉。西瓜也换掉了昔日油光可鉴的发型，板寸在风尘仆仆中有了弧度的变化，仿佛告诉世人疾风知劲草的道理。西瓜是在鞭炮声中踏进家门的，两年未见的父亲已经守在门口多时。西瓜放下手提袋，上前就对父亲一个拥抱，并在父亲的耳边从容淡定地说：“爸，我回来了。”西瓜的问候像是一种声明，告诉家人对他可以刮目相看了，他已经像军队里的摔跤训练一样，把陈旧的形象摁倒在地，使它永无翻身之日，又像是一种宣言，他将要在日后开掘新的世界，在新的空间里掷地有声。西瓜在回来的当天，在家里为他接风洗尘的酒桌上，劝醉了不少亲戚邻里。西瓜的朋友们也因为缺少两年的军营教育而自惭形秽，在与西瓜觥筹交错的时候，都泄了底气，不敢提昔日那些发霉的往事，免得暴露自己的孤陋寡闻，自取其辱。

第二天早上，西瓜醒来，父亲就交给西瓜一份差事。父亲在儿子回来的前两个月就通过各种关系，以十万块钱的代价，为西瓜在交通局谋求了一个职位。父亲告诉儿子，三天后就可以到交通局上班。西瓜毫不犹豫地答应了父亲交付的差事，并保证他会像遵守交通规则一样，在交通局好好表现，绝不会在工作中亮起红灯。

西瓜也不辜负众望，到交通局报到一周之后，就上下打点，把局里的上上下下都混熟了。领导们都喜欢出手大方的西瓜，称赞他懂得世故，为人又豪爽，有时还非常讲哥们儿义气。刚开始的时候，西瓜被安排到基层执勤，负责街上的交通，还有各种违规车辆的稽查。因为是新工作新环境，西瓜干得相当卖力，许多亲戚朋友上街的时候，都会看到西瓜穿着制服有模有样地在执勤。西瓜把军队里的动作应用到工作，立正、转身、走步都是少有的标准，兼之他个子高，所以远看近观都显得异常威武。不少附近乡村的青年姑娘与西瓜擦肩而过的时候，都会回眸示好，很是喜欢交通局这一脉新鲜血液。然而，西瓜不会因为姑娘们的青春姿色而网开一面，遇到交通违规现象，他还是会向姑娘们吹起交通警哨，有时候还要不厌其烦地帮助她们复习交通要则这门功课。

西瓜上岗一个月之后，反过来交给他父亲一个差事，他想结婚，要父亲帮他物色一个对象。西瓜的父亲总结盘点了一下西瓜退伍以来的事迹，认为西瓜已经具备了成家立室的条件，于是点头应允了。